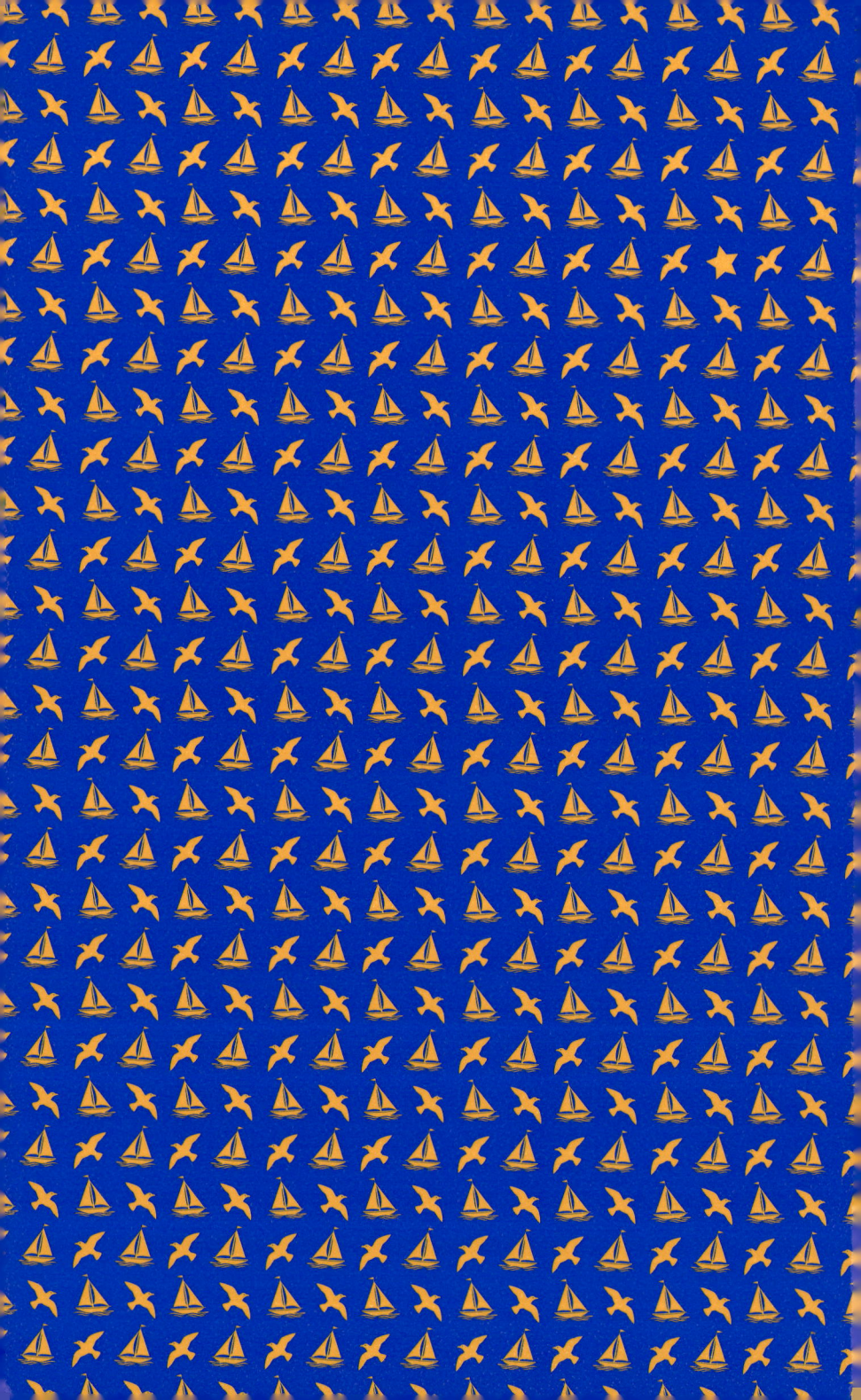

世界大奖科幻小说

格兰特船长的儿女

The Children
of Captain Grant

［法］儒勒·凡尔纳/著

［法］爱德华·里乌/绘

赵佳铭/译

化学工业出版社

·北京·

图书在版编目（CIP）数据

格兰特船长的儿女 /（法）儒勒·凡尔纳
(Jules Verne) 著；赵佳铭译. -- 北京 : 化学工业出
版社，2025. 8. --（世界大奖科幻小说）. -- ISBN 978-
7-122-48203-7

Ⅰ. I565.44

中国国家版本馆 CIP 数据核字第 20256GG736 号

责任编辑：汪元元　　　　　　装帧设计：刘丽华
责任校对：边　涛

出版发行：化学工业出版社
　　　　　（北京市东城区青年湖南街 13 号　邮政编码 100011）
印　　装：中煤（北京）印务有限公司
880mm×1230mm　1/32　印张 15½　字数 422 千字
2025 年 8 月北京第 1 版第 1 次印刷

购书咨询：010-64518888　　　售后服务：010-64518899
网　　址：http://www.cip.com.cn
凡购买本书，如有缺损质量问题，本社销售中心负责调换。

定　　价：69.80 元　　　　　　版权所有　违者必究

❖ 前言 ❖

为什么要读经典？

"书不及百年不读"这句话，体现了广大讲究阅读品位的读者对经典好书的殷切期待。法国科幻小说作家儒勒·凡尔纳创作的约80部作品无疑可以称得上是这样历久弥新的百年经典。

【作家介绍】

凡尔纳生于法国南部海港城市南特，波澜壮阔的海洋、迎风飘扬的船帆、威风凛凛的大船，伴着他成长，孕育了他对天空、海洋、大地、宇宙的向往。凡尔纳的父亲是个律师，一心想让他子承父业。十八岁时凡尔纳去巴黎学习法律，但他对法律根本没有兴趣。在巴黎，凡尔纳结识了作家大仲马、探险家雅克·阿拉戈等人，又通过后者结识了许多天文学、物理学和地理学等各学科的科学家，并在他们的影响下钻研起数学、物理、化学、地理、生物等科学知识。同时凡尔纳还尝试着写作小说，把学到的科学知识融进自己的作品当中。《气球上的五星期》是他的首部长篇科幻小说。

这篇小说最初出师不利，连续投给 16 家出版社都无人理会。凡尔纳一气之下把书稿扔进火盆，幸亏他的妻子及时把书稿抢救出来，并找机会投给了第 17 家出版社。那家出版社的编辑赫泽尔慧眼识珠，将之出版。从此凡尔纳声名远播，进入创作的高产量和高质量时期。

凡尔纳一生硕果累累，写了 66 部长篇小说和中短篇小说集，此外还有一些剧本和其他各类作品。他的小说以"在奇异世界里的奇异旅行"为主题，分"在未知的世界中漫游"和"在已知的世界中漫游"两类。第一类有《海底两万里》《地心游记》《从地球到月球》《太阳系历险记》等；第二类有《气球上的五星期》《八十天环游地球》《神秘岛》《格兰特船长的儿女》等。

凡尔纳及其作品享誉全球，据联合国教科文组织统计，凡尔纳的作品在全世界的译本数约达 4800 种（截至 2016 年 2 月的统计数据）。他和英国的侦探小说家阿加莎·克里斯蒂、剧作家莎士比亚齐名，与英国作家赫伯特·乔治·威尔斯并称"世界科幻小说之父"。1872 年，凡尔纳当选为亚眠市学士院的院士，并获得了法兰西学院颁发的"蒙蒂翁奖"。2005 年，法国政府为纪念儒勒·凡尔纳逝世 100 周年，将该年定为"凡尔纳年"。这一年度活动旨在向这位文学巨匠致敬，并通过各类文化展览、学术研讨和作品推广活动，重新唤起公众对其文学遗产的关注。2012 年，法国三大出版社之一的伽利玛出版社把凡尔纳的作品收入该社被誉为"纸上卢浮宫"的"七星文库"丛书，此举意味着凡尔纳和安德烈·纪德、普鲁斯特、安德烈·马尔罗、萨特、阿尔贝·加缪等几位获得了诺贝尔文学奖的作家同享了这项殊荣。

经典应该怎样读？

【科幻小说】

在阅读本书之前，你可以先了解一下什么是科幻小说。根据《辞海》的解释，科幻小说是用幻想的方法，表现人类在未来世界的物质、精神、文化生活和科学技术远景，其内容交织着科学事实和预见、想象。通常将"科学""幻想""小说"视为其三要素，它是随着近代科学技术的蓬勃发展而产生的一种文学样式。优秀的科幻小说须具备"逻辑自洽""科学元素"及"人文关怀"三个方面。一般认为英国作家玛丽·雪莱（1797—1851）的《弗兰肯斯坦》是世界上第一部真正意义上的科幻小说，这部出版于 1818 年的跨时代杰作，深受当时的电学、电生理学、生物学、植物学、解剖学、动物学、化学等科学研究成果的启发。随后不久，凡尔纳将科幻小说这一文学新样式提升到世界水平，并因其优质、高产被誉为"世界科幻小说之父"。

【内容提要】

《格兰特船长的儿女》是凡尔纳"海洋三部曲"中的第一部，发表于 1867-1868 年间。小说中的故事始于 1864 年 7 月，苏格兰贵族格里那凡勋爵在乘坐"邓肯"号进行新婚旅行的途中，捕获了一条凶猛的锤头鲨，并在鲨鱼腹中发现了一个漂流瓶，瓶内有一封署名为格兰特船长的求救信。求救信分别用英语、德语、法语三种文字写成，但是这三种文字都因海水侵蚀而有不同程度的信息缺失。根据拼凑出来的信息，他们推断出船只失事地点在南纬 37 度线附近。出于人道主义精神，格里那凡勋爵毅然决定组织探险队，携同格兰特船长的儿女玛丽和罗伯特，沿着南纬 37 度线展开救援行动。

一路上，他们历经重重艰难险阻，先后在南美洲和澳洲穿越了广袤无垠的潘帕斯草原、雄伟险峻的安第斯山脉、人迹罕至的荒漠、密林丛生的群山。兽群、严寒、洪水考验着探险队的意志，包藏祸心的逃犯觊觎着他们的财富，怀有敌意的土著也将对欧洲人的仇恨发泄于探险队身上。但与此同时，善良的南美向导和热心的澳大利亚殖民者也给了他们无私的帮助。他们曾几度陷入绝境，但在勇气、智慧与运气的帮助下，旅行者们最终成功脱险，并在机缘巧合下，找到了他们本以为再也无法找到的人——格兰特船长和他的两位水手。他们的搜寻任务大获成功，成功救回了失事船只"不列颠尼亚"号的幸存者。那些响应格里那凡勋爵召集、勇敢出航的苏格兰人无一缺席，最终回到他们魂牵梦绕的故土。

【旅行路线和关键情节】

一、南美洲之行

1864 年 8 月 25 日凌晨三点，苏格兰格拉斯哥港，格里那凡勋爵一行人搭乘性能极佳的蒸汽游艇"邓肯"号启程。博学多才但性格马虎的法国地理学家帕加内尔也误打误撞上了这条船。

8 月末 9 月初，"邓肯"号驶过多个大洋之上的小岛，帕加内尔在经历了思想斗争后决定不下船，随着"邓肯"号一起踏上寻找格兰特船长的旅途。

9 月 7 日，"邓肯"号顺着来自巴西海岸的洋流，进入南半球。

9 月 25 日，"邓肯"号抵达南美洲的重要水道麦哲伦海峡。沿途经过饥荒港、德索拉西翁岛等重要地点。绕过皮拉雷斯角一周后，驶入塔尔卡瓦诺湾。格里那凡和帕加内尔登陆，向当地官员询问格兰特船长的下落。

10 月 14 日，众人决定分头行动。格里那凡领导的七人小队，走陆路翻过安第斯山，进入潘帕斯草原的中心，沿着 37 度纬线穿越南美大陆，在陆地上寻找格兰特船长的踪迹。"邓肯'号由船长约翰·孟格尔指挥，走水路前往南美大陆的另外一端，和七人小队会合。七人小队进入安第斯山后，遭遇了严寒和雪崩的危险，小罗伯特先在雪崩之中失踪，又被兀鹰抓走，在聪敏善良的当地土著人塔尔卡乌的帮助下获救。塔尔卡乌也成为了一行人此行的向导。

10月22日，众人一起出发穿越潘帕斯草原。草原之旅中，众人遭遇了干旱的威胁。格里那凡、小罗伯特、塔尔卡乌先行探路，前往瓜米尼河找水，夜晚在河边遭遇红狼群。罗伯特为救大家，骑着塔尔卡乌的马"陶卡"引走狼群，并与其他同伴重逢。

11月3日晚，众人穿越了潘帕斯草原，抵达布宜诺斯艾利斯省边境地区。第二天早晨跨过阿根廷平原区与草原区的分界线。

11月6日，一行人到达坦迪尔地区的独立堡，从驻守当地的曼努埃尔中士口中得到了新的线索，而他们原以为正确的线索在此中断。从独立堡到大西洋的海岸有150英里，路上，他们遭遇了可怕的洪水，在一棵一百英尺高的"翁布"树上避难。而后的暴风雨中，闪电击中大树，树端着火，接着飓风又将整棵树连根拔起，他们只能随波逐流，好在最终幸运着陆，回到了干爽的陆地上。在大树上避难时，帕加内尔在巧合间领悟到，他们一直误解了求救信的含义，找到了新的目标。

11 月 12 日，陆地小队抵达了大西洋海岸。他们花了三十天的时间穿越智利、科迪勒拉山、潘帕斯草原和阿根廷平原，在 13 日与"邓肯"号会合，与塔尔卡乌道别。南美洲之旅到此结束。

二、澳大利亚之行

12 月 20 日，"邓肯"号经历了一段时间的航程，经停开普敦、特里斯坦 - 达库尼亚岛和阿姆斯特丹岛后，抵达了澳大利亚西海岸的伯努利角。但在航行途中，船只因为一场严重风暴而损坏，不得不进行修复。上岛后，他们在殖民者奥穆尔的庄园里遇到了"不列颠尼亚"号的船员艾尔顿。他告诉众人，格兰特船长所在的"不列颠尼亚"号触礁的地点在澳大利亚东海岸。随后，众人邀请艾尔顿当向导，带领他们沿着南纬 37 度线横穿澳大利亚大陆。奥穆尔庄园为这次旅途提供了马匹和牛车。而"邓肯"号的大副汤姆·奥斯汀则担任临时船长，前往墨尔本维修船只。

12 月 26 日，众人穿越维梅拉河。在强渡河流的过程中，牛车损坏，格里那凡的马也丢失了一块蹄铁。艾尔顿从邻近的定居点找来了一位颇有些可疑的铁匠进行了修补。

12 月 29 日，在穿过新兴城市卡里斯布鲁克不久之后，一行人目睹了一次铁路事故。当地一座铁路桥遭到破坏，死亡人数众多。根据当地警长和行政长官的分析，这起事故应由一伙逃犯负责。

1865 年 1 月 3 日晚间，众人抵达小镇西摩。在旅馆，大家拿到了《澳大利亚与新西兰公报》，上面报道了铁路桥的案子，并指出这伙逃犯穷凶极恶，共有二十九人，其首领名为本·乔伊斯。

1 月 7 日，众人经过了殖民者帕特森兄弟的庄园，并受到了热情款待。罗伯特在庄园的狩猎活动中差点遭遇袋鼠的致命攻击，约翰船长救下了他。次日，众人辞别帕特森兄弟，继续出发。但是在几天的旅途之中，牛马纷纷离奇死亡，同行者麦克·纳布斯少校也和艾尔顿经常针对旅行计划产生冲突。

1 月 13 日晚间，众人抵达斯诺威河附近，但牛车陷进泥土之中无法脱身，众人就地扎营。斯诺威河发了大水，很难渡过，而牛车始终无法脱身。1 月 14 日，众人决定采纳艾尔顿的建议，写信发往墨尔本，让"邓肯"号前来救援。此时，麦克·纳布斯少校点破了艾尔顿的真实身份——他就是逃犯头目本·乔伊斯，他之所以热衷于前往墨尔本，是希望借此机会抢下"邓肯"号。由格里那凡勋爵口述、帕加内尔书写的求救信也被艾尔顿和他的手下抢走了。

1 月 21 日，斯诺威河的水位开始下降，众人渡河成功。他们步行几天跋涉到了德勒格特城，然后乘马车去图福尔德湾——他们在求救信中约定的汇合地点。但从墨尔本寄来的电报表明，"邓肯"号已在 18 日离开，去向不明。格里那凡勋爵爵士担心"邓肯"号已成了一艘海盗船。澳大利亚之行在惨淡中画上了句号。

三、新西兰之行

1月27日，众人已不抱希望。他们搭乘了一艘开往新西兰北岛政府所在地奥克兰的船"麦夸里"号，准备在那里搭船回欧洲。"麦夸里"号在靠近新西兰海岸线时遭遇风暴，在一处无人海滩搁浅。

2月5日，众人用"麦夸里"号的残骸成功做出了木筏，并在第二天登陆新西兰。根据帕加内尔的介绍，众人得知新西兰的土著毛利人和英国殖民者之间正在进行战争。尽管众人可能并不支持英国政府的殖民行为，但仍然不可避免要卷入其中，毛利人对于欧洲人尤其是英国人非常不友好。因此，众人决定在尽可能避开土著人的前提下步行前往奥克兰。但在一次黑夜之中，他们居然走到了毛利人的营地里面，因此成为了毛利人的俘虏，被带到他们的部落之中。毛利人痛恨欧洲人杀死了他们的亲朋，想要攻击格里那凡一行人。但部落酋长凯库姆打算用他们去交换毛利战俘，因此对众人施加了"神忌"习俗，加以保护。在争斗之中，小罗伯特和帕加内尔失踪了，其余人被带进一座房屋看管起来。

2月15日，毛利人得知所有战俘都已经被欧洲人处死，凯库姆因此下令第二天处死众人。当天晚间到第二天凌晨，之前逃出去的罗伯特挖掘地道，将众人救了出来，而后又带着众人逃生。众人在毛利人的追踪下逃到了一座山上，那里恰好是一位死去酋长的坟墓，按照毛利人的迷信思想，他们不能登上那座山，因此众人得以逃出生天。在酋长的坟墓中，众人与在之前的混乱中逃生的帕加内尔重逢。

2月17日晚，众人引爆了山上的火山，试图欺骗围绕山峰守卫的毛利人，让他们相信自己已经死于火山爆发，并借此机会逃生。

3月2日，众人终于来到了海岸。但在这里，他们遭遇了当地土著人的袭击，于是利用一艘独木舟下海逃亡，而土著人在其后紧追不舍。危急关头，他们居然意外地看到了"邓肯"号，并发现"邓肯"号并未被艾尔顿夺走。大副汤姆·奥斯汀击败了土著人，旅行者们终于获救。艾尔顿计划败露，被勋爵关押起来，准备流放到荒岛上。

3月8日，已经放弃希望的众人，在南纬37度线上找到了一个名为玛丽亚·特蕾莎岛的小岛，准备去那里流放艾尔顿。结果就在这个小岛，他们找到了格兰特船长。

5月10日，"邓肯"号的全体船员回到了苏格兰。

【科学背景】

早在1776年，英国科学家詹姆斯·瓦特发明出世界上第一台具有实用价值的蒸汽机。蒸汽机的发明使欧洲进入了工业革命时代。

19世纪初，蒸汽机开始在轮船和机车行业大规模使用。蒸汽驱动技术成熟后，英国开始在其本土和殖民地修建铁路、开辟航路。火车和轮船投入使用后，人们旅行的速度大大加快了，以前环游地球一圈，需要大半年甚至一年的时间才能完成，现在只需要几个月。科学技术的发展也在慢慢改变着人们的思维模式、生活方式和城市景观。凡尔纳是社会现象忠实的观察者和研究者，他一直怀着极大的兴趣关注并记录着这些变化。

与《气球上的五星期》《海底两万里》等作品不同，凡尔纳在《格兰特船长的儿女》中，并未描绘令人耳目一新的交通工具，也没有以科幻小说的方式虚构那些虽然可以设想、但尚未被发明的旅行技术。书中的"邓肯"号虽然性能卓越，但并未超出当时人们对"船只"的普遍认知。也正因此，许多读者认为这部作品并不像凡尔纳其他作品那样具有典型的"硬科幻"特征，甚至有人认为，这并非一部科幻小说。

然而，我们不妨从技术之外的角度来看待这一问题。在凡尔纳所处的时代，技术进步所带来的地理发现一直是社会关注的热点。探索未知世界、发现新的地点、接触新的民族与文化，一直让欧洲人心生赞叹。如果说科幻小说最奇妙的体验在于让我们自由畅想一个从未踏足的世界可能是什么样子、可能发生怎样的故事，那么，在 18-19 世纪，以航海为主题的小说无疑带来了同样的阅读体验：未知的目的地就在前方，等待着人们去抵达和发现。至于这个目的地究竟是远洋中的一座孤岛，还是数千光年之外的一颗行星，本质上并无不同。

如今，卫星技术让地表几乎再无秘密可言，但我们仍能在凡尔纳的作品中体会到那个时代人们面对新地理发现时所感受到的那份新奇与激动。甚至，小说中的只言片语依旧为读者的想象保留了空间。比如，书中提到的玛丽亚·特蕾莎岛并非完全虚构，这座岛屿于 1843 年被一艘美国船只发现，但此后在多次搜寻中，人们都未能再次找到它的踪迹。在附近的海域，也曾多次出现类似记录：有船只宣称发现了岛礁，但随后的搜寻却证明该岛礁并不存在。这些"幽灵岛礁"究竟是由多次观测错误所造成的巧合，还是源于某种至今尚未被人类完全理解的自然现象，答案依旧未明。但正是这种隐藏在历史、文学与科学夹缝中的未解之谜，依旧能够带给我们无尽的思考与遐想。

【各界评价】

俄国文豪列夫·托尔斯泰说："凡尔纳的作品简直奇妙无穷，

使我大开眼界。凡尔纳是一个天才的大师。"他还亲笔为凡尔纳的《八十天环游地球》画了插图。

《小王子》作者、法国作家圣埃克叙佩里自童年时就深深喜爱凡尔纳的作品，并在 20 世纪上半叶成为凡尔纳的热情支持者，还以凡尔纳的《黑印度》为灵感创作了小说《夜航》。

美国的潜水艇发明者西蒙·莱克声称："凡尔纳是我一生事业的总指导。"他将自己发明的第一艘潜水艇命名为"鹦鹉螺"号，以向凡尔纳和凡尔纳笔下的尼摩船长致敬。

意大利科学家、无线电发明者马可尼从凡尔纳的作品中获得了灵感，他说："凡尔纳是我的人生导师。"

苏联宇航之父康斯坦丁·齐奥尔科夫斯基、美国现代火箭技术奠基人罗伯特·戈达德、德国火箭专家赫尔曼·奥伯特这几位现代火箭技术的创新者和发明者，都坦白说自己从凡尔纳的《从地球到月球》中获得过灵感。奥尔科夫斯基说："凡尔纳的小说启发了我的思想，使我按一定方向去想象和创造。"

英国著名的南极探险家、航海家沙克尔顿爵士将《海底两万里》称为"船上圣经"。

巴西航空之父、世界航空先驱桑托斯-杜蒙特称，凡尔纳是他最喜欢的作家，凡尔纳的作品是他设计飞行器的灵感来源。

执行美国阿波罗 8 号任务的宇航员弗兰克·博尔曼等人是凡尔纳的忠实粉丝。弗兰克·博尔曼说："儒勒·凡尔纳是太空时代的先驱。"

1978 年，苏联宇航员乔治·格雷奇科在礼炮 6 号空间站上绕地球轨道飞行时，给地球发回信息，以庆祝凡尔纳诞辰 150 周年，他说："每一位宇航员都读过凡尔纳的书，因为凡尔纳是一个预见过太空飞行的梦想家。我想说，这次飞行也是凡尔纳预言过的。"

美国天文学家埃德温·哈勃从小就对凡尔纳的小说着迷，声称他最喜欢《从地球到月球》和《海底两万里》这两部小说。

美国人工智能专家大卫·汉森将他设计和制造的机器人命名"朱尔斯"（"朱尔斯"为"Jules"的英译。凡尔纳名字的常见完整译法为儒勒·凡尔纳）。

鲁迅："凡尔纳小说默揣世界将来之进步，独抒奇想，托之说部，经以科学，纬以人情。"

刘慈欣："凡尔纳的大机器小说，粗陋而笨拙，是现代技术世界童年时代的象征，有一种童年清纯稚拙的美感。"

【深远广泛的时代意义】

在《格兰特船长的儿女》诞生的年代，世界正处于工业革命的浪潮之中，科技进步和交通工具发展使得人们对世界的认知和探索欲望不断增强，这部小说正是在这样的时代背景下应运而生。小说通过对新兴的科学技术、不同文化的描绘和对社会问题的思考，为读者打开了一扇扇了解世界的窗户。《格兰特船长的儿女》也为后来的作家提供了丰富的创作灵感和范例，其独特的情节架构、人物塑造方法以及科学与想象融合的写作手法，被众多作家借鉴和模仿。此外，小说还多次被改编成电影、电视剧、舞台剧等多种艺术形式，进一步扩大了其影响力，使更多的人了解和喜爱这部经典之作。它不仅在文学领域具有重要地位，也成为了人类文化遗产的重要组成部分，持续地影响着不同时代、不同地域的人们，激励着人们勇敢地追求梦想，探索未知的世界。

目录

第二卷　澳大利亚

第三卷　新西兰

第一卷　南美洲

第一章

鲨鱼

1864 年 7 月 26 日，一艘豪华游艇正在北海峡全速航行。东北风劲吹，船尾的旗杆上飘扬着英国国旗，主桅杆顶端，一面蓝色旗帜随风摇曳，上面用金色丝线绣着"E.G."的字样，并饰有公爵冕形标记。这艘游艇名为"邓肯"号，船主是爱德华·格里那凡勋爵，他是上议院十六位苏格兰贵族议员之一，也是英国著名的"皇家泰晤士河游艇俱乐部"的杰出成员。

爱德华·格里那凡勋爵与年轻的妻子海伦娜·格里那凡夫人及表兄麦克·纳布斯少校同行。

"邓肯"号刚刚建造完成，正在克莱德湾外几海里 ① 的地方进行一次试航。在返回格拉斯哥的途中，远处的阿伦群岛隐约可见。这时，值班水手发现，在船尾翻腾的浪花间，一条大鱼正在嬉戏。几分钟后，爱德华勋爵便与表兄来到船尾，向船长约翰·孟格尔询问那是什么生物。

"嗯，既然勋爵阁下问我的意见，"孟格尔说，"我认为那是一条鲨鱼，而且个头不小。"

"这片海域也会有鲨鱼？"

"这没什么稀奇的。"船长回答道，"鲨鱼可能会在任何海域出现。如果我没认错的话，那条鲨鱼俗名'天秤鱼'，也叫锤头鲨。看我们捕捉它，或许能让夫人觉得有趣。如果勋爵阁下不反对，我们很快就能把这条大鱼拖上来。"

"麦克·纳布斯，你觉得呢？我们要不要把它抓上来？"格里那凡勋爵问道。

"如果你愿意的话，我没什么意见。"表兄语气平淡地回答。

"鲨鱼太可怕了，能杀一只就杀一只。"约翰·孟格尔说，"我们得抓住这个机会，这不仅能让我们放松一下，还能做一件好事。"

"很好，那就开始吧。"格里那凡说。

海伦娜很快来到甲板，与丈夫并肩而立，满心期待即将上演的狩猎。大海相当清澈，鲨鱼的一举一动都清晰可见。遵照船长的命令，水手们从游艇的右舷扔下一根粗绳，绳子的末端系着一个大钩子，钩子藏在一块厚厚的咸肉里。尽管鲨鱼还在五十码 ② 之外，但它立刻就被诱饵吸引住了。它迅速向游艇游来，鱼鳍猛烈地拍打海面，激起浪花；尾巴绷直。鲨鱼越来越近，它巨大的眼睛凸起在外，充血的双眼中满是贪婪。鲨鱼张开血盆大口，露出四排利齿。它的头很大，活像一把双头锤的锤头。约翰·孟格尔说得对，这显

---

① 1 海里为 1852 米。

② 1 码为 91.44 厘米。

然是锤头鲨——双髻鲨科中最贪婪的一种鲨鱼。

游艇上的乘客和水手们兴致勃勃地看着鲨鱼的一举一动。很快，鲨鱼游到诱饵旁边，翻身准备扑咬。挂着钩子的咸肉瞬间便消失在它的嘴中。鲨鱼猛地拉动绳子，显然已经被钩住了。水手们开始利用固定在主桅杆上的滑轮组拖曳着这头巨兽。鲨鱼拼命挣扎，但捕获它的水手早有准备，迅速用一根末端有活结的长绳捆住了它的尾巴，使它动弹不得。几分钟后，它被吊到游艇的一侧，扔到了甲板上。一名水手立刻上前，拿着斧头小心翼翼地靠近，重重一斧，砍掉了鲨鱼的尾巴。

至此，鲨鱼猎捕行动宣告结束，它已毫无威胁。船员们虽已收工，但他们的好奇心依旧没有得到满足。他们知道，这头凶猛的巨兽对食物从不挑剔，它胃里的东西可能值得好好研究一番。这也是船员们捕获鲨鱼时常做的事情。但是海伦娜不打算观看这种恶心的实验，于是她先回到了船舱中。

鲨鱼仍在喘息，它长约十英尺^①，重达六百多磅^②。这并不奇怪，锤头鲨虽然体形算不得庞大，但却是最凶猛的鲨鱼之一。

水手们粗暴地剖开了这头巨大海兽的肚子。钩子正好钩住了它的胃，人们惊讶地发现它的胃是空的。失望的船员们正打算把鲨鱼的残骸扔回大海，但此时，水手长的目光被一个紧紧卡在鲨鱼内脏中的巨大物体吸引了。

"嘿！这是什么？"他喊道。

"那个啊！"一名船员回答，"它吞了块石头，拿来当压舱物了。"

"别瞎说，那是个瓶子。鲨鱼吞了下去，可惜消化不了。"另外一个船员说。

"你们都别胡说八道！"大副汤姆·奥斯汀说道，"难道你们没看出来？这家伙像个醉鬼，不光喝光了酒，连瓶子都吞了。"

"什么？"格里那凡勋爵说，"你是说，鲨鱼肚子里有个瓶子？"

---

① 1 英尺为 30.48 厘米。

② 1 磅约为 0.45 千克。

"没错，绝对是个瓶子。"大副回答说，"但这瓶子显然不是刚从酒窖里拿出来的。"

"那么，汤姆，你取出来的时候要小心。"格里那凡勋爵说，"海里捡到的瓶子，常常藏着重要的文件。"

"你觉得这个瓶子里也有？"麦克·纳布斯少校狐疑地问道。

"有可能。"

"噢！我也不否认这种可能性，里面也许真有什么秘密呢。"少校回应道。

"我们现在就来看看。"格里那凡说，"汤姆？"

"就是这个。"大副一边说，一边举起了一个他好不容易拽出来的、看不出模样的东西。

"把这脏东西洗干净，然后拿到船舱里来。"

汤姆按照指示，几分钟后将瓶子带进来，放在了桌子上。格里那凡勋爵、少校、船长和海伦娜都已在场静静等候。在海上，任何意外发生的事都是一件大事。他们默默地坐了片刻，注视着这件脆弱的遗物，心中猜测着它是否会暴露一场悲惨的灾难。又或者，瓶子可能只是某个爱开玩笑的水手在百无聊赖的时候为了消遣扔进海里的，里面只有一条无足轻重的消息。

要想揭开真相，唯一的办法就是仔细检查瓶子。格里那凡勋爵毫不犹豫地行动起来，细致入微地检查，简直像一位验尸官在检查尸体。

他首先端详着瓶子的外表。瓶颈又长又细，厚厚的瓶口边缘上，还挂着一根锈迹斑斑的铁丝。瓶身非常厚实，足以承受巨大的压力。这显然是香槟酒瓶，少校立刻说："很明显，这是法国香槟地区产的，来自克里格酒庄。"

没有人反驳，大家都知道少校对香槟酒很有研究。但海伦娜说："如果我们不知道它来自哪里，瓶子是什么牌子又有什么意义呢？"

"我们很快就会知道的，而且我们现在可以肯定的是——它来自很远的地方。看看它上面，那些乱七八糟的物质几乎已经变成了矿石，这要归功于海水中的盐分！在被鲨鱼吞进肚子里之前，这个瓶子已经在海上漂泊了很长时间。"

"我完全同意你的看法。"麦克·纳布斯说道，"我敢肯定，这个脆弱的瓶子之所以能漂这么久，就是因为它被这个坚固的外壳保护着。"

"但我想知道，它到底来自哪里？"格里那凡夫人问道。

"请等一下，亲爱的海伦娜。我们得对瓶子有点耐心。如果我没猜错，这个瓶子会回答我们所有的问题。"她的丈夫一边回答，一边开始动手刮掉瓶颈周围的沉积物。很快，软木塞就露了出来，但它被水腐蚀得很严重。

"这真令人担忧。"格里那凡勋爵说道，"如果里面有字条的话，它们的状态肯定不太妙！"

"恐怕确实是这样。"少校说道。

"不过，我得说，瓶子被鲨鱼吞下真是幸运。"格里那凡勋爵补充道，"否则，如果软木塞都这样了，瓶子无疑很快就会沉入海底。"

"这话说得没错。"约翰·孟格尔说，"不过，如果我们是在公海上捞到它的话那就更好了。那样我们就可以通过测量纬度和经度来定位，再研究气流和洋流，就能找到瓶子的出发点。但是，像鲨鱼这样的'邮递员'，总是逆着风和洋流而行，根本没有线索可以追踪到起点。"

"我们会知道的。"格里那凡说。整个船舱弥漫着海水的气味，海伦娜不耐烦地问道："好了，里面有什么？"

"我说对了吧！"格里那凡勋爵喊道，"我看到里面有纸张。但我有点担心拿不出来。纸张似乎因为潮湿已经腐烂，紧紧粘在瓶子的内壁上。"

"把它砸碎。"少校说。

"如果可能，我还是想保留整个瓶子。"

"你当然会这么想，"海伦娜说道，"但里面的东西比瓶子更有价值。我们应该牺牲瓶子，取出里面的东西。"

"我想，勋爵阁下只需要把瓶颈折断，就可以轻松把纸抽出来了。"约翰·孟格尔建议道。

"试试吧，爱德华，快试试。"海伦娜说。

格里那凡勋爵非常不情愿，但他发现自己别无选择，他必须把这珍贵的瓶子砸碎。不过，为了做到这一点，他们得先找到一把锤子，因为沉积物如花岗岩般坚硬。几下猛烈的敲击后，瓶子迅速碎裂，碎片上粘着些许纸片。格里那凡勋爵小心翼翼地剥下纸片，逐一展开，铺在桌子上。海伦娜和朋友们紧张地注视着。

第二章

三封信

　　然而，在这些纸片上，只有一些不成句子的字母依稀可辨，其他文字被水泡过，模糊得无法辨认。格里那凡勋爵聚精会神地翻着这些纸片，翻来覆去地看了几分钟，还举到光线下，尽力辨认每一个单词的碎片，周围的人焦急地等着。终于，他开口说道："这里有三封不同的信件，显然是用三种不同的语言——英语、法语和德语写的。"

　　"那么，你能从这些破碎的字里看出什么吗？"海伦娜问。

　　"不太容易，亲爱的海伦娜，这些词实在是太不完整了。"

　　"也许三封信可以互为补充。"麦克·纳布斯少校建议道。

　　"很有可能。"船长说，"总不可能三封信上都被抹掉了同样的词，我们把这些碎片拼凑起来，或许能得出一些有价值的信息。"

　　"那就这么办。"格里那凡勋爵回应道，"但我们要一步一步来。先来看看这份英文的。"

　　纸上只剩下了这些内容：

62	Bri	gow
sink		stra
	aland	
skipp	Gr	

```
                    that monit              of long

and                                         ssistance

      lost
```

"这里面能解读出来的信息不多啊。"少校看起来有些失望。

"是的，但不管怎样，这是地道的英语。"船长回应道。

"这一点毫无疑问。"格里那凡说，"沉没（sink）、一块土地（aland）、死亡（lost）这几个词是完整的，'skipp'显然是'船长'这个词的一部分，在英国，船长也被人叫作skipper。这里面似乎还提到了某个名字开头是Gr的先生，他很可能就是失事船只的船长。"

"嗯，你看，我们已经解读出不少信息了。"海伦娜说。

"是的，但遗憾的是，信上没有整行整行的内容。"少校说，"我们既不知道船的名字，也不知道船失事的地点。"

"我们会一步步弄清楚的。"爱德华说。

"噢，是的，毫无疑问。"少校附和道，他总是会附和一下别人的意见，"但是怎么做呢？"

"参考一下用其他语言写的信。"

"让我们试试吧。"他的妻子说。

第二张纸比第一张损坏得更严重，上面只剩下几个零星的词语。

内容如下：

```
      7 Juni                Glas

              zwei          atrosen

                            graus

                            bringt ihnen
```

"这是用德语写的。"约翰·孟格尔看了一眼，立刻说道。

"你懂德语，对吧？"格里那凡勋爵问道。

"非常熟练。"

"那来给我们解释一下这些词的意思吧。"

船长仔细读了一遍信，然后说：

"首先，这里记录了事件发生的时间：7 Juni，即6月7日。如果我们把这个日期和英文信件里的数字62组合，就能得到确切的日期，即1862年6月7日。"

"太棒了！"海伦娜喊道，"继续，约翰！"

"在同一行中，"年轻的船长继续说道，"有'Glas'，如果我们将它与英文信中的'gow'组合，就能得到完整的单词'格拉斯哥'（Glasgow）。这些信件明显是在说从格拉斯哥港出发的某艘船。"

"我也这么认为。"少校说。

"第二行已经完全被腐蚀掉了。"船长继续说道，"但第三行里有两个重要的词。'zwei'，意思是'两个'，'atrosen'，应该是'Matrosen'，这是德语中'水手'的意思。"

"那我猜，这应该是关于一位船长和两名水手的事情。"海伦娜说。

"看起来是这样。"格里那凡勋爵附和道。

"我必须承认，阁下，下一个词让我很困惑。我完全不清楚它的意思。也许第三封信能提供一些线索。最后两个词很清楚。'bringt ihnen'的意思是'给他们'。而且，如果你还记得的话，在英文信件中有'ssistance'，也就是'援助'（assistance），所以，把这些放在一起，我想应该是这样的：'给他们援助'。"

"是的，肯定就是这样。"格里那凡勋爵说，"但那些可怜的人到底在哪里呢？我们没有找到任何关于地点的线索，不知道这场灾难发生在什么地方。"

"也许法文的信会更明确一些。"海伦娜建议道。

"那就拿来吧，"格里那凡勋爵说，"我们都懂法语。"

法文信上面写的是：

troi	ats	tannia
	gonie	austral
		abor
contin	pr	cruel indi
jeté		ongit
et 37°11′	Lat	

"有数字！"海伦娜惊讶地喊道，"看！"

"我们一点点来。"格里那凡勋爵说，"从头开始。我认为，从第一行不完整的单词中，我们可以推测出这是一艘三桅船（trois-mâts），而且船名几乎可以确定。结合其他信件，它是'不列颠尼亚'（Britannia）号。至于接下来的两个词，'gonie'和'austral'，只有'austral'能看懂，意思是'南半球'。"

"不过，这已经是非常宝贵的信息了。"约翰·孟格尔说，"船难发生在南半球。"

"这个范围太大了。"少校说。

"好吧，我们继续。"格里那凡继续说，"这里的'abor'，显然是动词'登陆'（aborder）的一部分。这些可怜的人已经在某个地方登陆了。但是在哪里？'contin'——这是指'大陆'（continent）吗？还有'残酷'（cruel）！"

"残酷！"约翰·孟格尔打断了格里那凡的话，"我现在明白第二封信中'graus'是哪个词了。它是'grausam'，德语'残酷'的意思！"

"我们继续吧。"格里那凡勋爵说。不完整的单词开始被他们一一填补出来，并解读出意义，这让他很兴奋。"'indi'——他们是在印度（India）遭遇船难的吗？而这个'ongit'是哪个单词的一部分呢？啊！我明白了——

它是'经度'（longitude）。而这里是纬度（latitude），37 度 11 分。终于有一个精确的位置了！"

"但我们还没有具体的经度。"麦克·纳布斯提出异议。

"我们不能指望什么都有，亲爱的少校。无论如何，能知道确切的纬度也算有收获。法文信件无疑是这三份中最完整的。很明显，这三份信件的意思完全一样，因为它们的行数完全相同。我们现在要做的是把所有找到的单词拼凑起来，翻译成一种语言，并尽量确定它们最可能、最合理的意义。"

"那么，我们应该选择哪种语言呢？"少校问。

"我认为我们最好还是用法语，因为那是三封信中最完整的一份。"

"阁下说得对。"约翰·孟格尔说，"而且，我们都很熟悉法语。"

"很好，那么我就开始工作了。"

几分钟后，他写下了以下内容：

7 Juin 1862 trois-mâts Britannia Glasgow

（1862 年 6 月 7 日 三桅船"不列颠尼亚"号　格拉斯哥）

sombré		gonie	austral
（沉没		哥尼亚	南半球）
	àterre	deux matelots	
	（一块陆地	两名水手）	
capitaine Gr		abor	
（船长 Gr		登陆）	
contin	pr	cruel	indi
（大陆	被俘	残酷	印度）
	jetéce document	de longitude	
	（扔出这封信	在经度）	
et 37°11′de latitude		Portez-leur secours	

（在纬度 37 度 11 分　　　　　　给他们援助）

perdus

（死亡）

就在这时，一名水手前来报告，告诉船长他们即将进入克莱德湾，并询问船长的指示。

"阁下接下来打算如何行动？"约翰·孟格尔问格里那凡勋爵。

"尽快到达邓巴顿，约翰。海伦娜要返回马尔科姆城堡，而我将前往伦敦，把这封信交给海军部。"

水手接到命令，转身传达给大副。

"现在，朋友们，"格里那凡勋爵说，"我们必须继续调查下去，有一些不幸的人遭遇了一场巨大的灾难，好几个人的命运正取决于我们是否能解开这个谜团。

"首先，这封信里有三类信息需要搞清楚——我们知道的、可以推测的，以及不知道的。

"我们已知的是什么？我们知道，6 月 7 日，一艘来自格拉斯哥、名为'不列颠尼亚'号的三桅船沉没了。两名水手和船长在南纬 37 度 11 分处将这些信件扔进了海里，祈求着有人能伸出援手。"

"完全正确。"少校说。

"那么，我们现在可以推测出的是什么呢？"格里那凡勋爵继续说道，"船难发生在南半球。这里，我要提醒你们注意一下那个不完整的单词'gonie'。当你们看到这个词时，难道没有想到某个地区的名字吗？"

"巴塔哥尼亚（Patagonie）[①]！"海伦娜喊道。

"正是。"

"但是，37 度纬线穿过巴塔哥尼亚吗？"少校问。

---

① 位于南美洲南部，包括现在的阿根廷南部地区和智利南部地区。

"这很容易确认，"船长翻开了一张南美洲的地图，"是的，穿过了。巴塔哥尼亚刚好和37度纬线相交。这条纬线先是穿过阿劳卡尼亚①，沿着潘帕斯草原向北延伸，最终进入大西洋。"

"好，那我们继续推测。两名水手和船长登陆了——他们在哪里登陆？'contin'——在一片大陆（continent）上。注意，是大陆，不是岛屿。后来他们怎么样了？这里有两个字母，上天仿佛给我们留下了线索——'pr'，一定是'囚犯'（prisoners）的意思，而接下来的两个词显然是'残忍的印第安人'（cruel Indians）。这些不幸的人被残忍的印第安人俘虏了。你们没看到吗？这些词仿佛自己跳了出来，填补了空白。现在，这封信不是很清楚了吗？意思不是很明显了吗？"

格里那凡勋爵的语气中充满了坚定的信心，他的激情感染了在场的每一个人，大家异口同声地回应道："是的，很明显，非常明显！"

片刻后，勋爵再次说道："在我看来，这个假设非常合理，我毫不怀疑，船难肯定发生在巴塔哥尼亚海岸。不过，我还是要去格拉斯哥，确认一下'不列颠尼亚'号的目的地，这样我们才能知道它是否可能在那片海岸发生事故。"

"噢，没必要跑那么远，"约翰·孟格尔说，"我这儿有《商船公报》，我们可以在名单上找到船名，了解所有相关信息。"

"那就快查查看。"格里那凡勋爵说。

很快，1862年的报纸就送了过来。约翰开始迅速翻找，眼中闪烁着光芒，他在每一页上搜寻着那个名字。他没有花太长时间。几分钟后，他就喊道："我找到了！1862年5月30日，秘鲁卡亚俄港，装载货物前往格拉斯哥，'不列颠尼亚'号，船长格兰特（Grant）。"

"格兰特！"格里那凡勋爵喊道，"就是那个苏格兰人！试图在太平洋沿岸建立新苏格兰的探险家。"

---

① 位于现在的智利中南部。

"没错，"约翰·孟格尔附和道，"就是他。从 1861 年起，他便从格拉斯哥乘坐'不列颠尼亚'号出发，之后就再也没有他的消息了。"

"毫无疑问，我们一点都不用怀疑了。"格里那凡勋爵说道，"就是那位格兰特船长。'不列颠尼亚'号于 5 月 30 日离开卡亚俄，一周后，也就是 6 月 7 日，它在巴塔哥尼亚海岸失事。这些信件中的零散字词已经将整个故事拼凑起来。你们看，朋友们，我们的推测非常准确。现在我们找到了大部分的关键线索，除了经度还不清楚。"

"现在不需要经度了，我们已经知道船难发生的位置了。我敢断定，仅凭纬度，我们就能准确找到失事地点。"

"那么，我们真的掌握了所有细节吗？"海伦娜问道。

"是的，亲爱的海伦娜。我可以毫不费力地填补这封信上因海浪的侵蚀而消失的每一个空白，就仿佛格兰特船长在亲口和我讲述一般。"

他拿起笔，立刻写下了以下文字：

"1862 年 6 月 7 日，格拉斯哥的三桅船'不列颠尼亚'号在南半球的巴塔哥尼亚一处海岸附近沉没。在向岸边靠近时，两名水手和格兰特船长准备登陆，在那里，他们将被残忍的印安人俘虏。那里的纬度是南纬 37 度 11 分，我把这封信扔进了海里。请给予他们援助，否则他们就完了。"

"太棒了！太棒了！亲爱的爱德华。"海伦娜说，"如果那些可怜的人最终能重新回到祖国，他们一定会感激你。"

"他们会的。"格里那凡勋爵说，"这封信表达得如此清晰、明确，英国政府一定会立刻出发，拯救三位被遗弃在荒凉海岸的公民。英国曾为富兰克林和其他许多人做过同样的事[1]，现在，英国也一定会向'不列颠尼亚'号上可怜的遇难者伸出援手。"

"那些不幸的人，他们的家人一定正因为他们的失踪而悲痛。也许，这

---

[1] 这里指的是英国海军部发起的拯救探险家约翰·富兰克林的计划。

位命途多舛的格兰特船长也有妻子和孩子。"海伦娜说。

"说的对，亲爱的。我一定会让他们的家人知道，希望依然存在。但现在，朋友们，我们最好到甲板上去，船快要靠港了。"

一辆马车和几匹驿马已经在港口等候，准备将海伦娜和麦克·纳布斯少校送往马尔科姆城堡，而格里那凡勋爵则与年轻的妻子告别，跳上了前往格拉斯哥的特快列车。

但在出发前，他将一封重要的信件交给了一个比他更快的信使——电报。几分钟后，这封信就传到了伦敦。第二天的《泰晤士报》和《晨报纪事》上登载了如下文字："欲知格拉斯哥三桅船'不列颠尼亚'号及其船长格兰特的命运，请向苏格兰邓巴顿郡拉斯镇马尔科姆城堡的格里那凡勋爵咨询。"

第三章

船长的儿女

格里那凡勋爵的财富相当丰厚，这些财富都被他用来施行仁义。他的仁爱之心甚至超过了他的慷慨大度，因为慷慨有限，但仁义无疆。作为拉斯的领主、马尔科姆城堡的主人，他是本郡在上议院的代表。但由于勋爵持有詹姆斯党①的立场，不愿意迎合汉诺威王朝，并坚持祖先的传统，激烈反对南方人（指位于苏格兰之南的英格兰人）在政治上的侵犯②，因此英国政府总是对他冷眼相待。然而，他并不是一个思想古板、眼界狭窄的人。他的祖传领地总是向进步事物敞开大门，但他内心仍然是一个真正的苏格兰人。他参加皇家泰晤士河游艇俱乐部的比赛，也是为了苏格兰的荣誉。

爱德华·格里那凡现年三十有二。他身材高大，面容略显严峻，但眼神中总是流露出无比的温柔，言行举止也都带着高地诗歌的韵味。他勇敢无畏，充满胆识与骑士精神——简直就是19世纪的弗格斯③。但他的善良超越了所有其他品质，他无比仁慈，愿意用自己的财产来救济任何一位苏格兰的贫苦百姓。

---

① 英国政治名词，指反对信奉新教的汉诺威王朝、支持信奉天主教的斯图亚特王朝复位的人。

② 汉诺威王朝不支持苏格兰传统的氏族制度，故这里写勋爵"反对南方人在政治上的侵犯"。

③ 爱尔兰神话《阿尔斯特传说》中的人物，以勇武、慷慨和崇高的气节著称。

他结婚还不到三个月，新娘是威廉·塔夫内尔的女儿海伦娜小姐。威廉·塔夫内尔是一位伟大的旅行家，为了地理科学和探险热情献出了自己的生命。海伦娜小姐虽非贵族出身，但她是苏格兰人，这在格里那凡勋爵看来，比任何贵族血统都更为珍贵。而且，她还是一位迷人、高尚、虔诚的女子。

格里那凡勋爵并没有忘记他的妻子是一位伟大的旅行家的女儿，他认为，海伦娜很可能会继承她父亲的探险情怀。他特意建造了"邓肯"号游艇，计划带着他的新娘游览世界上最美丽的风光，最后在地中海和爱琴海群岛上结束他们的蜜月旅行。

但现在，格里那凡勋爵已经去了伦敦。海难幸存者的生命危在旦夕，海伦娜自己也十分担心他们，因此并不介意丈夫暂时离开。第二天，来了一封电报，说勋爵大概马上就要回来，但傍晚时收到的另一封电报却告诉她，丈夫的计划遭遇了阻力。而次日早晨的信中，勋爵则明确表露了他对海军部的不满。

日子一天天过去，海伦娜开始焦虑起来。一天晚上，当她独自一人在房间里时，管家阿尔伯特先生走了进来，询问她是否愿意见一下前来求见勋爵的两个孩子。

"是本地的村民吗？"海伦娜女士问道。

"不，夫人。"管家回答说，"我不认识他们。他们是坐火车到巴勒赫，然后步行到拉斯来的。"

"阿尔伯特，让他们进来吧。"

几分钟后，一个女孩和一个男孩被带了进来。他们长得很像，显然是一对姐弟。女孩大约十六岁，虽然疲惫，但很漂亮，眼神中带着哀伤，神情恭敬但又显得很勇敢，衣着虽然破旧但很整洁，这些都给人留下了很好的印象。男孩大概十二岁，他牵着女孩的手，脸上的神情异常坚毅，仿佛他是姐姐的保护者。

起初，女孩看上去很害羞，一句话也说不出来，但海伦娜用一个鼓励的微笑迅速缓解了她的紧张，夫人说："我想，你们是想见我吧？"

"不，"男孩坚定地回答，"不是想见你，而是想见格里那凡勋爵。"

"请原谅他的无礼，夫人。"女孩看了一眼她的兄弟。

"格里那凡勋爵现在不在城堡。"海伦娜回答道，"我是他的妻子，如果我能为你们做些什么——"

"你就是格里那凡夫人？"女孩打断了她的话。

"是的。"

"就是住在马尔科姆城堡、在《泰晤士报》上发布'不列颠尼亚'号沉船消息的格里那凡勋爵的妻子吗？"

"是的，是的。"海伦娜急切地说，"那你们是谁呢？"

"我是格兰特小姐，夫人，这是我的弟弟。"

"格兰特小姐！格兰特小姐！"海伦娜喊道。她把年轻的女孩拉到身边，双手握住她的手，又亲了亲男孩红润的脸颊。

"夫人，关于沉船的事，你知道些什么？告诉我，我的父亲还活着吗？我们还能再见到他吗？啊，告诉我吧。"女孩恳求道。

"亲爱的孩子。"海伦娜回答，"上帝保佑，这个问题，恕我不能轻率地回答你。我不想用虚幻的希望来欺骗你。"

"啊，告诉我吧，都告诉我吧！夫人，我经得起悲伤。无论听到什么，我都承受得了。"

"可怜的孩子，你父亲还有希望，但这希望非常渺茫。不过，也许在上帝的帮助下，你会再见到父亲的。"

女孩突然哭了起来，她的弟弟罗伯特抓住海伦娜的手，不停地亲吻着。

稍作冷静后，孩子们开始了一连串的提问。海伦娜向他们讲述了发现那三封信的经过，告诉他们，他们的父亲在巴塔哥尼亚海岸遇险，他和两名水手幸存下来。他们似乎成功地上了岸，并用三种语言写下了求救信，然后将信托付给了波涛。

海伦娜讲这些时，罗伯特·格兰特目不转睛地看着她，仿佛自己的一切都系在海伦娜的双唇上。显然，他天真无邪的心灵仿佛在重现父亲沉船时的每一个细节，他仿佛看到父亲在"不列颠尼亚"号的甲板上奋力与海浪搏斗：船长紧紧抓住岩石，最终筋疲力尽，倒在沙滩上。

他紧紧地依偎在姐姐身边，多次喊道："啊，爸爸！我可怜的爸爸！"

格兰特小姐安静地坐着，双手紧握，久久未言。当讲述结束时，她只说了一句话："啊，夫人，请把那封信给我！"

"它现在不在我这里，亲爱的孩子。"海伦娜回答道。

"你没有带着它？"

"没有。格里那凡勋爵不得不把它带到伦敦去，这是为了救你的父亲。但我已经把信中的所有内容一字不差地告诉了你，并解释了我们如何把信中的字词碎片拼凑成完整的内容——不幸的是，我们还不知道经度。"

"不知道也没关系。"男孩说。

"是的，罗伯特先生。"海伦娜微笑地回应着语气坚定的男孩，"所以你看，格兰特小姐，你现在和我一样，对每个最小的细节都了如指掌。"

"是的，夫人，但我仍然渴望亲眼看到父亲的笔迹。"

"嗯，或许明天就能看到。格里那凡勋爵明天就回来了。他打算把这封信交给海军部的大臣们，希望他们能立即派船去寻找格兰特船长。"

"夫人，你们真的为我们做了这些吗？"女孩惊呼道。

"是的，亲爱的格兰特小姐，我现在每一刻都在盼望格里那凡勋爵回来。"

"啊，夫人！愿上帝保佑你和格里那凡勋爵。"年轻的女孩满怀感激地说道。

"亲爱的孩子，不必感激我们。任何人处在我们的位置上，都会这么做的。我只希望我们带给你们的希望不会落空，在我丈夫回来之前，你们就住在城堡里吧。"

"啊，不，夫人。我不能滥用你的同情。"

"亲爱的孩子！"海伦娜打断了她的话，"在这个家里，你和你弟弟不是外人。我希望格里那凡勋爵回来时，他能够亲自告诉格兰特船长的孩子，我们将采取什么措施来营救他们的父亲。"

格兰特小姐和她的弟弟无法拒绝如此真诚的邀请。他们同意留下来，直到格里那凡勋爵回来。

第四章

海伦娜的提议

海伦娜认为，最好不要让孩子们知道格里那凡内心的忧虑——勋爵在担心海军大臣们不会帮忙。她也没有告诉他们，格兰特船长可能会被南美的印第安人俘虏。为什么要让这两个可怜的孩子承受不必要的痛苦，浇灭他们刚刚燃起的希望呢？这些对当前的状况并不会有任何改善。因此，她决定保持沉默。在回答完格兰特小姐的所有问题后，海伦娜反过来开始询问她，想了解她的过去与当下。

她听到了一段令人动容、简洁而纯粹的故事，这段故事让她对这位年轻女孩产生了更多的同情。

哈利·格兰特船长只有玛丽和罗伯特两个孩子。罗伯特出生时，哈利·格兰特的妻子就去世了。每当船长外出航行时，就会把孩子们托付给他的堂姐，一位善良的老妇人。格兰特船长是一位勇敢的航海家，他不仅精通航海，还熟悉经商之道——这两项技能对一艘商船的船长来说极为有用。他出生在苏格兰珀斯郡的邓迪镇，父亲是圣凯特琳教堂的牧师，为他提供了优质教育，因为父亲相信教育永远不会对人有害。

哈利一开始的几次远航都很顺利。罗伯特出生后不久，他已经拥有了一笔可观的财富。

这时，他提出了一个宏伟的计划，使他在苏格兰声名鹊起。和格里那凡以及苏格兰低地的许多贵族一样，他不支持苏格兰与英格兰合并。在他看来，苏格兰人与英格兰人的利益并不一致。为了个人的事业发展，他决定在远洋的某个大洲上建立一个庞大的苏格兰殖民地。也许他曾梦想着某天这个殖民地能像美国一样独立——澳大利亚和印度无疑也会效仿。无论他的秘密动机是什么，建立苏格兰殖民地就是他的梦想。然而，人们很容易想到，英国政府反对他的计划，给他设置了重重障碍，那些障碍足以击垮一个普通人。但哈利并没有被打败。他激起了同胞们的爱国热情，投入了自己的财富，建造了一艘船，配备了一支精锐的船员团队，然后把孩子们留给年迈的堂姐照看，自己则启程去探索太平洋上的大岛。那是1861年的事情，在随后的十二个月里，即直到1862年5月，他还会定期写信回来。但自从6月离开卡亚俄之后，他便音信全无，"不列颠尼亚"号也再未出现在船舶名单上。

就在这时，那位老堂姐去世了。从此以后，哈利·格兰特的两个孩子孤零零地生活在世间。

玛丽·格兰特当时年仅十四岁，却决定勇敢地面对困境，全心全意照顾年幼的弟弟。当时，弟弟仍是个不谙世事的孩子。凭借精打细算，再加上机智和谨慎，她想尽办法养活弟弟，给弟弟提供教育。玛丽日夜辛劳，克制着自己的需求，只为给予弟弟所需的一切。她像母亲一样守护着他、照顾着他。

这两个孩子就这样坚韧地生活着，耐心、勇敢地与贫困作斗争。玛丽心里只有弟弟，常常幻想他有一个光明的未来。她早已放弃了对"不列颠尼亚"号的任何希望，也早就认为父亲已经去世了。因此，当她偶然在《泰晤士报》上看到那条消息时，她的心情多么激动啊！

她一直行事果断，从不犹豫，决定立即前往邓巴顿，弄清事情的真相，无论真相是好是坏。即便最后的结果，是人们已经在远方的海岸或某个废弃船只的底部找到了父亲的遗体，这对她来说也算是一种解脱，至少她不需要再承受无尽的猜测与悬念的折磨。

她给弟弟讲了勋爵刊登的广告，两个孩子当天就一起动身，前往珀斯。他们在那里搭上火车，傍晚时分抵达了马尔科姆城堡。

这就是玛丽·格兰特的悲伤往事，她的话语简单真挚，她从未认为自己在那些艰难岁月里像个英雄。但海伦娜深受感动，不禁一次又一次拥抱这两个孩子，眼中含着泪水。

至于罗伯特，他似乎第一次听到这些细节。在姐姐讲述时，他一直瞪大眼睛看着她，直到现在，他才明白姐姐为自己付出了多少心血，承受了多少痛苦。当玛丽讲完时，罗伯特一下子扑到她的怀里，喊道："啊，妈妈！我亲爱的妈妈！"

天色已晚，海伦娜让孩子们去睡觉，因为她知道他们旅途劳顿，一定很累了。不久后，他们都进入了梦乡，梦里幻想着快乐的日子。

孩子们睡下后，海伦娜派人去找麦克·纳布斯少校，告诉他当晚发生的事情。

"玛丽·格兰特一定是个勇敢的女孩。"少校说道。

"我只希望，为了这两个可怜的孩子，我丈夫能成功。"海伦娜说，"否则的话，对孩子们的打击就太大了。"

"他一定会成功的，否则海军部那些老爷们就太铁石心肠了。"

尽管麦克·纳布斯这么说，海伦娜还是一夜未眠，心中充满了焦虑，无法安睡。

第二天一大早，玛丽·格兰特和她的弟弟就起床了。他们在院子里散步时，突然听到马车驶近的声音。是格里那凡勋爵回来了！紧接着，海伦娜和少校出来迎接他。

一看到丈夫下车，海伦娜就飞奔过去，但格里那凡只是默默地拥抱了她，脸上带着忧郁和失望的神情，甚至可以说，带着一丝愤怒。

"怎么了，爱德华？"她问道，"告诉我吧。"

"海伦娜，亲爱的，那些人简直黑了心！"

"他们拒绝了？"

"是的。他们拒绝派给我一艘船！他们说，寻找富兰克林已经浪费了几百万英镑。他们还说我们找到的信件含糊不清，难以解读。然后，他们又说这些人已经失踪两年，找到的机会微乎其微。另外，他们还认为俘虏他们的印第安人会把他们带到内陆地区，他们说在整个巴塔哥尼亚搜寻三个人——三个苏格兰人，这是不可能的。搜寻一定没有结果，而且充满危险，失去的生命会比拯救的生命还要多。总之，他们给出的理由全是那些早就下定决心拒绝的人编出来的借口。但实质上，他们仍然记得格兰特船长的计划，这才是他们拒绝救援的真正原因。所以，那些可怜的人，已经没有希望了。"

"我的爸爸！我可怜的爸爸！"玛丽·格兰特哭喊着，跪在格里那凡勋爵面前，勋爵惊讶地喊道：

"你的爸爸？什么？这位小姐是——"

"是的，爱德华，"海伦娜说道，"这是玛丽·格兰特小姐和她的弟弟。无情的海军部让他们成了孤儿！"

"啊！格兰特小姐。"格里那凡勋爵扶起年轻的女孩，"如果我早知道你们在这里——"

他没有继续说下去，院子里陷入了沉默，只有抽泣声偶尔响起。没有人说话，但无论是仆人还是主人，大家的神情都流露出对英国政府行为的愤怒。

最后，少校转向格里那凡勋爵："那么，你完全想不到任何办法了吗？"

"是的。"他回答道。

"那好，"小罗伯特喊道，"我找那帮人去，我倒要看看他们是不是——"他的话还未说完，就被姐姐打断了。他紧握的拳头表明，他的打算一点都不平和。

"不，罗伯特。"玛丽·格兰特说道，"我们应该感谢这位高贵的勋爵和夫人为我们做的一切，并且永远心怀感激，记住他们的帮助。然后，我们一起走。"

"玛丽！"海伦娜惊讶地说。

"你们去哪里？"格里那凡勋爵问道。

"我要去向女王陛下请愿，看看她是否会对两个希望挽救父亲生命的孩子的呼声充耳不闻。"

格里那凡勋爵摇了摇头。他倒没有怀疑女王陛下的仁慈，但他很清楚玛丽永远也不可能见到女王。那些求情的人，几乎没有机会踏上王宫的台阶，似乎王宫的大门上也刻着和英国船舶上一样的铭文：请勿与掌舵人交谈。

格里那凡夫人明白丈夫的心思，她也知道玛丽的努力最终会落空，这两个孩子的绝望只会更加深重。突然，海伦娜感受到一种伟大而慷慨的力量在心中熊熊燃起，她喊道："玛丽·格兰特！等等，我的孩子，听我说——"

玛丽刚拉起弟弟的手，准备转身离开，但听到海伦娜的呼唤后，她停下了脚步。

年轻的妻子走到丈夫身边，眼里含着泪水，但她声音坚定，脸上洋溢着热情："爱德华，当格兰特船长写下那封信并把它扔进大海时，他把希望托付给了上帝。而上帝把这封信送给了我们——送给了我们！毫无疑问，上帝希望我们去拯救这些可怜的人。"

"你是什么意思，海伦娜？"

"我是说，如果我们的婚姻能以一件善举开始，这将是最幸福的事情。

你知道的，爱德华，为了让我高兴，你计划了一次愉快的旅行。但还有什么比拯救那些被祖国遗弃的无助者更令人幸福呢？还能有什么比这更有意义呢？"

"海伦娜！"格里那凡勋爵喊道。

"是的，爱德华，你明白我的意思。'邓肯'号是一艘坚固的好船，它可以在南半球的海域航行，如果有必要的话，甚至可以环游世界。我们走吧，爱德华，让我们出发，去寻找格兰特船长！"

对于这个大胆的提议，格里那凡勋爵没有回答，只是微笑着张开双臂，深情地拥抱了妻子。玛丽和罗伯特抓住她的手，亲吻着。那些挤在院子里目睹这一感人场景的仆人们不约而同地喊道："为拉斯的领主夫人欢呼！为格里那凡勋爵和夫人欢呼三声！"

第五章

"邓肯"号起航

我们之前提到过，海伦娜是一位勇敢而慷慨的女性，而她刚刚所做的事情无疑证明了这一点。拥有这样一位理解他、认同他所有观点的妻子，格里那凡勋爵完全有理由感到自豪。当格里那凡在伦敦被海军部拒绝时，他便萌生了亲自去营救格兰特船长的念头。只是，他一直未曾与海伦娜提起这件事，因为他无法忍受与妻子分开。但如今，既然海伦娜自己提出了这个计划，格里那凡也就无须再犹豫。城堡的仆人们对这一计划欢呼不已，因为这是为了拯救他们的同胞——苏格兰人。而格里那凡勋爵也与仆人们一同欢呼，为拉斯的领主夫人献上热烈的祝福。

一旦决定出发，就一刻都不能耽误。约翰·孟格尔当天就收到了一份电报，电报中传达了格里那凡勋爵的命令，让他立刻驾驶"邓肯"号前往格拉斯哥，并做好前往南半球海域，甚至是进行环球航行的准备。海伦娜是对的，如果有必要，这艘游艇完全可以安全地进行环球航行。

"邓肯"号是一艘性能极佳的蒸汽游艇。它的排水量达到了二百一十吨，比首次抵达新世界①的船队中的任何一艘船都要大得多，与哥伦布②同

---

① 欧洲人对美洲的称呼。

② 哥伦布，出生于热那亚共和国（位于现在的意大利西北），航海家、探险家，是第一个抵达美洲的欧洲人。

行的四艘船中，最大的一艘也只有七十吨的排水量。它配备了两根桅杆，拥有普通快速帆船的所有帆和索具，能够充分利用有利的风向，尽管它主要依赖机械动力。它的发动机是按照一种新型设计方案制造的，属于高压发动机，功率为一百六十马力，驱动着双螺旋桨，可以让游艇以极快的速度航行。在克莱德湾的试航中，它达到了十七海里每小时的速度，这一速度在当时的船只中无船能及。因此，"邓肯"号本身不需要任何改动，约翰·孟格尔只需关注其内部布置。

他首先要做的是扩大煤舱，以便尽可能多装载一些煤炭，因为中途很难补充。他还需要扩大储藏室。船长已经妥善处理了这件事，储备的给养足够支撑两年的航行。他手头有足够的资金，还购置了一门带转动炮架的加农炮，安装在船头。谁也不知道旅途中会发生什么意外情况，能把一枚精良的炮弹发射出四海里远，总是一件好事。

约翰·孟格尔的业务很熟练。虽然他只是艘休闲游艇的船长，但他仍是格拉斯哥最优秀的船长之一。他今年三十岁，虽然面容稍显粗犷，但他的表情却显露着勇敢和善良。他在格里那凡家族的马尔科姆城堡长大，成了一位出色的水手。在长途航行中，他多次证明了自己精湛的技术、旺盛的精力和冷静的性格。当格里那凡勋爵任命他为"邓肯"号的指挥官时，他欣然接受了这个职位，因为他像爱自己的兄弟一样爱着马尔科姆城堡的主人，而且一直都在寻找机会来证明自己的忠诚。

船上的大副名叫汤姆·奥斯汀，是一位值得信赖的老水手。包括船长和大副在内，船上共有 25 名船员，他们都来自邓巴顿郡，是经验丰富的水手，也都是格里那凡家族的仆从。实际上，他们是一个相当正式的苏格兰氏族，甚至都没有忘记带上传统的苏格兰风笛。格里那凡勋爵的队伍里就是这样的一群值得信赖的小伙子，他们技艺精湛、忠心耿耿、充满勇气，而且很擅长使用火器，也很擅长操纵船只。这是一支随时准备随勋爵出征的勇敢队伍，可以跟随他到任何地方，甚至参加最危险的探险。

当船员们听到他们的任务时，激动之情溢于言表，欢呼声在邓巴顿的群山间回荡。

　　尽管约翰·孟格尔将游艇的装载和补给作为首要任务，但他也没有忘记为格里那凡勋爵和夫人准备适合长途航行的舱室。此外，他还得为格兰特船长的孩子们准备好船舱，因为海伦娜无法拒绝玛丽想一起出发的请求。

　　至于年幼的罗伯特，他宁肯偷偷藏在"邓肯"号的船舱里，也不愿被留在岸上。他甚至愿意去做一名侍应生，就像纳尔逊[1]小时候一样。没有人能够拒绝这个小家伙，事实上，也的确没人拒绝他。他不想仅仅做一名乘客，而是希望尽全力帮上忙，无论是做侍应生、学徒，还是水手，他都不介意。于是，他被交给了约翰·孟格尔，接受适当的训练，为未来的航海生活做准备。

　　"如果我表现不好，船长可以尽情用九尾鞭[2]打我。"罗伯特说。

　　"孩子，在这件事上你放心。"格里那凡勋爵严肃地说。他没有说的是，"邓肯"号上严格禁止这样的惩罚，更何况，这些惩罚完全没必要。

　　关于船上的乘客，必须再说一说麦克·纳布斯少校。少校大概五十岁，面容平静，五官端正。他是个擅长执行任务的人，性格也非常好，甚至可以说完美无瑕：他谦逊、沉静、平和。在任何问题上，他都能和所有人达成一致，从不争论、反驳，也从不发火。他的步伐永远保持同样的速度，不会加快，也不会减慢，无论是上楼睡觉还是爬上悬崖都是如此。没有什么能让他激动或困扰，甚至飞来的炮弹也无法动摇他的冷静。毫无疑问，他将永远保持这样的平静，不会有一丝愤怒。

　　这个人不仅拥有超乎常人的勇气——即战场上需要的那种仅凭肌肉力量的勇气，还拥有更加高尚的品质，也就是坚定的内心。如果非要说他有什么缺点的话，那就是他从头到脚都充满了苏格兰人的特质。他是一个地道的喀里多尼亚[3]人，固执地坚持着所有自己祖国的古老习俗，这也是他拒绝为英

────────────

　　① 霍拉肖·纳尔逊，英国军事家，海军将领。

　　② 又叫"九尾猫"，指一种在木柄的尾端装有九根软鞭的鞭子。以前，英国船上常用这种鞭子惩罚犯错的水手。

　　③ 苏格兰的旧称。

军服役的原因之一。在苏格兰贵族组成的四十二步兵团，也就是俗称的"高地黑卫队"中，他获得了少校的军衔。

他是格里那凡勋爵的表兄，也住在马尔科姆城堡。作为一名少校，他当然也加入了"邓肯"号的航行中。

这艘游艇的全体乘员，出于机缘巧合被召集在一起，要去执行当今最令人称奇的远航。自游艇抵达格拉斯哥蒸汽船码头以来，它便成为公众关注的焦点。每天都有游客前来参观，它成为大家津津乐道的话题。这使得港口里其他船长颇为恼火，尤其是"斯科舍"号的伯顿船长。"斯科舍"号停泊在"邓肯"号旁边，是一艘相当宏伟的蒸汽船，打算前往加尔各答。和巨大的"斯科舍"号相比，"邓肯"号看上去就像是一艘小型快艇一般。但格里那凡勋爵的这艘游艇却成为了大家关注的中心，而且关注度还在与日俱增。

"邓肯"号将于8月25日凌晨三点在落潮时起航。在出发前，格拉斯哥的民众见证了一场感人的仪式。前一天晚上八点，格里那凡勋爵和他的朋友们，以及从司炉工到船长的全体船员，所有即将参与这次无私航行的人都离开了游艇，前往圣蒙戈大教堂①，这是格拉斯哥的一座古老的教堂。

这座被沃尔特·司各特②生动地描述过的古老建筑，在宗教改革造成的一片废墟中依然完好无损。正是在那里，在那高耸的拱门之下，在宏伟的中殿里，在无数人的注视下，在周围密密麻麻的古墓的环绕下，他们聚集在一起，祈求上天庇佑他们的航行，将自己的命运托付给上帝。莫尔顿牧师主持了仪式，当仪式结束，牧师为远行者祝福之后，一个年轻女孩的声音打破了庄严的沉默。那是玛丽·格兰特，她向上帝倾诉，为她的恩人们祈祷。感恩和欣喜的泪水顺着她的脸颊流下，女孩哽咽得几乎说不出话来。人群带着深深的感动渐渐散去，十一点钟时，乘客和船员们回到了船上。

---

① 圣蒙戈大教堂，也被称为格拉斯哥大教堂，是苏格兰格拉斯哥的地标式建筑。
② 沃尔特·司各特，英国历史小说家、诗人，浪漫主义的代表人物。

第六章

不速之客

航行的第一天，女士们一直待在船舱里，因为海上波涛汹涌。傍晚时分，风刮得异常猛烈，"邓肯"号剧烈地颠簸着。

但第二天早晨，风向变了，船长命令船员们升起前桅杆的几片船帆，船只的摇晃大大减轻。天刚破晓，海伦娜和玛丽·格兰特就来到了甲板上，她们在那里见到了格里那凡勋爵、麦克·纳布斯少校和船长。

"玛丽小姐，你还适应海上的生活吗？"格里那凡勋爵问道。

"还不错，勋爵阁下。我并没有感到特别不舒服。而且我相信自己会慢慢适应的。"

"那我们的小罗伯特呢？"

"噢，说到罗伯特，"船长说，"他要么在下面的机房忙活，要么就爬到桅杆的高处待着。像他这种小伙子是不会晕船的。你看，他现在就在那里！你看到了吗？"

船长指向前桅杆，果然，罗伯特正挂在桅杆最顶端，离甲板一百多英尺。玛丽吓了一跳，但船长说：

"噢，别担心，玛丽小姐。他没问题的，相信我，用不了多久，我就会把一个出色的水手交给格兰特船长，因为我们一定会找到那位可敬的船长的，请相信这一点。"

"约翰先生，希望上帝保佑。"年轻的姑娘回答道。

"我亲爱的孩子，"格里那凡勋爵说道，"整件事似乎都是天意的安排，我们有充分的理由抱有希望。我们不是去寻找，而是被引领着前行；我们不是在搜索，而是在被指引的道路上前进。看看那些投身正义事业的勇士们吧。我们不但会顺利完成这次探险，而且几乎不会遇到什么困难。我答应过海伦娜女士，要给她一次愉快的旅行，我一定会兑现承诺，因为我不可能食言。"

"爱德华，"他的妻子说道，"你是全天下最好的人。"

"不是这样的，"他回答道，"但我拥有最好的船员和最好的船。玛丽小姐，我猜想你不怎么欣赏'邓肯'号吧？"

"恰恰相反，勋爵阁下，我非常欣赏它，而且我还是个懂船的行家。"年轻的姑娘回答道。

"真的吗？"

"是的。我从小就在父亲的船上玩耍。他本该让我成为一名水手。我敢肯定，在紧急情况下，我能很轻松地收起船帆，系好帆索。"

"小姐，你说的是真的？"约翰·孟格尔喊道。

"这么说的话，那你和约翰一定会成为好朋友，因为他觉得没有哪个职业能比得上水手了。他甚至认为，即使是女人，也没有其他职业比水手更好。对不对，约翰？"

"完全正确，"船长说道，"不过，勋爵阁下，我必须得说，格兰特小姐更适合待在贵宾室里，而不是去收船帆。尽管如此，我还是很荣幸能得到她的夸奖。"

"尤其是她说自己欣赏'邓肯'号的时候。"格里那凡勋爵补充道。

"说真的，"格里那凡夫人说，"你对你的游艇如此自豪，让我都想好好参观一下了。而且我很想去下面看看我们勇敢的船员们的住处。"

"他们的住处是一流的。"约翰回答道，"他们在那里，就像在家里一样舒适。"

"他们真的就是在家里，亲爱的海伦娜。"格里那凡勋爵说，"这艘游艇就是古老的喀里多尼亚的一部分，是邓巴顿郡的一角，只是在出海航行而已。所以从某种意义上说，我们仍然在自己的国度里。'邓肯'号就是马尔科姆城堡，大海就是洛蒙德湖。"

"很好，亲爱的爱德华，那么请你尽地主之谊，带我参观一下你的'城堡'。"

"随时愿意效劳，夫人。但我要先和奥比内说一声。"

游艇的司务长奥比内是一位出色的餐厅服务主管，他总是摆出一副高贵的架势，看上去像个法国人。但无论如何，他都会尽职尽责、聪明能干地履行好自己的职责。

"奥比内，"他的主人呼唤他，"我们打算在早餐前散散步，希望我们回来时，早餐已经准备好了。"

他说话的语气就好像他们只是要去塔伯特或者卡特琳湖散散步一样。司务长郑重其事地鞠了一躬，作为回应。

"少校，你要和我们一起去吗？"海伦娜询问。

"如果你需要我去的话。"麦克·纳布斯回答。

"噢！"格里那凡勋爵说，"少校正忙着抽他的雪茄呢，别把他从雪茄烟雾中拉走。他可是个老烟枪了，玛丽小姐，我和你说，他总是烟不离手，甚至睡觉时都在抽烟。"

少校点了点头表示赞同，于是格里那凡勋爵一行人走下甲板。

麦克·纳布斯独自留在那里，低声自语，这已是他的习惯。很快，他就被浓重的烟雾包围了起来。他一动不动地站在那里，注视着游艇的航迹。他静静地看了几分钟，转过身来，突然发现自己和一个陌生人来了个面对面。当然，如果说什么事情能让他感到惊讶的话，这次偶遇肯定是要计算在内的，因为他之前从未见过这个人。

这个人身材高大瘦削，看起来有些憔悴。他大约四十岁，脑袋很大，就像一个长着大脑袋的长钉子。他额头高耸，下巴非常明显，戴着一副巨大的圆眼镜，遮住了眼睛，眼神带着一种很独特的闪烁不定的感觉。那些夜视者——他们的眼球构造特殊，在白天视力不佳，但在夜晚视力良好——这种人就总是带着这样的目光。从他的相貌来看，他是个聪明活泼的人。他他并没有那些严肃人士特有的刻板表情，那些人总是拒绝微笑，带着一副严肃的面具，掩饰内心的空虚，他看起来完全不是这样的。他漫不经心、和蔼可亲、举止随意、不拘小节，很显然，他懂得如何从积极的角度看待人和事。他虽然还没有开口说话，但给人一种健谈的印象。他似乎还是个心不在焉的家伙，好像不一定会注意得到摆在眼前的东西，留心得到就在耳畔的声音。他戴着一顶旅行帽，穿着结实的低帮黄色皮靴，配有皮绑腿。他的长裤和夹克都是棕色天鹅绒的，无数个口袋里塞满了笔记本、备忘录、账本、便携本，以及一大堆笨重且无用的东西。他的肩带上还挂着一个望远镜。

这位陌生人显得很兴奋，与少校的冷静形成鲜明对比。他绕着麦克·纳布斯走来走去，打量着他，然而，波澜不惊的苏格兰人没有任何回应，也丝毫没有表现出对陌生人来自何处、去向何方，或者如何登上"邓肯"号等问题的好奇。

发现自己所有的努力都被少校的冷漠挫败后，这位神秘来客抓起望远镜，把它拉到四英尺的最大长度，开始观察远处的海平面。他双腿叉开，一动不动地站着。他看了几分钟，然后放下望远镜，把它放在甲板上，倚靠在上面，仿佛那是一根拐杖。当然，由于他的体重，望远镜的各个部分立刻挤压在一起，收了起来。望远镜收得太快了，他整个人失去了依靠，摔倒在甲板上，四肢摊开，躺在主桅杆下面。

任何人看到这一幕都会发笑，但是少校除外。麦克·纳布斯连脸上的肌肉都没有动。

陌生人没了办法，只能用明显的外国口音开口喊道：

"司务长！"

他等了一会儿，但是没人出现，于是他用更大的声音再次喊道："司务长！"

恰在此时，奥比内先生路过，正打算去厨房，听到一个陌生的瘦高个子这样喊自己，他感到十分惊讶。

"这家伙是从哪里来的？他是谁啊？"他心中暗想，"他看上去不像是格里那凡勋爵的朋友啊。"

但他还是走上了甲板，走近了这个陌生人。陌生人问他："你是这艘船的司务长吗？"

"是的，先生。"奥比内回答说，"但我是否有幸能——"

"我是六号客舱的乘客。"

"六号？"司务长重复道。

"当然。你的名字是什么？"

"奥比内。"

"好吧，奥比内，我的朋友，我们必须考虑一下早餐了，而且得快点。我已经三十六个小时没吃东西了，更准确地说，我已经足足睡了三十六个小时——对于一个从巴黎一刻不停地赶到格拉斯哥的人来说，这一点肯定是可以理解的。早餐时间是几点？"

"九点。"奥比内机械地回答。

陌生人想掏出表来看时间，但他一直翻到第九个口袋才找到表。

"啊，好吧。"他说，"现在才八点。在我等早餐的时候，请给我拿一杯雪莉酒和一块饼干来，因为我太虚弱了，真的快要晕倒了。"

奥比内听到了他的话，但没有理解他想做什么，因为这个健谈的陌生人一直在不停地说话，从一个话题跳到另一个话题。

"船长呢？船长还没起床吗？大副呢？他在做什么？他还在睡觉吗？幸运的是，天气很好，风也很顺，船自己走也没问题。"

就在这时，约翰·孟格尔出现在楼梯顶端。

"船长来了！"奥比内说。

"啊！我很高兴，伯顿船长，很高兴认识你。"陌生人喊道。

约翰·孟格尔愣住了，船上出现了一位陌生人，他还称呼自己为"伯顿船长"。

但新来的这个人继续以最和蔼的方式自说自话。

"请允许我和你握握手，先生。昨天晚上我没有这样做，只是因为我不想在启程时给你添麻烦。但今天，船长，我很高兴能认识你。"

约翰·孟格尔瞪大了眼睛，一会儿看看奥比内，一会儿看看陌生人。

但没有等任何人回答，这个喋喋不休的家伙继续说：

"现在介绍完了，我亲爱的船长，我们是老朋友了。我们聊一会儿吧，和我说说，你喜欢'斯科舍'号吗？"

"你说的'斯科舍'号是什么？"约翰·孟格尔终于能插进去一句话。

"'斯科舍'号？啊，当然是我们现在乘坐的这艘船——真是艘好船，有人向我推荐过它，不仅因为它性能优越，还因为它的指挥官、勇敢的伯顿船长，堪称道德模范。你一定和那个同姓的著名非洲探险家[①]有亲戚关系。他是个勇敢的人，先生。我向你表示祝贺。"

"先生，"约翰打断了他的话，"我和那位伟大的旅行家伯顿没有亲戚关系，我甚至都不是伯顿船长。"

"啊，是这样吗？那我现在一定是在和大副薄内斯先生说话。"

"薄内斯先生？"约翰·孟格尔说。对现在的情况，他心中满是疑惑。他不断问自己，这个人到底是个疯子，还是个粗心大意的糊涂蛋？他正打算明确地解释一下情况时，格里那凡勋爵和他的同伴们走上了船尾甲板。陌生人立刻看到了他们，喊道：

"啊！乘客们，乘客们！薄内斯先生，我希望你能把我介绍给他们！"

但还没等任何人做介绍，他就迈着轻快的步伐，优雅地走到他们面前，向格兰特小姐鞠躬说："夫人"；然后向海伦娜再次鞠躬说："小姐"；最后向格里那凡勋爵说："先生"。

这时，约翰·孟格尔打断了他，说："这是格里那凡勋爵。"

---

①理查德·伯顿，英国军官、探险家、地理学家，曾探索非洲中部，并著有多部旅行著作，是非洲探索的代表人物之一。

"阁下。"陌生人继续说道，"请原谅我自作主张来见你，但在海上，稍微无视一下严格的礼仪规则也很好。我希望我们很快就能熟络起来，而几位女士的陪伴会让我们的'斯科舍'号之旅显得既短暂又愉快。"

海伦娜和格兰特小姐惊讶得说不出话来。这个陌生人突然出现在"邓肯"号的船尾甲板上，这太难以解释了。

格里那凡勋爵比较镇定，他说："先生，我是否能有幸知道你是谁？"

"我是雅克·帕加内尔，巴黎地理学会的秘书，柏林、孟买、达姆施塔特、莱比锡、伦敦、圣彼得堡、维也纳和纽约等地的地理学会的通讯会员，东印度皇家地理和民族学研究所的荣誉会员。在研究了二十年的地理学后，我希望投身实践，现在我正在前往印度的途中，希望能追随伟大旅行家的足迹，为科学事业获取尽可能多的信息。"

第七章

雅克·帕加内尔终于明白了

这位地理学会的秘书显然是一个和蔼可亲的人,他讲起话来充满活力,让人听了很舒服。格里那凡勋爵此时已经完全清楚帕加内尔是谁了,因为他常常听到人们谈论起这个名字。勋爵还了解帕加内尔的学术成就——他在地理学领域的著作、在学会报告中发表的关于现代地理发现的论文,以及他与世界各地学者的通信,都使他在法国学术圈中占有举足轻重的地位。

自然,格里那凡勋爵对这样一位学者的到来十分欢迎,他热情地与帕加内尔握手。

"既然你已经自我介绍过了,"他说,"帕加内尔先生,你是否允许我请教一个问题?"

"二十个问题都行,阁下。"帕加内尔回应道,"能和你交谈总是一件乐事。"

"你是昨天晚上登上这艘船的吗?"

"是的,阁下,大约是八点钟。我在喀里多尼亚火车站上了一辆出租马车,然后又从马车上了'斯科舍'号。我在离开巴黎之前就已经预订了船舱。那晚很黑,我没在船上看到任何人,所以我找到了六号船舱,就上床睡觉了,因为我听说预防晕船的最好办法就是睡觉,前几天尽量不要动弹。而且,我已经连续旅行了三十个小时,所以我钻进了被窝,我可以向你保证,我足足睡了三十六个小时。"

帕加内尔的听众们现在搞清了整个谜团的真相，明白了他为什么会出现在"邓肯"号上。这位法国地理学家上错了船，而船员们当时正在圣蒙戈大教堂参加仪式。一切都清楚了。然而，当帕加内尔得知自己此刻所乘之船的名字及其目的地时，这位博学的地理学家又会作何反应呢？

"那么，帕加内尔先生，你是打算从加尔各答开启你的旅程吗？"

"是的，阁下，参观印度是我一生的夙愿。能够置身于大象出没的国度，那简直就是梦想成真。"

"那么，如果要去另一个国家的话，对你来说可以吗？"

"那可不行，阁下，换个地方可不行，因为我收到了总督萨默塞特勋爵的信，而且地理学会委托我去执行一项任务。"

"啊，你有任务在身。"

"是的，我要进行一次有趣而重要的旅行，我学识渊博的朋友和同事，维维安·德圣马丁①先生为我规划了这次旅行，我要追寻施拉京特魏特兄弟、峨格上校、霍奇森、传教士于克和加贝、莫尔克罗夫特和朱尔·雷米②还有众多著名旅行者的足迹。我打算完成传教士克里克③的未竟事业，他在1846 年不幸失败。简而言之，我打算沿着雅鲁藏布江旅行，这条河流长达一千五百千米，为青藏高原提供水源，沿着喜马拉雅山的北麓流淌，我还要查证它是不是在阿萨姆邦的东北部汇入布拉马普特拉河。阁下，谁要是能证实这一点——这是印度地理学中最重要的问题之一，谁就能得到一枚金质奖章。"

帕加内尔慷慨激昂，讲得神采飞扬，思绪似乎已经插上了幻想的翅膀。要想阻止他，就如同想让莱茵河在沙夫豪森瀑布停流一样，是不可能的。

---

① 维维安·德圣马丁，法国地理学家。

② 帕加内尔提到的这些人均为曾在印度次大陆、青藏高原、喜马拉雅山脉等地考察过的旅行家。

③ 尼古拉·米歇尔·克里克，法国传教士，被派往喜马拉雅山脉、青藏高原、克什米尔等地传教。

"雅克·帕加内尔先生，"格里那凡勋爵稍微停顿了一下，又继续说，"毫无疑问，那将是一项伟大的成就，你的探索将为科学带来巨大贡献，但我不能让你继续误解下去了，因此我必须告诉你，至少目前，你得放弃探访印度的美妙计划了。"

"放弃？为什么？"

"因为你正背对着印度半岛航行。"

"伯顿船长，你这是在说什么话啊？"

"我不是伯顿船长。"约翰·孟格尔说道。

"但这是'斯科舍'号啊。"

"这艘船不是'斯科舍'号。"

帕加内尔的惊愕简直难以言喻。他先是瞪大眼睛盯着一个人，又转头看向另一个人，完全不知所措。

格里那凡勋爵神情严肃，海伦娜和玛丽的眼神中流露出对焦急不已的帕加内尔的同情。约翰·孟格尔忍不住笑了出来，但少校则像往常一样若无其事。最后，这个可怜的家伙耸了耸肩，扶了扶眼镜，说道：

"你们在开玩笑吧。"

但就在这时，他的目光落在了船舵上，看到上面写着两行字：

"邓肯"号
格拉斯哥

"'邓肯'号！'邓肯'号！"帕加内尔绝望地大喊起来，随即冲下楼梯，跑向自己的舱室。

帕加内尔消失在甲板上的那一刻，除了麦克·纳布斯少校之外的所有人都爆发出一阵大笑，笑声甚至传到了前舱的水手耳中。搭错火车，本想去邓巴顿，却上了开往爱丁堡的列车，这种事还算常见，但是把船都搞错了，本想去印度却驶向了智利——这可真是个大乌龙！

"不过，"格里那凡勋爵说，"帕加内尔犯这种错误，我一点也不意外，他早就因为粗心大意而名声在外了。有一次，他发表了一张著名的美洲地图，竟然把日本也画了进去。但尽管如此，他在学识上仍然出类拔萃，是法国最优秀的地理学家之一。"

"但是我们该如何帮帮这位可怜的绅士呢？"海伦娜问道，"我们不能带他一起去巴塔哥尼亚。"

"为什么不呢？"麦克·纳布斯严肃地回答，"我们不必为他的粗心大意负责。假如他在火车上，难道火车会为他停下来吗？"

"不会，但他可以在下一站下车。"

"那么，如果他愿意的话，他也可以在船上这么做。我们可以在第一个靠岸的地方让他下船。"

就在他们谈话的时候，帕加内尔又走到船尾甲板上，神情沮丧懊恼。他刚检查过自己的行李，确认一切都在船上，还在不停地重复着那句倒霉的话："'邓肯'号！'邓肯'号！"

他一时找不到别的话来表达自己的感受，只能在甲板上焦躁地走来走去，时而停下来看看船帆，时而望向茫茫大海，凝视远方的海平面。最后，他再次向格里那凡勋爵搭话，问道：

"那么这个'邓肯'号，它是开往哪里的？"

"开往美洲，帕加内尔先生。"格里那凡回答说。

"具体是哪个地方？"

"开往康塞普西翁。"

"智利！要去智利！"这位不幸的地理学家喊道，"但我的任务是去印度。地理学会的主席德卡特勒法热先生会怎么评价这件事？达弗萨先生、高丹伯先生和维维安·德圣马丁先生又会怎么说呢？我还有什么脸去参加学会的会议呢？"

"帕加内尔先生，别灰心。事情总会有办法解决。你只需要忍受一些小小的延误，实际上也不是什么大问题。雅鲁藏布江永远都会在西藏的山中等着你。我们很快就会在马德拉靠岸，你可以在那里搭乘一艘船返回欧洲。"

"谢谢，阁下。我想我只能接受这个现实了。不过人们一定会说，这将是我经历的最离奇的一次冒险，而这种事，恐怕也只有我才能干得出来吧。说起来，我还在'斯科舍'号上预订了一个舱室呢。"

"嗯，至于'斯科舍'号，恐怕你肯定是赶不上了。"

"但是'邓肯'号也是一艘游艇，不是吗？"帕加内尔又一次打量了一下这艘船，说道。

"是的，先生，"约翰·孟格尔说，"这艘船是格里那凡勋爵的。"

"我希望你能尽情享受船上的盛情款待。"格里那凡勋爵说。

"非常感谢，阁下！感谢你的盛情。但请允许我提出一个建议：印度是一个美丽的国家，充满奇观异景，我想女士们肯定未曾见过。那么，只要让舵手轻轻一转舵轮，'邓肯'号就能像驶往康塞普西翁一样轻松地驶往加尔各答。既然你们只是进行一次愉快的旅行——"

人们严肃地摇着头，表示反对，以至于他还没说完就停了下来。海伦娜说：

"帕加内尔先生，如果我们只是在进行一次休闲旅行，我一定会回答：'让我们一起去印度吧'，而且我确信格里那凡勋爵也不会反对。但'邓肯'号此行的目的是去接回在巴塔哥尼亚海岸遇险的海员们，我们不能就这么改变目的地。"

这位法国人很快就了解了事情的全部经过。他并不是冷漠无情的人，当他听到海伦娜的慷慨提议时，不禁说道：

"夫人，请允许我对你全程表现出来的慷慨和高尚表示钦佩——毫无保留的钦佩。让你的游艇继续它的航程吧。若因我耽误了行程，哪怕耽误一天，我都会深感自责。"

"那么，你愿意加入我们，一同搜寻吗？"海伦娜问道。

"这实在是不行，夫人。我必须完成我的使命。我会在你们停靠的第一个地方上岸，无论那是哪里。"

"第一个停靠的地方是马德拉岛。"约翰·孟格尔说。

"那就马德拉岛吧。我只需要再航行一百八十法里 ① 就能到达里斯本，我会在那里寻找前往印度的其他途径。"

"很好，帕加内尔先生，就按照你的意愿来办。至于我个人，我很高兴能在此期间招待你几天。我只希望你不会觉得我们的陪伴太过乏味。"

"啊，勋爵。"帕加内尔喊道，"出了这样的失误，但结果却如此愉快，我真是太高兴了。不过，一个原本打算去印度的人，最后却发现自己正在驶向美洲，这实在是有点可笑！"

虽然心中有些失落，这位法国人还是优雅地接受了已经延误的事实。他开始展露出和蔼可亲、风趣幽默的一面，逗得女士们笑声不断。还没到一天的时间，他就和所有人成了朋友。在他的请求下，大家拿出了那份重要的信件，他仔细地研究了很久，最后宣布，这封信不可能有其他解释。帕加内尔对玛丽·格兰特和她的弟弟十分关心，给予他们很大的鼓励和希望。事实上，他对前景的乐观预测还有他做出预测的古怪方式，都让年轻的玛丽忍不住笑了起来。如果不是有使命在身，帕加内尔一定会加入到寻找格兰特船长的队伍中。

当帕加内尔得知海伦娜是威廉·塔夫内尔的女儿，禁不住连声惊呼，赞叹不已。帕加内尔曾与她的父亲有过交情，而且威廉·塔夫内尔也是学会的通讯会员，两人之间曾通过信件多次交流。正是帕加内尔把塔夫内尔先生和马尔特-布兰 ② 先生介绍给了彼此。这是多么巧的偶遇，和塔夫内尔的女儿一起旅行是多么令人愉快的事情啊！

最后，他请求亲吻一下海伦娜，虽然这有一点不合礼数，但海伦娜还是欣然接受了。

---

① 法国旧制长度单位，1法里约为4千米。

② 马尔特-布兰，法国丹麦裔地理学家。

第八章

地理学家的决定

与此同时，在北非洋流的助力下，游艇正迅速向赤道驶去。8月30日，他们远远望见了马德拉群岛，格里那凡勋爵信守承诺，准备在此停靠，让他的新客人上岸。

但帕加内尔说：

"亲爱的勋爵，我不会跟你客气。在我登船之前，你原本就打算在马德拉岛停留吗？"

"不打算。"格里那凡勋爵回答说。

"那么，请允许我再利用一下这个不幸的失误吧。地理学家们已经太了解马德拉岛了，我对它兴趣不大，关于这个群岛的一切都被研究过、发表过了。此外，马德拉岛的葡萄酒产业也已经完全衰落了，想象一下，现在岛上几乎没有值得一提的葡萄园！1813年，那里还酿造了两万两千桶葡萄酒，到了1845年，就下降到两千六百六十九桶了，真是令人痛心！如果你不介意的话，我们不如去加那利群岛。"

"当然没问题，这对我们的航线毫无影响。"

"我知道不会，亲爱的勋爵。你看，在加那利群岛，除了我一直想攀登的特内里费山峰，还有三个岛屿值得研究。这是个机会，我想抓住它，我会在等待返回欧洲的船只时，登上这座著名的山峰。"

"只要你喜欢就好，亲爱的帕加内尔。"格里那凡勋爵微微一笑，答道。这没什么难办的，因为加那利群岛离马德拉岛只有二百五十海里左右，对于像"邓肯"号这样速度很快的游艇来说，航行时间几乎可以忽略不计。

第二天，大约下午两点，约翰·孟格尔和帕加内尔在船尾甲板上散步，法国人正向他的同伴询问着有关智利的各种问题。突然，船长打断了他，指向南方的地平线：

"帕加内尔先生。"

"亲爱的船长，怎么了？"

"请看这个方向，你看到什么了吗？"

"什么也没看到。"

"你没有看对地方。它不在地平线上，而是在地平线之上的云层里。"

"在云层里？那我当然看不见。"

"就在那里，顺着那个桅杆的上端看过去。"

"我什么也没看见。"

"那你就是故意不想看见。总之，虽然我们距离那里还有四十海里，但我敢肯定，特内里费山峰已经在地平线之上清晰可见。"

但不管帕加内尔当时是看不见还是不愿看见，几个小时后，他不得不屈服于眼前的证据，不然他就得承认自己是个盲人了。

"你终于看见了，是吗？"约翰·孟格尔说。

"好了，好了，看得很清楚。"帕加内尔回答说，同时用一种不屑的语气补充道，"这就是所谓的特内里费山峰呀。"

"没错，这就是特内里费山峰。"

"它看起来也不怎么高呀。"

"可它的海拔足足有一万一千英尺呢。"

"那也比不上勃朗峰。"

"确实，但等你开始攀登时，你或许会觉得它也够高了。"

"啊，攀登！攀登！我亲爱的船长！在洪堡①和邦普朗②之后，我再去攀登还有什么意义呢？洪堡真是个天才。他攀登过这座山，还描述得事无巨细。他告诉我们，这座山分为五个不同的区域——葡萄区、月桂区、松林区、阿尔卑斯草原区，最后是荒芜区。他登上山顶，却发现那里连落脚的地方都没有。从山顶望出去的景色非常壮丽，在山顶俯瞰，能看到的面积相当于西班牙王国四分之一的面积。然后，他还下到火山口，考察了那里熄灭的火山口。洪堡做得那么透彻，我还能做什么呢？我想听听你的看法。"

"嗯，说的也是，确实没什么可探索的了。这还挺让人懊恼的，因为你要在特内里费山顶等船，可就无聊了。"

"不过，孟格尔老兄，我说，佛得角群岛难道没有适合停靠的港口吗？"

"噢，当然有了，我们可以在普拉亚把你放下来，小事一桩。"

"而且，我还有个不小的优势，我可以在塞内加尔找到我的同胞，那里离佛得角群岛不远。我知道这些岛屿并没什么特别的，环境荒凉，居住条件也不好，但从地理学家的角度来看，一切都是有意义的，单纯看看也算是在做科学研究。许多人不懂得如何用眼睛仔细观察，他们旅行时，就像贝壳动物一样毫无思考。但我可不是那样，我向你保证。"

"你满意就好，帕加内尔先生。我相信，你在佛得角群岛的短暂停留一定会给地理学带来一些新收获。不管怎么样，我们得去那里加煤，所以你在那儿上岸一点也不耽误我们的时间。"

船长立即下令让游艇继续航行，向西绕过加那利群岛，将特内里费山抛在左后方。游艇快速前进，于9月2日凌晨五点穿越了北回归线。

此时，天气开始变化，大气越发潮湿沉重。现在是雨季，西班牙人把这个时节称为"水的季节"，这对旅行者来说是个艰难的季节，但雨水对缺乏树木、缺乏水源的非洲岛屿居民来说却很有用。恶劣的天气让乘客们无法上

---

① 亚历山大·冯·洪堡，德国地理学家、博物学家。
② 艾梅·邦普朗，法国探险家、植物学家。

甲板，但大家依然在船舱里谈笑风生。

9月3日，帕加内尔开始收拾行李，准备上岸。"邓肯"号已在群岛之间航行。它驶过萨尔岛，那里只有荒凉而死寂的沙丘。穿过巨大的珊瑚礁后，船又驶过了圣雅克岛，岛上有一道长长的雪花岩山脉。最后，船驶入了普拉亚镇的港口，在岸边水深八英寻^①的地方抛锚。天气糟糕透了，尽管海湾遮蔽了风，但海浪依然汹涌，倾盆大雨让人几乎无法看清城镇。普拉亚建在一处高地之上，高地下方是三百英尺高的火山岩壁。透过厚厚的雨幕望去，这个岛屿显得相当苍凉。

海伦娜原本计划上岸，但天气太差了，她不能如愿。事实上，就连加煤都成了一件困难的事情，乘客们只能尽量在船尾下方寻找避雨之处。很自然，大家的谈话主题也围绕着天气。每个人都有话要说，只有少校一言不发，他以冷漠的态度注视着暴风雨。帕加内尔则不断走来走去，摇头叹息。

"很明显，帕加内尔，"格里那凡勋爵说，"大自然在跟你作对。"

"我迟早要和它算这笔账。"这位法国人回答说。

"雨下得这么大，你恐怕无法出发，帕加内尔先生。"海伦娜说。

"啊，没关系的，夫人。我倒是无所谓，真正让我担心的是我的行李和仪器。它们会被大雨毁了的。"

"下船是最难的部分。一旦到了普拉亚，你会找到还算过得去的住处。虽然这些地方不算特别干净，你可能会遇到猴子和猪，它们可不是什么令人愉悦的旅伴。但旅行者通常不会太挑剔的，而且，我敢说，在七八个月内，你肯定能搭上一艘回欧洲的船。"

"七八个月？"帕加内尔惊叫道。

"七八个月还算快的。在雨季，很少有船只经过佛得角群岛。不过，你可以充分利用这段时间。人们对这个群岛的了解仍然十分有限。"

"你或许可以沿着大河溯流而上，顺便做些考察。"海伦娜建议道。

"这里没有大河，夫人。"

---

① 1 英寻合 6 英尺或 1.829 米。

"那么，小河也不错。"

"也没有小河，夫人。"

"那总有溪流吧。"

"溪流也没有。"

"如果这样的话，可以去看看森林，也算是个安慰。"少校插话道。

"没有树哪来的森林，这里连树都没有。"

"真是个'迷人'的地方！"少校说道。

"既来之则安之，我亲爱的帕加内尔，至少还有山呢。"格里那凡说。

"哎，那些山又不高，又没意思，阁下。另外，已经有人考察过那些山了。"

"有人来过这里？"格里那凡勋爵说。

"是的，我总是这么倒霉。在加那利群岛，我发现自己被洪堡抢先了，而在这里，又被德维尔[①]先生抢先了，他是个地理学家。"

"不可能！"

"千真万确。"帕加内尔用沮丧的声音回应，"法国的'决心'号护卫舰停泊在佛得角群岛时，德维尔先生就在船上，他探索了群岛中最有趣的地方，还登上了福古岛火山的山顶。他都去过了，我还去干什么呢？"

"真是太可惜了。"海伦娜说道。"那你接下来打算怎么做，帕加内尔先生？"

帕加内尔沉默不语。

"当初你在马德拉上岸就好了，即使那里没有葡萄酒。"格里那凡说道。

这位博学的学会秘书依然默不作声。

"如果是我，肯定就在岛上等着。"少校说，但语气中仿佛在暗示"我不会在岛上等着"。

过了许久，帕加内尔终于开口道：

"亲爱的格里那凡，你接下来打算在哪里靠岸？"

[①] 查理·圣-克莱尔·德维尔。19世纪法国著名的地理学家、火山学家，也是化学家亨利·爱丁·圣克莱尔·德维尔的兄长。

"在康塞普西翁。"

"真糟糕！那离去印度的航线太远了。"

"不远！地球是圆的，从绕过合恩角的那一刻起，你就离它越来越近了。"

"我当然清楚这一点。"

"此外，"格里那凡勋爵严肃地说道，"对于那些要去'印度'的人来说，不管是东印度还是西印度，根本没有区别。"

"什么？没有区别？"

"你再想想，巴塔哥尼亚潘帕斯地区的居民和旁遮普的土著一样，都是印第安人①。"

"说得好，阁下。我真没想到这一点！"

"而且，亲爱的帕加内尔，无论如何，你都能获得金质奖章。在安第斯山脉②中藏着的谜团和西藏山脉中的一样多，值得探索、研究、发现。"

"但是雅鲁藏布江呢——那该怎么办？"

"改去考察科罗拉多河就好了。这是一条鲜为人知的河流，它在地图上的流向甚至是根据地理学家的想象勾画出来的。"

"我知道，阁下，他们肯定犯了不少错误。啊，我毫不怀疑，如果我提出请求，地理学会就会像派我去印度那样，很快就同意我去巴塔哥尼亚。我怎么就没想到呢。"

"你不是一直这样粗心吗！"

"来吧，帕加内尔先生，你愿意和我们一起走吗？"海伦娜用她最温柔的语气问道。

---

① 哥伦布发现美洲时，以为自己到达了印度，因此将美洲原住民也称为"印第安人"，即"印度人"的意思。但是实际上，美洲的印第安人和印度人是完全不同的民族。当时的欧洲人为了区分，也将亚洲的印度称为"东印度"，将美洲印第安人居住的地区称为"西印度"。

② 南美洲山脉名称，从北到南横穿整个南美洲。

"夫人，那我的使命怎么办？"

"我必须得告诉你，我们将穿过麦哲伦海峡①。"格里那凡勋爵说道。

"阁下，你真会吊人胃口！"

"再补充一点，我们还会经过饥荒港②。"

"饥荒港！"法国人惊叫道，他几乎要被四面八方的诱惑击败了。"法国年鉴中著名的港口！"

"再想想，帕加内尔先生，通过参与我们的计划，你将把法国和苏格兰联系起来。"

"确实是这样。"

"一位地理学家对我们的探险队会大有帮助，还有什么事，比运用科学知识服务于人类更崇高的呢？"

"夫人，你说得很好。"

"那么，听我劝告，抓住这个机会，顺应天意。看看我们的经历。是天意让我们得到了那封信，并因此出发。同样的天意把你带到了'邓肯'号上。别下船了。"

"我该同意吗，我的朋友们？哎呀，你们告诉我，你们真心希望我留下来，是吧？"帕加内尔说道。

"你也非常想留下来，是吧，帕加内尔？"格里那凡勋爵反问。

"啊，其实是这样。"这位博学的地理学家终于承认了，"但我怕这样显得太冒昧了。"

---

① 连接大西洋与太平洋的重要天然水道，位于南美洲大陆最南端和火地岛之间。

② 位于智利的一座港口。1854年，西班牙人在此建立殖民地，因气候恶劣，缺乏补给，定居者几乎全部死亡，故此地被称为"饥荒港"。饥荒港象征了南美殖民早期的艰难，且因为地理位置重要，有许多探险家都在记录中提到这里，知名度很高。

第九章

穿过麦哲伦海峡

大家得知帕加内尔的决定后，都感到非常高兴。

小罗伯特兴奋地一把抱住了帕加内尔的脖子，差点儿把这位可敬的秘书撞倒。帕加内尔说道："淘气的小家伙，我要教你点地理。"

罗伯特将来一定会成为一位出类拔萃的绅士，因为约翰·孟格尔计划培养他成为一名优秀的水手，少校将教他如何保持冷静，格里那凡勋爵和海伦娜会灌输给他勇气、善良与慷慨，玛丽则会引导他学会感恩。

"邓肯"号很快加满了煤，随后便驶离了这片荒凉的海域。不久，它便顺着来自巴西海岸的洋流前行，并于9月7日进入南半球。

到目前为止，航行还算顺利。大家都满怀希望，因为在寻找格兰特船长的旅途中，每过一天，找到他的可能性似乎就增加一分。船长是船上最有信心的人之一，但他的信心主要源自他希望看到玛丽小姐开心幸福。对这位年轻姑娘，他有着一份特殊的情感，并努力将其深埋心底，藏得很好，以至于除了他自己和玛丽·格兰特之外，船上的每个人都看出来了。

至于那位博学的地理学家，他可能是整个南半球最快乐的人了。他把地图铺在客厅的桌子上，整天埋头研究。这让奥比内先生很是恼火，因为每当他想铺上桌布准备吃饭时，总是会因为地图的摆放问题和帕加内尔发生争执。但除了少校，所有乘客都站在帕加内尔这一边，少校对地理毫无兴趣，尤其是在用餐时间。帕加内尔还在大副的箱子里找到了一批旧书。虽然这些书已破损不堪，但他还是从中找出几本西班牙文书籍，并立刻决定开始学习塞万提斯^①的语言，船上无人懂西班牙语，而掌握这门语言将有助于他们在智利^②海岸的搜寻工作。他很有语言天分，自信能在抵达康塞普西翁时流利地说西班牙语。帕加内尔学得废寝忘食，嘴里不停嘟囔着各种杂乱的音节。

闲暇时，他还指导年轻的罗伯特，给他讲述他们即将到达的地区的历史。

9月25日，游艇抵达麦哲伦海峡外，并立即驶入海峡。这条航线是蒸汽船通往太平洋的首选航道。海峡的精确长度为三百七十六海里。即便在靠

---

① 塞万提斯，西班牙小说家、剧作家、诗人，被誉为西班牙语文学史上最伟大的作家。
② 智利在当时是西班牙的殖民地。

近海岸的地方，吨位最大的船也能找到足够的水深，海底状况良好，许多地方还可以补充淡水。河流中鱼类众多，森林中野兽出没，且有许多安全方便的停泊处。事实上，与勒梅尔海峡和合恩角相比，麦哲伦海峡拥有上千种优势，勒梅尔海峡和合恩角有可怕的岩礁，且常常遭受飓风和暴风雨的侵袭。

在最初的几个小时里——也就是说，在进入海峡后大约六十到八十海里，直到格雷义里角的地方——两岸地势较低，且沙滩较多。雅克·帕加内尔不愿错过海峡的任何一处景观，他对每一个细节都十分留心。穿越整个海峡大约需要三十六个小时，而两岸不断变换的景色，在南半球灿烂阳光的照耀下，确实值得细细品味。在火地岛一侧，可以看到一些看上去可怜巴巴的火地岛本地人，他们在岩石上徘徊，但巴塔哥尼亚那一侧则看不到一个居民。

没有看到巴塔哥尼亚人，帕加内尔感到非常懊恼，这让他的同伴们感到颇为有趣。帕加内尔坚持认为，如果没有巴塔哥尼亚人，那这里就不能算是真正的巴塔哥尼亚。

但格里那凡勋爵回应说：

"耐心点，我亲爱的地理学家。我们迟早会见到巴塔哥尼亚人的。"

"我可不这么肯定。"

"但不管怎样，巴塔哥尼亚人确实是存在的。"海伦娜说道。

"我很怀疑，夫人，因为我没看到他们。"

"可'巴塔哥尼亚'这个名字在西班牙语中的意思是'大脚'，这总不会是指虚构的生物吧。"

"嗯，名字并不能说明什么。"帕加内尔说道，他只是在为了争论而争论，"而且，说实话，我们也不能确定'巴塔哥尼亚人'就是他们的名字。"

"这是什么逻辑！"格里那凡勋爵喊道，"你了解这里的情况吗，麦克·纳布斯少校？"

"不了解。"麦克·纳布斯回答说，"而且，即使花一镑钱就能得到这个问题的答案，我也不会花那个钱。"

"不过，你还是听听吧，冷漠的少校。虽然麦哲伦[1]称当地人为巴塔哥尼亚人，但福克兰人叫他们提尔门人，智利人叫他们高卡惠人，卡门殖民地的居民叫他们特惠尔人，阿劳坎人[2]叫他们惠利什人，布干维尔[3]称他们为寿哈人，而法尔克纳则称他们为特惠尔黑特人。他们则自称依纳肯人。那么，告诉我，你打算如何辨认出他们呢？事实上，一个民族竟有这么多不同的名字，这个民族真的存在吗？"

"真是奇怪的论证方式。"海伦娜说道。

"好吧，我们退一步说。"她的丈夫说道，"我们的朋友帕加内尔必须承认，即使人们对这个种族的名字存在疑问，他们身材高大的事实却毫无疑问。"

"事实上，我绝不会承认如此荒谬的事情。"帕加内尔回答道。

"他们身材高大。"格里那凡勋爵说道。

"我可没听说过。"

"那他们身材矮小吗？"海伦娜问道。

"也没人能肯定这一点。"

"那也就是说身材普通？"麦克·纳布斯说。

"这也不能确定。"

"这就有点说不过去了，"格里那凡勋爵说，"一些旅行者见过他们，谈到过他们。"

"那些见过他们的人，"帕加内尔打断道，"对他们的描述根本不一致。麦哲伦说他自己只到他们的腰部。"

"好吧，那这就证明了——"

---

① 斐迪南·麦哲伦，葡萄牙探险家，他的舰队于1519至1522年间首次完成环球航行。但由于麦哲伦在菲律宾去世，本人并未完成全程。

② 南美洲土著人种，生活于现在的智利。

③ 路易斯·安托万·德·布维尔。法国第一位完成环球航行的探险家。

"但是，德雷克^①声称英国人比最高的巴塔哥尼亚人还要高。"

"英格兰人嘛——说什么都不奇怪。"少校不屑地说，"还是说说苏格兰人吧。"

"卡文迪什^②告诉我们，他们高大健壮。"帕加内尔继续说道，"霍金斯^③认为他们是巨人。勒梅尔^④和斯豪滕^⑤则宣称他们身高十一英尺。"

"这些都是可信的证人。"格里那凡勋爵说。

"是的，和伍德、纳伯勒和法尔克纳的说法一样可信，他们说巴塔哥尼亚人身材中等。还有，拜伦、拉·吉罗德、布干维尔、沃利斯和卡特里特^⑥都提到，巴塔哥尼亚人身高六英尺六英寸^⑦。"

"互相矛盾的说法这么多，真相到底是什么呢？"海伦娜问。

"夫人，真相是这样的：巴塔哥尼亚人腿短、上身长。或者开个玩笑说，这些土著坐着的时候有六英尺高，但是站起来却只有五英尺高。"

"真精彩！我亲爱的地理学家。"格里那凡勋爵说，"说得太好了。"

"这些说法相互矛盾，唯一的可能性就是这个种族根本不存在。"帕加内尔回应道，"但无论如何，有一点可以给我们一些安慰：即便没有什么巴塔哥尼亚人，麦哲伦海峡也很壮观。"

此时，"邓肯"号正绕过布伦瑞克半岛，眼前是壮丽的半岛全景。

绕过格雷戈里角七十海里后，在船的右舷能看到蓬塔阿雷纳斯监狱。教堂的尖塔和智利的国旗在树林中闪现了一下。海峡在巨大的花岗岩峭壁之间

---

① 弗朗西斯·德雷克，英国航海家、探险家。他是第二位在麦哲伦船队之后完成环球航海的探险家。

② 托马斯·卡文迪什，英国海盗、探险家，是麦哲伦船队和德雷克之后第三位完成环球航行的人。

③ 约翰·霍金斯，英国海盗、奴隶贩子、海军军官。

④ 雅各布·勒梅尔，荷兰航海家。

⑤ 威廉·斯豪滕，荷兰航海家。

⑥ 这句话中提到的若干人均为当时欧洲前往美洲探险的航海家或水手。

⑦ 1英尺为12英寸，1英寸为2.54厘米。

向前延伸，气势磅礴。云雾缭绕的山峰高高耸立，山顶终年积雪，山脚则隐藏在茂密的森林中。西南方向可以看到塔恩山，山峰高达六千五百英尺。漫长的黄昏过后，夜幕缓缓降临，光线渐渐化作柔和的阴影。璀璨的星座逐渐点缀夜空，南十字星座熠熠生辉。海岸边有许多海湾，易于进入，但游艇未曾在任何一处停泊，而是勇敢地在星河璀璨的夜色中继续前行。不一会儿，眼前出现了一片废墟，破败的建筑在夜晚的映衬下显得格外壮观，这片荒凉的遗迹是一处被废弃的定居点，它的名字永远诉说着对这片肥沃海岸和富饶森林的无声抗议。"邓肯"号正在经过饥荒港。

正是在此地，西班牙人萨缅托①于1581年带着四百名移民登陆，并建立起一处殖民地。他们修建了圣菲利普城，但严酷的寒冬导致大批居民死亡，幸存者最终也因饥饿而丧生。海盗卡文迪什在废墟中发现了一名濒临饿死的最后幸存者。

"邓肯"号沿着荒凉的海岸前行，穿过了一系列狭窄的水道，两岸森林密布，生长着榉树、榛树和枫树。游艇最终绕过了弗罗厄德角②，那里依旧覆盖着去年冬天的积雪。海峡彼岸，火地岛上的萨缅托山高耸入云，峰顶海拔六千英尺，庞大的岩石山体被云层分隔开，远远望去，山巅宛如悬浮于空中的群岛。

严格来说，弗罗厄德角才是美洲大陆的尽头，因为位于南纬56度的合恩角其实只不过是一块沉在水中的岩石。航行至塔马尔角，海峡逐渐开阔，"邓肯"号绕过纳伯勒群岛，继续向南航行，直至德索拉西翁岛最南端的皮拉雷斯角，嶙峋的岩石映入眼帘。此时，游艇已在海峡航行三十六小时。船头前方，便是那片广袤无垠、波光粼粼的大洋。雅克·帕加内尔激动地挥舞着手臂，感受着与斐迪南·麦哲伦当年相同的激动之情。数百年前，他的船"特里尼达"号的船帆首次在来自太平洋的微风中鼓起，情况一如今日。

---

① 佩德罗·萨缅托，西班牙冒险家、历史学家、数学家、天文学家。
② 智利的一个海角，南美洲大陆的最南端。

第十章

路线确定

绕过皮拉雷斯角一星期后，"邓肯"号驶入了塔尔卡瓦诺湾，这是一个长达十二海里、宽达九海里的壮丽河口。天气格外晴朗。从11月到第二年3月，天空总是万里无云，而由于海岸受到安第斯山脉的庇护，南风始终不停地吹拂。按照格里那凡勋爵的命令，约翰·孟格尔驾驶船只尽可能靠近奇洛埃岛，仔细检查海岸上的所有小溪和河湾，希望能找到船难的痕迹。哪怕是一根断裂的桅杆，或是任何船只碎片，都可能指引他们找到正确的方向。然而，眼前什么都没有，游艇继续前行，最终抛锚停泊在塔尔卡瓦诺的港口，此时距离它从克莱德湾的迷雾中起航，已经过去了四十二天。

格里那凡立刻让人放下小船，与帕加内尔一同上岸。借此机会，这位博学的地理学家试图用他一直在学习的语言和当地人交流，但令他惊讶的是，当地人根本听不懂他的话。"看来我发音不标准。"他说。

"我们去海关吧。"格里那凡说。

到达海关后，通过几个简单的英语单词和生动的肢体语言，他们得知英国领事住在康塞普西翁，骑马一个小时即可到达。格里那凡很快找到了两匹快马，他和帕加内尔不久便来到了这座由富有进取心的天才巴尔迪维亚[1]——

---

① 巴尔迪维亚，西班牙殖民者，第一任智利总督。

皮萨罗 ① 的英勇同伴——所建造的大城市。

　　它昔日的辉煌早已不复存在了！这座城市常常被本地人掠夺，又在1819 年被焚毁，如今这里只剩下荒凉的废墟。它的城墙仍是火焰焚烧后的焦黑色，居民已经不足八千人，它的荣光早已经被塔尔卡瓦诺所掩盖。杂草丛生的街道在市民慵懒的脚步下蔓延，贸易和商业活动，甚至任何形式的活动都早已停止。曼陀林 ② 的乐曲在阳台上回响，缠绵的歌声在风中飘荡。康塞普西翁，这座昔日的勇士之城，如今只剩下一村的妇孺。格里那凡勋爵并不想探究这座城市衰败的原因，尽管帕加内尔一直试图将话题引向这一方向。他一刻也不愿耽搁，径直前往英国女王驻当地的领事彭多克先生家中。彭多克先生周到地接待了他们，在得知他们的来意后，领事答应会派人沿海岸线打听信息。

　　但当被问及是否有一艘名为"不列颠尼亚"号的三桅船曾在智利或阿劳卡尼亚的海岸上搁浅时，彭多克给出了明确的否定答案。无论是他本人还是其他领事，都未曾收到过类似的报告。然而，格里那凡勋爵并未气馁，他回到塔尔卡瓦诺，依然不遗余力地调查了整个海岸线。然而，最细致的搜查依然毫无收获。回到游艇后，格里那凡勋爵讲述了他搜寻无果的经历，玛丽·格兰特和她的弟弟难掩悲伤，海伦娜则尽自己所能，用温柔的爱来安慰他们。雅克·帕加内尔拿起那些信件，重新研究起来。他盯着那些信看了一个多小时，直到格里那凡勋爵打断了他，说道：

　　"帕加内尔！动动你的聪明才智。我们是不是误解了这封信？我们解读出的意思，有没有不合逻辑的地方？"

　　帕加内尔沉默不语，陷入了深思。

　　"我们是不是搞错了船难发生的地点？"格里那凡勋爵继续说道，"'巴塔哥尼亚'这个名字不是很明显吗？就算是再迟钝的人也能看出来呀！"

---

① 弗朗西斯科·皮萨罗，西班牙殖民者，开启了西班牙对南美洲的殖民。
② 一种外观类似小型吉他的弦乐器。

帕加内尔依然没有回应。

"另外，"格里那凡说，"'印第安'这个词不也证明我们找的地方是对的吗？"

"确实如此。"麦克·纳布斯附和说。

"那么，这不是显而易见的吗？写下这封信时，那些遇难的船员马上就会被印第安人俘虏。"

"我对这一点有异议，勋爵。"帕加内尔说，"即使你的其他结论都成立，这一点，在我看来，逻辑上仍然站不住脚。"

"具体怎么说？"海伦娜问道，所有人的目光都集中在地理学家身上。

"我的意思是，"帕加内尔回答道，"在写信的时候，格兰特船长就已经是印第安人的俘虏了。而且，信中也明确地说了这一点。"

"请你解释一下，先生。"玛丽·格兰特说。

"亲爱的玛丽，这再明显不过了。信上写的不是'即将被俘虏'，而是'已经被俘虏'，这样一来，整个事情就说得通了。"

"但这不可能。"格里那凡勋爵反驳道。

"不可能？我亲爱的朋友，为什么不可能？"帕加内尔微笑着问道。

"因为瓶子是在船只撞上礁石后被扔进海里的，所以信中提供的经纬度应当就是沉船的位置。"

"没有证据证明这一点。"帕加内尔回复道，"而且我认为，实际情况可能是，这些可怜的人被印第安人带进了内陆，之后他们才试图通过瓶子，向外界传递他们被囚禁的位置。"

"亲爱的帕加内尔，可如果真是这样，他们周围根本没有海，那他们就不可能在被囚禁的地方把瓶子扔进海里。"

"也许他们把瓶子扔进了最终汇入大海的河流里。"帕加内尔回应道。

这个回答既出人意料，又在情理之中。所有的人都沉默了一阵子，但眼中闪烁的光芒显然说明他们的希望重新燃起了。海伦娜最先开口。

"这真是个大胆的想法！"她喊道。

"而且是个绝妙的主意。"帕加内尔得意地回应道。

"那在你看来，我们应该怎么做？"格里那凡说。

"我的建议是沿着37度纬线，从它与美洲大陆的交点出发，一直走到它延伸入大西洋的地方，不偏离半度。或许，我们会在这条纬线上的某个地方找到那些遇险的人。"

"希望渺茫啊。"少校说。

"尽管希望渺茫，"帕加内尔说，"我们也不应该放弃。如果我猜得没错，那个瓶子是顺着河流进入大海的，那么我们一定能找到那些俘虏的踪迹。看看这个地区的地图，你们就能明白我的意思。"

说着，他展开了一张智利和阿根廷各省的地图，铺在桌子上。

"请跟着我的指引在地图上看一下。"他说，"穿过美洲大陆，让我们跨越狭长的智利，翻过安第斯山，进入潘帕斯草原的中心。难道我们会找不到一条河流、一条小溪，甚至找不到一条水道？不会的，因为这里有内格罗河和科罗拉多河，还有它们的诸多支流，都和 37 度纬线相交。任何一条河流都有可能带着那个瓶子漂流。那么，也许在这些几乎不为人知的河流沿岸，某个印第安部落里，我们的朋友们正在等待某种来自上天的帮助。难道我们要让他们的希望破灭吗？你们不觉得，我们有责任沿着这条路线前进吗？而且，即便最终证明我的判断是错的，我们也应该沿着 37 度纬线继续前行，直到找到我们要找的人，哪怕绕地球一圈。"

他慷慨激昂的语气深深打动了众人，他们不由自主地站起身，纷纷握住他的手。与此同时，罗伯特紧紧盯着地图，激动地喊道：

"是的，父亲就在那里！"

"无论他在哪里，"格里那凡说，"我们都会去找他，我的孩子，我们一定会找到他。帕加内尔的推测非常合理，我们必须沿着他指出的路线前进，无须犹豫。格兰特船长可能落在了一个大部落手中，也可能只是被一小撮人俘虏。如果对方人不多，我们就立刻把他救出来，如果对方人多的话，我们先侦察清楚，再返回停在东海岸的'邓肯'号，前往布宜诺斯艾利斯，迅速组织一支小分队，让麦克·纳布斯少校率领。我希望这支小分队足以击溃阿根廷省内所有的印第安人。"

"好主意，勋爵阁下。"约翰·孟格尔说道，"而且我还可以补充一句，穿越大陆不会有任何危险的。"

"帕加内尔先生，"海伦娜问道，"你不担心那些可怜的人如果落入印第安人手中，会有生命危险吗？"

"夫人，你在担心什么？印第安人可不是食人族！不会发生那种事的。我的一位同胞，吉纳尔先生，和我一样是地理学会的会员。他曾在潘帕斯草原的印第安人手中做了三年俘虏。虽然经历了痛苦和虐待，但他最终还是挺了过来。在这些地方，欧洲人是有价值的，印第安人知道这一点，会像照顾珍贵的动物一样照顾他们。"

"那么，我们就没什么可犹豫的了。"格里那凡勋爵说，"我们必须去，而且要尽快，我们应该走哪条路线？"

"一条既轻松又愉快的路线，"帕加内尔回答道，"起初有一点崎岖的山路，然后沿着安第斯山脉的东侧缓缓下降，进入一片平坦的草原，那里的草坪和砾石就像花园一样。"

"让我们看看地图吧？"少校说道。

"在这里，亲爱的麦克·纳布斯。我们将穿过阿劳卡尼亚的主要城市，通过安图科山口穿越山脉，绕过南方的火山，然后沿山坡缓缓下降，经过内乌肯和科罗拉多河，进入潘帕斯草原，最终到达塔帕尔肯山，从那里，我们可以看到布宜诺斯艾利斯省的边界。我们将越过这些山脉，再穿过坦迪尔山脉，一路搜寻，直到大西洋岸边的梅达诺角。"

在讲述这次探险计划时，帕加内尔甚至连地图都没看一眼。他对这里的地理环境了如指掌，对那些地名更是滚瓜烂熟，可以完全依赖他那从不失灵的记忆。

"你们看，朋友们。"他补充道，"这是一条笔直的路线，三十天内我们就能走完，而且会在'邓肯'号之前就到达东侧，就算船没有因为西风而延误也一样。"

"那么，'邓肯'号要在科连特斯和圣安东尼角之间巡航。"约翰·孟格尔说道。

"正是这样。"

"那这次探险该如何组织呢？"格里那凡勋爵问道。

"尽可能简单。我们要做的就是侦查格兰特船长的下落，避免与印第安人发生冲突。我认为，格里那凡勋爵自然是我们的领袖，还有麦克·纳布斯少校，他不会把位置让给任何人，还有你们谦卑的仆人，雅克·帕加内尔。"

"还有我。"罗伯特打断了他的话。

"罗伯特，罗伯特！"玛丽喊道。

"为什么不呢？"帕加内尔回答道。"旅行能锻炼年轻人的心智。很好，罗伯特，我们四个人，再加上三个水手。"

"勋爵阁下是想把我排除在外吗？"约翰·孟格尔对他的主人说道。

"我亲爱的约翰，"格里那凡勋爵回答，"我们的女客们还在船上，她们对我们来说比生命还重要，除了忠诚的船长，还有谁能照顾她们呢？"

"那我们不能陪你们去吗？"海伦娜问道，眼中闪过一丝悲伤。

"我亲爱的海伦娜，旅程很快就会结束，这只是短暂的小别，而且——"

"是的，亲爱的，我理解，没关系。我祝你们成功。"

"其实，你几乎不能把这一段叫作旅行。"帕加内尔补充道。

"那它是什么呢？"

"这只是为了穿越大陆而进行的快速徒步，就像一个好人在这个世界上尽力多做好事一样。'行善而过'①——这就是我们的座右铭。"

讨论就这样结束了。其实，这甚至算不上是讨论，因为大家的意见完全一致。准备工作在同一天就开始了，但需要尽可能秘密进行，以防印第安人嗅到风声。

出发日期定在 10 月 14 日，水手们都跃跃欲试，想要加入这次探险。格里那凡发现，防止他们之间产生攀比之心的唯一方式就是抽签决定让谁去。抽签结束，幸运儿是大副汤姆·奥斯汀、强壮开朗的年轻人威尔逊，以及穆拉迪。穆拉迪是一个出色的拳击手，甚至可以和汤姆·塞耶斯②一较高下。

格里那凡全身心投入到准备工作中，急于在规定日期前完成任务。约翰·孟格尔也在忙着给船装煤，确保船能按时出发。格里那凡勋爵与年轻的船长展开了激烈的竞争，看谁能先抵达阿根廷海岸。

---

① 原文为拉丁语箴言"Transire benefaciendo"，意思是过要积德行善的一生，在这里比喻他们快速穿越大陆的同时寻找遭遇海难的人。

② 汤姆·塞耶斯，英国知名拳击手。

14日，双方都准备好了。搜寻队员们在客厅集合，向留下的同伴道别。"邓肯"号即将起航，螺旋桨的振动开始搅动塔尔卡瓦诺清澈的水面。格里那凡勋爵、帕加内尔、麦克·纳布斯、罗伯特·格兰特、汤姆·奥斯汀、威尔逊和穆拉迪手持卡宾枪和柯尔特左轮手枪。向导和骡子在码头旁等着他们。

　　"是时候出发了。"格里那凡勋爵终于说道。

　　"出发吧，亲爱的爱德华。"海伦娜克制着情绪。

　　格里那凡勋爵把她紧紧地搂在怀里，然后转过身去。与此同时，罗伯特也搂住了玛丽的脖子。

　　"朋友们，"帕加内尔说道，"让我们真诚地握手告别，期待在大西洋海岸再相见！"

　　这个请求并不过分，他也确实得到了足够有力的握手，让他心满意足。

　　所有人先后登上甲板，七名探险者离船而去。他们很快就登上了码头，而游艇则换了个方向，继续前行。此时船离他们站的地方很近，海伦娜还能够再道别一次。

　　"上帝保佑你们！"她喊道。

　　"上帝会保佑我们的，夫人。"帕加内尔回答道，"请放心，我们能应对任何困难。"

　　"继续前进。"船长向工程师喊道。

　　与此同时，格里那凡勋爵下达了出发的命令，骡子沿着海岸疾驰而去，而"邓肯"号则全速向广阔的海洋驶去。

第十一章

智利之行

　　格里那凡勋爵组织了一支由土著人组成的小队，小队有三名男子和一名男孩。小队的队长原本是英国人，但在当地居住二十年，早已成为当地的一员。他向旅行者出租骡子，并带领他们翻越科迪勒拉山①艰险难行的关口，以此谋生。旅行者们穿过科迪勒拉山之后，他再把骡子交给一位"巴加诺"，这是当地语言中对阿根廷向导的称呼，这种向导对穿越潘帕斯草原的路线了如指掌。尽管这位英国人常年与骡子和印第安人打交道，他依然没有忘记母语，仍能与同胞流利交谈。对旅行者们而言，这无疑是件幸事，格里那凡勋爵发现，自己现在可以轻松指挥大家，比亲自动手做事更高效，然而帕加内尔却始终无法让当地人听懂他的西班牙语。

　　这个前英国人被智利本地人称为"卡塔巴"，也就是队长，他带着两个雇工，称作"皮翁"，还有一个大概十二岁的男孩。"皮翁"负责照顾驮运行李的骡子，男孩则牵着一匹名叫"玛德琳娜"的小母马，它身上挂着铃铛，走在队伍最前方，后面跟着十匹骡子。旅行者们骑着其中的七匹，队长骑着另一匹，剩余的两匹则驮着给草原上的酋长准备的礼物和一些货物，以换取他们的好感。两位雇工照例徒步行走。

---

　　① 穿过整个北美洲、南美洲的山系，前文提到的"安第斯山脉"就是科迪勒拉山系的南美洲段。

这些安排既是为了安全，也是为了提高行进速度，毕竟穿越安第斯山脉绝非寻常旅程。没有那些强壮的阿根廷骡子，这趟旅程根本无法完成。当地饲养的骡子远胜它们的祖先，不仅对食物毫不挑剔，每天只需饮水一次，还能在八小时内轻松跋涉十法里。

从太平洋到大西洋的途中，没有旅馆可供歇息，旅行者们只能依靠风干肉、辣椒调味的米饭，以及路途中捕获的野味充饥。他们的水源来自山间溪流或平原上的河流，偶尔会兑点朗姆酒，以稍微改善口感。每个人都携带着一个由公牛角制成的容器，叫作"奇夫勒"，用来装朗姆酒。然而，他们必须格外谨慎，不能摄入过量酒精，因为当地的气候本就让人神经兴奋。至于床铺，实际上就是当地人使用的鞍具，这种鞍被称为"雷卡多"，由羊皮制成，一面鞣制过，另一面仍然毛茸茸的，并用华丽的刺绣带系好。夜晚寒冷潮湿，旅行者们便用温暖的羊皮鞍包裹自己，在荒野中也能安然入眠。

格里那凡是一位经验丰富的旅行者，他深知如何适应其他国家的风俗，因此他和队员们都换上了智利的本土服装。本地人把这种特色服装叫作"篷罩"，是一种带孔的斗篷，人们将头套入其中，再配上高筒皮靴。帕加内尔像个孩子般兴奋地穿上了这身新奇的装束。骡子也被打扮得漂漂亮亮，嘴里咬着阿拉伯式的马嚼子，嚼子的笼头上还装饰着金属饰品。它们的长缰绳由编织皮革制成，既可用来驾驭牲畜，又能当作鞭子使用。此外，旅行者们还携带了一种鲜艳的双层亚麻布袋，称为"阿尔福哈加斯"，里面可以装一天的口粮。帕加内尔一如既往地粗枝大叶，还没骑上骡子就摔了好几次。但一旦坐稳骡背，把那只从不离身的望远镜挂在肩带上，他便双脚紧扣马镫，完全信任坐骑的智慧。至于罗伯特，他第一次尝试就成功了，充分展现出天生的骑术天赋。

出发时，天气晴朗，天空湛蓝，万里无云。海风轻拂，气温宜人，没有令人不适的闷热感。他们沿着塔尔卡瓦诺湾蜿蜒的海岸线快速前进，目标是三十英里外的37度纬线末端。第一天，大家都沉默寡言，因为"邓肯"号的烟雾仍在地平线上隐约可见，离别的痛苦仍萦绕心头。帕加内尔则不停地用西班牙语自言自语。

队长本就不爱多言，他的职业也未能改变这一点。他几乎从不与雇工交谈，而雇工们各司其职，默契十足。如果骡子停下不走，他们会先吆喝，若无效果，就扔出一块大小合适的卵石，精准命中，很快便能让骡子继续前进。如果皮带松脱，或缰绳掉落，脚夫们会立刻上前，脱下"篷罩"盖住牲口的头部，安抚它，直到问题解决，队伍继续前行。

骡队习惯在早晨八点吃过早餐后立即出发，然后一直行进到下午四点多时扎营。格里那凡也遵循了这个作息习惯。第一次停下来时，他们正好抵达海湾最南端的阿劳科。他们本应再向前二十英里，一直走到卡尔内罗湾。但格里那凡的手下已经搜遍了那片海岸，再去重复探索没有意义。因此，他们决定以阿劳科为起点，从那里直接向东行进。

天气宜人，所有人，包括小罗伯特，都状态良好。旅程的顺利超乎预期，大家一致认为可以加快步伐。第二天，他们至少走了三十五英里，夜幕降临时，众人在比奥比奥河的河岸扎营。这里土地肥沃，繁花盛开，偶尔能见到几只动物，但除了一只孤独的白鹭或猫头鹰，和一些被鹰追逐的鸫鸟或潜鸟之外，就没有鸟类出现。这里没有人烟，甚至看不见一个土著，瓜索人也不见踪影。瓜索人是印第安人与西班牙人的混血后裔，常如鬼影般掠过平原，骑马疾驰，鲜血点点洒落身后，那是他们赤脚踩着巨大的马刺所致。根本无人可供打听消息，格里那凡勋爵由此推断，格兰特船长一定被带到了安第斯山脉另一边，进入了潘帕斯草原。在附近的搜寻毫无意义，唯一的选择就是耐心前行，以最快速度赶路。

17日，队伍像往常一样列队出发。罗伯特尚不太习惯这种行进队形，满怀激情的他总是忍不住跑到领头的小母马前头，这让他的骡子吃了不少苦头。直到格里那凡勋爵严厉命令，他才不得不乖乖回到队伍中。

地势开始变得崎岖，土地逐渐升高，标志着他们已接近山区。河流变得更加密集，从山坡上奔腾而下。帕加内尔翻看地图时，常常发现一些河流没有标注在地图上。每次遇到这种情况，他身为地理学家的热情便熊熊燃烧，激动得又气又急，却显得很可爱。

"没有名字的河流，就像没有身份的公民！在地理学上，没有名字的河流就等于不存在！"

他毫不犹豫地给这些无名河流命名，并在地图上标注下来，起名时，他总是选用西班牙语，并挑选自己能想到的最优美、最动听的形容词。

"这种语言太美了！"他说，"词汇多么丰富！语调多么好听！就像是铸造教堂的钟用的金属，里面有百分之七十八的铜和百分之二十二的锡。"

"嗯，那我插一句，你的西班牙语学得怎么样了？"格里那凡问道。

"当然进步很快了，我亲爱的勋爵。啊，都怪口音问题，这该死的口音！"

为了提高西班牙语水平，帕加内尔一路上总是用困难的发音来消磨时间，他一边反复练习那些难发音的单词，一边做地理观察。每当格里那凡向队长提出有关本地的问题时，帕加内尔总是抢先回答，甚至不等向导开口，令向导十分困惑，一直带着疑惑盯着他。

这天，大约十点，他们来到了一个十字路口，格里那凡很自然地问起，这是哪条路。

"这是从云贝尔通往洛杉矶的路。"帕加内尔说。

格里那凡看了看队长，队长回答道：

"完全正确。"

然后，他转向地理学家，问道：

"你以前来过这里吗，先生？"

"嗯，来过。"帕加内尔相当严肃地说。

"骑骡子吗？"

"不，坐安乐椅。"

队长实在是搞不懂他的意思，耸了耸肩，又转身回到队伍前方。

傍晚五点，一行人在一个不太深的山谷中停了下来，距离小镇洛哈仅有几英里。他们在山脚扎营过夜，这里是宏伟的科迪勒拉山系的第一片草原。

第十二章

海拔一万二千英尺

到目前为止，他们在智利境内的行程还算平静，没有遇到什么重大事件。但接下来，山地旅行中可能出现的所有困难和挑战接踵而至，开始困扰着旅行者们。

首先摆在他们面前的，是一个亟待解决的关键问题：哪一条山道能让他们翻越安第斯山脉，又不会偏离原定路线？

在问过队长后，他回答道：

"据我所知，科迪勒拉山系内只有两条山道可以通行。"

"第一条无疑是巴尔迪维亚和门多萨①发现的阿里卡山道。"帕加内尔说。

"没错。"

"另一条是维拉里卡山道。"

"正是。"

"好吧，老兄，这两条山道都只有一个缺点：它们都会让我们偏离 37 度纬线太远，一条偏北，另外一条偏南。"

"你有其他建议的路线吗？"

---

① 此处原文写作 Valdivia Mendoze，可能是一个误拼，指的是前文提到的西班牙探险家巴尔迪维亚和西班牙士兵、探险家佩德罗·德门多萨（Pedro de Mendoza）二人。

"当然有。"帕加内尔回答,"还有安图科山道,它位于火山的斜坡上,纬度 37 度 30 分,离我们想要的纬线只有半度之差。"

"那还行,但是,队长,你熟悉安图科山道吗?"格里那凡问。

"熟悉,勋爵阁下,我走过那条山道。我刚才没提这条路,是因为那条路除了牧羊的印第安牧民,没别人走。"

"噢,那没关系。如果马、羊和牛能走,我们也能走,马上出发吧。"

出发的指令一下达,所有人便一头扎进了拉斯雷哈斯山谷。那里到处是巨大的石灰岩块。从这里开始,山路变得崎岖难行,甚至有些危险。山坡变得更加陡峭,道路越发狭窄,可怕的峭壁映入眼帘。骡子小心翼翼地往前走,脑袋都要贴到地上了,似乎在嗅着路面一般。队伍排成一列纵队,有时,在一个急转弯之后,后面的人便看不见引路的小母马了,只有铃铛的声音才能为他们指引方向。甚至常常看到拐了一百八十度的弯路,队伍就像两条平行的线一样,队长可以隔着一条宽度不超过两托瓦兹^①、深度却有两百托瓦兹的裂缝,与雇工交谈,裂缝像一道不可逾越的鸿沟。

格里那凡紧跟在向导身后,一步不离。他注意到前行的道路变得越发艰难,向导似乎越来越困惑,但他没有去问。也许骡夫和骡子一样,都能凭借本能找到方向,最好还是相信他们。

又过了一个小时,尽管队伍一直在向上攀登,队长却总是走走停停,似乎始终拿不准方向,最后干脆停了下来。他们来到一条狭窄的山谷,印第安人把这种峡谷叫作"溪峡"。走到尽头时,一道如墙般笔直的云斑岩挡住了他们的去路,前进的道路完全被封死。队长徒劳地寻找了半天出口,最后下马,双臂交叉,站在那里不动。格里那凡走上前,询问他是否迷路了。

"没有,大人。"他回答。

"但我们现在不在安图科山道上。"

"我们在。"

---

① 1 托瓦兹相当于 1.949 米。

"你确定没有弄错？"

"我没弄错。看！那里有印第安人留下的火堆的灰烬，还有马和羊的足迹。"

"那就应该能从这里过去呀。"

"是的，但现在不行了。最近地震了，这条路现在走不通。"

"骑着骡子是走不通了。"少校说，"但也许可以步行过去。"

"啊，那是你们的事。我已经尽力了。我的骡子和我自己，都打算试试科迪勒拉山系的其他山道。"

"绕道会耽误我们多久？"

"至少三天。"

格里那凡沉默片刻，仔细审视现在的情况，队长说得对，骡子确实无法通过。但当队长提出绕路时，格里那凡向同伴们说道：

"你们能不怕一切困难，直接穿过这里吗？"

"我们会跟着你走的，勋爵阁下。"汤姆·奥斯汀说。

"甚至会走到你前面去。"帕加内尔补充道，"这算什么大事啊？我们只需要翻过山顶，过了山顶就是下坡，那就轻松多了。等我们到了山下，就会遇到'巴加诺'，也就是阿根廷牧民。他们常骑着骏马驰骋在平原上，会带我们穿越潘帕斯草原。要我说，我们继续前进吧，没什么可犹豫的。"

"前进！"他们异口同声地喊道。

"那你不跟我们一起走了吗？"格里那凡对队长说。

"我只是个骡夫。"他回答。

"那请便吧。"格里那凡说。

"没有他我们也一样能走。"帕加内尔说，"翻过这段峭壁，我们就可以回到安图科山道了，我很确定我能和科迪勒拉山系最好的向导一样，带你们直达山脚下。"

于是，格里那凡和队长算好了账，向队长、他的雇工和骡子告别。七位旅行者分配好每个人要携带的武器、仪器和一小部分给养，大家一致决定立刻开始攀登峭壁，如果有必要，晚上也继续前行。左侧有一条陡峭蜿蜒的小路，骡子无法通过。攀登峭壁并不容易，但经过两个小时的努力，这支小队终于成功绕过峭壁，重新踏上了安图科山道。

他们离科迪勒拉山系的最高峰已经很近了，但是这里连一条人们踩出来的小路都没有。由于最近的地震，附近的地貌发生了巨变，他们只能继续往更高的地方攀登。帕加内尔未能找到通往另一侧的路径，显得有些沮丧，他估计，在到达安第斯山脉的最高峰之前，他们必须忍受极度疲劳的折磨，因为这些山峰的平均海拔高度在一万一千英尺到一万二千六百英尺之间。幸运的是，天气很平静，天空也清澈，正是登山的最佳时机，如果是冬季的话，或者是五月到十月，他们不可能像现在这样攀登，因为刺骨的寒冷会迅速夺去登山者的生命，那些坚持登顶的人，也会成为"坦博拉勒斯"的牺牲品，"坦博拉勒斯"是只有在这里才会出现的飓风，每年，死于这种飓风的登山者尸体都会堆满科迪勒拉山系的山谷。

他们整晚都在向山顶稳步攀登，攀上难以抵达的岩层，跳过宽阔深邃的岩缝。没有绳子，他们就手挽着手；没有梯子，他们就踩着同伴的肩。穆拉迪和威尔逊的体力和敏捷承受住了严酷的考验，这两个勇敢的苏格兰人，几乎用尽了最后一丝力气。若不是他们的坚韧与勇气，这个小队可能早已崩溃。格里那凡一直在关注着小罗伯特，他年纪尚轻，充满活力，但也略显鲁莽。帕加内尔体现出了典型的法国品性，他热情冲动，总是向前冲得飞快。而少校则恰好相反，他只按照需要的速度前进，步伐稳健，不急不缓，丝毫不显得费力。也许他甚至没有意识到自己在爬山，或许他觉得自己是在下山呢。

这片区域的地貌已发生显著变化，周围耸立着巨大的冰块，山坡上的冰层透出蓝色，反射着清晨的第一缕阳光。攀登变得更加危险，众人小心翼翼地探查前方，每一步都走得极为谨慎，因为周围到处是裂缝。威尔逊走在最前面，脚不停地试探地面，他的同伴们紧跟其后，踩着他的脚印前行。他们必须压低声音，因为即便是最微小的响动，也可能扰乱气流，导致悬挂在头顶七八百英尺处的积雪崩塌。

他们现在来到了一个布满灌木和矮小树丛的区域。在更高的地方，这些植物会被杂草和仙人掌所取代。在一万一千英尺的高度，所有植物的痕迹都消失了。他们仅停下来一次，匆匆吃了点东西，稍作休息，恢复了一些体力。接着，他们继续攀登，凭借超凡的勇气，在越来越危险、越来越艰难的条件下前进。他们不得不穿越陡峭的山峰，跨过深不见底的裂隙，根本不敢往下看。许多地方竖立着木制十字架，警示人们这里曾发生过惨烈的灾难。

大约两点钟，他们到达了一个广袤荒凉的平原，周围没有任何植被。空气干燥，天空湛蓝，一丝云彩都看不到。在这个高度是不会有雨水的，水蒸气只会凝结成雪花或冰雹。到处都可以看到云斑岩或雪花岩的山峰刺破白雪，就像骨头刺破裹尸布一般。偶尔，气流会吹落一小块石英岩或片麻岩，碎片轻轻落下，发出微弱沉闷的声音，在压抑的气氛中几乎无法察觉。

尽管探险小队勇敢无畏，但他们的体力已经渐渐耗尽。格里那凡看到队员们已经疲惫不堪，有些后悔带着他们深入这片山脉。小罗伯特虽然表现得非常坚强，但也已经走不动了。

三点钟，格里那凡停了下来，说：

"我们必须休息一下了。"

他知道，如果他不提议的话，其他人是不会主动说要休息的。

"休息？"帕加内尔反驳道，"我们连遮风的地方都没有。"

"但是，我们绝对需要休息一下，就算是为了罗伯特考虑。"

"不用，不用！"那位勇敢的孩子说，"我还能走呢，别停下。"

"我的孩子，我们背着你走吧。我们一定要翻越这座山脉，不惜一切代价。或许在那边的山坡上，我们能找到一个避风的小屋，再坚持两个小时。"

"你们都同意吗？"格里那凡问道。

"同意。"大家齐声回答。穆拉迪补充了一句："我来背着孩子。"

于是，队伍继续向东行进。前方依然有一段令人生畏的险峻高度，只有攀登过去，他们才能抵达顶峰。山上的空气很稀薄，让他们产生了痛苦的高原反应。血从牙龈和嘴唇渗出，呼吸也变得急促而困难。尽管他们每个人都拥有坚定的意志，但体力已经到了极限。高原反应不仅摧残了他们的身体，也在精神上压垮了他们。他们开始频频摔倒，摔倒的人再也没办法站起来，只能跪着爬行。

他们已经耗尽了最后一丝力气，再也无法继续攀登。格里那凡想到，远处还有绵延不绝的积雪和刺骨的寒冷，夜幕正迅速笼罩荒凉的山峰，他意识到他们根本没有栖身之处，心慢慢沉了下去。就在这时，少校突然停下脚步，平静地说："有间小屋！"

第十三章

突然坠落

　　如果不是麦克·纳布斯，任何人，哪怕经过这座小屋一百次，围着它转圈，甚至从它上面踩过去，都不会察觉到小屋的存在。小屋被厚厚的积雪覆盖，与周围的岩石融为一体，几乎无法辨认。但经过半小时的艰苦挖掘，威尔逊和穆拉迪终于把它挖了出来，把入口清理干净。小队的成员们欢呼起来，迫不及待地钻进了屋子里。

　　他们发现，这是一座印第安人建造的"卡斯察"，也就是用"阿多比"（在太阳下晒干的泥砖）建造的小屋。小屋呈立方体，边长十二英尺，建在一座雪花岩基座上。门口有一段石台阶，通向小屋的唯一出口。尽管门口狭窄，但当山上刮起龙卷风时，狂风、大雨和冰雹还是会长驱直入。

　　屋内可以容纳十人。在雨季，墙壁可能无法完全挡住雨水，但在此时，屋子至少能抵御外面刺骨的寒冷。温度计显示，外面已经是零下十摄氏度。屋内有一个类似壁炉的设施，配有砖砌烟囱，尽管砌得很简陋，但至少能用来生火。

　　"至少，这里算是个避难所。"格里那凡说，"虽然不太舒适，但毕竟是上天指引我们找到的，我们得心怀感恩。"

　　"要我说，这地方简直是完美的宫殿。"帕加内尔说，"如果有仆人和随从，我们肯定能在这里过得舒适。"

　　"要是炉子能烧出旺盛的火就更好了。我们饿得要命，又冷得不行，依我看，我宁愿要一捆好柴，肉倒没那么着急。"

"好吧，汤姆，我们试试看能不能找些东西烧。"帕加内尔说。

"在科迪勒拉山的山脊找柴火？"穆拉迪带着怀疑的语气高声说。

"既然小屋有烟囱，"少校说，"我们还真有可能找到可以烧的东西。"

"我们的朋友麦克·纳布斯说得对。"格里那凡说，"大家准备晚饭，我出去砍点木头。"

"我和威尔逊跟你一起去吧。"帕加内尔说。

"要我也一起去吗？"罗伯特站起来问。

"不，勇敢的孩子，你好好休息吧。在你这个年纪，其他孩子可能还在玩耍，但你已经是个男子汉了。"格里那凡回答。

格里那凡和两个同伴离开小屋，走到屋子的雪花岩基座上。尽管风平浪静，但气温却寒冷刺骨。帕加内尔看了看气压计，发现水银柱显示他们的海拔已达到一万一千七百英尺，只比勃朗峰低了九百一十米。但如果攀登这些山脉的难度与瑞士阿尔卑斯山相同，没有任何旅行者能翻越这些美洲的山峰。

几人走到一块由云斑岩堆成的小丘上，格里那凡和帕加内尔停下脚步，环顾四周，朝着地平线望去。他们现在位于科迪勒拉山系的内华达山的山顶。举目远眺，能看到四十平方英里开外。科罗拉多河谷已经笼罩在一片阴暗之中，夜色迅速爬上了安第斯山的东侧山麓。夕阳映照在西侧的山坡上，山峰和冰川反射着金灿灿的光芒，耀眼夺目。南面的景色非常壮丽，两英里外是荒芜的托比多河谷，后面矗立着安图科火山。火山发出震耳欲聋的轰鸣，就像一头巨大的怪兽，喷吐着猩红色的烟雾，夹杂着滚滚黑烟和熊熊火焰。周围的山峰仿佛要燃烧起来，石头烧得通红，像雨点一样洒下来，还有红色的蒸汽和喷涌的熔岩。这一切交织在一起，汇成一条闪闪发光的溪流。夜幕渐渐降临，壮观的景象更加耀眼夺目，整个天空都被火山口熊熊燃烧的烈焰照亮，太阳都失去了日落时的壮美，像一颗消失在遥远地平线上的星星一样落了下去。

地上的火焰与天空的光芒交相辉映，景色极为壮丽，帕加内尔和格里那凡久久凝视着这幅画面。如果不是更加务实的威尔逊提醒他们还有正事要办，二人可能会看得更久。他们未能找到木头，但幸运的是，岩石上覆盖着一种枯萎的苔藓，这种植物名叫"雅雷塔"[①]，其根部非常耐烧。他们往口袋里装满了这种苔藓，把这些珍贵的可燃物带回小屋，堆在炉子里。点燃它们并不容易，要让它们持续燃烧更是困难。空气稀薄，助燃的氧气不足，至少少校是这么解释的。

"但从另一个角度来看，"他继续说道，"水不到 100 摄氏度就可以沸腾，在 99 摄氏度就会达到沸点。[②]"

麦克·纳布斯是对的，温度计证实了这一点。当水开始沸腾，将温度计放入水壶，水银柱显示的温度仅升至 87 摄氏度。咖啡很快就煮好了，大家一口气喝了个精光，干肉显然不太好吃，帕加内尔忍不住说：

"我和你们说，要是现在有点烤驼马肉，那简直是棒极了！听说这里的驼马肉能代替牛羊，我倒想知道，从营养角度来说，驼马肉和牛羊肉是否相同。"

"什么？"少校回应道，"学识渊博的帕加内尔，你对晚餐还不满意啊？"

"我很满意，勇敢的少校，但我必须得承认，要是有一盘驼马肉，我肯定不会拒绝的。"

"你可真是会享受。"

"这点我承认。但话说回来，虽然你这么说，但你自己也不会拒绝一块牛排，是吧？"

"大概不会吧。"

"如果让你在寒冷和黑暗中埋伏起来，等一只驼马过来，你是不是会欣

---

① 学名紧密小鹰芹，一种生长于南美洲高海拔地区的植物。

② 水的沸点会随着外界压强的变化而改变。在高山上，由于气压较低，水的沸点会低于 100 摄氏度。

然出发？"

"那当然，如果这能给你带来一点快乐——"

还没等同伴们感谢他的慷慨付出，远处就传来了几声悠长的嚎叫。这显然不是一两只孤单的动物在叫，而是一整群动物，且它们正在迅速接近。

上帝再次为他们送来了晚餐，就如同上天指引他们找到小屋一样，地理学家是这么认为的。但格里那凡泼了冷水，他说，科迪勒拉山系的四足动物不可能出现在这里。

"那这些动物是从哪里来的呢？"汤姆·奥斯汀问道，"你们没听到吗？它们越来越近了。"

"声音可能是雪崩。"穆拉迪说。

"不可能。"帕加内尔说道，"这是很典型的动物叫声。"

"我们出去看看吧。"格里那凡说。

"对，准备打猎。"麦克·纳布斯一边说，一边拿起了卡宾枪。

所有人纷纷冲出屋外。夜幕已经完全降临，四周漆黑一片，星空璀璨。月相是残月，月亮还没升起。北面和东面的山峰已隐入黑暗，只有几处高耸的岩石在夜色中勾勒出怪异的轮廓，四周什么也看不到。嚎叫声越发响亮，显然是受惊的动物在叫。声音是从科迪勒拉山系被黑暗笼罩的一侧传来的。那里到底发生了什么？突然，一群被恐惧逼疯了的动物以排山倒海之势冲了过来，整个高原似乎都在颤抖。这群动物可能有成百上千只。尽管空气很稀薄，但它们的叫声还是震耳欲聋。它们是来自潘帕斯草原的野兽，还是羊群、驼马群？格里那凡、麦克·纳布斯、罗伯特、奥斯汀和两个水手刚趴在地上，它们就像一阵旋风一般从几步远之外一扫而过。帕加内尔为了充分发挥自己的夜视能力，站在那里观察，但眨眼间，他就被撞倒在地。枪声随之响起，少校开枪了，他觉得自己好像打中了一只动物。兽群的叫声越发惨烈，它们冲下山去，消失在火山光芒照亮的山坡上。

"啊，我找到了。"一个声音说，是帕加内尔的声音。

"找到了什么？"格里那凡问道。

"我的眼镜。"帕加内尔回答,"在混乱中丢了眼镜,这也不奇怪。"

"没受伤吧?我希望没有。"

"没有,只是被撞倒了。不过,是什么东西撞的我?"

"就是这个。"少校举起他打死的动物说。

大家急急忙忙返回小屋,借着火光检查麦克·纳布斯的猎物。

这是一只漂亮的动物,像一只没有驼峰的小骆驼。头很小,身体扁平,腿又长又细,皮肤细腻,毛发是拿铁咖啡的颜色。

帕加内尔看了一眼就喊道:"原驼!"

"这是什么?"格里那凡问道。

"一种可以吃的动物。"

"我向你保证,它的肉味道鲜美,是一道珍馐美味!我就知道我们会有新鲜肉当晚餐,而且还是这么好的肉!但谁来把肉切下来呢?"

"我来。"威尔逊说。

"好,那我来负责烹饪。"帕加内尔说。

"嗯?帕加内尔先生,你会做饭?"罗伯特问。

"我肯定会,孩子。我是个法国人,每个法国人都会做饭。"

五分钟后,帕加内尔开始在"雅雷塔"生起的火堆上烤制大块的肉。大约十分钟后,晚餐便准备好了。给同伴们上菜时,帕加内尔为烤肉起了一个诱人的名字——原驼小肉排。大家毫不客气,兴致勃勃地吃了起来。

但让地理学家大为惊愕的是,第一口肉就让所有人皱起了眉头,还伴随着一些惊呼——"太硬了!""真难吃!""嚼不动!"

可怜的学者不得不承认,即便是饥肠辘辘的人,也很难吃下他的肉排。他们开始拿他的"玉盘珍馐"开起了玩笑,嘲笑起了他的厨艺。但帕加内尔此时脑子里只有一件事——原驼的肉那么好吃,那么容易入口,为什么在他的烹饪下却变得如此糟糕。最后,他恍然大悟,大喊道:

"我明白了!对,我明白了!我知道关键所在了。"

"肉放得太久了?"麦克·纳布斯平静地问。

"不是，是肉跑得太久了。我怎么会忘了这一点呢？"

"什么叫'跑得太久了'？"汤姆·奥斯汀问道。

"我的意思是，原驼只有在没有长时间奔跑的情况下被宰杀，肉才好吃。如果它被追赶很久，猎杀前已经跑了很远，那么它的肉就不好吃。凭肉的味道，我可以断定，这只动物已经跑了很远，整个兽群也是如此。"

"你确定吗？"格里那凡问道。

"百分之百确定。"

"但是什么东西把这群原驼吓成这样，迫使它们离开原本安宁的栖息地呢？"

"亲爱的格里那凡，我不能回答这个问题。听我的建议，我们没必要为了这件事情烦心，安心睡吧。我说，少校，我们该睡觉了吧？"

"对，该睡觉了，帕加内尔。"

于是，每个人都用"篷罩"把自己裹好，晚上的篝火也生好了。

小屋里很快就响起了鼾声，此起彼伏、有高有低，帕加内尔那低沉有力的鼾声更是为这场合奏添上了完美的一章。

但是格里那凡却睡不着。他隐隐有些不安，这使得他一直保持清醒。他的思绪总是不由自主地落到那些惊恐逃窜的动物身上。它们朝着同一个方向奔逃，被同一种恐惧所驱使。不可能是因为有野兽在追赶，因为在这个高度几乎不会有野兽，猎人更是少之又少。那么，究竟是什么可怕的东西，迫使它们在安第斯山脉的悬崖峭壁上一路狂奔？格里那凡隐约感到危险即将来临。

但渐渐地，他进入了半梦半醒的状态，恐惧也随之减轻。希望开始取代恐惧。他似乎看到自己明天能踏上安第斯平原，开始真正的搜寻，或许很快就能取得成功。他想到了格兰特船长和他的两名水手，想着他们将很快摆脱困境。这些幻想迅速闪过他的脑海，与此同时，他不时被火堆的噼啪声、飞溅的火星或突然蹿起的火苗惊醒，看到火光映照在同伴们沉睡的脸庞上。

然后，他的预感再度袭来，比之前更加强烈。他焦虑地听着从小屋外传来的声音。

每隔一段时间，他似乎能听到远处传来的隆隆声，沉闷有力，像是暴风雨前的雷鸣。山脚下肯定有暴风雨在肆虐，他起身打算出去看看。

月亮正在升起，空气宁静清新。无论是高空还是山脚，都看不到一丝云彩。安图科火山偶尔喷出微弱的火光，但没有风暴，也没有闪电，璀璨的星星点缀在天幕上。然而，隆隆声仍在继续，它们似乎汇聚在一起，跨越了安第斯山脉。格里那凡回到小屋，心中比之前更加不安，暗自思索这些声音与那些逃窜的原驼之间是否有联系。他看了看表，时间大约是凌晨两点。由于不确定危险是否真的迫在眉睫，他并没有叫醒那些因疲劳而睡得很香的同伴，自己也在不久后打起了瞌睡，沉沉地睡了几个小时。

突然，一声巨响让他猛地坐了起来。震耳欲聋的声音如炮火轰鸣般传入他的耳中。他感觉地面在下陷，小屋晃动了几下，随即裂开。

他大声呼喊同伴的名字，他们已经醒了，正乱糟糟地挤作一团。大家迅速滑向一个陡峭的斜坡。天已经亮了，眼前的景象异常可怕。山脉的形状眨眼间就发生了变化。圆锥形的山顶被削平。摇摇欲坠的山峰消失得无影无踪，仿佛它们的底部打开了某个陷阱。科迪勒拉山系正在发生一种怪异的现象：绵延数英里的岩石山体在移动，它正迅速向平原滑去。

"地震！"帕加内尔喊道。他说得没错，智利常常发生这种天灾。在这个地区，科皮亚波曾两度被摧毁，而圣地亚哥也在十四年内四次变成废墟。这里的地层下覆盖着火山熔岩，而新近形成的火山不足以释放地下的蒸汽，因此地震频繁发生，当地人称之为"特伦布洛雷"。

七位旅行者紧紧抓住苔藓，头晕目眩，陷入极度恐惧之中。他们正处在一个顶部扁平的山峰上，而此刻，这个平顶正以五十英里每小时的速度斜向下冲。他们发不出声音，也不敢跳下去，更无法停下来。他们甚至听不到自己的声音。大地的轰鸣、雪崩的撞击、坠落的花岗岩和雪花岩、弥漫的雪粉和狂风，这一切使得他们无法交流。有时，他们会平稳地滑下去，没有颠簸或摇晃，但有时却恰恰相反，山峰的平顶像风暴中的船只一样翻滚，从深渊边缘擦过，山体碎块落入深谷，连根拔起的大树被摧毁殆尽，坡面上所有突出的岩石都像是被一把巨大的镰刀切平一般，被夷为平地。

没有人知道这场可怕的坠落还会持续多久，也没有人知道它最终会以怎样的方式结束。队员们无法确定其他人是否还活着，抑或有人已经坠入深渊。急速的下滑让他们几乎无法呼吸，刺骨的寒风令他们浑身僵硬，而漫天旋转的雪花则遮蔽了视线。他们气喘吁吁，筋疲力尽，几乎动弹不得，仅凭强烈的求生本能死死抓住岩石。突然，一声巨响，他们被甩了出去，滚到了山脚，那座滑行的山体终于停了下来。

好几分钟过去了，没有人动弹。最后，一个人缓缓起身，站了起来。他被撞得头晕目眩，但依然稳稳地站住了。他是麦克·纳布斯少校。他抖掉了身上的雪花，环顾四周，他的同伴们就像是手枪发射后的子弹壳一样，围成一个小圈，叠在一起。

少校数了数人数。除了一个人之外，大家都在。那个人是罗伯特·格兰特。

第十四章

有如神助

安第斯山脉东麓由一系列长坡构成，逐渐下降，直至山下的平原。平原上覆盖着茂盛的植被，点缀着枝繁叶茂的树木，其中最多的是西班牙人殖民时种下的苹果树，树上结着金黄诱人的果实。这里仿佛是一片完美的苹果树林，让人联想到肥沃的诺曼底。

从荒原到绿洲，从雪山之巅到无垠绿野，从寒冬到盛夏。旅行者眼前的景象骤然变换，令人惊叹。

地面已经稳定下来，震动停止了。但地表下的力量仍在其他地方肆虐。安第斯山脉地震频发，此处未震，别处必有动荡。这次的地震特别猛烈，山脉的外貌已发生了巨大变化，潘帕斯草原的向导们再也无法找到原来的路标。

明媚的一天开始了。朝阳刚刚从海洋的怀抱中升起，明亮的阳光洒满了阿根廷的平原，一直照耀到大西洋海岸。此刻大约是早上八点。

在少校的帮助下，格里那凡和他的同伴们逐渐恢复了活力。他们曾因震动而晕厥，但幸好没有受伤。他们已经跨越了安第斯山脉。大自然擅自用它的方式将他们送到了这里。他们本可能对这种方式感到惊奇，但现在，他们失去了队伍中最弱小、最年轻的成员——那个大家都视如己出的孩子。

每个人都喜欢这个勇敢的男孩。帕加内尔尤其疼爱他，连平时冷漠的少校也对他有着特殊的喜爱。至于格里那凡，听到孩子失踪的消息时，他陷入了深深的绝望。他想象着孩子躺在某个深渊中绝望呼救的场面。

"我们必须去找他，找不到就不走！"他几乎无法抑制自己的泪水，高声喊道，"我们不能任由他自生自灭。我们必须彻底搜查每一个山谷、每一座悬崖、每一道深渊。我要在腰上系一根绳子，亲自下去找他。我一定要这样做，你们明白吗？我必须这么做。愿上帝保佑，保佑罗伯特还活着！如果我们失去了这个孩子，我怎么有脸去面对他的父亲？我们有什么权力为了拯救船长而牺牲他的孩子？"

格里那凡的同伴们默默地听着，他试图从同伴的眼中读出希望，但其他人都不敢和勋爵对视。

最后，他说：

"好吧，你们听到我的话了，但你们不回应我。你们是不是想告诉我，你们是觉得他已经彻底没有希望了？一点希望都没有了？"

又是一阵沉默，直到麦克·纳布斯问道：

"你们谁能想起来，罗伯特是什么时候失踪的？"

没有人能说得出来。

"嗯，既然这样，"少校继续说，"那你们至少能记得，当我们从安第斯山掉下来时，那孩子当时在谁身边？"

"在我身边。"威尔逊回答道。

"很好。你最后一次看到他在你身边是什么时候？请尽力回忆一下。"

"我只能回忆起这些。在导致山崩的那次震动前不到两分钟，罗伯特·格兰特还在我身边，紧紧抓着一丛苔藓。"

"不到两分钟？你仔细想一想，我敢说，你当时肯定觉得每一分钟都很漫长。你确定没有弄错吗？"

"我觉得没错，嗯，就像我之前说的那样，两分钟左右。"

"好吧，那罗伯特在你左边还是右边？"

"左边。我记得他的'篷罩'还在我脸上擦了一下。"

"那我们呢？你站在我们的哪边？"

"我也站在你们左边。"

"那么，罗伯特应该是从这边坠落的。"少校转身指向山峰右侧，"按照时间推算，我估计他是在海拔两英里的位置跌落的。我们要搜索从地面到海拔两英里之间的区域。我们分头搜索，应该能找到他。"

六个人二话不说，立刻开始搜索。他们沿着坠落的轨迹，仔细检查每一处裂缝，甚至探查那些被山顶滚落的巨石封堵的深渊。爬出来时，好几个人的衣服都被撕破了，手脚鲜血淋漓。这些勇敢的家伙连续搜索了好几个小时，连休息一下的念头都没有动过。但一切徒劳无功。也许孩子已被巨石掩埋，永远埋在了这座山中。

大约下午一点钟，格里那凡和同伴们重新集合在山谷里。格里那凡沉浸在悲痛中，几乎无法言语。他低声叹息，嘴里反复喃喃道：

"我不走！我不走！"

队伍中的每个人都能理解他，都能尊重他的感受。

"我们等等吧。"帕加内尔对少校和汤姆·奥斯汀说，"我们稍微休息一下，恢复一下体力。无论如何，我们都需要保持体力充沛，不管是为了继续搜索，还是继续上路。"

"是的，既然爱德华不愿离开，我们就在这里休息一会儿。他还抱着希望，但是真的还有希望吗？"

"谁知道呢。"奥斯汀说。

"可怜的罗伯特！"帕加内尔低声叹道，拭去眼角的泪水。

山谷中树木繁茂，少校找到了一处适合扎营的地点。他选择了一棵高大的树，在树下放下了他们仅剩的几件物品——剩下的东西不多了，只有几片包裹皮、火器、一些干肉和大米。离山不远有条河，虽然雪崩后水有些浑浊，但还能饮用。穆拉迪很快在草地上升起篝火，为格里那凡准备了一杯温热的饮料。但格里那凡不想喝，他躺在"篷罩"上，看上去相当沮丧。

白天悄然逝去，夜幕降临，平静如常，一如昨日。同伴们一动不动地躺在地上，却没有睡着，格里那凡起身再次走向安第斯山的山坡，聚精会神地倾听，希望能听到呼救的声音。即使孤身一人，他也走得很远。他急切地竖起耳朵，努力捕捉任何微弱的声音，在绝望中大声呼喊。

他在山上徘徊了一整夜，除了自己的心跳声，什么也没听见。少校有时候会跟着他，也有时候是帕加内尔跟着，如果格里那凡因这种鲁莽而无望的行动不慎掉进湿滑的山沟或峭壁间，他们随时准备伸出援手。格里那凡的所有努力都是徒劳的，他一遍一遍呼喊着："罗伯特！罗伯特！"但回应他的只有回声。

天亮了，他们必须把可怜的格里那凡从远处的高原上带回来，即便他不愿意，也不能继续让他留在那里。他的绝望令人不安，谁又敢开口提议离开这个致命的山谷？但是，食物已经吃完了，阿根廷向导和马匹都能在不远处找到，可以带他们前往潘帕斯草原。比起继续前进，走回头路要更难，而且，他们和"邓肯"号约定要在大西洋会合。这些理由很充分，不能再拖延了。事实上，尽早出发对所有人都好。

麦克·纳布斯试图让格里那凡勋爵振作起来。但很长时间里，他的表弟似乎都没听见他说话。最后，格里那凡摇了摇头，用几乎听不到的声音说：

"你是说，我们必须出发吗？"

"是的，我们必须出发了。"

"再等一个小时，好吗？"

"好，那我们再等一小时。"少校回答。

一小时很快就过去了，格里那凡又请求少校再多给一些时间。他恳求的语气，仿佛是一个囚犯在请求缓刑。就这样，半天过去了，已是正午。麦克·纳布斯不再犹豫，按照其他人的建议，坚定地对表弟说，他们必须出发，所有人的生命都依赖于果断行动。

"好，好吧！"格里那凡说，"出发吧，出发吧！"

他没有看麦克·纳布斯，而是死死盯着天空中的一个小黑点。突然，他伸出胳膊，僵直地指向那个黑点，仿佛石化了一般。

"那儿！那儿！快看！看！"

所有人立刻顺着他的手指望去。那个小黑点迅速变大，一只鸟在他们头顶盘旋。

"兀鹰。"帕加内尔说道。

"对，兀鹰。"格里那凡回应道，"它为什么会在这儿？它在下降——正在逐渐降低！我们等等看。"

帕加内尔没有看错，确实，那是一只兀鹰。在南美，这种强健的鸟类是安第斯山脉的王者，它们也曾被印加人 [①] 崇拜。这里的兀鹰体形巨大，力量惊人，甚至能将牛逼至悬崖，让其坠入深渊。它还会抓起平原上吃草的羊，甚至还有小孩和小牛犊，兀鹰会抓着它们，飞到难以抵达的高空。它们常在视野极限处盘旋，视力极强，能辨认出地面上的微小目标。

那这只兀鹰发现了什么？是罗伯特·格兰特的尸体吗？"它为什么会在这儿？"格里那凡喃喃地说，目不转睛地盯着那只巨鸟。那庞然大物正迅速逼近，时而展翅悬停，时而如陨石般俯冲而下。不一会儿，它开始在空中盘旋。地面上的人终于看清了，这只兀鹰翼展超过十五英尺，双翼强健，翱翔时毫不费力，大鸟的特权就是能够平静而威严地在天空翱翔，而昆虫却需要每秒扇动上千次翅膀。

少校和威尔逊已经端起卡宾枪，但格里那凡立刻做了个手势，制止了他们。兀鹰在半空中绕着一座陡峭的山坡盘旋，山坡高约四分之一英里，攀爬极为困难。它盘旋得越来越快，锋利的爪子时张时合，头顶那层软骨般的肉冠微微颤抖。

"那儿，那儿！"格里那凡喊道。

一个可怕的念头闪过他的脑海，他惊恐地叫道："开枪！开枪！万一罗伯特还活着呢？那只鸟——"

但已经晚了。兀鹰猛然俯冲，消失在峭壁后。仅仅一秒钟，无比漫长的

---

① 印加人（Inca），南美洲原住民，主要生活在安第斯山脉。印加人信仰多种自然神灵，Inca 的意思是"太阳的子孙"。

一秒钟，它便重新现身，爪中紧紧抓着一个沉重的身影，飞得很慢。

四周响起了一阵惊呼。兀鹰的利爪抓着一个人，他在空中晃荡着，毫无生气——那是罗伯特·格兰特。兀鹰抓住了他的衣服，把他吊在至少一百五十英尺的高空中。察觉到地面上的旅行者，兀鹰猛力扇动双翼，企图带着沉重的猎物逃离。

"啊！宁可让罗伯特摔死在岩石上，也不能让他——"

话未说完，格里那凡已夺过威尔逊的卡宾枪，扣下扳机。然而，他的手臂因激动而颤抖，子弹射偏了。

"让我来。"少校说道。他目光冷峻，双手稳如磐石，身体纹丝不动，瞄准三百英尺高空中的兀鹰。

但少校还没来得及扣动扳机，就从山谷底部传来一声枪响。两块雪花岩之间腾起一股白烟，子弹击中了兀鹰的头部。兀鹰的身子翻了过来，开始坠落。它那巨大的翅膀像降落伞般展开，撑着它慢慢下降。它一直没有松开猎物，而是和猎物一起，轻轻落在溪流旁约十步远的草地上。

"打中了，打中了！"格里那凡喊道，他顾不上去看那一枪是从哪里射来的，就冲向兀鹰，其他同伴紧随其后。

当他们赶到时，兀鹰已经气绝，那双巨大的翅膀仍然张开，将罗伯特的身体严严实实地盖住。格里那凡扑到兀鹰的尸体上，把罗伯特从它的爪中解救出来，平放在草地上，接着，他跪下身子，将耳朵贴在罗伯特的胸口。

下一刻，格里那凡就爆发出一阵欢呼，欢呼声中带着狂喜，几乎不像是人类能够发出的。他猛地站起身来，大喊道：

"他还活着！还活着！"

他们迅速解开罗伯特的衣物，用冷水浇在罗伯特脸上。男孩微微动了动，睁开双眼，扫视了一圈后，虚弱地说："啊，勋爵阁下！是你啊！"接着，他又说："啊，我的父亲！"

格里那凡没有回答，他激动得说不出话来，只是跪在这个奇迹般生还的孩子身旁，热泪滚滚而下。

第十五章

塔尔卡鸟

罗伯特刚刚从一次可怕的危险中逃脱，却立即陷入了另一个险境——他几乎被朋友们撕成了碎片。勇敢的伙伴们看到他醒来后欣喜不已，每个人都迫不及待地想拥抱他，尽管他还很虚弱。当然，这种看起来粗鲁但实际上友好的拥抱并不会伤人，至少没有伤到罗伯特，反而让他感觉温暖。

获救的喜悦稍微平息后，他们首先想到的就是看看救命恩人是谁。当然，是少校首先提议去找那个人，而且他离得并不远。离小溪五十步远的地方，一个身材高大的人站在山脚下的一块岩石上，一动不动，脚边躺着一支长枪。

他肩膀宽阔，长发被一条皮绳束着，身高超过六英尺。他的脸庞是古铜色的，眼睛和嘴巴之间涂着一抹红色，下眼睑涂成黑色，额头则很白。他穿着巴塔哥尼亚边境地区的传统服饰，披着一件用原驼皮制作、鸵鸟筋缝合的华丽斗篷，上面绣着鲜红的藤蔓花纹，边缘带着柔软的羊毛。斗篷下是一件狐狸皮制的短裙，围在腰间，长长地垂在身前。他腰带上挂着一个小袋子，里面装着颜料，用来涂抹出脸上的花纹。他的靴子是牛皮做的，用交叉的带子绑在脚踝上。

这位巴塔哥尼亚人面容英俊，显露出真正的智慧，尽管脸上的涂色显得有些怪异。他站在那里，姿势庄严。实际上，如果有人看到他一动不动、神态庄重地站在岩石基座上，可能会把他当成一座冷静沉着的英雄雕像。

少校一看到他，就指给格里那凡看，格里那凡立刻朝他跑去。巴塔哥尼亚人向前走了两步迎接他，格里那凡抓住他的手，紧紧地握住。没人会误解这一动作的含义，因为苏格兰贵族的脸上满是感激，言语已不再必要。陌生人微微鞠躬回应，说了几句话，但格里那凡和少校都听不懂。

巴塔哥尼亚人仔细打量了他们几分钟，然后用另一种语言说了起来，这种语言同样令人费解。但格里那凡注意到，其中一些词听起来像西班牙语，而他恰巧会几句西班牙语。

"西班牙语？ ①"格里那凡问道。

巴塔哥尼亚人点了点头表示回答。点头在任何地方都表示肯定的意思。

"太好了！"少校说，"我们的朋友帕加内尔正好可以和他交流，真幸运，他最近一直在学西班牙语。"

帕加内尔立刻被叫了过来。他马上赶到二人面前，并以法国人特有的优雅向陌生人致意。但他的恭维之词对巴塔哥尼亚人来说却像是对牛弹琴，因为对方一个字也没听懂。

在得知具体情况后，帕加内尔开始用西班牙语说了起来，为了发音尽可能清晰，他张大了嘴巴，说道：

"沃斯——苏伊斯——翁——澳孟——德——贝因（你真是个好人）。"

巴塔哥尼亚人听着，但没有任何回应。

"他不懂西班牙语。"地理学家说。

"也许你的口音不对。"少校发表意见。

"应该是这样！该死的口音！"

帕加内尔又重复了一遍他的恭维话，但仍然没有成功。

"我要换个说法。"他说，然后用缓慢而刻意的语调继续说道：

"桑——杜维达——翁——帕塔冈（你一定是巴塔哥尼亚人）。"

还是没有回应。

---

① 格里那凡的这句话是用西班牙语说的。

"迪泽米（请回答我）！"帕加内尔大声喊道。

但巴塔哥尼亚人依然没有反应。

"沃斯——孔普——连戴斯（你听得懂吗）？"帕加内尔扯着嗓子大喊，仿佛要喊破喉咙一般。

显然，这个印第安人听不懂，因为他用西班牙语回应了。

"我听不懂。"

现在轮到帕加内尔惊讶了。他把眼镜推到鼻尖，看上去似乎很生气，说道：

"如果我能听懂他这些鬼话，哪怕能听懂一个字，我就上吊！这肯定是阿劳卡尼亚语①！"

"才不是呢！"格里那凡说，"他刚才都说西班牙语了。"

接着，格里那凡又重复了之前巴塔哥尼亚人说过的话："西班牙语？"

"是的，是的。"那位印第安人用西班牙语回应。

帕加内尔的惊讶变成了彻底的目瞪口呆。少校和他的表弟交换了一个滑稽的眼神，麦克·纳布斯脸上露出了抑制不住的笑意，调皮地说："哎呀，哎呀，我亲爱的朋友，难道你又粗心大意了吗？看来你在这方面真是个专家。"

"胡说！"帕加内尔的耳朵立刻竖了起来。

"是的，很明显他说的是西班牙语。"

"他？"

"是啊，确实是西班牙语。也许你这段时间学的，其实是另外一种语言，而不是——"

然而，帕加内尔没等少校把话说完，就耸了耸肩，脸色有些僵硬地说道：

"你这话有点过分了，少校。"

---

① 智利中部原住民的语言。

"那么，你怎么听不懂他说的话呢？"

"嗯？当然是因为他说得不好。"地理学家开始不耐烦。

"你听不懂，就说人家说得不好。"少校冷静地回应道。

"好了，好了，麦克·纳布斯。"格里那凡插话道，"你的推测确实站不住脚。即便帕加内尔粗心大意，他也不会把一种语言当作另一种语言来学吧。"

"好吧，爱德华——或者更应该让你，我的好帕加内尔——你来解释一下吧。"

"我没什么好解释的。我有证据。这是我每天用来练习西班牙语难点的书。你自己看看，少校。"他一边说，一边开始翻来翻去，过了一阵子才从他无数的口袋中掏出一本破旧的书递了过去，"现在你可以看看，我不是在骗你。"他愤怒地继续说道。

"这本书的名字是什么？"少校从帕加内尔手中接过书，问道。

"《卢济塔尼亚人之歌》[①]，一部令人赞叹的史诗，它——"

"《卢济塔尼亚人之歌》？"格里那凡惊叫道。

"是的，我的朋友，伟大的卡蒙伊斯创作的《卢济塔尼亚人之歌》，没错。"

"卡蒙伊斯？"格里那凡重复了一遍这个名字，"但是，帕加内尔，我可怜的朋友，卡蒙伊斯是葡萄牙人！过去的六个星期，你一直学的是葡萄牙语！"

"卡蒙伊斯！《卢济塔尼亚人之歌》！葡萄牙语！"帕加内尔哑口无言，他看上去懊恼不已，周围的同伴们也纷纷围了上来，爆发出一阵哄堂大笑。

那位印第安人面无表情，静静地等待着他们解释这令人费解的大笑。

"我真是蠢透了！"帕加内尔终于开口，"真的是这样吗？你们没在开玩

---

① 葡萄牙诗人卡蒙伊斯所著的史诗，是葡萄牙文学史上最重要的作品，有葡萄牙的"国家史诗"之美誉。

笑吧？我真的干了这种蠢事？哎呀！我竟然把语言搞错了，这简直就是巴别塔①的故事再度上演！啊！我的天哪！我的朋友们，我该怎么办？本来要去印度，却到了智利！本来要学西班牙语，却学了葡萄牙语！我看，我继续这样下去，总有一天，我想要扔烟头时，会把自己扔到窗外去！"

听到帕加内尔如此哀叹自己的不幸遭遇，看到他滑稽的尴尬样子，大家忍俊不禁。另外，他自己也给大家打了个样，说道：

"笑吧，我的朋友们，想笑多大声就笑多大声。你们笑我也没关系，我自己都想笑话我自己！"

"但是，话说回来。"过了一小会儿，少校说道，"目前情况没什么改善，我们还是没有翻译。"

"嗯，这倒不用担心了。"帕加内尔回答道，"葡萄牙语和西班牙语非常相似，所以我才会弄错。但它们太相似了，我很容易就能纠正我的错误。不用多久，我就能用西班牙语跟这位巴塔哥尼亚人表达谢意。"

帕加内尔是对的。他很快就和这位陌生人攀谈了起来，甚至得知了他的名字——塔尔卡乌，在阿劳卡尼亚语中，"塔尔卡乌"的意思是"雷神"。显然，这个名字来源于他精湛的武器使用技巧。

最令格里那凡开心的是，他得知塔尔卡乌恰好是一位向导，专门带人穿越潘帕斯草原。对于格里那凡来说，遇到塔尔卡乌无疑是天意的眷顾，意味着这次探险一定能成功，格兰特船长一定会获救。

一行人回到罗伯特身边，男孩向塔尔卡乌张开双臂。巴塔哥尼亚人默默地将手放在男孩的头上，然后开始仔细检查男孩的伤势，轻轻地抚摸着他四肢上每一处疼痛的地方。之后，他走到河边，摘了几把岸边长出的野芹菜，

①《圣经》故事中，地上所有人原来使用同一种语言，他们决定一起建造一座通往天空的高塔，称之为"巴别塔"。上帝知道后认为这是对自己的冒犯，降下大雨冲毁巴别塔，并让世界各地的人开始说不同的语言，以防他们相互合作。

用它的汁液擦拭在罗伯特的身上。他小心翼翼地照料着罗伯特，经过一番细致的治疗，男孩很快就恢复了。显然，只要再休息几个小时，罗伯特就可以完全康复。

于是，大家决定立即扎营，今天余下的时间将在这里休息并过夜。此外，还有两个重要问题需要解决：如何获取食物，用什么交通工具旅行。他们没有食物，也没有骡子。幸运的是，他们遇到了塔尔卡乌，他是一位经验丰富的向导，也是个聪明的向导。

他主动提出，可以帮助他们找到一切所需的物资，并带领他们前往一个离此地不到四英里的印第安人营地，那里可以买到所有需要的给养。他的提议一部分是通过手势表达的，另一部分则是通过帕加内尔勉强能听懂的几句西班牙语来表达。这个提议立刻得到了接受，格里那凡和他的学识渊博的朋友帕加内尔也立即与他一同出发。

他们步伐轻快地走了一个半小时，格里那凡和帕加内尔不得不迈着大步才能跟得上高大的塔尔卡乌。他们一路穿过一片美丽富饶的地区，这里牧草丰美，足以养活十万头牲畜。宽阔的池塘通过错综复杂的河流相互连接，给平原提供了充足的水源。平原上绿意盎然，黑色脑袋的天鹅在水中嬉戏，与成群的动物争夺领地。这里还栖息着各种毛色鲜艳的鸟类，叫声嘈杂，震得耳朵生疼。这里有一种名叫"伊萨卡"的斑鸠，长着灰白相间的毛，还有一种黄色羽毛的红色凤头鸟，它们在树林间飞来飞去，像移动的花朵一般。而鸽子、麻雀、"钦勾罗""布古罗"和"蒙吉塔"① 则迅速掠过头顶，刺耳的叫声划破空气。

每走一步，帕加内尔对这片大地的美丽就越加感到惊叹。他几乎用尽了所有形容词，大声赞叹，这让巴塔哥尼亚向导显得有些诧异。因为对塔尔卡乌来说，这些鸟和草原不过是日常的风景而已。这位学识渊博的地理学家沉

---

① "钦勾罗""布古罗"和"蒙吉塔"均为南美洲当地语言中的鸟类名称。

浸在喜悦中，都已经走到印第安人的营地了，他还感觉他们刚刚出发没多久呢。这个营地位于山谷的中心，当地人称呼它为"托尔德里亚"。

大约三十名印第安游牧民生活在这里，他们居住在用树枝搭建的简陋小屋中，饲养着大量的奶牛、绵羊、公牛和马。他们不断在草原之间迁徙，总是确保牲畜有足够的食物。

这些游牧民是阿劳卡尼亚人、佩胡恩切人和奥卡人的混血后代。他们属于安第斯 - 秘鲁人种，肤色呈橄榄色，身材中等，体格健壮，前额低矮，脸型圆润，嘴唇薄，颧骨高，相貌柔和，表情冷淡。总体来说，他们是印第安人中最不引人注目的一群。然而，格里那凡并不关心他们的外貌，而是对他们的牲畜产生了兴趣。只要能够买到牛肉和马匹，其他的一切他都不在意。

塔尔卡乌负责与印第安人讨价还价。交易很快就达成了。他们拿到了七匹配好马鞍的阿根廷马、一百磅干肉（当地人叫"夏奇"）、几斗大米和水囊，印第安人同意他们用二十盎司黄金来交换这些物资。尽管旅行者并没有带印第安人想要的葡萄酒或朗姆酒，但这些印第安人对黄金的价值十分了解。格里那凡本打算再为巴塔哥尼亚人买一匹马，但他很快意识到，巴塔哥尼亚人显然不需要他来购买马匹。

不到半小时，他们就回到了营地，全队的人立刻欢呼起来，或者更准确地说，是为他们带回来的食物和马匹欢呼。大家都饿了，兴高采烈地享受着这些美味的食物。罗伯特也和其他人一起吃了些东西，他的体力正迅速恢复。当天的结尾在轻松愉快的交谈中度过，大家讨论着那些他们热爱却不在身边的人。

帕加内尔一直待在印第安人身边。这不仅仅是因为他很高兴见到一个真正的巴塔哥尼亚人。他感觉自己站在塔尔卡乌面前就像个小矮人——这个巴塔哥尼亚人的身高几乎可以与马克西米努斯皇帝[①]相媲美，这位皇帝足有八

---

① 马克西米努斯皇帝，古罗马帝国皇帝，据记载他的身材高大。

英尺高。帕加内尔陪在塔尔卡乌身边，主要是因为他能从这位印第安人那里学到西班牙语，没有书，他只能通过夸张的手势来学习那些落入耳中的洪亮词汇。

"如果我的发音不标准，"他对少校说，"那可不是我的错。谁能想到，有一天会是一个巴塔哥尼亚人在教我西班牙语呢？"

第十六章

科罗拉多河

翌日，即 10 月 22 日，早上八点钟，塔尔卡乌示意大家出发。在南纬 22 度到南纬 42 度之间，阿根廷的地形向东倾斜。旅行者们的任务就是沿着这片斜坡一路走到海边。

格里那凡原以为，塔尔卡乌没有骑马，是因为他更喜欢步行，毕竟很多向导都习惯这样。但他错了。就在大家准备出发时，这位巴塔哥尼亚人吹了一声奇怪的口哨，随即，一匹纯种阿根廷骏马从附近的小树林中飞奔而出，响应主人的召唤。这匹马无论是外形还是颜色，都堪称完美。少校是相马的行家，对这匹潘帕斯草原上的骏马赞不绝口，认为它在很多方面都和英国猎马相似。这匹马名叫"陶卡"，这个词在巴塔哥尼亚本地语言中的意思是"鸟"，它完全配得上这个名字。

塔尔卡乌骑术精湛，看他骑着那匹昂首阔步的骏马驰骋草原，简直是一种享受。他的马鞍上挂着阿根廷草原上常用的两种狩猎武器——"波拉斯"和"拉佐"。"波拉斯"是一条皮带，绑着三个石球，皮带的前端有一个套环。印第安人常在距离动物或敌人百步远时，就把它们准确地扔出去，套环会缠住目标的腿，立刻使目标摔倒在地。对于印第安人来说，这是种强大的武器，他们使用"波拉斯"的技巧也堪称一绝。"拉佐"则要一直握在手中，它是一根三十英尺长的绳子，用绞起来的皮革制作，末端有一个活结，系着一个铁环。印第安人用右手把铁环投出去，左手紧紧握住绳子，绳子的另外一端固定在马鞍上。塔尔卡乌还有一把枪筒很长的卡宾枪，这些就是他的全套装备。

塔尔卡乌走在队伍的最前方，完全没有意识到自己吸引了众人艳羡的目光。一行人时而策马疾驰，时而信步前行，步伐从未放慢。罗伯特证明了自己是一位勇敢的骑手，稳稳地骑在马背上，这让格里那凡感到安心。

潘帕斯草原从科迪勒拉山脚下延伸，可以分为三个部分。第一部分从安第斯山脉开始，绵延二百五十英里，覆盖着矮小的树木和灌木丛。第二部分则延续四百五十英里，牧草丰富，一直延伸到距布宜诺斯艾利斯约一百八十英里的地方。从那里到海边，草原开始大部分由苜蓿和大蓟组成，构成了潘帕斯草原的第三部分。

离开科迪勒拉山脉的峡谷后，格里那凡和他的队伍首先来到名为"迷荡路"的平坦沙地，这里的小沙丘像海浪一样起伏。沙粒非常细，哪怕是轻风也能掀起沙云，吹得沙子飞扬，宛如水龙卷。这个景象既赏心悦目，又令人痛苦。这些"水龙卷"在平原上漫游、碰撞、融合，在混乱中起起落落，甚是奇特。但从另一方面来说，无数小沙丘扬起的沙尘也实在是令人生厌。那些沙尘细如粉末，甚至眼睛紧闭时也能被沙粒迷了眼。

这种风沙肆虐的景象持续了大半天，尽管如此，旅行者们仍然走了很远的路。大约下午六点，他们已离开科迪勒拉山脉四十英里，山峦的轮廓几乎消失在傍晚的雾霭中。赶了一天路，众人疲惫不堪，因此在内乌肯河畔安营扎寨，他们都感到很高兴。这条河蜿蜒于高耸的红色河岸之间，水流湍急，部分地理学家称其为拉米德河或科莫河。

这一晚以及次日上午，旅程平稳无事。他们骑着马快速前进，地面坚实，气温也可以忍受。然而，到了中午，烈日当空，空气变得异常炙热，傍晚时分，西南方地平线上浮现一排云彩——这是天气变化的征兆。塔尔卡乌指出了这一点，地理学家回答说："没错，我知道。"随后，他转向同伴们，继续说道："看，天气要变了，我们要尝尝潘帕罗风的滋味了。"

他随即解释说，潘帕罗风是阿根廷平原上常见的气象现象。它是一股自西南吹来的极端干燥的风。塔尔卡乌的判断果然准确，潘帕罗风肆虐了一整晚，这一夜相当难熬，旅行者们只能靠他们的"篷罩"遮风。马匹卧倒在地，人们紧挨着它们，缩成一团。格里那凡担忧这场风暴会延误行程，但帕加内尔查看气压计后，宽慰格里那凡，说他大可不必担心。

"一般来说，潘帕罗风会带来持续三天左右的暴风雨，气压下降时暴风雨就会来临。"他说，"但如果情况相反，气压上升，那这股风刮上一阵也就过去了，而现在，正是气压上升的情况。所以，亲爱的朋友，尽管放心，一到日出，天空就会重新放晴。"

"帕加内尔，你简直就是一本会说话的百科全书。"格里那凡说。

"没错，我就是这样一本书，而且，你随时都可以翻阅我的书页。"

"百科全书"说得没错。凌晨一点，风势骤然平息，疲惫的旅行者们终于安然入睡，直到天亮。他们一觉醒来，精神焕发，体力恢复。

这一天是 10 月 24 日，自他们离开塔尔卡瓦诺已有十天。眼下，他们距离科罗拉多河与 37 度纬线的交汇点还有九十三英里，也就是说，大约还有三天的路程。

格里那凡一路上始终留意周围，希望能发现印第安人的踪迹，以便通过塔尔卡乌向他们打听格兰特船长的消息。毕竟，帕加内尔的西班牙语尚不足以应对这种对话。但他们的行进路线上很少有土著人，因为穿越潘帕斯草原的常规路线更偏北。偶尔能在远处看到游牧骑手的身影，但他们大多警惕陌生人，一旦察觉有人接近，便像离弦之箭般迅速远去。对于这些独行骑手而言，一支由八名全副武装的旅人组成的小队无疑显得可疑，因此，格里那凡一行人根本找不到合适的对象询问，无论对方是老实人还是强盗。

就在格里那凡因无人可问而感到遗憾之际，他却意外发现了一个新的线索，这条线索进一步印证了他们对船长信件的解读。

他们始终按照既定路线前进，时而穿越潘帕斯草原上的常规路径，但从未沿着这些路径行走太远。塔尔卡乌对此一直保持沉默，未发表任何意见，但他显然已经意识到，这群旅人并非在前往某座城镇、村庄或定居点。每天清晨，他们都会笔直朝着太阳升起的方向前进，从不偏离。塔尔卡乌或许也已经明白，他的角色与其说是向导，不如说只是跟随他们的路线的陪同。尽管如此，他始终保持着印第安人惯有的沉稳，保持着沉默。然而，当他们行至某处时，塔尔卡乌突然勒住缰绳，停下马匹，对帕加内尔说：

"这条路是去卡门的。"

"没错，我的好巴塔哥尼亚人。"帕加内尔尽可能用西班牙语说，"这是从卡门去门多萨的路。"

"我们不走这条路吗？"

"不走。"帕加内尔回答。

"那我们要去哪里？"

"一直往东。"

"那里什么都没有。"

"谁能确定呢？"

塔尔卡乌沉默了，他惊讶地看着地理学家，露出一副难以置信的样子。他也不知道帕加内尔是不是在开玩笑，因为印第安人总是很严肃。

"所以，我们不去卡门？"过了一会儿，他又问。

"不去。"

"也不去门多萨？"

"嗯，不去门多萨。"

就在这时，格里那凡走上前来，询问他们为什么停下来，在讨论什么。

"塔尔卡乌想知道我们是不是要去卡门或门多萨，我说都不去，他很惊讶。"

"嗯，当然，这对他来说一定很奇怪。"

"我也这么觉得。他告诉我，我们要去的地方什么都没有。"

"帕加内尔，我想知道，我们是否能让他理解我们的探险目的，让他明白我们为什么一直往东走。"

"这很难。印第安人对经纬度毫无概念。在他眼里，我们找到的那封信更像是一个荒诞的故事。"

"他是理解不了那个故事，还是理解不了讲故事的人？"麦克·纳布斯平静地说。

"啊，麦克·纳布斯，我看，你还是不太相信我的西班牙语水平。"

"那我的好朋友，你试试看呗。"

"试试就试试。"

于是，他转过身，开始向这位巴塔哥尼亚人讲解。他时不时停下来，因为有些单词不会说，而某些细节对这个尚未完全开化的印第安人来说也很难理解。这位博学的地理学家如此卖力，场面实在值得一看。帕加内尔手舞足蹈，绞尽脑汁地组织语言，拼尽全力，额头上的汗水大滴大滴地滑落，沿着脸颊流到胸前。每当他找不到合适的语言表达时，就用手势辅助。他甚至趴在地上，在沙子上画了一幅地理学意义上相当准确的地图，标出了交错的经纬线、大西洋和太平洋的位置，并标明了前往卡门的路线。塔尔卡乌平静地看着，脸上既没有困惑，也没有理解的迹象。

半小时后，地理学家停了下来，擦了擦脸上的汗水，等待塔尔卡乌的回应。

"他听懂了吗？"格里那凡问。

"我们马上就知道了。如果他还不明白，我就放弃。"帕加内尔回答。

塔尔卡乌一动不动，也没有说话。他的目光始终盯着沙地上画出的线条，这些线条正被风迅速抹去。

"懂了吗？"帕加内尔终于开口问他。

巴塔哥尼亚人似乎没听见。帕加内尔觉得少校嘴角已经浮现出讽刺的笑意，为了争这口气，他正准备重新开始，再讲一遍他的地理课，但就在这时，印第安人做了个手势阻止了他，然后说道：

"你们在找一个囚犯？"

"是的。"帕加内尔回答。

"就在这条从日落之地通往日出之地的路上？"塔尔卡乌用印第安人的

表达方式描述着从西向东的路线。

"对，对，就是这样。"

"而你们的神，"向导继续说，"他用波涛将这名囚犯的秘密告诉了你们。"

"正是如此。"

"那么，他的意愿将会实现。"土著人庄重地说道，"我们将向东前进，如果需要的话，我们可以一直走到太阳那里。"

看到自己的学生理解得如此透彻，帕加内尔立刻把他的回答翻译给同伴们听，大喊着：

"多么聪慧的民族啊！在我的祖国，二十个农民里，恐怕有十九个听不懂我的解释！"

格里那凡让他询问巴塔哥尼亚人，是否听说过有外国人曾被潘帕斯草原上的印第安人俘获。

帕加内尔照做了，等待着答复。

"也许听说过。"

他刚翻译完巴塔哥尼亚人的话，塔尔卡乌就发现自己被七个人围住了，每个人都用急切的目光盯着他。帕加内尔激动得几乎说不出话来，凝视着这位严肃的印第安人，仿佛能从他的嘴唇上读出答案。

塔尔卡乌说的每一句话都被立刻翻译出来，队伍里的所有人仿佛都在听自己的母语。

"那这个囚犯怎么样了？"帕加内尔问。

"他是个外国人。"

"你见过他吗？"

"没有。但我听别的印第安人提起过他。他很勇敢，有一颗公牛般的心。"

"公牛般的心！"帕加内尔说，"啊，巴塔哥尼亚人的表达方式多么形象！朋友们，你们明白他的意思吧？他是在说船长是个勇敢的人。"

"我的父亲！"罗伯特·格兰特喊道。他转向帕加内尔，询问他该怎么用西班牙语说"他是我父亲"。

"艾斯——米奥——帕得雷。"地理学家说。

男孩立刻握住塔尔卡乌的手，语气柔和地重复道：

"艾斯——米奥——帕得雷。"

"苏欧——帕得雷（他的父亲）。"塔尔卡乌回应道，脸上露出了笑容。

他把孩子抱起，放到自己的马背上，用一种充满同情的目光注视着他。他那张聪慧的脸庞依旧平静，但似乎也流露出一丝感情的波动。

然而，帕加内尔的问题还没问完。"这个囚犯是谁？他现在在做什么？塔尔卡乌是什么时候听说他的消息的？"他连珠炮似地向塔尔卡乌发问。

很快，他就得到了答案。他得知，这名欧洲人如今是个奴隶，被囚禁在科罗拉多河与内格罗河之间的某个游牧部落里。

"但他最终被关押的地方在哪里？"

"在酋长卡尔富库拉①那里。"

"在我们前进的方向上吗？"

"是的。"

"那么这个酋长是谁？"

"波尤切印第安人的首领，一个有两根舌头和两颗心的人。"

"他的意思是，这个人说话做事都极其虚伪。"帕加内尔把巴塔哥尼亚人美妙的比喻翻译了过来。

"那我们能救出我们的朋友吗？"他又追问道。

"如果他还在印第安人手里，也许可以。"

"你最后一次听到他的消息是什么时候？"

"很久以前了。从那时起，太阳已经为潘帕斯带来了两个夏天。"

---

①卡尔富库拉是一位历史上真实存在的印第安酋长，统治区域位于如今阿根廷的布宜诺斯艾利斯附近。

格里那凡的喜悦难以言表。这个回答与信中的日期完全吻合。但他仍有一个问题要问塔尔卡乌。

　　"你提到的是一个囚犯，"他说，"但难道不是有三个吗？"

　　"我不知道。"塔尔卡乌说。

　　"你对他们的情况一无所知吗？"

　　"一无所知。"

　　谈话至此结束。很可能那三个人早已被分开。但可以确定的是，印第安人确实提到过一个欧洲囚犯，而他的被囚时间和描述，都与哈利·格兰特的情况完全吻合。

第十七章

困境

阿根廷的潘帕斯草原从南纬 34 度延伸到 40 度，"潘帕"一词源于阿劳卡尼亚语，意思就是"草原"，这个名字恰如其分地描绘了该地区的面貌。草原西部生长着木本含羞草，东部则是茂盛的牧草，为这片广袤的草原增添了独特的风景。地面由沙土、红色或黄色的黏土组成，覆盖着一层土壤，植物在其中扎根。地质学家在这里的三叠纪地层中发现了丰富的宝藏——巨大的骨骼化石，印第安人相信这些骨骼属于曾在这里生活的巨人种族。

马匹飞速驰骋在潘帕斯草原上，踏过茂密的"巴雅布拉瓦草"[①]，这种草是潘帕斯草原的特产，高大而浓密，印第安人甚至能在其中躲避暴风雨。偶尔可以看到湿润的洼地，几乎完全被水淹没，生长着柳树和一种地方特产的蒲苇，但这样的洼地已逐渐变得稀少。马儿总是会在这里贪婪地喝足水，不仅是为了解渴，更是为未来的行程做准备。塔尔卡乌走在最前方，拨开草丛，吓跑潜藏的毒蛇。这里有一种叫作"克利纳斯"的毒蛇，是极为危险的蝰蛇，其毒液能在不到一小时的时间内毒死一头牛。

他们稳步前行了两天，穿越了这片干旱荒凉的平原。干旱和炎热越发显著，不仅没有河流，连印第安人挖出来的小水塘也都干涸了。每前进一步，

[①] 这种草的名字来源于西班牙语，意为"勇猛的草"，指的是一种生长在阿根廷潘帕斯草原上的高大而密集的禾本科植物，外观类似芦苇，但有一人多高，质地较硬。

干旱似乎都严重一些。帕加内尔向塔尔卡乌询问，问他预计什么时候能遇到水源。

"在萨利纳斯湖。"印第安人回答。

"我们什么时候能到那儿？"

"明天晚上。"

在潘帕斯草原旅行的时候，阿根廷本地人常常会挖井，几英尺深的地下往往能找到水源。但旅行者们没有挖井的工具，因此无法利用这些井水。于是，他们只能节省最后一点水，并按计划分配，虽然没有人能够完全解渴，但也避免了有人因为过度干渴而太难受。

晚上，他们停了下来。走了三十英里后，大家迫切地期待休息，缓解一天的疲劳。然而，在一大群蚊子的不断打扰下，他们无法入睡。蚊子的出现意味着风向发生了变化，变成了北风，因为南风和西南风通常会把这些小害虫吹走。

这些小小的烦恼未曾动摇少校的冷静，但对帕加内尔来说则是另一回事。和少校正相反，他对这些恼人的小虫子极为愤怒，拼命咒骂着它们，并感叹自己没有带酸性洗液来缓解蚊子叮咬后的痛感。少校尽力安慰帕加内尔，并提醒他，这只是和大自然的三十万种昆虫其中一种之间的小小冲突。然而，帕加内尔根本不听，他气得站了起来。

黎明时分，帕加内尔迫不及待地想要继续前行，因为他们必须在日落之前赶到萨利纳斯湖。马匹已经疲惫不堪，渴望水源。尽管骑手们尽力节省水源，给马儿饮水，但仍远远不足以解渴。气候越来越干燥，北风刮起，然而气温依然没有降低，这种风被称为潘帕斯草原的西蒙风 ①。

这一天的单调旅程被打断。走在最前面的穆拉迪匆匆忙忙地骑马返回，报告说有一队印第安人正在接近。格里那凡和塔尔卡乌对这个消息的反应截

---

① 一种极其干燥、炎热且带有沙尘的季风，主要出现在中东、北非和阿拉伯半岛的沙漠地区。

然不同。苏格兰人欣喜若狂，期待从印第安人那里打听到失踪同胞的消息，而巴塔哥尼亚人则极力避免与这些游牧的印第安人接触，因为他知道这些人常以抢劫为生。他更倾向于避开他们，并提醒大家准备好武器，防范可能的麻烦。

不久，那些游牧民出现在视野中。塔尔卡乌看到他们只有十人，才稍微松了口气。他们停在离旅行队伍约一百步远的地方，这样的距离让旅行者可以清楚地观察到他们。这些人是很出色的土著种族，这个种族在1833年几乎被罗萨斯[①]将军消灭殆尽。这些土著人身材高大，前额突出，肤色呈橄榄色，穿着用原驼皮做成的衣物，装备着二十英尺长的长矛，还带有刀子、投石器、"波拉斯"和"拉佐"。他们的骑术十分熟练，是一流的骑手。

游牧民停了下来，似乎在讨论对策，然后开始大声叫喊，做着各种手势。格里那凡决定走上前去，但他才走了几步，印第安人的队伍便突然转身，迅速消失在视野中，速度之快让人难以置信。显然，旅行者们无法骑着干渴疲惫的马匹追上他们。

"胆小鬼！"帕加内尔喊道。

"他们跑得太快，不太像老实人。"麦克·纳布斯说。

"塔尔卡乌，他们是什么人？"帕加内尔问。

"高乔人。"

"高乔人！"帕加内尔喊道，转向同伴们说，"我们根本不必这么戒备，没什么好怕的。"

"为什么？"麦克·纳布斯问。

"因为高乔人是和善的农民。"

"帕加内尔，你真相信这个？"

"当然。他们把我们当成强盗，都吓跑了。"

"我倒是觉得，他们只是怕我们。"格里那凡说。他没找到机会与这些

[①] 阿根廷政治家、军人。罗萨斯曾屠杀了许多南美洲原住民。

印第安人交流，因此心中对他们的态度有些不满，不管他们究竟是什么人。

"我也这么觉得。"少校说，"如果我没记错的话，高乔人可不是无害的人，而是彻头彻尾的强盗。"

"你怎么会这么想？"帕加内尔喊道。

于是，一场关于人种学的激烈讨论随即展开。讨论越发激烈，少校也被激怒，反常地直言不讳道：

"我认为你错了，帕加内尔。"

"我错了？"帕加内尔反问。

"是的。塔尔卡乌都认为他们是强盗，他肯定对这些人很了解。"

"哼，塔尔卡乌这次搞错了。"帕加内尔有些尖锐地反驳，"高乔人是农民和牧羊人，除此之外什么都不会做，就像一本关于潘帕斯地区土著人的小册子中写的那样，那本小册子可引起了广泛关注，而且还是我写的。"

"好吧，好吧，那你犯了个错误，就这样，帕加内尔先生。"

"什么？麦克•纳布斯先生，你说我犯了错误？"

"如果你愿意的话，那本书再版的时候可以添加一个勘误。"

自己的地理知识被质疑，甚至拿来开玩笑，这让帕加内尔怒不可遏，他再也控制不住自己的脾气，说道：

"你知道吗，先生，我的书不需要勘误。"

"真的吗？那好吧，至少这次需要。"麦克·纳布斯毫不退让，和帕加内尔一样固执。

"先生，我觉得你今天真的很讨厌。"

"而我觉得你今天很古怪。"

格里那凡觉得这场争论太过激烈，可能已经到了失控的边缘，他觉得是时候介入了，于是他说：

"行了行了，很明显，你们一个在故意找碴儿，另一个性情古怪。我必须得说，今天你俩都不太对劲。"

巴塔哥尼亚人虽然对他们的争论不甚明了，但他看得出来这两位朋友在争吵，他笑了，平静地说：

"是北风。"

"北风，"帕加内尔喊道，"这跟北风有什么关系？"

"啊，就是这个原因。"格里那凡说，"是北风让你们心情不佳。我听说，在南美洲，风对神经系统有很大刺激。"

"我发誓，爱德华，你说得对。"少校大笑起来。

然而，帕加内尔还是怒火中烧，不肯放弃争论，他转向格里那凡，对格里那凡用开玩笑的方式介入争执表示不满。

"那么，阁下，你觉得我的神经系统受到刺激了？"他说。

"是的，帕加内尔，是北风——一种在潘帕斯地区会引发许多犯罪的风，就像罗马郊外的特拉蒙塔纳风 ① 一样。"

---

① 特拉蒙塔纳来自拉丁语，本意为"穿越山脉"，这里指的是从阿尔卑斯山和亚平宁山脉吹到意大利的北风或东北风。在欧洲许多地区的传统观念中，特拉蒙塔纳风会让人变得古怪。

"犯罪？"地理学家回应道，"我看起来像会犯罪的人吗？"

"我不是那个意思。"

"直接告诉我，你是不是觉得我想谋杀你？"

"真要说的话，我确实有点害怕。"格里那凡实在是憋不住了，爆发出一阵大笑，其他人也都跟着笑了起来。

帕加内尔不再说话，独自走到前方，几分钟后他回来时，已经完全恢复了常态，似乎完全忘记了刚才的不愉快。

晚上八点，走在队伍前面的塔尔卡乌远远地望见了他们一直在寻找的湖泊。不到一刻钟，众人便赶到了湖边。然而，令他们大失所望的是，湖泊已经干涸了。

第十八章

寻找水源

萨利纳斯湖汇聚了来自本塔纳山和瓜米尼山的河流。过去，许多探险队曾从布宜诺斯艾利斯来到这里，采集湖岸沉积的盐，因为湖水富含氯化钠。

塔尔卡乌提到湖水可以饮用，指的是汇入湖中的淡水河。然而，如今这些河流已干涸，烈日蒸发了所有水分，这一事实让旅行者们惊愕不已。

眼下，他们必须立刻采取行动，因为仅存的水几乎等于没有，无法缓解他们的干渴。面对这种紧急情况，饥饿和疲惫都已不再重要。湖岸边有当地人遗留的一种名为"鲁卡赫"的皮革帐篷，探险队暂时在此歇息。疲惫的马匹倒在泥泞的河岸上，试图啃食干枯的水生植物和芦苇——那些东西一看就让人倒胃口。

当所有人都在"鲁卡赫"里安顿下来后，帕加内尔向塔尔卡乌询问接下来的行动计划。他们进行了一场简短的对话，格里那凡能听懂其中几个词。塔尔卡乌语气平静，而活泼的法国人则不停地比画着二人都能理解的手势。过了一会儿，塔尔卡乌沉默下来，双臂交叉抱在胸前。

"他说了什么？"格里那凡问道，"我好像听到他建议我们分头行动？"

"是的，分成两队。那些因疲惫和口渴几乎走不动的马匹要尽量坚持前行，而状态较好的马匹则加快速度，直奔瓜米尼河。大约在三十一英里外，这条河汇入圣卢卡斯湖。如果河水充足，他们就在岸边等候其他人，而如果河水也已干涸，他们就必须迅速折返，避免让同伴白跑一趟。"

"如果那条河也干了，我们怎么办？"奥斯汀问。

"那我们就只能硬着头皮向南行进七十五英里，去本塔纳山脉的尽头，那里有很多河流。"

"这个决定很合理，我们应该马上行动。我的马状态还不错，我愿意和塔尔卡乌一起去。"

"啊，大人，带上我吧。"罗伯特迫不及待地说道，仿佛这是一场令人兴奋的远足。

"但你能行吗，孩子？"

"嗯，我的马状况很好，它正想奔跑呢。大人，请让我一起去吧。"

"好吧，孩子。"格里那凡说，他也很高兴，不用把罗伯特扔在后面，"如果我们三个人都找不到淡水，那我们就太蠢了。"

"那我呢？"帕加内尔问道。

"亲爱的帕加内尔，你得和后卫队伍待在一起。"少校回答说，"你熟悉37度纬线、瓜米尼河和整个潘帕斯草原，我们不能让你离开。穆拉迪、威尔逊和我或许无法找到约定的会合地点，但我们都会毫不犹豫地让勇敢的雅克·帕加内尔带路。"

"我服从安排。"地理学家回答道，被赋予如此重要的任务，他显然感到荣幸。

"但记住，帕加内尔，别分心。"少校补充道，"别带错方向——比如把我们带到太平洋海岸去。"

"啊，少校，你可真讨厌。要是真发生了那种事，你就自认倒霉吧。"帕加内尔笑着回答，"不过，格里那凡，没有我，你怎么听懂塔尔卡乌说话呢？"

"我想，"格里那凡回答说，"这位巴塔哥尼亚人不需要跟我说太多话。再说，我也懂几个西班牙语单词，在关键时刻，我觉得我能让他明白我的意思，我也能明白他的。"

"那就和他一起去吧，我亲爱的朋友。"帕加内尔说。

"我们先吃点东西。"格里那凡说，"然后，尽可能地睡一觉，养足精神再出发。"

没有水，晚餐吃得并不尽兴。他们试图通过睡个好觉来弥补这一遗憾。但帕加内尔整晚都梦见水，他的梦中有洪流、瀑布、河流、池塘、溪流和小沟——事实上，简直是一场噩梦。

第二天清晨六点，塔尔卡乌、格里那凡和罗伯特已经准备好马匹，他们喝掉了最后一点淡水，但并非出于享受，而是为了缓解极度的干渴，毕竟，这水又脏又难喝。随后，三位旅行者跨上马背，向同伴们大喊了一声"再见"便出发了。

"不管发生什么，希望你们别往回走。"帕加内尔在他们身后大喊。

他们必须穿越的萨利纳斯荒漠是一片干旱的平原，地面上长着不到十英尺高的矮树和低矮的木本含羞草，印第安人称之为"库拉马梅尔"。还有一种叫"朱姆斯"的多刺灌木，富含苏打。随处可见大片的盐碱地，小盐粒在阳光下闪闪发光，刺眼夺目，看上去就像是冰晶，但酷热很快便会打破这种错觉。这些耀眼的白色盐碱地与干燥、炙热的地面形成了鲜明对比，让这片沙漠显得格外奇特。南方八十英里外是本塔纳山脉。如果瓜米尼河无法提供淡水，他们就不得不前往那里。那里的景色与这里截然不同，土地肥沃，牧草丰茂。不幸的是，需要向南行进一百三十英里才能到达。这就是塔尔卡乌坚持先去瓜米尼河的原因，它不仅近得多，也在计划的路线上。

三匹马奋力前行，仿佛本能地知道目的地在哪里。尤其是陶卡，无论饥饿还是疲惫都无法削弱它的勇气。它如同一只鸟一样，轻盈地跨过干枯的河床，跳过一丛丛的"库拉马梅尔"，响亮而欢快的嘶鸣似乎预示着这次探险将会成功。格里那凡和罗伯特的马匹虽然不及陶卡轻盈，但在它的带动下，也逐渐加快了速度。塔尔卡乌也在鼓励着同伴们，就像陶卡鼓励它的四足兄弟一样。他端坐在马鞍上，稳如泰山，但不时回头观察罗伯特，看到他骑术娴熟，便对他大声鼓励。罗伯特的确值得表扬，他正迅速成长，肯定会成为一名出色的骑手。

"好样的！罗伯特，"格里那凡说，"塔尔卡乌显然是在夸奖你呢，孩子。"

"为什么要夸我，勋爵阁下？"

"因为你骑马的技术很好。"

"我只能坐稳，保持不掉下来，但也只能做到这样了。"罗伯特脸红了，听到赞扬，他心里很高兴。

"骑马的关键就在于此，罗伯特。你太谦虚了。我和你说，总有一天，你会成为一个技艺精湛的骑手。"

"爸爸会怎么想呢？"罗伯特笑着说，"他一直希望我成为一名水手。"

"这两者并不矛盾。优秀的骑士未必是出色的水手，但优秀的水手也未必不能成为好骑手。一个人在桅杆上站稳脚跟，和在马背上控制缰绳，其实有些相似。而且，骑马并不难学，许多技巧都是自然而然掌握的。"

"可怜的爸爸，"罗伯特说，"他一定会感激你救了他的命。"

"罗伯特，你很爱他，是吗？"

"是的，大人，非常爱。他对我和姐姐都很好，我们是他唯一的牵挂。每次航行归来，他都会给我们带各种纪念品，来自世界各地。但更棒的是，他总会告诉我们，说他多么爱我们，多么思念我们。啊！如果你见过他，你一定会喜欢他的。玛丽和他很像，连声音都一样温柔。对一个水手来说，这样的声音是不是很特别？"

"是的，罗伯特，确实很特别。"

"我仿佛还能看到他。"男孩继续说，仿佛在自言自语，"善良的爸爸，勇敢的爸爸。他会把我抱在膝上，轻声哼着一首古老的苏格兰民谣，那是关于我们家乡的湖泊的。那些记忆有时候会浮现在脑海里，但已经变得有些模糊。玛丽也有同样的感觉。啊，勋爵阁下，我们是多么爱他啊。我想，只有孩子才会这样深切地爱着自己的父亲。"

"是的，孩子，等你长大了，就得学会尊敬他。"格里那凡回答道，被男孩的真挚情感所触动。

谈话间，马儿渐渐放缓了步伐，开始缓步前行。

"你能找到他吧？"沉默了一会儿后，罗伯特又问道。

"是的，我们一定会找到他。"格里那凡回答说，"塔尔卡乌已经为我们指明了方向，我相信他。"

"塔尔卡乌是个勇敢的印第安人吧？"男孩说。

"没错，他非常勇敢。"

"大人，你知道吗？"

"嗯？你得先告诉我是什么，我才能说我知不知道呀。"

"和你一起的每个人都很勇敢。我深深爱戴的夫人、沉稳的麦克·纳布斯少校、孟格尔船长、帕加内尔先生，还有'邓肯'号上的所有水手。他们是多么勇敢，又多么忠诚啊。"

"是的，孩子，我也知道这一点。"格里那凡回答说。

"那你知道吗？你是他们当中最棒的一个。"

"不，我确实没这么想过。"

"那么，大人，现在你知道了。"罗伯特说着，握住他的手，亲吻了一下。

格里那凡摇了摇头，但没有再多说什么，塔尔卡乌做了个手势，示意他们加快速度，众人继续向前疾驰。

然而，很快地，除了陶卡之外，另外两匹疲惫的马显然只能缓慢前行。中午时分，他们不得不让马匹休息一个小时，因为它们已经累得寸步难行，紫苜蓿也被晒得干枯了，它们吃不下。

格里那凡开始感到不安。干旱丝毫没有缓解，缺水可能会带来严重的后果。塔尔卡乌依旧沉默不语，也许在他看来，即便瓜米尼河真的干涸，绝望也毫无意义——事实上，谁也不知道印第安人是否真的有"绝望"这种情绪。

为了让筋疲力尽的马匹继续前行，他们不得不使用马刺和鞭子。但马儿们已力不从心，依然走得极慢。

尽管如此，陶卡仍能迅速奔驰，只需要几小时，它就能抵达河边。然而，塔尔卡乌不能把同伴们丢在荒漠里。

但要让这匹马放慢速度并不容易。它不断蹬腿、仰头、嘶鸣，最后终于在主人的驯服下平静下来。塔尔卡乌驯马并非靠蛮力，而是靠声音，他其实是在和这匹马说话。陶卡完全能理解主人的意思，尽管它无法回答。经过一番"争论"后，这匹高傲的马终于顺从了，虽然仍带着几分不情愿，咀嚼着马嚼子。

事实证明，尽管陶卡能听懂塔尔卡乌的意思，但塔尔卡乌还是没办法听懂陶卡的"话"。这匹聪慧的马已经嗅到了空气中的湿气，它不停地抽动鼻翼，舔舐嘴唇，发出兴奋的声音，仿佛正在痛饮清凉的泉水。巴塔哥尼亚人现在不会误解它了——很明显，水源近在咫尺。

另外两匹马似乎也领悟到了同伴的信号。在陶卡的带动下，它们鼓足最后的力气，跟在印第安人身后疾驰向前。

大约下午三点，前方道路的低洼处出现了一道白色光带，在阳光下微微颤动。

"是水！"格里那凡惊呼。

"没错！没错！是水！"罗伯特激动地喊道。

他们没有看错，马儿们也看到了水，此刻它们仿佛陷入狂热，拼命向前冲去，不再需要任何驱策。几分钟后，它们已奔至河畔，毫不犹豫地一头扎进水里，整个前胸都浸入河水之中。

它们完全不顾背上的主人，驮着三个人直接冲入河中。而这三人终于能畅饮甘泉，解渴的喜悦远胜于被迫洗了个冷水澡，即便浑身湿透，他们也毫不在意。

"啊，这水真是甜美无比！"罗伯特大喊着，迫不及待地大口畅饮。

"慢点喝，孩子。"格里那凡提醒道，但他自己却没能以身作则。

塔尔卡乌则喝得从容不迫，一小口一小口地啜饮着。但正如巴塔哥尼亚人的谚语所说："像'拉佐'一样长"，他似乎永远也喝不够，仿佛要把整条河都喝干。

最后，格里那凡说："好了，这次我们的朋友不会失望了。他们到这里时肯定能找到清澈的水——前提是塔尔卡乌能给他们留点儿。"

"但我们不能去接他们吗？这样他们就能少忍受几个小时的干渴和焦虑。"

"你说得对，孩子。但我们怎么给他们带水呢？所有皮水壶都留给威尔逊了。不，我们还是按约定在这里等他们吧。他们大概要到半夜才能赶到，所以我们最好先为他们准备好舒适的休息地和丰盛的晚餐。"

还没等格里那凡提出具体安排，塔尔卡乌就开始扎营了。他很幸运地在瓜米尼河岸边找到了一处"拉马搭"，那是一种用作羊圈的围栏，三面封闭。如果不介意露宿在璀璨的星空下，这里便是绝佳的过夜之所。塔尔卡乌的同伴们显然对此毫不介意，于是迅速占据了这个地方，趁着阳光正好，躺在地上晒干湿透的衣服。

"好了，现在我们安顿下来了，该考虑晚餐的问题了。"格里那凡说，"我们的朋友们一定不会对探路者的招待挑剔。如果我没猜错，他们会相当满意。我觉得花一个小时打猎并不算浪费时间。你准备好了吗，罗伯特？"

"是的，勋爵阁下。"男孩站起身，手里拿着枪。

格里那凡之所以提出狩猎，是因为瓜米尼河岸似乎聚集了周围平原上的所有猎物。这里栖息着潘帕斯特有的鹬鸵，叫"提那姆斯"，还有一种黑色的鹬鸵和一种叫"特鲁特鲁"的雏鸠。黄色秧鸡和羽毛艳丽的绿松鸡也成群飞翔。然而，他们并未发现四足动物，不过塔尔卡乌指向远处高耸的草丛和茂密的灌木丛，朋友们立即明白，那些四足猎物正藏身其中。

在有更好的猎物时，猎人们通常不会浪费子弹去打飞鸟。他们的第一枪瞄准了灌木丛。枪声一响，成百上千只狍子和原驼惊慌跳起，像那晚在山上疾奔而过的身影一样，然而，这些胆小的动物受惊后迅速逃出了射程范围。猎人们不得不退而求其次，选择体形较小的猎物，但从营养角度来看，这些小型猎物的肉其实营养更加丰富。他们便猎获了十几只红鹬鸵和秧鸡，而格里那凡则成功射杀了一只"塔伊特特尔",也就是西猫,这种动物皮很厚,但肉很好吃。

不到半个小时,猎人们已经捕获了足够的猎物。罗伯特打死了一只贫齿目①的奇特动物——犰狳,这种生物披着坚硬的甲壳,甲壳由一块块活动的骨板组成;体长约一英尺半。巴塔哥尼亚人说它肉质肥美,是一道上佳的美食。罗伯特对自己的战果感到无比自豪。

塔尔卡乌捕获了一只南美鸵鸟,这种鸟以惊人的奔跑速度闻名。

这样的动物是无法诱捕的,塔尔卡乌也没有尝试这么做。他催促陶卡疾驰,直接冲向猎物。他深知,如果首次攻击失败,南美鸵鸟便会沿着迷宫般曲折的路线逃窜,人和马根本无法再追上它。因此,在靠近到合适的距离时,塔尔卡乌就用强壮的手娴熟地扔出了"波拉斯",套住了鸵鸟的双腿。鸵鸟立刻失去平衡,几秒钟后便瘫倒在地。

印第安人猎捕这只鸵鸟,并不仅仅是为了展现自己高超的追猎技巧。南美鸵鸟的肉质鲜美,塔尔卡乌觉得自己有责任为大家的晚餐贡献一份食材。

猎人们回到围栏,带回了大批鹧鸪,以及鸵鸟、西猫和犰狳。他们剥掉鸵鸟和西猫厚实的皮,将肉切成薄片,准备烹饪。至于犰狳,它的甲壳本身就是绝佳的烹饪器具——只需将它直接放入炽热的炭火中,就能烤出美味的佳肴。

这顿丰盛的大餐是为夜晚到达的伙伴们准备的,而三位猎人则简单地享用了一些鹧鸪,并用清澈的河水佐餐,便已心满意足。在他们看来,这水比世上任何酒都甘美,甚至连著名的高地威士忌也无法与之媲美。

他们也没有忘记照顾马匹。在围栏内,他们找到了充足的草料,为马儿们准备了丰盛的食物和舒适的休憩之所。

一切准备就绪后,三位旅行者盖上"篷罩",躺在紫苜蓿上,这是潘帕斯的猎人们最常用的床铺。

---

① 原文如此,但现代分类学已经取消了贫齿目这一分类单元。犰狳现在属于有甲目。

第十九章

红狼

夜幕降临，但今晚，地球上的居民无法见到月亮，因为现在的月相是新月。平原上，唯有星星的微光在闪烁。瓜米尼河静静流淌，仿佛有一层油膜铺在大理石一般光滑的河床上。鸟兽与爬行动物在劳累了一整天后都停了下来，沉入梦乡，广袤的潘帕斯草原被沙漠般的寂静笼罩。

格里那凡、罗伯特和塔尔卡乌也在休息。他们躺在松软的干苜蓿上沉沉睡去。疲惫的马儿横卧在地，唯独陶卡例外——这匹纯血马依旧保持着它高贵的习性，站着小憩。即便在休息时，它依然保持警觉，随时准备在主人的召唤下飞奔。围栏内一片寂静，只有篝火的余烬偶尔闪烁着微弱的光芒。

然而，塔尔卡乌并未安睡太久。大约十点钟，他便醒了过来，半闭着眼睛，侧耳倾听着平原上传来的微妙声响。他一贯冷静的脸上浮现出一丝不安的神色。他是察觉到了印第安掠夺者的气息，还是感觉到了美洲豹、水里潜伏的老虎，或者其他河流附近的猛兽？答案显然是后者，因为他迅速扫视了一眼围栏内剩余的可燃物，脸上的忧虑越发深重了。这也不足为奇，因为那一堆干苜蓿很快就会烧完，没办法阻挡野兽太久。

在这种情况下，除了等待，别无他法。他半倚在地上，一只手撑在膝盖上，看上去像是一个刚从梦中惊醒的人。

整整一个小时过去了，如果是旁人，恐怕早已在这片寂静中再次沉睡，但塔尔卡乌敏锐地察觉到危险在逼近，而他的同伴们仍毫无察觉。

正当他观察、倾听时，陶卡忽然发出一声低低的嘶鸣，张大鼻孔，转向围栏的入口。

这声音惊动了塔尔卡乌。他立刻站起身来。

"陶卡嗅到了敌人的气味。"他自言自语，朝围栏的缺口走去，凝神观察着平原。

四周依旧沉静无声，但实际上却潜藏着危险，因为塔尔卡乌敏锐的目光捕捉到，在"库拉马梅尔"草丛中，一些黑影正悄然移动。周围开始闪现出无数微弱的光点，时明时灭，分散在各个方向，仿佛磷火在黑暗的湖面上浮沉。没有本地生活经验的人，或许会误以为那是潘帕斯草原上常见的萤火虫，因为它们会在夜晚发光。但塔尔卡乌不会被迷惑，他清楚地知道自己正面对着怎样的敌人。于是，他毫不犹豫地给枪支装上子弹，站在围栏前。

他没有等太久，一阵怪异的嚎叫声划破夜空——那是混乱的吠叫和嚎叫，紧接着，卡宾枪的枪声响起，喧闹一下子加剧了百倍。

这声音惊醒了格里那凡和罗伯特，他们立刻站了起来。

"怎么回事？"罗伯特喊道。

"是印第安人吗？"格里那凡问。

"不，"塔尔卡乌回答，"是'阿瓜拉'。"

"'阿瓜拉'？"罗伯特困惑地看向格里那凡。

"是的，"格里那凡说，"潘帕斯草原上的红狼。"

他们迅速拿起武器，与塔尔卡乌并肩而立，印第安人正指着远方的平原，红狼的叫声在平原上回荡。

罗伯特下意识地后退了一步。

"我的孩子，你不怕狼吧？"格里那凡说。

"不怕，勋爵阁下。"罗伯特坚定地说，"而且，只要有你在身边，我什么都不怕。"

"好样的。红狼也不是很厉害，如果不是因为数量太多，我其实根本不会把它们放在心上。"

"别担心，我们全副武装，让它们尽管放马过来吧。"

"我们一定会给它们一个'热烈欢迎'的。"格里那凡说。

勋爵这样说只是为了安抚罗伯特。看到这群嗜血的动物在午夜时分朝着他们围过来，他的心中也充满了恐惧。

这群红狼，恐怕足有数百只。三个人，即使武装到牙齿，又能抵挡多久？

塔尔卡乌一提到"阿瓜拉"，格里那凡立刻明白了他的意思。在潘帕斯草原，印第安人把红狼称为"阿瓜拉"。红狼的外形如同大型犬，头部像狐狸，皮毛呈红棕色，背部有一道黑色的鬃毛。它们强壮且敏捷，通常栖息在沼泽地带，擅长游泳，会捕食水生动物。它们常在夜间活动，白日匍匐休息。牧民对它们避之不及，因为红狼常常造成严重破坏，会偷走美味的羊羔。单独一只红狼并不危险，但它们常常成群出没，牧民们甚至宁愿面对美洲豹或美洲狮，也不愿遭遇狼群的袭击。

透过狼群的嚎叫和四处跳跃的黑影，格里那凡大致估算出它们的数量。他知道，这些红狼已经嗅到了人和马匹的气味。如果不能得到一份猎物，它们绝不会回巢。形势正变得越发紧迫。

狼群逼近，围栏内的马匹变得惊恐不安，唯有陶卡依旧镇定，但它不断跺着前蹄，试图挣脱缰绳，而它的主人只能低声吹着口哨，努力安抚它。

格里那凡和罗伯特已准备就绪，守在围栏入口，正要开枪时，塔尔卡乌却示意他们暂且按兵不动。

"塔尔卡乌是什么意思？"罗伯特问。

"他让我们先别开枪。"

"为什么？"

"也许他认为时机未到。"

但塔尔卡乌的用意并非如此。他举起火药瓶，给格里那凡看了一下所剩无几的火药，格里那凡立刻就明白了。

"怎么了？"罗伯特问。

"我们必须节省弹药。"格里那凡说，"今天的狩猎消耗了太多火药，我们的火药和子弹已经不多了。现在最多还能开二十枪。"

男孩没有回应。格里那凡问他，是不是害怕了。

"我不害怕，勋爵阁下。"他说。

"好样的。"格里那凡说。

就在这时，突然响起了一声枪响。塔尔卡乌解决了最嚣张的那一只红狼，愤怒的狼群后退至距离围栏不到百步之处。

塔尔卡乌示意格里那凡站到他的位置，自己则回到围栏内，收拾好所有干草、苜蓿，以及能找到的可燃物，堆在围栏入口处。他把一块还在燃烧的余烬丢进火堆里，顿时，明亮的火焰在漆黑的夜空中熊熊燃起。格里那凡终于清楚地看见了自己的敌人，他意识到，无论怎么夸大，都无法形容它们的数量之多、愤怒之盛。塔尔卡乌刚刚点燃的火墙虽然挡住了它们的攻击，却也激怒了它们。几只狼被后方的同伴挤进了火焰，烧伤了爪子。

即便有火墙阻隔，但为了防止狼群的攻击，他们仍然不得不偶尔开枪，一个小时内，已经有十五只狼倒在了草原上。

被围困的旅行者们暂时不算太危险。只要火药充足，火墙能持续燃烧，就不必担心围栏会被突破。但如果这两项防御手段失效，该怎么办呢？

格里那凡冷静地思考了当前局势，决定尽快想出一个解决办法，速战速决。

"再过一个小时，"他说，"弹药就用完了，火也要熄灭。我们不能等到那个时候再决定怎么办。"

接着，他走向塔尔卡乌，试图用自己会的几句西班牙语与他交流，他们的谈话经常被打断，因为他们偶尔就需要开一枪。

这两人交流并不容易，但幸运的是，格里那凡对红狼的习性非常熟悉，否则根本无法理解塔尔卡乌的言语和手势。

终于，过了足足一刻钟，塔尔卡乌才给出了回答，格里那凡又转达给罗伯特。

"他说什么？"

"他说，我们必须坚持到天亮。红狼只在夜间出没，第一缕曙光一到，它们就会回到巢穴。它们胆小，喜欢黑暗，害怕光明——就像猫头鹰。"

"好吧，那我们就坚持到早晨。"

"对，孩子。当没有枪和子弹时，我们就用刀。"

塔尔卡乌已经做出了示范。每当有红狼靠近火堆，他便伸出长臂穿越火焰，把手收回来时，胳膊上已经染满鲜血。

然而，现有的防御手段不久后便会用尽。大约凌晨两点钟，塔尔卡乌把最后一些可燃物丢进火堆，剩下的火药只够发射五发子弹。

格里那凡环顾四周，心中充满了悲哀。他想到了站在旁边的罗伯特，想到了自己的同伴们，想到了那些在后方的人们，他如此深爱每一个人。

罗伯特沉默不语。也许他觉得当前形势还不算那么危急。但格里那凡对他充满担忧，他想到了罗伯特即将面临的可怕命运，而且那命运似乎已无法避免。格里那凡无法抑制自己的情感，将男孩紧紧抱入怀中，轻轻在他的额头上吻了一下。他再也抑制不住眼泪，泪水顺着脸颊流下。

罗伯特抬头看着格里那凡，露出微笑，说："我不怕。"

"好，我的孩子，不用怕！你说得对，再过两个小时天就亮了，我们就得救了。塔尔卡乌，好样的！我勇敢的巴塔哥尼亚朋友！好样的！"刚刚，那位印第安人一枪放倒了两只试图跳过火堆的野兽。

但火势正在迅速减弱，这场可怕的戏剧终于要达到高潮。火苗越来越低，夜幕再次笼罩草原，狼群的眼睛在黑暗中闪烁，如同森森鬼火。再过几分钟，狼群就会一拥而入，冲进围栏。

塔尔卡乌最后一次给卡宾枪装上子弹，打倒了一只红狼后，他抱着双臂站在那里，低头沉默，仿佛陷入了沉思。他在策划什么吗？是否有什么大胆甚至几乎不可能成功的疯狂计划？格里那凡不敢开口询问。

就在这时，狼群的战术发生了变化。刺耳的嚎叫声突然停止了，狼群似乎准备撤退。压抑的沉默笼罩了草原，罗伯特忍不住喊道：

"它们走了！"

塔尔卡乌察觉到他的意思，摇了摇头。他知道，狼群绝不会在天亮前放弃它们触手可及的猎物。

显然，狼群改变了进攻方式。不再试图正面突破，而是采取了更为危险的策略。它们似乎早已商量好，悄悄绕过围栏，准备从背后发动攻击。

紧接着，三人听到了爪子刮擦腐朽木头的声音。强壮的爪子和渴望进食、牙齿尖利的嘴巴伸进了围栏。受惊的马匹挣脱了缰绳，在围栏里乱跑。

格里那凡紧紧搂住罗伯特，下定决心，只要一息尚存，就要保护这个孩子。他原本想找机会逃出去，但突然看到了塔尔卡乌的动作。

那位印第安人像鹿一样灵活地在围栏里徘徊。忽然，他停下了脚步，走向自己的马。陶卡已经紧张得浑身发抖，塔尔卡乌开始给它套上马鞍，没有遗漏任何皮带或扣环。他似乎已经不再关注外面的狼群，尽管狼群的嚎叫越来越响。格里那凡看到这一幕，心中涌起不祥的预感。

"他要抛下我们了。"格里那凡喊道，因为他看到塔尔卡乌抓住缰绳，似乎准备骑马离开。

"不！他绝不会抛下我们！"罗伯特喊道。

塔尔卡乌并没有抛弃他们，他打算牺牲自己，去拯救他的朋友。

陶卡已经准备好了，它咬着马嚼子，稳稳站立，抬起头，明亮的眼中闪烁着火光。它知道主人的意图。

但正当塔尔卡乌抓住马鬃时，格里那凡却紧紧抓住了他的胳膊，指着广阔的草原说：

"你要走？"

"是的。"印第安人明白了他的意思，回应道。然后他用西班牙语说了几个词，意思是："陶卡，好马，快，红狼，引走。"

"噢，塔尔卡乌！"格里那凡喊道。

"快，快！"印第安人回答。格里那凡转向罗伯特，语无伦次地说：

"罗伯特，我的孩子，你听到他的话了吗？他想为我们牺牲自己。他要跑到潘帕斯草原，把狼群从我们身边引开。"

"塔尔卡乌，朋友。"罗伯特扑倒在巴塔哥尼亚人的脚下，大喊道，"塔尔卡乌，我的朋友，别离开我们！"

"不会的。"格里那凡说，"我不会让他离开。"

随后，他转向印第安人，指着受惊的马说："我们一起走。"

"不。"塔尔卡乌明白了他的意思，回答道，"坏野兽，马，吓坏了。陶卡，好马。"

"那就这样！"格里那凡说，"塔尔卡乌不能离开，罗伯特。他让我明白了我该怎么做。我应该去引开狼群，他留下来陪你。"

说着，格里那凡抓住了陶卡的缰绳："我去，塔尔卡乌，你不去。"

"不。"巴塔哥尼亚人平静地拒绝了。

"让我去！"格里那凡喊道，一把从塔尔卡乌手中夺过缰绳，"我，自己去！塔尔卡乌，救救这个孩子，我把他交给你了。"

格里那凡急得语无伦次，英语和西班牙语混在一起说。但在这种生死关头，说哪种语言又有什么关系？一个手势已经足够了，这两个人心意相通。

然而，塔尔卡乌并不让步。虽然每一秒的拖延都意味着更大的危险，这两人依旧争执不下，争着要去引开狼群。

他们两个人都不打算退让。塔尔卡乌将同伴拉到围栏入口，指向草原，示意现在正是摆脱狼群的最佳时机，耽误一刻就可能让剩下的人陷入更加绝望的境地。而且他了解自己的马，深信陶卡那惊人的轻盈与速度能救下所有人。但格里那凡依旧固执，他决心不惜一切牺牲自己。就在这时，格里那凡突然感到一股强大的冲击。陶卡猛地跃起，后腿蹬地，一跃跳过了火墙，一个稚嫩清晰的声音传来：

"我的勋爵阁下，愿上帝保佑你！"

塔尔卡乌和格里那凡几乎没有来得及反应，罗伯特已经紧紧抓住马鬃，飞速消失在视线之外。

"罗伯特！噢，可怜的孩子啊！"格里那凡大声喊着。

但塔尔卡乌也没能听清他在说什么，因为他的声音被狼群发出的可怕嚎叫吞没了，红狼以惊人的速度追在罗伯特后面，穷追不舍。

塔尔卡乌和格里那凡冲出围栏，草原上已经恢复了平静，远处黑暗中隐约可见一条红线，那是红狼的身影。

格里那凡绝望地跪倒在地，双手紧握。他看着塔尔卡乌，但塔尔卡乌却带着那种一贯的平静微笑，安慰道：

"陶卡，好马。勇敢的孩子，会活下来！"

"万一他摔下来怎么办？"格里那凡说。

"他不会摔下来。"

尽管塔尔卡乌一再说罗伯特绝对不会有事，可怜的格里那凡还是在痛苦和焦虑中度过了整个晚上。狼群已经离去，他们成功摆脱了危险，但他根本没有想着自己。他想立刻出发去追赶罗伯特，但塔尔卡乌拦住了他，告诉他剩下的两匹马根本追不上陶卡。而且，那个孩子和陶卡早就把狼群甩得远远的，天亮之前去找也没有意义。

凌晨四点，天色微亮，地平线上升起一抹苍白的光，珍珠般的露珠撒满草原，覆盖在高高的草丛上。晨风轻轻吹过，草丛微微晃动。

出发的时间到了。

"现在，"塔尔卡乌喊道，"出发。"

格里那凡没有回答，只是牵过罗伯特的马，一跃而上。下一刻，他们便沿着罗伯特前进的方向，飞速向西奔去。他们纵马疾驰了一小时，每一分每一秒，格里那凡都在担心，害怕看到罗伯特被狼群撕裂的尸体。他急得要发疯，马刺把马都弄伤了。终于，他们听到了远处传来有节奏的枪声，仿佛某种信号。

"他们在那儿！"格里那凡喊道。两人催促着马儿加速，几分钟后，他们遇到了由帕加内尔带领的小队。格里那凡发出一声欢呼，因为罗伯特在队伍中，他生龙活虎，健健康康，仍然骑在陶卡背上。见到主人，陶卡也高兴得大声嘶鸣。

"噢，我的孩子，我的孩子！"格里那凡带着难以言表的温柔喊道。

他们跳下马来，紧紧抱在一起。印第安人也将勇敢的男孩搂在怀里。

"他还活着，他还活着。"格里那凡重复了一遍又一遍。

"是的。"罗伯特说，"多亏陶卡。"

塔尔卡乌完全没有料到，他心爱的坐骑会得到如此高的赞誉。他站在陶卡旁边，抚摸着它，和马儿说着话，就好像这匹骄傲的动物的血管中流淌着人的血液一样。然后他转向帕加内尔，指着罗伯特，说道："一位勇士！"他还用印第安人特有的比喻补充了一句："他的马刺不会颤抖！"

格里那凡搂着男孩说："我的孩子，为什么你不让我或者塔尔卡乌去冒险，去拼搏一下这最后的获救机会呢？"

"我的勋爵阁下，"男孩的语气满怀感激，"这不正是我应该做的吗？塔尔卡乌已经救过我的命了，而你——你要去救我的父亲。"

第二十章

奇怪的迹象

重逢后的喜悦渐渐消退，帕加内尔和他的同伴们（也许除了少校之外）只剩下一个强烈的感觉：他们渴得要命。幸运的是，瓜米尼河就在不远处。大约早上七点，旅行者们终于到达了河岸边的围栏。围栏四周散落着红狼的尸体，数量之多，足以看出狼群的攻击多么猛烈，当时的情形多么令人绝望。

他们痛痛快快地喝足了水，随即开始享用围栏内准备好的早餐，沉浸在久违的美味之中。南美鸵鸟的肉鲜美无比，犰狳的味道也让人惊叹。

"所谓饮食适量，"帕加内尔说，"简直就是不懂得享受上帝的恩赐。我们必须敞开肚皮，尽情品尝。"

他们的确吃得饱饱的，但并没有感到不适，显然，瓜米尼河的水能帮助他们消化。

但格里那凡不会重复汉尼拔在卡普阿的悲剧①。第二天早晨十点，他就下令继续出发。大家都把皮质水壶灌满，再次启程。马匹得到了良好的休息，恢复了体力，迈着轻快的步伐继续前行。这片土地的干燥减弱了些许，

---

① 汉尼拔，古迦太基军事统帅。卡普阿位于现在的意大利，当时是罗马的经济重镇。汉尼拔曾在战争中攻占卡普阿，但他贪图此地安逸，没有乘胜追击，罗马因此调整兵力并反攻成功。

荒凉也因此有所缓解，但仍可称之为荒漠。11月2日和3日的行程平静无事，直到3日傍晚，他们终于抵达了潘帕斯草原的边缘，在布宜诺斯艾利斯省的边境扎营过夜。此时，旅程已走过三分之二，从离开塔尔卡瓦诺湾至今已过了二十二天，众人行进了四百五十英里。

第二天早晨，他们跨越了阿根廷平原与潘帕斯草原的分界线。塔尔卡乌期待在这里遇到当地的酋长，他坚信，哈利·格兰特和他的手下会被某个部落收留。

自从离开瓜米尼河以来，气温发生了明显的变化，旅行者们终于松了口气。巴塔哥尼亚的寒风使气候变得清凉，马匹和人类都感受到了极大的舒适。经过酷热和干旱的煎熬之后，这样的气候无疑让他们焕发了精神，信心倍增。然而，令塔尔卡乌感到意外的是，这片地区似乎并没有人居住，或者说，居民似乎早已离去。

他们的路线偶尔经过一些小水塘，有时是淡水，有时则是咸水。水塘的岸边，灌木丛中，鹟鹛跳来跳去，云雀和唐加拉雀在空气中愉快地合唱，唐加拉雀的羽毛就像蜂鸟一样五彩斑斓。在带刺的灌木丛中，一种名为"安努比"的鸟儿的巢穴随风摇摆，仿佛印第安人的吊床一样。岸边，朱鹭像军队一样齐整地迈着步伐，展开它们那火红的翅膀。它们的巢穴堆积成山，成千上万，形成了一个完整的"城镇"，高约一英尺，像一个没有顶端的圆锥。朱鹭对旅行者的到来丝毫不感到惊慌，但这却让帕加内尔有点失望。

"我一直渴望，"他对麦克·纳布斯少校说，"看到一只飞翔的朱鹭。"

"这样啊。"麦克·纳布斯回答说。

"是的，现在终于有机会了，我打算好好利用。"帕加内尔继续说道。

"很好，去吧，帕加内尔。"

"那么，跟我来吧，少校。还有你，罗伯特，我需要见证人。"

于是，他们三人朝着朱鹭的方向走去，其他人则继续前进。

一靠近，帕加内尔就开枪了，但他只是往枪里装了火药，没有放子弹，因为他并不打算伤害这些鸟儿。枪声一响，整个鸟群顿时飞了起来，帕加内尔立刻用望远镜仔细观察它们。

"喂，你看到它们飞了吗？"他问麦克·纳布斯少校。

"当然看到了。"少校回答说，"除非我是瞎子，否则不可能没看到。"

"那么你觉得，它们飞起来像是带羽毛的箭吗？"

"一点也不像。"

"确实，一点也不像。"罗伯特补充道。

"我就知道，一点也不像。"地理学家满意地说，"然而，就连最谦逊的伟人，我的杰出同胞夏多布里昂[1]也用了这个不准确的比喻。罗伯特，比喻可是我认为最危险的修辞手法。记住，除非迫不得已，否则你一辈子都不要使用比喻。"

"你对你的实验满意吗？"麦克·纳布斯问。

"非常满意。"

"我也是。但现在我们最好继续前进，因为你的杰出同胞夏多布里昂已经让我们落后了一英里多。"

当他们赶上同伴时，发现格里那凡正与塔尔卡乌交谈，显然，塔尔卡乌并未完全理解他的话。他的目光紧盯着地平线，脸上带着困惑的神色。

帕加内尔一出现，格里那凡便喊道：

"快过来，帕加内尔，塔尔卡乌和我完全无法沟通。"

与巴塔哥尼亚人交谈了几分钟后，帕加内尔转向格里那凡说道：

"塔尔卡乌对一件事感到非常惊讶：在这片平原上竟然一个印第安人也看不见，连他们的踪迹都没有。这的确很奇怪，因为这儿通常是印第安人聚集的地方，他们要么赶着偷来的牲畜，要么前往安第斯山脉贩卖鼬皮和编织的皮鞭。"

"那塔尔卡乌觉得原因是什么呢？"

"他不知道。他只是感到很惊讶，仅此而已。"

---

[1] 夏多布里昂，法国作家、政治家，是浪漫主义的代表作家之一。

"那他原本以为，潘帕斯草原的这片区域会遇到哪些印第安人呢？"

"那些手里有外国俘虏的印第安人，比如卡尔富库拉酋长、卡特里尔酋长或扬切特鲁斯酋长统治下的土著。"

"这些酋长是什么来头？"

"三十年前，他们是大权在握的首领，但后来被赶到山那边。从那时起，他们和其他印第安人一样，渐渐被征服了。他们现在四处游荡，徘徊在潘帕斯草原和布宜诺斯艾利斯省的平原上。我和塔尔卡乌一样感到惊讶，平时这些地方应该到处都是印第安人的踪迹，可现在却什么也没有。"

"那接下来该怎么办？"

"我去问问他。"帕加内尔回答道。

经过简短的交流后，帕加内尔转向格里那凡：

"我觉得他的建议很有道理。他说我们最好继续向东，直到独立堡。如果我们在那里找不到格兰特船长的消息，至少能打听到阿根廷平原的印第安人的情况。"

"独立堡远吗？"格里那凡问。

"不远，它在坦迪尔山脉里，约六十英里。"

"那我们什么时候能到？"

"后天晚上。"

这个情况让格里那凡非常沮丧。通常，印第安人几乎遍布这里的每个角落，但现在却一个也看不见，这实在太奇怪了，显然发生了某种大事。如果哈利·格兰特被这些部落俘虏，带到北方或南方，那岂不是更糟？格里那凡决定，无论付出什么代价，他们都必须追踪格兰特的踪迹，因此他决定听从塔尔卡乌的建议，前往坦迪尔山的村镇。无论如何，他们都会在那里找到可以打听消息的人。

大约下午四点，旅行者们在远处看见了一座小山，在这片平坦的地区，它显得格外高大，这就是塔帕尔凯姆山。当晚，他们在山脚下扎营。

第二天早晨，他们顺利越过了这座山，几乎没有遇到任何困难。穿越安第斯山后，攀登这座平缓的山岭简直易如反掌。马匹几乎没有减速。中午时，他们经过了废弃的塔帕尔凯姆堡，这座堡垒是防御印第安掠夺者的一部分。然而，令塔尔卡乌越来越疑惑的是，他们根本没有见到印第安人的任何踪迹。正午时，三个骑着快马的骑手突然出现，他们全副武装，看了旅行者一眼后，便以惊人的速度飞驰而去。格里那凡显得愤怒极了。

"高乔人。"巴塔哥尼亚人说道。这个名字曾在少校和帕加内尔之间引发过一场激烈的争论。

"啊！高乔人。"麦克·纳布斯回答道，"好吧，帕加内尔，今天没有北风。你怎么看那几位？"

"我觉得他们看起来像强盗。"

"亲爱的地理学家，从'看起来像强盗'，到'真的是强盗'，差距不大吧？"

"只有一步之遥，亲爱的少校。"

帕加内尔最终承认了，这话引来一阵笑声，但他一点也不感到尴尬。接着他又继续谈论他的观察，并分享了一个有趣的发现：

"我在某本书上读到过，"他说，"阿拉伯人的嘴部能做出一种特别凶恶的形状，而眼睛却能透出一股善意。但在这些美洲土著人中，情况正好相反，他们的眼睛看起来十分邪恶。"

再专业的相面师，描述起印第安人的面部特征来，恐怕也不会比帕加内尔的这番话更准确。

尽管这片地区看上去很荒凉，塔尔卡乌依然保持着高度警觉，随时防备可能的突发事件。他指示队伍保持紧密队形。然而，这些防范似乎显得多余。当天晚上，他们在一个巨大的围栏内扎营，四周依旧空无一人。巴塔哥尼亚人巡视了一遍，发现这里似乎很久没有人居住了。

第二天，队伍终于看到了坦迪尔山脉的第一批牧场。这些牧场很辽阔，饲养着大量牲畜，但塔尔卡乌决定不在这里停留，而是继续前进，直奔独立堡。

他们路过几座农庄，农庄四周有高墙和深深的护城河，主建筑的四周有一个露台，居民可以从那里向平原上的掠夺者开火。格里那凡本可以在这里打听到一些消息，但最稳妥的做法是直接前往坦迪尔山的村镇。因此，队伍没有停留，而是继续前进，跨过了洛斯瓦索斯河和几英里外的查帕雷奥富河。很快，他们攀上了坦迪尔山脉的第一道山脊，山坡上绿草如茵。一个小时后，他们终于在一个狭窄的山谷深处看到了村庄，山谷上方，独立堡的高墙清晰可见。

第二十一章

错误的线索

坦迪尔山海拔高达一千英尺，作为一座古老的山脉，它早在生命诞生和地壳变动之前便已屹立于此。山脉由片麻岩构成，呈半圆形延展，山顶被一层茂密的矮草覆盖。这片地区与山脉同名，也叫作"坦迪尔"，范围包括布宜诺斯艾利斯省的南部，以一条大河为界。所有源自坦迪尔山脉的河流最终都会汇入这条大河，流向北方。

他们刚走了一小段路，就来到了独立堡的后门。几名懒散的阿根廷哨兵守卫着这里，旅行者们毫不费力地走了过去。守军不是太过疏忽，就是太过自信，完全没有意识到外来者的威胁。

几分钟后，指挥官亲自现身了。他大约五十岁，精力充沛，头发已有些灰白，眼神威严，尽管他手中的短烟斗不断冒着烟雾，使得他的面容变得模糊不清。他走路的姿态让帕加内尔一下子联想到了自己祖国那些年老的下层军官。

塔尔卡乌担任起队伍的发言人，他向军官介绍了格里那凡勋爵以及其他同伴。军官的目光始终紧盯着帕加内尔，这让气氛有些尴尬。帕加内尔也不明白指挥官的意图，正想开口问些什么，指挥官却主动走了上来，轻松地握住了帕加内尔的双手，带着愉快的语气，用流利的法语说：

"一位法国人！"

"是的，法国人。"帕加内尔回答道。

"啊！太好了！欢迎，欢迎，我也是法国人。"他一边说，一边用力地摇着帕加内尔的手，几乎把他的手摇断了。

"帕加内尔，他是你朋友？"少校问道。

"是的，"帕加内尔有些自豪地说，"我的朋友遍布世界各地。"

虽然费了些力气，帕加内尔终于从指挥官那双像铁夹一样的手掌中抽回了自己的手。接着，两人开始了热烈的对话。格里那凡本想插入谈话，切入正题，但指挥官却完全沉浸在自我叙述中，谈论着自己的生活，似乎没有停下来的意思。显然，这位可敬的指挥官多年前就离开了故乡，讲起母语时甚至带有些许陌生感。或许他并没有完全忘记法语单词，但显然已经不太记得如何将这些词汇合理地结合在一起。言谈间，他的语气和风格更像是一个曾经在非洲的法国殖民地生活过的本地人。

这位独立堡的指挥官是一名法国中士，曾与帕拉查佩是战友。自1828年独立堡建立以来，他便一直驻守于此。奇怪的是，阿根廷政府竟然同意让一个法国人担任这里的指挥官。他约有五十岁，出生在巴斯克^①，名叫曼努埃尔·伊法拉格雷，所以某种意义上，他也可以算是西班牙人。来到阿根廷一年后，他加入了阿根廷国籍，并进入了阿根廷军队服役。不久后，他娶了一位印第安女孩作为妻子。此时，他的妻子已经是一对六个月大的双胞胎的母亲了——那是一对男孩，能为丈夫生下儿子的妻子，才算是出色的指挥官妻子。除了当兵之外，曼努埃尔脑子里几乎没什么别的事情，他的梦想是有朝一日，在上帝的庇佑下，培养出一支年轻的士兵队伍，服务于共和国。

"看看他们，真是了不起！何塞、胡安和米切莱一定会成为出色的士兵！佩佩^②才七岁，就会用手枪了！"

佩佩听到自己被夸奖了，把两只小脚并在一起，优雅地举起了手臂。

---

① 地名，位于现在的法国西南部与西班牙北部。巴斯克地区有自己的语言，文化也介于法国和西班牙之间，因此作者说"他也可以算是西班牙人"。

② "何塞"的昵称。

"他会继续进步的！"中士接着说，"有朝一日，他一定会成为上校，甚至是将军。"

曼努埃尔中士兴致勃勃地谈论着这一切，表达反对意见对他没什么用，无论是反对军旅生涯，还是反对他给孩子们设想的未来，都不会有效果。他很快乐，正如歌德①所说："一切让我们快乐的东西，都不是虚无缥缈的。"

中士滔滔不绝地讲了整整十五分钟，塔尔卡乌对此感到非常惊讶。作为一名印第安人，他完全无法理解为什么一个人可以持续不断地说出这么多话。没人打断他，但终究一切都会有结束的时候，中士终于说完了，但在此之前，他已经邀请客人们住进了他的寓所，而且还把自己的夫人介绍给了他们认识。直到这时，他才向客人们开口询问，想知道这些旅行者为何会大驾光临。现在正是解释原因的大好时机，如果现在不说，恐怕就又没有机会说了。帕加内尔迅速抓住这个机会，开始讲述他们横跨潘帕斯草原的旅程，最后，他询问中士，印第安人为什么纷纷离开这里。

"啊！确实没有人了！"中士耸耸肩回答道，"一个人都没有了，我们在这里都无所事事！"

"但为什么呢？"

"因为战争。"

"战争？"

"是的，巴拉圭人和布宜诺斯艾利斯人之间在打仗。"中士回答道。

"然后呢？"

"然后，印第安人都跟在弗洛雷斯将军屁股后面，去了北边。印第安掠夺者还在那边抢东西。"

"印第安酋长也去了？"

"酋长和他们一起走了。"

"啊！那卡特里尔酋长也走了？"

---

① 歌德，德国剧作家、诗人、自然科学家。

"卡特里尔不在这里了。"

"那卡尔富库拉呢?"

"卡尔富库拉也不在。"

"那扬切特鲁斯也不在?"

"嗯,也不在。"

帕加内尔将中士的回答翻译给了塔尔卡乌,塔尔卡乌听后晃了晃脑袋,露出了恍然大悟的表情。显然,这位巴塔哥尼亚人要么对这场战争一无所知,要么早已将它遗忘。这场内战正在摧毁共和国的两个省份,最终是巴西的干预才让战争结束。印第安人显然能从中获利,绝对不会放过这样的大好机会。中士认为平原上荒无人烟的原因与战争有关,这个解释相当合理。

然而,这一切却打乱了格里那凡的计划。如果哈利·格兰特被酋长们俘虏,那么他肯定已经被带往北方。那么,如何才能找到他呢?是否应该冒险前往潘帕斯草原的北部?这无疑是一场极其危险、成功概率极低的旅程。这个问题至关重要,必须好好商量。

不过,他们还有另一个问题要向中士询问。少校第一个意识到了这一点,而其他人则仍然沉默着。

"中士,你可曾听说过有欧洲人被酋长们俘虏的事情?"

曼努埃尔中士沉默了一会儿,似乎在仔细回忆。最后他说:

"有。"

"啊!"格里那凡大喊,他看到了新的希望。

他们急切地围在中士身旁,大声说道:

"详细说说,详细说说!"

"那是几年前的事了。"曼努埃尔说,"是的,我听说有些欧洲人被俘,但我从未见过他们。"

"你弄错了。"格里那凡说,"不可能是几年前,船难发生的时间很明确。'不列颠尼亚'号是在1862年6月失事的。这才不到两年呢。"

"肯定超过两年了,勋爵阁下。"

"不可能！"帕加内尔说。

"嗯，但确实是几年前的事，那是佩佩出生的时候。当时有两个俘虏。"

"不，应该是三个！"格里那凡说。

"两个！"中士肯定地回答。

"两个？"格里那凡惊讶地说，"两个英国人吗？"

"不，不。谁说是英国人了？不是，是一个法国人和一个意大利人。"

"那个被波尤切人杀了的意大利人？"帕加内尔喊道。

"是的，我听说后来那个法国人得救了。"

"得救了！"小罗伯特喊道，仿佛他的生命都系在中士的嘴唇上。

"是的，从印第安人手中被救了出来。"

帕加内尔绝望地拍了拍额头，最后说：

"啊！我明白了。我弄清楚了，一切都解释得通了。"

"到底怎么回事？"格里那凡焦急地问道。

"朋友们，"帕加内尔握住罗伯特的双手，"这真是一场灾难！我们走错了方向。之前提到的那个俘虏根本不是船长，而是我的一个法国同胞。他的同伴——那个被波尤切人杀害的人——是马尔科·瓦泽洛。而那位法国人曾多次被残忍的印第安人带到科罗拉多河岸，但最终设法逃脱，回到了法国。我们一直在追查哈利·格兰特的踪迹，却意外地找到了年轻的吉纳尔①的下落。"

话一说完，大家都陷入了沉默。显然，他们的线索错了。中士提供的细节、俘虏的国籍、被杀的同伴，以及他从印第安人手中逃脱的经历，都证明了传闻中的欧洲俘虏就是吉纳尔。格里那凡沮丧地望着塔尔卡乌，塔尔卡乌转过身询问中士，问他是否听说过有三个英国俘虏。

"从未听说过。"曼努埃尔回答，"如果他们在坦迪尔，那我一定会知道

---

① 奥古斯特·吉纳尔，法国旅行家。吉纳尔曾被南美洲的印第安人俘虏，但最终获得了当地首长卡尔富库拉的信任，并担任他的顾问，后逃回法国。

的，这一点我很有信心。这三位英国人肯定不在这里。"

他们留在独立堡已经没有意义，只得向指挥官表示感谢并握手告别。

这个消息彻底摧毁了格里那凡的希望，让他感到绝望。罗伯特默默地走在他身边，眼中含泪。格里那凡无言以对，他找不到任何话语来安慰罗伯特。帕加内尔则站在一旁不停比画，自言自语。少校默默无言，塔尔卡乌也保持沉默。作为印第安人，塔尔卡乌似乎因为走错了路而感到自尊心受损，但当然，这个错误并不怪他，也没有人责怪他。

他们回到了旅馆，准备吃晚饭。然而，餐桌上的气氛异常沉重。这种沉闷并不是因为任何人后悔轻率地参与了这次冒险，忍受了艰难困苦，经历了种种险境，而是因为他们深知，成功的希望已经破灭。在坦迪尔山和大西洋之间，他们绝对不可能找到格兰特船长。因为如果真有苏格兰俘虏落入大西洋沿岸的印第安人手中，曼努埃尔中士一定会知道。往返于坦迪尔山和内格罗河口的卡门镇的印第安人，必然对这些事情有所耳闻。现在唯一能做的，就是尽快赶到约定地点，与"邓肯"号会合。

然而，帕加内尔还是要求格里那凡再给他看一遍信件。正是因为这封信，他们才踏上了这次毫无结果的寻找之旅。他反复读着信件，试图从中找到新的线索。

"信里已经写得很清楚了。"格里那凡说，"明确写了船难的日期、当时的情况和地点。"

"不一定，不，不一定！"帕加内尔喊道，一拳砸在桌子上。"既然哈利·格兰特不在潘帕斯草原，那他就不在南美洲。但信中一定会说他在哪里，肯定会写的。朋友们，如果找不到线索，我就改名，不叫雅克·帕加内尔了！"

第二十二章

洪水

独立堡距离大西洋海岸约有一百五十英里。格里那凡应该能够顺利与"邓肯"号会合，除非发生极为罕见的延误。然而，他未能找到格兰特船长，这让他无法接受空手而归的结局。于是第二天，他并未下令出发。少校主动承担起准备马匹、鞍具等出发前的工作。多亏了他的积极行动，早晨八点钟，这支队伍终于沿着长满青草的山坡向下走去。

格里那凡和罗伯特并肩疾驰，默默无言。他那勇敢、坚韧的性格让他无法平静面对失败，他的内心如同要爆裂，脑袋也感到发烫。眼前的困境同样激起了帕加内尔的斗志，他反复琢磨着信中的文字，试图从中找出新的含义。塔尔卡乌沉默不语，任凭陶卡自由驰骋。少校依然自信满满，坚定地站在自己的位置上，仿佛任何沮丧的情绪都无法影响他。汤姆·奥斯汀和他的两个水手情绪低落，和他们的勋爵一样。一只胆小的兔子突然从前方的路上横穿而过，两个迷信的水手面面相觑，惊恐万分。

"不祥之兆①啊。"威尔逊说。

"是啊，在苏格兰高地有这种说法。"穆拉迪附和。

"在高地不吉利的事，在这里也不会好。"威尔逊意味深长地说。

---

① 在苏格兰高地的民间信仰中，兔子有时被认为是不幸与灾难的象征，尤其是在它们以某种意外的方式出现在视线中时。

快到中午时，他们已走下了山坡，来到了一片开阔的平原，这片平原一直延伸到海边。清澈的溪流从地面蜿蜒而过，又逐渐消失在高高的草丛中。地面变得平坦起来，他们翻过了潘帕斯草原的最后一座山岭，绿意盎然的草毯在地面铺开，马儿在草原上痛快疾驰。

直到此时，天气一直保持晴好，但如今的天空却呈现出一幅令人不安的景象。几天的高温让蒸汽凝结成了厚重的云层，不久后乌云就会转化为倾盆大雨，倾泻而下。另外，大西洋附近的地区常吹西风，使得这里的气候格外潮湿。肥沃的牧场、茂盛的牧草和深绿色的草叶都证明了这一点。但此时，云层尚未转变为降雨。傍晚时分，一行人已疾驰了四十英里，马匹停在了一个深邃峡谷的边缘，峡谷仿佛一条天然沟渠，早已积满了水。周围没有任何遮蔽物，大家只能将"篷罩"当作帐篷和被子来使用。乌云压顶，众人渐渐陷入了沉睡。

第二天，空气中的水汽越来越重。水似乎从地面每一个细小的孔隙中渗透出来。很快，向东行进的道路上出现了大大小小的池塘，有些已经很深，有些则刚刚形成。如果没有水生植物的阻碍，他们还可以勉强骑马通过。然而，遇到被当地人称为"潘塔诺"的泥潭时，前进变得异常困难。高高的草丛把他们困住，人们常常还没察觉就已经陷入了险境。

已经有不少生物在这些泥潭中丧命。罗伯特骑马冲出队伍，跑到前方，但马上就迅速折返回来，大喊道：

"帕加内尔先生，帕加内尔先生，前面有片布满牛角的森林！"

"什么？"地理学家惊叫道，"牛角的森林？"

"是的，没错，至少是一片牛角的灌木丛。"

"灌木丛？"帕加内尔耸了耸肩，"孩子，你一定是在做梦。"

"没有，你马上就会亲眼看到。哎，这真是个奇怪的地方，把牛角种下去，牛角就像小麦一样，从地里长出来。我真希望能有些这样的种子。"

"这孩子看上去不是在开玩笑。"少校说。

"是的，少校先生，你很快就会看到，我说的是对的。"

罗伯特没有看错，他们很快就看到了一片巨大的田野，长满了牛角。这些牛角排列整齐，一直延伸到视线的尽头，宛如一片低矮而奇特的灌木丛。

"看——"罗伯特说道。

"这确实很奇怪。"帕加内尔说，随即转向塔尔卡乌，向他询问。

"角从地里露出来。"印第安人回答道，"但牛却在下面。"

"什么？"帕加内尔惊叫道，"你的意思是牛被困在泥潭里，活活闷死了？"

"是的。"巴塔哥尼亚人说道。

事情确实如此。一大群牛在这个巨大的泥潭中窒息而死，这种情况在阿根廷平原上并非第一次发生。

一个小时后，这片布满牛角的田野已被他们甩在了两英里之外。

塔尔卡乌感觉到周围的情况有些不对劲，他焦虑地四处张望，时不时停下来，踩着马镫站起身，扫视着远方。他个头高大，能够俯瞰整片地平线，迅速而敏锐地观察完四周后，他又坐回马鞍，继续前行。大约走了一英里，他再次停了下来，偏离了原定的路线，向南向北分别绕了几英里，然后回到队伍前头。塔尔卡乌一言不发，也没有说明自己为何担心，但他频繁的异常举动让格里那凡感到不安，也让帕加内尔感到困惑。最后，格里那凡请帕加内尔询问印第安人到底发生了什么。

塔尔卡乌解释说，他看到平原上的积水情况十分严重，感到很惊讶。根据他的经验，自从担任向导以来，他从未见过地面如此湿润。即使是雨季，阿根廷平原的土壤依然通行无阻。

"那湿度增加的原因是什么呢？"帕加内尔问。

"我不知道，就算知道又能怎么办？"

"会不会是山上的河流因为暴雨发了水？"

"有时候确实会发生这种情况。"

"那现在是这种情况吗？"

"可能吧。"

帕加内尔只好接受这个模糊的回答，去向格里那凡汇报谈话的结果。

"那塔尔卡乌建议我们怎么办？"格里那凡问。

帕加内尔又回去询问向导。

"快速前进。"塔尔卡乌如此回答。

说起来容易，但做起来难。马儿渐渐疲惫，每走一步都要踩进松软的泥土，马蹄不断下沉，仿佛已经被水淹没了一般。

他们加快了速度，但仍无法摆脱积水覆盖的地面。水流在脚下奔腾而来。不到两个小时，天空突然像开了水闸一样，暴雨倾盆而下，热带洪水席卷了整片平原。此时，他们只能像那些冷静的哲学家一样，默默忍受这一切，因为没有任何遮蔽物。"篷罩"就像屋顶的排水沟一样，里面积满了雨水。不幸的骑手们不得不忍受洪水的双重折磨，因为每走一步，马蹄溅起的水花都会飞溅到他们的腰间。

傍晚时分，他们已全身湿透，颤抖不止，疲惫不堪。就在这时，他们看到了一座简陋的棚屋。只有不挑剔的人才会把这称作庇护所，而显然，只有那些走投无路的旅行者才会走进去。然而，格里那凡和他的伙伴们已经别无选择，能够有一个简单的小屋避一避风雨，他们已经很满足了，尽管潘帕斯草原上最贫穷的印第安人也未必会看得上这座屋子。他们用草堆起一堆可怜的营火，烟雾弥漫，却无法带来温暖，而且火堆很难一直保持燃烧，因为外面的暴雨不断地倾泻到这间破旧的小屋上，屋顶漏下大滴大滴的水。如果不是穆拉迪和威尔逊不断挡住水滴，火早就熄灭二十次了。

晚餐味道平淡，既提不起食欲，也无法补充体力。只有少校似乎吃得津津有味。冷静的麦克·纳布斯从不受外界环境的影响。作为一个法国人，帕加内尔试图开个玩笑以缓解气氛，但失败了。

"我的笑话都发潮了。"他说，"完全爆不响了。"

在这种情况下，唯一的安慰就是好好睡一觉。于是，大家都躺下，试图在梦中暂时忘记眼前的疲惫和不适。夜晚风雨交加，棚屋的木板在狂风中吱嘎作响，屋子似乎随时都会倒塌。屋外的马儿在恶劣的天气中淋雨，发出阵阵哀鸣，而它们的主人则在破败的棚屋中忍受着同样的困苦。然而，睡意最终击败了他们，罗伯特第一个闭上眼睛，头靠在格里那凡的肩膀上，接着，其他人也在上帝的守护下逐渐入睡。

夜晚平安无事，所有的人都睡得很沉，直到陶卡用蹄子狠狠地踢打着棚屋，把大家吵醒。陶卡知道现在是时候出发了，它就像它的主人一样，敏锐地察觉到一丝风吹草动，就知道该做什么。这个忠诚的动物已经为他们做了太多，大家无法不跟随它的指引，迅速准备好出发。

雨已经停了，但是地面上仍然积满了水。帕加内尔翻看地图后得出结论：平原上的水常常流入的格兰德河和维瓦罗塔河，现在一定已经汇聚成一条数英里宽的大河。

他们必须尽快前进，因为这关系到生死存亡。如果水位继续上涨，他们还能去哪里躲避？目力所及，没有任何稍高一点的地方，在这片广袤的平原上，洪水可以以惊人的速度席卷而过。

马儿已经在全速奔跑了。陶卡在前面引路，它不断跳过积水，仿佛在有水的地方生活就是它的天性一般。它可以被称为"海马"，而且比那种名字真的叫海马的两栖动物①更名副其实。

到了上午十点左右，陶卡突然变得异常躁动。它不停地将头转向南方，嘶鸣着，鼻孔大张，气喘吁吁，后腿剧烈踢踏着地面。塔尔卡乌费了很大力气才稳住身体。它的主人紧紧抓住缰绳，陶卡嘴角的泡沫中甚至带上了一丝血色。但即便如此，这匹烈马还是无法平静下来。塔尔卡乌知道，如果现在松开缰绳，陶卡会立刻以最快的速度向北狂奔。

"陶卡怎么了？"帕加内尔问，"是不是被水蛭咬了？阿根廷的河流里，水蛭很凶猛。"

"不是。"印第安人回答说。

"那它是怎么了？是不是被什么吓到了？"

---

① 原文如此，但现代生物学认为海马是鱼类。

"是的，它嗅到了危险。"

"什么危险？"

"我不知道。"

然而，尽管他们眼前什么都看不见，但耳朵却捕捉到地平线之外传来的低沉轰鸣声，就如同潮水涌起一般。很快，他们就听到了嘈杂的吼叫声、嘶鸣声和咩咩声。南方大约一英里之外，突然出现了一大群动物，它们狂奔而来，在极度混乱中撞成一团，以惊人的速度向前猛冲。它们在奔跑时掀起一阵阵巨浪，让旅行者们没办法看清楚。即便是一百头最大的鲸鱼，也难以激起如此汹涌的海浪。

"快点！快点！"塔尔卡乌大喊。他的声音有如雷鸣。

"怎么了？"帕加内尔问道。

"洪水！洪水！"塔尔卡乌回答。

"塔尔卡乌说，发洪水了！"帕加内尔大叫起来，他和其他人一起，策马追在已经向北狂奔的塔尔卡乌后面。

情况已经万分危急。南方约五英里外，一波巨浪席卷平原，将整个地面都变成了一片汪洋。高高的草丛在洪水面前瞬间消失，仿佛被镰刀割倒，一簇簇木本含羞草被连根拔起，随波逐流，就像漂浮的小岛。

巨浪飞速逼近，犹如飞驰的赛马。旅行者们在巨浪之前疾驰，就像风暴中的云彩一样。他们徒劳地寻找着避难所，惊慌失措的马儿拼命狂奔，旅行者们很难安稳地坐在马鞍上。

"快跑！快跑！"塔尔卡乌喊道，他们不断鞭打着可怜的马儿，直到马腹裂开，鲜血涌出。马儿们时而被地上的裂缝绊倒，时而被水下隐蔽的草丛缠住，摔倒在地后又被拽起来继续跑，反反复复。水位越涨越高，不到两英里之外，一道巨大的波浪高高耸起。

旅行者们在这场与自然力量的搏斗中挣扎了约十五分钟，虽然他们不知道跑了多远，但从逃跑的速度来看，距离应该不短。水位不断上升，已经没到马儿的胸口，它们只能费力前行。格里那凡、帕加内尔和其他所有人都感到无比绝望，他们知道自己可能已经无路可逃。马儿深陷水中，只要水位再涨六英尺，马儿就会被淹死。

这八个人承受的精神压力难以言表。在这场远超人类能力的自然灾害面前，他们感到自己渺小至极，完全失去了掌控命运的能力。

五分钟后，马匹开始在水中游动。强大的水流将它们推向前方，速度几乎与它们全速奔跑时一样，估计已经达到二十英里每小时。

当所有获救的希望似乎都已经破灭时，少校突然喊道：

"一棵树！"

"树？"格里那凡惊叫道。

"是的，就在那儿，那儿！"塔尔卡乌回答，用手指向一棵巨大的胡桃树，它孤独地矗立在水面之上。

无须催促，他的同伴们迅速向着那棵树游去。这棵树出现得太及时了，他们决定不惜一切代价游过去。虽然马儿可能游不过去，但几位旅行者一定能到达那里。水流正将他们推向树下。

就在这时，汤姆·奥斯汀的马发出了一声沉闷的嘶鸣，消失在水下。奥斯汀从马镫中挣脱出来，拼命游向大树。

"抓住我的马鞍。"格里那凡喊道。

"谢谢，阁下，但我的臂力撑得住，我可以游过去。"

"罗伯特，你的马怎么样？"勋爵转向年轻的格兰特问道。

"很好，大人，它游得像一条鱼一样。"

"当心！"少校用震耳欲聋的声音喊道。

警告的话音刚落，一个四十英尺高的巨浪便带着惊天动地的轰鸣声向他们袭来。人和动物都消失在泛着泡沫的漩涡中，重达数百万吨的水压了下来，他们被汹涌的波涛吞没。

巨浪席卷而过，人们再次浮出水面。他们迅速清点了一下人数。但除了陶卡还驮着它的主人，所有的马都已经永远沉在了水下。

"鼓起勇气，鼓起勇气。"格里那凡连声喊道。他一只手托着帕加内尔，另一只手奋力划水。

"我没事，我还能撑住。"这位可敬的学者说道，"我甚至不觉得——"

但没有人知道他想说什么，因为这个可怜的人不得不把剩下的话和一大口泥水一起吞了下去。少校稳健地游着，动作精准流畅，堪称游泳高手。水手们像海豚一样在水中游动，而罗伯特则紧紧抓着陶卡的鬃毛，随着它一起漂流。这匹高贵的动物游得异常稳健，凭借天生的本能，直奔那棵孤立在洪水中的大树。

树离他们只有二十英寻远，几分钟后，所有人都成功抵达，如果不是这棵树，他们此刻恐怕已经葬身在汹涌的洪水中。

水已上涨至树干顶部，刚好到达树枝分杈的地方，攀爬并不困难。塔尔卡乌第一个跃上树干，他迅速下马，将罗伯特高高举起，安置在较高的树枝上，接着伸出强有力的双臂，将其他筋疲力尽的伙伴逐一拉上树。很快，所有人都安全了。

但此时，陶卡正迅速被水流冲走。它把聪明的面庞转向主人，摇了摇长长的鬃毛，发出嘶鸣，仿佛在召唤主人来救他。

"塔尔卡乌，你要丢下它不管吗？"帕加内尔问道。

"我去救它！"印第安人回答道，随即猛然跃入汹涌的波涛，在十英寻之外冒了出来。几秒钟后，他用双臂抱住了陶卡的脖子，和爱马一起漂向北方缥缈的地平线。

第二十三章

仅存的栖身之地

这棵树成了格里那凡一行人的避难所。远远看去，它像是一棵胡桃树，树叶光滑，树冠圆润。但实际上，这棵树叫作"翁布"，是一种独自生长在阿根廷平原上的顽强树种。它的树干盘根错节，紧紧抓住大地，这不仅依靠深深扎入土壤的庞大根系，还仰仗着那些向四方蔓延的枝条，这些枝条坚韧地攀附着地面。正因此，这棵树才能承受住巨浪的冲击。

这棵"翁布"树高达一百英尺，树荫的周长足有一百二十码。三根粗壮的主枝从树干上延展出去，其中两根几乎垂直向上，撑起了如巨伞般的枝叶，而第三根则水平伸展，低低地悬在咆哮的洪流之上，枝端的叶片已经被水吞没。层层枝丫交错缠绕，密密麻麻，如同一张天然编织的穹顶。树冠内并不显得拥挤，枝叶间有着宽阔的空隙，如同开阔的草地，空气充足，处处透露着清新的气息。无数枝条直插云霄，藤蔓在树枝之间编织成网，阳光透过叶缝，投下斑驳的光影。它不仅仅是一棵树，更像是一座空中森林，为他们提供庇护。

旅人们刚刚爬上树梢，一群栖息于此的鸟儿便惊慌四散，鸣叫着抗议这些不速之客闯入了它们的家园。这些鸟儿原本也在这棵孤独的"翁布"树上栖息，足足有几百只，有乌鸫、椋鸟和其他一些本地鸟类，尤为引人注目的是那些色彩斑斓的蜂鸟，当它们飞起来时，就如同一阵风吹落了树上的花朵一般。

这就是格里那凡一行人找到的避难所。小罗伯特和敏捷的威尔逊刚爬上树，便迅速攀上了高处的枝丫，把头探出绿叶覆盖的树冠，远眺无尽的天际。洪水如汪洋大海一般，将他们团团围困，视线所及之处似乎无边无际。被洪水覆盖的平原上一棵树都看不到，脚下的"翁布"树孤零零地屹立在滚滚洪流之中，在洪水中不住颤抖。远处，汹涌的洪水从南向北席卷一切：枝条扭曲的树木被连根拔起，屋顶被掀翻，牧场被摧毁，大农场中的棚屋木板被洪水冲走，溺亡动物的尸体上血迹斑斑，一根不断晃动的树干上，一窝美洲豹在哀号，紧紧抓着它们脆弱的独木舟。更远处有一个几乎看不清的黑点，威尔逊正紧紧盯着它，那是塔尔卡乌和他的忠实伙伴陶卡。

"塔尔卡乌！塔尔卡乌！"罗伯特大喊着，朝着那位勇敢的巴塔哥尼亚人挥着双手。

"他能救自己，罗伯特先生。"威尔逊说，"我们先去下面，去勋爵阁下那里。"

不到一分钟，他们便穿越了三层树枝，稳稳地降落到树干开始分杈的地方。格里那凡、帕加内尔、少校、奥斯汀和穆拉迪或者跨在树干上，或者用他们觉得更舒服的姿势稍作歇息。威尔逊将他们在高处看到的情形一一讲述，众人都认可他的判断——塔尔卡乌一定会想办法活下去，只是目前还不清楚，是塔尔卡乌在救陶卡，还是陶卡在救塔尔卡乌。

不过，他们自己的处境其实比塔尔卡乌更危险。这棵树确实能够抵挡住水流的冲击，但水位可能继续上涨，最终会淹没这棵树最上面的几层枝条。这里地势低洼，整个平原已然化作一座天然水库。格里那凡立即在树上刻下记号，以便监测水位的涨落。幸好，目前水位较为稳定，似乎已达到了最高点，大家稍微松了口气。

"那么，我们现在该做什么？"格里那凡问道。

"当然是筑巢啦！"帕加内尔回答说。

"筑巢？"罗伯特很惊讶。

"当然了，孩子，既然我们不能像鱼儿那样生活，我们就只能模仿一下鸟儿的生活方式。"

"说得好，但谁来给我们喂食呢？"格里那凡说。

"我来。"少校说。

所有人的目光马上集中在他身上。只见他坐在一个天然的"扶手椅"上，那"扶手椅"由两根有弹性的树枝组成。少校拿出了一个口袋，口袋虽然很潮湿，但看上去依然完好无损。

"啊，麦克·纳布斯，真不愧是你。"格里那凡喊道，"即使在这样的环境下，你也能把一切都考虑周全。"

"既然我们注定不会被淹死，那我自然也不打算被饿死。"

"我本来也应该想到的。"帕加内尔说，"但我太粗心大意了。"

"口袋里有什么？"汤姆·奥斯汀问。

"食物，足够七个人吃两天。"麦克·纳布斯回答说。

"我希望，洪水能在二十四小时内退去。"格里那凡说。

"或者我们可以找到重新回到陆地的方法。"帕加内尔补充道。

"那么，我们现在的首要任务就是吃早餐了。"格里那凡说。

"你应该会同意，我们应该先把自己弄干，然后再吃早餐。"少校说道。

"但哪里有火呢？"威尔逊问。

"我们得自己生。"帕加内尔回答说。

"在哪里生？"

"当然是在树干分枝这里了。"

"用什么来生火呢？"

"我们从树上砍一些枯树枝。"

"但你打算怎么点燃它们？"格里那凡问，"我们的火绒泡了水，就像湿海绵一样。"

"我们可以不用火绒。"帕加内尔说道，"我们只需要一点干苔藓、一缕阳光，还有我的望远镜镜片，有这些东西，我就能把火生起来，把自己烤干。谁能去'森林'里砍一点木头？"

"我去。"罗伯特说。

他像只灵巧的小猫般迅速钻进枝叶深处，威尔逊紧随其后。没过多久，他便收集到足够的苔藓，并将它们铺在潮湿的树叶上。树干在主干分权处形成一个天然的凹陷，犹如一个现成的炉膛，在这里生火，几乎无须担心引发火灾。

不一会儿，罗伯特和威尔逊带着一抱干燥的木柴回来了，他们将木柴堆在苔藓上。太阳高悬在天空中，在透镜的帮助下，苔藓很快就烧了起来。为了确保通风充足，帕加内尔叉开他的长腿，站在炉膛旁边，就像阿拉伯人一样，随后弯下腰，又迅速站起来，用"篷罩"扇出一股强烈的风，很快，木头开始燃烧。这个临时的火炉中亮起了明亮的火焰，每个人都用舒服的姿势烤干了身上的水，然后他们把"篷罩"挂在树上，让它们随着微风轻轻飘荡。

大家开始吃早餐，食物要定量分配，因为他们必须考虑到明天的需求，洪水未必会像格里那凡所希望的那样迅速消退，而他们的补给相当有限。"翁布"树上没有果子，但幸运的是，树叶间藏着很多鸟巢，里面很可能有不少新鲜的鸟蛋，更不用说那些羽毛丰满的鸟儿了，这些无疑是值得利用的重要资源。

接下来的任务，就是让自己尽可能舒适地安顿下来，为在树上长时间停留做好准备。

"既然厨房和餐厅都在一楼，"帕加内尔说，"我们就得睡在二楼。这房子很大，而且没有租金，我们不必挤在一起。我注意到，那边有天然的摇篮，我们可以安全地蜷缩在里面，一定会像在世界上最好的床上一样，睡得很香甜。我们无须担心危险，因为我们会保持警惕，而且我们人数众多，足以击退一队印第安人，或者其他野生动物。"

"我们现在唯一缺的，就是武器。"

"我有左轮手枪。"格里那凡说。

"我也有一支。"罗伯特说。

"但有什么用呢？"汤姆·奥斯汀说，"除非帕加内尔先生能想个法子做出火药来。"

"我们不用做火药。"麦克·纳布斯一边说，一边掏出了一个保存完好的火药壶。

"少校，你从哪儿弄来的？"帕加内尔问道。

"塔尔卡乌给我的，他觉得这壶火药可能对我们有帮助，跳进水里去救陶卡之前，他把火药给了我。"

"慷慨的印第安人！勇敢的印第安人啊！"格里那凡感叹。

"的确如此。"汤姆·奥斯汀说。"如果所有的巴塔哥尼亚人都像他那样，我一定要向这片土地表达敬意。"

"也别忘了陶卡。"帕加内尔说，"它已经成了塔尔卡乌的一部分，我敢说，我们很快就会再见到他们，塔尔卡乌依旧会骑在陶卡背上。"

"我们离大西洋还有多远？"少校问。

"最多四十英里。"帕加内尔回答，"现在，朋友们，既然这里是我们的休息室，我就要失陪一下。我要给自己找一个观测台，用我的望远镜观测一番，让你们知道世上正在发生什么。"

说完，这位地理学家立刻起身离开，灵巧地从一根树枝跳到另一根上，最终消失在茂密的树叶中。他的同伴们开始安排晚上的住处，准备床铺。这个任务并不复杂，也不需要太多时间，很快，他们就再次围坐在篝火旁，开始交谈。

他们的话题一如既往，围绕着格兰特船长展开。如果水位在三天内下降，他们就能重新登上"邓肯"号。但那些可怜的遇难者——哈利·格兰特和他的两名水手——并没有在他们身边。事实上，经过这次失败的搜寻和跨越南美洲的徒劳旅程后，所有希望似乎都已破灭，寻找遇难幸存者的努力似乎走到了尽头。现在，他们还能从哪里继续寻找呢？海伦娜和玛丽·格兰特听到这个令人失望的消息，会多么伤心啊。

"可怜的姐姐啊！"罗伯特说，"我们完了。"

格里那凡第一次找不到话来安慰他。他还能对这个孩子说什么呢？

他们不是已经严格按照信中描述的地点进行搜寻了吗？

"而且，"他说，"这条37度纬线可不是凭空臆测的，那是哈利·格兰特遇难或被囚禁的地方，这不是我们的推测，而是白纸黑字写明的事实啊。"

"阁下，你说得完全正确。"汤姆·奥斯汀回答说，"但事实是，我们什么也没找到。"

"真是令人恼火，又令人绝望。"格里那凡说。

"这确实很令人恼火，"少校说，"但不至于绝望。正因为这条纬线是确定无疑的线索，我们才应该追查到底。"

"你是指什么？"格里那凡说，"我们还能做什么？"

"这件事其实很简单，也很符合逻辑，亲爱的爱德华。等我们登上'邓肯'号，船头一转，沿着37度纬线一直航行，必要时，甚至可以绕地球一周，回到出发点。"

"你以为我没这么想过吗，麦克·纳布斯？"格里那凡回答道，"这个想法我已经想过上百次了，但是成功的概率有多大呢？离开美洲大陆，那岂不是离哈利·格兰特所说的地方越来越远了，离巴塔哥尼亚越来越远了？信上可是明确地提到了巴塔哥尼亚。"

"我们现在已经确定'不列颠尼亚'号失事的地点既不在太平洋沿岸，也不在大西洋沿岸，难道你还要回到潘帕斯草原上再搜索一遍吗？"

格里那凡沉默了。

"尽管沿着37度纬线找到哈利·格兰特的机会很小，但难道我们不应该尝试一下吗？"

"我没说不去。"格里那凡说。

"你们不赞成我的观点吗，朋友们？"少校转向几位水手问道。

"完全赞成。"汤姆·奥斯汀说，穆拉迪和威尔逊也点头表示同意。

"听我说，朋友们。"格里那凡思考了几分钟后说，"记住，罗伯特，这是一场严肃的讨论。我会竭尽全力找到格兰特船长，这是我的责任。如果需要，我愿意为此倾尽一生，整个苏格兰都会与我同在，去救这位如此忠诚的子民。我也完全认同你们的观点，如果有必要，我们会沿着 37 度纬线绕行地球一周，尽管机会微乎其微。但我们现在不是要讨论这件事情，有一个问题比这急迫许多——从现在开始，我们是否应该放弃在美洲大陆的搜寻？"

没人回答。每个人都很害怕说出那个词。

"大家怎么看？"格里那凡继续问，目光特别投向少校。

"亲爱的爱德华。"麦克·纳布斯回答，"这个问题非同小可，我需要仔细考虑才能给出答案。但我必须先知道，37 度纬线还穿过哪些地方。"

"这是帕加内尔的专业，他会告诉你的。"格里那凡说。

"那我们问问他吧。"少校说。

但那位博学的地理学家此刻却不在这里。他躲在了"翁布"树茂密的树冠中，如果想找到他，恐怕得大声呼喊才行。

"帕加内尔！帕加内尔！"格里那凡大喊。

"我在。"声音似乎从云端传来。

"你在哪儿？"

"在我的'塔楼'里。"

"在那里做什么？"

"观察辽阔的地平线。"

"你能下来一会儿吗？"

"你需要我吗？"

"是的。"

"要我做什么？"

"我们要知道 37 度纬线穿过哪些地区。"

"那很简单。我不需要下来就能告诉你。"

"很好，现在告诉我们吧。"

"听好，离开美洲后，37 度纬线会横穿大西洋。"

"然后呢？"

"它遇到特里斯坦 - 达库尼亚岛。"

"好。"

"之后会穿过好望角以南两度的地方。"

"然后呢？"

"穿过印度洋，刚好碰到阿姆斯特丹群岛的圣皮埃尔岛。"

"继续。"

"穿过澳大利亚的维多利亚省。"

"然后呢？"

"离开澳大利亚后——"

这句话没有说完。地理学家是在犹豫，还是不知道该说什么？

都不是。从树顶传来一声可怕的尖叫，格里那凡和他的朋友们脸色苍白，面面相觑。又发生了什么新的灾难吗？不幸的帕加内尔是不是失足滑倒了？

这时，帕加内尔高大的身躯从一根根树枝上摔了下来，威尔逊和穆拉迪冲过去准备救他。

但他到底是死是活？他没有试图抓住任何东西，阻止自己掉下来。再过不久，他就会掉进汹涌的洪水中，幸好，少校伸出强壮的手臂挡住了他。

"麦克·纳布斯，非常感谢。"帕加内尔说道。

"这是怎么回事？你怎么了？遇到什么了？又开始粗心大意了？"

"是的，是的，"帕加内尔的声音充满了激动，几乎要说不出话来，"是的，但这不重要。"

"到底怎么了？"

"听我说，我们犯了个错误。我们现在还在犯，而且一直都在犯。"

"详细说说。"

"格里那凡，少校，罗伯特，我的朋友们，"帕加内尔喊道，"你们听我说，我们正在一个不可能找到格兰特船长的地方寻找他。"

"你说什么？"格里那凡惊叫道。

"他现在不在这里，他甚至从来没来过这里。"

第二十四章

帕加内尔的解读

这位博学的地理学家突然说出这样令人意想不到的话，所有人都感到震惊。他究竟是什么意思？难道他脑袋出了问题吗？然而，他的话语如此坚定，所有的目光都转向了格里那凡，因为帕加内尔的解释似乎直接回答了他先前提出的问题。可是，格里那凡只是摇了摇头，什么也没说。显然，他并不完全认同朋友的说法。

"没错。"稍微冷静下来后，帕加内尔再次开口，"没错，我们走错路了，误解了信中的意思。"

"解释一下，帕加内尔。"少校说，"如果可以的话，尽量冷静一些。"

"事情很简单，少校。我和你一样，之前也弄错了，也跟你一样，在急迫间做出了错误的解读，一直到刚才，我在树上回答你们的问题，就在我说出'澳大利亚'这个单词时，我的脑海中突然灵光一现，信中的内容瞬间变得清晰起来。"

"什么？"格里那凡大喊，"你是说，哈利·格兰特——"

"我是说，"帕加内尔回答，"信件中的'austral'，并不是我们之前理解的那样，它并不是一个完整的单词，表示'南半球'，它其实只是'澳大利亚'（Australia）这个词的一部分。"

"啊，那可真是奇怪。"少校说。

"奇怪？"格里那凡耸了耸肩，"这不可能。"

"不可能？"帕加内尔反驳道，"在法国，我们可不会轻易说'不可能'。"

"怎么？"格里那凡用极度怀疑的语气说道，"你居然会拿着这封信说，'不列颠尼亚'号遇到的海难发生在澳大利亚的海岸。"

"我很确定，就是在澳大利亚。"帕加内尔回应道。

"看在上帝的分上，"格里那凡喊道，"我不得不说，作为地理学会的秘书，你居然说出这样的话来，这真是太让我吃惊了。"

"你怎么能这么说？"帕加内尔被戳到了软肋，反问道。

"因为，如果你认为信中有'澳大利亚'这个词，你也得承认信中出现了'印第安人'，澳大利亚可没有印第安人。"

帕加内尔对此丝毫不惊讶，显然他早就预料到会有这种反驳。他微微一笑，说道："亲爱的格里那凡，别得意太早，我会说服你，英国人从来没有像你这样彻底败北，这就算是对克雷西会战和阿让库尔战役 [①] 的报复了。"

"再好不过了。帕加内尔，尽管报复吧。"

"听我说。信中既没有提到印第安人，也没有提到巴塔哥尼亚！不完整的单词'indi'并不是'印第安人'（Indiens），而是'土著人'（Indigènes）！现在，你总得承认澳大利亚有土著居民吧？"

"说得好，帕加内尔！"少校说道。

"那么，亲爱的勋爵阁下，你同意我的解读了吗？"地理学家再次问道。

"嗯，"格里那凡回答，"如果你能向我证明'gonie'不是指'巴塔哥尼亚'（Patagonie），我就同意。"

"当然不是。它与巴塔哥尼亚毫无关系。"帕加内尔说道，"你可以随便解读，但总之不是'巴塔哥尼亚'。"

"能解读成什么？"

"宇宙创生（cosmogonie）、神的起源（thèogonie）、极端痛苦

---

① 均为英法百年战争中的战役，两次战役中英军皆大胜法军。

（agonie）。"

"极端痛苦？"少校很疑惑。

"我不在乎是哪个。"帕加内尔说，"这个词不重要，我甚至不打算去解读它的具体含义。关键在于'austral'其实指的是'澳大利亚'，而我们居然一直没有意识到这个显而易见的解释。如果当初是我独自发现这封信，而没有受到你们解读的影响，我绝对不会得出除了'澳大利亚'之外的其他意思。"

帕加内尔的话引发了一片欢呼、祝贺和赞叹。奥斯汀、水手们、少校和罗伯特都对这个新的希望欣喜若狂，纷纷为他鼓掌。就连格里那凡也逐渐睁大了眼睛，快准备让步了。

"亲爱的帕加内尔，我只想知道一件事。"他说，"然后我就会佩服你的洞察力。"

"什么事？"

"根据你的新解读，你会如何把这些单词拼在一起？你会怎么解读整封信？"

"这个问题很容易回答，这是这封信。"帕加内尔一边说，一边从口袋里拿出了他这几天一直在研究的珍贵信件。

接下来的几分钟里，所有人都安静下来。这位可敬的学者花了点时间整理了一下思路，接着就开始回答勋爵的问题。他用手指点着信上的单词，开始读信，还特别强调了其中的一些词：

"1862年6月7日，来自格拉斯哥的三桅船'不列颠尼亚'号沉没后——如果你愿意，可以加上'两天，三天'或者'经历了极端痛苦'之类的话，这都无关紧要，完全无所谓——船在澳大利亚海岸遇难，朝着陆地方向驶去，两名水手和格兰特船长试图登上大陆，在那里他们将会被残酷的土著人囚禁——或者，已经登上大陆，在那里他们已经被残酷的土著人囚禁——他们扔出了这封信。这个解读还清晰吗？"

"足够清晰了。"格里那凡回答，"如果'大陆'可以用来形容澳大利亚的话。毕竟澳大利亚只是个岛。"

"别担心这个，亲爱的格里那凡。最好的地理学家都认为那个'岛屿'应该叫作澳洲大陆。"

"那么，我现在只想说一件事，我的朋友们，"格里那凡说，"去澳大利亚，愿上帝保佑我们！"

"去澳大利亚！"他的同伴们异口同声地高呼。

"我跟你说，帕加内尔，"格里那凡补充道，"你来到'邓肯'号，简直是上天的安排。"

"好吧。就把我当作上天派来的使者吧，我们别再提这个话题了。"

谈话至此结束。这场谈话带来了深远的影响。它彻底改变了旅行者们的心态，让他们看到了关键的线索，也让原本无望的谜题重新浮现出解开的希望。现在，他们可以毫不犹豫地离开美洲大陆，众人的心已经飞向了澳大利亚。回到"邓肯"号时，他们将不再带着绝望，海伦娜和玛丽·格兰特也不必因无法找到格兰特船长而悲伤。这个新想法让他们振奋不已，以至于忘记了自己仍然身处困境，只在惋惜不能立刻启程动身。

当时已是下午四点，他们决定在六点钟享用晚餐。为了庆祝这一突破性的发现，帕加内尔提议准备一顿丰盛的晚餐，但无奈食材极为有限。于是，他建议罗伯特去附近的"森林"里打猎。一听这个主意，罗伯特立刻兴奋地拍手叫好。他们带上塔尔卡乌的火药壶，仔细擦拭左轮手枪，装上铅弹，准备出发。

"别走太远。"少校对两位猎人严肃地说。

他们离开后，格里那凡和麦克·纳布斯则爬下树，去检查他们刻在树上的标记，并观察洪水的情况。威尔逊和穆拉迪留在原地照看篝火。

脚下的景象如同一片无边无际的湖泊，水面丝毫没有下降。虽然洪水似乎已经涨到了最高点，但水流仍然从南向北迅猛地涌来，这种态势表明，阿根廷地区的河流仍未恢复正常水量。在水位真正下降之前，它会先短暂地保持平静，就像海洋在退潮前的片刻宁静。

当格里那凡和麦克·纳布斯观察这一切时，头顶时不时传来枪声，还有两位猎人的欢声笑语——因为帕加内尔和罗伯特一样，都孩子气十足。在罗伯特清脆的童声和帕加内尔深沉的男低音之间，夹杂着阵阵笑声，看来他们在茂密的树叶间玩得不亦乐乎。狩猎显然相当成功，旅行者们似乎可以期待一顿丰盛的晚餐。威尔逊想到一个妙计，并且大获成功。当格里那凡回到火堆旁时，他发现这位勇敢的小伙子竟然用一根针和一小段绳子抓到了几十条小鱼。这些小鱼叫"莫加拉"，和胡瓜鱼一样小巧，在他篷罩的褶子里面蹦跶着，等会儿就可以烹饪成一道美味的菜肴。

这时，猎人们满载而归。帕加内尔小心翼翼地捧着几枚黑色燕子的蛋，脖子上还挂着一串麻雀，他打算过一会儿就把它们做成一道叫作"田间云雀"的菜。罗伯特很机敏，打下了一些叫作"希尔格罗"的鸟，这些小鸟黄绿相间，味道鲜美，在蒙得维的亚的市场上很受欢迎。帕加内尔虽然精通五十一种烹饪蛋类的方法，但在当前条件下，他只能简单地把这些鸟蛋放在热炭上烤熟。尽管如此，这顿晚餐依然丰富可口。风干牛肉、烤蛋、烤鱼、麻雀和烤"希尔格罗"鸟肉，共同组成了一顿令人难忘的盛宴。

晚餐的气氛热烈而愉快。众人纷纷称赞帕加内尔的厨艺和狩猎技巧，而这位学者则以大师特有的谦逊接受了大家的夸奖。然后，他将话题转到他们用来遮风挡雨的"翁布"树上，他说道，这棵树实在是广袤无边。

"罗伯特和我，"他用一种打趣的语气说道，"还以为自己是在开阔的森林里打猎。甚至有一阵子，我害怕会迷路，因为我找不到路了。太阳已经下山了，我想找脚印，可根本没有脚印。我感觉饿得厉害，'森林'的深处已经开始回响起野兽的咆哮。啊，不对，这里没有野兽，我还是挺遗憾的。"

"什么？"格里那凡惊呼，"你竟然遗憾这里没有野兽？"

"当然了。"

"可我们有足够的理由害怕这些凶猛的家伙。"

"在科学家眼里，野兽就算再凶猛，也无伤大雅。"这位博学的地理学家回应道。

"得了吧，帕加内尔。"少校说，"你休想让我承认野兽的存在有什么益处。它们对人类能有什么好处？"

"嗯，少校。"帕加内尔叫了起来，"它们可以用来被分类呀！分成不同的目、科、属、种和亚种。"

"就这也叫用处？"麦克·纳布斯反驳道，"我可用不着这些！如果我生在洪水时代，是挪亚①的同伴的话，我一定要阻止这位轻率的族长把一对对的狮子、老虎、豹子和熊之类的动物带上方舟，这些动物太危险了，而且一点用都没有。"

"你居然要这么做？"帕加内尔说。

"是，我当然会这么做的。"

"哎呀呀，从动物学的角度来看，你可真是大错特错了。"帕加内尔批评道。

"可从人类的角度看，我的想法再正确不过。"少校反驳。

"你的想法真吓人！"帕加内尔说，"嗯，我的话，正相反，甚至会特别小心照顾大地懒、翼手龙，还有所有因为挪亚的疏忽而不幸灭绝的史前生物。"

"要我说，"麦克·纳布斯开始反击，"挪亚任由它们自生自灭是对的——当然了，如果它们真的活到了挪亚的时代的话。"

"而我要说，挪亚的做法糟透了。"帕加内尔回击，"他理应受到学者们的严厉批评，一直到时间的尽头！"

听到这两位朋友因为古老的挪亚而争论不休，其他人都忍不住笑了。少校一向不爱与人争论，但他却违背了自己的人生信条，总是爱和帕加内尔拌嘴。显然，这位地理学家总能轻而易举地激起他的好胜心。

格里那凡一如既往地扮演着和事佬的角色，插话道：

_____

① 圣经人物，《圣经》中讲述，上帝降下大洪水毁灭世间的一切，但在此之前让挪亚建造方舟，带着家人和动物在洪水之前登上方舟，躲过洪水。

"失去那些凶猛野兽是否可惜，这个问题已经没有意义了。我们必须接受一个没有它们的世界。而且，帕加内尔，我看你也别指望能在这片空中森林里遇上什么野兽。"

"为什么不能？"地理学家问道。

"树上会有野兽吗？"汤姆·奥斯汀惊呼。

"毫无疑问会有的。假如美洲豹被猎人追得急了，它有可能爬到树上避难。某些动物可能被洪水吓到，爬上了'翁布'树，也许它们现在就藏在树叶间。"

"至少你没遇到它们吧？"少校问。

"没有。"帕加内尔回答，"尽管我们在树枝之间仔细搜寻过，这真令人失望。如果真有美洲虎，那肯定会有一场精彩的狩猎。美洲虎嗜血，而且很凶猛，一爪下去就能拍断马的脖子。美洲虎一旦尝过人肉的味道，它就会贪婪地嗅出这种气味。它最喜欢吃印第安人，然后是黑人、混血人，最后才是白人。"

"听到我们排在第四位，我很高兴。"麦克·纳布斯说。

"那只能证明你乏味。"帕加内尔不屑地反驳道。

"我很乐意自己乏味。"少校回击。

"好吧，真丢人。"固执的帕加内尔说，"白人总是自诩为至高无上的种族，但美洲虎先生似乎持不同意见。"

"尽管如此，我勇敢的帕加内尔，鉴于我们中间既没有印第安人，也没有黑人，更没有混血人，你的宝贝美洲虎不在这里，我感到非常高兴。我们的处境已经够糟糕的了。"

"什么！糟糕？"帕加内尔惊叫道，他敏锐地抓住了这个词，似乎想借此给谈话带来新的转折，"格里那凡，你竟然在抱怨自己的命运？"

"我觉得确实是这样。"格里那凡回答说，"你会觉得这些又硬又硌的树枝很舒服吗？"

"我从未感到如此惬意，甚至比待在书房里还要自在。我们像鸟儿一样生活，歌唱，飞翔。我开始相信人类本应生活在树上。"

"但人类没有翅膀。"少校提醒道。

"总有一天会长出来的。"

"在那之前，"格里那凡插话道，"如果你允许的话，我还是愿意待在公园的小路上，或者房间的地板上，甚至是船的甲板上，我不愿待在这个空中的住所里。"

"我们得学会随遇而安，格里那凡。"帕加内尔回答说，"环境好当然令人高兴，但如果不尽如人意，也没必要抱怨。啊，我看你是想念马尔科姆城堡的舒适生活了吧。"

"我没有，但是——"

"我敢肯定，罗伯特一定非常快乐。"帕加内尔打断了格里那凡的话，他急于争取到支持者，一个也好。

"是的，我确实很快乐！"罗伯特欢快地喊道。

"在他这个年纪，这是很自然的。"格里那凡说。

"在我这个年纪也是如此。"地理学家回应道，"一个人越是不依赖舒适，他的需求就越少。而需求越少，快乐就越多。"

"好了，好了，"少校说，"帕加内尔现在已经开始批判财富和奢华的生活了。"

"没有，麦克·纳布斯。"学者说，"我不是这个意思，但如果你愿意，我可以讲一个我刚想到的阿拉伯小故事，非常应景。"

"啊，快讲，快讲。"罗伯特说。

"你的故事要说明什么道理呢，帕加内尔？"少校问道。

"和所有故事要说的道理一样，我亲爱的朋友。"

"那就是什么道理也没说。"麦克·纳布斯说，"但你继续吧，山鲁佐德①，给我们讲讲你的故事。"

"很久很久以前，"帕加内尔说，"伟大的哈伦·拉希德有一个儿子，他很不快乐，他就去请教一位老苦行僧。这位贤人告诉他，想在这个世界上找到快乐，可是件困难的事。'不过，'他补充道，'我知道一个确保你获得快乐的不二法门。''是什么？'年轻的王子问。'那就是找到一个快乐的人，把他的衬衫穿在你的身上。'于是王子拥抱了老人，立刻出发，去寻找衬衫。他游历了世界上所有的大都市，试穿了国王、皇帝、王子和贵族们的衬衫，但都没用，这些人中，没有一个是快乐的。然后，他穿上了艺术家、战士和商人们的衬衫，但也不起作用。这时，他已经走了很长很长的路，却没有找到他想要寻找的东西。最后，他开始感到绝望，于是悲伤地踏上了返回父亲宫殿的路。但有一天，他听到一个诚实的农夫在耕地时唱歌，唱得那么欢快，他想，'如果世界上真的有快乐的人话，那就肯定是他。'于是他立刻上前，问他，'你快乐吗？''是的。'农夫回答说。'你没有什么想要的吗？''没有。''就算用国王的位置来换你的生活，你也不换？''永远不会换！''很好，那么把你的衬衫卖给我吧。''我的衬衫？我哪有衬衫呀！'"

---

① 阿拉伯地区的传说人物，每个晚上为国王讲一个故事，共讲了一千零一个晚上，这就是传说中阿拉伯故事集《一千零一夜》的来源。

第二十五章

水火之间

回到他们的"鸟巢"（帕加内尔给它取的名字）之前，帕加内尔、罗伯特和格里那凡爬上了瞭望台，想再仔细观察一下这片被水淹没的平原。此时大约是九点钟，夕阳缓缓西沉，隐没在一片绚烂的薄雾之中。

东方的天空却渐渐显现出风暴将至的迹象。一道浓密的黑云正悄然升起，缓缓吞噬着夜空中的繁星。不久之后，半边天空都被厚重的乌云笼罩。那片云显然积蓄着惊人的能量，因为四周一片死寂，连一丝风都没有。树叶一动不动，水面波澜不惊，空气仿佛变得稀薄，似乎某种巨大的机器抽走了所有的空气。整个大气层都充满了静电，所有生物的神经系统都在颤抖。

"我们即将迎接一场风暴。"帕加内尔说。

"罗伯特，你不怕打雷吧？"格里那凡问。

"不怕，勋爵阁下！"罗伯特大声说。

"很好，孩子，那就好，因为风暴马上就要来了。"

"而且这场风暴恐怕会非常猛烈。"帕加内尔补充道，"从目前的情况来看。"

"我在意的不是风暴。"格里那凡说，"我更在意风暴过后的倾盆大雨。我们会被淋得湿透。不管你怎么说，帕加内尔，'鸟巢'确实不太适合人类居住，你很快就会付出些代价，让你明白这一点。"

"如果你懂哲学的话，就没什么不适合的了。"帕加内尔回应道。

"哲学？哲学可不能保护你不被雨淋。"

"确实不能，但是哲学可以温暖你的内心。"

"行吧。"格里那凡说，"我们最好下去和其他人说一声，提醒他们尽量把哲学和雨衣都裹得紧一点，最重要的是，要有耐心，因为我们马上就要打一场持久战了。"

他最后瞥了一眼那片翻腾的乌云，整个天空已被阴霾彻底吞噬，只有西方仍有一道微弱的余光挣扎着闪烁。水面上弥漫着厚重的黑影，与升腾的迷雾交织在一起，难以分辨。周围一片死寂，既无光亮，也无声息，一切仿佛被黑暗吞没了。

"我们下去吧。"格里那凡说，"很快就要开始打雷了。"

到达树冠下时，他们相当惊讶地发现自己置身于一种昏暗的微光之中，这片光芒是由无数嗡嗡作响的光点产生的，它们在水面上混乱地飞舞着。

"我猜这是磷光 ① 吧。"格里那凡说。

"不是，是萤火虫，如同活生生的钻石一样。布宜诺斯艾利斯的女士们会把这些昆虫做成华丽的饰品。"

"什么？"罗伯特喊道，"这些会飞的火花是虫子？"

"是的，孩子。"

罗伯特伸出手抓住了一只，发现帕加内尔说的是对的。这是一种类似雄蜂的昆虫，身长一英寸，印第安人称之为"图科图科"。它最奇特的地方在于前胸背板上有两个发光点，它的光线足够明亮，甚至可以当阅读灯使用。帕加内尔把手表靠近萤火虫，借着微光清楚地看到了时间——晚上十点。

他们回到少校和三名水手身边，格里那凡警告众人风暴即将来临，并建议大家尽快将自己牢牢绑在树枝上。毫无疑问，第一声雷鸣之后，风势就会猛烈起来，"翁布"树会晃得很厉害。虽然他们无法抵挡从天而降的雨水，但至少可以避开下面的激流。

---

① 硫化氢、磷化氢等气体自然产生的光。

他们互相道了晚安，尽管没人真的指望能睡着。然后每个人都裹紧雨衣，躺了下来。

但在大自然即将展现它的威力之前，所有生物都会感到莫名的不安，即便是最坚强的人也不例外。"翁布"树上的所有人都感觉既紧张又压抑，没有一个人能合眼安睡。第一阵雷声把所有人都惊醒了。大约晚上十一点，一阵低沉的雷声从远方滚滚而来，格里那凡冒险从树叶间爬出来，走到水平伸出的树枝末端，眺望四周。

尖锐明亮的闪电划破了深邃黑暗的夜色。闪电的光芒在水面上精准地反射回天空，云层裂开了很多缝隙，却无声无息，就像柔软的棉花一般。仔细观察了天空和地平线后，格里那凡回到了树冠中间。

"嗯，格里那凡，你的报告呢？"帕加内尔问。

"我认为，风暴确实要来了，如果它继续增强，那将是一场可怕的暴风雨。"

"那更好了。"充满激情的帕加内尔说，"既然我们避无可避，那就尽情欣赏这场壮观的演出吧！"

"你又在说你的怪话了。"少校说。

"这可是我最喜欢的观点之一，麦克·纳布斯。我同意格里那凡的判断，风暴会相当壮观。就在刚才，我试图入睡时，突然想起了一些事，更加确定了这一点。我们现在正处在一个闪电频发的地区，比如说，我曾经读到过，1793 年时，就在布宜诺斯艾利斯省，一场暴风雨中竟然就闪了三十七次闪电。我的同事马丁·德穆西先生曾经数过，雷声滚滚不绝，持续了五十五分钟。"

"手里拿着表数的吗？"少校问。

"是的，手里拿着表。只是有一件事，让我有些担心。"帕加内尔补充道，"但担心可能也没什么用。这件事就是，我们现在正待在这片平原上最高的地方，就是这棵树。现在要是有一根避雷针就好了，因为在潘帕斯草原上，就数这种树最招雷了。另外，或许我不需要提醒你们这一点，学者们告诫过我们，在雷暴中，绝对不要站在树下避雨。"

"当然了，在现在的情况下，这个建议可真是'中肯'啊。"少校说。

"我得承认，帕加内尔。"格里那凡说，"或许你可以选个更恰当的时机，告诉我们这些令人'安心'的知识。"

"哼！"帕加内尔说，"学到新东西，什么时候都不算晚。看！风暴要来了。"

轰隆隆的雷声打断了这段不合时宜的对话，雷声越发震耳欲聋，仿佛天地间都在颤抖。

闪电接连不断，形态各异。有些笔直劈下，连续击中同一地点数次。有些闪电则分成了很多道电光，甚至生出千万条分叉，宛如珊瑚，喷射出壮丽的树状光芒。

很快，一条从东至北的光带横亘整片天穹，电光闪烁，光带不断扩展，直至覆盖整条地平线，照亮了云朵，它们的倒影在水面上清晰可见，仿佛一团团火焰在燃烧。空中的云朵和水中的倒影组成了一个巨大的火球，火球的中心正是那棵"翁布"树。

格里那凡和他的同伴们默默地凝视着这恐怖的景象。他们无法听清彼此的话，他们看向四面八方，白色光带不时闪现，映照出他们各异的神情：少校平静的面容、帕加内尔热切好奇的眼神、格里那凡充满活力的面庞、罗伯特惊恐的目光、水手们满不在乎的神情。这一切，在光影交错中显得诡异无比，如同鬼魅。

然而，尽管雷电交加，雨却迟迟未下，风也未曾吹起。但这片诡异的宁静并未持续太久。不久后，倾盆大雨骤然而至，巨大的雨滴开始落下，在闪电的照耀下，水面如同溅起火花一般。

雨会是这场风暴的终曲吗？如果只是这样，他们或许还能逃过一劫，只需忍受一场暴雨的洗礼。但事与愿违。大气中的电能依然在剧烈碰撞，就在此时，一道如手腕粗细的火球出现在树枝末端，黑烟缭绕。旋转了几秒钟之后，火球像闪电一样爆炸开来，爆炸声震耳欲聋，即便在雷雨交加的夜空下，依然清晰可闻。一股刺鼻的硫黄味弥漫开来，随之而来的是一片死寂，直到汤姆·奥斯汀的声音打破了这片沉寂：

"树着火了。"

他没有说错。转眼之间，火焰仿佛烟火般炸裂开来，沿着"翁布"树的西侧蔓延。枯枝、干草做的鸟巢、海绵般的树脂，都为肆虐的火焰提供了燃料。

风势渐强，火舌被狂风煽动，越燃越旺，是时候逃命了。格里那凡和他的同伴们匆匆忙忙地逃到他们避难所的东边，那里目前还没有被大火吞噬。他们沉默不语，忧心忡忡，惊恐万分，看着树枝一根接一根地被烤干、断裂，在火焰中扭曲，就像蛇一样，然后掉入汹涌澎湃、映着红光的水中，被湍急的水流迅速带走。有时，火焰蹿上高空，高高地升入大气层，直到最后消失在视野中；有时，火焰又会被狂风压低，仅仅包裹住"翁布"树，就像涅索斯的袍子①一般。恐惧笼罩着他们，烟雾令人窒息，火焰的炽热让人痛苦难忍。大火蔓延到他们身边的低矮树枝上，扑灭火焰或阻止火势蔓延已经不可能。他们眼睁睁地看着自己无可避免地走向痛苦的死亡，仿佛自己是献给神灵的祭品。

最后，他们实在是无法忍受目前的处境了。眼前有两种死法，他们宁可选择不太痛苦的那种。

"下水！"格里那凡喊道。

最接近火焰的威尔逊已经跳入水中，但下一刻，他却发出了极为恐惧的尖叫：

"救我！救我！"

奥斯汀朝他冲过去，和少校一起，把威尔逊从水里拽了上来。

"怎么了？"他们问。

"鳄鱼！鳄鱼！"威尔逊大叫。

树下似乎到处都是这些可怕的爬行动物。在火焰的映照下，帕加内尔立

---

① 涅索斯为古希腊神话中的人物，用有毒的长袍害死了英雄赫拉克勒斯。

刻认出了这些鳄鱼。这是美洲特有的一种鳄鱼，相当凶猛，在西班牙的殖民地，人们称之为"凯门鳄"。树下大约有十只鳄鱼，正用强有力的尾巴拍打着水面，用下颚的长牙咬着"翁布"树。

见此情景，这些不幸的人们已经放弃了生的希望。他们注定难逃一死，不是被大火吞噬，就是被鳄鱼吃掉。就连少校也用平静的声音说道：

"现在，一切都到头了。"

在某些时候，人类的力量显得如此微不足道，要对抗肆虐的自然力量，只有借助另外一种自然力量的帮助。格里那凡神色黯然地盯着朝他们扑来的烈火和洪水，不知道上天会赐给他们什么样的解脱。

风暴的猛烈势头已经减弱，但它在空气中带来了大量水汽，这些水汽即将被雷电赋予巨大的能量。南方的天空中，渐渐形成了一个庞大的水龙卷——一个厚重的水雾构成的圆锥，上宽下窄，连接着汹涌的水面和愤怒的云层。这个壮观的水龙卷很快就开始向前移动，以令人头晕目眩的速度旋转着，它还从下方的水中吸起了一股水柱，它那狂暴的力量搅动着周围的空气。

几秒钟后，这个巨大的水龙卷扑向了"翁布"树，漩涡席卷了树木，树根摇晃着，格里那凡仿佛听到凯门鳄的牙齿撕裂树干的声音。他和同伴们紧紧抱住大树，但高大的"翁布"树开始倾斜，紧接着，传来一阵可怕的撕裂声，大树轰然倒塌，燃烧的树枝掉进了泡沫翻滚的水中。

这一切都发生在转瞬之间。水龙卷呼啸而去，继续在远方肆虐。它吸起的水柱越升越高，仿佛要将整片水域吞噬殆尽。

"翁布"树借助水流和风力迅速漂流而去。所有的鳄鱼都已经离开了，只剩下一只鳄鱼还在沿着翻起的树根爬过来，张着大嘴，向那些可怜的逃难者逼近。但穆拉迪抓住一根已经快要烧断的大树枝，猛力砸向鳄鱼，巨兽倒退回急流之中，消失在翻腾的波涛里，尾巴剧烈拍打着水面。

就这样，格里那凡和他的同伴们终于摆脱了这些贪婪的爬行动物。他们站在尚未被火舌吞噬的树干上，而"翁布"树像一艘燃烧的军舰，在漆黑的夜色中破浪前行。狂风吹拂，火焰在夜空中熊熊燃烧，犹如鼓满的风帆。

第二十六章

回到船上

就这样，"翁布"树在辽阔的水面上漂流了两个小时，始终未曾见到陆地的踪影。吞噬大树的火焰终于熄灭，他们在这场恐怖旅程中面临的最大威胁也随之消散。少校甚至说，如果他们最终能活下来，他一点也不会感到惊讶。

水流的方向始终未变，稳定地从西南向东北奔涌。深沉的黑暗再次降临，只有偶尔闪现的雷电照亮周围的景象。风暴即将结束，大雨被薄雾所取代。一阵清风吹过，雾气散去，厚重的云层终于裂开，变成一道道长长的云带悬挂在天空中。

"翁布"树在激流的推动下迅速前行，仿佛树干中藏着一台强劲的引擎。看上去，他们似乎要这样漂流好几天，但就在凌晨三点左右，少校注意到树根有时会轻轻擦过地面。汤姆·奥斯汀用一根长树枝探入水中测深，发现他们正在向地势更高的地方前进。二十分钟后，"翁布"树猛然停了下来。

"陆地！陆地！"帕加内尔高声喊道。

烧焦的树枝撞到了一座小山丘，水手们从未因为"撞船"事件而如此欢喜，在他们看来，岩石就如同港口一般。

罗伯特和威尔逊迫不及待地跳上了坚实的陆地，兴奋地欢呼起来。就在这时，大家听到了一阵熟悉的哨声，马蹄声在平原上回荡，塔尔卡乌高大的身影在黑暗中渐渐显现。

"塔尔卡乌！塔尔卡乌！"他们异口同声地大喊。

"朋友们！"这位高贵的巴塔哥尼亚人回应道。他一直在此守候着他们，因为水流也是在同样的地方把他冲上岸的。

他一边说，一边将罗伯特举起，紧紧搂在怀里，完全没有注意到帕加内尔也冲过来抱住了他。接着，每个人都热情地与塔尔卡乌握手，大家再次见到这位忠诚的向导，心中满是喜悦。随后，塔尔卡乌带领他们来到了一座废弃牧场的棚屋，屋里燃起了熊熊的火堆，不仅能取暖，旁边还烤着鲜嫩的鹿肉片。他们吃得干干净净，连一丝碎渣都没有剩下。等到大家的情绪稍微平静下来，回想起经历的洪水、火灾、鳄鱼等种种危险时，他们几乎不敢相信自己竟能从那般险境中死里逃生。

塔尔卡乌简单地向帕加内尔讲述了他们分开后的遭遇，并将自己的获救归功于那匹勇敢的马儿。随后，帕加内尔试图向他解释他们重新解读信件的过程，以及由此带来的新希望。至于这位印第安人是否真的理解了帕加内尔的巧妙解读，那仍然是个谜。但看到大家满怀信心，都很高兴，塔尔卡乌就对此心满意足了。

很容易想到，旅行者们已经被迫在"翁布"树上休息了太久，第二天一早，他们就醒了过来。早上八点，他们出发了。由于距离南方太远，他们找不到合适的交通工具，只能步行。不过，剩下的路程不足四十英里，而陶卡也不会拒绝让疲惫的步行者偶尔骑上它，它甚至有时还能驮两个人。三十六个小时后，他们便可以抵达大西洋海岸。

低洼的沼泽地带依然被水浸泡着，不过沼泽迅速被他们抛在身后。塔尔卡乌带领他们向更高的平原前进。阿根廷的土地逐渐恢复了往日的单调景象，牧场中偶尔可见几棵欧洲人种植的树木，但依旧稀少，就像在坦迪尔山和塔帕尔凯姆山上那样。本地生长的树木只在长长的草原边上生长，只有科连特斯角附近才有更多。

第二天，尽管还有十五英里的路程要走，但他们明显感受到，海洋就在前方。这里有一种独特的"维拉丛风"，这种风很有规律，每天都只刮半天。

风吹弯了高高的草尖，稀疏的树林映入眼帘，还有外表和小树一样的木本含羞草、金合欢灌木丛和一种叫"库拉曼特尔"的草丛。许多咸水湖闪烁着碎玻璃般的粼光，这给他们的行程带来了不少麻烦，因为他们必须绕过这些湖泊。他们尽力加快脚步，希望今天就能到达萨拉多湖，那里距离大西洋海岸很近。晚上八点，他们终于看到了前方约四十米高的沙丘。此时，大家已经十分疲惫，但当海浪低沉的涛声传入耳中时，他们顿时恢复了力量，以惊人的速度爬上沙丘。然而，天色已晚，他们用急切的目光扫视着昏暗的水面，却没有发现"邓肯"号的任何踪迹。

"但船肯定在那里，"格里那凡喊道，"它等着我们，准备带我们出海。"

"我们明天就能看到它了。"麦克·纳布斯说。

汤姆·奥斯汀朝着他想象中的游艇大喊，但没有得到回应。风很大，海浪汹涌，云层从西边迅速掠过，浪花飞溅，甚至溅到了沙丘上。在这种情况下，即便"邓肯"号就在那里，船上的瞭望员也可能听不到他们的呼喊，而瞭望员发出的声音，他们也同样听不见。海岸没有合适的停船位置，没有海湾，没有水塘，也没有港口，甚至连一条小溪都没有。所谓海岸，其实只是伸向大海中的沙滩，这种沙滩海岸比岩石浅滩更危险，因为沙滩会让海浪更大，让海面的波涛特别汹涌。天气恶劣时，在那里搁浅的船只都会被撞得粉碎，无一例外。

虽然"邓肯"号一般会避免接近这样的海岸，但这次约翰·孟格尔船长一定会谨慎地靠近。汤姆·奥斯汀推测，船可能会在五英里外的地方航行。

少校劝说那位不耐烦的亲戚收起焦躁，接受当前的环境。既然无法驱散黑暗，徒劳地在夜里瞪大眼睛寻找船只，又有什么意义呢？

他立刻着手准备，在沙丘的掩护下宿营。剩余的食物做成了最后一餐，接着每个人都像少校一样，在沙子里挖了个洞作为床铺，用柔软的沙土把自己掩埋到下巴，随后便沉沉睡去。

然而，格里那凡却一直凝视着大海。风依旧强劲，经历了最近的风暴之后，大海尚未恢复平静，海浪仍然汹涌澎湃，拍打在沙滩上，发出雷鸣般的声响。格里那凡无法入睡，他知道"邓肯"号就在附近，那艘船不可能还没赶到约好的集合地点。格里那凡在 10 月 14 日离开了塔尔卡瓦诺湾，11 月 12 日抵达了大西洋海岸。他花了三十天的时间穿越智利、科迪勒拉山、潘帕斯草原和阿根廷平原，"邓肯"号有足够的时间绕过合恩角，到达陆地的另外一边。那艘游艇速度很快，几乎没有什么能阻挡它。当然了，那场风暴非常猛烈，在大西洋这样宽广的海域，狂风暴雨一定十分可怕。但"邓肯"号是一艘很好的船，船长也是一位很优秀的航海家，它一定会按时到达目的地，而且现在，船应该就在那儿。

但这些想法并没有让格里那凡平静下来。在情绪与理智的斗争中，情绪总是占据上风。马尔科姆城堡的主人在黑暗中徘徊，感觉亲人就在自己身旁。他四下张望，侧耳倾听，甚至觉得自己似乎偶然瞥见了一丝微弱的光亮。

"我没看错。"他自言自语，"我看到了船上的灯光，'邓肯'号上的灯光！噢！为什么我不能在黑暗中看到东西呢？"

突然，他想起帕加内尔曾说自己有很强的夜视能力，能在黑夜中看得清楚。他决定叫醒帕加内尔。

这位博学的地理学家睡得很沉，像只鼹鼠一样。突然，一条强壮的手臂把他从沙子里拉了出来，帕加内尔大喊起来：

"是谁？"

"帕加内尔，是我。"

"你是谁？"

"格里那凡。来，我需要用一下你的眼睛。"

"眼睛？"帕加内尔揉着眼睛重复了一遍。

"是的，我需要你的眼睛，帮我在黑暗中辨认出'邓肯'号。快点。"

"这优秀的夜视能力真该死！"帕加内尔心中暗想，不过他很高兴能帮到他的朋友。

他站起身来，抖了抖僵硬的四肢，像大多数被叫醒的人一样伸了个懒腰，打了个哈欠，跟着格里那凡来到海滩。

格里那凡请他仔细看看海上的地平线。他认真地观察了几分钟。

"嗯，你看到什么了吗？"格里那凡问道。

"什么也没看见。太黑了，连猫也看不见两步之外的东西。"

"找找有没有红色或者绿色的灯——船的左右舷上的灯。"

"红灯绿灯都没看到，只有一片漆黑。"帕加内尔回答道，眼皮不由自主地开始打架。

接下来的半小时里，他跟随着那位不耐烦的朋友，脑袋不停地低垂到前胸，再猛地抬起。最后，他沉默不语，既不回答，也不说话，只是跟跄地走来走去，像个醉汉。格里那凡看了看，才发现他居然已经睡着了！

他没有试图叫醒他，而是扶起他的胳膊，带他回到沙丘的洞里，把他舒舒服服地放回沙坑里面。

第二天清晨，所有沉睡的人都一跃而起，冲向海岸，喊着"万岁！万岁！"因为格里那凡开始大喊："'邓肯'号！'邓肯'号！"

它就在那里，五英里外的海面上，船帆小心翼翼地收着，蒸汽机似乎只开到一半功率。船喷出的烟雾消失在清晨的薄雾中。海浪如此汹涌，一艘像"邓肯"号这样吨位的船不能冒险靠近沙洲。

借助帕加内尔的望远镜，格里那凡仔细观察着游艇的情况。很明显，约翰·孟格尔并没有注意到他的乘客，因为船仍然沿着原来的航线行驶。

就在这时，塔尔卡乌朝游艇的方向开了一枪。众人屏息静听，瞪大眼睛望着海面，却没有任何回应。印第安人又开了第二枪和第三枪，回声在沙丘间回荡。

终于，他们看到一股白烟从游艇一侧冒出。

"他们看见我们了！"格里那凡喊道，"那是'邓肯'号的炮。"

几秒钟后，海面上传来了大炮的轰鸣声，声音逐渐消散在海岸的远方。船帆调整了方向，蒸汽机满功率运转，急速向海岸靠近。

不一会儿，透过望远镜，他们看到"邓肯"号上放下了一艘小船。

"夫人大概是来不了的。"汤姆·奥斯汀说,"风浪太大。"

"约翰·孟格尔也不行。"麦克·纳布斯补充道,"他不能离开船。"

"姐姐!姐姐!"罗伯特大喊,朝游艇的方向挥舞着手臂,此刻,游艇正在海浪中剧烈颠簸着。

"啊,我多么希望能立刻上船啊!"格里那凡说。

"耐心点,爱德华!再过两个小时你就能上船了。"少校说。

还要两小时!但对于一艘只有六支船桨的小船来说,往返的时间已经不可能再短。

格里那凡回到了塔尔卡乌身边,看到他双臂交叉,站在陶卡身旁,静静地凝望着波涛汹涌的海面。

格里那凡握住塔尔卡乌的手,指向游艇说,"来吧!"

印第安人轻轻地摇了摇头。

"来吧,朋友。"格里那凡再次说道。

"不。"塔尔卡乌温柔地说。"这里有陶卡,那里——是潘帕斯草原。"他补充了一句,同时做出一个充满热情的手势,似乎在拥抱那片广阔无垠的草原。

格里那凡能理解塔尔卡乌为什么会拒绝。他知道,这位印第安人永远不会离开这片草原,这里是他的祖先们的埋骨之地。他也知道这些草原儿女对故土的深深眷恋。于是,他没有再坚持,只是握了握他的手。塔尔卡乌和往常一样微笑着,拒绝了报酬,把钱推了回去,格里那凡也没有勉强。塔尔卡乌说:

"为了友谊。"

格里那凡一时不知道该说什么,但他希望至少能为这位高尚的朋友留下点来自欧洲的东西作为纪念。然而,他能送些什么呢?武器、马匹,这些东西都在那场灾难性的洪水中化为乌有,他的同伴们也和他一样,身上空空如也。

他不知道该如何感激这位高尚向导的无私精神。这时,他突然灵光一闪。他的口袋里有一张海伦娜的精美肖像，是画家劳伦斯的杰作。格里那凡拿出画像，递给塔尔卡乌，简单介绍了一下：

"我的妻子。"

印第安人用温柔的目光看着画像，说：

"善良而美丽。"

接着，罗伯特、帕加内尔、少校和其他人，都与这位忠诚的巴塔哥尼亚人做了令人感动的告别。塔尔卡乌拥抱了每个人，将每个人紧紧搂入他宽广的胸膛。帕加内尔给塔尔卡乌送上了一张描绘了南美洲、太平洋和大西洋的精美地图，这张地图是他最珍贵的宝物，他曾多次看到塔尔卡乌饶有兴趣地凝视它。至于罗伯特，他只能送给塔尔卡乌一个拥抱，同时也没有忘记给陶卡一份。

"邓肯"号派出的小船正迅速靠近，不一会儿就驶入了沙洲之间的一条狭窄水道，停了下来。

"我的妻子呢？"格里那凡率先问。

"我的姐姐呢？"罗伯特说。

"夫人和小姐都在船上等你们。"小船的舵手回答说，"但别耽误时间，阁下，我们一分钟也不能耽误，因为已经开始退潮了。"

最后的告别已经完成，塔尔卡乌陪着他的朋友们走到小船旁边，船已经被推回海水中。就在罗伯特要上船之前，印第安人把他抱在怀里，温柔地看着他的脸，然后说：

"现在走吧。你是个男子汉。"

"再见，再见，朋友！"格里那凡又一次说道。

"我们再也见不到面了吗？"帕加内尔喊道。

"谁知道呢？"塔尔卡乌回答，同时举起双臂，指向天空。

那是塔尔卡乌的最后一句话。小船在微风中渐渐驶远，远离海岸，在相当长的一段时间内，塔尔卡乌漆黑的身影一直一动不动地伫立在天空之下，在浪花飞溅的白色波涛中清晰可见。他高大的身躯慢慢变小，直到最后，消失在他认识不久的朋友们的视线之外。

一小时后，罗伯特率先跳上了"邓肯"号，双手环抱住玛丽的脖子。游艇上的船员们发出了响亮而愉悦的欢呼声。

至此，横穿南美洲的探险完成了，在整个旅途中，几位旅人始终遵循着既定的路线。无论是高山还是大河，都未曾改变他们的方向。虽然途中没有遭遇怀有敌意的人类，但他们那股勇敢无畏的精神，在自然界肆虐的力量面前，经受住了无数次的考验。

（第一卷　完）

第二卷　澳大利亚

第一章

新的目的地

在最初的几分钟里，重逢的喜悦彻底占据了他们的内心。格里那凡勋爵不想让探险失败的阴影影响这份欢乐，因此他开口的第一句话便是：

"振作起来，朋友们，振作起来！虽然格兰特船长现在不在我们身边，但我们有信心找到他！"

只有如此肯定的话语才能让"邓肯"号上的人重燃希望。海伦娜和玛丽·格兰特一直情绪紧绷，焦躁不安。她们站在船尾，迫切地盯着小船驶近，试图数清船上的人数。可怜的玛丽心绪翻腾，希望与恐惧交织。她时而仿佛看见了父亲哈利·格兰特，时而又陷入深深的绝望。她的心跳加快，喉咙发紧，几乎站立不稳。海伦娜搂住她的腰，支撑着她。站在一旁的约翰·孟格尔没有说一句安慰的话，因为他训练有素的目光早已看清——格兰特船长并不在小船上。

"他在那儿！他来了！噢，爸爸！"年轻的女孩喊道。然而，随着小船越来越近，她的幻想渐渐破灭，希望顷刻间化为乌有。若不是格里那凡勋爵那番安慰的话语，她可能已经陷入绝望。

在互相拥抱之后，海伦娜、玛丽·格兰特和约翰·孟格尔简要听取了探险的经过，尤其是睿智的雅克·帕加内尔对信件的全新解读。格里那凡勋爵大加赞赏罗伯特，并对玛丽说，她完全可以为弟弟感到骄傲。勋爵绘声绘色地讲述了罗伯特的英勇、奉献以及经历的危险，直到这位谦逊的男孩不知所措，只能把脸埋进姐姐怀里，羞得满脸通红。

"罗伯特，不用害羞。"约翰·孟格尔说，"你完全对得起'格兰特'这个姓氏。"他俯下身，轻轻在男孩的脸颊上落下一吻，而罗伯特的脸上仍沾着玛丽的泪水。

不必多说，少校和帕加内尔也受到了应有的欢迎。海伦娜很遗憾，因为自己没有机会和勇敢的塔尔卡乌握握手。麦克·纳布斯则径直回到舱房，安静地刮起胡子，而帕加内尔则如同蜜蜂一样忙碌不已，四处飞来飞去，汲取着赞美和微笑的蜜糖。他想要拥抱游艇上的每一个人，从海伦娜和玛丽·格兰特到司务长奥比内。为了回应这种热情，奥比内只能宣布早餐已经准备好。

"早餐！"帕加内尔喊道。

"是的，帕加内尔先生。"

"是放在一张真正的桌子上，配着桌布和餐巾的早餐吗？"

"当然，帕加内尔先生。"

"那就是说，我们不用再吃风干肉、煮老的鸡蛋，或者鸵鸟肉了？"

"呃——先生啊。"奥比内的语气中带着一丝不悦。

"我的朋友，我绝无冒犯之意，"地理学家微笑着说，"但这一个月来，我们只能吃这些东西，不是席地而坐，就是爬上树用餐。所以，你刚才宣布早餐的消息，对我而言简直像场美梦，仿佛是不真实的，或者是我幻想出来的。"

"好吧，帕加内尔先生，过来，我们一起证明早餐是真实存在的。"海伦娜说，她实在是憋不住笑意了。

"请挽着我的胳膊吧。"这位英勇的地理学家说。

"勋爵阁下，你有没有关于'邓肯'号的指示？"约翰·孟格尔问。

"约翰，等我们吃过早饭，"格里那凡勋爵回答说，"我们会一起讨论我们的新计划，就像一家人一样。"

对饥肠辘辘的众人来说，奥比内准备的早餐无疑是一场盛宴。大家一致认为，餐点美味至极，甚至胜过潘帕斯草原上的节日宴席。帕加内尔每道菜都拿了两份，还说这是因为自己的"粗心大意"。

这个词让海伦娜想起了这位和蔼的法国人性格中的另外一面，于是她问帕加内尔，在探险途中，他是否又犯了老毛病。少校和格里那凡相视一笑，帕加内尔则大笑起来，发誓说，在后面整个航行期间，他再也不会犯这样的错误了。在这段开场白之后，他大方地讲述了自己学习西班牙语时犯下的灾难性错误，以及他对卡蒙伊斯的书进行的深入钻研。"总之，"他补充道，"塞翁失马，焉知非福，我并不后悔自己犯了这个错误。"

"我亲爱的朋友，为什么呢？"少校问。

"因为我不仅学会了西班牙语，还顺带掌握了葡萄牙语。我现在会说两种外语，而不是一种。"

"说实话，我从没这样考虑过。"麦克·纳布斯说，"帕加内尔，向你致敬——我衷心地向你致敬。"

此刻，帕加内尔的全部精力都集中在刀叉上，嘴里塞得满满的，他太关注盘子里的食物了，以至于忽略了一件小小的事情，但格里那凡勋爵却立刻察觉到了：约翰·孟格尔对玛丽·格兰特总是格外关照。海伦娜向他投去一个意味深长的眼神，格里那凡随即心领神会，心中立刻涌起了对于这对年轻人的慈爱和关怀。但他对约翰讲话时却没有表现出来，只是问了约翰，航行进行得怎么样。

"这次航行堪称完美。但我还是要和你说，我们没走麦哲伦海峡。"

"什么？你们绕过了合恩角，但我居然没在船上！"帕加内尔大叫起来。

"那你去上吊吧。"少校说。

"自私鬼！你让我去上吊，只是为了偷走我的绳子。"地理学家反击道。

"好吧，你看啊，我的好帕加内尔，除非你会分身术，否则你总不可能同时出现在两个地方吧？如果你在潘帕斯草原探险，那你就不能去合恩角。"

"可这并不妨碍我感到遗憾。"帕加内尔说。

这个话题没有继续，约翰开始讲述他的航行经历。他们抵达皮拉雷斯角时，遇到了不利的风向，因此他决定继续向南航行，沿着海岸线经过德索拉西翁岛。到达南纬67度后，他们绕过了合恩角，经过了火地岛和勒梅尔海峡，紧贴巴塔哥尼亚海岸。在科连特斯角，他们遭遇了那场令潘帕斯草原旅行者饱受折磨的风暴，但游艇勇敢地承受住了风暴的冲击。在过去的三天，游艇一直在海上巡航，直到他们听到了探险队的枪声，那是他们翘首以盼的探险队终于平安抵达的信号。"当然，我必须说，"船长补充道，"我得提一下夫人和格兰特小姐，她们在风暴来临时表现得极为勇敢。她们唯一担心的，是她们暴露在风暴中的朋友们。"

约翰·孟格尔讲述完毕后，格里那凡勋爵转向玛丽说："亲爱的玛丽小姐，船长一直在称赞你的高尚品格。我很高兴，你在他的船上能感到舒适。"

"怎么可能不舒适呢？"玛丽天真地回答。她看了看海伦娜，又用同样的方式看了看年轻的船长。

"噢，我姐姐很喜欢你，约翰先生，我也一样！"罗伯特喊道。

"我也喜欢你，亲爱的孩子。"船长回答。罗伯特天真的话语让他有点儿尴尬，玛丽的脸颊上也泛起了淡淡的红晕。之后，船长试图将话题引向更为安全的方向，"现在，既然勋爵阁下已经听说了'邓肯'号的航行情况，也许你可以向我们讲述你的旅程，以及我们的小英雄的英勇事迹。"

海伦娜和玛丽·格兰特最期待的，莫过于听一听这一段冒险的故事。于是，格里那凡勋爵立刻满足了她们的好奇心，一件接一件地讲述起他们从太平洋到大西洋的冒险经历：翻越安第斯山、地震、罗伯特失踪、他被老鹰抓走、塔尔卡乌的射击、红狼的故事、小罗伯特的忠诚、曼努埃尔中士、洪水、凯门鳄、水龙卷、大西洋海岸的夜晚——他没有遗漏任何一个细节，不论是令人捧腹的，还是让人心惊胆战的。这让听众时而欢笑，时而后怕。罗伯特时不时就会得到姐姐和海伦娜的抚慰，从来没有一个孩子和他一样，被亲人和朋友如此频繁、如此热情地拥抱过。

"现在，朋友们，"格里那凡勋爵讲完自己的经历后说，"我们必须考虑接下来的事情了。过去的已经过去，但未来还需要我们去创造。让我们回到哈利·格兰特船长的话题上。"

早餐刚结束，众人便齐聚于格里那凡勋爵的私人舱室，围坐在一张铺满地图和文件的桌子旁，准备讨论接下来的行动计划。

"亲爱的海伦娜，"格里那凡勋爵说，"我上船时曾告诉你，虽然我们没能带回格兰特船长，但找到他的希望比以往任何时候都要大。穿越美洲后，我们得出一个明确的结论：我们相信，或者说绝对确定，船难并未发生在大西洋或者太平洋的海岸上。由此自然可以推断出，我们把信中地点解读为'巴塔哥尼亚'是错的。幸运的是，我们的朋友帕加内尔灵感一现，发现了这个错误。他清晰地证明我们一直在错误的方向上搜寻，并重新解读了信件内容，消除了我们的疑虑。不过，信件是用法语写的，为了让大家理解得更透彻，我会请帕加内尔再做一次讲解。"

勋爵请出这位博学的地理学家，而帕加内尔也不负所望，以最具说服力的方式完成了解释。他对"goine"和"indi"这两个音节进行了详细的解释，并从"austral"中解读出了"澳大利亚（Australia）"。他认为，格兰特船长在离开秘鲁海岸返回欧洲时，可能与损坏的船一同被太平洋南部的洋流带往澳大利亚沿岸。这个假设既巧妙又合乎逻辑，连一贯务实、不易被幻想左右、从不轻易受他人影响的约翰·孟格尔，也对他的推理表示认可。

帕加内尔讲解完毕后，格里那凡宣布，"邓肯"号将立即出发，前往澳大利亚。

但在下达命令之前，麦克·纳布斯请求给他几分钟的发言时间。

"请讲，麦克·纳布斯。"格里那凡说。

"我无意推翻我的朋友帕加内尔的推理，更无意反驳他，我认为这些论述很明智，很有用，值得我们关注，完全可以作为我们下一步行动的基础。但我还是希望这些论述能经受最后一次的验证，以确保它们无可争议、准确无误。"

"继续说，少校，"帕加内尔说，"我随时准备回答你的问题。"

"很简单，你很快就会明白。五个月前，当我们离开克莱德湾时，我们也研究过这些信件。当时，我们认为它们的解释相当明确。我们当时认为，海难肯定发生在巴塔哥尼亚的西海岸，不可能是其他地方，我们对此没有一丝一毫的怀疑。"

"确实如此。"格里那凡说。

"过了一阵子，"少校继续说，"帕加内尔犯了个幸运的错误，登上了我们的游艇，我们把信拿给他看，他毫无保留地赞同我们的搜索计划。"

"我承认。"帕加内尔说。

"但我们还是搞错了。"少校说。

"是的，我们搞错了。"帕加内尔回应道，"可人非圣贤，孰能无过，固守己见才是真正的愚蠢。"

"别急，帕加内尔，我并不是在主张继续在美洲搜索。"

"那你究竟想表达什么？"格里那凡问。

"承认澳大利亚和之前的南美洲一样，看上去就是'不列颠尼亚'号失事的地方。"

"我们很乐意承认。"帕加内尔回答。

"很好。既然这样，那我建议，不要让想象力依赖于一连串互相矛盾的证据。谁又能保证，在澳大利亚之后，是否还会有其他地方，也看上去像是失事地点，我们可能还得重新开始一次搜寻？"

格里那凡和帕加内尔无言地对视了一下，他们都明白少校的谨慎不无道理。

"因此，我希望你们，"少校继续说，"在正式出发前往澳大利亚之前，再仔细检查一遍信。信就在这里，地图也在这里，让我们逐个检查 37 度纬线穿过的每个地方，看看能否发现其他地区，也符合信中的描述。"

"这很容易，我们很快就能完成。"帕加内尔说，"幸运的是，这个纬度穿过的地区并不多。"

"好吧，看这里。"少校说着，展开了一张在英国印刷的地图，这张地

图用墨卡托投影法 [1] 将地球表面投影到一个平面上。

他把地图放在海伦娜面前，所有人都围了过来，以便能跟上帕加内尔的讲解。

"正如我先前所说，"这位博学的地理学家开口道，"穿越南美洲后，37度纬线穿过了特里斯坦 - 达库尼亚群岛。然而，我依然坚信，信中的任何词语都不可能和这些岛屿有关系。"

大家仔细检查了一遍信件，一致认为信中所指的地方显然不可能是这些岛屿。

"那我们继续吧，"帕加内尔说，"离开大西洋后，我们穿过好望角以南两度的海域，进入印度洋。在这条纬线上，只有一组群岛，就是阿姆斯特丹群岛。现在，我们必须像刚才那样，再次核对信件，看看是否有可能指向那里。"

经过一番仔细比对，阿姆斯特丹群岛也被排除。法语、英语或德语信中的任何单词，或者单词的一部分，都和这个印度洋上的群岛没有一点关系。

"现在，我们来到澳大利亚了。"帕加内尔说。

"37度纬线在伯努利角接触到这片大陆，在图福尔德湾离开。你们一定会同意我的看法：不需要牵强附会，英语信中的'stra'和法语信中的'austral'都可能是澳大利亚。这太明显了，不太需要进一步说明。"

帕加内尔的结论得到了众人的一致认可，一切证据似乎都指向同一个答案。

"那么，下一个地点是哪里？"麦克·纳布斯问道。

"这个问题很容易回答。离开图福尔德湾之后，穿过一条海峡，我们就来到了新西兰。在这里我必须说明，法语单词'contin'指的是大陆，这很明显，因此，格兰特船长不可能在新西兰，因为那里只是个岛。但无论如

---

① 地球表面为球面，因此需要采用投影的方式来绘制平面地图。墨卡托投影是一种较为常用的投影方式。

何，还是请检查一下，比较一下，反复推敲每个单词，看看这封信有没有可能是在说新西兰。"

"绝对不可能。"仔细研究了信件和地图后，约翰·孟格尔回答。

"确实不可能。"其他人也表示同意，甚至少校自己也附和道："这封信的内容不适用于新西兰。"

"现在，"帕加内尔继续说，"在这个大岛和美洲海岸之间的广阔海域，只有一个荒无人烟的小岛被37度纬线穿过。"

"它叫什么名字？"少校问道。

"在这里，地图上标着呢。它叫玛丽亚·特蕾莎岛——在三封信中都没有提到这个名字的任何一部分。"

"一点也没有。"格里那凡说。

"那么，朋友们，你们来判断吧，所有这些可能性——甚至不能说是可能性了，因为它们很确凿——它们是不是都意味着，信中说的地方就是澳大利亚大陆。"

"显然是的。"船长和其他所有人都回答道。

"好吧，那么，约翰，"格里那凡说，"下一个问题是，船上的粮食和煤炭够吗？"

"足够，阁下，我在塔尔卡瓦诺采购了大量物资，而且，我们可以在开普敦很轻易地补充煤炭储备。"

"那么，下令吧。"

"请允许我再提一个建议。"麦克·纳布斯打断了他的话。

"请讲。"

"无论我们对澳大利亚抱有多大的希望，我们能不能在特里斯坦-达库尼亚群岛和阿姆斯特丹群岛停留一两天？它们恰好位于航线上，不会让我们偏离航向。这样，我们也能确定，在那里有没有'不列颠尼亚'号失事的痕迹。"

"少校，你真是多疑！"帕加内尔喊道，"你还是在坚持自己的想法。"

"我确实不想看到我们在澳大利亚什么也没找到之后，还要回头重新走一遍冤枉路。"

"在我看来，这想法也确实不错。"格里那凡说。

"我不是要劝阻你，"帕加内尔说，"恰恰相反，我同意去一趟。"

"直接驶向特里斯坦-达库尼亚群岛。"

"遵命，阁下。"船长回答，随后就走上甲板，而罗伯特和玛丽·格兰特则向格里那凡勋爵表达了真挚的谢意。

不久之后，"邓肯"号便离开了美洲海岸，向东驶去，在大西洋的海面上破浪前行。

第二章

特里斯坦 – 达库尼亚群岛

如果游艇沿着赤道航行，那么澳大利亚和美洲大陆之间（更准确地说，是伯努利角和科连特斯角之间）横跨的 196 个经度相当于一万一千七百六十海里。但如果沿着 37 度纬线航行，考虑到地球的形状，相同的经度跨度只相当于九千四百八十海里。从美洲海岸到特里斯坦 - 达库尼亚群岛的距离约为两千一百海里，如果没有东风阻碍航行，约翰·孟格尔估计，他们可以在十天内抵达。然而，风向的变化很快打消了他的顾虑。傍晚时分，东风逐渐平息，风向随之转变，"邓肯"号得以在平静的海面上自由驰骋，尽显这艘游艇的卓越性能。

乘客们很快回归了船上的日常生活，仿佛他们并未离船冒险长达一个月之久。眼前是大西洋，而非太平洋，但两片大洋的波涛并无二致。大自然在先前肆虐之后，此刻似乎正全力呵护他们——海面风平浪静，风向极为有利，游艇张满风帆，在必要时，还可借助锅炉中的蒸汽推进，仿佛这股动力永不停歇。

在这样的条件下，"邓肯"号安全而迅速地走完了全程。澳大利亚的海岸线渐行渐近，船上众人的信心也愈发坚定。他们谈论着格兰特船长，仿佛"邓肯"号马上就要在某个港口接他上船。给格兰特船长预留的舱室已经准备就绪，两位船员的铺位也安排妥当了。预留的舱室紧紧挨着著名的"六号客舱"，也就是帕加内尔住进去的那一间，他一开始还以为那是他在"斯科舍"号预定的房间呢。格兰特船长的舱室原本属于奥比内先生，但为了迎接这位大家翘首以盼的客人，他主动让出了房间。玛丽亲手布置了这间舱室，并为她亲爱的父亲好好装饰了一番。

博学的地理学家把自己关在船舱里面，从早到晚写着一本名为《一位地理学家在阿根廷潘帕斯草原的奇妙历险记》的书。在正式落笔前，他总是先大声朗读那些言辞优美的段落，船上的每个人都能听到。他不止一次冒昧地提到了历史女神克利俄，还常常激情澎湃地呼唤着史诗女神卡利奥佩。

帕加内尔的创作过程一点都没有避着众人，阿波罗的女孩们①似乎也在欣然回应他的召唤，离开了赫利宫山和巴纳丝山②的山坡。海伦娜由衷地赞赏这位才华横溢、文思泉涌的学者，少校也对他佩服不已，但他总是会忍不住加上一句：

"不过，亲爱的帕加内尔，你可得小心，千万别犯迷糊。如果你想学澳大利亚的土著语言，可别学成汉语了。"

船上的一切都很顺利。海伦娜和格里那凡也有足够的时间，可以好好观察约翰·孟格尔对玛丽·格兰特日益深厚的情感。这两个人很般配，但是既然约翰还不想捅破那层窗户纸，他们觉得最好还是先不要多说什么。

"格兰特船长会怎么看呢？"有一天，格里那凡勋爵问他的妻子。

"他一定会觉得约翰配得上玛丽，亲爱的爱德华，他一定会同意这门亲事的。"

"邓肯"号一直在迅速前行。11月16日，即离开科连特斯角五天后，他们遇到了强劲的西风，"邓肯"号几乎不需要启动螺旋桨，就可以像一只鸟一样在水面上飞速掠过。游艇张开所有的船帆，宛若正与皇家泰晤士河游艇俱乐部的船只展开角逐。

---

① 古希腊神话中掌管科学与艺术的九位缪斯女神，她们以阿波罗为首领。上文提到的历史女神克利俄和史诗女神卡利奥佩就是九位缪斯女神中的两位。

② 均为位于希腊的山。希腊神话中，缪斯女神常常在这两座山居住、游玩。

次日，他们看到海面上布满了大片海藻，看上去仿佛某片陆地上的树木和植物被连根拔起，残骸拥堵在水面上。航海家默里曾特别提醒过航海者要注意这些海藻。"邓肯"号仿佛在一片广阔的草原上滑行，帕加内尔形象地将其比作潘帕斯草原，游艇的速度因此略有减慢。

过了二十四小时后，天刚刚破晓，瞭望员就高喊起来："前面有陆地！"

"在哪个方向？"值班的汤姆·奥斯汀问。

"顺风方向！"瞭望员回答。

这一声激动人心的呼喊，瞬间吸引了所有人走上了甲板。不一会儿，望远镜就出现了，后面还跟着雅克·帕加内尔。这位渊博的地理学家把望远镜对准了瞭望员指示的方向，但是什么都没看到。

"往云里面看。"约翰·孟格尔说。

"啊，现在我确实看到了一座山峰，但是很模糊。"

"那就是特里斯坦-达库尼亚群岛。"约翰·孟格尔说。

"那么，如果我没记错，我们应该离它八十海里远。因为特里斯坦岛的山峰高达七千英尺，在八十海里之外正好能看到。"

"正是如此。"

几小时之后，岛屿上高耸的悬崖清晰地出现在远方的地平线上。在明亮的天空之下，特里斯坦岛上的圆锥形山峰呈现出深邃的暗色，旭日初升，天空在朝阳的映衬下泛着耀眼的光辉。不久，乘客们看到了主岛，相比其他的礁石，主岛异常显眼，整个群岛分布在一个向东北方倾斜的三角形海域中，主岛占据了其中的一个角。

特里斯坦-达库尼亚岛位于南纬37度8分、西经10度44分。不可接近岛位于其西南方向十八海里处，夜莺岛位于其东南方向十海里处，三者共同构成这片孤立于大西洋的小岛群。临近正午，众人已能清晰辨认出群岛的两个主要地标，下午三点，"邓肯"号驶入了特里斯坦-达库尼亚岛的法尔茅斯湾。

湾内静静泊着几艘捕鲸船，这片海岸盛产海豹，也有其他海洋生物。

约翰·孟格尔首先关注的是寻找合适的停泊点，而后，所有乘客，无论男女，都搭乘小艇登上了岸。他们踏上了一片覆盖着细腻的黑色沙子的海滩，那是被灼烧过的岩石留下的细小碎屑。

这些群岛的行政中心名为特里斯坦 - 达库尼亚，只是一个小村庄，位于海湾的中心地带，一条喧闹湍急的溪流穿过其中。村子里大约有五十座房子，整洁有序，环境清洁宜人。在这个迷你小镇的背后，是约一千五百公顷的草地，这片草地被一道冷却的熔岩组成的堤坝所环绕。在这道堤坝之上，一座圆锥形山峰高耸入云，海拔七千英尺。

一位来自开普敦殖民地的英国总督出来迎接格里那凡勋爵。勋爵立刻向他打听哈利·格兰特和"不列颠尼亚"号的消息，然而，岛上的居民对此一无所知。特里斯坦 - 达库尼亚群岛并不在航线上，很少有船只到访这里。特里斯坦 - 达库尼亚群岛只有三次海难记录，最近的一次是在 1857 年。

格里那凡本就没有指望能获得什么有价值的信息，只是出于谨慎才向总督询问了一番。随后，他派出一艘小船，沿着主岛航行了一圈，整个岛屿的周长不过十七英里。

在此期间，旅行者们也在村子里逛了逛。这里的人口不到一百五十人，有英国人和美国人，他们与霍屯督的人通婚。岛上的混血人种既有撒克逊人的僵硬面容，又有非洲人的黝黑皮肤，显得非常古怪。

直到暮色渐起，旅行者们才回到游艇上。他们聊着天，赞叹着周围富饶的风光。即便是在小镇的街道附近，也能看到小麦田和玉米田，田中的作物随风起伏，那里还种植着四十年前引进的各色蔬菜。牛羊在村庄周围觅食。

格里那凡勋爵回到"邓肯"号时，侦察小艇也几乎同时归航。他们只花了几个小时就绕着岛转了一圈，但没有发现"不列颠尼亚"号的踪迹。这次环岛之旅唯一的收获是，他们终于可以彻底排除格兰特船长在这座岛屿的可能性。

第三章

开普敦和维奥先生

约翰·孟格尔计划在好望角补充煤炭，因此不得不暂时偏离 37 度纬线，向北航行两度。不到六天的时间里，游艇穿越了一千三百海里，成功从特里斯坦 - 达库尼亚群岛抵达了非洲的南端。11 月 24 日下午三点，他们看到了桌山 ①。晚上八点，他们驶入一个海湾，并在开普敦港口抛锚停泊。第二天破晓时分，"邓肯"号再次扬帆起航。

从好望角到阿姆斯特丹岛约有两千九百海里的航程，但若风平浪静，风向适宜，"邓肯"号仅需十天即可抵达。此时，大自然似乎对旅人们展露了仁慈的一面，海况稳定，风势顺畅，再也不像他们穿越潘帕斯草原时那样恶劣——空气与洋流仿佛都在无声地助力他们前行。

"啊，大海啊！大海！"帕加内尔感叹道，"大海是人类展现力量的最完美的舞台，船只则是文明的真正载体。朋友们，试想一下，若地球只是一整块陆地，哪怕到了 19 世纪，我们也难以探明其千分之一的奥秘。看看那些辽阔的内陆地区吧：西伯利亚草原、中亚平原、北非沙漠、美洲草原、澳大利亚荒漠和极地的冰原，人们几乎无法涉足这些地方，连最勇敢的人也会打退堂鼓，最坚毅的人也会避开这些险境。没有人能穿过这些地方，也没有合适的交通工具，炎热、疾病和野蛮的土著人都是难以逾越的障碍。二十英里

---

① 好望角的山峰，因为山顶平坦而得名。

的沙漠往往比五百英里的海洋更难穿越，足以将文明世界隔绝开来。

帕加内尔的言辞激情洋溢，就连少校都说不出任何话来反驳他对海洋的这番赞美。确实，如果寻找哈利·格兰特的旅程并不是沿着纬线在海洋中前进，而是要翻越大陆腹地，那么这项任务，连尝试的必要都没有。但旅行者们总能通过大海轻松穿梭于不同地区。12 月 6 日拂晓时分，他们远远望见一座新的山峰仿佛从波涛中冉冉升起。

这就是阿姆斯特丹岛，它位于南纬 37 度 47 分、东经 77 度 24 分。天气晴朗时，在五十英里之外，就能清晰望见岛上那座高耸入云的圆锥形山峰。现在是早上八点，虽然山体轮廓仍有些模糊，但它与特内里费峰几乎如出一辙。

"所以，这座岛一定和特里斯坦 - 达库尼亚岛很像。"格里那凡说。

"这个结论很明智。"帕加内尔说，"就像几何学上的公理一样，如果两个岛都和第三个岛相似，那么这两个岛也肯定有相似之处。我想补充一点，像特里斯坦 - 达库尼亚岛一样，阿姆斯特丹岛也肯定有丰富的海豹资源，还有遇到海难的'鲁滨孙'。"

"到处都有'鲁滨孙'？"海伦娜问。

"是的，夫人。"帕加内尔回答说，"我所知道的许多小岛，几乎都有类似的故事，而且，在你的伟大同胞丹尼尔·笛福创作《鲁滨孙漂流记》之前，这类冒险经历早已屡见不鲜。"

"帕加内尔先生，"玛丽说，"我可以问你一个问题吗？"

"如果你喜欢，问两个都可以，亲爱的小姐，我保证会回答。"

"嗯，我想知道，如果你流落到一个荒岛上，会不会非常害怕？"

"我？"帕加内尔惊讶地说。

"老兄，"少校说，"可别告诉我们，这是你梦寐以求的愿望。"

"我当然不会这么说，但话说回来，对我来说，这样的冒险也不算太痛苦。我会开始新的生活，打猎、钓鱼。冬天，我会住在洞穴里，夏天，我就找棵树待着。我会建仓库，储存我的收成。总之，我会在我的岛上建立一个小小的殖民地。"

"就你一个人？"

"如果没有其他人的话，我一个人也能办得了。不过，我们真的会那么孤独吗？难道我们不能在动物中找到朋友？找一只温顺的小山羊、一只善于言辞的鹦鹉或一只性情温和的猴子，不是挺好吗？如果幸运之神眷顾我，再给我一个像星期五①那样忠诚的伙伴，那我还奢求什么呢？两个朋友，在岩礁上过着幸福的生活。假设现在，少校和我——"

"谢谢，"少校打断了他，"但我对荒岛求生毫无兴趣，我肯定会成为一个非常糟糕的鲁滨孙。"

"亲爱的帕加内尔先生，"海伦娜说，"你又一次沉浸在自己的幻想中了。但梦想与现实截然不同。你想象的只是一种虚幻的鲁滨孙式生活，他被抛到了一个理想的岛屿上，大自然像宠儿一样照顾他。你只看到了阳光的一面。"

"什么？夫人！你不相信一个人能在荒岛上过得快乐吗？"

"我不相信。人是社会性动物，并不适应独自生活。孤独只能滋生绝望。一开始，刚从海难中死里逃生的人，会将寻找生存所需的必备资源当作生活的全部，但过段时间，当他意识到自己孤身一人，远离同类，没有任何希望再见到自己的祖国和亲人时，他又会怎么想，又会多么痛苦？那小小的岛屿就是他的整个世界，他自己就是能遇到的全部人类。当死亡即将来临，彻底的孤独会让死亡更为可怕，他会觉得自己是世界末日中的最后一个人类。相信我，帕加内尔先生，这种孤独的生活并不值得羡慕。"

尽管帕加内尔还有些不服气，但他最终同意了海伦娜的看法。他们继续讨论着孤独生活的利弊，直到"邓肯"号在距阿姆斯特丹岛约一英里的地方抛锚停泊。

这个位于印度洋的孤独岛群由两个相隔三十三英里的独立岛屿组成，坐

①《鲁滨孙漂流记》中的人物，是鲁滨孙在荒岛上的伙伴。

落在穿越印度半岛的子午线上。北边的是阿姆斯特丹岛，南边的是圣保罗岛。但这两个岛屿经常被地理学家和航海家搞混。

当"邓肯"号抵达时，岛上仅有三位居民：一位法国人和两名混血男子。三人都受雇于从事贸易行业的岛主。帕加内尔欣喜地与和蔼可亲的法国同胞维奥先生握手。维奥先生虽然年事已高，仍然彬彬有礼，尽到了主人的职责。对于这群远道而来的友善客人，他感到十分高兴，因为这里平时只有捕海豹的渔夫到访，偶尔会有捕鲸船经过这里，但那些船员都是一些粗鲁又俗气的人。

维奥先生向众人介绍了他的两位混血助手，他们便是岛上全部的居民。这三个孤独的人共同居住在一座小屋内，房子位于岛屿西南部，在一个天然海湾的中心，岛上的山体崩塌了一块，形成了这个海湾。

在 19 世纪初，阿姆斯特丹岛曾两次成为海难幸存者的庇护所，这些幸存者最终都获救了，免于痛苦的厄运。但自那以后，再没有船只在这片海岸发生事故。如果发生海难，残骸必定会被海浪冲上沙滩，而遇难者也会找到通往维奥小屋的路。但维奥先生在岛上居住多年，却从未有机会接待过这样的不幸者。对于"不列颠尼亚"号和格兰特船长的事情，他一无所知。此外他还可以肯定，那场灾难不仅没有发生在阿姆斯特丹岛，也没有发生在圣保罗岛，因为捕鲸船和渔船经常去那里，如果发生了这样的事情，他们必定早有耳闻。

对于维奥先生的回答，格里那凡并不感到意外，也没有失望。事实上，他提出这个问题，与其说是希望得到肯定的答案，不如说是为了确认格兰特船长确实未曾到过此地。在弄清这一点后，众人决定第二天出发，继续前行。

他们在岛上漫步，直到黄昏降临。岛上的景色十分迷人，令他们陶醉。然而，岛上的动植物资源却极为匮乏。岛上生活的全部动物只有几头野猪、鸥鸟、信天翁、鲈鱼和海豹。黑色的熔岩遍布地表，其中不时冒出温泉和富含铁质的水，污浊的蒸汽从火山灰组成的土壤上升腾而起，岛上的泉水，有几处非常热。约翰·孟格尔把温度计插入一汪泉水中，发现泉水的温度高达176华氏度 [①]。在离岸几码远的海域捕获的鱼，只要放入这些接近沸点的泉水中五分钟，便能煮熟。这个发现让帕加内尔果断放弃了在泉水中沐浴的念头。

散步结束，傍晚已至，格里那凡和他的同伴们向亲切的维奥老先生道别，回到了游艇上。他们祝福维奥先生在荒岛上一切安好，维奥先生则祝福他们的探险之旅一帆风顺。

---

① 80 摄氏度。——原注

第四章

打赌

12月7日凌晨三点，停泊在小海港里的"邓肯"号冒出烟雾，准备起航。几分钟后，船锚被收起，螺旋桨开始转动。到了早上八点，当乘客们走上甲板时，阿姆斯特丹岛已在地平线的雾霭中几乎消失无踪。这是他们驶向澳大利亚途中最后的停靠点。现在，除了一段三千海里的航程，他们与澳大利亚海岸之间再无任何阻碍。如果海面风平浪静，西风持续，他们只需十来天便能抵达目的地。

玛丽·格兰特和她的弟弟凝视着翻涌的波涛，"邓肯"号正在破浪向前。他们想到，就在不久之前，在"不列颠尼亚"号还没有失事的时候，同样的浪涛也曾拍击着那艘船的船头。或许正是在这片海域，格兰特船长驾驶着那艘受损的船只，带领着少数幸存的船员，与印度洋的猛烈飓风殊死搏斗，最终被无可抗拒的狂风巨浪推向海岸。孟格尔船长拿出海图，向玛丽讲解各大洋流的方向，并解释它们为何保持恒定的流向。其中一股洋流直接流向澳大利亚，在大西洋和太平洋都能感受到它的影响。毫无疑问，在桅杆和舵都被摧毁后，"不列颠尼亚"号已无力抵抗这股洋流，因此被冲上了海岸，撞得粉碎。

然而，一个令人困惑的问题又出现了。根据1862年5月30日《商船公报》上的报道，格兰特船长的最后消息来自卡亚俄。那么，"不列颠尼亚"号怎么可能在离开秘鲁海岸仅仅八天后，在6月7日就到了印度洋呢？但大家问了帕加内尔之后，他给出了一个合理的解释。

六天后的一个夜晚，当大家聚集在船尾闲谈时，格里那凡提出了这个问题。帕加内尔没有立刻回答，而是起身去取船长的信。读完后，他沉默片刻，耸了耸肩，似乎对自己被这样的小问题困扰感到几分惭愧。

"来吧，我的好朋友。"格里那凡说，"给我们解答一下疑惑吧。"

"别急。"帕加内尔说，"让我先问约翰船长一个问题。"

"帕加内尔先生，什么问题？"约翰·孟格尔说。

"一艘快船能不能在一个月内横渡美洲和澳大利亚之间的太平洋海域？"

"能，船速能达到每日两百海里就可以。"

"这样的速度算特别快吗？"

"不算特别快，一些快速帆船还能开得更快些。"

"那么，假设这封信上所谓的'6月7日'其实是数字被海水破坏之后的样子，我们就可以把它解释为'6月17日'或者'6月27日'，那一切就说得通了。"

"也就是说，"海伦娜说，"从5月31日到6月27日——"

"格兰特船长完全可以穿过太平洋，来到印度洋。"

帕加内尔的解释得到了大家的一致认可。

"又一个疑问解开了。"格里那凡说，"多亏了我们的朋友。接下来，我们要做的便是抵达澳大利亚，在西海岸寻找失事船只的踪迹。"

"也可能是东海岸吧？"约翰·孟格尔说。

"确实，约翰，你说的可能是对的，因为信中没说船难发生在哪个海岸，37度纬线经过东西两侧，因此我们必须两处都搜寻。"

"那么，勋爵阁下，我们仍然无法确定具体地点吗？"玛丽说。

"噢，倒也不是，玛丽小姐。"约翰·孟格尔注意到了年轻女孩的担忧，连忙安慰道，"勋爵阁下可以考虑一下这一点：如果格兰特船长在澳大利亚东海岸登陆，他几乎立刻就能找到避难所并获得援助。可以说，英国人几乎已遍布整个东海岸，'不列颠尼亚'号的船员只要走出去十英里，就肯定能遇到同胞。"

"我完全同意你的看法，约翰船长。"帕加内尔说，"在东海岸，哈利·格兰特不仅能轻而易举地找到一个英国人的移民区，还能顺利找到返回欧洲的交通方式。"

"那如果他在我们即将前往的西海岸登陆呢，能找到这些资源吗？"海伦娜问。

"恐怕找不到，夫人。"帕加内尔回答说，"西海岸极其荒凉，与墨尔本或阿德莱德没有直接联系。如果'不列颠尼亚'号在那里的岩石海岸上遭遇船难，船员们就会如同在非洲那些未开化的地方上岸一样，很难找到任何援助。

"那么，在这两年里，我的父亲会经历些什么呢？"玛丽·格兰特问。

"亲爱的玛丽，"帕加内尔回答，"你毫不怀疑格兰特船长在船难后成功抵达了澳大利亚大陆，对吧？"

"一点都不怀疑，帕加内尔先生。"

"那么，如果他真的在那里，会遇到什么呢？我们能推测出的可能情况并不多，只有三种。哈利·格兰特和他的同伴可能会找到通向英国殖民地的路，也可能被土著人抓住，又或者，他们在澳大利亚的广袤荒野中迷失了方向。"

"继续讲，帕加内尔。"格里那凡勋爵说，这位博学的法国人刚刚停顿了一下。

"首先，我可以排除第一种可能，哈利·格兰特肯定没有抵达英国殖民地，否则他早就回到美丽的邓迪小镇，和孩子们团聚了。"

"可怜的爸爸，"玛丽喃喃自语，"他已经离开我们整整两年了。"

"嘘，玛丽，"罗伯特说，"帕加内尔先生还在对我们讲话呢。"

"唉！我的孩子，我也没什么别的要说了，我唯一可以肯定的是，格兰特船长在本地土著人手中。"

"但这些土著人，"海伦娜焦急地问道，"他们——"

"夫人，请放心。"帕加内尔猜出了海伦娜想说什么，"澳大利亚的土著虽然仍处于相对落后的文明阶段，尚未开化，但他们性情温和，不像他们的新西兰邻居那样好战。尽管船长可能沦为他们的囚徒，但他们不会置船长于死地，你可以放心。众多旅行家都证实，澳大利亚土著人厌恶流血。事实上，在面对更为凶残的敌人时，他们往往会成为我们的忠实盟友。"

"玛丽，你听到帕加内尔先生的话了吗？"海伦娜转向年轻的女孩，"从那封信的内容来看，你父亲极有可能被土著人俘虏。如果是这样的话，我们一定能找到他。"

"如果他在这片辽阔的大陆上迷路了呢？"玛丽问道。

"那我们还是会找到他的。"帕加内尔大声说道，语气中充满自信，"对吧，朋友们？"

"当然了。"格里那凡勋爵说。为了缓解沉重的气氛，他加了一句：

"不过，我可不认同他会迷路这个假设，我一点都不认为他会迷路。"

"我也不认为。"帕加内尔说。

"澳大利亚很大吗？"罗伯特问。

"我的孩子，澳大利亚足有整个欧洲的五分之四那么大，它的面积大概有七亿七千五百万公顷。"

"这么大？"

"是的，麦克·纳布斯，几乎分毫不差。你现在不觉得，它确实有资格被称为一片大陆了吗？"

"我当然觉得。"

"我还可以补充一点，"这位学者继续说，"旅行者在这片辽阔大陆上迷路的记录很罕见。实际上，我认为只有莱希哈特①一位旅行者下落不明。而

---

① 路德维希·莱希哈特，德国探险家，在探索澳大利亚的旅途中失踪，他的下落至今仍是个谜。

且就在出发之前不久，我从地理学会得知，麦金太尔①似乎已经发现了他的行踪。"

"那么，人们还没有完全探索整个澳大利亚？"海伦娜问。

"没有，夫人，探索过的部分其实很少。这块大陆的内陆，就像非洲的内陆一样，人们对其了解甚少。尽管如此，勇敢的旅行者还是有很多的。从1606年到1862年，有五十多人探索过澳大利亚的沿海和内陆地区。"

"噢，五十多人！"麦克·纳布斯高声说，语气中带着怀疑，"不会吧，这太夸张了。"

"麦克·纳布斯，我还能说得更夸张一点。"地理学家回应道，语气有些不耐烦，"是的，麦克·纳布斯，就是有那么多人。"

"帕加内尔，你还能再夸张一点吗？"

"如果你不相信，我可以把他们的名字列举出来。"

"噢，"少校冷静地说，"你们这些学者就是这样，总是信口开河。"

"少校，要不我们打个赌？你赌你的珀迪-穆尔步枪，我赌我的望远镜。"

"为什么不呢，帕加内尔。如果这能让你高兴的话。"

"一言为定，少校！"帕加内尔高声说。"你可以和你的步枪说再见了，以后你再也别想用它射击羚羊或者狐狸了，除非我愿意借给你。当然了，我倒是永远都乐意把它借给你。"

"同样，每次你想用你的望远镜时，我也会很乐意帮忙的。"少校一本正经地回答。

"那我们就开始吧，女士们，先生们，你们就是裁判。罗伯特，你来计数。"

_____

① 邓肯·麦金太尔，澳大利亚探险家。麦金太尔曾发现两棵刻着"L"（莱希哈特的首字母）的树，并担任了一支搜索莱希哈特的搜索队的队长，但搜索队没有发现莱希哈特的下落。

大家一致同意后，帕加内尔开始滔滔不绝地讲述起来。

"摩涅莫辛涅①！记忆女神！缪斯们的纯洁之母！"他高喊道，"请将灵感赐给你的忠实信徒和狂热崇拜者吧！朋友们，二百五十八年前，人们还不知道澳大利亚的存在，但当时的人已经做出猜测，在南半球应该存在一块很大的大陆。格里那凡勋爵，在你们大英博物馆的图书收藏室中，有两张绘制于1550年的地图，上面标示出一个亚洲南部的地区，葡萄牙人称之为'大爪哇'。然而，这些地图的准确性堪忧。到了17世纪，西班牙航海家基罗斯②发现了一块陆地，他将其命名为'澳大利亚德圣埃斯皮里图'③，一些人认为他发现的可能是新赫布里底群岛，而不是澳大利亚。但这个问题暂且按下不表，罗伯特，给基罗斯船长计一个数，我们继续说下一个人。"

"一个。"罗伯特说。

"同一年，基罗斯舰队的副指挥官路易斯·瓦斯·德托雷斯继续向南航行，但发现澳大利亚的荣誉还是要归于荷兰人特奥多里克·赫尔托赫。他在南纬25度的地方抵达了澳大利亚西海岸，并用自己的船的名字，将那里命名为'恩德拉赫特'。此后，航海家纷纷来到澳大利亚。1618年，泽亨发现了澳大利亚的北部海岸，并将其命名为阿纳姆和迪门。1619年，扬·埃德尔斯沿着西海岸航行，用自己的名字命名了这块地方。1622年，'莱温'号一直在澳大利亚海岸航行，直到抵达一处海角，船员们便以船名为其命名……④"帕加内尔列举了一个又一个的名字，直到听众们恳求他停下来。

---

① 古希腊神话中的记忆女神。

② 基罗斯，葡萄牙航海家，但凡尔纳将之写为西班牙航海家也有其道理，因为在基罗斯活跃的年代，葡萄牙和西班牙实际上都处在西班牙的哈布斯堡王朝的统治下，合称为伊比利亚联邦。

③ 这个名字的原意是"圣灵之澳大利亚"，即现在的岛国瓦努阿图。后文中提到的"新赫布里底群岛"为瓦努阿图的旧称。

④ 这一段话中提到的航海家，部分人的名字和事迹与史实有所不同，可能是作者引用资料错漏所致。此处保留原意。

"停，帕加内尔。"格里那凡大笑道，"别把可怜的麦克·纳布斯逼得太紧了，宽容一点吧，他已经认输了。"

"那步枪怎么算？"地理学家得意地问道。

"它是你的了，帕加内尔。"少校回答，"我是很舍不得，但你的记忆力足以赢下一座军火库。"

"显然，没有人比我更了解澳大利亚了。哪怕是再微不足道的地方，我都能准确地说出它的地名，甚至连最琐碎的小事——"

"要说'最琐碎的小事'，那可就不太好说了。"少校摇摇头。

"麦克·纳布斯，你这是什么意思？"帕加内尔高喊起来。

"简单来说，就是你未必真的知道澳大利亚的所有事情。"

"胡说八道。"帕加内尔骄傲地昂起头，反驳道。

"得了吧，如果我能说出一件你不知道的事情，你要不要把枪还给我？"麦克·纳布斯说。

"当然可以，少校。"

"很好，那就这么定了。"

"是的，一言为定。"

"好吧。那么，帕加内尔，你知道为什么澳大利亚不属于法国吗？"

"但在我看来——"

"或者说，至少你能知道英国人是怎么想的吗？"少校问。

"不知道。"帕加内尔带着苦恼的神情回答。

"仅仅是因为博丹① 船长。他绝不是胆小之人，但是在 1802 年，他因为害怕澳大利亚本地青蛙的鸣叫，于是迅速升起船锚，离开了海岸，再也没有回来。"

"什么！"帕加内尔高喊，"英国人真的这么认为？但这只是一个恶劣的玩笑。"

---

① 尼古拉·博丹，法国航海家，曾探索澳大利亚海岸。

"确实挺恶劣的，但在英国，这就是确凿的历史。"

"这是对法国的侮辱！"这位爱国的地理学家大喊道，"英国人居然把这种荒唐的故事当成正史？"

"我必须承认，确实如此。"在一片哄笑声中，格里那凡说，"所以，你真的从未听说过这个传闻？"

"从没听说过！但我坚决抗议！另外，英国人还嘲笑我们法国人是'吃青蛙的人'，嗯，一般来说，人们不可能害怕他们的食物。"

"无论如何，在英国确实有这个说法。"麦克·纳布斯说。就这样，少校最终还是保住了他的步枪。

第五章

印度洋上的风暴

在这段对话的两天之后，约翰·孟格尔宣布，"邓肯"号已经航行到东经 113 度 37 分处。查阅海图后，乘客们发现船只距离伯努利角最多不过五个经度。此刻，他们正在印度洋上航行。再过四天，伯努利角就会出现在地平线上。

迄今为止，强劲的西风一直助推着"邓肯"号前进，但如今，各种迹象表明，这股有利的风力即将消失。12 月 13 日，风完全停了，就像水手们经常说的那样，"连帽子都吹不起来"。

没有人能预测这种风平浪静的状态会持续多久。如果不是有强劲的螺旋桨驱动，"邓肯"号恐怕就要像一根浮木一样漂在海面上一动不动。年轻的船长颇为烦恼，因为煤仓就要空了，他已经升起船帆，打算利用哪怕是最微弱的一丝风。

"但无论如何，"正在和船长讨论此事的格里那凡说，"和逆风相比，无风还算是个好消息。"

"勋爵阁下说的没错，"约翰·孟格尔回应道，"但问题在于，突然的平静往往是天气即将剧变的征兆。这正是我忧虑的原因。我们距离信风带已不远，若稍稍进入其中，行程势必大受影响。"

"嗯，约翰，那又如何呢？这不过是让我们的航行时间稍微拖长一点罢了。"

"是这样，但前提是现在的天气不会带来风暴。"

"你的意思是，我们即将遭遇风暴？"格里那凡一边说，一边望向天空。现在，天空看上去万里无云，从海平面到天顶都一片晴朗。

"是的。"船长回答，"我可以对你坦言，但我不想吓到格里那凡夫人或者格兰特小姐。"

"你这么做很明智。但究竟是什么让你如此担忧？"

"一些迹象明确显示风暴即将来临。勋爵阁下，千万不要被眼前的晴空欺骗，没什么比这更具迷惑性的了。过去两天，气压计的示数一直在下降，令人不安，今天的示数只有二十七英寸汞柱①了。我无法忽视这个警告，在南半球的海域，我最担心的就是风暴，我已经尝过它的厉害了。南极的巨大冰川会凝结大量水汽，产生极为猛烈的气流，造成极地风和赤道风之间的对流，从而引发旋风、龙卷风和各类强烈的风暴，船只根本无法与它们抗衡。"

"好吧，约翰，"格里那凡说，"但'邓肯'号是一艘坚固的船，船长也是一位勇敢的航海家。让风暴来吧，我们会勇敢面对！"

约翰·孟格尔整夜都守在甲板上。尽管天空依旧晴朗无云，但他坚定地信任气压计，并谨慎地采取一切必要的防范措施。大约在晚上十一点，南方的天空开始变暗，船员们被紧急召集起来。除了少数几片帆之外，所有的船帆都收了起来。午夜时分，风势渐强，没过多久，桅杆的断裂声、绳索的哗啦声和木板的呻吟声就把乘客们惊醒了，他们很快来到了甲板上——帕加内尔、格里那凡、少校和罗伯特都来了。

"飓风来了吗？"格里那凡平静地问道。

"还没，"船长回答，"但马上就来了。"

他继续向船员们发号施令，尽最大努力为风暴做好准备，就像指挥着军队冲锋陷阵的指挥官一样，伫立在强风之中，凝视着风起云涌的天空。气压

---

① 英寸汞柱为压力单位，1英寸汞柱约为3386帕斯卡。一个大气压约为29.92英寸汞柱，27英寸汞柱意味着空气压力很低，是即将发生风暴的迹象。

计的示数已经降到了二十六英寸汞柱，指针已经落在"风暴"的区域内。

凌晨一点钟，海伦娜和格兰特小姐冒险来到甲板。她们刚一出现，船长立刻迎上前去，焦急地劝她们立刻返回船舱。海浪已经开始拍打船舷，大海随时可能吞没整艘船。狂风巨浪在咆哮，声音几乎盖住了船长的话。但海伦娜趁着风势稍缓的时机询问船长，船只是否有危险。

"完全没有。"约翰·孟格尔回答，"但你们不能在甲板上停留，夫人。格兰特小姐也是一样。"

这几乎是恳求般的命令，女士们毫无选择，只能顺从。于是，她们回到了船舱。就在这时，风势又猛然增强了不少，在船帆的重压下，桅杆开始弯曲，游艇也开始剧烈摇晃。

"收起主帆！"船长喊道，"降低前帆和三角帆！"

格里那凡与他的同伴们默默地站在甲板上，注视着他们的游艇与惊涛骇浪搏斗。虽然眼前的景象令人震撼，但他们心中却也充满了恐惧。

就在这时，在风雨声中，传来了一阵沉闷的嘶嘶声。蒸汽正在迅速泄漏，不是通过烟囱，而是通过锅炉的安全阀。警报的哨声响亮刺耳，"邓肯"号猛地倾斜了一下，船舵的舵柄突然旋转，把舵手威尔逊撞翻在地。现在，船舵已经无法控制"邓肯"号了。

"怎么回事？"船长冲到舰桥上喊道。

"船要侧翻了。"威尔逊说。

"发动机！发动机！"工程师喊道。

约翰立刻冲向机房。机房内弥漫着滚滚蒸汽。活塞在汽缸中一动不动，显然已经失去了动力。引擎操作工担心锅炉受损，正在释放蒸汽。

"怎么了？"船长问。

"螺旋桨弯了，或者被卡住了，"引擎操作工回答，"它现在完全失效了。"

"卡住了？你弄不开吗？"

"不可能弄开。"

这种意外情况无法修复，约翰只能依靠船帆，设法让暴风这个劲敌变成他的助力。他回到甲板上，向格里那凡简短地说明了情况后，恳求他和乘客们回到船舱去。但格里那凡想留在甲板上。

"不要，勋爵阁下，"船长以坚定的语气说道，"只有我和我的船员们能留在甲板上。请你回到船舱的客厅吧。这艘船即将与海浪展开一场殊死搏斗，海浪不会手下留情，它会把你们卷走。"

"但我们也许能帮忙。"

"请进船舱吧，勋爵阁下。我坚持我的意见。紧要关头，我必须掌控船上的一切，你们一定要去船舱。"

约翰·孟格尔说得如此斩钉截铁，显然局势已经相当危急。格里那凡聪明地意识到了事态的严重性，明白自己必须带头服从船长的指挥。于是，他与三位同伴一起离开甲板，回到船舱，女士们正在船舱中焦急地望着外面，紧张地等待着大自然和人类之间的生死较量。

"真是个英勇无畏的家伙，我勇敢的约翰！"走进客厅时，格里那凡勋爵说。

"确实是这样。"帕加内尔说，"他让我想起了贵国的伟大作家莎士比亚在《暴风雨》中描写的船长。他对船上的国王说：'走开！翻滚的风浪岂会在意国王的名号？进船舱去！安静！别打扰我们！'"

约翰·孟格尔一秒钟也没有浪费。因为螺旋桨故障，船现在很危险，约翰正全力以赴，试图让船只安全度过这一生死存亡的时刻。他决定依靠主帆，尽可能保持船的航向，同时将帆桁拉至倾斜状态，这样可以避免船只正面迎接风暴的冲击。游艇像一匹被马刺刺激的快马一样迅速转向，侧身迎接波涛。剩下的问题就是，这么小的船帆能支撑多久？但风力这么猛，什么样的船帆才能抵挡这风暴呢？保持主帆张开的最大好处在于，让游艇最坚固的部分与波浪正面接触，并确保船只保持正确航向。但这种做法仍然存在风险，巨浪随时可能吞噬船只，将其永远沉没在深海之中。然而，孟格尔知道，此时已别无选择。他唯一能做的，就是让船员随时调整帆布，而他自己则坚守在桅杆旁，紧盯风暴的动向。

"邓肯"号上的人们就这样度过了一夜，大家盼望着清晨时能风平浪静，但期待终究落空了，早上八点，风暴的强度已经升级为飓风。

约翰依然保持沉默，但他的内心却充满了对船只、对船上所有人的担忧。"邓肯"号猛地向前俯冲了一下，那一刻，船员们一度以为它再也无法浮起，于是纷纷抓起了斧头，准备砍断主桅杆的绳索。但下一刻，帆就被风暴撕破了，飞到空中，如同一只巨大的信天翁。

游艇再次浮出水面，但它只能任由风浪摆布。没有任何手段能让船稳定下来，也没有什么方法能引导它前进。游艇剧烈颠簸，波涛将它一次次抛向空中，每一刻，船长都在担心桅杆会不会突然折断，然而，他别无选择，只能拼尽全力，试图再升起一面三角帆，让游艇迎风而行。这绝非易事，他一次次失败，一次次重试，直到下午三点才终于将帆升起。尽管帆布已经破旧不堪，但它仍足以带着"邓肯"号以惊人的速度朝东北方向疾驰。当然了，飓风也在那边，但迅速穿过飓风区域是他们活下去的唯一机会了。有时，游艇会被推到浪头之上，锐利的船首劈开巨浪，随即又沉没在浪谷中。有时，船会和海浪一起飞驰，跳过浪峰之间的巨大鸿沟，随时都有翻覆的危险。时不时地，被风暴卷起的巨浪便会超过游艇，愤怒的波涛如猛兽般扑向甲板，从船头席卷至船尾，带着无比强大的力量。

在这种惊心动魄的环境中，失望与绝望交替涌现，令人胆战。12月15日就这样过去了，随之而来的夜晚，约翰·孟格尔一直都没有离开岗位，甚至连一口饭也没吃。虽然他面无表情，没有露出一丝一毫的恐惧神色，但他的内心焦虑不安。他坚毅的目光注视着北方，仿佛在努力穿透笼罩在北方的浓雾。

的确，他有充足的理由感到恐惧。"邓肯"号已经偏离了航线，正急速驶向澳大利亚的海岸。约翰·孟格尔觉得，仿佛有一道闪电在推动船只前行。每时每刻，他都担心船只触礁，因为他们离海岸的距离绝不会超过十二海里。在茫茫大海中面对狂风巨浪，要比在陆地附近安全太多。

约翰·孟格尔找到格里那凡，悄声向他汇报当前的危急局势，并坦白了船上的真实情况。他平静地描述着这一切，带着一个水手特有的冷静，似乎在随时准备好应对各种突发情况。最后，孟格尔说，也许他只能让船朝着海岸撞去。

"这是为了拯救船上所有人的生命，勋爵阁下。"他补充道。

"那就这么做吧，约翰。"格里那凡勋爵回答。

"夫人和格兰特小姐怎么办？"

"如果在海上已没有生存的希望，我会在最后时刻告诉她们的。到时候你会告诉我，对吧？"

"我会的，勋爵阁下。"

格里那凡回到了船舱中的同伴身边。尽管没有人言明，但所有人都能感觉到他们正处在致命的危险中。两位女士表现出的勇气丝毫不逊色于任何一位船员。帕加内尔在最不合时宜的时候开始谈起了大气气流的方向，针对龙卷风、气旋和直线风暴进行了有趣的比较。少校则平静地等待着命定结局的到来。

大约十一点钟，飓风似乎稍微减弱了一些，潮湿的雾气开始散去，突然间一束光穿透云层，映照出前方约六海里远的一片低洼海岸。船正朝着那片海岸急速驶去。五十英尺高的巨浪不断拍击着海岸，约翰意识到前方一定有陆地，否则浪头不会如此翻腾。

"那里是一片沙洲。"他对奥斯汀说。

"我也这么觉得。"大副回答道。

"我们听天由命吧。"约翰说，"如果我们找不到合适的缺口，船无法顺利通过沙洲，我们就完了。"

"现在是涨潮，我们或许能直接越过沙洲。"

"但你看看那些巨浪。哪艘船能顶得住？奥斯汀，祈求上帝庇佑吧！"

"邓肯"号此时正在以惊人的速度疾驰。很快，船离沙洲就只有不到两海里了。沙洲仍然时不时被浓雾笼罩，但约翰感觉，在巨浪的后面，似乎有一片平静的水域，若能到达那里，"邓肯"号会安全一些。但是要如何才能到那里呢？

所有乘客都被召集到甲板上，因为可能马上就要遭遇船难，船长不希望任何人被关在船舱里。

"约翰！"格里那凡压低声音对船长说，"我会尽可能救我的妻子，要不就和她一起死。格兰特小姐就托付给你了。"

"遵命，勋爵阁下。"约翰·孟格尔回答。他抓起格里那凡的手，按在自己已经湿润的眼睛上。

游艇距离沙洲只有几链①的距离了。此时正值涨潮，水位足够高，船只

---

① 1 链等于 185.2 米。

214

可以轻松漂过浅滩。然而，巨浪时而将船举得高高的，时而又几乎让它搁浅，随着剧烈的颠簸，游艇肯定会刮到沙洲。

难道没有办法让愤怒的大海平静下来吗？船长突然想到了一个最后的方法。

"油！伙计们！"他高喊道，"把油拿过来！"

船员们立刻明白了船长的意图。之前有成功的尝试，往海面上洒油可以暂时平息怒涛。效果立竿见影，虽然时间短暂，但足以让船只驶过平静的海面。不过，一旦船越过，海面便会迅速恢复暴怒，若有其他船只跟随，它们将面临更大的危险。装着海豹油脂的木桶立刻被拖上甲板，危险似乎给了船员双倍的力量。几斧头下去，桶盖被敲开，人们把木桶悬在船的左右两侧。

"准备好！"约翰一边喊，一边寻找着合适的时机。

二十秒后，游艇抵达了浅滩，现在正是时候。"倒油！"船长喊道，"愿上帝保佑我们！"

船员们把木桶翻转过来，一层油膜立刻覆盖在海面上。巨浪仿佛被魔法镇住了一般，平息下来，汹涌的海面似乎都被抚平了。"邓肯"号越过了平静的海面，迅速驶入了浅滩后面更为宁静的水域。然而，几乎就在同一时刻，大海似乎爆发出所有的怒火，滔天巨浪再次朝浅滩扑来，威力更为强大。

第六章

伯努利角

船长的首要任务是确保船只能够安全停泊。他找到了一个理想的抛锚地点，水深五英寻，海底坚硬的花岗岩能牢牢固定住锚。现在，他们既不必担心船只被风浪冲走，也不用担心退潮时搁浅。在经历了漫长的惊险航行后，"邓肯"号终于驶入了一片小海湾，四周被高耸的岬角环绕，有效地挡住了外海的狂风。

格里那凡勋爵握住了约翰·孟格尔的手，只说了一句："谢谢你，约翰。"

尽管言辞简短，但约翰觉得这已经足够。格里那凡没有向任何人流露自己的焦虑，海伦娜、玛丽和罗伯特并未意识到，他们刚刚从多么严重的危险中死里逃生。

接下来，他们需要确认一个重要事实：风暴究竟把他们带到了何处？他们需要航行多远才能回到原航线？伯努利角距离他们有多远？通过测量船只的位置，他们很快确定，船只偏离航线还不到 2 度。他们现在位于南纬 35 度 7 分、东经 136 度 12 分，在灾难角附近，距离伯努利角有三百海里。距离船只最近的港口位于南澳大利亚的政府所在地阿德莱德。

"邓肯"号能在那里维修吗？这个问题并不容易回答。他们需要评估船只的损坏情况。于是，格里那凡安排几名船员潜入水下检查。他们很快报告说，螺旋桨的一片叶片已经弯曲，并卡在了船尾柱上，导致螺旋桨无法转动。这个损坏比较严重，阿德莱德的工匠可能无法修复，他们需要更高水平的技术支持。

经过深思熟虑，格里那凡勋爵和约翰·孟格尔决定沿着澳大利亚海岸航行，先在伯努利角停留，然后继续南下前往墨尔本，在那里进行彻底的维修。修复完毕后，他们会沿东海岸巡航，继续寻找"不列颠尼亚"号的下落。

这一决定得到了全体船员的一致同意，大家决定在风向适宜时就立刻起航。他们没有等待太久，当晚，飓风完全平息，只剩微风吹向西南。起航的准备工作迅速展开，凌晨四点，船员们拉起锚链，扬帆前行，顺风驶向澳大利亚海岸。

两小时后，灾难角已消失在视野之中。傍晚时分，他们绕过博达角，靠近了坎加鲁岛。这里是澳大利亚最大的岛屿，也是逃犯们的藏身之地。岛上景色迷人，岸边的岩石层叠起伏，覆盖着浓密的植被，成群的袋鼠在树林间和草原上跳跃，一如1802年人们刚刚发现这座岛时候的景象。次日，格里那凡派出一条小船，沿着海岸仔细勘察，因为他们现在位于南纬36度，格里那凡不希望错过36度到38度之间的任何区域。

船员们不辞辛劳地搜寻着，格里那凡、他的忠实伙伴帕加内尔和小罗伯特通常会和船员们一起搜寻，然而，所有的努力都没有结果。他们没有发现船只失事的迹象。澳大利亚的海岸与巴塔哥尼亚相似，他们什么线索也没找到。不过，他们尚未到达信件中所指的确切位置，因此仍不能放弃希望。

12月20日，他们抵达了伯努利角，这里是拉瑟佩德湾的尽头。但他们依旧没有发现"不列颠尼亚"号的任何踪迹，这并不令人意外，毕竟灾难已经过去两年，海浪或许早已冲散并摧毁了所有残骸。此外，一旦当地土著发现了船只遗骸，就会像秃鹫嗅到尸体一样，迅速将其洗劫一空，一块残片也不会留下。毫无疑问，如果哈利·格兰特和他的同伴被海浪冲上岸，便会被土著人俘虏并带到内陆。

但如果是这样的话，帕加内尔对于信件内容的巧妙假设又该如何解释呢？帕加内尔此前的推测认为，信件被扔到了河里，然后被水流带进大海。

这个假设在巴塔哥尼亚很合理，但是在澳大利亚的37度纬线附近却不太可能。巴塔哥尼亚的河流，比如科罗拉多河和内格罗河，流经的多是荒无人烟的地区，但是澳大利亚的主要河流——墨累河、亚罗河、托伦斯河和达令河——它们相互交汇，并最终流入繁忙的港口，一个脆弱的瓶子怎么可能通过如此繁忙的水道，进入印度洋呢？

帕加内尔自己也意识到了这一点，向少校承认，在澳大利亚，自己的假设完全不成立。显然，信中给出的纬度指的是"不列颠尼亚"号实际失事的地点，并非指幸存者的所在地。因此，瓶子应该是在澳大利亚西海岸被扔进海里的。

不过，格里那凡公正地指出，这并未改变格兰特船长被俘的事实，尽管现在已没有理由继续沿着37度纬线寻找他。因此，如果在伯努利角没有找到"不列颠尼亚"号的线索，他们唯一能做的，就是返回欧洲。格里那凡虽然没有成功，但他已经尽到了自己的责任。

然而，年轻的格兰特姐弟并未气馁。他们始终相信，总有一天他们会找到父亲。事实上，他们甚至觉得，这一天已经近在眼前，毕竟帕加内尔明智地指出，船难不可能发生在东海岸，否则幸存者早就回到欧洲了。

"保持希望吧，玛丽！"当船靠近海岸时，海伦娜安慰道，"上帝仍在指引着我们。"

"是这样的，玛丽小姐。"约翰船长说，"尽人事，听天命。当一条路被堵住时，另外一条路一定会为你敞开。"

"愿上帝保佑。"玛丽说。

陆地已经近在眼前。海角向大海延伸出两英里，尽头是一个平缓的斜坡，小船顺利驶入一个珊瑚礁形成的天然小海湾。这些珊瑚仍在生长，将来可能成为澳大利亚南海岸的珊瑚礁带。但即便现在，它们也足以摧毁船只的龙骨，"不列颠尼亚"号就很可能是因为撞上了这些礁石而粉身碎骨。

众人顺利登上了一片荒凉的沙滩。层层岩石组成了悬崖，高约六十到八十英尺，环绕在四周，没有梯子或攀登工具，众人难以攀上顶端。约翰·孟格尔偶然在南方半英里处发现了一个天然缺口，显然是某次风暴冲垮了岩壁的一部分。通过这个缺口，大家顺利走出沙滩，沿着一条陡峭的小路登上了悬崖顶端。罗伯特像一只小猫般灵活，率先爬上山顶，这让帕加内尔有些羞愧，因为一个有着修长双腿的四十岁成年人竟然被一个十二岁的小男孩超了过去。不过，他远远地走在少校前面，而少校对此倒是毫不在意。

他们很快聚集在高耸的悬崖上，从这里可以俯瞰整片平原。平原看上去未经开垦，上面覆盖着灌木和草丛。格里那凡觉得这片平原有些像苏格兰低地的山谷，而帕加内尔则认为它们更像法国布列塔尼的荒野。然而，沿海的区域似乎有人居住，且有一些工业社会的痕迹，表明这里居住的是文明社会的人，不是野蛮人。

"磨坊！"罗伯特喊道。

果然，远处隐约可见一片磨坊的扇叶，大约在三英里外。

"确实是个风车。"帕加内尔举起望远镜仔细观察后确认道。

"那我们就去磨坊看看。"格里那凡说。

他们启程出发，走了半小时后，周围的景色突然发生了变化，荒凉的平原转变为已经开垦的土地。树篱取代了灌木丛，把开垦后的土地围了起来。几头牛和五六匹马在草地上悠闲地吃草，周围是从坎加鲁岛的大种植园移栽过来的金合欢树。渐渐地，他们看到了一片谷物田，麦穗随风摇曳；干草堆如同巨大的蜂巢一般；果园里鲜花盛开，一座美丽的花园兼具实用与美观，足以让贺拉斯^①赞叹。接着，他们又看到几间棚屋和精心规划的公共用地，最后是一座朴素而舒适的住宅，屋顶上有一座风车，长长的扇叶不停地旋转，发出嘎吱嘎吱的声音，在地上投下阴影。

就在这时，一位五十岁左右、面容和善的男子从屋中走出，四只狗的狂吠声提醒他有陌生人来访。在男子身后跟着五个英俊健壮的小伙子，那是他的儿子们，还有一位身材高大、举止端庄的女士，那是他的妻子。人们一眼

---

① 贺拉斯，古罗马诗人，作品中常常歌颂田园生活。

就能看出，这个小家庭像是典型的爱尔兰殖民者——一个因厌倦家乡生活而带着家人远渡重洋，寻求财富和幸福的人。

格里那凡和同伴们还没来得及走到房前，做出正式的自我介绍，就听到了一声热情的呼喊："陌生人！欢迎来到帕迪·奥穆尔的家！"

"你是爱尔兰人吧？"格里那凡热情地握住了这位殖民者伸出的手。

"曾经是，"帕迪·奥穆尔回答，"但现在，我是澳大利亚人。请进，先生们，不管你们是谁，这房子也是你们的家。"

面对如此热情的邀请，众人无法拒绝。海伦娜和玛丽·格兰特被奥穆尔夫人迎进屋，帕迪强壮的儿子们则帮着众位男宾卸下武器。

房子的一层是一间宽敞明亮的大厅，地面由结实的木板铺成。墙壁涂上了鲜艳的颜色，几条木制长凳固定在墙边，大厅中央摆着十个左右的凳子、两个上面放着锡制酒杯的橡木箱子以及一张足够容纳二十人的大长桌。所有家具的质地都与这座坚固的房子以及魁梧的主人十分契合。

午餐已经准备好了。盛着汤的碗冒着热气，放在烤牛肉和羊腿之间，周围摆满了橄榄、葡萄和橙子。主食应有尽有，还有一些精致昂贵的小吃。奥穆尔夫妇非常热情，大桌子上丰盛的食物诱人至极，不坐下来享用简直太不礼貌了。农场的工人们和他们的主人一起坐下，准备共享这顿美餐。帕迪·奥穆尔指了指为陌生人预留的座位，对格里那凡说：

"我在等你们。"

"等我们？"格里那凡惊讶地回答。

"我总是在等那些即将到来的人。"爱尔兰人说，然后，他庄严地念起了祝祷词，他的家人和仆人们恭敬地站着。

正餐随即开始。席间，大家热烈地交谈起来。苏格兰离爱尔兰不过一步之遥。几英寻宽的特威德河在苏格兰和英格兰之间划出了一道深深的鸿沟，二十法里宽的爱尔兰海峡也分开了古老的喀里多尼亚和埃默拉尔德岛。帕迪·奥穆尔谈起了自己的过往，这也是所有因不幸而离开祖国的移民的共同经历。许多人来这里寻找财富，却只找到了痛苦与悲伤，然后他们责怪命运，忘记了真正的不幸源于自己的懒惰、堕落与无知。任何勤劳、诚实、节俭的人都能获得成功。

帕迪·奥穆尔正是获得成功的人。在家乡邓多克，他只能忍饥挨饿，于是他离开了那里，带着家人来到澳大利亚，在阿德莱德登陆。他拒绝了矿工的工作，宁愿在农场劳作，两个月后便开始开垦属于自己的土地。

南澳大利亚的土地被划分成八十英亩为一个单元的小块，每个移民都可以领到政府授予的一块土地，任何勤劳的人，只要合理耕种，不仅能养活自己，每年还能存下八十英镑。

帕迪·奥穆尔深知这一点。他用过去的经验尽可能节省每一分钱，直到有足够的钱购买新的土地。他的家庭人丁兴旺，农场经营得有声有色。这位爱尔兰的贫苦农民已经成为地主，虽然他的小庄园仅开垦了两年，但他已经拥有了五百英亩的土地，还养了五百头牛。他曾是欧洲的农奴，而现在他已获得自由，成为世界上最自由的国家的公民。

讲完这些后，客人们纷纷表示祝贺。帕迪·奥穆尔显然也在期待着客人们能敞开心扉，但他的愿望落空了。不过，他是一个谨慎的人，可以做到"我告诉你我是谁，但我不会问你从哪里来"。格里那凡此行的最主要目标是获得"不列颠尼亚"号的信息，于是他直截了当地问奥穆尔，是否听说过这艘失事的船的消息。

爱尔兰人的回答并不乐观。他从未听说过这艘船，至少在过去两年内，这片海岸上没有船只失事，无论是海角的哪个方向上都没有。但灾难发生的时间就在两年内。因此，他可以肯定地说，失事船只的幸存者没有被冲到这片西海岸。"那么，勋爵阁下，"他补充道，"我可以冒昧问一下，你为什么对这个问题感兴趣吗？"

这个直截了当的问题引出了整个探险的故事。格里那凡讲述了他们发现信件的经过，以及他们为寻找失踪船长所做的种种努力。最后，他说，他开始怀疑是否还能找到格兰特船长。

他语气中的沮丧感染了在场的每一个人。罗伯特和玛丽忍不住流下了眼泪，帕加内尔也没能说出任何带来希望或安慰的话语。约翰·孟格尔感到心痛不已，他开始感受到其他人心中蔓延的绝望。突然，一个声音震惊了所有人："勋爵阁下，赞美上帝！如果格兰特船长还活着，他就在澳大利亚大陆上。"

第七章

水手艾尔顿

这一番话令在场的众人惊讶万分，他们的震惊简直无法用言语来形容。格里那凡猛地站了起来，推开椅子，喊道："是谁在说话？"

"是我。"桌子另外一端的一个仆人回答。

"你！艾尔顿！"他的主人说道。他和格里那凡一样困惑。

"是的，是我。"艾尔顿语气坚定，声音中有些激动，"勋爵阁下，我和你一样，都是苏格兰人，我是遇到海难的'不列颠尼亚'号上的一位船员。"

这一番自我介绍引起的反应可想而知。玛丽·格兰特因为喜悦过度，情绪激动，几乎要晕倒在海伦娜怀中。罗伯特、孟格尔和帕加内尔都站了起来，朝着那位被帕迪·奥穆尔称为艾尔顿的人走去。艾尔顿大概四十五岁，尽管浓密的眉毛几乎遮住了他的眼睛，但也能看出他明亮的眼神。虽然他显得瘦削，但充满了不同寻常的力量，仿佛全身只由骨头和肌肉构成，或者用苏格兰人的话来说，他似乎没有浪费时间去长胖。他肩膀宽阔，身形中等，五官粗犷，但脸上却透露着智慧、活力与决断力，给人留下了不错的印象。他脸上的伤疤显示，他最近经历了苦难，这让他更能吸引别人的兴趣。显然，他曾长时间承受着痛苦与折磨，但他勇敢地面对并最终克服了这些困境。

"你是遭遇海难的'不列颠尼亚'号的船员？"格里那凡首先问道。

"是的，阁下，我是格兰特船长的水手长。"

"船难发生后，你和他一起获救了吗？"

"不，阁下，没有。在那个可怕的时刻，我们分开了，因为船撞上礁石时，我被海浪卷走了。"

"那你不是信中提到的两名水手之一吗？"

"不是。我并不知道信的事情。船长把信扔进海里时，我应该已经被卷走了。"

"那么船长呢？船长怎么样了？"

"我原本以为他已经遇难了，和其他船员一起沉入了大海。我一度以为自己是唯一的幸存者。"

"但你刚才说，格兰特船长还活着。"

"不，我说的是'如果船长还活着——'"

"你还说，'他就在澳大利亚大陆上。'"

"是的，他不可能在其他地方。"

"那么，你并不知道他到底在哪里？"

"不知道，阁下。我再说一遍，我以为他被海浪吞没了，或者在礁石上被撞得粉身碎骨。我是从你这里得知他还活着的。"

"那你究竟知道些什么？"

"只知道这一点——如果格兰特船长还活着，他就在澳大利亚。"

"船难发生在哪里？"麦克·纳布斯少校问道。

这本应是第一个问题，但格里那凡被突如其来的事件激动得不知所措，一直在追问船长的下落，忘了问"不列颠尼亚"号的失事地点。直到少校提出后，格里那凡才稍微理顺了思绪，开始有条理地提问。不久之后，事件的所有细节才逐渐清晰地浮现在大家的脑海中。

对于少校提出的问题，艾尔顿回答道：

"当我被海浪从船头卷走时，我正在收船头的三角帆，'不列颠尼亚'号当时正朝着澳大利亚海岸冲过去。当时它距离海岸还不到两链，船一定是在那里撞上了礁石。"

"在南纬 37 度吗？"约翰·孟格尔问道。

"是的，南纬 37 度。"

"在西海岸吗？"

"不，在东海岸。"艾尔顿迅速回答。

"哪一天？"

"1862 年 6 月 27 日晚上。"

"完全正确，完全正确！"格里那凡喊道。

"那么，阁下，"艾尔顿接着说，"我可以断言，如果格兰特船长还活着，他就在澳大利亚大陆上，其他地方是找不到他的。"

"我们一定能在那儿找到他，救出他！"帕加内尔喊道，"啊，宝贵的信件，"他带着天真的神色加了一句，"你必须承认，你落在了非常聪明的人手里。"

但很明显，没有人注意听他这一番自吹自擂，因为格里那凡、海伦娜、玛丽·格兰特和罗伯特都把全部精力放在了艾尔顿身上，完全没有心思听他人讲话。他们围着艾尔顿，紧紧握住他的手，仿佛他就是哈利·格兰特得救的希望。如果这个水手能从船难中幸存，为什么船长不能呢？艾尔顿充满信心，他相信船长一定还活着，但他无法确认船长在大陆的具体位置。艾尔顿每个回答都非常清晰且准确。说话时，玛丽一直紧握着他的一只手。这个水手是她父亲的同伴，是"不列颠尼亚"号上的一位船员。他曾与哈利·格兰特一起生活、航行、共度危机。玛丽凝视着他那张粗糙而朴实的脸，不禁泪流满面。

到目前为止，没有人怀疑艾尔顿的话，也没有人质疑他的身份。但少校，或许还有约翰·孟格尔，开始对艾尔顿的话产生疑虑。这个偶然的相遇显得有些蹊跷。虽然他提到的事实和日期与现有线索吻合，细节描述也相当详细，但仅凭细节的准确性并不能证明一切。事实上，人们往往会发现，骗子常常把谎言的细节描述得过于精确，以便更容易让人相信。因此，麦克·纳布斯保持谨慎，没有发表任何意见。

然而，当约翰·孟格尔听到艾尔顿对玛丽谈起她的父亲时，他很快就相信了。艾尔顿对玛丽和罗伯特非常了解。当船起航时，他曾在格拉斯哥见过他们。他记得在"不列颠尼亚"号上为船长的朋友们举行的告别早餐，当时治安官麦克·金太尔也在场。那时罗伯特还是个十岁的孩子，格兰特船长把他交给警长照看，而罗伯特却想要逃跑，还试图爬上桅杆。

"是的，当时确实是这样，完全正确。"罗伯特说。

他又提到了一些其他细节，虽然玛丽·格兰特并不像约翰·孟格尔那样关注这些细节，但当艾尔顿停下来时，玛丽还是用温柔的声音说道："请继续说吧，艾尔顿先生，给我们再讲讲我父亲的事情。"

水手长尽力满足这个可怜女孩的请求，尽管格里那凡心中有许多更为迫切的问题，却没有打断她。海伦娜示意勋爵看看玛丽脸上那种充满喜悦的表情，格里那凡就咽回了原本想要说的话。

艾尔顿讲述了"不列颠尼亚"号横渡太平洋的航行。玛丽已经知道大部分内容，因为直到 1862 年 5 月，她还能收到有关这艘船的消息。在那一年里，哈利·格兰特在所有主要港口都停靠过。船只曾到过赫布里底群岛、新几内亚、新西兰和新喀里多尼亚，并成功在巴布亚西海岸找到了一个重要地点，哈利·格兰特认为，在那里可以轻松建立一个苏格兰殖民地，而且这个殖民地日后必定会繁荣昌盛。马鲁古群岛和菲律宾航线之间有一个海港非常理想，如果在那里设立中转站，定能吸引许多船只停泊，尤其是当苏伊士运河通航后，这里将取代好望角航线。哈利·格兰特很欣赏雷赛布先生造就的伟大工程，他认为政治争端不应置于国际社会的共同利益之上。

考察过巴布亚后，"不列颠尼亚"号前往卡亚俄进行补给，并于 1862 年 5 月 30 日离开，经由印度洋和好望角返回欧洲。三周后，船只在一次可怕的风暴中受损，水手们不得不砍断了桅杆。船舱也出现了裂缝，无法修补。船员们已经精疲力竭，没力气再操作水泵。在飓风中，"不列颠尼亚"号就像一个羽毛球一样被抛来抛去，持续了整整八天。船舱里积水达六英尺深，船只逐渐下沉，小艇也被风暴卷走了。6 月 27 日晚上，正如帕加内尔所推测的那样，船员们看到了澳大利亚东海岸，此时，死亡已经近在眼前。

船只很快接近海岸，猛烈地撞上了礁石。艾尔顿被浪头卷走，抛入波涛中，随即失去意识。苏醒过来时，他发现自己已被土著人俘获，土著人把他拖进了内陆地区。从那时起，他再也没有听到过"不列颠尼亚"号的消息，因此他合理推测，船只已经在图福尔德湾的危险礁石上沉没，所有船员都遇难了。

艾尔顿的叙述到此为止，他讲述的经历让在场的人不禁发出阵阵叹息。在这样的情况下，少校也没办法如此不近人情，再去怀疑这个故事的真实性。接着，人们请求水手继续讲述他自己的经历。这段经历很短，也很简单。他被一个土著部落带到了南纬37度以北四百英里的地方，在那里受了不少苦，这倒不是因为土著人虐待他，而是土著人自己的生活就很悲惨。他在土著部落中度过了两年痛苦的奴隶生活，但始终怀着逃脱的希望，寻找一切可能的机会，虽然他明知逃脱充满了危险。

终于，在1864年10月的一个晚上，他成功摆脱了土著人的监视，躲进了茫茫森林。整整一个月，他靠着树根、蕨类植物和木本含羞草的汁液维持生命，白天靠着太阳辨认方向，晚上则依靠星星指引。他就这样穿越了广袤的荒野。虽然途中时常陷入绝望，但他始终没有停止前进。他穿越沼泽、跨过河流、翻越山脉，直到他跨越了整片荒无人烟的大陆，只有少数勇敢的旅行者曾敢涉足这片土地。最终，在精疲力竭、几乎濒死的状态下，他终于抵达了热情好客的帕迪·奥穆尔家中。他说，在这里，他付出了劳动，找到了一个温暖的家园。

"艾尔顿说了我这么多好话，"艾尔顿讲完后，奥穆尔说道，"我对他的评价也只有好话可说。他是个诚恳、聪明的人，是一名出色的工人。如果他愿意留下，帕迪·奥穆尔的家永远是他的家。"

艾尔顿做了一个表示感谢的姿势，默默等待着可能提出的新问题，尽管他心里想，自己已经回答了所有合理的疑问，还有什么可以说的呢？毕竟，他已经讲了这么多遍了。格里那凡本打算趁机和艾尔顿讨论接下来的行动计划，但这时，麦克·纳布斯少校突然问道："你说，你是'不列颠尼亚'号上的水手长？"

"是的。"艾尔顿回答道，不带一丝犹豫。

然而，艾尔顿似乎察觉到，少校提出这个问题时，语气中隐约带着不信任，他便补充道："我有我的船员证件，在船难中，我把它们带出来了。"

他立刻离开房间，去取他的文件。尽管他只离开了一分钟，帕迪·奥穆尔还是趁机说了一句："勋爵阁下，你可以完全信任艾尔顿。我保证他是个诚实的人。他已经在我这里工作了两个月，我没发现任何问题。我知道他经历过船难和被俘的事情，他是个值得信任的好汉子。"

格里那凡刚准备表示自己从未怀疑过艾尔顿的诚信，但此时艾尔顿已带着雇用文件回到了大厅。那是一份由船主和格兰特船长签署的正式文件，玛丽一眼便认出了父亲的笔迹。文件上写着："汤姆·艾尔顿，身体强壮的水手，被雇用为格拉斯哥的三桅船'不列颠尼亚'号的水手长。"

艾尔顿的身份已经无可争议。因为如果他不是文件上所提到的人，他根本不可能拥有这份文件。

"那么，"格里那凡说，"我想听听大家的意见，看看接下来该如何行动。艾尔顿，你的意见尤其宝贵。如果你能提供一些想法，我将非常感激。"

思考了几分钟后，艾尔顿回答道："阁下，感谢你对我的信任，我希望能证明自己不负所托。我对这片地区和当地土著的生活习惯有一定了解，如果能为大家提供帮助——"

"你当然可以。"格里那凡插了一句。

"我认同大家的看法。"艾尔顿继续说，"船长和他的两名水手在船难中幸存，但他们没有找到英国的属地，也没有人见过他们。我毫不怀疑，他们的命运与我相同，应该被当地土著部落俘虏了。"

"这正是我一直以来的看法，"帕加内尔说，"三名船难的受害者被俘，正如他们自己所担心的那样。但这是否意味着我们可以得出结论，他们和你一样，被带到了南纬 37 度以北？"

"我想是的，先生。因为那些部落的人不会留在英国统治的地区附近。"

"这会让我们的搜救变得非常复杂。"格里那凡有些不安地说道，"在如此广阔的大陆中，我们怎么能找到被俘者的踪迹呢？"

没人回答，尽管海伦娜用询问的目光看着大家，似乎在催促他们给出答案。帕加内尔也沉默了。他的机智这次似乎失效了。约翰·孟格尔在大厅中大步踱步，似乎他还在甲板上一样，他显然也陷入了困惑之中。

"那么，艾尔顿先生，"海伦娜终于说道，"你会怎么做？"

"夫人，"艾尔顿毫不犹豫地回答，"我会重新回到'邓肯'号上，直接前往灾难发生的地点。在那里，我会根据当时的情况和可能发现的线索随机应变。"

"很好，"格里那凡回答，"但我们必须等到'邓肯'号修好。"

"啊，船坏了吗？"艾尔顿问道。

"是的。"孟格尔回答。

"严重吗？"

"不严重，但船上的水手们没有足够的经验修理，我们需要更熟练的工匠。螺旋桨的一个叶片扭曲了，如果不到墨尔本，我们是没办法修好的。"

"那么，让船去墨尔本吧。"帕加内尔说，"我们可以不带船直接前往图福尔德湾。"

"怎么去？"孟格尔问道。

"像我们穿越美洲一样，沿着南纬 37 度线穿越澳大利亚。"

"但'邓肯'号怎么办？"艾尔顿说，他似乎对此特别担心。

"'邓肯'号可以与我们会合，或者我们可以与船会合，视情况而定。如果我们途中发现格兰特船长，那就一起返回墨尔本。如果我们不得不继续沿海岸前进，那么'邓肯'号也可以到终点去，与我们会合。谁有反对意见？少校，你有吗？"

"没有，但前提是确实存在一条可行的路线，能穿越澳大利亚。"

"这条路线非常可行，我甚至会建议海伦娜和格兰特小姐与我们同行。"

"你认真的？"格里那凡问道。

"相当认真，阁下。这段旅程大约三百五十英里，不会比这更长了。如果我们每天走十二英里，不到一个月就能抵达，这段时间正好足够把船修好。如果我们要在更低纬度穿越大陆，穿过最荒凉的地方，在热带高温下走过没有水源的沙漠，甚至经过那些冒险家都未曾涉足的区域，那就是另一回事了。但南纬 37 度线只穿过维多利亚省，这是一个完全英国化的地区，公路和铁路四通八达，几乎每个地方都有居民。这就像从伦敦到爱丁堡的旅行，没什么大不了的。"

"但野兽呢？"格里那凡问道，急切想了解这个提议可能遇到的困难。

"澳大利亚没有野兽。"

"那土著人呢？"

"在这个纬度没有土著人，即使有，他们也不像新西兰人那样残忍。"

"那罪犯呢？"

"南部省份没有罪犯，只有东部殖民地有。维多利亚省不仅拒绝接纳罪犯，还通过法律阻止其他地区的假释犯进入。就在今年，政府还威胁说，如果半岛公司的船继续在澳大利亚西部那些允许罪犯进入的地区装煤的话，就取消对半岛公司的补贴。什么？你不知道这些吗，你可是英国人啊！"

"首先，请允许我说，我不是英格兰人①。"格里那凡回答。

"帕加内尔先生说的完全正确。"帕迪·奥穆尔说，"不仅是维多利亚省，南澳大利亚、昆士兰，甚至塔斯马尼亚都认为应该将罪犯驱逐出他们的领土。自从我来到这个农场，我从未见过一个罪犯。"

"我也可以用自己的经历作证。我从未遇到过罪犯。"

"那么，朋友们，"雅克·帕加内尔继续，"几乎没有土著人，没有凶猛的野兽，没有罪犯，欧洲能做到这几点的地方都屈指可数。那么，你们愿意

---

① Englishman 一词可以指"英国人"，也可以指"英格兰人"。格里那凡有强烈的苏格兰民族意识，故在这里说自己不是英格兰人。

去吗？"

"你怎么看，海伦娜？"格里那凡问道。

"亲爱的爱德华，我们的想法很一致，"海伦娜转向她的同伴们说道，"我们立刻出发吧。"

第八章

出行准备

一旦确定了计划，格里那凡便立即付诸实践。接受了帕加内尔的建议后，他迅速下令准备出发，不容任何拖延。出发时间定在了 12 月 22 日，也就是第二天。

这次旅行可能会带来怎样的结果呢？哈利·格兰特在这里，这件事情毫无疑问，找到他的机会也大大增加。大家决定严格沿着南纬 37 度线行进，尽管没有人指望能精准地在这一纬度找到船长，但他们或许能发现他的踪迹。不管怎样，他们即将前往船难发生的地点，这一点至关重要。

另外，如果艾尔顿同意加入搜救队伍，担任向导，带领他们穿越维多利亚省的森林，直达东海岸，成功的概率将大大增加。格里那凡意识到这一点后，便向奥穆尔先生询问是否能邀请艾尔顿同行，因为他渴望得到这位曾与哈利·格兰特共事过的水手的帮助。

帕迪·奥穆尔同意了，虽然他失去了一个出色的帮手，不免会有些遗憾。

"那么，艾尔顿，你愿意加入我们的探险队吗？"

艾尔顿没有立即回答，脸上显露出一丝犹豫。但经过深思熟虑，他终于说道："是的，阁下，我愿意和你们一起去。即便我无法找到格兰特船长，我至少能带你们到船只失事的确切地点去。"

"谢谢你，艾尔顿。"

"我还有一个问题,阁下。"

"什么问题?"

"你们会在哪里和'邓肯'号再次会合?"

"在墨尔本。除非我们决定穿越整个大陆,从西海岸一直走到东海岸。"

"那船怎么办?"

"船将在墨尔本港口等待我的指示。"

"那么,阁下,你可以信赖我。"

"我会的,艾尔顿。"

"邓肯"号的乘客们对艾尔顿的加入表示热烈欢迎,孩子们和他很亲。每个人都因为艾尔顿的决定而感到高兴,除了爱尔兰人帕迪·奥穆尔,因为他失去了一个聪明且忠诚的帮手。但是,帕迪理解格里那凡很重视艾尔顿的加入,便也接受了艾尔顿的决定。格里那凡一行人让艾尔顿准备好穿过澳大利亚所需的交通工具,并和他约定了会合地点,之后返回了船上。

当约翰·孟格尔支持帕加内尔的建议时,他自然认为自己会加入探险队,于是立刻向格里那凡提出请求,列举了许多理由,来支持自己的请求:他对勋爵阁下和夫人一直很忠诚,他在队伍中一定会起到很大作用,他留在"邓肯"号上也帮不上什么忙,等等。实际上,他唯独没说那条最重要的原因。其实他也不必说,格里那凡心里很清楚。

"约翰,我只问你一个问题,"格里那凡说,"你对你的大副有百分百的信心吗?"

"绝对有信心。"孟格尔回答,"汤姆·奥斯汀是一个优秀的水手,他一定能将船开到目的地,确保修理顺利完成,并按时返回。汤姆是一个忠于职守、遵守纪律的人,不会擅自改变命令,也不会拖延执行。勋爵阁下可以像信任我一样信任他。"

"很好,约翰,"格里那凡回答,"你可以和我们一起走,我觉得这才是对的,"他微笑着加了一句,"当我们找到玛丽·格兰特的父亲时,你应该在场。"

"噢！勋爵阁下。"约翰低声说，脸色开始变红。他再也说不出话来，只是紧紧握住了格里那凡的手。

第二天，约翰·孟格尔和船上的木工在几名水手的陪伴下，带着补给品回到帕迪·奥穆尔的家中，与爱尔兰人讨论合适的交通工具。奥穆尔一家都在场，准备尽最大努力提供帮助。艾尔顿也在场，他分享了自己的经验。

他和帕迪一致认为，女士们应当乘坐牛车，男士们则应当骑马。帕迪提供了牛和车子。车子长二十英尺，车顶覆盖着篷布，车下有四个没有辐条也没有轮圈的大轮子——简而言之，四块圆形木板。前轮和后轮之间的连接部分是粗糙的机械装置，因此车辆不容易转弯。车头有一根三十五英尺长的杆子，将牛一对一对地套在上面。拉车用的轭会固定在牛的脖颈上，并且通过铁钉和牛的项圈连在一起，这样牛就可以用头和脖子来拉动车辆。驾驶这样一辆又长又窄、摇摇晃晃的车辆，并用带刺的木棒引导牛的方向，需要高超的技巧。但艾尔顿已经在帕迪的农场里熟练掌握了此项技能，帕迪可以确保他足够胜任。因此，驾车的任务交给了艾尔顿。

这辆牛车没有弹簧，坐上去应该不太舒适，但他们别无选择。虽然牛车粗糙的外部结构无法改变，但约翰·孟格尔下决心让车内尽量舒适些。他首先用木板将车厢分成两个隔间，后面用来放置补给品、行李及奥比内先生的便携厨房用具。前面的车厢则留给女士们，在木匠的努力下，这节车厢被迅速改造成了一个舒适的小房间，铺上了厚厚的地毯，还配了一张梳妆台和两张沙发。整个隔间被厚实的皮革窗帘环绕，这样可以保护居住者免于夜晚的严寒。如果有必要的话，男士们也可以在暴雨来临时在这里避雨。但当车队露营时，男士们通常会在帐篷中休息。约翰·孟格尔尽力在这个狭小的空间内配备了两位女士可能用得上的所有物品，他做得很出色，以至于海伦娜和玛丽几乎没什么理由为离开"邓肯"号上舒适的船舱而感到遗憾。

其他人的准备工作很快就完成了，因为他们的任务相对简单。格里那凡、帕加内尔、罗伯特·格兰特、麦克·纳布斯和约翰·孟格尔都找到了强壮的马匹，水手约翰逊和穆拉迪也将陪同他们的船长一起骑马旅行。艾尔顿的位置当然在牛车最前方，而不太喜欢骑马的奥比内先生则在行李堆里找了个位置。马和牛现在都在爱尔兰人的草场上吃草，随时准备出发。

一切准备就绪，木匠的工作也完成了。约翰·孟格尔护送爱尔兰人一家来到船上，因为帕迪希望回访格里那凡，艾尔顿则认为自己也该去一趟。大约四点钟，一行人登上了"邓肯"号。

他们受到了热烈欢迎。格里那凡不会有一丝一毫的失礼，他邀请客人们留下来共进晚餐，客人们也欣然接受了邀请。帕迪对船上的华丽会客厅感到惊讶，对船舱的装饰、地毯、挂毯和上层甲板的抛光枫木赞不绝口。艾尔顿的赞赏则没有那么强烈，因为他认为这些都不过是多余的奢侈品。

然而，当他以水手的眼光打量这艘游艇时，这位"不列颠尼亚"号上的水手长和帕迪一样，开始对"邓肯"号不住地称赞。他下到船舱，参观了螺旋桨和发动机舱，还仔细查看了发动机，询问了功率和能耗。他还参观了煤仓、储藏室、火药库和军械库，尤其对军械库和前甲板上的大炮很感兴趣。格里那凡从他提的问题中看出，艾尔顿显然是个懂行的人。艾尔顿最后看了一下桅杆和绳索，结束了参观。

"勋爵阁下，你有一艘很棒的船。"满足了自己的好奇心后，艾尔顿说。

"性能良好，这才是最重要的。"格里那凡说。

"它的吨位是多少？"

"二百一十吨。"

"我相信我的判断不会错得太离谱。"艾尔顿继续说，"我估计，船的速度大概是十五节①，我想这艘船完全能轻松达到这个速度。"

"如果你说十七节，"约翰·孟格尔说，"那才是对的。"

"十七节！"水手长惊呼道，"天哪，没有一艘军舰——即便是最好的军舰——能追得上它！"

"都追不上。"孟格尔说，"'邓肯'号是一艘真正的赛艇，谁都不可能

_____

① 1 节为 1.852 千米每小时。

235

追得上它。"

"即便只依靠船帆？"艾尔顿问。

"即便只依靠船帆。"

"那么，阁下，还有你，船长，"艾尔顿说道，"请允许一个懂船的水手对你们的船表示赞赏。"

"那就留在船上吧，艾尔顿，"格里那凡说，"如果你愿意，'邓肯'号也可以成为你的船。"

"我会考虑的，阁下。"艾尔顿只简单地回答了这么一句。

这时，奥比内先生宣布晚餐准备好了，格里那凡便带着客人们前往会客厅。

"那个艾尔顿真是个聪明人。"帕加内尔对少校说。

"聪明过头了！"麦克·纳布斯低声说道，不知为何，他对这位水手长的面孔和举止一直有种极大的反感。

晚餐期间，艾尔顿谈到了一些关于澳大利亚大陆的有趣细节，他对这片大陆了如指掌。他询问有多少水手将陪同探险队出发，当得知只有两个人时，他感到很惊讶。他建议格里那凡带上所有最优秀的水手，甚至可以说是在敦促勋爵。他的这一举动本应消除少校的疑虑。

"但是，"格里那凡说，"我们的旅程并不危险，是吧？"

"一点也不危险。"艾尔顿迅速地回答。

"那么，我们会尽量在船上留下更多人手。船上的工作需要有人继续做，修理工作也要有人帮忙。另外，最重要的是，'邓肯'号必须在预定时间准时和我们会合，因此，我们不能减少船员。"

艾尔顿听了后没有再多说，似乎已经接受了勋爵的看法。

夜幕降临，苏格兰人和爱尔兰人告别。艾尔顿和帕迪·奥穆尔一家回家了，马匹和车辆将在第二天准备好，出发时间定在了早上八点。

海伦娜和玛丽·格兰特很快就做好了准备，她们比雅克·帕加内尔轻松得多，因为帕加内尔花了半个晚上的时间整理、擦拭和打磨他的望远镜镜片。当然了，他一觉睡到了第二天一早，直到上校洪亮的声音将他吵醒。

行李已经送到了农场，这得感谢约翰·孟格尔的辛勤劳作。一艘小船正在等待乘客们。大家迅速登上了小船，年轻的船长向大副汤姆·奥斯汀下达了最后的指令，特别强调"邓肯"号必须留在墨尔本，等待格里那凡的进一步命令，并坚决服从，无论命令的内容是什么。

这位老水手告诉约翰，他可以完全信任自己，并代表全体船员请求勋爵阁下接受他们的祝福，祝愿这次探险能够顺利完成。

小船启程离开，游艇上爆发出一阵欢呼。十分钟后，他们登上海岸，一刻钟后，他们抵达了爱尔兰人的农场。一切都已准备就绪，海伦娜对准备工作非常满意。那辆巨大的牛车有着原始的车轮和厚重的木板，她尤其喜爱。六头牛两两成对，套在车上，散发出一种让她着迷的古典气息。艾尔顿手里拿着带刺的木棒，等待着这位新主人的命令。

"要我说，"帕加内尔说道，"这真是一辆了不起的车，比世界上所有的邮车都要好。世上不可能还有比乘坐这辆像马戏团大篷车一样的牛车更棒的旅行方式——这简直就是一栋可以移动的房子，随时都能出发，随时都能停下。还有什么比这更好的呢？"

"帕加内尔先生，"海伦娜说，"我希望，我能有幸在客厅里见到你。"

"当然，夫人，不胜荣幸。你定好日子了吗？"

"我每天都在家，可以见我的朋友们。"海伦娜回答，"而你是——"

"朋友中最忠诚的一个。"帕加内尔愉快地说。

这些相互之间的恭维之词被七匹马的到来打断了。所有的马都已配好马鞍，随时可以出发。这些马是帕迪的儿子们带来的，格里那凡支付了购买各项物品的费用，并表达了诚挚的谢意。可敬的爱尔兰人认为，那些感谢的话语比金钱更重要。

出发的指令已经下达，海伦娜和玛丽坐进了为她们准备好的隔间，艾尔顿坐在牛车最前面，而奥比内则爬进了行李堆中。其余的队员们全副武装，携带卡宾枪和左轮手枪，骑在马上。艾尔顿高呼一声，队伍便启程出发。牛车摇晃着，木板发出吱吱声，车轴在车轮中嘎吱作响。不久后，热情好客的爱尔兰人的农场就消失在了视线之外。

第九章

古怪的地区

今天是 1864 年 12 月 23 日。在北半球，12 月通常阴雨连绵，潮湿沉闷，而在澳大利亚，此时正值盛夏，宛如北半球的六月。一年中最炎热的季节已经开始，阳光炽热，如同热带。正是在这样的天气里，格里那凡勋爵踏上了新的探险之旅。

幸运的是，南纬 37 度线并未穿越那些荒无人烟的广袤沙漠——那些地方曾夺去无数勇敢探险家的生命。格里那凡不必面对这样的险境，他的旅程只需穿越澳大利亚南部，包括阿德莱德省的一小部分、整个维多利亚省，以及新南威尔士南部的一片倒三角形区域。

从伯努利角到维多利亚省边境，仅六十二英里，步行不到两天即可抵达。艾尔顿估计，他们可以在维多利亚省最西端的城镇——阿普斯利过夜。

旅程伊始，马匹与骑手都充满活力。对于骑手而言，这无疑是件好事，但马匹需要长途跋涉，控制速度、节省体力才是关键。因此，众人商定，每天的行程应控制在二十五至三十英里之间。

此外，马匹还得照顾那些速度较慢的公牛。尽管它力大无穷，仿佛活生生的机械引擎，但随着时间推移，公牛的体力终究会逐渐消耗。载着乘客和补给的牛车是整个车队的核心，宛如一座移动的堡垒，骑手们可以充当侦察兵，但绝不能离牛车太远。

车队的行进顺序并未严格固定，众人可在一定范围内自由活动。猎手可以在广阔的平原上驰骋，健谈者可与牛车上优雅的女士们交谈，知识渊博的人则可以慢慢前行，思考哲理。帕加内尔集三者于一身，因此他会出现在每个地方。

穿越阿德莱德省的旅程平淡无奇。一路上他们经过了连绵起伏的低矮丘陵、尘土飞扬的道路，接着是一大片荒野区域，还有几处覆盖着小灌木丛的草原。草原绵延数英里，这些灌木在羊群眼中堪称美味佳肴。他们时不时能看见一种新荷兰地区特有的羊，脑袋长得很像猪。在阿德莱德与海岸之间，竖立着最近新建的电报线杆，那些羊就在这些电报线杆之间觅食。

到目前为止，这片土地和阿根廷潘帕斯地区那单调的草原有着惊人的相似之处，二者有同样平坦的草地、同样的蓝天、同样清晰分明的地平线。麦克·纳布斯说，他们似乎一直都在同样的地方旅行。但是帕加内尔让他少安毋躁，并说很快就会看到不同之处。帕加内尔说得这么肯定，所有人都期待着能看到一些新鲜的景色。

就这样，经过了两天，众人走了六十英里后，车队抵达了位于维多利亚省维梅拉地区的阿普斯利教区，这是他们进入维多利亚省后的第一个城镇。

牛车停在了皇冠旅馆。热气腾腾的晚餐很快就端上了桌，食材几乎全是羊肉，只不过采用了不同的烹饪方式。

众人吃得津津有味，但聊得比吃得还欢。众人急切地询问帕加内尔，想知道他们刚刚开始穿越的这片土地上有什么值得一提的景色。和蔼可亲的地理学家根本不需要催促，他告诉众人，这里被称为"幸运的澳大利亚"。

"但这个名字起错了！"他继续说，"叫'富裕的澳大利亚'更合适，因为富裕不等于幸运，这一点对人而言是有道理的，对一片土地而言也是如此。这里发现了金矿，所以，澳大利亚一直被一群疯狂的冒险家肆意掠夺。等我们抵达那些金矿区时，你们可能就会遇到这些人。"

"维多利亚殖民地不是才建立不久吗？"格里那凡夫人问道。

"是的，夫人，它只有三十年的历史。1835 年 6 月 6 日，星期二……"

"晚上七点一刻。"少校插话道，他喜欢针对这位法国人对时间的精确记忆开玩笑。

"不对，是七点十分。"地理学家一本正经地纠正道，"那天，巴特曼和福克纳^①首次在菲利普港建立了殖民地，如今，在那个港湾中，坐落着重要城市墨尔本。十五年来，殖民地一直是新南威尔士的一部分，并承认在悉尼的政府。但1851年，殖民地宣布独立，并改名为维多利亚。"

"我想，从那以后，这座城市一定繁荣了许多。"格里那凡说。

"你可以自己判断，我的朋友。"帕加内尔回答说，"有一些最新的统计数据，不管少校是否喜欢数据，我认为，统计数据才是最有说服力的。"

"你请说。"少校说。

"好，那我说了。1836年，菲利普港殖民地有二百四十四名居民。如今，维多利亚省已有五十五万人。这里有七百万株葡萄藤，每年可产出十二万一千加仑^②的葡萄酒；有一万三千匹马在平原上驰骋，六十七万五千二百七十二头牛在广阔的牧场上吃草。"

"难道猪的数量没有个确切数字吗？"麦克•纳布斯问。

"有的，少校，有七万九千六百二十五头。"

"那羊呢？"

"七百一十一万五千九百四十三只，麦克•纳布斯。"

"包括我们正在吃的这一只吗？"

"不，不包括，这一只已经被吃得差不多了。"

"厉害啊，帕加内尔先生。"海伦娜大笑着说，"不得不承认，你对地理数据了如指掌，麦克•纳布斯也别想着挑出你的错了。"

"夫人，了解这些是我的职责所在，我也乐于在你需要的时候提供我所知道的信息。所以，当我说，在这片古怪的土地上，有着奇妙的事情在等着

---

① 约翰•巴特曼，澳大利亚牧民、探险家，约翰•帕斯科•福克纳，生于英国本土的澳大利亚商人。二人在墨尔本的建立中发挥了重要作用。

② 加仑，体积单位，1加仑约为4.55升。

你的时候，你尽管相信我。"

"目前来看，这里也没什么特别的呀。"麦克·纳布斯故意揶揄道。

"耐心等等吧，急性子的少校。"帕加内尔反驳道，"你才刚刚踏上这片土地，就开始抱怨起来了。我要再说一遍，我一直认为，这里是地球上最奇异的地方——无论是它的形成、自然状况、气候、植物，甚至未来的消亡方式，都令世界上所有的学者惊叹不已。这种惊叹还会持续下去。朋友们，想象一下，有一块大陆，它的边缘地带——注意不是中心，而是边缘——在海浪中升起，就像一个巨大的环一样。环里面还围着一片蒸发了一部分的海水，可能位于环的中心。虽然海水每天都在蒸发，但那里的空气和土壤都很干燥。那里的树木不会落叶，而是会蜕掉一层树皮。那里的叶子并不会正对着太阳，而是用侧边对着太阳，因此那里的树没有树荫。那里的木头常常烧不起来，但雨水却能溶解那里的大石头。那里的森林低矮，但草丛却很高。那里的动物也很奇怪：四足动物都有喙，就像针鼹或鸭嘴兽那样，自然学家们不得不为这些动物创造一个单独的目，叫作单孔目。那里的袋鼠用长短不一的腿跳跃，绵羊长着猪的脑袋，狐狸在树木之间飞来飞去，天鹅是黑色的，老鼠会筑巢，园丁鸟敞开它们的巢穴，接待它的鸟类朋友。那里的鸟儿会唱各种各样的歌曲，能在各种条件下生存，令人惊叹，有的鸟像时钟一样报时，有的能模仿马鞭子的声音，有的发出磨刀的声音，还有的模仿钟摆摆动的声音。有一种鸟会在太阳升起时发出欢笑，另外一种鸟会在太阳落山时发出哭声！噢，这片土地真是一个充满悖论的世界，一个违反常理的世界，一个挑战法则的世界！如果地球上真有这样的地方——学识渊博的植物学家格里马尔说得对，'那就只能是在澳大利亚，有些法则放之四海而皆准，但这里的一切却都在戏弄这些法则，甚至挑战这些法则。'"

帕加内尔滔滔不绝，似乎永远也不会停下来。这位高谈雄辩的地理学会秘书已经无法控制自己，他讲得越来越激动，手势挥越大，甚至险些用叉子戳到邻座的人。终于，他的声音被一阵雷鸣般的掌声淹没，才不得不停下。

在帕加内尔列举了澳大利亚的这些奇特之处后，四周本来应该安静下来了，但麦克·纳布斯少校却用相当冷静的语气说道："帕加内尔，就这些了吗？"

　　"不，当然不止！"法国人的激情又被点燃了。

　　"什么？"海伦娜惊呼道，"澳大利亚还有更多奇迹吗？"

　　"是的，夫人，这里的气候更为独特。"

　　"真的吗？"众人异口同声地问。

　　"我不是说这里的气候对健康不利，"帕加内尔继续说，"恰恰相反，这里的空气比其他地方氧气含量更高，氮气含量更低。这里没有潮湿的风，因为信风会定期吹拂海岸。斑疹、伤寒，或者其他慢性疾病，在这里都极为罕见。"

　　"这可是个不小的优点！"格里那凡说。

　　"当然，但我要说的还不是这个。我想强调的是，这里的气候有一个无与伦比的特点。"

　　"是什么？"

　　"说了你们也绝对不会相信。"

　　"不，我们会相信的。"听众异口同声地说。帕加内尔的这个开头吊足了胃口。

　　"好吧，那就是——"

　　"到底是什么？"

　　"它能带来道德上的重生。"

　　"道德上的重生？"

　　"是的。"这位学者用不容置疑的语气说，"在这里，暴露在空气中的金属不会生锈，人也是一样。这里的空气纯净干燥，能让一切都变得洁白，无论是亚麻布还是灵魂。当英国人决定把罪犯流放到这里改过自新时，他们肯定已经知道，这里的气候有这样的神奇功效。"

　　"什么？你是说气候真的有这样的影响？"海伦娜说。

"是的，夫人，对动物和人都有影响。"

"帕加内尔先生，你是在开玩笑吧？"

"我没有开玩笑，夫人，这里的马和牛都很温顺，你没有注意到吗？"

"但这实在太不可思议了！"

"这就是事实。被流放到这里的罪犯们，呼吸着令人振奋、有益健康的空气，在几年内就会改过自新。慈善家们对此深信不疑，在澳大利亚，人性会变得更好。"

"那么，帕加内尔先生，在这个如此特殊的地方，你自己会发生什么变化？"海伦娜说，"你又会变成什么样子呢？"

"会变得特别好的，夫人，当然是变得特别好呀。"

第十章

意外事故

第二天，也就是 12 月 24 日，天一亮，他们便启程上路。天气虽然炎热，但尚在可忍受范围内。道路平坦，路况良好，队伍得以快速前进。傍晚时分，他们在怀特湖畔扎营。湖水咸涩，根本无法饮用。

雅克·帕加内尔不得不承认，这个湖完全名不副实[①]。湖水一点都不白，就像黑海的水不黑、红海的水不红、黄河的水不黄、蓝山也不蓝一样。但为了维护地理学家的名誉，他仍然为这个湖的名字辩护了一番，虽然他给出的理由其实都站不住脚。

奥比内先生一如既往地准时备好了晚餐。用餐后，众人分别在牛车或帐篷中安顿下来，很快进入梦乡。即便远处传来澳洲野犬凄厉的嗥叫，也未曾扰乱他们的睡眠——这种动物类似豺狼，是澳大利亚特有的掠食者。

湖的另一侧，是一片广阔的平原，野菊花密密麻麻地点缀其上。次日清晨，格里那凡和同伴们醒来，眼前的美景令人陶醉，他们本想在此多停留一会儿，但旅程紧迫，他们不得不继续赶路。放眼望去，整片草原沐浴在春日的生机之中，各色鲜花点缀其间，空气中弥漫着清新的气息。细叶亚麻的蓝色花朵与本地特产的红色爵床草交相辉映。

几只鹤鸵在平原上跳跃，但这些动物不允许人类靠近。不过，少校幸运

---

① 怀特湖的"怀特"（White）在英文中是"白"的意思。

地用子弹击中了一只相当罕见的动物的腿。那是一种鹳鸟，属于英国殖民地特有的巨型鹳，如今濒临灭绝。这只鸟足有五英尺高，喙呈圆锥状，锋利无比，长达十八英寸。它长着紫色的头、亮绿色的颈、雪白的喉部和鲜红的长腿，色彩鲜明，对比强烈。大自然似乎把调色盘上所有鲜艳的色彩都用在了它的身上。

众人对这只鹳鸟赞叹不已。少校的战利品本该成为当天的焦点，然而，罗伯特却在几英里外发现了一种奇特的动物，并勇敢地将其击杀。这只动物的形态非常怪异，一半像豪猪，另一半像食蚁兽，仿佛是上帝创造万物时留下的半成品。它的下颌伸出一条湿黏的长舌，能自由伸缩，用来寻找蚂蚁，这是它的主要食物。

"这是一只针鼹，"帕加内尔说，"你们见过这种动物吗？"

"看上去真吓人。"格里那凡说。

"确实吓人，但是也很有趣。更重要的是，这种动物是澳大利亚特有的。世界上其他地方根本找不到。"

作为地理学家，帕加内尔自然希望能保留这个珍贵的单孔目动物标本，想将其塞进行李中。但奥比内先生表示强烈反对，帕加内尔只好放弃了这个打算。

下午四点左右，约翰·孟格尔发现，三英里外腾起了一股浓重的烟尘，逐渐遮盖了整个地平线。究竟是什么引起了这番景象？帕加内尔倾向于认为那是某种流星，他丰富的想象力已经开始寻找各种解释，然而，艾尔顿却打断了他的猜测，他说，那是一些牛群在行进时扬起的尘土。

这位水手长说得没错，因为随着烟尘逼近，他们可以听到羊的咩咩声、马的嘶鸣声和牛的哞哞声，混杂着人的喊叫、口哨和嘈杂的声音。

不久，一名男子自尘雾中走出。他是这支庞大牲畜队伍的首领。格里那凡走上前去，很快就和他友好地攀谈起来。这位首领，或者更准确地说，这位牧群的主人，名叫萨姆·梅切尔，他正从东部省份赶往波特兰湾。

队伍中总共有一万二千零七十五头牲畜，包括一千头牛、一万一千头羊和七十五匹马。这些牲畜都是在蓝山地区买来的，又瘦又小，梅切尔的计划是将它们带往南澳大利亚肥沃的牧场养肥，然后再以高价出售。他估算，每头牛可获利两英镑，每只羊能赚半英镑，总收益将高达五万法郎。这笔生意很赚钱，但要把这些不易驯服的牲畜带到目的地，需要极大的耐心和精力，还要忍受疲劳的折磨。这笔钱赚得并不容易。

牧群继续穿行于木本含羞草林中，而萨姆·梅切尔则向旅人们讲述他的经历。海伦娜、玛丽和其他人都坐在一棵枝繁叶茂的橡胶树下，专心地倾听。

梅切尔的旅程已持续了七个月，每天行进十英里，预计仍需三个月才能抵达目的地。有二十只狗和三十个人协助他，其中包括五名土著人，他们很擅长追踪走失的牲畜。六辆马车跟在牧群后面，所有人都配备了赶牛鞭，鞭柄长一英尺九英寸，鞭绳长九英尺。他们在队伍中来回穿梭，驱赶不守规矩的牲畜，而牧羊犬则像轻骑兵般负责维持队伍两侧的秩序。

旅行者们对这支牧群的精密组织感到惊讶。不同的牲畜需要分开管理，因为羊和牛根本无法共处。牛绝不会在羊群经过的地方吃草，因此必须走在最前方，分成两队。五队羊群紧随其后，二十个人看管着它们，马群则走在最后。

萨姆·梅切尔告诉众人，牧群真正的领路者并非人或狗，而是牛。事实上，这些动物极具智慧，整个牧群都将它们视为领导者。牛稳重地行走在队伍最前端，凭借本能挑选最佳路线，同时深知自己应当受到尊重。无论何时何地，所有人和牲畜都会尊重它们的意见，迁就它们，整个牧群无条件地服从它们。如果牛决定停下来，那么整个队伍便必须停下，在这些领袖发出继续前行的信号之前，没有任何一只牲畜会迈出一步。

这位牧群主人继续补充了不少细节，丰富了这次漫长迁徙的记录。这段牧群的行进史，即便不可能得到克赛诺丰①本人的称赞，也值得被记入史

---

① 也译为"色诺芬"，古希腊历史学家，著有多部战争史书。

册。若是在平原上行进，一切尚且顺利，一般不会遇到什么麻烦，也不会很累。牲畜可以边走边吃，在溪流中饮水解渴，白天稳步前进，夜晚安然休息，始终服从牧羊犬的指挥。然而，一旦进入森林或木本含羞草林，困难便接踵而至。原本组织好的牲畜队伍，往往会混在一起，或者四散开来，重新集结需要花费大量时间。如果一只领头牲畜不幸走丢了，那么不管花费多大精力都得把它找回来，否则整个牧群可能就散了。土著人往往要花上很长时间寻找它们。如果下起大雨，懒惰的牲畜可能拒绝前进，而当刮起暴风雨的时候，它们会因恐惧而变得疯狂，整个队伍都陷入恐慌。

　　然而，面对接连不断的困难，牧群主人凭借顽强的毅力和坚定的决心一路克服。他稳步前行，一英里又一英里的平原、森林和山脉在身后渐行渐远。但当他们遇到河流时，除了刚才提到的品质，还需要一种更为难得的品质——耐心，一种经得起任何考验的耐心，这种耐心不仅需要持续数小时或数天，甚至可能得长达数周。有时，牧群会遇到一条本可以立刻渡过的河流，但牧群的主人不得不在河岸苦等，唯一的阻碍就是固执的牲畜。牛会尝一口水，然后转身离开。羊群会四散奔逃，害怕涉水。牧群的主人希望这些牲畜在晚上会更服管教一些，但它们依然拒绝前进。他们可以把公羊强行拖进水里。但是羊群却不愿意跟在后面。他们也试过用口渴来逼迫动物就范，几天不给它们喝水，但再次把羊群带到河边时，它们只是喝水解渴，之后就拒绝再碰到河水。他们甚至还试过把所有小羊都带到对岸，希望母羊能被小羊的叫声吸引，跟在后面，但无论小羊羔如何哀鸣，母羊也不为所动。有时，这种情况会持续一个月，牧群的主人被这些咩咩叫、哞哞叫、嘶嘶叫的动物逼得走投无路。但突然就有一天，一小群动物会毫无预兆地决定开始渡河，此刻开始，唯一的困难就是阻止整个牧群一窝蜂地跟着它们冲过去。队伍会陷入一片混乱，会有不少动物在渡河时淹死。

　　这便是萨姆·梅切尔的讲述。就在他娓娓道来的过程中，牧群中的一大半牲畜都已经井然有序地从众人身边经过。此时，他也该返回队伍前方，去选择最好的牧场了。他向格里那凡勋爵告别，跳上一匹手下牵来的本地马，与大家一一握手后便转身离开。几分钟后，牧群的主人和他的大军就只剩下了一团烟尘。

牛车朝着相反的方向继续前行，直至抵达托尔伯特山脚下，才停下来扎营过夜。

帕加内尔明智地指出，今天是12月25日，是英国人非常重视的圣诞节。当然，司务长没有忘记这一点，一顿丰盛的晚餐很快摆在了帐篷下面，众人纷纷称赞他的细致周到。奥比内先生表现得非常出色，他从储备的补给中取出了许多难得的欧洲食材：腌好的驯鹿腿、咸牛肉片、熏鲑鱼、燕麦饼和大麦粉烤饼，这些食物在澳大利亚荒原上可相当罕见。茶和威士忌供应充足，还有几瓶波特酒，共同组成了这顿惊艳的晚餐。一行人甚至可能会以为，自己身处苏格兰高地中心的马尔科姆城堡，正坐在城堡的豪华餐厅中。

12月27日上午十一点，车队抵达了东经143度的维梅拉河岸。

这条河宽约半英里，水流清澈，蜿蜒穿梭于高大的胶树和相思树间。河岸生长着高大的桃金娘科植物，尤其显眼的是足足有十五英尺高的伞花铁心木，长长的枝条垂下来，上面点缀着红色的花朵。成千上万只鸟儿飞来飞去，有黄鹂、金丝雀、金翅鸽，还有些叽叽喳喳的长尾鹦鹉，它们在翠绿的枝丫间飞来飞去。水面上有几只生性羞怯、不让人亲近的黑天鹅，这种澳大利亚特有的稀有水鸟很快就消失在维梅拉河蜿蜒曲折的河道中，河水润物无声，滋养着这片迷人的土地。

牛车停在了一处水草丰茂的河岸，长长的青草低垂在湍急的水流中。但这里没有木筏，也没有桥梁，而他们必须渡过河去对岸。艾尔顿环顾四周，寻找合适的渡口，大约四分之一英里之外，河水似乎不太深，他们决定试着在那里渡河。众人在不同的地方做了水深测量，发现水深只有三英尺，牛车应该可以安全通过。

"我想，这大概是唯一的渡河方式了吧？"格里那凡询问水手长。

"是的，勋爵阁下，但是这次渡河应该不会有危险，我们能成功。"

"格里那凡夫人和格兰特小姐需要下车吗？"

"完全不需要。公牛脚步稳健，你可以相信我，我能控制好它们，让它们笔直地往前走。"

"很好，艾尔顿，我相信你。"

骑手们围拢在这辆笨重的牛车四周，所有人都勇敢地踏入水中。通常，渡河时应在车体两侧绑上空桶，以增强浮力。但他们手头没有空桶，只能依赖公牛的智慧和艾尔顿的谨慎，艾尔顿负责指挥，少校和两名水手走在车前面几英尺的地方，格里那凡和约翰·孟格尔护在车子两侧，随时准备为女士们提供帮助，帕加内尔和罗伯特则走在最后。

抵达维梅拉河中心之前，一切都很顺利。然而，随着车队深入，河床变得愈发低洼，水位迅速上涨，很快便没过车轮的中部。公牛面临着找不到合适踏足点的风险，摇晃的车子可能会被拉翻。艾尔顿果断做出反应，勇敢地跳进水中，抓住公牛的角，竭力将它们引导回正确的路线。

突然，车身猛地一颠，这次颠簸来得毫无征兆，也无可避免。只听"咔嚓"一声，车厢开始倾斜，场面万分危急。水已经浸到了女士们的脚边，尽管约翰·孟格尔和格里那凡勋爵紧紧抓住车体两侧，车子还是被水冲得漂浮起来。那一刻，所有人的心都悬到了嗓子眼。

幸运的是，艾尔顿奋力推了一下，将车子朝着对岸推了过去。随着河床渐渐升高，马匹和公牛终于重新站稳了脚步。很快，整个队伍顺利抵达了对岸，尽管所有人都浑身湿透，他们仍禁不住松了一口气。

然而，牛车的前部已经受损，格里那凡的马也掉了一只蹄铁。

这显然是个急需修复的问题。众人面面相觑，一时不知如何是好，直到艾尔顿主动请缨，说他可以去北边二十英里外的黑点定居点，找一名铁匠过来。

"好，去吧，小伙子。"格里那凡说，"你来回一趟需要多久？"

"大约十五个小时，"艾尔顿答道，"不会超过这个时间。"

"那就立刻出发，我们会在维梅拉河畔扎营，等你回来。"

第十一章

是犯罪还是意外

　　看到艾尔顿离开维梅拉河畔的营地，前往黑点定居点寻找铁匠，少校心中不免涌起一丝担忧，但他并未表露出来，只是静静地观察着河岸的一切。宁静的林地中没有任何异常，短暂的夜晚过去，太阳再次从地平线上升起。

　　至于格里那凡，他唯一的担忧是艾尔顿可能会孤身返回。如果他们找不到工匠，牛车就无法继续前行，这将导致行程延误好几天。格里那凡急于完成搜救任务，无法容忍任何拖延。

　　幸运的是，艾尔顿没有浪费时间，也没有空手而回。第二天清晨，他准时归来，带回了一名自称是黑点定居点铁匠的男子。那人身材高大，肌肉结实，面容显得凶狠，不太友好。然而，只要他的手艺过硬，其他都无关紧要。此人话不多，显然不喜欢与人交谈。

　　"他的铁匠手艺如何？"约翰·孟格尔问水手长。

　　"船长，我和你一样，对他一无所知。"艾尔顿说，"不过我们很快就会知道的。"

　　铁匠开始工作。显然，这项工作是他的强项，从他修理牛车前部的熟练程度就可以看出。他技术娴熟，体力充沛。少校注意到，他的手腕上有一道深深的伤痕，显然是新近受的伤，皮肤下有瘀血。那条破旧的羊毛衫袖子根本遮掩不住这道伤疤。麦克·纳布斯问铁匠，那道显得很痛的伤口是怎么回事，但铁匠没有回应。两小时后，牛车的损坏部分已修复。至于格里那凡的马，铁匠也很快解决了问题，他早有准备，带来了新的马蹄铁。这个马蹄铁有一个显著特点：它的背面粗糙地刻着一个三叶草形状的标记，麦克·纳布斯注意到这一点，并指给艾尔顿看。

"这是黑点定居点的标记，"水手长说，"这样可以追踪所有走失的马匹，避免它们混入其他牧群。"

马蹄铁很快就钉好了。铁匠要走了他的工钱，然后默默地离开了。

半小时后，旅行者们继续上路。穿过一片木本含羞草树林后，他们来到了一片树木稀疏的区域，这种地貌被称为"开阔平原"，的确名副其实。灌木丛和高草中散布着一些石英和铁矿石，草地上有不少羊在吃草。又走了几英里，穿过茂密的芦苇丛，他们来到了几条蜿蜒的小溪边。溪水潺潺，牛车在泥土中留下了深深的车辙。很快，他们绕过了一片盐湖，湖水正迅速蒸发。旅途进展顺利，大家并未感到疲惫。

海伦娜轮流邀请骑手进入她的车厢做客，由于她的"客厅"非常狭小，最多只能接待一位客人。但与这位和蔼可亲的女士交谈后，骑手们很快就忘记了白天的疲劳。

在玛丽小姐的帮助下，海伦娜优雅地接待了每一位客人，自然也没忘记约翰·孟格尔，尽管他谈话时略显严肃，却很招人喜欢。

一行人斜着穿过了从克罗兰到霍舍姆的邮车常用路线。这条路尘土飞扬，行人通常不会走这条路。

在塔尔伯特郡的边界，他们绕过了一些低矮的山丘。傍晚时分，旅行者们抵达了距离马里伯勒约三英里的地方。细雨绵绵，若是在其他地方，地面早已泥泞不堪，但这里的空气异常干燥，几乎没有影响到营地。

第二天是 12 月 29 日，路上出现了一串小山丘，稍微延误了行程。这些山丘让这里的景色看起来像是微缩版本的瑞士。路面起伏不定，车子颠簸不止，令人不太舒服。有几段路，旅行者们选择步行经过，但他们并不觉得太累。

上午十一点，他们到达了卡里斯布鲁克，这是一个相当重要的城镇。艾尔顿建议绕过城镇，走旁边的路以节省时间。格里那凡同意了他的建议，但帕加内尔总是对新鲜事物充满兴趣，坚持要参观卡里斯布鲁克。大家答应了他的请求，牛车缓缓驶入城镇。

帕加内尔像往常一样带着罗伯特。虽然他的参观很短暂，但足以让他对澳大利亚的城镇有了准确的了解。这里有一家银行、一座法院、一个市场、一座教堂和大约一百座砖房，所有的房子都一模一样。整个城镇呈方形布局，街道交错，完全是英国的样子。没有什么比这更简单，也没有什么比这更无聊的了。随着城镇的发展，他们会不断延长街道，从而保持原有的对称性，就像给成长中的孩子加长裤子一样。

卡里斯布鲁克充满了活力，这也是新兴城镇的典型特征。在澳大利亚，城镇像阳光下迅速生长的树木一样迅猛发展。商人们在街上步履匆匆，黄金买主们赶着去迎接即将到来的护送队伍。这些贵重的金属将在当地警察的护送下，从本迪戈和亚历山大山的矿场运到这里。这个小小的世界完全沉浸在自身的经济活动中，没有人关注那些混杂在忙碌居民中的陌生面孔。

花了一小时参观完卡里斯布鲁克后，两位旅行者重新回到队伍中，接着他们穿过了一片几乎被完全开垦的地区。眼前豁然开朗，广袤的草原展现出来，当地人称之为"低地平原"。草原上点缀着无数羊群，还有牧羊人的小棚子。他们继续前行，突然进入了一片沙地，从草原到沙地没有任何过渡，这种突兀的地貌变化正是澳大利亚风景的一大特色。辛普森山和特伦高尔山标志着洛登地区南部边界与144度经线的交汇点。

至此，他们还未遇到任何处于野蛮状态的土著部落。格里那凡在心中暗自思忖，澳大利亚的土著是否像阿根廷潘帕斯草原上的那样稀少。但帕加内尔却告诉他，在这一纬度，土著部落主要聚集在墨累平原，距离此地大约有一百英里。

"我们正在接近金矿区。"他说，"一两天后，我们将穿越富饶的亚历山大山地带。1852年，大批淘金者就是在那里登陆的，土著人只得逃到内陆。我们现在所处的地方属于文明区域，却看不到任何文明的痕迹。不过，在今天结束之前，我们就会穿过一条连接墨累地区与海洋之间的铁路。说实话，澳大利亚有铁路这件事，让我觉得很震惊。"

"帕加内尔，为什么呢？"格里那凡问。

"为什么？因为这和我的认知完全不符！噢，我知道，你们英国人习惯在远离本土的殖民地建设基础设施。你们在新西兰建了电报局，举办了万国博览会，觉得这一切都理所当然。但我可是法国人，看到这些设施，我简直无法理解，彻底颠覆了我对澳大利亚的传统看法！"

"因为你只看到了过去，没有看到现在。"约翰·孟格尔说。

一声响亮的哨声打断了他们的对话。队伍距离铁路桥只有一英里，许多人急匆匆跑向铁路桥，附近的居民也纷纷跑出家门，牧羊人丢下羊群，挤进了通往铁路的道路。不时就有人高喊："铁路！铁路！"

显然，一定发生了重大事件，才会引起如此大的骚乱。那或许是一起严重的事故。

格里那凡和其他人一起催促马匹加速前进。几分钟后，他们赶到了卡姆登桥，立刻明白了引起骚乱的原因。

发生了一场可怕的事故。不是火车相撞，而是一列火车脱轨了，跌落到桥下。这个灾难让人联想到美国铁路历史上最严重的一次事故。桥下的河水中，散落着车厢和机车的碎片。或许是列车的重量超过了桥梁的承载能力，或许是列车突然失控，总之，六节车厢中，有五节坠入了洛登河。第六节车厢和第五节车厢之间的连接断裂，因此，第六节车厢奇迹般地停在轨道上，距离深渊仅有 1 米。桥下只能看到扭曲变黑的轴、破碎的车厢、弯曲的铁轨和烧焦的枕木。锅炉在撞击中爆炸，碎片散落到很远的地方。在这堆已经不成样子的废墟中，浓烟和火焰翻滚而起。可怕的坠落之后，随之而来的是更为可怕的火灾。随处可见大片的血迹、散落的肢体和烧焦的残骸，没有人能猜测到有多少受害者死在了废墟之下。

格里那凡、帕加内尔、少校和孟格尔混在人群中，听着周围的议论声。每个人都在尽力推测事故的原因，同时纷纷抢救能抢救出来的东西。

"一定是桥断了。"一个人说。

"根本不是，桥还好好的。他们一定是忘了把桥合上，火车就这么开过来了。"

这是一座平旋桥①，专为方便船只通行而设计。难道是守桥员犯了无法原谅的错误，忘了在火车到来时合上桥梁，导致那列高速行驶的列车坠入了洛登河？这个猜测听起来十分合理。尽管桥的一半已经被列车的废墟压住，另一半却依旧完好无损地连接在链条上，拉到了对岸。最后，大家一致认为，这场灾难的根本原因是守桥员的失职，没人对此提出异议。

事故发生在夜晚。那辆快车在十一点四十五分从墨尔本出发，大约凌晨三点一刻，即离开卡斯尔梅恩二十五分钟后，列车抵达了卡姆登桥，灾难就在此发生。最后一节车厢里幸存的乘客和工作人员立刻开始寻求帮助，可惜电报线杆倒了，根本无法发电报。三小时后，卡斯尔梅恩的当局才赶到现场。早上六点，殖民地总行政官米切尔先生和一名警官指挥的警察分队开始展开救援活动，救援队这才组织起来。牧场主和他们的手下们也提供了帮助，他们率先扑灭了在废墟中猛烈燃烧的大火。废墟中，一些无法辨认的尸体躺在路堤的斜坡上，在那片燃烧的废墟中，没有任何生物能存活。火势蔓延得太快，只有十名乘客活了下来——也就是那些在最后一节车厢的人。铁路当局派了一辆机车，将他们带回了卡斯尔梅恩。

格里那凡向总行政官做了自我介绍，随即与总行政官和警官谈起了这场灾难。警官是个又瘦又高的男人，冷静得令人不敢相信。无论他心里想的是什么，他的脸上始终没有丝毫表情。他像一个数学家在面对复杂难题时那样，试图从这场灾难中找出未解的谜题。格里那凡说起"这真是一次巨大的不幸"时，警官却平静地回应道："不止如此，勋爵阁下。"

---

①"平旋"是一种桥梁设计方式，采用这种设计的桥梁分成几个部分，每个部分都可以旋转。车辆或行人过桥时，桥梁对接，合在一起，可以连接两岸；当有船只通过时，桥梁旋转，平行于河道，让河道上的大部分空间空出来，这样就不会阻拦船只在河流航行。

"不止如此？"格里那凡喊道，"我不明白你的意思。"

"不止是不幸，这是一场犯罪！"警官的语气依然平静。

格里那凡困惑地看向米切尔先生，期待一个解释。"是的，勋爵阁下。"总行政官回答，"我们调查的结论是，这场灾难是一起蓄意犯罪引起的。最后一节行李车厢被洗劫一空，幸存的乘客遭到了五六个恶棍的袭击。桥没有合上，根本不是因为守桥员的疏忽，而是有人故意没有把它合上。而且，守桥员失踪了，我们可以推测他是这些恶棍的同谋。"

对于这个结论，警官摇了摇头。

"你不同意我的看法？"米切尔先生问。

"是的，我不认为守桥员是同谋。"

"好吧，但如果守桥员是同谋的话，罪犯就可能是经常在墨累地区出没的土著。没有守桥员，土著人永远不可能把这座平旋桥打开，他们对桥的机制一无所知。"

"的确如此。"警官说。

"而且，"米切尔先生补充道，"我们有一个船夫的证词，他的船在昨晚十点四十分经过卡姆登桥，他经过后，桥是正常合上了的。"

"没错。"

"那么，守桥员的同谋身份，应该是很确凿的了。"

警官摇了摇头，虽然动作很轻微，但是没有停下。

"那么，你不认为是土著干的？"

"是的。"

"那是谁干的？"

就在这时，从大约半英里外的河上游传来了一阵喧闹声。一群人聚集在一起，人数还在迅速增加。不久，他们抵达了车站，其中两个人抬着一具尸体。那正是守桥员的尸体。尸体已经冰冷，心脏被刺穿。毫无疑问，凶手试图将受害者拖到远处，误导最初的调查。无论如何，这一发现证明了警官的猜测是正确的。土著人与此事毫无关系。

"下手的人，"他说，"已经对这个小玩意儿非常熟悉了。"说着，他拿出了一副用铁环制成的手铐，铁环之间用锁固定。"很快，我就会很高兴地将这些小手镯当作新年礼物送给他们。"

"那么你怀疑——"

"一些'乘国王陛下的船不用付钱'的人。"

"什么！你是说罪犯？"帕加内尔喊道，他知道澳大利亚殖民地是这么称呼流放而来的罪犯的。

"我以为，"格里那凡说，"罪犯是没有权利留在维多利亚省的。"

"哈！"警官说，"他们没有权利，但他们还是会自己来！有时候，罪犯会逃跑，如果我没猜错的话，这些人肯定是从珀斯来的，相信我，他们很快就会回到那里去。"

米切尔先生点点头，对警官的话表示赞同。就在这时，牛车到达了铁路的平交道口。格里那凡不希望女士们看到卡姆登桥上的惨状。他礼貌地向总行政官告别，并示意其他人跟上他。"不能因为这件事耽误我们的行程。"他说。

到达牛车后，格里那凡简短地告诉海伦娜这里发生了一起铁路事故。他没有提及这是一起犯罪事件，也没有提到附近有一群罪犯在流窜。他只把这个消息告诉了艾尔顿。随后，一行人在桥下游大约两百码的地方穿过铁路，继续向东行进。

第十二章

来自拉克伦的托莱恩

距离铁路约两英里的地方，平原逐渐被一片低矮的山丘取代。不久后，车队驶入了一片狭窄的峡谷地带，沿着蜿蜒曲折的道路前行。穿越峡谷后，车队进入了一片风景如画的区域。这里的树木并不茂密，而是散布在各处，仿佛热带地区那样欣欣向荣。一行人继续前行时，突然发现了一个土著小男孩，他正躺在一棵茂盛的佛塔树的树荫下睡觉。男孩穿着欧式服装，看上去约八岁。他的头发鬈曲、皮肤近乎黑色、鼻子扁平、嘴唇很厚、手臂相当长，这些特点都表明，他是内陆地区的土著人。但他的脸上透露出智慧的神气，这显示出他受过教育，并不是那种残暴、野蛮的土著。

海伦娜对这个小男孩产生了浓厚的兴趣。她下了车，玛丽跟在后面，很快，所有人都围住了这个安睡的男孩。

"可怜的孩子！"玛丽·格兰特说，"他是不是在这片荒野中迷路了？"

"我想，"海伦娜说，"他可能是从很远的地方来到这里的，或许他的亲人就住在附近。"

"我们不能就这么把他丢下不管，"罗伯特说，"我们得——"

这句充满同情心的话还没说完，男孩忽然在睡梦中翻了个身。令所有人都很惊讶的是，男孩的肩膀上竟然贴着一张大标签，上面写着：

托莱恩

运至伊丘卡

负责人：铁路搬运工史密斯

邮资已付

"真是典型的英国作风！"帕加内尔喊道，"把小孩当成行李邮寄，还像包裹一样给他贴上标签。我听说过这种事，但亲眼见到之前，我真不敢相信。"

"可怜的孩子！"海伦娜感叹，"他是不是从那列在卡姆登桥脱轨的火车上下来的？也许他的父母已经遇难，把他孤零零地留在了这个世界上！"

"夫人，我不这么认为。"约翰·孟格尔说，"这张标签表明，他很可能是独自旅行的。"

"他醒了！"玛丽喊道。

男孩确实醒了，他慢慢睁开了眼睛，但光线刺眼，他又把眼睛闭上了。海伦娜握住他的手，男孩立刻跳了起来，困惑地发现自己周围围了一圈陌生人。起初，他有些害怕，但看到海伦娜后他就安心了许多。"小朋友，你能听懂英语吗？"年轻的夫人问。

"我能听懂，也会说英语。"男孩用流利的英语回答，尽管带着明显的口音。他的发音有点像法国人在说英语一样。

"你叫什么名字？"海伦娜问。

"托莱恩。"小土著人答道。

"托莱恩！"帕加内尔高声说，"啊，我想，这在澳大利亚的土著语言中是'树皮'的意思。"

托莱恩点了点头，再次打量了一下几位旅行者。

"你从哪儿来？"海伦娜问。

"我从墨尔本来，坐的是桑德赫斯特出发的火车。"

"你的车是在卡姆登桥失事的那一趟吗？"格里那凡问。

"是的，先生。"托莱恩回答，"但是《圣经》里的上帝保护了我。"

"你自己一个人旅行？"

"是的，一个人。帕克斯顿牧师把我托付给了史密斯先生，但不幸的是，那位可怜的人遇难了。"

"你在火车上没有认识其他人吗？"

"没有，夫人。但上帝会保佑孩子们，永远不会抛弃他们。"

托莱恩说话时，语气柔和而沉静，深深打动了旅行者们的心。

然而，托莱恩为何要独自一人来到这片荒野？他为什么要离开卡姆登桥？海伦娜继续追问。

"我要回家去看看，回到拉克伦的部落，"托莱恩回答，"我想再去见一下我的家人。"

"他们都是澳大利亚人吗？"约翰·孟格尔问。

"是的，都是拉克伦的澳大利亚人。"托莱恩回答。

"你的父母都还在吗？"罗伯特·格兰特问。

"还在，小哥哥。"托莱恩握住了小格兰特的手。罗伯特被"哥哥"这个词深深打动，亲了亲这个土著小男孩，两人立刻就成了朋友。

托莱恩的回答让所有人都产生了浓厚的兴趣，大家围坐在他身边，听他讲述自己的故事。但太阳已经落到了高高的树木之后，格里那凡决定就在这里扎营过夜，少走几英里的路不会对他们的计划造成太大影响，而这里的环境恰好适合休息。艾尔顿解开了牛身上的轭，让公牛们自由吃草。帐篷搭好后，奥比内开始准备晚餐。经过一番犹豫，托莱恩最终同意和大家一起用餐。他坐在罗伯特身边，罗伯特特意为他的新朋友挑选了些最好的食物。托莱恩羞涩地接受了这份好意，显得非常可爱。

大家和托莱恩的交谈没有停下，因为每个人都对这个孩子充满了兴趣，想听他多讲讲自己的故事。托莱恩的经历非常简单：土著部落把这个可怜的小孩交给了附近的慈善机构。南澳大利亚的土著人大多温和无害，远不像新西兰或北澳大利亚的一些族群那样，总是表现出强烈的敌意。他们常常穿着原始服装，带着狩猎工具、捕鱼工具和武器，去阿德莱德、悉尼、墨尔本等大城市交换商品。为了节省开支，某些部落的酋长愿意把孩子交给英国人，接受免费教育。

托莱恩的父母正是这样做的。他们是生活在拉克伦地区的澳大利亚土著人。拉克伦位于墨累河以外，地势广阔。托莱恩在墨尔本生活了五年，其间未曾见过自己的族人，但血缘的纽带始终在他心中。他勇敢地踏上了这片荒野，只为再次见到他的部落和家人，尽管族人或许已经四散各地，家中可能也有人已经去世。

"亲吻过你的父母后，你还要回到墨尔本吗？"格里那凡夫人问。

"是的，夫人。"托莱恩用充满敬爱的眼神看着海伦娜。

"你将来想要做什么？"海伦娜继续问道。

"我要把我的同胞们从苦难和愚昧中解救出来，我要教导他们。"

这些话从一个只有八岁的孩子口中说出，语气充满了热情。轻浮的听众或许会发笑，但严肃的苏格兰人却能理解他小小年纪所拥有的勇气，并暗自钦佩。即使是帕加内尔，也被深深打动了，他对这个可怜孩子产生了更加深切的同情。

说实话，在此之前，帕加内尔对穿着欧式服装的土著人并不感兴趣。他来到澳大利亚并不是为了看到这些身着大衣和长裤的土著人，他更倾心于那些带有传统文身的土著人，而穿着欧洲古典服饰的土著人则不太符合他的喜好。但托莱恩的那份真诚彻底打动了帕加内尔。事实上，随着谈话的结束，这位地理学家已经成了托莱恩最好的朋友。

托莱恩继续回答海伦娜的提问，大家得知，他在墨尔本的师范学校读书，校长是帕克斯顿牧师。

"他们都教了你什么知识？"海伦娜问道。

"他们教我圣经、数学和地理。"

听到"地理"这个词，帕加内尔立刻竖起耳朵："啊，地理？"

"是的，先生。"托莱恩说，"在圣诞节假期之前，我还得了地理考试第一名。"

"我的孩子，你得了地理考试第一名？"

"是的，先生，还得了奖品。"托莱恩从口袋里掏出一本书。

这是一本三十二开本的《圣经》，装帧精美，扉页上写着："墨尔本师范学校奖给地理考试第一名：来自拉克伦的托莱恩。"

帕加内尔激动不已。一个地理学得很好的澳大利亚土著人！这太不可思议了，他忍不住亲吻了托莱恩的脸颊两下，仿佛自己就是帕克斯顿牧师，正在为托莱恩颁奖。然而，帕加内尔其实不必如此惊讶，因为在澳大利亚的学校中，这种情况并不罕见。小土著学习地理非常迅速，他们对地理充满热情，但是对数学兴趣不大。

面对法国人热烈的反应，托莱恩有些困惑。海伦娜觉得有必要向托莱恩解释一下，帕加内尔是一位著名的地理学家，也是成就卓著的教授。

"地理学教授！"托莱恩喊道，"噢，先生，你考考我吧！"

"考考你？好啊，我很乐意，其实就算你不说，我也想考考你，我很想知道墨尔本师范学校是如何教地理的。"

"帕加内尔，没准托莱恩会把你给难住呢！"麦克·纳布斯开始开玩笑。

"怎么可能！"地理学家喊道，"我可是法国地理学会的秘书！"

于是，帕加内尔推了推鼻梁上的眼镜，挺直身子，带着教授特有的严肃语气开始了考试。

"托莱恩同学，请起立。"

但托莱恩已经起立了，没办法再起立一次。他只能恭敬地站着，等待地理学家的提问。

"托莱恩同学，地球上的五大洲是什么？"

"大洋洲、亚洲、非洲、美洲和欧洲。"

"完全正确。我们先从大洋洲开始吧，我们现在在哪里？大洋洲主要有哪几个岛屿？"

"澳大利亚，属于英国。新西兰，属于英国。塔斯马尼亚，属于英国。还有查塔姆、奥克兰、麦夸里、克马德克、马金、马拉基这些岛屿，也属于英国。"

"很好，那新喀里多尼亚、桑威奇群岛、门达尼亚群岛、帕摩图群岛呢？"

"它们是处在大不列颠保护下的岛屿。"

"什么？"帕加内尔喊道，"大不列颠保护下的岛屿？我倒是觉得，法国——"

"法国？"托莱恩惊讶地看着他。

"好吧，好吧，"帕加内尔说，"墨尔本师范学校是这么教你的吗？"

"是的，先生。不对吗？"

"啊，对的，对的，完全正确。大洋洲都属于英国。这是公认的。我们继续。"

帕加内尔的脸上渐渐显露出惊讶和不满的表情，少校看了忍不住想笑。

"我们继续讲讲亚洲吧。"地理学家说。

"亚洲的话，"托莱恩回答，"是一个幅员辽阔的大洲。亚洲的核心城市是加尔各答，主要的城市有孟买、马德拉斯、卡利卡特、亚丁、马六甲、新加坡、曼谷、科伦坡。此外还有拉克代夫群岛、马尔代夫群岛、查戈斯群岛等岛屿，都属于英国。"

"很好，很好，托莱恩同学。现在讲讲非洲。"

"非洲包括两个主要的殖民地——南部的好望角殖民地，核心城市是开普敦，还有西部的英国殖民地，主要城市是塞拉利昂。"

"回答得很好！"帕加内尔干脆顺着这种完全英国式的地理教学说了，"至于阿尔及利亚、摩洛哥、埃及——在英国人的城市列表中，直接把它们删掉就好了。我们继续讲讲美洲吧。"

"美洲分为两部分，"托莱恩迅速回答，"分别是北美洲和南美洲。北美洲包括加拿大、新不伦瑞克、新苏格兰和美利坚，都属于英国，其中美利坚由约翰逊总督领导。"

"约翰逊总督！"帕加内尔高声说，"伟大的林肯被支持奴隶制的狂热分子刺杀之后的继任者。很好！简直太棒了！至于南美洲，包括圭亚那、设得兰群岛、乔治亚、牙买加、特立尼达等，也都属于英国！好吧，我不会争论这一点的。但托莱恩，我还是想知道一下你对欧洲的看法，或者说，你们老师的看法。"

"欧洲？"托莱恩说，他不太理解帕加内尔为什么会这么激动。

"是的，欧洲！欧洲属于谁？"

"当然属于英国。"托莱恩说，似乎这件事理所当然一样。

"我表示怀疑。"帕加内尔说，"托莱恩，我想知道，为什么你说欧洲属于英国？"

"英格兰、爱尔兰、苏格兰、马耳他、泽西岛、根西岛、伊奥尼亚群岛、赫布里底群岛、设得兰群岛和奥克尼群岛，都属于英国。"

"没错，没错，孩子，但你忘了一些其他国家。"

"什么国家？"男孩回答道，语气一点都不慌张。

"西班牙、俄罗斯、奥地利、普鲁士、法兰西。"帕加内尔说。

"它们是省份，不是国家。"托莱恩说。

"这太离谱了！"帕加内尔高声喊道，摘下了眼镜。

"而西班牙，"男孩继续说道，"省会是直布罗陀。"

"太棒了！完美！好极了！那法兰西呢？我来自那里，我想知道我属于哪个国家。"

"法兰西，"托莱恩平静地回答，"是英国的一个省份，省会是加来。"

"加来！"帕加内尔大喊，"你认为加来还属于英国？"

"当然了。"

"它是法兰西的省会？"

"是的，先生，总督拿破仑爵士就住在那里。"

帕加内尔再也忍不住了，他大笑起来。托莱恩不知道帕加内尔为什么会笑，他已经尽力回答了每一个问题，说出这些奇怪的答案也并不是他的错，他甚至从未觉得这些答案有什么奇怪的地方。尽管如此，他仍然保持着沉默，静静地等待着地理学家恢复平静。他无法理解这阵突如其来的笑声背后的含义。

"你看，"麦克·纳布斯笑着说，"我说的没错吧，这个学生确实能给你上一课。"

"确实如此，少校，我的老朋友。"地理学家说，"墨尔本师范学校就是这么教地理的！那些师范学校的老师，他们教的可真是'好'啊！欧洲、亚洲、非洲、美洲、大洋洲，整个世界都是英国的。我的天哪！在这样的教育下，也不奇怪为什么土著人都服服帖帖的。好吧，托莱恩，我的孩子，月球也属于英国吗？"

托莱恩严肃地回答："总有一天，月球也将属于英国。"

整场对话的荒诞在此刻达到了顶峰。帕加内尔再也控制不住自己，他不得不走开，开始大笑个不停。走到四分之一英里外之后，他才恢复了平静。

与此同时，格里那凡在他们随身携带的书籍中找到了一本地理书，是理查森著的《地理学概要》，这本书在英国享有盛誉，与墨尔本师范学校使用的教学材料相比，它更贴近现代科学。

"给你，我的孩子。"格里那凡对托莱恩说，"拿着这本书，留着它。你对地理学的一些理解可能不太准确，这本书能帮你纠正。作为纪念，这是我送给你的礼物。"

托莱恩默默接过书，仔细看了看后，摇了摇头，似乎有些怀疑这本书的内容。他甚至没有把书放进自己的口袋里。

夜幕已经降临，时间已接近晚上十点，大家该休息了，第二天还得继续赶路。罗伯特邀请托莱恩一起睡觉，托莱恩欣然接受了这个邀请。海伦娜和玛丽·格兰特回到了牛车里，其他人则在帐篷中躺下。帕加内尔还会不时笑出声，他的笑声和野生喜鹊的低吟一唱一和。

第二天早上六点，阳光把大家从睡梦中唤醒，他们发现小土著人不见了。托莱恩消失了。他是急于赶回拉克伦，还是被帕加内尔的笑声伤到了心？没有人知道。

不过，当海伦娜睁开眼睛时，她发现一根新鲜的木本含羞草枝条放在她的身边，而帕加内尔则在他的背心口袋里发现了一本书，正是那本理查森著的《地理学概要》。

第十三章

警告

1月2日，日出时分，旅行者们渡过了科尔班河与考佩斯佩河。至此，他们的旅程已过半。若一切顺利，十五天后他们便能抵达图福尔德湾。

所有人的身体状况都很好，帕加内尔此前提到，当地气候对健康有益，果然没有错。这里的气候既不潮湿，也不酷热，大家都能适应，无论是人、牛还是马，都没有不适感。自从卡姆登桥事件之后，行进的规则发生了变化。那场铁路上的惨剧促使艾尔顿采取了前所未有的预防措施。猎人们必须时刻关注车队，扎营时必须有一人守夜，每天的清晨和黄昏，枪支都会重新装填。显然，一伙暴徒正在乡间游荡，尽管他们尚未对旅行者们构成直接威胁，但必须保持高度警觉。

当然，这些防范措施并未让海伦娜和玛丽·格兰特知晓，格里那凡勋爵并不愿让她们感到不安。

这些防范措施绝不多余。即便是一丝轻忽大意，都可能让旅行者们付出沉重代价。并不仅仅是旅行者们，所有人都保持警惕。在偏远的定居点和驿站，居民和牧场主们都小心谨慎，随时准备抵御可能的袭击。夜幕降临时，房屋门窗紧闭，狗被关进围栏，任何动静都会引发它们疯狂的吠叫。傍晚时分，牧羊人骑马把羊群聚拢，马鞍上的卡宾枪随时待命，应对突发状况。

卡姆登桥的暴行是这一切的根源。许多殖民者原本睡觉时敞开门窗，但现在一到黄昏，家家户户都会用铁条和螺栓将门窗紧锁。

当局的警惕性也大大提高，尤其是邮政部门。就在格里那凡一行从基尔莫尔前往希思科特的当天，邮车也恰好全速经过。尽管马儿飞奔，邮车迅速掠过身旁，格里那凡依然在邮车扬起的尘土中瞥见了一位骑警，佩戴着闪闪发光的武器。旅行者们感觉仿佛回到了那个动荡的时代——人们刚刚在澳大利亚发现金矿，欧洲的亡命之徒疯狂涌入这片新大陆。

离开基尔莫尔后，牛车行进了大约一英里，进入了一片宽广的森林。自离开伯努利角以来，这是他们首次遇到如此辽阔的树林。森林中生长着参天大树，巨大的桉树吸引了旅行者们的注意。这些桉树高达两百英尺，树皮厚达五英寸，旅行者们不禁发出阵阵赞叹。树干的周长足有二十英尺，一条条泡沫状的树脂流淌下来，散发着浓烈的气味。树的主干一直生长到离地面一百五十英尺高的地方，没有分杈和侧枝，一根多余的细小枝条都没有，甚至连一个会破坏树干规整轮廓的节疤都没有。树干就像车床车出来的木棍一样光滑。数百棵树干如柱子般笔直地矗立，形态完全相同。长到相当高的地方，树干上才会伸出一团团树枝，树枝末端长满交错生长的圆形树叶。孤零零的花朵从叶片的正中垂下，花萼形似倒置的罐子。

在这片从不褪色的葱郁穹顶之下，空气可以自由流通，地面上的湿气也很快就会被吹干。马匹、牛群和车辆可以轻松地在树间穿行，因为树木之间的间隙很宽，仿佛是一片将要被砍伐的林地。这里不像密林一样荆棘丛生，也不像原始森林一样到处都是倒塌的树干和缠绕的藤蔓，只能用砍刀和火焰开路。树下是青青草地，头顶则是苍翠的树冠，行走其间，视野中满是鲜艳的色彩。树荫并不多，林间也不是很凉爽，但光影的效果非常独到，阳光仿佛穿过了一层薄纱，斑驳的光点清晰地映照在地面上，和美丽的景色浑然一体，构成了一幅令人耳目一新的独特画面。大洋洲的森林和美洲的森林截然不同。桉树，也就是土著人口中的"塔拉"，属于桃金娘科，种类繁多，无法一一列举，它们是澳大利亚本土植物中最具代表性的一类。

在翠绿的树冠下，树荫不浓密，也不昏暗，这源于桉树叶片的独特排列。桉树的树叶并不会将宽大的叶面朝向阳光，而是用侧面对着太阳。如果朝着一片奇异的桉树叶看去，你只能看到叶片的侧边。因此，斜照下来的阳光可以穿过一层层树叶，就像穿过威尼斯百叶窗的缝隙一样，洒在地面上。

格里那凡对眼前的景象感到惊讶，他很好奇树叶为何会以如此奇特的方式生长。帕加内尔一向乐于为同伴解惑，他立刻回答说：

"让我惊讶的并不是大自然的任性。自然界的一切都有其内在规律，但是植物学家有时并不完全理解自己所研究的对象。大自然赋予这种树独特的叶片，没什么不对，但人们却将这种树错误地命名为'桉树'，也就是'尤加利'。"

"它的名字是什么意思？"玛丽·格兰特问。

"这个词来源于希腊语，意思是'完全覆盖'。植物学家故意用希腊语命名，这样他们的错误就不会这么明显了，因为，显而易见，谁都能看出桉树的树叶并不能把阳光挡住。"

"我同意你的看法。"格里那凡说，"不过，帕加内尔，还是告诉我们，桉树的叶子究竟为什么会长成这个样子？"

"因为纯粹的物理原理，朋友们。"帕加内尔说，"你们会很容易理解的。在这样一个空气干燥、降水稀少、土壤贫瘠的地方，树木并不缺少风和阳光，而是缺水。因此，这些又窄又小的叶片正是为了减少阳光直射，避免水分过度蒸发。这也是为什么树叶会把侧面朝向太阳，而不是正对着太阳。没有比树叶更有智慧的东西了。"

"也没有比它们更自私的了，"少校补充道，"它们只顾自己，从不考虑旅行者的感受。"

除了帕加内尔，所有人都赞同麦克·纳布斯的观点。帕加内尔倒是觉得，在这样没有树荫的树林里行走也没什么不好，尽管他不断地擦拭额头上的汗水。然而，这种树叶的排列方式确实让旅行者颇为难受，因为在桉树森林里旅行，往往要走很久，而且会走得很痛苦，根本没有任何树荫可以遮挡烈日的炙烤。

这一天，车队一直在无边无际的桉树林中穿行，既未遇见任何四足动物，也未见到本地土著。几只凤头鹦鹉栖息在树梢上，但树梢太高了，旅行者们看不清楚这些鹦鹉，它们嘈杂的叫声也变成了一种不易察觉的低语。偶尔，会有一群长尾小鹦鹉远远飞翔，它们鲜艳的羽毛为美景增添了一抹亮色。但除此之外，这座巨大的绿色殿堂依旧沉浸在庄严的寂静之中，唯有马蹄声、骑手之间的只言片语、车轮的嘎吱声和艾尔顿不时催促公牛的声音偶尔打破这片无边的沉寂。

夜幕降临，旅行者们在几棵桉树下扎营。树上的痕迹表明，最近有人点火烧了这些树。树干看上去就像工厂里高大的烟囱，因为火已经把内部的树干烧空了。厚厚的树皮仍然包在外面，看上去树还能勉强活下去。可惜的是，这里的定居者和土著人烧毁树木的恶习，最终一定会把这些宏伟的树木烧到灭绝，就像黎巴嫩的香柏一样，曾经属于全世界的自然遗产，最终竟毁于露营者的篝火。

按照帕加内尔的建议，奥比内在这些中空的树干里点燃篝火，开始准备晚餐。他发现那些"烟囱"的通风效果很好，烟雾很快消散在头顶浓密的树叶间。一行人采取了必要的夜间安保措施，艾尔顿、穆拉迪、威尔逊和约翰·孟格尔轮流守夜，直到天亮。

1月3日，整整一天，他们所见的景象几乎一模一样：道路两旁的桉树对称排列，仿佛无穷无尽，延伸至地平线尽头。直到傍晚，树林终于变得稀疏起来，远处一片小平原上，一排整齐的房屋映入眼帘。

"西摩！"帕加内尔说，"这就是我们在离开维多利亚省之前，会遇到的最后一个镇子。"

"这个镇子很重要吗？"海伦娜问道。

"夫人，它现在顶多能算个小村子，但这里正在朝着市镇发展。"

"我们能在那里找到一家体面的旅馆吗？"格里那凡问。

"希望能吧。"帕加内尔说。

"很好，我们去镇上吧。我想，我勇敢的旅伴们不会介意好好休息一个晚上。"

"亲爱的爱德华，玛丽和我很乐意接受这个提议，不过前提是不能耽误行程，也不能让我们偏离路线太远。"

"不会的，"格里那凡回答，"而且我们的牛已经很累了。明天一早，我们就出发。"

此时已是九点，月亮刚刚升起，但月光斜照，湮没在薄雾之中。一行人走进西摩镇宽阔的街道，天色越发昏暗。他们在帕加内尔的带领下前行，他似乎总是很了解那些他从来没见过的东西。果然，帕加内尔的直觉带着他们找到了正确的路，一行人径直来到了一座名为"坎贝尔"的旅馆。

麦克·纳布斯少校甚至都没有离开旅馆，就察觉到了一个问题：整个小镇的居民都笼罩在恐惧之中。他与健谈的店主迪克森交谈了十分钟，便已完全了解了局势，但对任何人都没有透露过一个词。

晚餐过后，格里那凡夫人、玛丽和罗伯特都去休息了，少校则留下其余人，和他们说："桑德赫斯特铁路线上那起罪案的凶手已经找到了。"

"抓住他们了吗？"艾尔顿急切地问道。

"没有。"麦克·纳布斯回答，水手长如此着急，但麦克·纳布斯也没有想太多。在当前的情况下，心情急迫也是很合理的。

"那就更糟了。"艾尔顿说。

"好吧，"格里那凡说，"罪犯是什么人？"

"看看这个就知道了。"少校一边说，一边把一份《澳大利亚与新西兰公报》递给格里那凡，"警长的判断没错。"

格里那凡大声朗读起报纸上的新闻：

悉尼，1866 年 1 月 2 日。

人们仍记得，去年 12 月 29 日深夜至 30 日凌晨，在距离卡斯尔梅恩定居点五英里处的卡姆登桥上发生了一起事故。当晚十一点四十五分，一辆夜间特快列车在墨尔本至桑德赫斯特铁路线上全速冲进洛登河。

调查显示，卡姆登桥当时被人为开启。事故发生后，多起抢劫案接连发生，而守桥员的尸体在桥外半英里处被发现。种种迹象表明，这是一场精心策划的犯罪。

验尸官的调查证实，作案者是一伙六个月前从澳大利亚西部珀斯监狱逃脱的囚犯，当时，他们正被押送至诺福克岛途中。

这伙罪犯共有二十九人，首领名为本·乔伊斯。此人极度危险，他几个月前来到了澳大利亚，但还不清楚他搭乘哪艘船前来。迄今为止，乔伊斯没有得到正义的制裁。

请各城镇居民、殖民者和牧场主们保持警惕，一切可能有助于搜寻逃犯的线索请及时向当局提供。

总行政官　J.P. 米切尔

格里那凡读完后，麦克·纳布斯看向帕加内尔："帕加内尔，你看，澳大利亚也有逃犯。"

"很明显，确实是逃犯，"帕加内尔说，"不过，这些家伙原本不该出现在这里，他们并不是按照正常流程被流放的。"

"好吧，但总之他们已经在这里了。"格里那凡说，"不过，我认为，不必为了这件事情调整我们的计划。约翰，你觉得呢？"

约翰·孟格尔没有立即回答，他犹豫了一下，一方面不愿放弃搜寻，以免让两个孩子失望，另一方面，他又担心探险队的安全。

"如果格里那凡夫人和格兰特小姐不在的话，"他说，"我根本不会把这些匪徒放在心上。"

格里那凡理解他的顾虑，补充道，"当然了，我想我不必强调这一点：我们绝不会放弃任务。但为了大家的安全，或许更明智的做法是先前往墨尔本，回到'邓肯'号，再从东部出发继续寻找哈利·格兰特船长的踪迹。麦克·纳布斯，你觉得呢？"

"在发表意见之前，"少校说，"我想先听听艾尔顿的看法。"

艾尔顿被点名后，看了看格里那凡，随后说道："我认为，我们距墨尔本约两百英里，如果真有危险，往南和往东的风险其实相差无几。这两条路都人迹罕至，也都很适合我们走。此外，我不认为区区三十个逃犯能吓倒八个全副武装、意志坚定的人。因此，我建议继续前进。"

　　"说得很好，艾尔顿。"帕加内尔说，"继续前进，我们就可能找到格兰特船长的踪迹。若是折返回南边，我们反而可能错失线索。我同意艾尔顿的意见，这些逃犯并不可怕，真正勇敢的人不会惧怕他们！"

　　就这样，他们一致决定按原计划行事。

　　"还有一件事，勋爵阁下。"在他们准备道晚安时，艾尔顿说。

　　"说吧，艾尔顿。"

　　"让'邓肯'号先开到海边去，是不是更明智？"

　　"那有什么好处呢？"约翰·孟格尔说，"等我们抵达图福尔德湾时，再去通知'邓肯'号也不迟。但是，如果途中发生意外，我们不得不去墨尔本，而'邓肯'号又不在那里的话，那才是真正的麻烦。再说了，估计船还没有完全修好，因此我认为，最好还是再等等。"

　　"好吧。"艾尔顿说，他不再坚持自己的意见。

第十四章

荒野中的富豪

1月6日清晨七点，一行人刚刚在东经146度15分的地方度过了一个宁静的夜晚，正准备继续启程，穿越这片广袤的土地。他们稳步前行，朝着太阳升起的方向进发，沿着笔直的路线穿越平原，途中，他们两次发现朝北而去的定居者留下的踪迹。这些不同的足迹杂乱地混在一起，但格里那凡的马在尘土上留下的痕迹还是很容易辨别，因为上面有黑点定居点特有的三叶草形状。

平原被蜿蜒的小溪切割开来，溪水时有时无，四周围绕着灌木丛。这些小溪源自布法罗岭的山坡，那是一座中等高度的山脉，在地平线上可见起伏的轮廓。众人决定当晚在那里扎营。艾尔顿催促车队前行，经过三十五英里的跋涉后，公牛已显疲态，但他们最终还是抵达了预定的营地。他们在高大的树木下搭起帐篷，夜幕降临，晚餐很快端上桌。经过一天的长途跋涉，比起进食，众人更渴望休息。

帕加内尔负责第一班守夜。他没有就寝，而是扛着步枪，在营地前来回踱步，以防自己打瞌睡。尽管没有月亮，南半球璀璨的星空依然照亮了夜空。星空如同一本巨大的书，永远向所有人敞开，对那些能读懂它的人而言，星空中蕴含着无穷乐趣。帕加内尔正沉浸在这本"天书"之中。大自然也陷入沉睡，四周一片寂静，唯有系在马腿上的金属环偶尔叮当作响，打破这夜的静谧。

帕加内尔沉思着天文学，思绪游离于星空，而非尘世。就在此刻，远处传来一阵声音，将他从沉思中唤回。他仔细聆听，随即大为震惊，他发现自己听到了钢琴的声音。他不可能听错，因为他能清晰辨认出所演奏的和弦。

"荒野中的琴声！"帕加内尔自言自语，"这种事情也太难以置信了。"

这实在匪夷所思。但帕加内尔更倾向于认为，这是某种澳大利亚特有的鸟类，正在模仿普莱耶尔钢琴或埃拉尔钢琴①的声音，就像有些鸟类会模仿钟表的声音或者磨坊的声音一样。但就在这时，一阵清亮悦耳的歌声在空中响起，好像有位钢琴家在伴着琴曲唱歌。尽管如此，帕加内尔还是不太敢相信。但下一刻，他无论如何都不得不承认，发出声音的不可能是鸟类，因为他亲耳听到了一首名曲的庄严旋律——莫扎特的歌剧《唐璜》中的片段"我的宝贝"。

"好吧，"地理学家自言自语，"就算澳大利亚的鸟类再奇特，也绝对不可能唱出莫扎特的歌剧！"

他陶醉于这美妙的旋律，直到演奏结束。清朗夜空下，这悠扬的乐声令人心驰神往。帕加内尔仿佛被魔力吸引，良久才回过神来。歌声停止后，夜色重归沉寂。当威尔逊来接替帕加内尔守夜时，他发现帕加内尔陷入了沉思。但帕加内尔没有提起这件事，而是决定等到翌日清晨再告诉格里那凡，然后，他就进入帐篷，沉沉睡去。

第二天清晨，突如其来的狗吠声惊醒了众人。格里那凡立刻起身，只见两只强壮的英国猎犬在一片小树林前上蹿下跳。当旅行队伍靠近时，狗退了几步，但叫得更响了。

"看来这片荒野里有人定居。"格里那凡说，"而且还有猎人。"

帕加内尔正准备讲述昨夜的奇遇，这时，两名年轻人骑着骏马出现了，显然，他们所骑的是专门用于狩猎的马匹。

两位绅士身着考究的狩猎服，见到这群宛如吉卜赛人的旅人时，停下了

---

① 均为法国知名钢琴品牌。

马，露出好奇的神情，显然想弄清这支全副武装的队伍为何会出现在这里。然而，当他们看到车厢里走出的女士后，立刻翻身下马，摘下帽子，向他们走来。格里那凡勋爵上前迎接，并自我介绍。

两位绅士鞠了一躬，年长一些的那位说："阁下，我们能否有幸邀请两位女士、你和你的朋友们屈尊到寒舍小憩片刻？"

"请问二位怎么称呼？"格里那凡说。

"我们是迈克尔·帕特森和桑迪·帕特森，霍塔姆定居点的主人。我们的住所距离此地不到四分之一英里。"

"先生们，"格里那凡回答，"承蒙盛情款待，但我们实在不敢过度叨扰。"

"勋爵阁下，"迈克尔·帕特森说，"若你能赏光，便是对我们这些隐居荒野的流浪者的莫大恩惠，我们很乐意尽一尽地主之谊。"

格里那凡鞠了一躬，表示自己同意了邀请。

"先生，"帕加内尔对迈克尔·帕特森说，"请恕我冒昧，但我想请问，昨晚是不是你在演唱那首莫扎特的神圣乐章？"

"是的，先生。"这位刚刚认识他们的人回答说，"伴奏的人是我的堂弟桑迪。"

"那么，先生，"帕加内尔向年轻人伸出手，"请接受一位法国人的由衷敬意，我十分喜爱那首曲子。"

迈克尔愉快地与他握手，随后指引众人前往定居点。他们陪伴着女士们、格里那凡和他的朋友们前往牧场，而马匹和营地则交由艾尔顿与两名水手看管。

霍塔姆定居点堪称一座宏伟的庄园，管理井然有序，宛如一座英式公园。灰色围栏围起广袤的牧场，一望无垠。成千上万头公牛和数百万只羊在牧场吃草，许多牧羊人和更多的牧羊犬看管着它们。鞭子的抽打声、牧羊犬的吠叫声和牛羊的叫声交织在一起。

向东望去，一道由垂枝相思树与桉树组成的绿色边界映入眼帘，边界之外便是霍塔姆山，这座巍峨的山峰高达七千五百英尺，四周林木葱郁，随处可见一簇簇茂密的"草树"，也就是足足有六英尺高的灌木丛，它们看起来就像低矮的棕榈树。灌木丛的顶部是又细又长的叶子，十分茂密。空气中弥漫着芬芳的月桂香气，此时正值花期，洁白的月桂花随风摇曳，散发着宜人的芳香。

在这片本地植物的丛林中，偶尔还能见到一些欧洲引进的树种。桃树、梨树、苹果树在这里扎根，还有无花果、柑橘和橡树。见到这些熟悉的树木，旅人们欣喜不已，纷纷发出欢呼。能在来自故土的树荫下小憩，无疑是一种意外的慰藉。当他们看到树枝上飞翔的鸟儿时，更是惊奇不已。鸟儿中有羽毛如丝绸般光滑的缎鸟，还有金色和黑色相间的丝光鸟。

他们也是在这里第一次见到琴鸟，这种鸟尾巴的形状和俄耳甫斯[①]的竖琴颇为相似。当琴鸟在林间飞翔，尾巴碰到树枝之时，人们甚至都会有点惊讶，因为他们居然没有听到一曲能激发安菲翁[②]重建忒拜城墙的和谐乐音。帕加内尔几乎想要用琴鸟的尾巴弹奏一曲。

然而，面对这片在澳大利亚沙漠中宛如仙境的绿洲，格里那凡并不满足于仅仅欣赏美景，他正聚精会神地倾听两位年轻绅士的讲述。在英国这样文明的国家，新来的客人通常会先向主人介绍自己的来历和目的，但在这里，迈克尔和桑迪·帕特森出于一种微妙的礼节，认为自己理应先向这群远道而来的旅人讲述自己的经历。

迈克尔和桑迪是伦敦银行家的儿子。大概在他们二十岁那年，家族领袖对他们说道："这里有数百万英镑，年轻人，去远方的殖民地闯荡吧，建立一个属于你们的定居点，通过劳动去理解生活的意义。如果你们成功了，那当然最好，即便你们失败了，也没有关系，这段经历也会让你们成为有用之人，我们不会心疼这点钱的。"

---

① 古希腊神话中的音乐家，持有一把竖琴，俄耳甫斯去世后，竖琴化作天上的天琴座。
② 古希腊神话人物，曾通过弹奏音乐让石块自动走到合适的地方，建造起忒拜的城墙。

两兄弟遵从了家族的安排，选择前往澳大利亚的维多利亚殖民地，凭借家族的资本在那里开创事业。他们不会因为这个选择而后悔的。过了三年，二人的产业已经发展壮大。在维多利亚、新南威尔士和南澳大利亚，一共有三千多个定居点，其中一些属于牧场主，以饲养牲畜为业，另一些则属于农场主，专注于土地开垦。在帕特森兄弟到来之前，规模最大的是杰米森先生的牧场，占地一百平方千米，沿着达令河的支流帕鲁河足足延伸了二十五千米远。

然而，如今无论从收益还是规模来看，霍塔姆牧场都已独占鳌头。这两位年轻人既是牧场主，又是农场主，凭借卓越的才能和非凡的精力，成功管理着这一庞大产业。

定居点远离主要城镇，坐落于墨累河畔人迹罕至的地区。它占据了一块长宽各十五英里的广阔土地，位于布法罗岭和霍塔姆山之间。它的边界呈四边形，北部两个角分别是阿伯丁山与海巴文山。得益于奥文斯河分出的支流，这里有很多蜿蜒曲折、景色优美的小溪。在北方，奥文斯河最终汇入墨累河。总之，他们在畜牧业和农业方面都取得了成功。在精心耕种的一万亩良田上，每年都能收获丰富的本地作物与外来作物，而数百万头牲畜则在肥沃的牧场上茁壮成长。霍塔姆定居点出产的农牧产品在卡斯尔梅恩与墨尔本的市场上总能卖出高价。

迈克尔和桑迪·帕特森讲述完他们繁忙的生活后，一行人便看到了他们的住所，坐落在一条橡树掩映的林荫大道尽头。

这是一座很漂亮的房子，用木头和砖石搭建，周围是花园绿地。但在这里看不到任何属于牧场或农场的建筑——没有棚屋、没有马厩、没有仓房。这些功能性建筑一共有二十多间，组成了一个很漂亮的村庄，位于半英里外的一个小山谷中。在主人的居所和这个小村庄之间已经铺设了电力设施，主人居住的地方远离一切喧嚣，隐匿于一片由外来树种构成的森林中。

在桑迪·帕特森的吩咐下，一顿丰盛的早餐不到一刻钟便摆上了桌。酒菜都是高档品，在这些奢华精致的享受之中，最让客人们感到高兴的，还是两位年轻牧场主的热情款待。

不久之后，帕特森兄弟就得知了旅行者们前来的目的，他们对找到格兰特船长充满信心，也对年轻的格兰特姐弟寄予厚望。迈克尔说："哈利·格兰特显然落入了当地土著人的手中，因为他从未出现在任何殖民地。正如信中所写，他清楚自己的处境，而他之所以未曾出现在英国殖民地，只能说明他一登陆便被土著人俘获了。"

"这正是他的水手长艾尔顿的遭遇。"约翰·孟格尔说。

"但是，先生们，你们从未听说过'不列颠尼亚'号失事的消息吗？"海伦娜问道。

"从未听说，夫人。"迈克尔回答。

"那你们认为，格兰特船长在土著人手中会遭遇些什么呢？"

"夫人，澳大利亚的土著人并不残忍。"年轻的牧场主安慰道，"所以格兰特小姐无须过分担忧。许多过往事件已证明，他们性情温和，也曾有欧洲人在土著部落中长期生活，从未有人指责他们生性残暴。"

"比如金格，他是伯克探险队唯一的幸存者。"帕加内尔补充道。

"除了那位勇敢的探险者，"桑迪说，"还有一位名叫巴克利①的英国士兵，他在 1803 年在菲利普港逃跑，后来被当地土著收留，在部落里生活了整整三十三年。"

"最近，"迈克尔接过话头，"《澳大拉西亚》杂志的最近几期里提到，一个叫莫里尔②的人在被土著人囚禁了十六年后，刚刚才回到同胞之中。他的经历与格兰特船长极为相似，1846 年，他乘坐的'秘鲁'号船舶失事，莫里尔被土著人俘虏，并且被带到了内陆地区。因此，我们有理由相信格兰特船长也安然无恙。"

---

① 威廉·巴克利，英国人，因犯罪被送至澳大利亚，逃跑后曾在澳大利亚土著人中长期生活。

② 詹姆斯·莫里尔，英国水手，在澳大利亚附近遭遇海难后，被当地土著收留，并在土著人中生活了十几年。

年轻的牧场主的话令众人精神振奋，这些话完全印证了帕加内尔和艾尔顿的观点。

当女士们离席后，话题转向了逃犯问题。帕特森兄弟听说过卡姆登桥的事件，但并不担忧。他们认为，那些罪犯不敢攻击一个有上百人驻守的定居点。另外，他们也不太可能跑到墨累沙漠来，因为这里荒无人烟，没有可以搜刮的东西，他们也不会靠近新南威尔士的殖民地，因为那里的道路都在严密监视之下。艾尔顿也讲过这些。

定居点的主人邀请格里那凡一行人在此小住一天，格里那凡难以拒绝这两位友善主人的盛情，欣然答应。虽然这意味着要耽误十二小时，但这也正好给马和公牛们一个休息的机会，它们能在牧场的舒适棚舍中得到更好的照料。大家一致同意这个安排，而牧场主还特意拟订了一份娱乐活动计划，所有人都欣然接受了。

中午时分，七名身强体壮的猎人已经在门口待命。一辆优雅的马车也为女士们备好，车夫随时准备展示他同时操控四匹马拉车的高超技艺。在猎人的带领下，狩猎队伍出发了，每个人都配备了一支一流的步枪，队伍后面跟着一群欢快地吠叫着、在灌木丛中跑跑跳跳的英国猎犬。狩猎队伍在牧场的大小道路间游走了四个小时。这个牧场广袤得像某些小型的德意志诸侯国，比如罗伊斯 - 施莱茨或者萨克森 - 科堡 - 哥达这些小国，都可以轻松地被容纳进牧场之中。当然了，在这里基本看不到人，却有很多羊。对于猎人而言，这里无疑是得天独厚的狩猎天堂。很快，四面八方就响起了枪声，在麦克·纳布斯少校的陪伴下，小罗伯特表现惊人。这个勇敢的男孩不顾姐姐的叮嘱，总是冲在最前面，第一个扣下扳机。但约翰·孟格尔保证会照看好他，玛丽也就没有那么担心了。

这次狩猎，他们猎获了几种澳大利亚特有的动物，一些动物的名字甚至连帕加内尔都没听说过，比如袋熊和袋鼬。袋熊是一种食草动物，外形类似獾，擅长挖掘地洞，体形与羊相仿，肉质鲜美。袋鼬是一种有袋类动物，比欧洲的狐狸还要狡猾，也比狐狸更擅长偷窃家禽。它身长约一英尺半，模样丑陋，但因为帕加内尔碰巧打死了一只，所以他当然会评价说这种动物很令人惊叹。

"多漂亮的动物啊！"他如此说。

这一天最有趣的事情，莫过于捕猎袋鼠了。大约四点钟时，猎狗惊动了一群袋鼠。小袋鼠迅速钻进母亲的育儿袋，紧接着，整个袋鼠群排成一列，迅速逃窜。袋鼠的跳跃能力非常惊人，令人印象深刻，它们的后腿几乎是前腿的两倍长，平时像弹簧一样弯曲着。一只五英尺高的雄性袋鼠跑在整个队伍的最前面，这是一只典型的东部灰大袋鼠，体形庞大，当地人给这只领头袋鼠起了个外号叫"老头子"。

猎人们跟在袋鼠后面，奋力追赶了四五英里，但袋鼠们却毫无疲态。猎狗害怕袋鼠强壮的手臂和锋利的趾甲，因此不敢靠得太近。但最后，袋鼠还是跑累了，停了下来，"老头子"背靠着一棵树，准备自卫。一只猎犬因为过于兴奋，冲了上去，但下一刻，这只不幸的猎犬就被袋鼠踢到了空中，又重重摔落地面，身体被袋鼠撕裂了。

实际上，即便是一群猎犬，面对袋鼠也没有任何胜算，唯有步枪和子弹才能将这些庞然大物制服。

就在这时，罗伯特差点因为鲁莽丢了小命。为了瞄得更准，他离袋鼠很近，"老头子"立刻向他扑来。罗伯特大叫一声，跌倒在地。玛丽·格兰特在马车上看到了这一幕，惊恐万分，吓得说不出话来，她感觉眼前发黑、看不到东西，只能伸出双臂，朝着弟弟扑了过去，没人敢开枪，生怕误伤两个孩子。

但约翰·孟格尔拔出猎刀，不顾自身安危，勇猛上前，一刀刺入袋鼠心脏。袋鼠朝着前面轰然倒地，罗伯特毫发无损，站了起来，立刻扑进了姐姐怀里。

"谢谢你，约翰先生，谢谢你！"玛丽一边说，一边朝着约翰船长伸出手去。

"我答应过你，要保证他的安全。"约翰握住了玛丽颤抖的双手。

狩猎到这里就结束了。首领死后，袋鼠群四散而逃。晚上六点，狩猎队伍带着猎物满载而归。主人准备了一顿丰盛的晚餐，有一道菜特别受欢迎，那就是按照当地传统的烹饪方式制作的袋鼠尾汤。

次日清晨，他们就向年轻的牧场主辞别，表达了诚挚的谢意，并约定好，等到二位牧场主回欧洲时，务必到马尔科姆城堡做客。

牛车绕着霍塔姆山的山脚缓缓前行，没过多久，这座美丽而好客的住所就像一场来去匆匆的美梦，从旅行者们的视线中消失了。

众人已经向前走了五英里，但他们还在牧场的地界上，直到早上九点，他们才越过牧场的最后一道栅栏，进入维多利亚省的荒原。

第十五章

可疑事件

通往东南方的道路上横亘着一道巨大的障碍——澳大利亚山脉，它宛如一道天然屏障。奇绝的峰峦连绵一千五百英里，最高可达四千英尺，直入云霄。

天空乌云密布，热浪透过厚厚的雾霭传到地面，虽然气温尚可忍受，但崎岖的道路却极为难行。地势起伏越发明显，遍布着丘陵，上面长满了嫩绿的胶树树苗。车队继续前行，小山丘急剧升高，形成了澳大利亚山脉的山麓。从这一刻起，行程变成了持续不断的爬坡，公牛拉着沉重的车子吃力前行，一看就承受了很大的压力。牛身上的轭嘎吱作响，公牛喘着粗气，腿肚子上的肌肉绷得紧紧的，仿佛要爆裂开来。在不断的颠簸中，车子的木板开始发出响声。尽管艾尔顿驾驭技术精湛，这种情况仍无法避免。女士们虽觉不适，但仍坚韧地忍受着。

约翰·孟格尔和两名水手负责探路，他们走在车队前方约百步之遥，寻找适合通行的路径，或者说"缝隙"更准确一些，因为地面上散布着一块块巨岩，牛车必须在这些巨岩之间小心穿行。这就如同在波涛汹涌的大海中利用导航知识找到安全的航线一样困难。

这是一项艰巨的任务，而且往往伴随着危险。威尔逊不得不时常挥舞斧头，在密集的灌木丛中开辟通道。黏土地面很潮湿，踩在上面，脚会不断陷下去。前方到处都是无法逾越的障碍——巨大的花岗岩块、望不到底的峡谷、不知道多深的湖泊，一行人不得不绕路而行，路线蜿蜒曲折、千回百转，变得越来越长。夜幕降临时，他们发现只走了半个经度。此刻，他们已抵达澳大利亚山脉脚下的堪培拉溪，在一片小平原的边缘扎营。平原上长着四英尺高的小灌木，鲜红色的叶子很讨人喜欢。

"前方的道路恐怕不会轻松。"格里那凡一边说，一边望向澳大利亚山，在越来越深的夜色之中，山脉的轮廓也渐渐模糊，"光是听到'阿尔卑斯山'①这个名字就会让人想到这山有多难爬。"

"它倒是没有那么高，亲爱的格里那凡。不要以为我们在穿过瑞士。在澳大利亚，我们熟悉的山脉名字还有格兰扁山、比利牛斯山、阿尔卑斯山、蓝山，这些山脉虽与欧洲或美洲的山峰同名，但它们都是迷你版的。这意味着，要么地理学家们的想象力很贫乏，要么他们实在是缺乏专有名词。"

"那么，这座澳大利亚山脉，"格里那凡勋爵说，"它们……"

"只不过是一些小山丘而已，"帕加内尔插话，"我们很快就会不知不觉地翻过去。"

"那只是你吧，"少校说，"只有心不在焉的人才会不知不觉地翻过一道山。"

"心不在焉？这可冤枉我了。女士们，你们说句公道话，自从踏上澳大利亚大陆以来，我犯过一次错误吗？你们能指出哪怕一次吗？"

"一次都没有，帕加内尔先生，"玛丽·格兰特说，"你这次的表现堪称完美。"

"太完美了。"海伦娜大笑着说，"其实你失误一下的话，会更与众不同。"

"那当然了，夫人。如果我一点错误都不犯，那我就和其他人没什么两

_____

① 澳大利亚山脉的英文是Australian Alps，直译为"澳大利亚的阿尔卑斯山"，故格里那凡根据这个名字联想到了位于瑞士的阿尔卑斯山。阿尔卑斯山是欧洲西部最高的山脉，攀爬难度很高。

样了。我希望不久之后就能捅个大娄子，好逗你大笑一场。你看，如果我没犯错的话，我都觉得自己不太称职了。"

第二天是 1 月 9 日，尽管自信的地理学家信誓旦旦地说澳大利亚山脉易于翻越，但在实际穿越隘口时，一行人还是遭遇了重重困难。他们不得不冒险深入狭窄的山谷，却无法确定这个山谷是否真的有出口。若非途中偶然出现一家简陋的小客栈，艾尔顿恐怕要为寻找出路而大伤脑筋。

"我的天！"帕加内尔喊道，"在这样的地方开客栈，老板可挣不了几个钱。客栈开在这里有什么意义？"

"开在这里的意义，就是为我们提供路线的信息。"格里那凡说，"进去看看吧。"

格里那凡随即走进客栈，艾尔顿跟在后面。这家客栈名为"灌木"，老板是个性情粗暴、态度恶劣的家伙，他似乎把自己当成店里的唯一主顾，因为他售卖的杜松子酒、白兰地和威士忌几乎无人问津。店里鲜有定居者或流浪汉之外的人。老板回答任何问题的语气都很粗鲁，但他提供的信息还是让艾尔顿确认了前方的路线，这些情报就是旅行者们最需要的。为了表示感谢，格里那凡给了老板一把银币。正当他准备离开客栈时，墙上的一张告示吸引了他的目光。

那是一则警方通缉令，上面列出了从珀斯越狱的囚犯名单，并且悬赏一百英镑捉拿本·乔伊斯。

"这个家伙，的确该上绞刑架。"格里那凡对水手长说。

"确实该抓住他。但悬赏这么多钱？他不值这个价。"

"虽说警察的通缉令就贴在店里，我还是觉得那个老板不是什么好人。"格里那凡说。

"我也觉得。"艾尔顿说。

二人回到牛车旁边，沿着通往勒克瑙的路进发。一条狭窄的小径从那里伸出，蜿蜒曲折，盘旋穿过山脉。众人开始登山。

登山是一项艰巨的任务。无论是女士还是男士，都不得不数次下车步行，穿过艰难的路段。他们帮忙推着沉重的车子，在危险的陡坡上支撑住车厢，在牛车无法绕过急弯时，将牛从车上卸下，在牛车失控即将溜车时还得奋力顶住。艾尔顿偶尔还要把已经疲惫不堪的马套上车，和公牛一起拉车。

突然，一匹马倒在了地上，但它没有任何生病的迹象。马儿究竟是因为过度疲劳而倒下，还是另有他因，谁也说不清。这匹马属于穆拉迪，当他试图将马拉起来时，才发现马已经死了。艾尔顿立刻上前检查，但并未发现任何异常。

"这匹马一定是血管破裂了。"格里那凡说。

"显然是这样。"艾尔顿回应道。

"穆拉迪，骑我的马吧。"格里那凡说，"我和海伦娜一起坐在车里。"

穆拉迪接受了安排，队伍继续拖着疲惫的步伐前进，把马的尸体留给了乌鸦。

澳大利亚山脉不太宽，从一侧山脚到另外一侧的距离不超过八英里。因此，如果在艾尔顿选择的隘口对面恰好也有个出口，能让他们从山的东侧下来，他们就有希望在四十八小时内翻过这道高高的山峦。之后的路就没什么困难了，他们只需要走到海边。

1月10日，旅行者们抵达隘口的最高点，海拔约两千英尺。他们发现自己正身处一片空旷的高原，视野极为开阔。北方不远处，奥姆科湖的湖面平静如镜，湖上栖息着成群水鸟，而再往远处，则是无垠的墨累平原，那片土地富含金矿，森林茂密葱郁。在那里，自然资源仍未遭到大规模开发，参天大树还没有被伐木人的斧头所伤。澳大利亚山脉仿佛将这片大陆划分成两个截然不同的世界，其中一侧仍然保持着蛮荒的野性。太阳落山了，几缕孤独的光线穿透玫瑰色的云层，洒落在墨累平原之上，而吉普斯兰却早已笼罩在阴影之中，仿佛整个地区突然进入了夜晚。众人站在两个地区之间，清晰地看到它们如此不同。旅行者们想到，他们即将穿越这片尚未被人类完全探索的土地，一直要走到维多利亚省的边界，心中不禁涌起复杂的情感。

当夜，他们在高原上扎营，翌日，队伍开始下山。下山的速度很快，但一场猛烈的冰雹突然袭击了旅行者，他们不得不在岩石下寻找庇护。从乌云中落下来的东西其实很难称为冰雹，不如说是和人的手掌一样大的冰块更恰当。哪怕是水龙卷，也未必比这更凶猛。帕加内尔和罗伯特身上多处被砸出瘀青，这提醒他们要赶紧找地方躲起来。牛车的好多地方都被砸穿了，几乎没有什么遮盖物能抵挡住那些锋利的冰块，有些冰块甚至嵌进了树干里面。旅行者们无法前行，除非他们想被冰块砸中。冰雹持续了大约一个小时，随后，旅行者们又开始在山坡上继续行走。冰雹过后，山坡又湿又滑。

傍晚时分，牛车虽多处受损松动，却依然稳固地立在木制车轮上。旅行队穿越了澳大利亚山脉最后几道斜坡，终于进入稀疏的杉树林中。道路逐渐消失在吉普斯兰平原的深处，他们总算安全越过山脉，像往常一样扎营。

12 日破晓时分，队伍再次启程，众人热情不减，急切地想尽早抵达目的地——那片"不列颠尼亚"号失事的太平洋海域。在吉普斯兰的荒野中，他们无法寻找格兰特船长。艾尔顿建议格里那凡立即派他前往墨尔本，通知"邓肯"号驶向东海岸，随时准备展开调查。他认为，最明智的路线是沿着通往勒克瑙的路前往墨尔本，如果错过了这条路，他们将很难找到一条直通墨尔本的大道。

这条建议听起来不错，帕加内尔也认为可以按此计划行事。他还认为，游艇对搜救行动有很大帮助，并补充道，如果错过了勒克瑙的路，联系墨尔本将变得极为困难。

格里那凡举棋不定，若非少校强烈反对，他或许已经采纳艾尔顿的建议。少校坚持认为，艾尔顿对探险队至关重要，只有他熟悉沿海地形，并且如果他们能找到哈利·格兰特的踪迹，艾尔顿比任何人都更清楚如何沿着这些线索继续追踪。更重要的是，只有艾尔顿能准确指出船难发生的确切位置。

出于这些原因，麦克·纳布斯主张维持原计划继续前进。约翰·孟格尔也持有相同意见。这位年轻的船长还说，从图福尔德湾给"邓肯"号下达命令，比穿越两百英里的荒野传递消息要容易得多。

少校的意见占了上风，大家决定等抵达图福尔德湾后再做定夺。少校一直在观察艾尔顿，注意到他脸上掠过一丝失望，但他并未多言，只是像往常一样，将这些细节留给自己独自思考。

澳大利亚山脉山脚下的平原一马平川，仅向东微微倾斜。一簇簇木本含羞草、一棵棵桉树和流着芳香树胶的树木不时会打破这里的单调景色。地上长满了大花胃豆类的灌木，上面开满了鲜艳的花朵。偶尔会有几条不起眼的小溪挡住众人前行的路线，溪边长满了半掩在兰花丛中的蒲草。为了继续前行，他们不时需要涉水而过。一群群大鸨和鸸鹋在旅行者靠近时受惊飞起。灌木丛下，袋鼠蹦蹦跳跳，仿佛在跳着某种舞蹈。但队伍中的猎人现在对它们没什么兴趣，马匹也无法承载更多的负重了。

闷热的天气笼罩着平原，大气中仿佛充满静电，人和动物都能感觉到这一点。众人只顾拖着疲惫的身躯前行，无暇他顾，唯有艾尔顿催促公牛前进的呼喝声，偶尔打破沉寂。

从中午到下午两点，他们穿越了一片奇特的蕨类森林。如果不是旅途劳累，他们定会为眼前景象惊叹不已。这里的蕨类植物正值繁盛的花期，高达三十英尺。马匹与骑手可轻松穿行在其低垂的叶片之下，偶尔，马刺还会擦过那些已经木质化的茎秆。在这些巨大的天然树伞庇护下，旅行者们感受到了令人心旷神怡的凉爽，每个人都为之一振。雅克·帕加内尔情绪高涨，发出一阵满足的叹息，树上的长尾小鹦鹉和凤头鹦鹉受到惊吓，纷纷飞起，尖声叫嚷，很是吵闹。

帕加内尔仍在兴奋地感慨和欢呼，然而，突然间，他的同伴们看到他摇摇晃晃地向前倾倒，随即连人带马一起摔倒在地。他头晕了吗？还是遭遇了更严重的状况，比如因高温窒息？众人赶忙跑到他身边，大声呼喊着："帕加内尔！帕加内尔！你怎么了？"

"哎呀！我没马骑了！"帕加内尔一边从马镫中抽出脚，一边说。

"什么？你的马怎么了？"

"死了，就和穆拉迪的马一样，像是被闪电击中了一般。"

格里那凡、约翰·孟格尔和威尔逊检查了这匹马，他们发现帕加内尔说得对，这匹马突然就死了。

"真奇怪。"约翰说。

"确实很奇怪。"少校低声自语。

这起突发事件让格里那凡忧心忡忡，在这片荒野中，他绝不可能再找到一匹新马。如果这些马患上了某种传染病，整支队伍将陷入困境，难以继续前进。

当天结束前，传染病的猜测似乎要坐实了。威尔逊的马也倒下了，这是第三匹马，而更糟糕的是，公牛也死了一头。如今，他们仅剩三头公牛和四匹马来承担运输任务。

形势变得严峻起来。没有坐骑的骑手当然可以步行，许多牧场主都是这样做的。但如果牛车无法继续前行，女士们该怎么办？她们是否能徒步走完从这里到图福尔德湾这段长达一百二十英里的路程？约翰·孟格尔和格里那凡焦急地检查了剩下的马匹，发现它们看上去仍然健康，并无疾病或衰弱的迹象，依旧顽强地承受着旅途的劳累。这让格里那凡稍感安心，他希望这种怪病不会再有新的受害者。艾尔顿也表示认同，但他同样无法解释这些马匹为何突然死亡。

队伍继续前行，步行的人偶尔登上牛车稍作歇息。到了傍晚，他们仅行进了十英里，便决定停下扎营。在茂密的蕨类丛中，他们度过了一个安静的夜晚，未曾遇到任何麻烦。巨大的蝙蝠——或者应该叫会飞的狐狸更合适——在周围扑扇着翅膀。

第二天的行程很顺利，没有新的意外发生。探险队的成员们状态良好，马匹和公牛也正常履行着职责。由于访客众多，海伦娜的客厅格外热闹。奥比内忙前忙后，为大家端上适合炎炎夏日的清凉饮品。半桶苏格兰麦芽啤酒很快就被喝光了，所有人一致认为，巴克利酒厂的老板是全英国最了不起的人，甚至胜过了威灵顿公爵①，毕竟，威灵顿永远也酿不出如此美味的啤酒。苏格兰人都是这么认为的。雅克·帕加内尔喝了很多酒，高谈阔论起来，似乎自己无所不知。

这一天进展顺利，似乎也预示着将会有一个圆满的收尾。他们跋涉十五英里，穿越了一片覆有红色土壤的丘陵地带。大家都有充分的理由相信，他们可以在傍晚时分抵达斯诺威河畔扎营。这条河流十分重要，在维多利亚州南部汇入太平洋。

广袤的平原上，黑色泥土铺展开去，那是河水冲刷沉积的痕迹，牛车碾过，深深印下一道道车辙。车队穿过茂密的草丛和田野，田间长着散发清香的大花胃豆。傍晚时分，地平线上浮现出一抹白色雾气，标志着斯诺威河就在前方。他们又前进了几英里，翻越了一座低矮的山丘，在道路的转弯处，一行人看到了一片高大的树林。艾尔顿驾车朝那片被阴影笼罩的巨大树干驶去，来到了树林边缘。在距离河流约半英里时，车子突然陷了下去，车轮的一半深陷进泥泞之中。

"停下！"他朝着身后的骑手喊道。

"怎么了？"格里那凡问。

"车陷进泥里面了。"艾尔顿回答。

他大声吆喝，用鞭子驱赶公牛，试图让它们再用用力。但公牛的腿也已经陷进去一半了，动弹不得。

"我们就在这里扎营吧。"约翰·孟格尔建议道。

"这里确实不错。"艾尔顿说，"明天天亮之后，我们再想办法脱困。"

格里那凡同意了这个方案，队伍就地安营。夜幕很快就要降临，但热气并没有和阳光一样迅速消失，令人窒息的潮气弥散在空气中，不时就能看到明亮的闪电划破天空，那是远处的风暴中的闪电，它们将天空照得通明。众人为过夜做了些准备，尽力将陷在泥地中的车子安顿好，并在大树的庇护下

---

① 指的是第一代威灵顿公爵阿瑟·韦尔斯利，他是英国名将，曾击败拿破仑。

搭起了帐篷。只要雨不落下，情况就不算太糟糕。

艾尔顿费了不少力气，终于成功将三头公牛从泥沼中救出来，之前泥浆已经漫到了这些勇敢的牲畜的大腿根。水手长随即将三头公牛和四匹马牵到一旁，给它们喂了食物，不需要任何人帮忙，艾尔顿就能巧妙地完成任务。格里那凡注意到，今晚艾尔顿格外用心，于是向他表达了由衷的感谢，因为照顾好这些牲畜至关重要。

旅行者们简单吃了些晚饭，然而疲惫与闷热让他们胃口不佳。比起吃饭，他们更想休息。很快，海伦娜和格兰特小姐向众人道了晚安，便回去休息。其他人也陆续在帐篷或树下躺下，夜晚的气温已经变得舒适，即便露宿在外，也并非什么难熬的事。

众人渐渐进入梦乡，厚重的云层遮蔽了天空，夜色变得更加深沉。四周没有风，夜的寂静偶尔会被猫头鹰的低鸣打破，它们的叫声像极了欧洲那些悲伤的杜鹃。

麦克·纳布斯睡得很不舒服，很不踏实。十一点钟左右，他醒了过来，微微张开双眼，立刻被树林间的一抹微弱亮光吸引了。那抹亮光看上去就像是白色的床单，泛着湖水一般的波光。麦克·纳布斯起初以为，某个地方可能失火了。

他站起身，朝树林走去。然而，令他惊讶的是，那光芒竟是一种自然现象。映入眼帘的是一片巨大的蘑菇群，隐约地散发着磷光。这些隐花植物[①]的发光孢子在黑暗中熠熠生辉。

少校一向乐于分享，他正想唤醒帕加内尔，让这位地理学家也来目睹这番奇景。但就在此时，一幕突如其来的景象让他停住了动作。磷光照亮了远处约半英里的地面，麦克·纳布斯似乎看到有一道影子掠过了光辉的边缘。

---

① 隐花植物是一个已经不再使用的分类学名词，是指不会开出明显花朵的植物，通常通过孢子繁殖。蘑菇所属的真菌类就是隐花植物中的一大类，但现代生物学不再将真菌归类为植物。

他是不是看错了？还是出现了幻觉？

　　麦克·纳布斯趴在地上，仔细观察。他清楚地看到，几个人依次弯腰、起身，似乎在地面上寻找着什么踪迹。

　　少校决定弄清楚这些人的意图，他毫不犹豫地匍匐前行，像草原上的土著人一样趴在地上，把自己完全藏在高高的草丛中，尽量不引起任何人的注意。

第十六章

令人震惊的发现

这个夜晚异常可怕。凌晨两点，暴雨从乌云中倾泻而下，一直下到天亮。帐篷根本无法阻挡雨水，格里那凡和他的同伴们只得躲进车厢里避雨。他们睡不着，于是开始天南地北地聊天。唯一保持沉默的是少校，他默默地聆听着，没有人注意到，他曾短暂地离开过一会儿。如果暴风雨持续下去，的确有理由担心斯诺威河会泛滥，而对早已深陷泥沼的牛车来说，绝对不是个好兆头。穆拉迪、艾尔顿和孟格尔不止一次冒雨查看水位，他们回来的时候浑身上下都湿透了。

终于，天亮了，雨也停了。但乌云依旧厚重，遮住了阳光。大地上遍布黄色的积水——准确地说，是浑浊的泥浆，吸饱雨水的土地蒸腾起闷热的湿气，空气中弥漫着浓重的瘴气。

格里那凡一大早便去查看牛车的状况，对他而言，这才是最迫切需要解决的问题。他们查看了那辆沉重的车子，发现它深陷在泥坑里，坑内全是黏糊糊的泥土。车子的前半部分完全埋入泥中，后半部分也被泥浆淹没至车轴。要将它拖出泥潭绝非易事，人、公牛和马匹都得齐心协力。

"无论如何，我们必须尽快行动。"约翰·孟格尔说，"如果黏土干了，就更费劲了。"

"那就别耽误时间了。"艾尔顿说。

格里那凡、两名水手、约翰·孟格尔和艾尔顿立刻进入树林。公牛和马匹昨晚一直待在树林里。这片树林阴森可怖，长着高大的桉树，但都是一些死树。树木之间相隔很远，由于已经死了很久，树皮斑驳破烂，甚至有些树已经一块树皮都没有了，就像收获之后的软木橡树①一样。在两百英尺高的高空，光秃秃的树枝交织成网状，没有一只鸟愿意在这些高空中的枯枝上筑巢，树枝上一片叶子都没有，就像骨架一般嘎吱作响。整片森林似乎都感染了某种流行病而枯死了，这种现象在澳大利亚常常发生。为什么会这样？没有人知道答案。最年长的土著人，甚至是他们那些早已被埋葬在枯树林中的祖先，都不曾见过这片树林绿意盎然的样子。

在树林中行走时，格里那凡一直看着灰蒙蒙的天空。枯死的桉树上，最细小的树枝在天空的衬托下也清晰可见。艾尔顿惊讶地发现，他在昨天晚上拴好的公牛和马匹已经不在原地了，但它们的腿上都绑着拴绳，不可能走远。

几人环顾四周，却未见到这些牲畜的踪影。艾尔顿走到河边，那里长着一片茂密的木本含羞草。他发出了几声呼唤，那些牲畜都很熟悉他的喊声，但他却没有收到任何回应。这位水手长看上去很不安，他的同伴们也失望地看着他。一个小时过去了，一头牛、一匹马都没有回来。格里那凡正要回到车厢里，但这时，他听到了一声马嘶，紧接着是一声牛吼。

"它们在那儿！"约翰·孟格尔大喊。他钻进了一株巨大的大花胃豆里面，这株植物长得相当高，一整群动物都能藏在它后面，格里那凡、穆拉迪和艾尔顿紧紧跟在他后面，几人看到眼前的景象，不禁愕然。

两头公牛和三匹马躺在地上，就像之前的几头牲畜一样，它们也死了。一群看起来不知道是饥是饱的乌鸦，在木本含羞草的树枝间呱呱叫着，盯着这些意料之外的食物。格里那凡和他的同伴们面面相觑，威尔逊忍不住骂了一句脏话。

---

① 生长在南欧和北非的一种树，树皮会每年自然剥落一部分，长出一部分。软木橡树的树皮可以制作红酒的软木塞，因此当地人会定期收获树皮。

"威尔逊，说这个也没用。"格里那凡强忍着心中的悲痛说，"艾尔顿，把剩下的公牛和马牵走，我们还需要他们。"

"如果车子没有陷在泥地里，"约翰·孟格尔说，"这两头牲畜就足够我们一直到海边了，只是每天走的路程要短一些。所以我们必须得不惜一切代价把车子给拉出来。"

"我们尽力，约翰。"格里那凡说，"我们先回去吧，不然其他人又要担心了。"

艾尔顿给公牛解开了脚上的拴绳，穆拉迪解开了那匹马的。他们沿着蜿蜒曲折的河岸返回营地。半小时后，他们就回到了帕加内尔、麦克·纳布斯和两位女士身边，告诉了他们发生的惨剧。

"以我的名誉起誓，艾尔顿。"少校忍不住说，"真是遗憾，你没有在我们渡过维梅拉河时给所有的牲畜都钉上蹄铁。"

"先生，这话从何说起？"艾尔顿问道。

"因为我们唯一幸存的马，就是你找的铁匠钉了蹄铁的那匹。"

"确实是这样。"约翰·孟格尔说，"这事儿有点怪。"

"这只是个巧合，仅此而已。"水手长看着少校，坚定地说。

麦克·纳布斯少校紧咬着嘴唇，似乎正在忍住他不吐不快的话。格里那凡和其他人都等着他说出自己的想法，但少校依然没有开口，他走到车子旁边，艾尔顿正在检查车子。

"孟格尔，他想说什么呢？"格里那凡问。

"我也不知道。"年轻的船长回答，"但是少校从来都不会无缘无故瞎说话。"

"约翰说得对，"海伦娜说，"麦克·纳布斯一定对艾尔顿有所怀疑。"

"怀疑？"帕加内尔耸了耸肩。

"他是在怀疑什么呢？"格里那凡问，"他认为是艾尔顿杀死了我们的马和公牛？而且，艾尔顿为什么要这么做呢？艾尔顿的利益不是和我们一致的吗？"

"你说得对，亲爱的爱德华。"海伦娜说，"而且，更重要的是，旅途开始以来，水手长的表现一直很忠诚。"

"确实如此。"孟格尔回答，"但少校到底什么意思？我真希望他能把话说清楚。"

"他是不是觉得艾尔顿和那些逃犯是一伙的？"帕加内尔说。

"什么逃犯？"格兰特小姐问。

"帕加内尔记错了吧，"约翰·孟格尔立刻说，"他应该很清楚，维多利亚省并没有罪犯。"

"啊，对，是这样的。"帕加内尔立刻改口，试图把话圆回去，"我刚才在想什么呢？逃犯？澳大利亚哪里有什么逃犯？再说了，罪犯一踏上澳大利亚大陆，就会变得善良正直。这里的气候嘛，玛丽小姐，你知道的，这里的气候能让人改过自新——"

可怜的学者卡在这里，再也说不下去了，就像正陷在泥巴中的牛车一样。海伦娜诧异地看着他，让帕加内尔顿时有些心慌。海伦娜不想让他太尴尬，就带着玛丽走到了帐篷的另外一侧，奥比内先生正在那里准备一顿丰盛的早餐。

"干脆把我流放得了。"帕加内尔悲伤地说。

"我也这么认为。"格里那凡说。

格里那凡这番话一本正经，让地理学家更是懊恼不已。

格里那凡和约翰·孟格尔朝着牛车走去，看到艾尔顿和两名水手正在拼命地把车子从泥土里拉出来。公牛和马也被套在车上，正拼命拉车。威尔逊和穆拉迪在后面推着车子，水手长则大叫大嚷地用鞭子驱赶着牲畜。但沉重的车厢纹丝不动，干涸的黏土将车子死死困住，牛车就像被水泥封住了一样。

约翰·孟格尔让人往黏土上浇水，希望能让黏土软化一些，但是收效甚微。众人和牲畜又全力尝试了一次，但最终只能作罢。除非拆掉车子，否则根本无法把它从泥地里弄出来。而他们没有工具，无法拆卸车辆。

但艾尔顿依然没有放弃，他决心想尽办法摆脱困境。正当他准备再试一次时，格里那凡制止了他，说道："好了，艾尔顿，别试了。我们得让仅存的一匹马和一头牛保存体力。如果我们不得不步行前进的话，可以让马驮着女士们，让公牛驮着给养。它们对我们还是很有用的。"

"好的，勋爵阁下。"水手长回答道。他解开了已经筋疲力尽的牲畜身上的绳索。

"现在，朋友们。"格里那凡说，"我们先回到营地，仔细分析一下目前的处境，然后定一个行动方案。"

大家吃了一顿相当不错的早餐，也算是对昨晚没睡好的弥补。讨论开始了，每个人都要发表一下自己的见解。帕加内尔率先发言，他像往常一样，发言中带着相当严谨准确的数字。帕加内尔告诉大家，探险队现在所在的地方是南纬 37 度、东经 147 度 53 分，在斯诺威河的河畔。

"图福尔德湾的准确经度是多少？"格里那凡问。

"东经 150 度。"帕加内尔回答，"距离这里还有 2 度 7 分，换算一下大概是七十五英里。"

"那墨尔本呢？"

"至少二百英里。"

"很好。现在我们确定了自己所在的位置。大家认为，接下来该如何行动？"

大家的回答很一致：必须准时到达海岸边。海伦娜和玛丽·格兰特说，她们每天可以走五英里。如果有必要的话，两位勇敢的女士并不介意走完全程，从斯诺威河走到图福尔德湾。

"亲爱的海伦娜，你真是个勇敢的旅伴。"格里那凡勋爵说，"但到了海湾，我们就能找到我们想要的一切吗？"

"这一点毫无疑问。"帕加内尔说，"伊登是个已经建立多年的城市，它的港口肯定和墨尔本的港口有频繁的船只往来。我估计，即使在维多利亚边境的德勒格特，我们也能补充给养，甚至找到新的交通工具，那里离这里大约三十五英里。"

"那'邓肯'号怎么办？"艾尔顿问道，"你不觉得该派人通知它来接应吗？"

"约翰，你觉得呢？"格里那凡问。

"我认为勋爵阁下不必急着通知'邓肯'号。"稍作思索后，年轻的船长回答，"将来还有的是时间通知汤姆·奥斯汀，让他开船到海岸来。"

"确实是这样。"帕加内尔表示赞同。

"你看，"约翰说，"我们四五天内就能到伊登。"

"四五天？"艾尔顿摇摇头，"十五到二十天还差不多。船长，如果你不想后悔的话，就听我的。"

"走七十五英里要十五到二十天？"格里那凡大喊道。

"至少要这么久。勋爵阁下，你们要穿越的是维多利亚省最难走的地区，只有一片荒地，别的什么都没有。牧民们都说，这一带全是灌木丛生的平原，没有道路，也没有定居点。你们得一边走一边砍出路来，相信我，这段路可走不快。"

艾尔顿的语气很坚定，其他人都在疑惑地看着帕加内尔，他点了点头，表示水手长说的是实情。

但约翰·孟格尔说："好吧，即使考虑到这些困难，勋爵阁下，我们最多要走十五天，就可以给'邓肯'号下达命令了。"

"我还要补充一点，"艾尔顿说，"最大的困难不是路上的障碍，而是我们必须渡过斯诺威河，而且我们可能得等河水退下去才能过河。"

"要等？"约翰喊道，"没有浅滩可以直接走过去吗？"

"我想是没有的。"艾尔顿说，"今天早上我就一直在找可以涉水过河的地方，但没找到。在这个季节，河水这么汹涌，这确实比较罕见，我对此也无能为力。"

"斯诺威河很宽吗？"海伦娜问。

"不仅很宽，而且还深，夫人。"艾尔顿回答，"河有一英里宽，水流湍急，即便是游泳好手也很难安全地游到对岸。"

"那我们做一艘船好了。"罗伯特说，他做起事来从不畏难，"我们只需要砍倒一棵树，把中间挖空，然后坐进去，划着走。"

"这个主意不错！真不愧是格兰特船长的儿子。"帕加内尔说。

"罗伯特是对的。"麦克·纳布斯说，"我们迟早要造独木舟，我觉得再讨论下去就纯粹是浪费时间了。"

"艾尔顿，你对此有何看法？"格里那凡认真地询问道。

"勋爵阁下，我认为，除非得到援助，否则我们一个月之后还会停在斯诺威河的河畔。"

"那你有什么更好的建议吗？"约翰·孟格尔问。他已经有些不耐烦了。

"有，那就是让'邓肯'号离开墨尔本，去东海岸。"

"唉，你总是提这个！让'邓肯'号去海岸，能帮我们抵达目的地吗？"

艾尔顿稍微停顿了一下，含糊地回答道："我不想把我的看法强加给大家，我做的一切都是为了大家的共同利益。只要勋爵阁下一声令下，我随时可以出发。"说罢，他抱着双臂，沉默不语。

"你没有回答问题，艾尔顿。"格里那凡说，"告诉我们你的计划，我们会讨论一下的。你具体是怎么打算的？"

艾尔顿用冷静且自信的语调回答："我的建议是，在我们目前的状态下，不要冒险渡过斯诺威河。我们必须在这里等待援助，而援助只有可能来自'邓肯'号。我们就在这里扎营，食物很充足，再派一个人去向汤姆·奥斯汀传达你的命令，让他前往图福尔德湾。"

这个出人意料的建议让大家很惊讶，约翰·孟格尔更是直接表示反对。

"大家等在这里的时候，"艾尔顿继续说，"如果斯诺威河的水位下降了，我们也可以涉水过河。如果水没有退，那就造一艘独木舟。勋爵阁下，这就是我的计划，请你考虑。"

"好吧，艾尔顿。"格里那凡说，"你的计划值得认真考虑一下。这个计划最大的缺点就是会延误时间，但也能让我们不会那么辛劳，或许也可以避免危险。朋友们，你们怎么看？"

"说说你的想法吧，麦克·纳布斯。"海伦娜说，"从讨论开始，你就一直在听，但很少发言。"

"既然你征求我的意见，"少校说，"那我就坦率地讲，我认为艾尔顿的建议很明智，很合理，我站在他这一边。"

这个回答让所有人都很意外，因为一直以来，少校都强烈反对艾尔顿的计划。艾尔顿自己也很惊讶，迅速地瞥了少校一眼。帕加内尔、海伦娜和两位水手都持有相同的看法。既然麦克·纳布斯都改变意见支持艾尔顿了，格里那凡决定采纳这位水手长的建议。

"那么，约翰，"格里那凡说，"在斯诺威河河畔就地扎营，直到我们找到交通工具，你不认为这是个明智之举吗？"

"我不认为。"约翰·孟格尔回答，"我们没办法渡过斯诺威河，那么信使要怎么过去？"

所有人的目光都转向水手长，他带着一副胸有成竹的表情回答道："信使不需要过河。"

"什么？"约翰·孟格尔惊讶地说。

"信使只需要直接返回去勒克瑙的路，然后去墨尔本。"

"步行两百五十英里吗？"年轻的船长惊讶地喊道。

"骑马。"艾尔顿说，"目前还有一匹马状态良好，只需要四天时间，再给'邓肯'号两天时间开到海湾，然后花上二十四小时来到营地。一周后，信使就能带着全体船员来到这里。"

艾尔顿讲述计划时，少校一直在点头赞许，这让约翰·孟格尔大为惊讶。但既然大家都支持这个计划，剩下的事情就是尽快付诸实施。

"那么，朋友们，"格里那凡说，"我们必须决定谁来担任信使。这项任务很艰苦，也很危险，这一点我不会向你们隐瞒。那么，谁愿意为了同伴做出牺牲，去墨尔本传达我的指令呢？"

威尔逊、穆拉迪、帕加内尔、约翰·孟格尔和罗伯特都立刻表示愿意效劳。约翰尤其坚持说，应该让他来负责这项任务。但一直沉默的艾尔顿突然说："如果阁下允许的话，我愿意亲自前往。我对这一带非常熟悉，且有丰富的经验，其他人看起来难以通行的区域，我却能顺利穿越。因此，为了大家的共同利益，我请求前往墨尔本。你的信函可以确保我获得大副的信任，我保证在六天内将'邓肯'号带到图福尔德湾。"

"说得好。"格里那凡说，"你是一个聪明勇敢的人，一定会有所成就的。"

显然，水手长是这个任务的最佳人选。其他人都放弃了竞争，约翰·孟格尔提出了最后一个反对意见，认为艾尔顿对于寻找"不列颠尼亚"号或哈利·格兰特至关重要。然而，少校公正地指出，在艾尔顿回来之前，探险队将一直扎营在斯诺威河河畔，他们不会在没有艾尔顿的情况下继续搜寻，因此艾尔顿的缺席并不会影响寻找船长的进度。

"好吧，艾尔顿，就你去吧。"格里那凡说，"尽快完成任务，然后从伊登回到营地来。"

水手长脸上闪过一丝喜悦，他立刻转过头去，但约翰·孟格尔还是捕捉到了那一瞬间的神色，自己对艾尔顿往日的不信任又本能地涌上心头。

艾尔顿立即准备出发，两名水手在帮他做准备，一人负责把马备好，另一人负责准备食物。格里那凡正在给汤姆·奥斯汀写信，命令他的大副立刻前往图福尔德湾。他在信中介绍了艾尔顿，并说艾尔顿很值得信赖。到达海湾后，汤姆需要立刻从游艇上派些人过来，由艾尔顿负责指挥。

格里那凡正要写到艾尔顿的名字，一直盯着他的麦克·纳布斯突然用一种奇怪的语调问道，艾尔顿的名字该怎么拼写。

"当然应该按照发音拼写呀。"格里那凡答道。

"那就错了。"少校平静地说，"发音确实是艾尔顿，但应该写作本·乔伊斯！"

第十七章

阴谋败露

"本·乔伊斯"这个名字一说出口，就宛如晴天霹雳。艾尔顿一跃而起，掏出手枪，一声枪声响起，格里那凡爵士应声倒地。营地之外也响起了一阵枪声。

在最初的震惊过后，约翰·孟格尔和两位水手立刻冲向本·乔伊斯，试图将其制服。但这名大胆的逃犯已消失，去找他隐藏在桉树林中的同伙了。

面对枪弹，帐篷毫无保护作用，必须迅速撤退至安全区域。格里那凡伤势不重，自己站了起来。

"去车厢！去车厢！"约翰·孟格尔大喊，拽着海伦娜和格兰特小姐朝车厢跑去，两位女士很快就安全地藏在了厚厚的帘子后面。

约翰、少校、帕加内尔和两位水手抓起步枪，准备随时击退逃犯。格里那凡和罗伯特钻进车厢，在女士们身边坐好，奥比内下了车，准备加入反击的队伍。

这一切都发生在电光石火之间，约翰·孟格尔紧紧盯着林地的边界。本·乔伊斯钻进树林之后，枪声就停了下来，嘈杂的声音消失了，四周陷入沉寂。几缕白烟仍然在桉树的树冠上袅绕，高大的大花胃豆纹丝不动，看不到任何有人在发动攻击的迹象。

少校和约翰·孟格尔检查了树林的边缘地带，那里空无一人。地上有许多脚印，还有几个已经烧掉了一半的帽子在冒着烟。少校小心地踩灭帽子上的余烬，因为在这个满是枯树的树林之中，一丝火星便能引发大火。

"逃犯们都溜了！"约翰·孟格尔说。

"是的，"少校说，"他们跑了，这让我很不安，我宁愿和他们面对面打一仗。在平原上遇到老虎也好过在草丛里遇到毒蛇，我们在牛车周围的灌木丛里搜一搜。"

少校和约翰在周围找了个遍，从树林的边界一直找到河边，一个逃犯都没有找到。本·乔伊斯和他的同伙似乎像一群依靠掠夺为生的飞鸟一样，已经远走高飞。他们消失得如此突然，旅行者们没办法安下心来，决定保持高度警戒。牛车就像一座埋在泥地里的堡垒一样，众人在它周围扎营，两个人围着牛车轮流站岗，每小时换班一次。

海伦娜和玛丽第一时间给格里那凡包扎伤口。当格里那凡被子弹击中时，海伦娜焦急地冲了过去，强忍着担心，勇敢地扶着丈夫上了车。格里那凡露出肩膀，少校检查过一番后发现，子弹只是擦破了皮肉，没有造成内伤，骨头和肌肉也都没有受伤。伤口出了很多血，但格里那凡的手指和前臂没受到什么影响，因此并无大碍。包扎好肩膀之后，格里那凡就不让众人为他过度操心，立刻着手处理眼前的事情。

除了负责守卫的穆拉迪和威尔逊，其他人都上了牛车，大家请求少校解释这一切是怎么回事。

开始讲解前，少校首先向海伦娜说明了逃犯们从珀斯逃脱、来到维多利亚省的经过，还讲了他们策划的铁路事故，并递上了他们在西摩买到的《澳大利亚与新西兰公报》。他又补充道，警察已发布悬赏，捉拿本·乔伊斯，此人在过去的十八个月里面犯下多起罪行，恶名昭彰。

但麦克·纳布斯是如何发现艾尔顿和本·乔伊斯是同一个人的呢？对于这个问题，少校很快就给出了答案。

自从第一次见面以来，麦克·纳布斯对这位水手长就有一种本能的不信任。一开始只是两三件无关紧要的小事让他起疑，但之后还有很多事情：他在维梅拉河畔与铁匠交换过一个匆忙的眼神，他不愿意穿过城镇和村庄，他一直坚持要把"邓肯"号叫到海岸边，他负责照顾的牲畜离奇死亡，最后，他的所有行为一直都不太坦诚——这一切细节加在一起，让少校越来越怀疑他。

但在昨晚的事情发生之前，少校也没有任何直接证据可以指控他。随后，少校讲起昨晚发生了什么。

麦克·纳布斯在高大的灌木丛之间匍匐而过，一直爬到半英里之外，靠近了他之前就注意到的可疑人影。借助微弱的磷光，少校看到三个人正在查看地面上的痕迹，其中一人就是黑点定居点的铁匠。

"'就是他们！'其中一个人说。'对。'另外一个人说，'马蹄印上有三叶草图案，自从维梅拉河之后就一直没变。''所有的马都死了。''毒药很快就发作了。''足够毒死一个骑兵团的马。''这胃豆还真是管用。'

"我听到他们说了这些，之后就不说话了。当时我还不清楚情况，于是继续跟在他们身后。很快，对话又开始了。'这家伙真聪明，这个本·乔伊斯，'这是铁匠在说话。'天才的水手长，把船难的事情编得天衣无缝。''要是计划成功了，那可真是走运啊。''这个艾尔顿简直就是个魔鬼。''叫他本·乔伊斯吧，现在他叫这个名字。'然后，这群恶棍就离开了森林。

"我现在知道了我想要的全部信息，确定了自己的猜测，于是回到营地。帕加内尔，请你原谅，澳大利亚并不能让囚犯改过自新。"

少校讲完了自己的经历，他的同伴们在默默沉思着。

"这么说，艾尔顿把我们带到这里来，"格里那凡脸色苍白，愤怒地说，"就是为了抢劫我们的东西，还要暗杀我们。"

"没错，"少校回答，"自从我们离开维梅拉后，他的同伙就一直跟踪我们、监视我们，等待有利时机。"

"是的。"

"也就是说，这个恶棍从来没有当过'不列颠尼亚'号上的船员，他冒名顶替艾尔顿，偷走了船上的证明文件。"

所有人都看着麦克·纳布斯，等着他的回答。他一定也思考过这个问题了。

"对这个问题，我也没有把握十足的答案。"他用一直以来的冷静语调回答，"但在我看来，这个人的名字应该确实是艾尔顿。本·乔伊斯是他的化名。不可否认的是，他一定认识哈利·格兰特，也确实是'不列颠尼亚'号的水手长。艾尔顿讲过很多细节，可以证明这一点，那些逃犯的话也可以证明，我之前已经和你们讲过那伙人说过什么了。我们不必纠结于那些不太重要的猜测，但可以肯定的是，本·乔伊斯就是艾尔顿，艾尔顿就是本·乔伊斯。也就是说，'不列颠尼亚'号上的一名船员，已经成了这群逃犯的首领。"

大家一致认同麦克·纳布斯的看法。

"那么，"格里那凡说，"你能不能告诉我们，哈利·格兰特的水手长为什么会出现在澳大利亚？"

"我也不知道他怎么来的。"麦克·纳布斯回答，"警方也表示，他们和我们一样，对此并不了解。嗯，现在还搞不清楚，也许将来我们能弄明白。"

"警方甚至都不知道艾尔顿就是本·乔伊斯。"约翰·孟格尔说。

"你说得对，约翰，"少校回答道，"这条线索也许能给他们的搜查提供一些帮助。"

"那么，我猜，"海伦娜说，"当他在帕迪·奥穆尔的农场找工作的时候，就没安什么好心？"

"毫无疑问，他当时肯定正在等待时机对爱尔兰人图谋不轨。但这时，一个更好的机会出现了，我们来到了他面前，他听到了帕加内尔讲的事情，还听说了船只失事的消息，这个胆大包天的家伙立刻就决定利用水手长艾尔顿的身份干点什么。他导演了这次探险，在维梅拉，他想办法联系到了一个手下，也就是黑点定居点的那个铁匠，让我们在路上一直留下痕迹，方便他们跟踪。那帮囚犯一直跟着我们，用有毒的植物把我们的公牛和马一一杀死，又在关键时刻，把我们困在了斯诺威河河畔的沼泽中，这样我们就落在了他的手里。"

这就是本·乔伊斯的过往。少校已经揭露了他的真面目——一个胆大妄为的罪犯。格里那凡和他的同伴们都开始高度警惕，唯一值得庆幸的是，已经暴露身份的恶徒比起隐藏着的叛徒，威胁要小很多。

但揭露本·乔伊斯的真实面目带来了一个严重后果。除了玛丽·格兰特之外，还没有人想到这一点。约翰·孟格尔第一个注意到了玛丽因绝望而苍白的面庞，他立刻就明白了玛丽心里在想什么。

"玛丽小姐，玛丽小姐！"他喊道，"你哭了！"

"怎么哭了？我的孩子啊！"海伦娜说。

"我的爸爸！夫人，我的爸爸！"可怜的女孩说。

她说不下去了，但答案已经浮现在每个人的心头。所有人都知道玛丽如此悲伤的原因，明白了她为什么哭泣，也明白了她呼唤父亲的背后所隐藏的含义。

艾尔顿的真实身份被揭露了，这彻底粉碎了所有的希望。这个逃犯编造了失事船只的故事来诱骗格里那凡，而从麦克·纳布斯偷听到的对话中，囚犯们明确表示，"不列颠尼亚"号从未在图福尔德湾的岩石上触礁。哈利·格兰特从未踏上过澳大利亚大陆！

因为误读了信件，他们再次陷入了歧途。看到孩子们悲伤的表情，队伍陷入了沉默，没有人能说出什么鼓舞人心的话。罗伯特在姐姐的怀抱中哭泣，帕加内尔懊恼地嘟囔着："那封倒霉的信！简直让人精神错乱！"这位可敬的地理学家对自己很气愤，捶打着自己的额头，力度之大，仿佛要把额头敲破。

格里那凡走到正在守卫的穆拉迪和威尔逊身边。树林与河流之间的平原上寂静无声，本·乔伊斯和他的手下显然远远躲了起来，因为空气如此宁静，一丝声音都不会逃脱大家的耳朵。树枝低处栖息着成群的鸟儿，袋鼠在安静地啃食鲜嫩的植物，一对鸸鹋把头探进灌木丛中，从这些迹象也能看出，在这片宁静的旷野，似乎没有任何人类在活动。

"过去的一小时内，你们什么也没看到，什么也没听到吧？"格里那凡问两位水手。

"什么都没有，勋爵阁下。"威尔逊说，"囚犯们离这里肯定有好几英里远。"

"我想，他们现在人手不够，无法对我们发动攻击。"穆拉迪补充道，"本·乔伊斯肯定是去找同伙了，找那些和他一样的匪徒，他们可能藏在澳大利亚山脉的山脚下，混在那些住在丛林里的人之间。"

"穆拉迪，你说的很有道理，"格里那凡说，"这群懦夫，他们知道我们有枪，而且全副武装。也许他们正等着夜幕降临，然后再发动攻击。我们必须加倍警惕。噢，要是我们能从这个泥潭脱身，快点去海岸该多好。不过现在河水上涨，挡住了我们的去路。如果能有一只筏子将我们渡到对岸，我愿意出重金购买。"

"勋爵阁下，我们为什么不自己造一条独木舟呢？这里有很多木材。"

"不行，威尔逊，"格里那凡说，"斯诺威河不是一条普通的河流，它的水流太急了，没办法乘独木舟渡河。"

此时，约翰·孟格尔、少校和帕加内尔从车上下来，想看看河水的情况。他们发现，由于大雨，河水仍在泛滥，水位比平时高了一英尺，水流湍急，像美洲的急流一样。想要冒险穿过那片泡沫翻滚、溅起水花、遍布漩涡和深坑的洪流，是不可能的事情。

约翰·孟格尔断定现在无法渡河。"但我们不能就停在这里，什么也不做，"他补充了一句，"在艾尔顿背叛我们之前制订的计划，现在我们更要尽快实施。"

"约翰，你说的是什么？"格里那凡问。

"现在情况很紧急，我们既然没办法去图福尔德湾，我们就得去墨尔本。我们还有一匹马，把它给我，勋爵阁下，我去墨尔本。"

"但这实在是太危险了，约翰，"格里那凡说，"且不说要在这片陌生的土地上走两百英里，路上所有的小径，肯定都有本·乔伊斯的同伙把守。"

"我知道，阁下，但我也知道，事情不能拖下去。艾尔顿说他去接'邓肯'号的船员需要一周，我只用六天就能回到斯诺威河。阁下，请你下命令吧。"

"在格里那凡决定好之前，"帕加内尔说，"我必须指出一点。很明显，要派人去墨尔本，但不应该让约翰·孟格尔去冒险。他是'邓肯'号的船长，他的生命相当重要，应该让我去。"

"你说的有道理，帕加内尔，"少校说，"但为什么应该让你去？"

"你们是忘了我们两个吗？"穆拉迪和威尔逊说。

"你们是认为，"麦克·纳布斯说，"骑马走两百英里的路，就能把我吓到？"

"朋友们，"格里那凡说，"我们必须派一个人去墨尔本，就抽签决定吧，帕加内尔，把所有人的名字都写下来。"

"你的不能写，勋爵阁下。"约翰·孟格尔说。

"为什么？"

"为什么？难道要把你和夫人分开吗？而且你的伤还没好呢！"

"格里那凡，"帕加内尔说，"你不能离开队伍。"

"没错。"少校说，"你的位置就在这里，爱德华，你不能走。"

"这一趟危险重重，"格里那凡说，"我会和其他人一起分担这份风险，把名字写下来，帕加内尔，我的名字也要加进去，我希望我能被抽到。"

大家遵从了他的意愿。名字写好了，签也抽了，命运选中了穆拉迪。这位勇敢的水手发出欢呼，说到："阁下，我已经准备好了，可以出发了。"格里那凡握了握他的手，回到牛车里，留下约翰·孟格尔和少校值班。

海伦娜知道了他们决定派人送信去墨尔本，也知道他们已经通过抽签选中了穆拉迪来执行任务。她对这位勇敢的水手说了几句亲切的话，让穆拉迪深受感动。命运选中了最合适的人，因为他不仅聪明勇敢，而且体格强壮、不知疲倦。

穆拉迪决定在八点钟出发，刚好是黄昏后不久。威尔逊负责准备好马匹，他打算把有三叶草图案的马蹄铁换下来，把昨晚死去的马的蹄铁换上去，这是为了避免囚犯们发现穆拉迪的踪迹，这样囚犯们就没办法追踪穆拉迪了，他们没有马。

在威尔逊忙着准备时，格里那凡在给汤姆·奥斯汀写信，但他受伤的胳膊还很不舒服，所以让帕加内尔代笔。这位学者似乎又沉浸在什么想法里了，好像对其他的事情都心不在焉。让帕加内尔烦恼的种种问题中，那封信无疑占据了最重要的位置。他一直琢磨着每个词，试图找出新的解读方式，摆脱错误的理解。

格里那凡第一次说话时，帕加内尔似乎没有听到。但格里那凡正要第二次开口的时候，帕加内尔又突然说："啊，很好，我准备好了。"

他一边说，一边机械地拿出笔记本，准备从里面撕一张纸。他撕下了空白的一页，坐下来，手里握着铅笔，准备写字。

格里那凡开始口述："兹命令大副汤姆·奥斯汀立刻出海，驾驶'邓肯'号前往——"

帕加内尔刚写完"前往"，目光恰好落在地上的《澳大利亚与新西兰公报》（*Australian and New Zealand*）上。报纸叠成一摞，只露出报纸名称的最后两个词。帕加内尔的铅笔停了下来，他似乎完全忘记了格里那凡，忘了写信，直到他的朋友们大声喊："嘿！帕加内尔！"

"啊？"地理学家突然喊道。

"你怎么了？"少校问。

"没什么，没什么。"帕加内尔答道。随即又开始自言自语："aland！aland！"

他站起身来，把报纸抓在手里，摇晃着报纸，似乎在努力忍住涌到嘴边的话。

海伦娜、玛丽、罗伯特和格里那凡都惊愕地看着他，完全不理解他为什么如此激动。帕加内尔看起来似乎中了邪一样。但他的激动没有持续多久，很快就渐渐平静下来，眼中闪烁的喜悦光芒消失了。他坐了下来，平静地说："勋爵阁下，你随时吩咐，我已经准备好了。"

格里那凡继续口述，帕加内尔根据口述来写信。格里那凡的指示是这样的："兹命令大副汤姆·奥斯汀立刻出海，驾驶'邓肯'号前往澳大利亚东海岸和南纬 37 度的交点。"

"澳大利亚？"帕加内尔说，"啊，对！澳大利亚！"

他很快写完了信，递给格里那凡签名。格里那凡尽力用受伤的手臂签下自己的名字，然后封好信封，盖上印章。帕加内尔的手依然因激动而颤抖，他在信封上写下收件人："致墨尔本的'邓肯'号游艇，大副汤姆·奥斯汀收。"

随后，他站起身来，走出车厢，一边用手在空中比比画画，一边重复着那些让人听不懂的话：

"aland！ aland！ aland！"

第十八章

痛苦的四天

这一天剩下的时间依然平静，没有发生任何值得注意的事情。穆拉迪的出发准备工作已完成，这位勇敢的水手十分高兴能向主人证明自己的忠诚。

帕加内尔恢复了往日的冷静与礼貌，尽管他看起来依然心事重重，但似乎已经下定决心保持沉默。毫无疑问，他的沉默背后有深刻的原因，麦克·纳布斯曾听到他似乎在与自己争论，还喃喃自语道："不，不，他们不会相信的。除此之外，这么做有什么好处呢？太晚了！"

帕加内尔似乎已经说服了自己，接着他开始忙着为穆拉迪指引前往墨尔本的路线，并在地图上仔细标明方向，细致地讲解着。首先，穿过草原上的小径，就能到达通往勒克瑙的路。延伸到海岸后，这条路会突然转向墨尔本。一定要严格按照这条路线行进，不要试图穿越未知区域的近路。这条路极其简单，穆拉迪一定不会迷路。

至于危险，只要离开营地几英里，远离本·乔伊斯及其党羽控制的区域，就不必过于担心。一旦越过他们的藏身之处，穆拉迪相信自己很快就能甩掉那些逃犯，成功完成使命。

六点钟，大家一同吃了晚餐。大雨倾盆而下，帐篷根本无法遮挡风雨，众人纷纷躲进牛车。牛车成了避风避雨的安全庇护所，厚重的黏土将它牢牢固定在地面上，仿佛一个建立在坚实地基上的堡垒。牛车内有七支步枪和七把左轮手枪，充足的弹药和补给足以应对长时间的围困。六天之内，"邓肯"号就会来到图福尔德湾，再过二十四小时，船上的船员们就会抵达斯诺威河对岸。即便河道仍无法通行，增援一旦到达，罪犯们也会被迫撤退。所有一切都取决于穆拉迪能否成功完成这项危险的任务。

八点钟，天色已暗，正是出发的时刻。给穆拉迪准备的马被牵了过来，谨慎起见，马蹄都用布包裹起来，这样踏在地上就不会发出任何声音。马儿看起来很疲倦，但所有人都希望它能跑得又快又稳。麦克·纳布斯建议穆拉迪，一旦越过罪犯控制的区域，应慢慢骑行，宁可耽误一些时间，也不要冒险。

约翰·孟格尔递给穆拉迪一把已经上好子弹的左轮手枪。对于一个能稳定射击的人来说，这把手枪是一件相当可怕的武器，它几秒钟内便能射出六发子弹，足以轻松突破由罪犯占据的道路。穆拉迪骑上马背，准备出发。

"这是你要交给汤姆·奥斯汀的信。"格里那凡说，"让他一刻都不要耽误，立刻出发前往图福尔德湾。如果他没有在那儿等到我们，就说明我们没能成功渡过斯诺威河，他应该马上到斯诺威河来找我们。出发吧，我勇敢的水手，愿上帝保佑你。"

格里那凡握了握穆拉迪的手，向他道别。海伦娜和玛丽·格兰特也和穆拉迪握了手。面对暴雨与漆黑的夜晚，踏上这条充满危险的道路，穿越广袤陌生的荒野，胆小之人可能会选择退缩，但穆拉迪只是平静地向大家告别，随后便消失在树林间的小道上。

与此同时，狂风越发猛烈，高空中的桉树枝开始哗啦作响，接连掉落在湿漉漉的地面上。在风暴中，许多早已失去生命力的大树轰然倒塌。风在断裂的树木之间呼啸，与暴雨的轰鸣交织在一起。厚重的乌云迅速飘向东边，像雾气般笼罩大地。夜色更显深邃，使这个夜晚更加恐怖。

穆拉迪一离开，其他旅行者便纷纷回到牛车内。海伦娜、格里那凡、玛丽·格兰特和帕加内尔在前半节车厢，里面已经密封得严严实实。奥比内、威尔逊和罗伯特在后半节车厢，麦克·纳布斯和约翰·孟格尔则在车外负责守卫。这样的预防措施十分必要，因为在黑暗中，罪犯袭击牛车变得更加容易，危险随时可能降临。

两位忠实的守夜者紧盯四周的动静，任凭风雨打在脸上。他们努力看穿黑暗，这片黑暗正是埋伏的最佳时机，但除了暴风雨的轰鸣、风的呼啸、树枝的咔嚓声、树木倒塌的声音和水流的轰鸣，他们什么也听不见。

风偶尔会停歇片刻，仿佛是在喘息。但除了斯诺威河在芦苇和桉树间低吟流淌之外，周围一片寂静。在这短暂的宁静中，四周显得更加安静。麦克·纳布斯和约翰·孟格尔屏息聆听。

就在一次风声停歇的间隙，突然传来一阵尖锐的哨声。约翰·孟格尔匆匆走到麦克·纳布斯身边。"你听到了吗？"他问。

"听到了，"麦克·纳布斯答道，"是人还是动物发出来的？"

"是人。"约翰·孟格尔说。

两人开始仔细聆听。那神秘的哨声再次响起，随后又传来一声枪响，但他们不确定，因为风暴再次猛烈起来，麦克·纳布斯和约翰·孟格尔甚至无法听清自己说话的声音。他们跑到车子旁边，暂时避避雨，安顿一下。

这时，车帘被掀开了。格里那凡走到两位守夜者身旁。他也听到了那不祥的哨声，枪声同样在帐篷下回响。"是从哪个方向传来的？"他问。

"那边。"约翰指着穆拉迪离开时走的小路。

"有多远？"

"声音是顺着风传过来的，我估计，至少有三四英里远。"

"走。"格里那凡把枪扛在了肩上。

"不行。"少校说，"这肯定是个诡计，目的是引诱我们离开牛车。"

"但如果穆拉迪被那些恶棍打伤了怎么办？"格里那凡抓住麦克·纳布斯的手喊道。

"我们明天就能知道真相。"麦克·纳布斯冷静地说。他坚决阻止格里那凡鲁莽行事，清楚此时贸然行动没有任何意义。

"你不能离开营地，勋爵阁下。"约翰说，"让我去看看。"

"你不能去！"麦克·纳布斯用尽全力大喊道，"你想让我们一个接一个地被杀吗？你想让我们的力量越来越弱，最后彻底落入那些恶棍的手中？如果穆拉迪真出了事，这种悲剧绝不能重演！穆拉迪抽到那张签，如果是我抽到了，我也会和他一样动身出发，绝不会要求任何帮助，也不希望有人来救我！"

麦克·纳布斯阻止格里那凡和约翰·孟格尔的举动是完全正确的。在黑夜中去寻找穆拉迪，无异于走进罪犯的埋伏圈，这简直是疯了。而且，这样做也不会有什么实际效果。探险队本来就人手不足，任何成员的无谓牺牲都是无法容忍的。

然而，格里那凡似乎并不打算放弃。他不停在车旁徘徊，手搭在步枪上，专注聆听微弱的声音。想到自己的人可能已经受伤，孤零零地被遗弃在荒野中，徒劳地呼喊着那些他想要救助他的人，这让格里那凡倍感折磨。麦克·纳布斯也不确定自己是否能阻止他，格里那凡是否会被情感冲昏头脑，冲进本·乔伊斯的埋伏里？

"爱德华，"他说，"冷静点，听我说，我是你的朋友。想一想海伦娜，想想玛丽·格兰特，还有其他所有人。再说了，你要去哪里？你要去哪里找穆拉迪？他被袭击了的话，也是在两英里之外，你往哪个方向去找？要根据什么痕迹来追踪他？"

仿佛是为了回答上校的话，就在这时，传来一声求救的呼喊。

"听！"格里那凡说。

这声呼喊来自和枪声同一方向，距离应该不超过四分之一英里。

格里那凡推开麦克·纳布斯，冲了出去。这时，他们在距离车子三百步远的地方听到了求救声。

"救我！救我！"

声音微弱，带着一丝绝望。约翰·孟格尔和麦克·纳布斯立刻朝着声音传来的方向奔去，不久后，他们在灌木丛中发现了一个挣扎爬行的人影，发出痛苦的呻吟。那是穆拉迪，他受了重伤，看起来快要死了。同伴们将他扶起后，才发现自己手上已满是鲜血。

大雨倾盆而下，狂风在枯枝间肆虐。在瓢泼大雨中，格里那凡、上校和约翰·孟格尔把穆拉迪抬了起来。

　　他们刚到车厢里，所有人立刻站了起来。帕加内尔、罗伯特、威尔逊和奥比内下了车，海伦娜把自己的车厢让给了可怜的穆拉迪。上校脱下穆拉迪的法兰绒衬衫，衬衫已被鲜血和雨水浸透。他很快找到了伤口，穆拉迪右侧的身体上有一处刺伤。

　　麦克·纳布斯熟练地为伤口包扎，他无法确定伤口是否触及了要害。鲜血不断从伤口涌出，穆拉迪面色苍白，看上去虚弱至极，显然伤势严重。上校先用清水清洗伤口，然后进行缝合，并在伤口上敷上一层厚厚的棉垫，紧紧包住伤口，包裹了一层又一层，成功止住了出血。众人小心地将穆拉迪安置好，让他侧躺，头部和胸部稍微垫高，海伦娜竭力让他喝下几滴水。

　　大约过了一刻钟，之前一动不动的伤者稍微动了一下。穆拉迪睁开眼睛，双唇颤抖，喃喃地说着含糊不清的话。上校弯下腰，听到他重复着："勋爵阁下……信……本·乔伊斯……"

　　上校将他听到的话转告给其他人，望向众人。穆拉迪说的这些是什么意思？本·乔伊斯肯定是凶手。他为什么要袭击穆拉迪？很明显是为了拦下他，阻止他抵达"邓肯"号，至于信——

　　格里那凡检查了穆拉迪的口袋，给汤姆·奥斯汀的信不见了！

　　夜晚在焦虑与痛苦中度过，大家都在担心。每一刻，都可能是可怜的穆拉迪在世上的最后时光。他发着高烧，海伦娜和玛丽·格兰特如同护士一样，一直守在他身边。从未有病人享受过如此细致入微、充满怜悯的照顾。

　　天亮了，雨也停了。天空依然布满厚厚的乌云，地面上散落着折断的树枝。被大雨浸透的土地更加泥泞，上下车变得困难，但幸运的是，车子不再继续下陷了。

　　天一亮，约翰·孟格尔、帕加内尔和格里那凡就去侦察营地周围的情况。他们检查了那条仍然沾着血迹的小路，但没有发现本·乔伊斯或他的同伙的踪迹。他们一路走到袭击发生的地方，看到两具尸体躺在地上，显然是被穆拉迪的子弹击中的，其中一具尸体是黑点定居点的铁匠。尸体面目狰狞，令人毛骨悚然。格里那凡停下脚步，出于谨慎，他不能离开营地太远，于是回到了牛车旁，思考着眼前的局势。

"我们不能再派另外一个人去墨尔本送信了。"他说。

"但我们必须得送信，"约翰·孟格尔说，"我必须试着走那条我的水手没能成功走完的路。"

"不，约翰！不可能成功的。你连一匹用来代步的马都没有，而这段路足足有两百英里！"

确实，穆拉迪的马没有回来，那是他们唯一可能存活的马。它是不是在袭击中随着主人一起倒下了？或者在灌木丛中迷路了，又或者被罪犯们带走了？

"不管怎样，"格里那凡说，"我们不能再单独行动了。我们在这里等一周，或者两周，直到斯诺威河的水位恢复正常，然后我们可以很快到达图福尔德湾，从那里可以更安全地向'邓肯'号发出指令，安排船只来接我们。"

"这似乎是当前唯一可行的办法。"帕加内尔说。

"所以，朋友们，"格里那凡又说，"我们不能再分开了。一个人单独冒险进入强盗横行的荒野，风险太大了。现在，愿上帝保佑我们可怜的水手，保佑我们所有人！"

格里那凡的决定有两点非常明智：首先，他禁止所有人单独行动；其次，他决定等待能够安全渡过斯诺威河的时机再出发。他们距离新南威尔士的第一个边境村庄德勒格特只有三十英里，在那里，他们能找到前往图福尔德湾的交通工具，并且可以发电报给墨尔本，向"邓肯"号下达指令。

这些措施确实非常明智，但是现在想到已经太晚了！如果格里那凡没有派穆拉迪去墨尔本，许多不幸的事情本可以避免，尤其是穆拉迪，他差点丧命。

当他回到营地时，发现同伴们的情绪好多了，似乎比之前更充满希望。

"他好些了！他好些了！"罗伯特一边跑出来迎接格里那凡勋爵，一边说。

"穆拉迪吗？"

"是的，爱德华。"海伦娜说，"他的情况有所好转，上校有信心，我们的水手能活下来。"

"麦克·纳布斯在哪里？"格里那凡问。

"陪着他。穆拉迪要和上校说话，现在不要去打扰他们。"

格里那凡得知，大约一个小时前，穆拉迪从昏迷中醒了过来，烧也退了。恢复了意识并能开口后，他想做的第一件事就是见格里那凡勋爵。如果勋爵不在，他也愿意见少校。麦克·纳布斯看穆拉迪如此虚弱，本不打算让他说话，但穆拉迪态度坚决，少校只能妥协。当格里那凡回来时，他们已经谈了几分钟，而此时，除了等麦克·纳布斯从牛车里出来，似乎没有别的事能做了。

不一会儿，牛车的皮革帘子动了动，少校下了车。其他人正站在一棵桉树下面，帐篷就搭在那里。少校平时冷静稳重，但此时他的脸上也露出了深沉的忧虑，当他的目光落在海伦娜和年轻的格兰特小姐身上时，眼神中更是充满了悲伤。

格里那凡询问了少校，得知了如下情况：穆拉迪离开营地后，沿着帕加内尔指明的小路飞驰而去，在夜色中尽可能快速前行。他走了大约两英里，这时，出现了几个人，他估计应该是五个人。这些人突然窜到他的马前面。马惊了。穆拉迪抓起左轮手枪开了枪，他觉得自己看到两个攻击者倒了下来，借着枪口的火光，他认出了本·乔伊斯，但除此之外什么也没看到。还未等他打完手枪中的六发子弹，他便感觉到腰部一阵剧痛，随即摔倒在地。

但他并未失去意识。那些凶手以为他已经死了，他感觉到有人在翻他的口袋，并听到其中一个人说："我找到信了。"

"给我。"本·乔伊斯说，"现在'邓肯'号是我们的了。"

格里那凡听到这里，不禁惊呼出声。

"嘿，伙计们，"本·乔伊斯又说道，"把马牵走，我们两天之内就能登上'邓肯'号，六天之后就能到图福尔德湾。那是他们计划会合的地点，可等到那时，格里那凡和他的同伴们还被困在斯诺威河的沼泽地里。从坎普尔码头的桥过河，到海岸等我，我会想办法让你们上船。我们如果能开着'邓肯'号这样的船去海上，印度洋就是我们的了。""本·乔伊斯万岁！"罪犯们喊道。

麦克·纳布斯继续转述穆拉迪的话："他们牵走了穆拉迪的马，本·乔伊斯骑着马向勒克瑙奔去，那一帮人则朝着斯诺威河东南方向的路走去。穆拉迪虽然伤势严重，但还是挣扎着爬到离营地三百码远的地方，我们就是在那里发现已经奄奄一息的穆拉迪的。这就是他的经历，现在你明白，为什么这个勇敢的小伙子坚持要赶紧讲述这一切。"

这番话让格里那凡和所有人都惊恐万分。

"海盗！海盗！"格里那凡大喊，"他们会杀掉我的船员！我的'邓肯'号要落在这群匪徒手里了！"

"是的，本·乔伊斯一定会袭击那艘船的。"少校说，"然后——"

"嗯，我们必须先到达海岸。"帕加内尔说。

"可我们该如何渡过斯诺威河？"威尔逊说。

"就像那群人一样。"格里那凡说，"他们计划从坎普尔码头的桥过河，我们也可以。"

"穆拉迪怎么办？"海伦娜问。

"我们轮流背着他。我怎么能把我的手下留给本·乔伊斯和他的同伙呢？"

从坎普尔码头渡过斯诺威河是可行的，但也很危险，因为逃犯们可能会守在那里，并且在那里设防。他们至少有三十人，而格里那凡一行只有七个人！不过，在有些时候，人是不能犹豫不决的，除了继续前进，他们别无他路。

"勋爵大人，"约翰·孟格尔说，"在我们孤注一掷冒险过桥之前，还是应该先侦察一下。我去探路。"

"约翰，我和你一起去。"帕加内尔说。

众人都赞同这个计划。约翰·孟格尔和帕加内尔立即准备出发。他们打算沿着斯诺威河的河岸，走到本·乔伊斯提到的那个码头。并留意可能藏身于灌木丛中的敌人。

于是，这两个勇敢的人出发了。他们装备精良、全副武装，很快就消失在河岸茂密的芦苇丛中。其他人焦急地等待了一整天，盼着他们快些回来。夜幕降临，两位侦察员还是没有回来，其他人开始越来越不安。终于，快到十一点时，威尔逊发现他们回来了。帕加内尔和约翰·孟格尔已经走了十英里路，疲惫不堪。

"那座桥怎么样？你们找到桥了吗？"格里那凡急切地问道。

"找到了，那是一座用柔韧的树枝搭建的桥，"约翰·孟格尔说，"逃犯们已经过河了，但是——"

"但是什么？格里那凡问。他预感到又有新的坏消息。

"他们过河之后，就把桥给烧了！"帕加内尔说。

第十九章

伊登城

现在没有时间绝望，必须立刻采取行动。坎普尔码头的桥已经被毁，但无论如何，他们必须渡过斯诺威河，抢在本·乔伊斯和他的团伙之前抵达图福尔德湾。所以，第二天（1月16日），约翰·孟格尔和格里那凡没有把时间浪费在无谓的讨论上，而是去检查河流，想办法渡河。

汹涌澎湃的水势丝毫没有减弱，河水呼啸而过，带着难以形容的暴虐气息。此时与激流作斗争，无异于拿生命开玩笑。格里那凡双臂交叉，沮丧地凝视着眼前的斯诺威河。

"要不要试试游泳过去？"约翰·孟格尔说。

"不要，约翰，不要！"格里那凡拦住了这个胆大妄为的年轻人，"我们再等一下。"

两人回到营地，心中焦急万分，度过了漫长的一天。格里那凡多次前往河边，尝试寻找渡河的办法，但无论如何都想不出解决之策。河流湍急，仿佛两岸之间流动的不再是水，而是岩浆。

大家什么也做不了，只能无所事事，虚度时光。在少校的指导下，海伦娜以专业的方式照料着穆拉迪。水手的生命逐渐复苏，麦克·纳布斯现在确定，穆拉迪并没有伤到要害，他这么虚弱只是因为失血过多。一旦伤口愈合、流血停止，只要经过一段时间的休息，穆拉迪就能康复。海伦娜坚持要把牛车的前半个车厢让给他，这让他很不好意思。这个可怜的家伙最担心的，是自己的身体情况会拖慢大家的进度，他请求格里那凡，一旦有机会渡河，就把他留在营地，让威尔逊照顾他。

然而，不幸的是，他们那天依然无法渡河，1月17日也是如此。格里那凡陷入了绝望，海伦娜和少校试图安慰他，劝他要有耐心。

在这种时候，怎么可能有耐心呢？也许，本·乔伊斯正在登上"邓肯"号，也许"邓肯"号正解开缆绳、烧起锅炉，朝着那片不祥的海岸驶去，每小时都离目的地更近。

约翰·孟格尔深深理解格里那凡此时的痛苦。他决定不惜一切代价渡河，于是按照澳大利亚土著的方式造了一艘独木舟，材料是桉树的大块树皮。他将树皮用木条夹在一起，做成了一艘非常脆弱的小船。船长和水手白天试航了一次，尽力发挥技巧、力量、机智和勇气，但船一触水面便翻了个底朝天，他们差点为这次试航付出了生命的代价。船被拖进漩涡中，消失得无影无踪，约翰·孟格尔和威尔逊勉强让船走了短短的十英寻，但河面足足有一英里宽，且水位因大雨和融雪而上涨。

1月19日和20日，情况也没有好转。少校和格里那凡沿着河岸向上游走了五英里，想要寻找一个可以安全通过的河段，但他们所见的依然是咆哮的急流，浪花飞溅，激流汹涌。澳大利亚山脉把整个南坡的降水都倾泻到了这条河流中。

现在，拯救"邓肯"号的希望已经彻底破灭了。本·乔伊斯已经出发了五天，游艇肯定已经到了海岸，落入了罪犯手里。

但目前的困境也不会一直持续下去，洪峰很快就会消退，汹涌的激流也会平静下来。1月21日，帕加内尔说水位已经开始下降了。"但现在，这又有什么意义呢？"格里那凡说，"已经太迟了！"

"这并不能成为我们继续待在这里的理由。"少校说。

"当然不能，"约翰·孟格尔说，"也许明天就能过河了。"

"那也无法挽回我的手下啊！"格里那凡大喊。

"勋爵大人，可以听我一言吗？"约翰·孟格尔说，"我了解汤姆·奥斯汀，他确实会坚决执行你的命令，一旦准备好就会立刻出发。但谁知道本·乔伊斯到达的时候，游艇准备好没有？船上受损的地方都能修好吗？也许游艇不能立刻出海，会延误一两天。"

"你说得对，约翰。"格里那凡说，"我们必须立刻去图福尔德湾，我们距离德勒格特只有三十五英里。"

"是的，"帕加内尔说，"我们能在那个镇子找到交通工具，用来快速旅行，谁知道呢？也许我们能及时赶到，阻止这场灾难。"

"我们开始行动吧。"格里那凡大声说道。

约翰·孟格尔和威尔逊立即着手建造一艘更大的木筏。过去的经验证明，树皮无法抵抗激流的冲击，于是约翰砍倒了几棵桉树，用树干做成了一个简陋但结实的木筏。这项任务需要大量时间，众人忙了一天依然未完成，直到第二天早上，木筏才终于造好。

这时，水位已经下降得很明显了。洪水终于看上去像正常的河水了。虽然水流还是很湍急，但他们可以走"之"字形的路线，这样就能在激流中行进。约翰希望木筏能够顺利到达对岸。中午十二点半，他们装上了两天的食物，其余的补给都留在了牛车和帐篷中。穆拉迪恢复得不错，大家可以背着他过河。

下午一点，所有人都已经登上木筏。约翰·孟格尔站在右舷，把一根粗糙的船桨交给威尔逊，用以稳定木筏，防止它随水漂走，他自己站在船尾，用一把大船桨控制方向。尽管他们努力控制木筏，威尔逊和约翰·孟格尔还是很快就发现自己的位置调了个儿，船在旋转，几乎无法用桨来控制。

不管他们如何努力，木筏依旧旋转不止。大家被转得晕头转向，木筏渐渐偏离了原定航道，约翰·孟格尔脸色苍白，咬紧牙关，目不转睛地盯着打旋的水流。

木筏已经来到了河中央，距离出发点已经有半英里左右了。河中央的水流十分湍急，漩涡倒是比较少，木筏稍微稳定了一些。约翰和威尔逊再次拿起船桨，设法将木筏斜向推动，朝着河岸靠近。他们离左岸越来越近，在距离岸边不到五十英寻的地方，威尔逊的船桨突然折断了，木筏失去了支撑，被水流带走。约翰冒着自己的船桨也折断的风险，竭力抵抗水流，威尔逊急忙过来增援，双手已经被磨得鲜血淋漓。

终于，他们成功了。在半个小时的航行后，木筏撞上了对岸的陡峭河岸。这次撞击很猛烈，导致绳索断裂，原木散落，水咕噜咕噜地从木筏中间涌上来。幸运的是，旅行者们及时抓住了陡峭的河岸，把穆拉迪和两位浑身湿透的女士拉上了岸。虽然大家都平安无事，但补给和武器都随着木筏的残骸漂走，只有少校还紧握着自己的步枪。

他们终于过了河。但他们发现自己现在身处维多利亚省边界，一个前不着村、后不着店的地方，距离德勒格特还有三十五英里，身上没有任何补给。这里荒无人烟，没有殖民者，也没有牧场主，可能遇到的人只有凶猛的流寇和强盗。

他们决定立刻启程。穆拉迪明白，自己会拖慢队伍的进度，他恳求大家允许他留下，哪怕孤身一人也可以，等大家到达德勒格特后再回来找他。

格里那凡拒绝了。他们还需要三天才能到达德勒格特。五天才能到达海岸，也就是说，1月27日才能到。但是"邓肯"号估计在16日就离开墨尔本了，再耽误几天又何妨呢。

"不，我的朋友。"他说，"我绝不会丢下任何人，我们做个担架，轮流抬你走。"

他们用桉树的粗树枝做了个担架，在上面铺满了细枝。众人逼着穆拉迪躺在担架上，不管他愿不愿意。格里那凡先抬着伤员走，他抓住担架一端，威尔逊抓住另一端，一行人出发了。

这情景实在令人心碎。一开始，这次探险多么顺利啊！但现在，结局居然如此可悲。他们不再继续寻找哈利·格兰特，因为他根本不在这片大陆上，也从未踏足过这里，而这里似乎正在对这些旅行者施以致命的打击。那些勇敢的旅行者终于抵达岸边时，或许永远也看不到"邓肯"号在等待他们归来。第一天的行程是在沉默与痛苦中度过的，每隔十分钟就得换一组人来抬担架。尽管酷热的天气让每个人都感到疲惫，穆拉迪的同伴们还是默默地分担着这份重担。

傍晚来临，他们仅仅走了五英里。一行人在桉树下扎营，晚餐不过是他们从木筏上抢救下来的少量口粮，接下来，他们只能依赖少校的步枪了。

夜色漆黑，还下着雨，早晨似乎永远也不会到来。他们再次启程，但少校一直没有机会开枪打猎。这里是一片荒漠，没有生命的气息，野生动物很少出现。幸运的是，罗伯特发现了一个鸵鸟的巢穴，里面有十几颗巨大的鸵鸟蛋。奥比内用热灰把鸵鸟蛋烤熟了，还配上了一些马齿苋的根，那是他在一道峡谷的底部找到的，这就是23日的一餐。

这条路越走越艰难。覆盖着沙子的平原上长满了笔直的蒺藜草，这种植物带着刺，墨尔本当地人称之为"箭猪草"。它会撕裂衣物，划破腿部皮肤。勇敢的女士们从未抱怨，只是坚定地向前走着，为众人做出表率，还用言语和眼神鼓励着大家。

晚上，他们在琼加拉溪边的布拉布拉山脚下扎营。要不是麦克·纳布斯打死了一只大老鼠，晚餐肯定会相当乏味。这是一种体形庞大的鼠类动物，味道鲜美，广受欢迎。奥比内把老鼠烤熟了，如果这只老鼠能有羊那么大的话，大家对它的评价一定更上一层楼。但现在众人也只能分食了这只老鼠，连骨头都啃得干干净净。

24日，旅行者们已经很疲惫了，但他们依然振作精神，再次出发。他们绕过山脚，进入一片草原。草原上生长着像鲸须一样的植物，周围是荆棘和尖锐的小树枝，他们不得不依靠斧头和火把开路。

那天早上，旅行者们甚至没能吃上一口早餐。这个满是石英碎片的地区实在是太贫瘠了。旅行者们不仅要忍受饥饿的折磨，干渴也让人难以忍受。灼热的大气让旅行者们更加不适，他们每小时只能艰难地前行半英里。如果这种缺水缺粮的状态持续到晚上，他们就有可能倒在路上，再也无法爬起。

但每当一个人走投无路，发现自己山穷水尽，不得不放弃的那一刻，奇迹总会出现。他们在猪笼草里面发现了水,这是一种有着杯状花朵①的植物,花朵中装满了清凉的液体,悬挂在像珊瑚一样的灌木枝条上。众人用这些花朵缓解干渴,感觉重获新生。

他们也找到了一种食物。当本地人无法找到猎物,甚至连蛇和昆虫都很稀少时,他们就会依赖这种植物生存。帕加内尔在一条干涸的小溪旁发现了它们,而他在地理学会的同事们曾多次提到这种植物的优点。

这种植物叫"那杜",是一种隐花植物,伯克和金格曾靠这种植物在澳大利亚内陆的沙漠中存活下来。它的叶子像是苜蓿,叶子下面长着像扁豆一样大的干孢子。把这些孢子在两块石头之间碾碎,磨成粉,可以用来制作粗面包,能缓解饥饿之苦。这里生长着大量"那杜",奥比内采集了许多,足够他们吃上好几天。

第二天,即25日,穆拉迪已经可以勉强走一段路了。他的伤口已经痊愈。他们距离德勒格特只有不到十英里,当晚,他们在东经149度处扎营,那里正好位于新南威尔士的边界。

又下了几个小时细密冰冷的雨。他们差点找不到地方避雨,多亏约翰·孟格尔发现了一间锯木工人的小屋。小屋破旧不堪,但大家也只能将就着躲避风雨。威尔逊打算生一堆火,用"那杜"的粉末烤面包。他去捡了些地上散落的枯木,但这些木头中的矾含量太高了,根本点不着。这就是帕加内尔之前在谈论澳大利亚本土物种的时候提到过的不能燃烧的木材。

他们不得不放弃生火,也因此没有食物可以吃,而且只能穿着湿衣服入睡。几只笑鸟躲在高高的树枝上叫着,似乎在嘲笑这些不幸的人。但格里那凡的痛苦也快要到头了,他们即将抵达旅程的终点。两位年轻的女士虽然保持着英雄般的气势,但她们的体力每小时都在下降。她们拖着疲惫的身躯勉强行走,已经快要走不动了。

第二天早上,天一亮,大家便开始了新的征程。上午十一点,韦尔斯利

---

① 原文如此,但是猪笼草的"笼子"其实是一种特殊的叶片。

郡的德勒格特镇出现在他们的视野中，这里距离图福尔德湾还有五十英里。

在德勒格特，他们找到了交通工具。随着队伍渐渐接近海岸，格里那凡重新燃起了希望。尽管途中有些小小的耽搁，但他们仍可能在"邓肯"号之前到达海岸。二十四小时后，他们就能到达图福尔德湾。

中午时分，享用过一顿可口的午饭之后，所有的旅行者都坐上了五匹强壮的马拉着的马车，离开德勒格特全速前进。车夫得到了一笔丰厚的赏金，在一条保养良好的道路上疾驰。每走十英里，他们就换一次马，一分钟都没有耽搁。所有人似乎都被格里那凡的热情感染了，那一整天，还包括之后的夜晚，他们都在以六英里每小时的速度飞驰。

次日清晨，一阵沉闷的嗡嗡声传入耳中，这是他们即将到达大洋的信号。他们要绕过海湾，到达37度纬线穿越的海岸，汤姆·奥斯汀会在那里等待他们。

当大海映入眼帘时，所有人都焦急地望着远方。"邓肯"号在那里吗？会有奇迹出现，重现一个月前的一幕吗？正如他们穿越科连特斯角时，在阿根廷海岸上看到"邓肯"号那样，他们现在还能看到"邓肯"号靠着岸边巡航吗？但他们什么也没看见。远处水天相交，广阔的海面上不见一片帆影。

还有一线希望。也许汤姆·奥斯汀认为，有必要让"邓肯"号在图福尔德湾停泊。因为海浪汹涌，船在岸边有危险。"去伊登！"格里那凡喊道。马车立即绕着海湾继续前进，前往五英里之外的小镇伊登。车夫在离灯塔不远的地方停了下来，灯塔标志着他们已经到达港口的入口。几艘船停泊在海港，但没有一艘挂着马尔科姆城堡的旗帜。

格里那凡、约翰·孟格尔和帕加内尔下了马车，冲向海关，询问最近几天是否有船只抵达。

但最近一个星期，没有任何一艘船驶入海港。

"也许游艇还没出发呢！"格里那凡说。这个想法让他精神一振，从绝望中恢复过来，"也许我们先到了。"

约翰·孟格尔摇了摇头。他了解汤姆·奥斯汀。他的大副不会延误十天。

"我们需要知道他们的详细情况，"格里那凡说，"确定总比怀疑要好。"

一刻钟之后，他们发了一封电报，发给墨尔本的船舶经纪人联合会。随后，所有人都住进了维多利亚旅馆。

下午两点，电报的回复到了：

"发往图福尔德湾的伊登，格里那凡勋爵收。'邓肯'号已于本月18日离开。目的地不明。安德鲁斯，船舶经纪人。"

电报从格里那凡的手中滑落，跌落在地上。

尘埃落定。现在，那艘善良、忠诚的苏格兰游艇已经落入了本·乔伊斯手中，成了一艘海盗船！

就这样，澳大利亚之行画上了句号。起初，一切似乎顺利无比，但如今，格兰特船长和他的两位船员的踪迹，似乎已经永远消失，无可挽回。这次失败还搭上了"邓肯"号的所有船员。格里那凡勋爵心灰意冷。潘帕斯草原的恶劣环境没有打败这些勇敢的搜救者，但在澳大利亚，他们却被人性中的邪恶击倒。

（第二卷 完）

第三卷　新西兰

第一章

粗鲁的船长

如果这些寻找格兰特船长的人曾有过绝望的念头，那么无疑就是此时此刻。所有希望在瞬间化为乌有。世界如此广阔，他们应该去哪里？他们要怎么去那些新的地方？他们已经失去了"邓肯"号，这艘船甚至无法返回祖国。这些慷慨的苏格兰人，他们的计划失败了！失败，这是一个让人绝望的词，勇敢的人不会让它在心中出现。但经过一次又一次命运的重击，格里那凡终于不得不承认，他已无法坚持这场执着的搜寻。

在这个时刻，玛丽·格兰特鼓起勇气，决定不再提及父亲的名字。她强忍悲痛，每当想到那些不幸罹难的船员，心中便如刀绞。她是格兰特船长的女儿，但此时，她更重要的身份是众人的伙伴。她开始反过来安慰一直在关心她的格里那凡夫人。玛丽第一个提出，大家应该返回苏格兰。约翰·孟格尔看到她如此坚强、如此为他人着想，心中充满敬佩。他本想继续谈论寻找格兰特船长的事，但玛丽给了他一个眼神，制止了他。稍后，玛丽对约翰说："不，约翰先生。我们必须考虑那些冒着生命危险的人，格里那凡勋爵该回欧洲了！"

"你说得对，玛丽小姐。"约翰·孟格尔说，"勋爵该回去了。而且，我们也必须通知英国当局'邓肯'号的命运。但不要绝望，与其说我们会放弃搜索，不如说我会一个人重新开始搜寻！我要么找到格兰特船长，要么在一次次搜寻中丧生！"

约翰·孟格尔做出了庄严的承诺，玛丽深受感动，将手伸向这位年轻的船长，仿佛与他缔结了某种约定。对约翰·孟格尔来说，这是要奉献一生的承诺；对玛丽·格兰特来说，这是要用一生来表达的感激。

这一天，他们终于决定了启程的事宜：首先立刻前往墨尔本，第二天，约翰去找一艘即将出海的船只。他们本来还以为，伊登和维多利亚省之间会有船只频繁往来。

然而，事实并非如此。图福尔德湾的船只并不多，停泊在这里的商船只有三四艘，其中没有一艘是前往墨尔本、悉尼或加莱的，格里那凡本来还想在这些港口城市找到开往英国的船只。半岛与东方公司确实有定期航线，在这些港口城市和英国之间往返。

现在的情况下，他们该怎么办？在图福尔德湾等着合适的船，那不知道要等到猴年马月，因为这个地方并不常有船只前来，许多经过的船只都不会在此停留。经过慎重考虑，格里那凡几乎已下定决心，准备沿着海岸线陆路前往悉尼，但就在这时，帕加内尔提出了一个意想不到的建议。

这位地理学家刚刚亲自去了图福尔德湾看了一下，他知道这里没有开往悉尼或者墨尔本的船。但在这里停泊的三艘船之中，有一艘正装载着货物，即将前往奥克兰，也就是新西兰北岛的政府所在地。帕加内尔的提议是，他们可以搭乘这艘船前往奥克兰，再从那里转乘半岛与东方公司的船返回欧洲。

众人认真考虑了这个建议。帕加内尔没有和往常一样，发表一大通论证来支持自己的建议，他只是提出了这个建议，并且补充说，这里距离新西兰只有大概一千海里，航程不过五六天。

巧合的是，奥克兰正好位于 37 度纬线上，自从探险队离开阿劳卡尼亚海岸以来，他们一直沿着这条纬线行动。帕加内尔本可以以此为论据支持他的计划，事实上，这也的确是一次前往新西兰海岸搜寻的天赐良机。

但是帕加内尔并没有强调这一点。经历了两次错误的解读后，他可能已经开始犹豫，不知道是否该对信件做出第三次解读。另外，他又能解读出什么呢？信中明确说明，格兰特船长位于"大陆"上，不是岛屿，而新西兰是个岛。这直接否决了船长在那里的可能。不管是出于这个原因，还是什么别的原因，帕加内尔提出前往奥克兰的建议时，并未说要继续搜寻格兰特船长。他只是说，奥克兰和英国之间有定期来往的船，他们可以搭乘这些船回到英国。

约翰·孟格尔对帕加内尔的提议表示支持，他建议格里那凡采纳此计，毕竟，在图福尔德湾苦等一艘不知何时才会到来的船，实在让人心灰意冷。但在最终决定前，他们仍然打算亲自查看帕加内尔提到的那艘船。格里那凡、少校、帕加内尔、罗伯特和孟格尔乘上了一条小船，划了几下，便抵达停泊在码头外约两链远的那艘船。

这是一艘二百五十吨位的双桅帆船，名为"麦夸里"号，在澳大利亚和新西兰各港口之间做沿海贸易。船长——或者更准确地说，应该叫"船头"——很粗鲁地接待了客人。众人看出，和他们打交道的这个人并没受过什么教育，他的举止一点也不比他手下的五个水手高明。船长威尔·哈利长着一张粗犷的红脸，双手粗大，鼻子被打断过，一只眼睛已经失明，嘴唇上沾着烟斗的烟油，看上去十分凶悍。但他们别无选择，而且这么短的航程，也不必太挑剔。

"你们干什么？"当这些陌生人踏上他的甲板时，威尔·哈利问道。

"找船长。"

"我就是。"哈利说，"你们有什么事？"

"'麦夸里'号是要装货去奥克兰，是吧？"

"对，怎么了？"

"装的是什么货？"

"能买到的，能卖出去的，都能装。你们到底有什么事？"

"什么时候出发？"

"明天中午涨潮时候。还有事吗？"

"这船能不能载客？"

"那得看看乘客是谁，另外，还得看看他们能不能受得了船上吃的东西。"

"乘客会自带伙食。"

"还有别的问题吗？"

"你还有别的问题吗？"

"有。一共几个人？"

"九个，其中两位是女士。"

"船上没客舱。"

"用船上还空着的船舱就行。"

"你还有没有啥要问的？"

"你同意吗？"约翰·孟格尔说，他丝毫没有受到船长的古怪脾气的影响。

"再说吧。""麦夸里"号的船长说。

威尔·哈利在船尾的甲板上走了两三圈，靴子的铁质鞋跟儿磕在甲板上，发出声响。突然，他转向约翰·孟格尔。

"你们能给多少钱？"他问。

"你要多少？"约翰说。

"五十英镑。"

格里那凡表示同意。

"很好，五十英镑可以。"约翰·孟格尔说。

"这只是船费。"哈利加了一句。

"好，只是船费。"

"食物另算。"

"行，另算。"

"那就成交吧。"威尔伸出了手，"定金呢？"

"这是船费的一半，二十五英镑。"孟格尔把钱数给了船长。

"明天中午之前，全都上船。"他说，"不管人到没到，我都会起锚。"

"我们会准时的。"

说完，格里那凡、少校、罗伯特、帕加内尔和约翰·孟格尔下了船。哈利甚至都没有和他们行礼告别，甚至都没碰一下他红头发上面的油布帽子。

"真是个粗鲁的家伙。"约翰大喊。

"他开船应该还行。"帕加内尔说，"简直是个海狼。"

"我看是个狗熊还差不多！"少校加了一句。

"我猜，"约翰·孟格尔说，"这只狗熊以前可能还贩卖过人口。"

"那又如何呢？"格里那凡说，"只要他还指挥'麦夸里'号，那艘船就会开往新西兰。在从图福尔德湾到奥克兰的航程中，我们也不会经常见到他，而一旦抵达奥克兰，我们就再也不必与他打交道了。"

海伦娜和玛丽·格兰特得知次日即将启程，都感到很欣喜。格里那凡和他们说，"麦夸里"号肯定不如"邓肯"号舒适。但经历了这一切后，她们早已不再计较这些细节了。他们派威尔逊去安排一下他们在"麦夸里"号上的住处。威尔逊忙碌地做了一番大扫除，很快将船舱收拾得焕然一新。

威尔·哈利耸了耸肩，他没有管威尔逊，让他自行方便。他并未把格里那凡一行人放在心上，他并不知道，也不想知道他们是谁。对他来说，这只不过意味着船上多了价值五十英镑的新货物，远远比不上船舱里面堆放的二百吨硝制兽皮。这些皮货比乘客重要多了，毕竟他是个商人。至于他的航海技术，据说他在这片暗礁密布、危险丛生的海域，已经航行得相当娴熟了。

夜幕降临，格里那凡决定再次前往37度纬线附近的海岸。他有两个目的，首先，他想再检查一下推测中的失事地点。艾尔顿确实是"不列颠尼亚"号上的水手长，"不列颠尼亚"号有可能真的是在澳大利亚的这一片海岸失事的。如果在西海岸没有发现，那么就可能在东海岸。他们不会再来这里了，必须彻底调查一番。

另外，即便不考虑"不列颠尼亚"号，"邓肯"号也肯定落入了罪犯手里。或许会发生一场战斗，海岸上也许还能找到战斗的痕迹，记录着船员们最后的抗争。如果船员葬身大海，海浪可能会把尸体冲到岸上。

格里那凡在忠实的约翰陪同下，准备出发，去进行最后的搜索。维多利亚旅馆的老板借给他们两匹马，他们踏上了环绕图福尔德湾的路，向北方而去。

这是一次悲伤的旅程。格里那凡和约翰船长并辔而行，他们谁都没有讲话，但都明白对方的心。他们的心灵承受着同样的煎熬，脑海中盘旋着同样的想法。他们巡视着那些被海浪侵蚀的岩石，无须对话，约翰的忠诚和才智都经受过严峻考验，他不会漏掉任何一处，哪怕是再不可能的地方，甚至是太平洋最轻柔的潮汐可能冲刷过的海滩和沙地都不例外。没有任何迹象表明，他们真的有必要在这一带搜索，因为他们没有找到任何船只失事的痕迹。

至于"邓肯"号，也没有留下痕迹。这片澳大利亚海岸荒无人烟。

不过，约翰·孟格尔在海岸边发现了明显的露营痕迹。孤零零的垂枝相思树下，篝火的余烬显然是最近留下的。是否有一群流浪的土著人曾在此停留？不是，因为格里那凡发现了一个确凿的证据，表明那些罪犯曾经光顾这片海岸。

那是一件破旧的暗黄色衣服，打着补丁，这块很恶心的破布被扔在一棵树下，上面印着珀斯监狱给囚犯的编号。这里现在没有逃犯，但这件肮脏的衣服透露了他们的行踪。有个恶棍曾经穿过这件囚犯的制服，把这件衣服留在荒芜的海滩上渐渐腐烂。

"你看，约翰，"格里那凡说，"罪犯们到过这里！那我们可怜的'邓肯'号上的船员们——"

"是的，"约翰用低沉的声音说，"他们从未上过岸，他们遇难了！"

"那些恶棍！"格里那凡大喊，"如果他们落在我手里，我一定要为我的船员报仇！"

悲伤让格里那凡的面容更加严峻。他凝视着眼前的景象，仿佛看到一艘船渐行渐远，然后，他的视线开始模糊。但没过多久，他就恢复了常态，一言不发，也没有再朝着海面看一眼，只是策马向伊登奔去。

这群流浪者度过了最后一个悲伤的晚上，回想着在这片陌生大陆上遭遇的种种不幸。他们想起在伯努利角时，他们曾经满怀希望，但马上又会想起，在图福尔德湾时却如此失望，如此悲痛！

帕加内尔心中焦躁不安，自从斯诺威河的事情之后，约翰·孟格尔就一直在留意他，他感觉这位地理学家一直心事重重，似乎有话要讲。但他追问了上千次，却得不到回答。

这天傍晚，当约翰提着灯送帕加内尔回房间时，他再次开口问起，为什么帕加内尔会如此紧张。

"约翰，我的朋友，"帕加内尔支支吾吾地说，"我今晚没有比平时更紧张呀。"

"帕加内尔先生，"约翰说，"你心里肯定有个秘密，憋得你难受。"

"好吧！"地理学家挥舞着双手大喊道，"我能怎么办？它比我强大太多了！"

"什么东西比你强大？"

"我的喜悦，还有我的绝望。"

"你又喜悦，又绝望？"

"是的。一想到要去新西兰，我就这样。"

"为什么？你有什么线索吗？"约翰急切地问，"你知道怎么找到失踪的船长？"

"没有，约翰，我的朋友，去新西兰大概是找不到什么人的。但——你知道的，人性就是这样。只要还有一口气，就总是渴求希望，有这么一句箴言：'活着即希望'，这是世界上最好的格言了！"

第二章

航海家和他们的发现

第二天，即1月27日，"麦夸里"号的乘客们登上了这艘双桅帆船。威尔·哈利并没有把船舱让给女士们，但这其实并不令人失望，因为那个船舱脏乱不堪，简直像是熊窝一样。

中午十二点半，帆船终于起锚出发，但把锚拉起来实在是费了一番工夫。西南风轻轻吹来，船帆渐渐张开。尽管有五名水手在忙碌，但他们的动作迟缓笨拙。威尔逊提出自己可以帮忙，但哈利却让他闭嘴，不要多管闲事。哈利说自己能处理好船上的事情，不需要别人的帮助，也不需要任何建议。

这话明显是说给约翰·孟格尔听的，因为刚才水手们的操作确实相当蠢笨，孟格尔不禁露出了微笑。约翰听懂了哈利话中的暗示，但他还是暗中决定，一旦这些无能的船员威胁到船只的安全，他就会随时采取行动。

但最终，在船长的咒骂之下，五名水手还是把船帆调整好了。"麦夸里"号扬帆出海。风从船的左舷吹来，好多片船帆都在风的吹拂下张满了，没过多久，所有的船帆都升了起来。尽管如此，这艘双桅帆船还是走得相当缓慢。它船头臃肿，船舱宽大，船尾笨重，如同一只巨大的木鞋一样，航行性能极差。

但他们也只能将就一下，借用这艘船航行。值得庆幸的是，不管"麦夸里"号的航行性能多么差，从这里到奥克兰大约也只需五六天。

晚上七点，澳大利亚的海岸线和伊登的灯塔已经从视野中消失了，船在波涛汹涌的海面上艰难前行，在海浪之间剧烈地颠簸着。甲板下的乘客们颠得难受，但因为下着倾盆大雨，大家又无法待在甲板上，只能忍受着船舱中囚禁般的生活。

每个人都沉浸在自己的思绪中，几乎没有人开口交谈。海伦娜和格兰特小姐偶尔交换几句话，格里那凡则坐立不安，进进出出，少校面无表情，约翰·孟格尔和罗伯特不时走到船尾，去看看天气，而帕加内尔则坐在角落里，喃喃自语，不知道在咕哝些什么。

这位可敬的地理学家到底在思考什么？他想着新西兰。他正被命运引领，马上就要踏上那里。他回忆起自己知道的新西兰历史，回想着这片不祥的土地上的件件往事。

但在这些历史片段中，是否有一件事、一段历史，能证明这片岛屿足以被称为"大陆"呢？现代的地理学家或者水手们，会把它视为大陆吗？帕加内尔一直在琢磨那封信，乱七八糟的思绪在脑海中纠缠，他满脑子都是这些念头。在巴塔哥尼亚和澳大利亚之后，想象力又把他的注意力转移到了新西兰。但在这条思路上，有一个问题，只这个问题还在深深困扰着他。

"contin—— contin——"他一遍遍念叨着，"这个词肯定是'大陆'！"

随后，他在脑海中回顾起那些发现新西兰的航海家们。

1642年12月13日，在发现范迪门陆地之后，荷兰航海家塔斯曼[①]发现了尚不为人所知的新西兰海岸。他沿着海岸航行了数天，12月17日，他的船驶入了一个辽阔的海湾，这个海湾的尽头是一道狭窄的海峡，将两个岛屿分隔开。

北岛被当地人称为"伊卡纳-马尼"，这个词意为"马尼的鱼"。南岛则被称为"塔瓦伊-普纳-穆"，意为"出产绿石的鲸鱼"。

塔斯曼派小船上岸，小船回来时，带回了两艘独木舟和一帮喧闹的土著

---

① 阿贝尔·塔斯曼，荷兰航海家、商人，发现了新西兰、汤加和斐济。

人。这些土著人身材中等，肤色棕黄，骨骼棱角分明，嗓音粗哑。他们长着黑色的头发，发型很像日本人的发型，上面高高地插着一根白色羽毛。

欧洲人和土著人之间的第一次接触似乎预示着双方之间的关系会长期保持友好。但第二天，当塔斯曼的一艘小船靠近陆地，寻找停泊地点时，七艘满载土著人的独木舟发起了猛烈进攻。小船进了水，侧翻过去。负责指挥的水手长被一根不太锋利的矛刺中，掉进了海里。他的六名同伴中有四人被杀，另外两人和水手长一起游回船上，被救了起来，没有丢掉性命。

这场惨剧发生后，塔斯曼随即扬帆离去，仅朝土著人方向开了几枪以示报复，但子弹很可能根本没打到他们。这个海湾至今仍被称为"屠杀湾"。离开这里后，塔斯曼沿着西海岸航行，并于1月5日停在了岛的最北端附近。这里波涛汹涌，当地土著也很不友好，船员们没办法上岸取用淡水。最后，他离开了这片海岸，以荷兰王国议会的名义，将这里命名为斯塔滕兰，是荷兰语"国家的土地"的意思。

在美洲大陆最南端的火地岛东边，也有一个岛名叫斯塔滕岛[①]。这位荷兰航海家得出结论：这两个大岛与斯塔滕岛毗邻。他以为自己找到了传说中的"南方大陆"。

"但是，"帕加内尔自言自语，"17世纪的航海家或许会把新西兰称为'大陆'，不过19世纪的人绝对不会这么认为，这样的误会不可能存在！不！肯定还有些地方我没想明白。"

---

① 位于现在的阿根廷，现在名为埃斯塔多斯岛，距离新西兰其实相当遥远。

第三章

航海者的考验

1月31日，航行已进入第四天，但"麦夸里"号还没有走完澳大利亚至新西兰航程的三分之二。威尔·哈利对船只的航行状况几乎毫不关心，对一切都放任自流。他很少露面，这反倒让众人都很高兴。如果他一直能安安静静地待在船舱里，大家都能松一口气，可是这位暴躁的船长每天都把自己灌得酩酊大醉，不是在喝杜松子酒，就是在喝白兰地。水手们也都兴奋地有样学样，没有哪艘船像"麦夸里"号这样，从图福尔德湾开出来之后就完全听天由命。

这种无法容忍的玩忽职守让约翰·孟格尔不得不时刻保持警惕。好几次，舵手粗心大意，船几乎就要侧翻，幸好穆拉迪和威尔逊及时调整了舵。威尔·哈利又过来指手画脚，冲两位水手破口大骂。两位水手几乎要忍不住自己的怒火，恨不得把这个醉醺醺的船长绑起来，扔进船舱里，到达目的地之前再也不放他出来。他们的愤怒相当可以理解，约翰·孟格尔劝了他们半天，才终于平息了他们的愤怒。

尽管如此，这艘船的状况仍然让孟格尔忧心忡忡。他不想让格里那凡担忧，于是与帕加内尔和麦克·纳布斯少校商议对策。少校建议他采取与穆拉迪和威尔逊相同的行动。

"约翰，如果你觉得这样对大家都有好处，"麦克·纳布斯说，"那你就别犹豫，把船的指挥权抢过来。等我们到了奥克兰，再把船还给那个醉鬼。

到时候他想把船开沉都无所谓。"

"你说得没错，麦克·纳布斯，如果真有必要，我一定会这么做的。不过，现在我们还在开阔海域，保持警惕就足够了。我和我的水手们会守在船尾。但当我们靠近海岸时，我必须承认，如果哈利还是烂醉如泥，我会非常担心。"

"你不能直接掌控航向吗？"帕加内尔问。

"很难。"约翰说，"你敢相信吗？这艘船上面，连张海图都没有。"

"啊？"

"真的！'麦夸里'号只在伊登和奥克兰之间做沿海贸易，哈利对这片水域了如指掌，所以他从来不做什么观测。"

"我猜，他觉得船能自己给自己掌舵，知道怎么走。"

"哈哈！"约翰·孟格尔笑道，"我可不相信船能自己走，如果到了浅水区的时候，哈利还醉得不省人事，那就麻烦大了。"

"真希望靠近陆地的时候，他能清醒过来。"帕加内尔说。

"也就是说，"麦克·纳布斯说，"即便是紧要关头，你也没办法驾驶'麦夸里'号驶入奥克兰港口。"

"没有海岸的海图就不行。那片海岸非常危险，有一连串不规则的浅水峡湾，变幻莫测，和挪威的峡湾一样。另外那里还有很多暗礁，想要避开那些暗礁，需要丰富的经验。那些暗礁离水面只有几英尺，即便是最坚固的船，只要龙骨撞上去，也会沉没的。"

"如果真发生这种事，所有人就只能紧急撤离，到岸上避难。"

"前提是来得及。"

"太可怕了。"帕加内尔说，"海岸上的人可不太友好，陆地上的危险并不比海里小。"

"你是指毛利人吗，帕加内尔先生？"约翰·孟格尔问。

"是的，我的朋友。他们在这片海域的名声可不怎么样。毛利人可不像澳大利亚的土著那样胆小天真，他们聪明、嗜血，而且会吃人肉。这些食人族绝对不会放过我们。"

"那么，"少校喊道，"如果格兰特船长在新西兰海岸遇难，你会劝我们放弃寻找他吗？"

"噢，你们倒是可以在海岸上搜索。"地理学家说，"因为你们可能会找到'不列颠尼亚'号的踪迹。但是你们不能深入内陆，因为那没有任何意义。敢闯进这片危险地区的欧洲人，都会落在毛利人手里，而成了毛利人的俘虏就意味着死路一条。我曾劝我的朋友们穿越潘帕斯草原，在澳大利亚的平原上辛苦跋涉，但我绝不会让他们进入新西兰的密林。希望上帝保佑，我们永远别落入那些凶残的土著人手里！"

第四章

"麦夸里"号遭遇海难

这场令人煎熬的航行仍未结束。2月2日，起航已经六天，"麦夸里"号还没有到奥克兰海岸附近。风势还算有利，西南风一直稳定地吹拂，但海流却逆着船的行进方向，使航行变得格外艰难。海面波涛汹涌，船上的绳索被拉得紧紧的，木质船身发出吱嘎吱嘎的声音，艰难穿行在波浪之间。固定桅杆的绳索缠得杂乱无章，桅杆不断摇晃，每当海浪翻滚过来，桅杆就会剧烈颤动。

唯一值得庆幸的是，威尔·哈利并未急躁行事，他没有猛地拉紧船帆，否则桅杆肯定会断。约翰·孟格尔祈祷着这艘破船能顺利抵达港口，不要再遭遇什么意外，但他知道，身边的同伴们正因这艘船而忍受煎熬，他的心情也因此沉重。

不过，海伦娜和玛丽·格兰特却始终没有抱怨过一句。尽管雨水绵绵，她们不得不一直待在船舱内，那里空气混浊、摇晃剧烈，令人很难受。偶尔，她们会鼓起勇气走到甲板上，迎接风雨的冲击，但很快暴风骤雨便迫使她们又回到狭小的舱内。那所谓的船舱其实更适合用来堆放货物，而不是供乘客居住，更不用说两位女士了。

同行的朋友们尽己所能，希望让她们稍微舒适些。帕加内尔试图讲几个故事，来消磨时光，但没什么用。绕道新西兰的现实让大家心烦意乱。过去，帕加内尔讲起潘帕斯草原或澳大利亚的趣事时，总能引得大家欢笑，可如今，没人再对新西兰的故事感兴趣，反而更令人心生冷淡。更何况，大家之所以要去这个名声不佳的新地区，并不是出自热情或者信念，甚至他们都不是自愿去的，只是命运的安排而已。

在"麦夸里"号的所有乘客中，最令人同情的无疑是格里那凡勋爵。他很少出现在船舱里，甚至没办法在一个地方待太久。他高度紧张的神经已经无法忍受来自狭窄舱壁的束缚。无论白天还是黑夜，无论大雨滂沱还是波涛汹涌，他都待在后甲板上，时而倚着栏杆，时而焦躁不安地来回踱步。他的目光不断扫视着无垠的大海。每当天气稍有好转，他都会急切地眺望远方，仿佛想要向沉默无声的海洋发问，试图拨开眼前的迷雾与水汽。他无法释怀，脸上写满了痛苦与悲伤。他曾是一个充满活力、幸福且坚强的人，却在一瞬间失去了力量和快乐。约翰·孟格尔陪在他身边，与他一同忍受着恶劣的天气。

这一天，格里那凡勋爵比以往更加焦急地凝望着每一个雾气散开的地方。约翰走到他身边，问道："你在找陆地吗？"

格里那凡摇了摇头，表示他并不是在找陆地。

"然而，"年轻的船长说道，"你一定很想尽快离开这艘船。我们本应在三十六小时前就能看到奥克兰的灯光。"

格里那凡没有回答。他依旧凝视着远方，片刻后，他举起望远镜，朝风吹来的方向望去，看着天际。

"陆地不在那边，勋爵阁下，"约翰·孟格尔说，"多看看右舷。"

"嗯？"格里那凡勋爵说，"约翰，我并没有在找陆地。"

"那你在找什么呢，勋爵阁下？"

"我的游艇！我的'邓肯'号！"格里那凡勋爵急切地说，"它一定就在这片海岸附近，一定正在附近的波涛中穿梭，但现在，它落入了那些卑鄙的海盗手中！它就在这里，约翰，我确信无疑，它在澳大利亚和新西兰之间的航线上。我有预感，我们会碰上它的。"

"愿上帝保佑，希望我们不要遇到它！"

"约翰，为什么？"

"你忘了我们的处境。如果'邓肯'号追上来，我们这艘船能做什么？我们甚至连逃跑的机会都没有！"

"约翰，你说要逃跑？"

"是的，勋爵。而且我们根本跑不掉！我们会被抓住，落在那些恶棍手里。本·乔伊斯已经向我们展示了他的凶残，他在犯罪的路上绝不会回头！他绝对不会把我们的生命当回事的。当然了，我们肯定会拼死一战，但之后呢？想一想格里那凡夫人，想一想玛丽·格兰特！"

"可怜的女孩们！"格里那凡勋爵喃喃自语，"约翰，我的心都要碎了。绝望几乎把我完全吞噬，我总感觉新一轮的不幸就在前方，仿佛上天都在与我们为敌。这太可怕了！"

"勋爵，你别这样。"

"我担心的不是我自己，约翰，我在担心我所爱的人——也是你所爱的人。"

"振作起来，勋爵阁下。"年轻的船长说，"我们不能一直沉浸在悲观之中。'麦夸里'号确实走得很慢，但终究还是在前进的。威尔·哈利很没用，但我会时刻留意，如果海岸看上去很危险，我就会把船抢下来开回海里，至少，我们不用担心船会在海岸附近触礁。但要说遇到'邓肯'号？上帝啊，千万不要！如果勋爵阁下执意要找'邓肯'号，那找到了的话，我们就躲开这艘船吧。"

约翰·孟格尔说得对。对于"麦夸里"号来说，遇到"邓肯"号会是一场致命灾难。在这片狭窄的海域，海盗可以肆无忌惮地横行霸道，因此，他们有充分的理由害怕遭遇海盗。但至少在那一天，"邓肯"号没有出现。这已经是他们离开图福尔德湾的第六个夜晚了，约翰·孟格尔担心的事情没有发生。

尽管如此，这个夜晚依旧笼罩着恐惧。晚上七点，天色骤然变得漆黑，乌云压顶，令人胆寒。威尔·哈利虽然已经醉得不省人事，但他的水手本能还是让他清醒过来。他离开船舱,揉了揉眼睛,晃了晃那颗巨大的红头发脑袋,然后深吸了一口气,就像人们喝下一大口水让自己清醒过来一般。他检查了一下桅杆,风变强了,而且略微往西边偏了一点,正吹向新西兰海岸。

威尔·哈利骂骂咧咧地把船员叫了过来,收紧了桅杆上的绳索,为夜间航行做好了一切准备。约翰·孟格尔什么也没说,这是他表示赞同的方式,他现在已经不和这个粗鲁的船长说话了。他和格里那凡都没有离开甲板。两个小时后,狂风呼啸,威尔·哈利收起了一片船帆。如果"麦夸里"号没有采用美国式的双桅杆设计,五个水手其实很难完成这项工作。但现在,他们只需要把上桅杆放下来,就能把船帆缩到最小。

两个小时过去了,海浪越涨越高。"麦夸里"号被猛烈的海浪撞击,仿佛已经触礁了一样,但其实,现在并没有什么真正的危险。这艘船比较大,不那么容易被海浪带着上下起伏。没过多久,巨浪汹涌而至,漫过甲板,"麦夸里"号上的一艘小船被强大的水流冲走了。

约翰·孟格尔一直紧盯着船的状况,丝毫不敢松懈。换成其他船只,面对这样的大浪或许还能应对,但"麦夸里"号有船头下沉的危险,因为每一次颠簸,甲板都会被水淹没,而这些积水根本无法迅速通过排水孔排出,有可能导致沉船。最明智的做法应该是用斧头砸开部分船舱的舱壁,防止船体出事,但哈利却拒绝采取这种措施。

然而,更大的风险已经迫在眉睫,形势已经无法挽回。大约在晚上十一点半,约翰·孟格尔和威尔逊顶着狂风站在甲板上,突然被一声奇怪的响动吓了一跳。海员的本能被唤醒了,约翰抓住威尔逊的手,说道:"暗礁!"

"是的,"威尔逊说,"是波浪打在暗礁上的声音。"

"离我们应该不到两链。"

"最多就这么远,陆地就在那里了!"

约翰俯下身子,看向漆黑的海面,喊道:"威尔逊,测深锤!"

哈利就站在船头,似乎还没有清醒地意识到当前的处境。威尔逊抓起测深锤,跳到前桅杆的帆索那里,扔出了测深锤。绳索从他的指缝间滑落,滑到了第三个结的地方，测深锤停了下来。

"三英寻。"威尔逊大喊。

约翰跑到了威尔·哈利面前说："船长，我们搁浅了。"

约翰·孟格尔似乎看到船长耸了耸肩，但他是否真的做出了这个动作，已不再重要。约翰迅速冲到舵轮旁，猛地一转方向，与此同时，威尔逊扔开测深锤，紧紧抓住主桅的帆索，让船迎风航行。原本掌舵的水手被重重推开，还没搞清楚是怎么回事。

"把船开走！把船开走！"年轻的船长操纵着船只。想让船离暗礁远一点。

半分钟内，船的右弦就转向了暗礁一侧。尽管夜色漆黑，约翰还是隐约看到了一条泛着泡沫的线，在四英寻之外发出轰鸣，微微反射着光。

直到此刻，威尔·哈利才意识到危机，惊慌失措。他的船员尚未完全弄清状况，根本无法理解他的命令，而他自己更是语无伦次，指令前后矛盾，这个蠢货彻底乱了方寸。陆地就在八海里之外，这个发现令他震惊不已，因为他原来还以为距离陆地还有三四十海里。洋流让船偏离了往日的航线，这个只依靠往日经验的可怜虫现在束手无策。

约翰·孟格尔的果断应对让"麦夸里"号暂时躲开了暗礁。但他并不清楚船现在的位置。现在他唯一知道的就是，船被困在一片危险的暗礁之中。狂风把他们吹向东边，每次颠簸都可能导致触礁。

实际上，在船头的右侧，风浪撞击暗礁的轰鸣声正变得越来越响。他们必须再次调转方向。约翰转动舵轮，让船转向另外一侧。船头下方的暗礁逐渐显现，他们必须迅速转向，回到开阔的海域。船帆已经不太容易张开了，船身也不稳，能不能成功转向已经成了未知数，但此刻已别无选择。

"舵轮转到底！"孟格尔对威尔逊喊道。

"麦夸里"号再次朝新出现的暗礁驶去。不久，甲板上的人就能看到海浪猛烈拍打暗礁的场面。那一刻，紧张气氛达到了顶点。浪花闪闪发光，仿佛被某种微弱的光源照亮。大海在咆哮，仿佛那些礁石都被赋予了生命，就像古老的异教神话中的怪物一样。威尔逊和穆拉迪拼尽全力稳住舵轮，一些帆索已经断裂，前桅杆也摇摇欲坠。船能否在崩溃之前成功转向，没人敢保证。

突然，风势减弱，船退了一下，现在已经无法转向了。一个巨浪从下方袭来，将船猛地抬起，直接推向暗礁。撞击剧烈无比，前桅杆上的所有绳索都断了，桅杆随即倒塌。双桅船剧烈摇晃了两次，然后在原地定住了，船已经向右侧倾斜了三十度。

天窗的玻璃碎了，乘客们都冲了出来。但海浪从船的一侧冲向另一侧，他们不敢留在甲板上。约翰·孟格尔知道，船已经安全地搁浅在了沙滩上，便恳求众人回到房间去。

"告诉我实话，约翰。"格里那凡平静地说。

"实话就是，我们的确动弹不得，也不知道海水会不会把我们吞没，但我们有时间考虑一下怎么办。"

"现在是午夜了吗？"

"是的，船长，我们必须等到天亮。"

"我们不能放下小船吗？"

"海浪这么大，天这么黑，现在不可能。再说，我们能去哪儿登陆呢？"

"好吧，约翰，那我们就等到天亮。"

威尔·哈利像一个疯子一样，在甲板上跑来跑去。他的船员们已经恢复了理智，刚刚撬开了一桶白兰地，痛饮起来。约翰知道，如果他们喝醉了的话，肯定又要开始闹事。

船长是肯定指望不上的，他已经没办法阻止船员们喝酒了。这个可怜的人撕扯着头发，绞着双手，满脑子只想着他那批没有保险的货物。"我完了！我完蛋了！"他一边大喊，一边在船上来回跑。

约翰·孟格尔没有在他身上浪费时间。他给同伴们配了武器，时刻准备抵抗那些喝得酩酊大醉、满口污言秽语的水手。

"哪个浑蛋敢靠近女士们，我就把他打死，就像打死一只狗一样。"少校冷冷地说。

　　水手们显然看出了乘客们捍卫自身安全的决心，几次跃跃欲试后，最终悻悻地躲回了各自的舱室。约翰·孟格尔不再理会那些醉鬼，他只是焦急地等待着天亮。船现在已经完全不动了，海面逐渐平静下来，风势减弱，至少还能安全几个小时。约翰准备等到天一亮就寻找能登陆的地方。现在"麦夸里"号上只剩下一艘能乘人的小船，至少要用这艘小船往返三次，因为船上只能坐下四个人。

　　约翰靠在天窗上，思考着现在的处境。他听着海浪的轰鸣，试着在黑暗中望向远方，想知道他们既渴望又畏惧的陆地还有多远。有时候，暗礁会沿着海岸线绵延数英里，他们的小船能承受住长时间的航行吗？

　　就在约翰思绪万千，焦急地盼望天际露出晨曦时，船上的女士们却已在狭小的铺位上安然入睡，她们深深信赖着约翰。船搁浅不动，这让她们能有几小时的安宁。船上的船员们已经沉醉不醒，格里那凡、约翰和他的同伴们也终于不会再被他们的喧闹所打扰，可以小憩一下，养精蓄锐。整艘船沉浸在一片深沉的寂静中，仿佛安详地躺在一张由沙粒铺成的床上。

　　大约四点钟时，东方的地平线上出现了第一缕曙光。天光微弱，云层的轮廓朦胧不清。约翰回到甲板上，一层雾气如同帘子一样，遮蔽了水天相接的地方。雾中可以隐约看见一些景物的轮廓，但它们都在高处。海面轻轻泛起波涛，远处的波浪隐没在静止不动的云层之中。

　　约翰又等了一会儿。天色越来越亮，海平面泛起一抹玫瑰色。薄雾如帘子一般缓缓拉开，广阔的水面如同幕布后的舞台一样展露无遗。黑色的礁石在水中逐渐显现，白色的泡沫连成一条带子，在礁石边画出了一条清晰的界限。在低矮的山丘后，灯塔的光芒在闪烁，初升的太阳在山丘后面躲躲藏藏，陆地就在不到九海里之外。

　　"看啊！是陆地！"约翰·孟格尔喊道。

　　同伴们被他的声音惊醒，冲向船尾，默默凝视着地平线处隐约可见的海岸。那片海岸将是他们的避难所，无论岸上的人把他们当成朋友，还是当成敌人。

"哈利在哪儿？"格里那凡问。

"不知道，勋爵大人。"约翰·孟格尔回答。

"水手们呢？"

"和他一样，都不见了。"

"可能也和他一样醉死了吧。"麦克·纳布斯补了一句。

"去叫他们，"格里那凡说，"我们不能把他们扔在船上不管。"

穆拉迪和威尔逊下到前舱，但两分钟后就回来了。那里空无一人！他们又在甲板之间找了找，还检查了货舱，但哈利和他的水手们似乎凭空蒸发了一样。

"什么？一个人都没有？"格里那凡惊叫道。

"会不会掉进海里了？"帕加内尔问。

"什么事都可能发生。"约翰·孟格尔回答，他开始感到不安。随后，他转向船尾。"上小船！"他说。

威尔逊和穆拉迪跟着他，打算去放下小船。但小船不见了。

第五章

食人族

很明显，威尔·哈利和他的船员趁着夜色，在乘客熟睡时，乘着唯一的小船逃之夭夭了。作为船长，他本应坚守到最后一刻，却成了第一个弃船逃跑的人。

"那群懦夫跑了！"约翰·孟格尔说，"嗯，勋爵大人，这样或许更好，他们不在，至少省去了我们不少麻烦。"

"没错。"格里那凡说，"况且，我们自己也有船长，还有勇敢的水手们——也就是你的所有同伴，虽然这些水手还不太熟练。约翰，只要你下达命令，我们一定会服从。"

少校、帕加内尔、罗伯特、威尔逊、穆拉迪和奥比内都对格里那凡的发言表示赞同，他们在甲板上站好，准备执行船长的命令。

"现在该做什么？"格里那凡问。

显然，想让"麦夸里"号脱困是不现实的，大家必须弃船。若继续待在船上，等待可能永远不会到来的救援，那太过愚蠢，真等到某一艘船碰巧经过这里之前，"麦夸里"号早就散架了。只需要一场风暴，甚至从海上刮来的大风卷起的潮水，就可能把船卷向沙滩，让它在海岸上撞得粉身碎骨。约翰很想在这种不可避免的悲剧到来之前，让所有人都登陆。

他提议，建造一只足够结实的木筏，将乘客和足够的食物送往新西兰海岸。

352

现在不是争论的时候，必须立刻动手。他们进展迅速，直到夜幕降临之前，大家都在拼尽全力工作。

2月4日晚上八点左右，大家吃过晚饭，海伦娜和玛丽·格兰特已经在床铺上睡着了，帕加内尔和他的朋友们在甲板上走来走去，严肃地讨论着什么，罗伯特也在一旁。这个勇敢的男孩全神贯注地听着他们的对话，随时准备尽自己的一份力，愿意参与任何危险的冒险。

帕加内尔问约翰·孟格尔，能不能用木筏沿着海岸一直漂流到奥克兰，而不是直接在海岸上登陆。

约翰给出了否定的回答。木筏难以操控，不可能用来航行。

"那用木筏做不到的事情，用小船就能做到吗？"

"是的，如果真有必要的话是能做到的，"约翰回答，"但只能在白天航行，晚上必须抛锚。"

"那么那些抛下我们的恶棍——"

"他们啊，"约翰说，"他们当时烂醉如泥，天那么黑，我丝毫不怀疑他们已经为自己的懦弱付出了生命的代价。"

"无论如何，对我们和他们自己来说，都太糟糕了。"帕加内尔说，"那艘小船对我们来说本可以派上大用场。"

"帕加内尔，那又如何？木筏同样可以送我们上岸。"格里那凡说。

"我想避免的正是上岸。"帕加内尔高声说。

"什么？你是说，对于已经穿越了潘帕斯草原和澳大利亚的我们来说，再走上二十英里很可怕吗？我们早就不怕劳累了。"

"我的朋友，"帕加内尔说，"我从未怀疑过我们的决心，也没有质疑大家的勇气。如果不是在新西兰的话，二十英里根本不算什么。你总不会说我胆小吧，我可是率先说服你们跨越美洲、跨越澳大利亚的。但在这里，情况是不一样的。我还要强调一遍，做任何事情都比冒险进入这个危险的地方要好。"

"在我看来，任何事情都比在一艘搁浅的船上等死要好。"约翰·孟格尔说。

"新西兰到底有什么可怕的？"格里那凡问。

"土著人。"帕加内尔说。

"土著人？"格里那凡说，"如果我们沿着海岸走，难道不能避开他们吗？但不管怎样，我们为什么要怕他们？很明显，只要有两个坚决果断、装备精良的欧洲人，就不需要担心一小撮可怜巴巴的土著人。"

帕加内尔摇了摇头。"他们可不是什么可怜巴巴的家伙。新西兰人是一个强壮有力的民族，他们正在反抗英国的统治，与殖民者作战，而且常常打胜仗，更何况，他们总是把敌人吃掉。"

"食人族！"罗伯特喊道。众人听到罗伯特在低声说："食人族！我姐姐和夫人怎么办！"

"别怕，孩子，"格里那凡说，"我们的朋友帕加内尔说得太夸张了。"

"一点都不夸张。"帕加内尔说，"罗伯特已经证明自己是个男子汉，我把他当成男子汉看待，所以才没有隐瞒真相。"

帕加内尔是对的。在新西兰确实存在食人族，就像在斐济群岛和托雷斯海峡也存在食人族一样。他们吃人肉的原因之一是迷信，但根本原因无疑是他们有时候会缺乏猎物、饥饿难耐。一开始，土著人只是为了果腹吃人肉，但后来，祭司们把这种怪异的行为变成了习俗。原本只是为了填饱肚子，但后来成为宗教仪式。这就是新西兰土著为什么会吃人肉。

另外，在毛利人看来，吃掉彼此是很自然的。传教士也常常问他们这些事情，他们问毛利人，为什么要吃掉自己的弟兄。毛利酋长回答说，鱼会吃鱼，狗会吃人，人会吃狗，狗也会吃狗。甚至在毛利人的神话中，还有一个神吃了另外一个神的故事，有了这样的先例，谁又能抵抗住诱惑，不吃掉自己的邻居呢？

另外一个荒诞的想法是，他们觉得吃掉死去的敌人可以消灭他们的灵魂，这样他们就能继承死者的灵气、力量和勇气，他们认为，这些性格特质在大脑中含量最丰富，这也解释了一个现象：在他们的宴会上，大脑总是最美味的食物，而且常常被献给最尊贵的人。

但尽管帕加内尔知道这些，他还是坚持认为，满足生理需求，尤其是填饱肚子，是新西兰人吃人的最主要原因。这一条不仅适用于波利尼西亚人，也适用于欧洲的野蛮人。

"因为，"他说，"哪怕是文明程度最高的人，他们的祖先中也曾经盛行食人行为，尤其是在苏格兰人中，当然，少校，这不是针对你。"

"真的吗？"麦克·纳布斯说。

"真的，少校。"帕加内尔说，"如果你读一读圣哲罗姆的《苏格兰之书》，就会明白他对你们的祖先有什么看法了。甚至不用追溯到那么远的过去，就说伊丽莎白女王统治时期吧，那时，莎士比亚还在构思他笔下的经典角色夏洛克，那个时代就有一个叫索尼·比恩的苏格兰强盗，因为食人罪而被处决。他吃人是因为信仰了什么奇怪的宗教吗？不，是因为饥饿！"

"饥饿？"约翰·孟格尔说。

"是的，饥饿！"帕加内尔说，"但更重要的是，人类必须从肉中摄取氮元素来补充身体的消耗，这就是为什么人想吃肉。如果只想要维持生命，那么蔬菜和谷物就够了，但要想身体强壮、行动有力，就必须吃一些能塑造肌肉的营养物质。如果毛利人没有加入什么素食主义协会的话，就一定得吃肉，而人肉对他们来说也只是肉的一种而已。"

"他们为什么不吃动物呢？"格里那凡问。

"因为他们没有动物，"帕加内尔说，"我们需要考虑这一点。当然了，我不是在给他们洗脱罪责，只是解释他们为什么会吃人。在这些荒凉的岛屿上，基本没有四足动物，鸟都很少见，这就是为什么毛利人会吃人肉。他们甚至还有'食人季'，就像文明国家有狩猎季一样。这个时候就会爆发大战，打输了的整个部落都会被端上赢家的餐桌。"

"那么，"格里那凡说，"帕加内尔，根据你的解释，在新西兰的牧场满是牛羊之前，食人行为都不会停下来。"

"显然如此，亲爱的勋爵。但即便不缺乏食物，他们也需要很长时间才能戒掉人肉。因为他们明显更喜欢吃人肉。孩子们总会对父亲喜欢吃的东西情有独钟，他们认为毛利人的肉吃起来和猪肉很像，甚至滋味更好。但白人的肉，他们就不太喜欢了。因为白人吃饭的时候会加盐，这让白人的肉有一种很特殊的味道，不太符合毛利人的口味。"

"他们还挺挑剔的。"少校说，"但不管是白人还是黑人，他们是生吃，还是煮熟了再吃？"

"嘿，麦克·纳布斯先生，你关心这个干什么？"罗伯特喊道。

"当然要关心了！"少校高声说，"如果我要成为食人族的美餐，我希望他们是吃熟肉的。"

"为什么？"

"这样我就不会被生吞活剥了！"

"很好，少校，"帕加内尔说，"但如果他们把你活活煮了呢？"

"实际上，"少校说，"都这样了，我选死法还有什么意义呢！"

"好吧，麦克·纳布斯，要是我的话能让你安心一些，你大可以听我说。新西兰人不会吃生肉，要么会煮熟，要么会烟熏。他们在烹饪方面很有天赋，而且经验丰富。就我个人而言，我也完全不想被人吃掉！想到自己的生命会结束在一个野蛮人的肚子里，这真是恶心透了！"

"总之，"约翰·孟格尔说，"我们绝对不能落到他们手里。希望有一天这些可怕的习俗会消失。"

"是的，我们必须怀有这样的希望。"帕加内尔说，"但相信我，对一个吃过人的野蛮人来说，想要轻易说服他不再吃人，可不太容易。"

第六章

可怕的地方

帕加内尔讲述的故事无可辩驳地证明了新西兰土著人极其残忍，因此在这里登陆极为危险。但即使面临比这更加致命的风险，也必须迎难而上。约翰·孟格尔认为，眼下必须尽快离开这艘即将被彻底摧毁的船，一刻也不能耽误。船毁人亡几乎是注定的，遭遇食人族则未必发生，在这两者之间，根本没有犹豫的必要。

至于能否被过往的船只救起，他们根本不抱希望。"麦夸里"号不在新西兰的航线上，一般来说，船要去奥克兰，会走更北边的航线，前往新普利茅斯则要走更南的航线。这艘船恰好搁浅在这两条航线之间，旁边是新西兰北岛荒凉的海岸，这里危险重重、难以生存，还常常有亡命之徒出没。

"我们什么时候出发？"格里那凡问。

"明天上午十点。"约翰·孟格尔回答，"到时潮水会转向，把我们带向陆地。"

第二天是 2 月 5 日，早上八点，木筏已经搭建完成。约翰为这艘木筏倾注了全部心血。前桅杆上的帆架很适合用来绑船锚，但用来运载乘客和补给却远远不够。他们需要一艘结实且容易操控的木筏，能在九海里的航程内抵御风吹雨打，而唯一可以用的木料就是主桅杆的木材。

威尔逊和穆拉迪开始动手，首先砍断帆索，随后砍断了主桅杆的底部。主桅杆朝着右舷倒了下去，把右舷直接压断了。"麦夸里"号的甲板上现在什么也没有，就像一艘趸船一般。

所有桅杆的木材都被劈开、锯好，作为建造木筏的原料。大家将这些木材与前桅杆的木材拼接在一起，牢牢固定。为了保险起见，约翰还在木材之间塞了六七个空桶，这可以让木筏的吃水线再抬高一些。木筏已经相当结实，但威尔逊还是拆下了舱口的格栅，把它们铺在木筏上，如同地板一样，这样，海水打在木筏上之后就不会积在那里，乘客们也不会泡在海水里。除了这些，大家还用紧紧捆绑在一起的软管做了一个屏障，绕着木筏围了一圈，防止海浪冲击甲板。

上午，约翰注意到风向有利，于是将一根小木料竖立在木筏中央，作为临时桅杆，并用绳索将其固定，挂上一块匆忙拼凑的帆布。船尾放着一把宽大的船桨，在风力足够强劲时，用来控制木筏的方向。他们用尽全力加固木筏，以抵御海浪的冲击，但依然有一个问题：如果风向发生变化，他们该如何掌控方向？他们能顺利到达陆地吗？

九点钟时，他们开始将补给装上木筏。为了前往奥克兰，他们准备了足够的食物，因为他们并不指望在这片贫瘠的土地上找到食物。

奥比内的小库房里还有些腌肉，是他们原计划在"麦夸里"号上吃的。但这些腌肉不足以支撑他们的需求，他们不得不带上了一些船上的低劣食物：质量很差的饼干，还有两桶咸鱼。奥比内看上去相当不满意。

所有补给都放在了结实防水的密封箱里，然后被搬上木筏，紧紧绑在桅杆底部。武器和弹药被存放在一个干燥的角落。幸运的是，每个旅行者都有一支步枪和一把手枪，装备很足。

一个备用的船锚也被带了上去，这是为了以防万一，如果在落潮之前他们还没有到达陆地，就要找地方停船了。

十点钟，潮水转向，微风从西北方向吹来，轻轻摇晃着木筏。

"准备好了吗？"约翰问道。

"都准备好了，船长。"威尔逊回答。

"全体上船！"约翰喊道。

海伦娜和玛丽·格兰特顺着绳梯下到木筏上，站在装满补给的箱子的旁边。其他同伴也都在附近。威尔逊负责掌舵，约翰站在帆索旁边，穆拉迪割断了把木筏和船连接在一起的绳索。

船帆张开，临时拼凑起来的木筏在风和潮水的共同帮助下，开始朝着陆地行进。他们距离海岸大概九海里远，一艘配了好桨的船，大概三个小时就能抵达。但对于这艘木筏来说，需要多久就不好说了。如果风向保持不变，他们也许能在落潮之前到达陆地。但若风停了，退向大海的潮水可能将他们推回海里，那样他们就不得不抛下船锚，等待下一次涨潮。这可能导致严重的后果，让约翰·孟格尔忧心忡忡。

尽管如此，他仍怀抱着希望。风势增强，十点钟，潮水开始涨起。等到下午三点，他们要么已经登陆，要么不得不抛锚，以防被冲回海中。这次旅行有一个不错的开头，黑色的礁石和黄色的沙洲随着潮水逐渐消失。避开这些水下的暗礁，驾驶一艘不易控制方向、不断颠簸的木筏，需要极高的警觉和精湛的技巧。

中午时分，他们离海岸仍有五海里。天气还算晴朗，地面的一些特征清晰可见。东北方向矗立着一座大约两千五百英尺高的山峰，轮廓分明，酷似一张面向天空咧嘴大笑的猴子脸。那是皮隆亚山，根据地图显示，这座山峰正好位于南纬 38 度。

十二点半，帕加内尔注意到，因为潮水上涨，海面上似乎看不到礁石了。

"但有一块例外。"海伦娜说。

"夫人，哪一块？"帕加内尔问。

"在那里。"海伦娜指着一海里外的一个黑点说。

"确实。"帕加内尔说，"我们要确认一下它的位置，以免靠得太近，很快海浪就会把它淹没的。"

"它和山的北坡正好在一条线上。"约翰·孟格尔说，"威尔逊，注意，离它远一点。"

"是，船长。"水手回答道。他把全身的重量都压在控制方向的大船桨上。

半小时后，他们前进了半海里。但奇怪的是，那个黑点仍然在海面上。

约翰仔细看了看，为了看得清楚一些，还向帕加内尔借了望远镜。

"那不是礁石。"过了一会儿，他说，"是什么东西漂在那里，正随着波涛上下起伏。"

"是'麦夸里'号桅杆的一部分吗？"海伦娜问。

"不是。"格里那凡说，"一根木头不可能漂这么远。"

"等等！"约翰·孟格尔说，"我知道了，是小船！"

"'麦夸里'号上的小船？"格里那凡惊呼。

"是的，勋爵大人，是'麦夸里'号上的小船，它翻了。"

"可怜的船员们啊。"海伦娜喊道，"他们都死了！"

"是的，夫人。"约翰·孟格尔说，"他们肯定已经淹死了。在那么黑的晚上，浪又那么大，在这样的巨浪中航行，只有死路一条。"

乘客们沉默了一阵子。他们凝视着那艘越来越近的小船，很显然，小船在距离海岸大约四海里的地方倾覆了，船员无一幸存。

"但也许我们能利用一下这艘船。"格里那凡说。

"确实。"约翰·孟格尔说，"威尔逊，把它拖过来。"

威尔逊稍微调整了一下方向，风势有所减弱，他们花了两小时才到船那里。

穆拉迪站在船头，挡住了小船，以防它撞上木筏。小船被拖到了一边。

"船里是空的吗？"约翰·孟格尔问。

"是的，船长。"水手回答说，"船是空的，而且所有的接缝都裂开了，我们没办法用这艘船了。"

"一点用都没有了？"麦克·纳布斯问。

"一点用都没有。"约翰·孟格尔说。

"除了用来烧火，没有任何用了。"

"真遗憾。"帕加内尔说,"我们本来可以用这艘小船去奥克兰的。"

"我们必须接受命运的安排,帕加内尔先生。"约翰·孟格尔回答,"说实话,在这样的风浪里,我宁可待在我们的木筏上,也不愿意坐在那艘破船上。风浪轻轻一撞,它就散架了。勋爵大人,我们没必要在这艘船上浪费时间了。"

"约翰,就听你的意见。"

"那么,威尔逊,"约翰说,"向陆地直线航行。"

距离退潮还有一个小时,他们在这段时间里大概还能前进两海里。风很快就变得非常微弱,木筏几乎停滞不动。不久,退潮开始,水流将木筏向海面推去。

约翰毫不犹豫地命令:"放下锚。"

穆拉迪立刻执行命令,将船锚投入水中,这里的水深有五英寻。木筏向外漂了两英寻后,就被锚索拽住了。锚索绷得紧紧的,水手收起船帆,现在唯一要做的就是等待漫长而无聊的时间过去。

要等到晚上九点才会涨潮。但约翰·孟格尔不想在黑暗中前行,因此他们决定在此过夜,至少要等到早上五点才能继续航行。此刻,他们距离陆地不到三海里。

巨大的海浪汹涌澎湃,似乎在不断涌向海岸。格里那凡察觉到了这一点,询问约翰,为什么不利用这股海浪靠近陆地。

"勋爵阁下,这只是视觉上的错觉。"年轻的船长说,"尽管海浪看似在向陆地推进,实际上水体并没有前进。这只是由分子运动引起的表面波动。丢一块木头到水里,你会看到它停在原地,除非涨潮开始。否则我们只能耐心等待。"

"晚餐准备好了。"少校说。

奥比内端出了些干肉和十几块饼干,在把这份简陋的饭菜端上来时,他面露愧色。但所有人都欣然接受了,女士们也不例外。只是由于木筏剧烈颠簸,她们的胃口并不太好。

木筏的船头朝向大海，在锚索的牵引下剧烈摇晃，让人十分不适。海水翻腾，海浪猛烈撞击着木筏，仿佛它随时都会触礁。有几次，大家还以为筏子已经搁浅了。锚索绷得很紧，每隔半小时，约翰就要放松一英寻，如果不这样做的话，锚索肯定会断，木筏会随波逐流，直到被大海摧毁。

约翰的焦虑并非没有道理。锚索可能断裂，船锚也可能被带出海底，无论哪种情况，都是相当危险的。

夜幕逐渐降临。由于光线折射，血红色的太阳显得又大又圆，正沉入海平面以下。远处的海浪在西边闪闪发光，宛如一片液态的白银。在那个方向，人们只能看到天空和水面，以及静静搁浅在岩石上、清晰可见的"麦夸里"号，除此之外，什么东西都没有。

黄昏很短暂，几分钟后，四周就开始变得越来越黑。东面和北面的海岸很快消失在夜色中。

不幸的乘客们挤在狭窄的木筏上，周围是浓密的夜色，处境十分艰辛。

有些人入睡了，但睡得并不安稳，做了许多噩梦。另外一些人则彻夜难眠。天亮时，所有人都疲惫不堪。

涨潮了，风也重新吹向陆地。现在已经是早上六点，不能再耽搁了。约翰已准备好继续航行，他下令起锚。但由于锚索的反复拉扯，锚已深深陷入沙中。船上没有拉动船锚的绞盘，只有威尔逊临时拼凑出来的滑轮设备，很难把船锚拔出来。

半小时过去了，船依然无法起航。约翰无法忍受，最后下令砍断锚索，放弃了船锚。如果这次涨潮不能带他们靠近陆地，他们也无法再抛锚停泊。但他决定不再拖延。一斧头下去，木筏就只能任凭风力和水流的摆布了。

水手张开船帆，木筏朝着陆地缓缓漂去。初升的太阳照亮了天空，灰色的海岸在天空的映衬下逐渐显现出来。他们巧妙地避开了暗礁，绕了过去，但风势忽强忽弱，木筏一直没有靠岸。来到这样一片充满危险的海岸，是多么艰难、多么痛苦啊。

九点钟，陆地距离他们已经不到一海里了。海岸是一个陡峭的斜坡，岸边波涛汹涌，他们必须找到一个可行的地点来登陆。

微风渐渐变得越来越弱，最后完全停了下来。船帆在桅杆上无力地拍打着，约翰把船帆卷了起来。此刻，只有潮水能推动筏子靠近岸边，但他们已无法掌控方向，而岸边布满了浓密的海藻，对船只靠岸是个阻碍。

十点钟时，约翰发现船停住不动了。距离海岸仍有三链远。由于失去了船锚，他们只能眼睁睁看着后退的潮水把船带走。

约翰握紧拳头，焦急万分，凝视着那片无法抵达的海岸。

正当他陷入绝望之际，突然传来一阵震动。筏子停了下来，它已经搁浅在距海岸二十五米的沙洲上。

格里那凡、罗伯特、威尔逊和穆拉迪跳进水中，把木筏牢牢固定在附近的一块岩石上。女士们被抱上了岸，她们的衣服丝毫未被打湿。很快，所有人终于踏上了这片令人生畏的新西兰海岸，武器和给养也都搬到了岸上。

第七章

毛利人的战争

　　格里那凡原本希望能够立即动身，沿着海岸线前往奥克兰。但从早晨开始，厚重的云层便开始在空中聚集。中午十一点，众人登上海岸后，云雾终于凝结成了暴雨，他们不得不寻找庇护所，无法踏上继续前往奥克兰的路。

　　幸运的是，威尔逊发现了一处合适的藏身之所。在海浪的冲刷下，雪花岩中形成了一个洞穴。旅行者们带着武器和给养躲进了这里，洞内还有一堆干枯的海草，可用作临时床铺。为了取暖，他们在洞口附近点燃了几块木柴，尽可能烘干湿透的衣物。

　　这场暴雨异常猛烈，约翰原本希望它不会持续太久，但现实令他失望了。几个小时过去了，雨势依旧不减。风力增强，暴风雨越发狂暴。即便是最有耐心的人，在这种突如其来的困境面前，也难免生出几分焦躁。但他们又能怎样呢？没有交通工具，他们根本无法冒着暴雨前进。而且，话说回来，除非土著人来了，否则延误个十二小时也没什么大碍，前往奥克兰的旅程也不过几天而已。

　　被困在山洞时，他们谈起了新西兰的战争。要理解"麦夸里"号的乘客们所处的危急境地，就必须了解一下那场让新西兰北岛血流成河的战争。

　　自从 1642 年 12 月 16 日，塔斯曼抵达库克海峡以来，欧洲人便开始频繁造访新西兰。但新西兰人仍然在自己的岛屿上自由生活，没有欧洲强国试图占据这个对太平洋至关重要的群岛。驻扎在各地的传教士，尤其是圣公会的传教士，曾试图让新西兰的酋长们接受英国的统治。他们手段高明，成功说服酋长们签署了一封写给维多利亚女王的信，请求女王的庇护。但一些有远见的酋长识破了其中的阴谋，一位酋长拒绝签署自己的名字，而是以文身印记代替，并说出了那句近乎预言的话："我们失去了自己的土地！从今往后，这片土地不再属于我们。很快，陌生人会来夺走它，我们将成为他们的奴隶！"

事实正是如此。1840 年 1 月 29 日，英国护卫舰"先驱"号抵达新西兰，正式宣布占领这片土地。

从 1840 年到"邓肯"号离开克莱德的那天起，这里发生的一切都深深刻印在帕加内尔的脑海中，他随时可以为同伴们讲述。

"夫人，"在回答海伦娜提出的一个问题时，帕加内尔说道，"我还是要重复一下我之前提到的观点，新西兰人是一个勇敢的民族。他们曾一度臣服于英国，但很快便奋起反抗，展开了一场和英国侵略者的殊死搏斗。毛利部落的社会结构与苏格兰的旧氏族有些相似，每个部落像一个大家族，有自己的首领。那些首领极为珍视自己的统治地位。毛利人骄傲且勇敢，其中有一些部落的人身材高大，头发直立，像是马耳他人或巴格达的犹太人一样。另外一些部落的人则身材较矮，体格健壮，像混血儿，但同样高傲好战。他们有一位著名的首领，名叫希希，就像维钦托利 ① 一般。所以说，北岛的战争变成了新西兰和英国之间的持久战，你也不必为此惊讶。还有一个著名的部落，名为怀卡托，那个部落在威廉·汤普森 ② 的领导下保卫着自己的土地。"

"但是，"约翰·孟格尔说，"英国人不是已经占领了新西兰的大部分地区了吗？"

"是的，亲爱的约翰。"帕加内尔说，"在霍布森船长 ③ 正式宣布占领新

---

① 高卢的部落首领，曾领导高卢人反抗罗马人的统治。

② 新西兰毛利部落的酋长。威廉·汤普森并不是他的毛利语真名，而是他的欧洲化名。

③ 威廉·霍布森，英国海军军官，第一任新西兰总督。

西兰并担任总督之后，从 1840 年到 1862 年，英国陆续在战略要地建立了九个殖民据点。这些据点后来成为九个省份的核心，北岛有四个，南岛有五个。截至 1864 年 6 月 30 日，殖民地总人口已达十八万零三百四十六人。"

"那么，这场旷日持久的战争又是怎么回事呢？"约翰·孟格尔问。

"嗯，"帕加内尔说，"我们离开欧洲已经六个月了。除了在澳大利亚时，从马里伯勒和西摩的报纸上了解到的一些消息外，我也无法确定最近发生了什么。当时，北岛的战事仍然十分激烈。"

"那么，战争究竟是从何时开始的呢？"玛丽·格兰特问。

"亲爱的小姐，更准确的说法应该是'战争再次爆发'，"帕加内尔说，"因为早在 1845 年，就发生过一次起义。而如今的战争始于 1863 年年底，但在此之前，毛利人早已开始准备脱离英国统治。有民族主义思想的土著人积极展开宣传活动，推举毛利人领袖，想要拥戴老波塔陶①当国王，并将他的村庄定为新王国的首都。这座村庄位于怀卡托河与怀帕河之间。波塔陶岁数很大了，与其说他是个勇敢的人，不如说他是个狡猾的人。但他有一位既聪明又精力充沛的首相，名叫威廉·汤普森，他成了毛利独立战争的灵魂人物，凭借高超的才能组织起一支毛利军队。在他的领导下，塔拉纳基酋长把他统治下的各个分散的部族统一起来，怀卡托酋长则成立了一个'土地联盟'，旨在阻止土著人将土地卖给英国政府。就像文明国家在革命之前，总会举行动员活动一样，他们也举行了类似的活动。英国报纸开始注意到这些令人担忧的迹象，政府也对这些'土地联盟'的行动感到不安。总之，导火索已经铺设完毕，地雷随时可能爆炸，只缺一个火花，或者说，只要双方的矛盾激化，这场战争就会爆发。

"战争始于 1860 年，地点是北岛西南海岸的塔拉纳基省。一个土著人在新普利茅斯附近拥有六百英亩的土地，他把土地卖给了英国政府。但当测量员前来测量购买的土地时，酋长金吉提出抗议。到了 3 月，他把这六百英亩

---

① 毛利部落酋长，后担任第一任毛利国王。

土地建成了一座四面环绕着高栅栏的要塞。其要塞建成几天后，戈尔德上校率领部队攻占了这座要塞，于是土著人打响了反抗战争的第一枪。"

"截止到目前，土著军队成功了吗？"

"是的，夫人。英国人也常常会钦佩新西兰人的毅力和勇气。他们以游击战术作战，组成小股部队单独行动，袭击殖民者的家园。卡梅伦将军的部队打得并不轻松，因为他需要仔细搜寻，每一丛灌木之中都可能潜伏敌军。1863 年，经过一场漫长而血腥的战争后，毛利人攻占了怀卡托河上游的一座坚固要塞，要塞坐落在一连串陡峭山丘的尽头，周围有绵延三英里的堡垒群掩护。土著先知号召毛利人保卫家园，并誓言消灭白人。卡梅伦将军麾下有三千名志愿兵。在毛利人残忍杀害斯普伦特团长后，英国士兵也开始毫不留情地对待毛利人，不留活口。后来又发生了几场血腥的战斗，在一次战斗中，毛利人坚守十二个小时，最终才在英军炮火下败退。毛利军队的中坚力量是威廉·汤普森指挥的怀卡托部落，这个部落因勇猛善战而闻名。最初，威廉·汤普森指挥着两千五百名战士，后来增加到八千人。尚吉和赫基两位强大的酋长也派来部下助战。妇女们同样承担了繁重的工作，倾力支援这场民族斗争。然而，正义的一方未必是强者，尽管毛利人英勇奋战，卡梅伦将军最终征服了怀卡托地区，但是那里已经是一片废墟，毛利人四散各地。在这场战争中，许多英勇事迹广为流传。四百名毛利人被凯里将军麾下的一千名英国士兵围困在奥拉考要塞内，断水断粮，但他们仍然拒绝投降。一天中午，他们突围而出，冲破已经伤亡惨重的英军第四十团的包围，成功撤入周围的沼泽。"

"但是，"约翰·孟格尔问，"在怀卡托沦陷之后，这场血腥的战争是不是就结束了？"

"没有，我的朋友。"帕加内尔回答，"英国人决定进军塔拉纳基省，围攻威廉·汤普森的要塞马太塔瓦。但战事并不顺利。我刚离开巴黎时，听说总督和将军已经接受了陶朗阿部落的投降，并且允许他们保留四分之三的土地。也有传言说，叛乱的主要首领威廉·汤普森有意投降，但澳大利亚的报纸并没有证实这一点，反而报道了相反的消息。如果现在我们发现战争的局势又变了，我也不会惊讶。"

"那么，依你所见，帕加内尔。"格里那凡说，"战争仍在奥克兰与塔拉纳基进行？"

"我认为确实如此。"

"战争就发生在沉没的'麦夸里'号把我们扔下来的地方。"

"正是如此。我们登陆的地点，距卡菲亚港不过几英里，港口可能还飘扬着毛利人的旗帜。"

"如此看来，最稳妥的策略便是向北进发。"格里那凡说。

"无疑是这样。"帕加内尔说，"新西兰人非常仇恨欧洲人，尤其是英国人。因此，我们绝不能落入他们手中。"

"也许我们会足够幸运，遇到一支欧洲军队的小分队。"海伦娜说。

"夫人，确实有这种可能，"地理学家说，"但我不抱太大希望。欧洲军队不愿深入内陆，因为哪怕是最矮的草丛、最稀疏的灌木丛里，都可能藏有毛利神枪手。我觉得我们应该不会遇到第四十团的人，但在西海岸上有传教士的站点，我们可以在那里歇歇脚，直到抵达奥克兰。"

第八章

前往奥克兰

2月7日，早上六点，格里那凡下令出发。大雨在夜间停了，天空笼罩着一层淡灰色的云雾，削弱了阳光的炽热，为旅人的行进带来些许舒适。

帕加内尔在地图上测量了一番，从卡菲亚港到奥克兰有八十英里的路程，如果他们每天前进十英里，那就需要八天。但他认为，与其沿着蜿蜒曲折的海岸线前行，不如直线行进到三十英里之外的恩加纳瓦亚村，这个村庄位于怀卡托河与怀帕河交汇处。有一条"陆路"经过那里，但是与其说是路，不如说只是一条小道更准确。从霍克湾的内皮尔出发，几乎横穿整个北岛到达奥克兰的马车就走这条路。从恩加纳瓦亚村出发，他们就能轻松抵达德鲁里，并在那里的一家很不错的旅店里歇息，博物学家霍奇施泰特曾经大力推荐过这家旅店。

一行人携带足够的给养，沿奥特亚湾的海岸启程。出于安全考虑，他们始终保持紧密队形，握紧步枪，本能地警惕着东方起伏的原野，随时准备应对突发状况。帕加内尔对照地图，发现其细节极为精准，忍不住以专业的眼光赞叹不已。

这一带是一片广袤的草原，一直延伸到远方，前进看起来似乎不难。但当旅行者来到这片郁郁葱葱的平原时，才发现自己被骗了。草地不见了，取而代之的是低矮的灌木丛，灌木上开着白色的小花。这些灌木与新西兰常见的高大蕨类植物交织在一起，旅行者们不得不在植物间开辟出一条道路。这个任务异常艰难，但到了晚上八点，他们终于翻过了哈卡里霍阿塔山的第一道山坡。大家安营扎寨，经历了十四英里的艰难跋涉，他们需要好好休息一晚。

他们没有马车，也没有帐篷，只能在几棵高大的松树下休息。他们有足够的毯子，可以用来铺床。为了度过这一夜，格里那凡做了许多预防措施，他和同伴们全副武装，两人一组轮流守夜，直到天亮。生火是抵御野兽的有效手段，但他们并未生火，因为新西兰没有老虎、狮子、熊等大型野生动物，毛利人才是他们真正的威胁，生火只会吸引这群两条腿的"美洲豹"。

夜晚过得还算愉快，只是有沙蝇叮咬，当地人把这种飞虫称为"嘎姆"。另外还有一群肆无忌惮的老鼠，用牙齿啃咬着众人的给养。

第二天，2月8日，帕加内尔的心情更加愉悦，几乎要对这片土地感到满意了。他一直在担心的毛利人并没有出现，这些凶猛的食人族甚至未曾出现在他的梦魇里。他愉快地说："我现在认为，我们这趟小小的旅行会圆满结束。今晚，我们就会到达怀帕河与怀卡托河的交汇处，之后去奥克兰的路上，应该不会再遇到土著人了。"

"现在离两条河的交汇处还有多远？"格里那凡问。

"十五英里。和我们昨天走的距离差不多。"

"但是这些灌木丛看起来似乎没完没了，如果它们继续挡在路上，我们可能会耽误些时间。"

"不会的。"帕加内尔说，"我们可以沿着怀帕河的河岸走，那样就不会有障碍，相反，河岸会比较平坦，容易行走。"

"那么，"格里那凡看到女士们已经准备好了，"我们就出发吧。"

一开始，茂密的灌木丛严重阻碍了他们的前进。马匹和车子都无法通过这里，因此他们对丢失在澳大利亚的马车并无太多惋惜。在人们开辟出可以让马车通过的道路之前，只有徒步旅行者才能进入新西兰。四周遍布蕨类植物，它们与毛利人一起，构成了阻拦外来者的屏障。

一行人在哈卡里霍阿塔山脉附近的高原上前行，克服了许多艰难险阻。

在中午之前，他们抵达了怀帕河岸，沿着河流向北行进。

少校和罗伯特始终没有离开同伴们，但他们还是在低矮的灌木丛中打到了一些鹬鸟和竹鸡。为了节约时间，奥比内一边走，一边给鸟拔毛。

帕加内尔并不太关心这些猎物能不能吃，他更希望能抓到一些新西兰特有的鸟类。作为一位自然学者，他的好奇心战胜了身为旅行者的饥饿感。他想起了一种毛利人称之为"图伊"的鸟，因为这种鸟会发出咯咯的笑声，因此这种鸟俗称"笑鸟"，它黑色的羽毛像是牧师的长袍，胸前又有一道白色，如同领巾，因此又叫"牧师鸟"。

"图伊鸟，"帕加内尔对少校说，"到了冬天，它们会胖得飞不起来，甚至因此生病。于是，它们会用喙撕扯自己的胸部，以减少脂肪，让自己变得轻盈。麦克·纳布斯，你不感觉这实在是很神奇吗？"

"是很神奇，以至于我根本不相信。"少校说。

帕加内尔非常遗憾，他没能找到一只图伊鸟，否则他可以向这个总是不相信他的少校展示一下这种鸟胸口带血的伤痕。然而，他还是幸运地发现了一种非常特别的动物，在人类、猫和狗的追捕下，这种动物逃到了无人居住的地方，正在新西兰的动物群落中迅速消失。罗伯特像黄鼠狼般敏锐地发现了一个由交错树根搭成的巢，里面有一对没有翅膀和尾巴的鸟，它们长着四个脚趾，还有类似鹬鸟的长喙。它们全身覆着白色羽毛，形态奇特，仿佛是卵生动物与哺乳动物的结合体。

这种动物是新西兰独有的几维鸟，学者们有时也叫它澳大利亚无翼鸟。它吃幼虫、昆虫、蠕虫和种子等食物。这种鸟是新西兰的特有物种，在欧洲，只有少数几家动物园才有几维鸟。它那笨拙的体形和滑稽的动作总是引起旅行者们的注意，在"星盘"号和"泽礼"号的伟大探险中，迪蒙·迪维尔①受法国科学院委托，试图带几只珍稀的几维鸟回法国。尽管他给出了丰厚的悬赏，但当地人仍然连一只几维鸟都没给他们。

---

① 法国探险家，曾在澳大利亚和南极洲从事探险工作。

帕加内尔对自己的好运兴奋不已。他把这两只鸟绑在一起，准备送给巴黎植物园。"由雅克·帕加内尔先生慷慨捐赠。"他仿佛已经看到了巴黎植物园最漂亮的笼子外面刻着赞扬他的铭文。多么乐观的地理学家啊！

一行人继续沿着怀帕河岸前行，似乎并未感到疲惫。这片土地异常荒凉，不见土著人，甚至毫无人类活动的痕迹。茂密的灌木丛中，河水顺着山坡流淌。视野很开阔，旅行者们可以清楚地看到山谷东侧连绵不绝的低矮山丘。这些山丘形态奇异，它们的轮廓在迷蒙的雾气中若隐若现，让人想到巨大的史前生物，就仿佛是一群巨大的鲸鱼突然化作石头一般。山上怪石嶙峋，显示出这些石块源自火山喷发。事实上，新西兰的土地大多由近期喷发的深成岩构成，并仍在不断从海底隆起。记载显示，一些地方在二十年内增高了两米。地下热量不断蔓延，震动着大地，撼动整个地区。在许多地方，间歇泉和火山口偶尔还会喷出岩浆。

到下午四点时，他们已经轻松地走了九英里。一直在查阅地图的帕加内尔表示，怀帕河和怀卡托河的交汇处应该就在五英里之外，他们可以在那里过夜。再花两三天，就能走完剩下的五十英里，抵达奥克兰。霍克湾和奥克兰之间有邮车往返，每个月发车两次，如果恰好遇上了邮车，他们只需要八小时就能抵达奥克兰。

"也就是说，"格里那凡说，"我们今晚还是要露营。"

"是的，"帕加内尔说，"但我希望这是最后一次了。"

"我也很希望是最后一次，这对海伦娜和玛丽·格兰特来说，实在是太辛苦了。"

"她们从来都没抱怨过。"约翰·孟格尔说，"不过我好像听您说过，这两条河流的交汇处有一个村庄。"

"是的，"地理学家说，"约翰斯顿的地图上标着呢，就在这里。那个村庄叫恩加纳瓦亚，就在河流交汇处的下游两英里。"

"那我们能不能在那里过夜？海伦娜和格兰特小姐应该不会介意再走两英里，去找一家旅馆，哪怕旅馆很简陋。"

"旅馆？"帕加内尔大喊，"在毛利人的村子里？那儿连一间客栈或酒馆都没有。这个所谓的村庄，只不过是一群建在一起的茅屋，我劝你们离它远一点。"

"又是你的老一套，帕加内尔。"格里那凡说。

"亲爱的勋爵，和毛利人打交道，谨慎永远比信任要安全。我不知道他们和英国人目前的关系如何，也不清楚起义是成功了，还是被镇压了，甚至不知道战争是否仍在进行中。这个时候我就不谦虚了，我们这种有身份的人会成为他们的重点目标。我必须强调，我可完全不想去体验一下毛利人有多么'热情好客'！我认为应该谨慎行事，避开恩加纳瓦亚村，离它越远越好，不要和毛利人发生冲突。等我们到了德鲁里，情况就不一样了，我们勇敢的女士们可以在那里悠闲地好好休息一下。"

大家采纳了帕加内尔的建议。海伦娜宁愿在户外露宿一夜，也不愿意让她的同伴们陷入危险。玛丽·格兰特和海伦娜也都不想停下来，于是众人沿着河流继续前进。

两小时后，第一缕暮色开始降临。太阳即将沉入西方地平线，此刻正透过云层的一道裂隙，投射出几束耀眼的光芒。夕阳的余晖宣告着白日的终结，也将东方遥远的山峰染上了一抹紫红色，瑰丽的山峦仿佛在向奔波的旅人们致意。

格里那凡和朋友们加快了脚步。他们知道，在高纬度地区，黄昏非常短暂，夜晚很快就会到来。他们希望能在天黑之前到达两条河流的交汇处。但地面上升起了一层浓雾，众人很难看清道路。

幸运的是，他们还能听到水声，以弥补视线受阻的不便。没过多久，哗哗的水声就表明，河流交汇处就在附近。八点钟，一行人抵达怀帕河汇入怀卡托河之处。河道交汇，波涛相激，水声呜咽。

"那就是怀卡托河！"帕加内尔喊道，"沿着它的右岸走，就能抵达奥克兰。"

"我们明天再走。"少校说，"我们先在这里露营吧。我觉得那片黑暗的影子是一小丛灌木，仿佛是特意长在那里为我们遮风挡雨的。我们先吃个晚饭，然后好好睡一觉。"

"当然要吃晚饭了。"帕加内尔说，"但是不要生火。我们吃饼干和干肉就好了。我们悄无声息地来到这里，也要悄无声息地离开。幸运的是，起了雾，这有利于我们隐藏行踪。"

所有人都同意地理学家的看法。他们来到树丛旁边，默默地咀嚼着冰冷的晚餐。旅行者们在白天走了十五英里路，很快，他们就陷入了深深的沉睡。

第九章

遭遇食人族

　　第二天早上，天刚破晓，河面上就开始起雾了。空气中饱和的水汽因寒冷凝结成微小水珠，化作厚厚的雾霭，笼罩着河面。但不久之后，阳光就穿透雾霭，浓雾渐渐消散，融入清晨的空气。

　　一块狭长的陆地深入两条交汇的河流之中，上面灌木丛生。怀帕河水流湍急，在两条河流交汇前约四分之一英里的地方，便开始激烈地冲击怀卡托河的水流。然而，庄重而平缓的怀卡托河很快吞没了怀帕河的喧嚣，温和地将其纳入怀抱，顺流而下，奔向太平洋。

　　雾霭散去，一艘独木舟正逆流而上，驶向怀卡托河上游。这艘独木舟长七十英尺，宽五英尺，吃水三英尺，船头翘起，形似威尼斯的凤尾船。整艘独木舟由一根新西兰鸡毛松的树干雕凿而成，船底铺着干燥的蕨类植物。八只桨快速划动，船尾的男子熟练地用船桨操控着方向。

　　那是一位身材高大的毛利人，约四十五岁，胸腔宽阔，肌肉发达，四肢强健。他额头微微隆起，脸上刻满深深的皱纹，眼神凶狠，神情冷峻，让人不敢直视。

　　毛利人的文身在当地语言中叫作"墨刻"，是一种尊贵的象征。只有在多次战斗中表现卓越的人，才能刺上文身，作为荣誉的印记。奴隶和下层人无法拥有这种殊荣。通过精美且生动的文身，人们可以识别出毛利人中的高级酋长，有时候，他们会用动物的图案文遍全身，有些人甚至要经历五次痛苦的文身过程，才能把全身的文身都刺好。在新西兰，文身越是精美，地位就越是显赫。

迪蒙·迪维尔曾为毛利人的这一习俗补充过一些有趣的细节。他敏锐地指出，毛利人的"墨刻"和欧洲许多家族引以为傲的家族徽章有异曲同工之处。但他也提到，二者之间有区别。欧洲的家族徽章往往只能证明家族开创者的功绩，并不能证明其后代的功勋。但毛利人的文身则是个人功绩的确凿证据，足以证明他个人的非凡勇气。

文身不仅象征荣誉，也有实用价值。它能使皮肤增厚，以抵御恶劣天气与蚊虫叮咬。

至于这位掌舵的酋长，一眼就能看出，锋利的信天翁骨已经在他的脸上刻过五次了，信天翁骨是毛利的文身师使用的文身工具。他正在经历第五次文身，这从他那高傲的举止中就可见一斑。

他身上披着用新西兰麻编织成的披风，边缘用狗皮装饰，下身裹着棉质短裤，仍沾染着上一场厮杀的血迹。他的耳垂上挂着绿色的翡翠耳环，脖子上戴着一串叮当作响的"波那摩"项链——那是一种新西兰人奉为圣物的玉石。他腰间悬着一支英国步枪，还有一把"巴图巴图"——一把长一英尺八英寸、颜色如绿宝石的双头斧。他身旁簇拥着九名级别略低的武士，个个面露凶相，有些人身上仍带着尚未结痂的伤口。他们一动不动地坐着，身披亚麻斗篷。三只凶猛的猎犬卧在他们脚边。船头八名桨手看上去是酋长的仆从或奴隶，他们拼尽全力挥动船桨，使独木舟以惊人的速度逆流而上，在并不湍急的怀卡托河中破水前行。

在这艘狭长的独木舟中央，十位欧洲俘虏被捆住双脚，挤作一团。

他们是格里那凡、海伦娜、玛丽·格兰特、罗伯特、帕加内尔、少校、约翰·孟格尔、奥比内和两位水手。

前一天晚上，因大雾弥漫，几位旅行者在不知不觉中，居然把营地设在了一群土著人中间。半夜时分，他们在睡梦中惊醒，竟然发现自己已沦为俘虏。毛利人把他们带上了独木舟。到目前为止，他们还未遭受虐待，但任何反抗都是徒劳的，他们的武器和弹药早已落入土著手中，很快，他们就会尝到曾属于自己的子弹的滋味。

通过土著人偶尔说出的几个英语单词，俘虏们得知，这些毛利人是刚刚被英国军队击败的一支部队，损失惨重，正准备撤退回怀卡托河上游。这位毛利酋长麾下的战士几乎都被英军第四十二团歼灭，他打算回到怀卡托地区的部落，进行最后一次集结，增援威廉·汤普森。汤普森仍在与英国征服者做着不屈不挠的抗争。酋长的名字是凯库姆，在毛利语中，这个名字的含义很可怕，意思是"吃敌人四肢的人"。他既坚毅勇敢，又极为残忍。只要落入他的手中，就别指望他手下留情。在英国士兵间，他臭名昭著，新西兰总督已经发布悬赏，要他的人头。

格里那凡原本即将抵达期盼已久的奥克兰港，准备启程返回祖国，就在此刻，却遭遇如此沉重的打击！看着他那沉着冷静的面容，无人能看出他此刻正忍受着怎样的痛苦。格里那凡总能勇敢面对不幸，他认为自己是妻子和同伴们的支柱与榜样。他是首领，在紧要关头，他愿为拯救他人而牺牲自己。他思想深邃、信仰虔诚，从未对上帝失去信念，也从未曾怀疑自己所行之事的神圣。在这生死攸关的时刻，他也没有后悔来到这个野蛮人横行的地区。

格里那凡的同伴们同样坚定，所有人都能理解他的崇高信念。从众人高傲的神色来看，很难想象他们正迈向灾难的深渊。在格里那凡的提议下，所有人一致决定在土著面前保持从容不迫。这是打动这些强悍原住民的唯一方式。一般来说，未开化的部族，特别是毛利人，都有一种根深蒂固的尊严，他们最敬重冷静勇敢的人。格里那凡知道，通过这种方式，他们可以避免遭受不必要的羞辱。

从登上独木舟的一刻起，这些土著人便显得异常沉默。和其他野蛮人一样，他们几乎都不怎么交谈。但从他们的寥寥数语中，格里那凡断定他们熟悉英语。于是，他决定向酋长问清楚他们的命运。他转向凯库姆，用一种漠不关心的语气说：

"酋长，我们要去哪里？"

凯库姆冷冷地看着他，没有回答。

"你打算对我们做什么？"格里那凡追问道。

凯库姆的眼中突然闪过一丝光芒，他用深沉的声音说：

"如果你们的人愿意要你们，就把你们交换出去。如果他们不要，就把你们吃掉。"

格里那凡没有再追问，但他的心中重新燃起了希望。他断定，一定有毛利酋长落入英国人之手，而这些土著人打算用他们交换被俘的酋长。因此，他们还有获救的希望，情况尚未彻底绝望。

独木舟在河中迅速前行。帕加内尔性格容易激动，总是从一个极端跳到另外一个极端，一会儿充满希望，一会儿陷入绝望。但现在，他已经恢复了往日的神智。他安慰自己说，土著人的做法正好省去了他们徒步前往英国哨所的麻烦，这也算是一种收获。因此，他现在十分平静，在地图上寻找着怀卡托河的流向，研究着这条河如何穿过这里的平原和山谷。海伦娜和玛丽·格兰特掩饰着心中的惊慌，低声和格里那凡交谈，即便是最敏锐的相面师，也不会从她们的脸上看出一丝焦虑不安。

怀卡托河是新西兰人的母亲河。对于毛利人来说，这条河就如德国人的莱茵河、斯拉夫人的多瑙河。怀卡托河长达两百英里，从惠灵顿省流到奥克兰，滋养着新西兰北岛最肥沃的土地。沿河而居的所有部落都以"怀卡托"为名，这些部落的毛利人团结在一起，共同抵抗英国侵略者。

除了毛利人的独木舟外，几乎没有其他船敢在这条河流上航行。即便是最大胆的欧洲游客，也不敢涉足这片神圣的河岸。实际上，还没有任何欧洲人敢亵渎毛利人的圣地，去过怀卡托河上游。

帕加内尔知道，毛利人对这条如北岛的大动脉一般的河流怀有崇拜之情。他知道英国和德国的自然学者们从未深入怀卡托河与怀帕河交汇的地方。他想知道，凯库姆酋长会把他们带到哪里。虽然很难猜测，但帕加内尔听到酋长和他的战士们反复提起了"陶波"这个词。他查阅地图，发现"陶波"是一个湖泊的名字，在地理文献中多次出现，位于北岛最崎岖的山地，奥克兰省的南端。怀卡托河会经过这个湖泊。之后又继续向下流淌，直到一百二十海里之外。

第十章

一次重要的会面

陶波湖是一个深不可测的巨坑，长二十五英里，宽二十英里。在史前时期，北岛中心的一些火山在喷发中发生塌陷，形成了这个巨坑。周围高地的水逐渐汇聚到这个巨大的坑中，巨坑因此变成湖泊，但这是一个深潭。迄今为止，还没有人能测出陶波湖的深度。

这就是神奇的陶波湖。它坐落在海拔一千二百五十英尺的高度，周围环绕着约高二千四百英尺的群山。湖的西侧是一座巨大的岩石山峰，北侧则是覆盖着低矮灌木的高地，东侧是一片广阔的沙滩，一条道路蜿蜒其中。沙滩上布满了火山石，它们在灌木丛的掩映下反射着光芒。陶波湖的南侧是一片森林覆盖的平原，之后是一座耸立的火山。这些雄伟的景观包围着这片浩瀚的湖泊，每当暴风骤雨来临时，只有海上的飓风能与之匹敌。

这片土地仿佛是一口悬挂在地下烈焰之上的巨大铁锅，被炽热的火焰煮得沸腾不止。地面不住颤抖、震动，到处都是温泉，地表裂开了一道道巨大的裂缝，就如同烤制过头的蛋糕一样。

约四分之一英里外，矗立着一个毛利人的要塞，当地人称之为"帕"。要塞坐落在一座崎岖的山脊之上。俘虏们的手脚都被解开，一个接一个被带上岸，然后再被战士们押入要塞。通往要塞的路穿过了一片长满了新西兰麻的草地和一片美丽的树林，树林中生长着很多种树木：叶子坚韧、浆果鲜红的新西兰鸡毛松、澳洲龙血树、树冠如棕榈一般美丽的澳洲茶树，还有一种可以用来把布料染成黑色的树木。当毛利人走近时，羽毛带着金属光泽的巨大鸽子和一群红褐色的椋鸟受到惊吓，纷纷飞到空中。

经过一段曲折的路后，格里那凡和他的同伴们被带到"帕"内部。

要塞外有一道十五英尺高的栅栏，很坚固，作为防御工事。栅栏里面又有第二道防线，由木桩组成，接着是一道由柳条编织而成的围栏，上面开有枪眼，将内部的空地——即"帕"的高地——围了起来。高地上建着毛利人的房屋，大概有四十间小屋子，排列得错落有致。

俘虏们走近，才看到围栏上面插着很多人头，不禁吓了一跳。海伦娜和玛丽·格兰特别过脸去，她们并非因恐惧躲避，而是因为厌恶。这些头颅眼眶凹陷，眼球也被挖了出来，地理学家观察一番后得出结论：这些头颅来自敌对部落的酋长，酋长战死后，头被插在这里，尸体则被战胜者分食了。

格里那凡和他的同伴们把要塞的一切都看在眼里。他们站在一座空屋旁，等待着酋长的发落。此时，一群老妇人围了过来，开始辱骂他们。这些泼妇围了上来，挥舞着拳头，大喊大叫，干瘪的嘴巴里偶尔会蹦出几个英语单词，很明显，她们是在叫嚣着要立刻复仇。

在这片叫骂和威胁中，海伦娜表面上保持着镇定自若，装出一副对周围一切漠不关心的样子，但她其实早就心乱如麻。这位勇敢的女人强忍着自己心中的恐惧，只为了不破坏格里那凡的冷静。可怜的玛丽·格兰特感觉心如死灰，约翰·孟格尔已经随时准备为她挺身而出。其他同伴也在默默忍受着谩骂，他们的性格不同，心境也因此差异很大：少校平静如水，帕加内尔则怒火中烧。

为了保护海伦娜免遭这些泼妇的攻击，格里那凡径直走到凯库姆面前，指着那群丑恶的老妇人喊道："把她们赶走！"

毛利酋长目不转睛地盯着他的俘虏，沉默片刻后，缓缓点头，制止了那群吵吵嚷嚷的人。格里那凡鞠了一躬表示感谢，然后缓缓回到原位。

就在这时，大约一百个毛利人在聚集起来，有老年人，有成年人，也有小孩子。老人们表情平静但神色阴沉，等待着凯库姆的裁决，而其他人则陷入极度的悲痛之中，他们在哀悼最近阵亡的父母和亲友。

在所有响应了威廉·汤普森号召的酋长中，凯库姆是唯一一个回到湖区的。也是他率先向部落宣布毛利人的起义已经失败。毛利人的军队在怀卡托河下游的平原上被击溃了，在他的号召下，两百名勇士奔赴前线，抵御侵略者，但其中的一百五十人却没能回来。即便考虑到有一些战士可能被侵略者俘虏，也还有那么多勇敢的士兵已经阵亡，永远无法回到祖先的土地！

正因如此，毛利人在迎接凯库姆归来后陷入深深的悲痛。他们此前尚不知战败的消息，这消息对他们来说如同晴天霹雳。

毛利人的悲伤总是要通过肢体动作表现出来。阵亡勇士的父母和亲友，尤其是女人们，用磨尖的贝壳割破自己的脸和肩膀，鲜血汩汩流出，与泪水混杂在一起。伤口越深，就代表他们的悲痛越重。这些悲伤的毛利人血流满身，情绪激动，场面令人不寒而栗。

他们如此悲痛，还有另外一个重要原因：他们不仅失去了他们正在哀悼的亲朋，而且这些亲朋的尸骨也无法葬入他们的祖先墓地。在毛利人的信仰中，尸骨安葬于墓地对死者在来世的命运至关重要。容易腐烂的血肉并不重要，骨头才重要。他们会把尸骨小心翼翼地收集起来，清洗干净，刮掉骨头上附着的肉，把骨头打磨光亮，甚至涂上清漆，然后存放在毛利人的坟墓——"奥杜帕"中，这个词在本地语言中的意思是"荣耀之屋"。坟墓上会用木质雕像作为装饰，上面刻着和死者身上一样的文身。但现在，他们的墓里面空空如也，宗教仪式也没办法举行。那些尸骨只能暴露在战场上，如果没有被野狗啃食，也只会沦为无处安葬的森森白骨。

悲伤的哭喊声更加强烈，女人们在辱骂，男人们在诅咒，他们的目标都是欧洲人。辱骂的言辞不绝于耳，人们的动作越来越激烈，愤怒的喊叫眼看就要演变为一场暴力的殴打。

凯库姆担心自己难以约束住部落中的狂热分子，于是把俘虏带到了位于"帕"另外一端的一处突兀的高地，那里有一座小屋，是毛利人的圣所。小屋紧挨着一座高出地面一百英尺的小丘，这座小丘的陡峭边缘则构成了要塞的外墙。这座小屋名为"瓦雷阿图阿"，在这里，祭司和长老们向毛利人传授关于"三位一体"之神的教义——这个神同时是圣父、圣子和圣灵。小屋宽敞明亮、设计考究，里面存放着精心挑选的神圣食物，供毛利人的祖先"马维朗加朗伊"享用。当然了，这位祖先是通过祭司的嘴来享用这些祭品的。

俘虏躺在圣所中的亚麻垫子上，避开了那些疯狂的土著人，至少眼下是安全的。海伦娜已经筋疲力尽，意志也彻底崩溃了，无力地倒在了丈夫怀里。

格里那凡紧紧抱住她，说道："亲爱的海伦娜，振作起来，上帝不会抛弃我们的！"

刚一进门，罗伯特就跳到了威尔逊的肩膀上，把脑袋从屋顶和墙壁之间的缝隙挤了出去。那个地方挂着成串的符咒。罗伯特能在那里看到整个"帕"里面正在发生什么，甚至能看到凯库姆的房子。

"所有人都围在酋长周围，"他轻声说，"他们挥舞着手臂，嗯……还在大喊大叫。凯库姆正在试图讲话。"

然后，他沉默了一阵子。

"凯库姆在说话……野蛮人安静下来了，他们在听。"

"很显然。"少校说，"这位酋长想把我们保护起来，他想用我们来交换他们的部落里的其他酋长！但是他的战士们会同意吗？"

"会的！所有人都在听凯库姆讲话……他们散开了，一些人回到了茅屋里，其他人也离开了要塞。"

"你确定吗？"少校问。

"确定，麦克·纳布斯先生，"罗伯特回答说，"现在凯库姆身边只剩下那批独木舟上的战士了……噢！有个人朝这边来了！"

"罗伯特，快下来。"格里那凡说。

海伦娜已经站起身来，抓住了丈夫的胳膊。

"爱德华，"她坚决地说，"我和玛丽·格兰特绝不能活着落入这些野蛮人手中！"

说着，她把一把上了膛的手枪递给了格里那凡。

"枪？"格里那凡瞪大了眼睛喊道。

"是的！毛利人不会搜俘虏的身。但是，爱德华，这把枪是用在我们身上的，不是用在他们身上的。"

格里那凡把手枪藏在了外套下面。就在这时，入口处的帘子被掀开了，一个土著人走了进来。

他示意俘虏们跟他走。格里那凡和其他人一起穿过"帕"，站在凯库姆面前。部落里最优秀的战士围在凯库姆身边，其中有一个大约四十岁、身材魁梧、面目狰狞的人。他叫卡拉特特，在土著语中意为"容易发怒的人"。凯库姆对他说话时，语气中带着几分尊重，从卡拉特特身上繁复的文身来看，他在部落中的地位很高，但敏锐的观察者能察觉到，凯库姆和卡拉特特之间存在竞争关系。少校注意到，卡拉特特的影响力让凯库姆感到不悦。他们共同统治着怀卡托部落，拥有同等的权威。在这次会面中，凯库姆面带微笑，但眼神中却掩藏着很深的敌意。

凯库姆开始审问格里那凡。

"你是英国人？"他问。

"是的。"格里那凡立刻回答，他的国籍或许能使他们被当作谈判筹码去交换俘虏。

"那你的同伴呢？"凯库姆问。

"和我一样，都是英国人。我们是遭遇海难的旅行者，有必要说一下，我们从未参与这场战争。"

"这不重要！"卡拉特特粗鲁地说，"所有英国人都是敌人。你们的人侵犯了我们的岛屿！抢走了我们的土地！烧毁了我们的村子！"

"他们做错了。"格里那凡平静地说，"我这么说，并不是因为我现在落在了你们手里，而是我真的这么认为。"

"听着。"凯库姆说，"诺伊阿图阿的大祭司落入了你们同胞的手中，成了白人的俘虏。我们的神灵下了命令，你去给我把他赎回来。就我个人而言，我宁可掏出你们的心脏，把你的头，还有你同伴们的头，都钉在栅栏的柱子上。但是诺伊阿图阿已经发话了。"

在此之前，凯库姆基本上还能保持平静，但说出这些话的时候，他气得浑身发抖，脸上的表情很是狰狞。

过了几分钟后，他平静了一些，继续说：

"你认为，英国人会用我们的大祭司来交换你们吗？"

格里那凡犹豫了一下，他在观察这位毛利酋长。

"我不知道。"沉默了一会儿之后，格里那凡说。

"快说。"凯库姆说，"你们的命，值不值我们的大祭司的命。"

"不值，"格里那凡说，"在英国，我们既不是酋长，也不是祭司。"

这个回答让帕加内尔惊愕不已，他目瞪口呆地看着格里那凡。凯库姆也同样很惊讶。

"那么，你不确定？"凯库姆问。

"我不确定。"格里那凡说。

"用你来换回大祭司，你们的人不会接受？"

"我一个人？不可能。"格里那凡说，"用所有人的话还差不多。"

"我们毛利人的习惯是，"凯库姆说，"一命换一命。"

"你们可以先提议用这两位女士来换回祭司。"格里那凡指着海伦娜和玛丽·格兰特说。

海伦娜正要打断格里那凡的话，但少校拦住了她。

"这两位女士，"格里那凡恭敬地朝着海伦娜和玛丽·格兰特鞠了一躬，"在我们国家都是身份尊贵的人。"

凯库姆冷冷地看着他的俘虏，嘴角露出一抹邪恶的微笑。但他立刻收起了微笑，大喊起来，声音中带着难以掩饰的愤怒：

"你想要用谎言来欺骗凯库姆吗？可恶的白人！凯库姆的眼睛，难道不能看穿人心吗？"

随后，他指着海伦娜说："这是你老婆吧？"

"不！是我的！"卡拉特特喊道。

然后，他把俘虏们推到一边，伸手搭在海伦娜肩上。卡拉特特刚碰到海伦娜，海伦娜就被吓得面色苍白。

"爱德华！"不幸的夫人惊恐地大喊道。

格里那凡二话不说，抬起手就开了一枪。卡拉特特倒在了他的脚下。

枪声引来了一群土著人。猛虎难敌群狼，格里那凡的手枪被夺走了。

凯库姆带着奇特的表情瞥了格里那凡一眼，然后，他一只手护着格里那凡，另一只手挥了挥，示意正要冲向俘虏们的土著人退后。

最后，他的声音在一片喧闹声中响起。

"'神忌'！'神忌'！"他喊道。

听到这个词，土著人在格里那凡和他的同伴们面前停了下来。这些俘虏现在正受到一种超自然力量的保护。

几分钟后，他们被带回了瓦雷阿图阿，然后被关在了里面。但是罗伯特·格兰特和帕加内尔不见了。

第十一章

酋长的葬礼

在毛利人中，像凯库姆这样同时担任酋长和祭司的情况并不罕见。凯库姆身为祭司，有权为某个人或物品施加神圣的保护，称为"神忌"。

这种风俗在波利尼西亚所有族群中都有，任何被施加"神忌"的人或物，其他人都不能触碰。根据毛利人的信仰，任何触碰到"神忌"对象的人都将遭到神灵的死亡惩罚。若神灵未及时降下惩罚，祭司则会确保死刑立即执行。

当一个人剪发、文身、造船、盖房、患病或者死亡时，他都会被"神忌"数日。如果过度捕捞致使鱼类减少，或还未成熟的甘薯被采收，鱼和甘薯也可能会受到"神忌"的保护。但对于酋长们，除了常规情况，"神忌"也常常作为政治手段使用。如果一位酋长打算把他家的食客都赶走，就会对他的房子施加"神忌"，如果一位来自英国的商人惹了他，他也会把商人"神忌"。就像欧洲古代的王室对于很多大事有否决权一样，"神忌"也起到了相同的作用。

如果一个物体被"神忌"，那么任何人都不能接触它，碰了就要受刑罚。当一个人被"神忌"，在这段时间内，他是不能吃东西的。即便是允许他吃东西，也只能让他的奴隶来喂他吃，因为他不能用手碰到食物。如果他很穷，没有奴隶，那么就只能和动物一样直接用嘴叼起食物吃。

总之，毛利人的生活在各个方面都受到这种独特习俗的约束，神灵似乎无处不在。"神忌"的效力绝不亚于法律，或者更准确地说，毛利人的法律本质上就是由各种各样的"神忌"组成的，因而在毛利人心中，它绝对准确，必须严格遵守。

对于被关押在瓦雷阿图阿的囚犯，这次"神忌"让他们免受愤怒的部落成员的攻击。一些土著人是凯库姆的朋友和支持者，他们一听到首领的声音就立刻放弃了攻击，开始保护俘虏，不让他们被其他人伤害到。

格里那凡对自己的命运已经不抱有不切实际的希望了。他只有一死，才能偿清杀害一位酋长的罪过。但对于毛利人来说，死只是漫长折磨中的最后一个步骤。格里那凡已经做好了为自己的英勇之举付出代价的准备，但他希望凯库姆的愤怒不要波及到他的同伴。

他和他的同伴们度过了一个多么痛苦的夜晚啊！谁能描绘出他们心里的苦楚，谁又能衡量出他们遭受的困难？罗伯特和帕加内尔还不知所终，但他们的命运可想而知。这些疯狂的土著人不会放过他们，他们一定已经成了第一批牺牲品。就连一向乐观的麦克·纳布斯也放弃了希望。玛丽·格兰特因为失去了弟弟，陷入了无尽的绝望，看到这一场面，约翰·孟格尔都要发疯了。格里那凡一直在考虑海伦娜可怕的请求，海伦娜宁愿死在自己丈夫的手中，也不愿意被折磨、被奴役。但他又该怎么鼓起勇气去面对这个请求呢？

"玛丽又该怎么办？谁又有权力杀了她呢？"约翰想着这些，心都要碎了。

很明显，他们是逃不掉的。十名全副武装的武士在瓦雷阿图阿门口看守他们。

2月13日的清晨到来了。土著人与被施加"神忌"的囚犯之间没有任何交流。屋子里的食物很少，那些不幸的囚犯也几乎都没有碰过那些吃的。在这样的处境下，他们似乎感觉不到饥饿，这一天，什么都没有发生，他们依旧十分绝望。毫无疑问，一旦开始给死去的酋长办葬礼，他们就会被处死。

格里那凡认为凯库姆已经放弃了交换俘虏的打算，但少校仍抱有一丝希望。

"谁知道会发生什么呢？"少校提醒格里那凡，不要忘了卡拉特特死的时候凯库姆的神态，"谁知道，凯库姆是不是在心底里感激你呢？"

但即便有麦克·纳布斯的安慰，格里那凡的心中依旧未燃起希望。两天过去了，毛利人仍未露出要处死他们的迹象。

刑罚被推迟，是因为毛利人相信，人死后灵魂会在体内停留三天。因此，尸体必须等三天后才能下葬，这一习俗他们一直严格遵守。直到 2 月 15 日，"帕"里面都空无一人。

约翰·孟格尔被威尔逊扛在肩上，不断观察外面土著人的动向。但除了在瓦雷阿图阿门口换岗的警惕哨兵之外，其他一个土著人也看不到。

第三天，土著人终于打开了囚室的门。所有的毛利人——男人、女人和孩子，一共好几百号人，一起聚集在"帕"里面。人群没有发出一点声音。

凯库姆从屋内走出，身旁簇拥着部落中的主要酋长。他站上一个高出地面几英尺的小土丘，正好位于广场中央。土著人站在不远处，围成半圆，寂静无声。

凯库姆做了个手势，一位武士朝瓦雷阿图阿走去。

"记住我的话。"海伦娜对她的丈夫说。格里那凡把她紧紧抱在怀里。玛丽·格兰特走到约翰·孟格尔身边，急切地说：

"格里那凡勋爵和勋爵夫人都认为，如果妻子可以要求丈夫亲手结束自己的生命，以免遭受羞辱，那么未婚妻也可以对未婚夫提同样的要求。约翰！在这最后时刻，我问你，我们是不是一直两情相悦？就像勋爵夫人对勋爵的要求一样，我可以要求你做同样的事情吗？"

"玛丽！"年轻的船长绝望地喊道，"啊，亲爱的玛丽——"

帘子被掀开，俘虏们被押送到凯库姆面前。两位女士已然接受了命运，而男士们则竭力压抑内心的痛苦。

他们被带到毛利酋长面前。

"是你杀了卡拉特特。"凯库姆对格里那凡说。

"是我杀的。"格里那凡说。

"你，明天日出时死。"

"只处死我一个人吧？"格里那凡心跳加速。

"哼！谁让大祭司的命比你们的命更值钱！"凯库姆吼道，语调中带着遗憾。

就在这时，人群中突然骚动起来。格里那凡迅速环顾四周，看到人群让出了一条路，一个毛利武士气喘吁吁地跑了过来，看上去疲惫不堪。

凯库姆一看到他就开始问话。他用的是英语，显然是为了让俘虏们也能听懂。

"你从白人的营地来吗？"

"是的。"毛利人说。

"你看到我们的大祭司了吗？"

"我看到他了。"

"他还活着吗？"

"死了！英国人开枪把他打死了！"

格里那凡和同伴们的命运，已彻底无可挽回。

"所有俘虏！"凯库姆大喊，"你们明天天亮都得死！"

死刑的惩罚降临在所有人身上。海伦娜和玛丽·格兰特感激上帝赐予她们解脱。

俘虏们没有被带回瓦雷阿图阿，他们要被带到酋长的葬礼上，成为葬礼中血腥仪式的一部分。一群土著人把他们押到了一棵巨大的新西兰松下面，然后守在一旁，眼睛一刻不离地盯紧了囚犯们。

卡拉特特已死三日，这位战士的灵魂终于离开躯壳，葬礼即将开始。

他的尸体被安放在广场的一个小土堆上，穿着华丽的衣物，包裹在精致的亚麻席子里。他的头上装饰着羽毛，环绕着绿叶编成的花环。尸体的脸、手臂和胸膛上都涂着油脂，因此看不出任何腐烂的迹象。

卡拉特特的亲友们走到土堆前，突然齐声恸哭、叹息、抽泣，就像一位乐队指挥在引领这首"葬礼进行曲"一般。他们开始哀悼死者，哀歌节奏悲怆，语调充满哀伤。亲属们用头猛撞地面，女性亲属用指甲划破脸庞，鲜血淋漓，比泪水还要多。然而，这些悲痛的表现仍不足以安抚死者的灵魂，若死者含怨而去，部落中的生者恐将遭受祸患。卡拉特特的战士们无法令他复生，只能竭力让他在另一个世界过得心满意足。卡拉特特的妻子无法忍受与丈夫分离，事实上，她宁愿死去，也不愿独自活下去。这是一种习俗，也是一种义务。这种自我牺牲的做法在毛利人的历史中屡见不鲜。

卡拉特特的妻子被带到土堆前。她还很年轻，长发凌乱，披散在肩上。空气中回荡着她的哭声，夹杂着语无伦次的悔恨话语。她哭泣着，随后开始一边哭一边颂扬死者的美德。接着，她在极度悲痛中扑倒在土堆前，头狠狠地撞着地面。

凯库姆走了过来。这个可怜的女子似乎突然想要站起来，但酋长挥舞着一根当地人称之为"梅雷"的棍子，重重地将她击倒在地，她顿时气绝身亡。

接着，毛利人开始发出可怕的尖叫。他们伸出双臂，恐吓那些已经惊恐万分的俘虏。但葬礼仍未结束，没有人敢随意离开。

卡拉特特的妻子已经为丈夫殉葬。但在另一个世界，只有这位忠实伴侣的陪伴是不够的。如果他们的奴隶没有追随他们而去，又有谁能在诺伊阿图阿的领地侍奉他们呢？

六个不幸的人被带到土堆前面，他们在部落间的战争中落败，按照毛利人的残酷法则，他们成了奴隶。在卡拉特特还活着的时候，他们已经遭受了无数虐待、无数苦难。他们缺衣少食，如同牲畜一般不停劳作，而现在，根据毛利人的传统，他们将在死后世界把这种奴役生活永远继续下去。

这些可怜的人似乎已经认命了。他们早就知道会有这一刻。他们的双手并没有被绑上，这表明他们早就已经接受了自己的命运。

奴隶们不会遭受折磨，他们的死亡将迅速而直接。折磨是给那些欧洲凶手准备的。他们站在二十步开外，已经扭过头去，不敢直视这越发恐怖的场面了。

六位强壮的战士手里拿着"梅雷"走上前去。很快，六名受害者就倒在了血泊中。

格里那凡和他的同伴们吓得大气都不敢喘，他们尽力遮挡着两位可怜女士的视线，生怕她们目睹这如地狱般的景象。这时，他们才意识到，等到明天黎明，等待他们的将是怎样的可怕命运，他们将会遭遇多么残酷的折磨？此刻，他们已经吓得连一句话都说不出来。

葬礼舞蹈开始了。由新西兰本土植物"卡瓦卡瓦"酿造的烈酒使这些土著人陷入癫狂，他们看上去已经没有一点人的模样。甚至可能有人会忘了俘虏们已经被"神忌"，因此试图扑向他们，而那些俘虏早已被毛利人的疯狂举动吓得魂飞魄散。

但在所有人都陷入疯狂的时刻，凯库姆仍然保持着理智。他冷静旁观这场血腥的狂欢，一小时后，他制止了众人，按照毛利习俗，继续进行葬礼的最后一步。

卡拉特特和他妻子的尸体被抬了起来，毛利人按照习俗，将他们的四肢弯曲起来，放在腹部，然后就是下葬仪式，但这并不是最终的下葬，毛利人只是暂时把他们埋起来，直到尸体上的肉在泥土中腐烂，只剩下骨架。

卡拉特特的"奥杜帕"位于"帕"外面大约两英里处的一座低矮的小山上，这座小山叫毛甘纳穆山，位于湖的右岸，毛利人要把尸体运到那里。他们把两架非常原始的、像是手推车一样的轿子抬到土堆前面，再把尸体折叠起来。尸体并没有平躺着，反而像是坐着一般。毛利人用束带把尸体绑在轿子上，四名武士将轿子扛起来，整个部落的人一边唱着葬歌，一边排成队列，朝着墓地走去。

俘虏们依然被严密监视。他们看到送葬队伍离开了"帕"最核心的区域。随后，歌声和哭声也渐渐远去，葬礼队伍消失在山谷中。约半小时后，队伍又出现在远处蜿蜒的山路上，远远看去，长长的队伍在起伏中扭动，显得极为诡异。

送葬队伍停在了毛甘纳穆山的山顶，那里大概有八百英尺高，已经为卡拉特特准备了一处葬身之所。普通的毛利人，墓地一般只有一个坑、一堆土，但这位有权有势、令人敬畏的酋长在死后会成为神，他的坟墓也应与其生前的功绩相匹配。

"奥杜帕"的四周都被围了起来，在酋长的坟墓附近立着几根柱子，柱子上用红色赭石绘制着几张人脸。亲属们并没有忘记，"怀杜阿"，即死者的灵魂，会和生前一样依靠凡人的食物。因此，他们在墓穴里面放了很多食物，为了让他们在另一个世界舒适生活，死者的武器和衣服也没有落下。这对夫妇被并排放在了一起，一系列的哀悼仪式过后，众人用泥土和青草盖住了墓穴。

随后，送葬队伍缓缓走下山。从此之后，任何人都不得登上毛甘纳穆山的山坡，否则他们将付出生命的代价。因为这座山已经被"神忌"，就像汤加里罗山一样，一位在 1846 年死于地震的酋长在那里安息。

第十二章

突然获救

太阳逐渐沉向陶波湖的水面，隐没在图哈瓦山和普凯帕普山的背后。俘虏们被押回监狱。等到晨曦的第一缕阳光照亮瓦希提山脉的山顶时，他们就会被带出监狱。

他们有一个晚上的时间来迎接死亡。尽管满心恐惧、疲惫不堪，他们还是聚在一起吃了最后一顿饭。

"我们要鼓起勇气，"格里那凡说，"无所畏惧地直面死亡。我们必须让那些野蛮人看看欧洲人视死如归的气概。"

晚饭结束后，海伦娜大声读起了晚祷词，她的同伴们摘下帽子，重复着祷文。在临死之际，谁不会想着上帝呢？祷告结束后，囚犯们互相拥抱了一番。玛丽·格兰特和海伦娜走到了小屋的角落，躺在一张垫子上。睡眠可以暂时缓解悲痛，很快，她们的眼皮就开始沉重起来。连日来的惊吓和疲惫使得两位女士很快入睡，她们相拥而眠。

随后，格里那凡把朋友们拉到一旁，说道："亲爱的朋友们，我们的生命，还有这两位可怜女士的生命，都掌握在上帝手中。如果明天我们注定要死，那么就让我们像真正的基督徒那样，勇敢地死去，毫无畏惧地站在至高无上的审判者面前。上帝能洞察我们的内心，知道我们是为了崇高的目标而死。如果我们无法实现目标，只能面临失败身亡的结局，那也是上帝的旨意。尽管这实在是很残酷，但我也不会抱怨。不过，我们如果死在这里，可不会死得那么轻松，死在这里还意味着被折磨、被羞辱，更别说两位女士……"

格里那凡的声音一直都很坚定，但此刻，他的话语却开始颤抖。沉默了一会儿后，他平复了情绪，对年轻的上尉说：

"约翰，你曾经答应过玛丽，就像我答应过海伦娜一样。你打算怎么做？"

"我认为，"约翰说，"在上帝的注视之下，我有权履行我的承诺。"

"没错，约翰，但我们手无寸铁。"

"不！"约翰突然掏出一把匕首，"卡拉特特倒下的时候，我从你脚下捡到了这个。勋爵阁下，我们谁死得晚一些，谁就来兑现我们对海伦娜和玛丽的诺言吧。"

说完，屋内陷入一片沉默。最后，少校开口："朋友们，坚持到最后一刻，我不觉得我们就该这么束手待毙。"

"我说这些不是为了我自己，"格里那凡说，"不管怎么样，我们都能勇敢面对死亡！如果只有我们的话，我早就会开始高喊，'朋友们，拼了，打死这群恶棍！'，但我们这儿还有两位可怜的女士——"

这时，约翰掀开了帘子的一角，外面有二十五个土著人守在瓦雷阿图阿外面。他们围着一堆篝火，火光熊熊，把"帕"那高低起伏的轮廓照得格外醒目。几个土著人围坐在火堆旁，其他人一动不动地站在那里，他们黑色的身影在火焰的明亮背景下显得格外清晰。但所有人都充满警惕，守卫着这座小屋。

俗话说，警惕的看守和想逃跑的囚犯斗智斗勇的话，囚犯获胜的机会往往更大。这是因为囚犯的动机总是比看守更强烈。看守有可能会在值班的时候开小差，而囚犯永远不会忘记看守正在盯着他们。看守确实想要看住囚犯，但囚犯想要逃跑的动力会更足。所以，我们才会听到那么令人称奇的越狱故事。

但在此时的情况下，仇恨满满、动机很足的人反而是看守，这些看守绝对不会玩忽职守。囚犯们没有被捆上，但那是因为有二十五个人把守着瓦雷阿图阿的唯一出口，捆不捆没有什么区别。

这座小监狱的背面就是要塞的墙壁，由岩石垒成，监狱唯一的出口是一条又窄又长的小路，一直通往"帕"中心的那块小广场。屋子的两侧都耸立着尖利的岩石，从足有一百英寸深的深渊之中突兀而出。所以，从两边逃跑是不可能的，即便能逃跑，深渊底部的路也被巨石堵住了。唯一的出路就只有瓦雷阿图阿的正门。毛利人守护着通往"帕"的小路，就像欧洲城堡的士兵守卫吊桥一样。想要逃跑，实在是痴心妄想，格里那凡在墙壁上比比画画、敲敲打打了至少二十次之后，不得不承认这一点。

在众人煎熬痛苦之时，时间仍然在一分一秒地流逝。黑暗笼罩着群山，月光与星光都被浓重的黑暗吞噬。狂风呼啸，掠过"帕"的每一个角落。瓦雷阿图阿的柱子嘎吱作响，外面的火堆在风的吹拂下烧得更旺，忽明忽暗的火焰照亮了瓦雷阿图阿内部。有那么一刻，火焰照亮了囚犯们所在的位置，众人沉浸在最后的思绪之中，小屋内一片死寂。

凌晨四点左右，少校听到一阵轻微的响声，似乎是从紧贴着岩石的墙壁下面传来的。最初，麦克·纳布斯没有在意，但他发现这响声一直没有停下来，于是仔细听了听，接着，他的好奇心被激发起来，把耳朵贴在地上。听上去，外面似乎有人在挖土、掏洞。

确定了这一点后，少校悄悄爬到了格里那凡和约翰·孟格尔身边，把他们从忧伤的思绪中唤醒，带着他们来到了小屋的最里面。

"听。"他示意二人蹲下。

挖土的声音越来越清晰了，他们能听到，似乎有坚硬的东西撞上了土里的碎石，碎石朝着远处滚落。

"像是什么动物在挖洞。"约翰·孟格尔说。

格里那凡拍了拍脑袋。

"谁知道呢？"他说，"没准是个人。"

"不管是动物还是人，"少校说，"我马上就会弄清楚！"

威尔逊和奥比内也加入了同伴们的行列，大家一起开始挖墙，约翰用那把匕首，其他人有的用地上的石头，有的干脆用自己的双手。穆拉迪趴在地上，透过帘子的缝隙观察着那些土著守卫。

　　那些土著人一动不动地坐在篝火旁边，对二十英尺之外发生的事情毫无察觉。

　　土壤很松软，挖掘起来并不费力。在土壤下面有一层硅质凝灰岩。即便没有工具，他们也挖得很快。没过多久，众人就意识到，有一个人，或者几个人，正贴着"帕"的侧面，挖掘着一条跨越瓦雷阿图阿外墙的通道。外面的人为什么要这么做呢？他们知道囚犯被关在里面吗？还是说，他们有自己的目的？

　　囚犯们加快了动作，尽管手指已经磨破，挖掘却依旧不停。半小时后，他们已挖至三英尺深。外面传来的声音变得更响、更尖锐了，他们意识到，在他们和外界之间只剩了一层薄薄的泥土。

　　又过了几分钟，少校的手碰到了锋利的刀刃，他立刻缩回手，强忍着没有发出声音。

　　约翰·孟格尔用匕首的刀刃挡住了已经露出泥土的刀，抓住了握着刀的手。

　　那只手要么属于一个女人，要么属于一个孩子。但那是个欧洲人！双方都没说话，显然，他们在默契地保持着安静。

　　"是罗伯特吗？"格里那凡轻声说道。

　　尽管格里那凡的声音很轻，但玛丽·格兰特早就被小屋里的动静吵醒了，她静悄悄地走到格里那凡身边，抓住那只沾满泥土的手，不停地亲吻着。

　　"我亲爱的罗伯特，"她没有一丝怀疑，"是你，真的是你！"

　　"是我，姐姐。"罗伯特说，"我来救你们了，一定要保持安静！"

　　"小伙子，你真勇敢！"格里那凡说。

　　"小心外面的毛利人。"罗伯特说。

罗伯特的出现稍微分散了一下穆拉迪的注意力，但他很快就回到了自己的侦察岗位上。

"一切正常。"他说，"现在只有四个人醒着，其他人都睡着了。"

没过多久，他们就把洞口挖得很大了。玛丽和海伦娜轮流把罗伯特抱在怀里，他的身上缠着一大卷亚麻绳。

"我的孩子，我的孩子，"海伦娜喃喃地说，"原来你没有被土著人杀掉！"

"我没事，夫人。"他说，"我也记不起来我是怎么做到的，但我在混战中逃跑了。我跳过了栅栏，之后在灌木丛里面躲了两天，试着去找你们。土著人忙着办酋长葬礼的时候，我跑到'帕'这边看了看，发现我可以挖洞去你们这里。我在一个废弃的棚子里面找到了这把刀和绳子，用灌木丛和树枝做了梯子。我发现，这个小屋下面的岩石中，有一个天然的洞穴，我只需要再挖穿几英尺松软的泥土就行了。然后，我就来了。"

众人至少默默地吻了男孩二十次，作为奖励。

"我们走吧！"他果断地说。

"帕加内尔在下面吗？"格里那凡问。

"帕加内尔先生？"男孩惊讶地说。

"是的，他在等我们吗？"

"不，勋爵大人。帕加内尔先生没有和你们在一起？"罗伯特问。

"没有啊。"玛丽·格兰特说。

"啊？你也没见到他？"格里那凡问，"你们在混乱中走散了吗？你们不是一起逃跑的吗？"

"不是的，大人！"对于帕加内尔的失踪，罗伯特也很惊讶。

"好了，别浪费时间了。"少校说，"不管帕加内尔在哪儿，他的处境都不会比我们还糟糕。我们快走吧。"

的确，时间非常宝贵，他们必须赶快逃走。逃跑并不太困难，唯一的难点在于，岩洞距离地面有二十英尺的落差。

从岩洞出来后就是一段斜坡，一直通到山脚下。然后，囚犯们很快就能逃到下面的山谷里。如果毛利人发现囚犯跑了，他们还得绕一个大圈子才能追上来，因为他们不知道瓦雷阿图阿和外面的山谷之间还有一条秘密通道。

他们开始逃跑。众人采取了一切可能的预防措施，一个接一个穿过狭窄的通道，来到岩洞。离开瓦雷阿图阿之前，约翰·孟格尔抹掉了他们挖洞的痕迹，然后他也从洞里滑了下去，并把小屋里面的垫子拉了过来，遮住了洞口。这样通往山谷的秘密通道就被完全遮住了。

接下来要做的就是沿着几乎垂直的岩壁下到山坡上。如果没有罗伯特带来的亚麻绳，众人绝对没办法做到这一点。他们解开绳子，把一端绑在了一块突出的岩石上，另外一端垂到下面。

在朋友们打算用这条绳子滑下去之前，约翰·孟格尔首先拽了拽绳子，他觉得绳子捆得还不够结实。而且，现在一定要谨慎行事，一旦摔下去，可能就会丢了性命。

"这条绳子，"他说，"只能承受两个人的重量。我们轮流下去。格里那凡和夫人先走，等他们到了底部，就拉三下绳子，我们收到信号之后就可以跟着下去。"

"我先下去。"罗伯特说，"我在山坡下面发现了一个深坑，下来的人可以躲在那里，等着其他人。"

"去吧，孩子。"格里那凡一边说，一边握了握罗伯特的手。

罗伯特消失在岩洞的洞口。一分钟后，绳子被拉动了三下，这意味着男孩已经安全着陆了。

格里那凡和海伦娜没有多考虑什么，他们立刻准备从岩洞滑到山坡上。天色还是很暗，但东边的山顶上已经显露出一线灰白色的光芒。

晨风寒冷刺骨，可怜的海伦娜精神一振。她觉得自己更有力气了，开始准备冒着风险从绳子上滑下。

格里那凡率先沿着绳子滑了下去，之后是海伦娜，他们很快就到了峭壁和斜坡相接的地方。格里那凡先踏上斜坡，扶着妻子，朝坡下倒着走去。

他在草丛和灌木中摸索，寻找可以站稳的地方，试探一番后，再让海伦娜踏在上面。几只鸟突然被惊扰，发出微弱的叫声，随即飞走。一块石头从山上滚落，朝山脚砸去，把大家吓得浑身一抖。

当他们下到山坡半途中，岩洞那边传来了声音。

"停！"约翰·孟格尔轻声说。

格里那凡一只手抓着一把草茎，另一只手扶着海伦娜，焦急地站在原地，大气都不敢喘。

原来，是威尔逊发出了警报。他听到了瓦雷阿图阿外面有些奇怪的声响，回到屋内，躲在帘子后观察毛利守卫。听到威尔逊的信号，约翰立刻叫住了格里那凡。

一名毛利守卫似乎听到了动静，站起身来，朝着瓦雷阿图阿走了过来。他站在瓦雷阿图阿外两步远的地方，弯下腰，听着里面的声音。他保持着这个姿势，侧耳倾听，眼睛凝视着黑暗，足足有一分钟之久。但在众人看来，这一分钟似乎有一小时那么长。随后，他摇了摇头，似乎觉得自己听错了，又回到了同伴们身边，抱起一堆干柴，扔到了已经快要熄灭的篝火上，火立刻就旺了起来。火光照亮了他的面容，他的脸上没有一丝怀疑的表情，这个毛利人朝着东方初露曙色的天空瞥了一眼后，便靠近火堆，继续烤着冻僵的身体。

"没事了。"威尔逊轻声说。

约翰向格里那凡示意，他们可以继续下山。

格里那凡小心翼翼地沿着山坡继续往下走，很快，他和海伦娜就踏上了一条狭窄的小路，罗伯特正在那里等着他们。

绳子又被拉了三下，现在轮到约翰·孟格尔和玛丽·格兰特了。约翰在玛丽前面，二人沿着这条危险的路滑了下去。

他们也安全抵达了，与格里那凡、海伦娜在罗伯特提到的那个坑里会合。

五分钟后，所有逃亡者都安全地从瓦雷阿图阿里面逃了出来，离开了他们临时藏身的坑洞，避开湖边有人居住的地方，沿着狭窄的小道，进入了群山深处。

他们尽力加快脚步，路上还尽量避开了能从"帕"看到他们的地方。没有人说话，大家像一群幽灵一样，在灌木丛中悄无声息地穿行。往哪儿走？看天意吧，至少现在，他们是自由的。

大约五点钟，天开始亮了。云层的高处泛起了一抹蓝灰色，隐约可见的山峰刺破了清晨的薄雾。太阳很快就要出来了，但日出已经不再是他们即将被执行死刑的信号，反而成了他们胜利逃亡的宣言。

逃亡者们当务之急，是在土著人察觉之前，就赶到一个他们无法追及的地方，从而彻底摆脱追踪。然而，他们的行进速度非常慢，因为小路很陡，格里那凡夫人在丈夫的搀扶下艰难行进，更准确地说，她其实是被丈夫背着走的。玛丽·格兰特全身都倚靠在约翰·孟格尔的胳膊上。罗伯特倒是满心欢喜，自己的逃亡计划大获成功，他心里自豪不已。他走在最前面带路，两位水手在最后面压阵。

再过半小时，灿烂的太阳就会从地平线的迷雾之中升起，在这半小时里，逃亡者们只能任由命运引领，不断前行。现在没有帕加内尔带路了，所有人都很担心他。他仍然不知所终，这让众人心中都蒙上了一层沉重的阴霾。但他们还是迎着绚丽的晨光，坚定地朝着东边走去，尽量走得快一些。很快，他们就已经爬到陶波湖湖面以上五百英尺的地方。随着海拔升高，清晨的严寒变得更加刺骨。一座座丘陵和山脉的轮廓隐约可见，层层叠叠，但格里那凡只想着如何在这片深山老林中隐藏自己的行踪。等摆脱追捕之后，有的是时间想办法走出这片迷宫一般的山林。

终于，太阳升了起来，第一缕阳光洒在众人前行的道路上。

突然，传来了一阵震耳欲聋的呐喊，仿佛有一百个人同时在高呼一般。这喊声明显来自"帕"，但是格里那凡已经不知道它在哪边了。厚重的雾霭仍然在脚下缭绕，山谷中的景象依然模糊不清。

毫无疑问，土著人已经发现他们逃跑了。现在的问题是，逃亡者们能逃脱土著人的追捕吗？土著人看到他们了吗？他们留下的痕迹会不会暴露他们的行踪？

就在这时，山谷里的雾气开始散开。潮湿的雾消失之后，众人看到了一群疯狂的毛利人，就在三百英尺以下。

他们看到了土著人，土著人也发现了他们。一阵令人毛骨悚然的吼叫再次响起，夹杂着狗的狂吠。土著人没能爬上瓦雷阿图阿后面的岩石，于是整个部落的人都从"帕"里面冲了出来，沿着最短的路线，追逐着那些试图逃离他们残忍复仇的囚犯。

第十三章

圣山

众人距离山顶还有约一百英尺，他们很想马上到达山顶，这样就可以逃到东边的山坡上，就在毛利人的视野之外了。他们希望能尽快找到一条适合逃跑的山脊，逃到那些层峦叠嶂、错综复杂的山峰之间。如果可怜的帕加内尔还在就好了！他那天才的头脑肯定会找到路的。

他们加快步伐，向山上爬去。背后的喊声越来越近，大家急忙往上爬。一心复仇的毛利人已经到达山脚下。

"再坚持一下，我的朋友们！"格里那凡大喊，他用眼神和言语激励着同伴们。

不到五分钟，他们就登上了山顶，众人转过身去，打算确认一下自己的位置，接下来，他们必须找到一条能迷惑追踪者的路线。

从他们所在的山顶望去，陶波湖向西延展，四周群山环绕，景色如画。北面是皮隆亚山的山峰，南面是汤加里罗火山熊熊燃烧的火山口，然而东边只有一连串的山峰和山脊，如同石头组成的路障一般，它们是连绵不绝的瓦希提山脉的一部分，这条巨大的山脉从东角一直延伸到库克海峡。他们别无选择，只能沿另一侧山坡下山，进入狭窄的山谷，但没人知道前方是否有出口。

格里那凡片刻都不敢停留，尽管他们已经疲惫不堪，但必须继续逃跑，否则土著人就会追上他们。

"我们赶紧下山！"他喊道，"否则我们就要被堵在这里了！"

正当女士们挣扎着站起身来时，麦克·纳布斯却制止了众人，说道：

"格里那凡，不用着急。看！"

所有人都注意到，毛利人的行动方式发生了变化，令人费解。

他们突然停了下来，仿佛接到了某个命令，所有毛利人都不再向山上攀登，而是在原地躁动不安，就像海浪撞到礁石上，只能在原地涌动一般。那些人依然渴望着复仇，但他们只是站在山脚下，大声呼喊，手舞足蹈，挥舞着枪和斧头，但没有人向前迈出一步。狗也和他们一样，站在原地狂吠不止。

是什么阻止了他们？是什么神秘的力量在阻止这些土著人？逃亡者们不解地望着，生怕束缚住毛利部落的神秘符咒会被打破。

突然，约翰·孟格尔发出了一声惊呼。同伴们向他看去，他指着圆锥形山顶上的一个小围栏。

"卡拉特特的坟墓！"罗伯特喊道。

"罗伯特，你确定吗？"格里那凡问。

"确定，勋爵大人，就是他的坟墓，我认出来了。"

罗伯特没有看错。就在距他们仅五十英尺的山顶上，一堆新油漆过的木桩把一块小小的空地围了起来，格里那凡也认出，那里就是酋长的安息之地。他们竟然一路逃到了毛甘纳穆山的山顶。

众人跟着格里那凡爬到坟墓前。一个被草席覆盖的大洞口通向墓室。格里那凡正打算踏入圣洁的"奥杜帕"里边时，却突然猛地退了回来。

"一个土著人！"他说。

"在坟墓里？"少校说。

"对，麦克·纳布斯。"

"没关系，进去吧。"

格里那凡、少校、罗伯特和约翰·孟格尔进入了墓室。他们看到了一个毛利人，身上披着一张亚麻做成的席子。由于"奥杜帕"内部一片漆黑，他们看不清楚毛利人的面容。毛利人很镇定，正在若无其事地吃早餐。

格里那凡正打算和他搭话时，这个毛利人却抢先一步，用愉快的语气说起了流利的英语：

"坐下来吧，勋爵阁下，早餐已经准备好了。"

是帕加内尔！听到他的声音，所有人都冲进"奥杜帕"里面，和他热情拥抱。他们终于和帕加内尔重逢了。他如同天降救星一样出现在这里，每个人都想问：为什么他会出现在毛甘纳穆山的山顶，他又是怎么来到这里的？但格里那凡及时地制止了大家的好奇，现在不是问这些的时候。

"那些土著人还在下面呢！"他说。

"土著人啊，"帕加内尔耸了耸肩，"不用太在意他们！来看看吧。"

大家都跟着帕加内尔走出"奥杜帕"。毛利人仍然围在山脚下，发出可怕的叫声。

"喊吧！叫吧！一直到你们精疲力竭为止！真是一群蠢货。"帕加内尔说，"估计你们也不敢上来！"

"但为什么会这样？"格里那凡问道。

"因为酋长埋葬在这里，坟墓给我们提供了保护，这座山被'神忌'了。"

"被'神忌'了？"

"是的，朋友们！这就是我为什么要躲在这里。这里简直就像是中世纪的囚犯躲在圣地避难一样。"

"感谢上帝！"海伦娜举起双臂，对着天空说。

逃亡者们还没有脱离危险，但至少，他们可以暂时松口气。"神忌"为疲惫不堪的逃亡者争取到了非常宝贵的时间。

格里那凡激动得说不出话来，少校点了点头，看上去对现在的状况颇为满意。

"朋友们！"帕加内尔说，"如果这些畜生以为他们可以和我们继续耗下去，那可就大错特错了。过两天，我们就溜之大吉了！"

"我们是要逃出去！"格里那凡说，"但是该怎么逃呢？"

"我现在还不知道。"帕加内尔说，"但我们会想出办法来的。"

现在，每个人都想听一听他们的好朋友帕加内尔的冒险经历。可让人费解的是，一向如同话痨一般的地理学家，现在却惜字如金。他们得费上好大劲，才能从帕加内尔嘴里撬出几句话来。以前，帕加内尔一讲起故事就停不下来，但现在，即便是回答朋友们的问题，他也总是含糊其词。

"帕加内尔就像是变了个人一样！"麦克·纳布斯暗想。

他看上去也确实像是变了个人。现在他把自己紧紧地裹在亚麻席子里面，好像不想让别人注意到自己。每当他成为话题中心时，大家都能明显感觉到他很尴尬，尽管没人挑明这一点。只有在谈论其他话题时，帕加内尔才会恢复往日欢快的神色。

至于他的遭遇，众人能从他口中套出来的内容只有这些：

卡拉特特被杀之后，帕加内尔趁着毛利人乱作一团之时从"帕"里面逃了出去，就像罗伯特那样。他逃到了另外一伙毛利人的营地里面。在那里，他遇到了一位身材高大、看上去很机敏的酋长，他的地位显然比部落中的其他战士都要高。这位酋长能流利地使用英语，他用鼻子蹭了蹭地理学家的鼻子，表示友好的问候。

帕加内尔不确定自己是不是成了这个部落的囚犯，但他发现，如果没有酋长的礼貌陪同，自己就什么都不能做，所以他很快就知道了这个问题的答案。

这位酋长叫作希夷，这个名字在毛利语中是"阳光"的意思。他其实人还挺不错，帕加内尔戴着眼镜，还随身配了望远镜，这让酋长觉得他是个重要人物，于是特别照顾他，不仅态度很礼貌，还用一条结实的亚麻绳子把他的双手紧紧绑起来，尤其是在晚上。

这样的日子持续了三天。众人问帕加内尔，他在那三天是不是过得还算不错，他只说了一句"还行吧"，之后就再也不多说一个词。他仍然是个囚犯，虽然不会被立刻处决，但他的处境似乎也不比他那些不幸的朋友们好多少。

　　一天夜里，他成功挣脱绳索逃跑了。他远远看见了卡拉特特的葬礼，知道他已被埋葬在毛甘纳穆山的山顶。所以他心里很清楚，这座山即将被"神忌"。他不想离同伴们被关押的地方太远，所以就决定去那座山上避难。虽然路途艰险，但他还是成功了。昨天晚上，他来到了卡拉特特的坟墓，打算在这里休整一下，同时也期待着朋友们能受到上帝的眷顾，找到逃脱的方法。

　　这就是帕加内尔的经历。他是否在有意隐瞒被俘期间的一些事情呢？由于他那尴尬的态度，其他人很容易得出这个结论。但无论如何，大家都为了他能成功逃脱而感到庆幸。接下来，众人开始认真商讨如何应对眼前的困境。土著人不敢爬上毛甘纳穆山，但他们一定会想到，等山顶的人饥渴难耐时，猎物自然而然就会落入他们的手中。一切不过是时间问题，而土著人最不缺的，正是时间。格里那凡知道他们目前的情况不容乐观，但他下定决心，一旦有机会，就立刻逃跑，如果没有机会，就自己创造机会。他首先仔细勘察了一下他们此刻所处的堡垒——毛甘纳穆山，但不是为了抵御敌人的进攻，而是为了从这里逃跑。少校、约翰、罗伯特、帕加内尔和他一起绘制出了这座山的精确地图。他们标记了路径的方向、出口的位置和斜坡的角度。毛甘纳穆山和瓦希提山脉通过一道山脊相连，山脊有一英里长，向下倾斜，坡道很狭窄，路径也很崎岖，但如果他们想要逃走的话，这似乎是唯一的路。如果他们能趁着夜色从这条路逃走，不被毛利人发现的话，或许他们就能抵达深深的山谷中，从而摆脱毛利人的追捕。

　　但是这条路也很危险。路的尽头有一个毛利人驻扎的低矮斜坡，如果毛利人开枪，他们肯定能打到逃亡者。当他们冒着风险走到山顶，暴露在外的时候，枪林弹雨就已经迎面而来，所幸没有打中任何人。几个包火药用的纸团子随风飘来，落在他们身边。帕加内尔出于好奇，捡起来一个，发现这些纸团子上面还印着字。他费了好大力气辨认出了上面的内容。

　　"好家伙！朋友们，你们知道那些浑蛋用什么来包火药吗？"

"帕加内尔，我可不知道。"格里那凡说。

"用的是《圣经》的书页！他们就是这么糟蹋这本神圣的书的，我可真为了那些传教士感到难过！给毛利人造图书馆肯定会很不容易。"

"上面写的是《圣经》的哪一段？"

"这是上帝本人的旨意！"约翰·孟格尔阅读着烧焦的纸片，大喊道，"上帝让我们相信他。"这位年轻的船长补充了一句。他对苏格兰人的传统信仰很虔诚。

"约翰，读一下吧！"格里那凡说。

约翰读出了纸团上还没有被火药烧掉的清晰文字："因为他专心爱我，我就要搭救他。"

"朋友们。"格里那凡说，"我们必须把这些充满希望的话转达给亲爱的女士们，她们如此勇敢，这会给她们带来慰藉的。"

格里那凡和他的同伴沿着陡峭的小路匆匆走回圆锥形的山顶，向着坟墓的方向前进。登山时，众人惊讶地发现，脚下的土壤每隔一阵子就会发生一次震动。这种震动不像是地震，反而像是高压锅炉的震颤。很明显，这座山就如同蒸汽机的外壳一般，烈焰就在山的地下涌动。

当然了，如果人们了解怀卡托地区的热泉，就不会觉得这种现象很奇怪。他们知道，北岛的中心是一座火山。整个岛就像一个筛子一样，岩石的缝隙为地球内部的蒸汽提供了喷涌而出的通道，形成了间歇性喷发的沸腾泉水和喷出含硫气体的气孔。

帕加内尔已经注意到了这一点，他提醒朋友们注意，毛甘纳穆山本质上其实也是火山，就像这座岛屿上的众多圆锥形山峰一样。在未来，毛甘纳穆山会变成一座真正的火山，只要有一点点轻微的震动，这座硅质凝灰岩组成的山上就会形成一个火山口。

"也许吧，"格里那凡说，"但我们在这里，不会比在'邓肯'号的锅炉旁边更危险。这座山的外壳就像铁皮一样坚固。"

"这一点我倒是同意，"少校说，"但不管锅炉的质量多好，用了太久的话，总会爆炸的。"

"麦克·纳布斯，"帕加内尔说，"我可不想一直待在山顶上。只要我们在上帝的指引下找到一条路，我马上就走。"

"我希望，"约翰说，"毛甘纳穆山能用它内部蕴含的力量把我们给运走。我们脚下就有数百万匹马的力量，但太可惜了，我们没办法利用。只需要这些力量的千分之一，'邓肯'号就能带着我们一直航行到世界尽头。"

约翰·孟格尔提起了"邓肯"号，这勾起了格里那凡心中最痛苦的回忆。他自己现在的处境也很绝望，但他常常忘了这一点，只是在徒劳地感慨着那些船员们的悲惨命运。

当他登上毛甘纳穆山的山顶，遇到那些不幸的同伴时，他的思绪还沉浸在对往事的伤感回忆中。

海伦娜看到了格里那凡，出来迎接他。

"亲爱的爱德华，"她说，"你已经拿定主意了吗？我们是否可以满怀期待，还是只能继续担惊受怕？"

"当然是应该期待了，亲爱的海伦娜。"格里那凡说，"土著人永远也不会踏上这座山，我们有时间制订逃跑计划。"

"不仅如此，夫人，上帝也亲自鼓舞了我们。"

约翰·孟格尔一边说，一边把那张纸片递给了海伦娜，上面的神圣文字依稀可辨。两位年轻女士的心灵永远为了上帝而敞开，她们随时准备接受上帝的神启。从这些文字之中，她们读到了无可辩驳的证据，她们相信自己终将获救。

"现在我们去'奥杜帕'里面吧！"帕加内尔兴致勃勃地喊道，"那里是我们的城堡，我们的餐厅，我们的书房！在那里，没有人会来打扰我们！女士们！请允许我引领大家参观这座迷人的居所。"

众人跟在帕加内尔身后。那些毛利人看到这些欧洲人又一次亵渎了这个遭到"神忌"的墓地时，不禁怒火中烧，发出了可怕的叫喊声，一个比一个喊得响。幸运的是，子弹并没有击中旅行者，他们只听到了毛利人的吼叫。

海伦娜、玛丽·格兰特和他们的同伴们发现，毛利人因敬畏迷信而生的恐惧远胜于愤怒，这让他们稍感安心，于是大胆地走进了这座坟墓。

坟墓外面是一圈涂了红漆的木桩围成的栅栏，木头上刻着各种各样的图腾，展示了死者的身份和功业。每个角落都挂着贝壳和切成小块的石头做成的护身符，栅栏内的地面上铺满了绿色的树叶，中间微微隆起的小土堆标志着刚刚挖好的墓室的位置。酋长的武器就放在里面，包括已经上了膛的枪、长矛、翡翠斧头，还有火药和子弹，它们是为了酋长在天堂也能继续打猎而准备的。

"简直就是座军火库！"帕加内尔说，"我们可以好好利用它。他们的想法真是奇妙，在死后世界也得带着武器！"

"确实！"少校说，"枪还是英国产的呢！"

"毫无疑问，"格里那凡说，"把枪交给野蛮人可不是什么明智的做法！他们自然会把枪对准我们的。不过，话说回来，这些枪对我们可太有用了。"

"是的，"帕加内尔说，"但更有用的是给卡拉特特准备的食物和水。"

已经死去的酋长依然享受着丰厚的待遇，这些食物中饱含着土著人对他的尊敬。墓里面的食物足够十个人吃十五天，当然了，对于死人来说，这些东西永远也吃不完。

这里的蔬菜包括一些可食用的蕨类植物，还有当地特产的甘薯，以及很久前欧洲人引进的土豆。坟墓里还有一些巨大的罐子，里面装着纯净的水，以及十几个画着艺术彩绘的篮子，里面装着绿色的树胶做成的小块，不知道是什么东西。

因此，至少在接下来的几天里，逃亡者们不必为饥饿和口渴担忧。他们也没有客气，立刻准备享用这些为死去的酋长准备的食物。格里那凡拿出足够大家共享的食物，递给了奥比内，即使在这种特殊的情况下，这位司务长依然保持着一贯的标准，他觉得这顿饭实在太粗陋了，不知道该如何把这些根茎类的原料烹饪得美味可口，更何况，这里还没有火。

不过，帕加内尔很快解决了这个问题。他建议奥比内把蕨类植物的根和甘薯都埋在土里。表层土壤的温度非常高，如果把温度计插入土壤中，会看到示数大概在60摄氏度到65摄氏度之间。实际上，奥比内差点就被烫伤了，因为他刚挖好一个洞，准备把食物放进去，蒸汽便猛地喷涌而出，带着尖锐的哨声，喷到离地面六英尺高的地方。

司务长吓得连忙后退。

"把蒸汽口堵起来！"少校一边大喊，一边跑向洞口，用松散的浮土把洞堵住。帕加内尔一边思考着这个神奇的现象，一边自言自语。

"让我想想看！哈哈！为什么不呢？"

"你受伤了吗？"麦克·纳布斯对奥比内说。

"少校，我没事。"司务长说，"但我没想到——"

"你没想到上帝会把火送给你。"帕加内尔用欢快的语气打断了奥比内的话，"首先是卡拉特特的食物，然后是从地里面冒出来的火！要我说，这座山简直就是天堂！我建议我们在这里建立一个殖民地，耕种土地，在这里定居一辈子！我们会成为毛甘纳穆山上的鲁滨孙，我们什么都不缺。"

"如果这里的地面一直保持坚固，那也不是不行。"约翰·孟格尔说。

"噢，这里的地面也不是昨天才形成的，"帕加内尔说，"这片土地已经抵挡了内部的火焰很久了，至少在我们离开之前，地面都不会有什么问题。"

"早餐准备好了。"奥比内宣布。他的语气中还带着司务长的尊严，仿佛大家仍在马尔科姆城堡。

逃亡者们立刻围坐在栅栏旁，开始用餐。在危难关头，上帝总会给他们准备好餐食。没有人对这顿饭的味道挑三拣四，大家对蕨类植物的看法差异很大，有些人觉得它们甜美可口，另外一些人则认为它们和皮革一样，嚼不动，还没什么味道，就像在吃树胶。在滚烫的土壤中烤熟的甘薯非常好吃，地理学家评论说，卡拉特特的生活其实还挺有滋有味的。

现在，他们已经填饱了肚子，是时候开始商量一下逃跑计划了。

"这么快吗？"帕加内尔用可怜巴巴的语气喊道，"你们这么快就打算离开这个相当不错的家了吗？"

"但是，帕加内尔先生，"海伦娜说，"如果这里是卡普阿，你不打算效仿汉尼拔吧？"

"夫人，我可不敢反驳你，我们现在就继续讨论吧！"

"首先，"格里那凡说，"我认为，我们应该趁着还没开始挨饿就赶紧逃跑。我们现在精力充沛，应该趁机行动。今晚，我们可以借着黑暗掩护，穿越土著人的防线，朝东边的山谷进发。"

"计划很不错，"帕加内尔说，"但前提是毛利人允许我们过去。"

"如果他们不允许，该怎么办？"约翰·孟格尔问。

"那我们就动用我们强大的力量！"帕加内尔说。

"我们哪有什么'强大的力量'？"少校问。

"有的是呢，根本用不完！"帕加内尔只回了这么一句，没有做出进一步的解释。

接下来，他们就等待夜幕降临。

土著人还在那里。由于部落里的人陆陆续续地跟了过来，他们的人数似乎更多了。每隔一段距离，就有一堆点燃的篝火，这些篝火围着山脚，形成了一个火圈。夜幕降临，毛甘纳穆山看起来像是在一个巨大的火盆中冉冉升起一般，山顶隐藏在夜色中。敌人的营地在下方六百英尺处，旅行者们能听到那里人声鼎沸、吵吵嚷嚷。

九点钟，天色已经漆黑一片。格里那凡和约翰·孟格尔先出去侦察，以便所有人都能安全踏上这段危险的旅程。他们悄无声息地下了山，大约十分钟后，来到了那条穿过土著人营地的狭窄山脊上，他们现在位于营地上方五十英尺处。

到目前为止，一切都还顺利。毛利人蹲在火堆旁边，似乎没有注意到两位逃亡者。但突然之间，山脊两侧同时响起了枪声。

"撤退！"格里那凡大喊，"这些恶棍就像是长了猫的眼睛一样，枪法也准得很！"

他们转过身去，再次爬上陡峭的山坡。一回到山顶上，他们就赶忙去找他们的朋友，枪声肯定会让他们很担心。格里那凡的帽子被两颗子弹打穿了，他们一致认为，从两排枪手之间的山脊上穿过去是不可能的。

"等到明天再说。"帕加内尔说，"既然没办法逃脱他们的监视，那我就要想办法对付他们了。"

夜晚很冷，但幸运的是，卡拉特特的陪葬品里面有他最好的寝具。所有人都披上了温暖的亚麻斗篷，土著人相当迷信，他们一点都不担心晚上会有危险。很快，他们就在围栏内的温暖地面上安静睡去了。地下的热量仍旧在横冲直撞，地面也在不停地震动。

第十四章

大胆的计谋

第二天，即2月17日，第一缕晨光唤醒了毛甘纳穆山上的沉睡者。毛利人早就已经行动起来，在山脚下来回巡逻，始终没有离开他们的防线。看到欧洲人从他们亵渎过的圣地走出，毛利人再次发出愤怒的喊叫。

每位逃亡者都环顾四周，看了看山峦和仍笼罩在浓雾中的深谷，以及被晨风带起涟漪的陶波湖。然后，大家围在帕加内尔周围，急切地等着他的计划。

帕加内尔很快就满足了朋友们的好奇心。"我的朋友们，"他说，"我的计划有一个重大优点：即使它没有完全成功，我们的处境也不会比现在更糟。但我相信它一定会成功，绝不会失败。"

"你的计划到底是什么？"麦克·纳布斯问。

"是这样的，"帕加内尔说，"我们可以利用土著人的迷信，把这座山当作避难所。我们也可以借助他们的迷信来逃脱。我能让凯库姆相信，我们已经为亵渎行为付出了代价，神灵的怒火已经降临到我们身上。简而言之，就是让凯库姆相信，我们已经在一场可怕的灾难中死去。你们看，他是不是就会离开毛甘纳穆山，回到他的村子里？"

"那是当然。"格里那凡说。

"你说的'死于可怕的灾难'，指的是什么？"海伦娜问。

"我们会因为渎神而死，我的朋友们。"帕加内尔说，"神灵降下的火焰就在我们脚下，让我们以这些火焰开辟出一条道路吧！"

"什么？你要造出一座活火山？"约翰·孟格尔说。

"是的，一座临时制造的火山。我们可以控制火山爆发的剧烈程度。蒸汽是现成的，地底下的火焰也正蓄势待发，我们随时能让火山喷发。"

"真是好主意，帕加内尔，这个想法妙极了。"少校说。

"你们明白我的计划了吗？"地理学家说，"我们假装已经死在了毛利人的冥王降下的烈火之中，但实际上，我们要躲在卡拉特特的坟墓里面。如果有必要的话，要在里面等上三天，或者四五天，直到那些土著人确信我们已经死了，不打算继续监视我们了。"

"但是，"格兰特小姐说，"如果他们想亲眼确认我们的死活，爬上山来检查，该怎么办？"

"不会的，亲爱的玛丽。"帕加内尔说，"他们不可能这么做，这座山被'神忌'了，如果火山喷发吞噬了我们这些闯入者，那这座山的'神忌'将变得更加神圣，更加不可侵犯。"

"这计划真是绝了，"格里那凡说，"唯一的缺点是，如果土著人在山脚下继续监视我们，我们的食物可能就不够了。如果我们能把戏做足，倒也不用太担心这一点。"

"我们要试试这最后的机会吗？"海伦娜说。

"今晚就试，"帕加内尔说，"等到伸手不见五指的时候。"

"我赞同。"麦克·纳布斯说，"帕加内尔，你真是个天才！我很少这么激动，但我现在完全相信你的计划能成功。噢！那些恶棍！我们要给他们上演一出神迹，这会让他们更迷信，想要让这群毛利人皈依上帝，恐怕又要多拖上一个世纪，希望那些传教士能原谅我们。"

帕加内尔的计划得到了大家的一致赞同。毛利人极为迷信，计划成功的可能性很高。但尽管这个主意非常巧妙，执行起来的难度也不小。旅行者们正在尝试制造火山口，一旦火山喷发，可能会把这些大胆的策划者一起吞噬。等到蒸汽、烈火和熔岩一起喷涌而出之时，他们能控制住火山爆发的强度吗？整个山峰都可能被岩浆埋没，他们是在挑战大自然独一无二的力量。

帕加内尔已经想到了这些。他打算谨慎行事，以防控制不住。只要能让毛利人上当就够了，没有必要引发一场可怕的火山爆发。

这个白天似乎相当漫长，队伍里的每个人都在心里默默数着时间。一切都已经准备就绪，随时可以开始行动。他们把"奥杜帕"里面的食物分成了几份，装在了便于携带的小包里面。众人轻装简从，随身装备只有酋长坟墓里面搜刮到的几块毯子和几支枪。不用说，这些准备工作都是在围栏里面完成的，毛利人是看不到的。

六点钟，司务长为大家准备好了可口的饭菜。没有人知道要逃到哪一座山脉、哪一个山谷里，才能吃上下一顿饭，所以他们必须多吃一些，为未来储备能量。主菜是威尔逊抓来的几只老鼠做成的，毛利人会把这道菜当成美味珍馐，但海伦娜和玛丽·格兰特一口都不打算吃。男士们倒是吃得津津有味，仿佛他们也是毛利人一样。老鼠肉美味可口，几位男士连老鼠的骨头都啃得干干净净。

傍晚到来，暮色降临。太阳慢慢沉入乌云密布的天际，几道闪电在地平线上划过，在远方，漆黑的天空中传来阵阵雷声。

看到风暴即将来临，帕加内尔很高兴，这对他大有帮助，一定有助于计划顺利完成。壮观的自然现象可以加剧土著人的迷信心理。新西兰原住民认为，雷声是"诺伊阿图阿"发怒的声音，闪电则是他愤怒的目光。因此，他们会觉得这是神灵在亲自惩罚那些违反"神忌"的人。

晚上八点，毛甘纳穆山的山顶陷入了不祥的黑暗之中，在这片漆黑的夜空下，帕加内尔马上就要点燃一座火山。毛利人也不可能再找到他们的俘虏了。是时候了，动作必须迅速。格里那凡、帕加内尔、麦克·纳布斯、罗伯特、奥比内和两位水手一起动手，开始行动。

他们选择了一个距离卡拉特特墓穴三十步的地方来设立火山口。有必要保持"奥杜帕"完好无损，因为如果"奥杜帕"消失了，山也就不再被"神忌"。帕加内尔注意到，在那里有一块巨大的石头，浓密的蒸汽在石头周围紫绕。这块巨石覆盖着一个天然的小火山口，石头很重，压着地下的火焰。如果把石头从山口挪开，蒸汽和熔岩就会从这个开口喷出来。

众人从"奥杜帕"里面拆下一些柱子，当作杠杆，奋力撬动这块巨石。在大家的共同努力下，石头很快就开始松动。他们挖了一条小沟，想让石头顺着山坡滚下去。石头被撬得越高，脚下的震动就越是明显。从地表下方不断传来火焰燃烧和热浪呼啸的声音。

这些勇敢无畏的人默默地工作着，就像独眼巨人一样，操控着来自大地的火焰①。很快，地面裂开缝隙，蒸汽从中喷出，这些现象都在警告他们，这里已经越来越危险了。但经过一番努力后，巨石滚下山去，消失在众人的视野之中。紧接着，地表坍塌了，伴随着一声巨响，一股火柱冲向天空。同时，沸腾的水和熔岩一起朝着土著人的营地和更低的山谷流淌而去。

整个山峰都在颤抖，仿佛即将坠入无底深渊一般。

幸运的是，格里那凡和他的同伴们及时躲开，逃进了"奥杜帕"的栏杆里面。一些温度高达 94 摄氏度的水溅到了他们身上，一开始，这些水散发出一股淡淡的肉汤气味，但很快就变成了强烈的硫黄味。

泥土、熔岩和火山石如同洪水一般从火山口喷涌而出，炽热的熔岩河顺着毛甘纳穆山流淌下去，附近的山峰被火光照亮，漆黑的山谷中也映照着耀眼的光芒。

所有土著人都爬了起来，熔岩在他们的营地中翻滚沸腾，他们因为灼痛而大声叫喊着。

那些没有被熔岩触碰到的人逃到了周围的小山丘上，转过身来，惊恐地看着这可怕的景象。火山中的神灵发怒了，要吞噬掉胆敢闯进这座神圣山脉的人。有时候，喷发的轰鸣声会稍微减弱，旅行者们还能听到土著人绝望的呼喊声。

"'神忌'！'神忌'！'神忌'！"

---

① 在西方神话中，独眼巨人居住在意大利的一座火山上。

大量的蒸汽、炽热的岩石和熔岩不断从毛甘纳穆山的火山口喷出。这和冰岛海克拉火山周围的喷泉不一样，因为这里就是海克拉火山本身。此前，所有的火山活动都隐藏在毛甘纳穆山的地表以下，因为汤加里罗火山会把这些蒸汽和熔岩喷出来。但当这个新的火山口出现后，蒸汽和熔岩就会从这里猛烈喷发。根据守恒原理，今晚，在岛上的其他地方，火山喷发的烈度一定会减弱。

　　火山喷发后一个小时，大股大股的熔岩流开始沿着山坡倾泻而下。老鼠成群结队地从洞里钻出来，仓皇逃窜。

　　天空中刮着猛烈的风暴，整整一晚，火山口都在喷着熔岩的洪流，从未停过，这让格里那凡有些惊慌。喷发出的熔岩让火山口的边缘逐渐熔化。囚犯们躲在木桩搭建的栅栏后面，看着这可怕的喷发越演越烈。

　　早晨，火山的愤怒丝毫没有减弱，浓密的黄色烟雾和火焰交织在一起，熔岩的洪流四处流淌。

　　格里那凡心惊胆战地看着这一切。他从栅栏的缝隙向外张望，观察着土著人营地的动静。

　　毛利人已经逃到了附近的岩石上，离火山远远的。山脚下躺着几具烧焦的尸体。往"帕"的方向看去，熔岩已经吞没了二十几间冒着黑烟的小屋。毛利人聚在一起，三五成群，怀着对神灵的敬畏，凝视着毛甘纳穆山顶的火山口。

　　凯库姆和他的勇士们也走了过来，格里那凡认出了他。酋长站在山脚下未被熔岩吞噬的地方，但没有爬到高处的岩石上。

　　凯库姆站在那里，展开双臂，就如同体操运动员一样，脸上的表情也非常奇怪。囚犯们显然明白了他在干什么，正如帕加内尔预料的那样，凯库姆往这座会复仇的山上施加了更为严厉的"神忌"。

　　不久后，土著人就离开了，他们沿着弯弯曲曲的小路向"帕"走去。

　　"他们走了！"格里那凡大喊，"他们撤退了！感谢上帝！我们的计划成功了！亲爱的海伦娜，我勇敢的朋友们，他们真以为我们死在这里、埋在这里了！当然了，等到今晚，我们就会'复活'，离开我们的'坟墓'，逃离这个野蛮的部落！"

"奥杜帕"内洋溢着的喜悦简直难以言表。希望又重新爬上了每个人的心头，这些无畏的旅行者已经忘记了过去的痛苦，忘记了未来的计划，心中只有当下的欣喜！但他们即将面临的任务也并不轻松，他们需要在这片陌生的土地上找到一个欧洲人的哨所。不过，凯库姆已经不再追踪他们，他们觉得，自己已经很安全了，终于可以彻底摆脱掉新西兰的土著人了。

在他们动身出发之前，还必须再等待一整个白天。于是，他们利用这一段时间制订了一个逃亡计划。帕加内尔拿出了他的新西兰地图，试图在上面找到最佳的路线。

经过一番讨论，逃亡者们决定向东而行，前往普伦蒂湾。人们还没有探索过这片区域，但那里似乎荒无人烟。从过去的经历中，旅行者们已经学会了如何应对物质上的痛苦，他们并不怕这些，只是不想再遇到毛利人了。无论付出多么大的代价，他们也要避开毛利人。在东海岸有几个传教士的站点，这片区域迄今还没有受到战火波及，毛利人一般也不会在那里出没。

众人估算了一下，陶波湖和普伦蒂湾之间大概有一百英里。每天走十英里，十天就可以走完。虽然每天走十英里会很累，但是众人都不在乎这些了。只要能走到传教士的站点，他们就能在那里休息一下，等待前往奥克兰的有利时机。那里是他们的目的地。

方案定下来之后，他们开始继续监视土著人的行动，一直到夜幕降临。山脚下已经一个土著人都没有了，当山谷被黑暗笼罩时，众人也没看到篝火，这就说明毛利人不在山脚下。前进的道路畅通无阻。

九点钟，夜色漆黑如墨，格里那凡下令出发。众人装备着卡拉特特慷慨赞助的精良武器，小心翼翼地沿着山坡走下山去。约翰·孟格尔和威尔逊走在前面，眼观六路，耳听八方，只要有一丝风吹草动，他们就会停下脚步。就连飘过的云都会让他们心惊胆战。与其说他们是沿着山脊走下山去，不如说是滑下去更为准确，因为只有这样，他们的身影才能隐没在黑暗的山林中。在距离山顶二百英尺的地方，约翰·孟格尔和他的水手们来到了毛利人曾经埋伏的危险地带。如果毛利人比逃亡者还要狡猾，没有被人造的火山爆发欺骗，只是在佯装撤退的话，逃亡者就会在这里彻底暴露。尽管格里那凡对计划满怀信心，他还是忍不住打了个寒战，就连帕加内尔的幽默性格都无法缓解紧张的气氛。通过这条山脊需要十分钟，但这十分钟决定了所有人的命运。海伦娜紧紧地握住格里那凡的手臂，格里那凡能感觉到，海伦娜的心跳得很快。

他完全没有回头的打算，约翰也是如此。在所有队员的紧密跟随下，年轻的船长借着夜色的掩护，沿着山脊匍匐前进。每当有松动的石子滚落到山脚时，他们便会停下脚步。如果野蛮人仍在下面埋伏，这些不同寻常的声响就会导致双方开始交火。

在这条倾斜的山脊上，众人如同蛇一般缓慢蠕动，根本无法加速。约翰·孟格尔到达了山脊的最低点，那里距离土著人前一天晚上扎营的地方只有二十五英尺远。此后，山脊又迅速升高，向前延伸大约四分之一英里，进入一片树林中。

他们安然无恙地走完了下坡，接着就开始默默向上攀登。虽然看不见前方的小树林，但他们知道，树林就在那里。格里那凡心里明白，只要到达树林时还没有遭遇埋伏，他们就安全了。但他很快意识到，一旦越过此地，他们便不再受"神忌"的庇护。山脊的下降部分并不属于毛甘纳穆山，而是属于陶波湖东侧的山脉，所以他们不仅要担心子弹，还要担心毛利人冲上来肉搏。十分钟后，队伍缓缓登上了一块高地。约翰看不到那片黑暗的树林，但他知道树林应该在二百英尺之内。突然，他停了下来，差点都想往后退了。他觉得，从前方的黑暗中传来了微弱的动静。后面的人也停下了脚步。

他一动不动地站了很长时间，这让同伴们惊慌不已。他们满心焦急地等待着，不知道是不是应该掉头返回，重新回到毛甘纳穆山的山顶。

然而，那里寂然无声，约翰终于再次迈步，沿着山脊的狭窄小道继续前行。不久后，队员们依稀看到前方的树林在黑暗中的模糊轮廓，再走几步，他们就会消失在茂密的枝叶中。

第十五章

转危为安

夜色为他们的逃亡提供了掩护，谨慎起见，他们需要迅速离开陶波湖畔这个是非之地，一刻都不要耽搁。帕加内尔在前面带路，在这段艰难的山地之旅中，他再次显露出作为地理学家的非凡才华。他的夜视能力发挥了相当大的作用，帕加内尔的视力简直和猫一样，哪怕在最深的黑暗中，也能明察秋毫。

他们沿着连绵起伏的山坡向东走了三个小时，一刻也没有停歇。帕加内尔带着大家稍微偏向东南方向走，这样可以利用凯马纳瓦山和瓦希提山之间的一条狭窄的峡谷，从霍克湾到奥克兰的道路就经过那里。一旦穿过那条峡谷，他就打算避开大道，在高山的掩护之下，穿过人烟稀少的地区，向海岸进发。

时间来到早上九点，在过去的十二小时内，他们已经走了十二英里。两位勇敢的女士已经走不动了，而且，这个地方也很适合露营。逃亡者们来到了两座山脉交界处的山口，帕加内尔手里拿着地图，决定让前进的方向朝着东北方向绕一下，上午十点，一行人来到了一块凸出的岩石形成的高地，这儿宛若欧洲的棱堡。

众人取出食物，美美地吃了一顿。玛丽·格兰特和少校之前并不喜欢吃那些蕨类植物，但他们现在也在大嚼大咽。

他们一直休息到下午两点，然后继续上路。晚上，他们已经走出山地八英里远了，众人停了下来，决定在这里露宿。

第二天的行程依然艰难。他们穿过了一片风景瑰丽的火山湖区，湖边间歇喷发的泉水和喷出含硫气体的气孔是这片区域的独特地貌。这片区域一直延伸到瓦希提山脉东侧。这里风景秀美，但不是很适合徒步穿越。每走四分之一英里左右，他们就得绕开一些障碍，因此走得相当疲惫。但他们眼前的景象是多么壮观啊！大自然宛若一幅绚丽多彩、变幻无穷的巨大画卷。

在这片二十英里见方的广阔区域内，地下潜藏的能量通过各种不同的方式释放出来。晶莹剔透的含盐热泉从茶树丛中涌出，泉水周围萦绕着无数昆虫。泉水散发出浓烈的火药味，在地面上洒下白色的盐粒，如同白雪一样闪亮耀眼。清澈的水已经接近沸腾，附近的一些泉水也如同散落的碎玻璃一样，四处喷溅着水花。高大粗壮的蕨类植物如同大树一般，长在泉水旁，这里的景色就像是志留纪^①一样。

随处可见水柱从泉眼喷出，它们就像公园的喷泉一般，从弥漫的蒸汽中升起。有的一直在汩汩流淌，有的时而喷发、时而停歇，仿佛有一位任性的神灵在控制它们一般。泉水从石头缝里喷出，那些石头层层叠叠，就像露天剧场中的阶梯。喷出的泉水渐渐交融，在汇合处激起片片白雾，巨大的石头阶梯在雾中若隐若现，仿佛变得有些半透明。沸腾的水流最终都汇入一片湖泊之中。

更远一些的地方，在那些热泉和汹涌的间歇泉后面，就是喷出含硫气体的气孔。地面看上去像是被巨大的脓包覆盖，那些气孔其实都是沉睡中的火山口，上面满是裂缝和孔洞，成分复杂的气体从里面升腾出来。空气中弥散着刺鼻难闻的硫黄味，地表覆盖着硫黄晶体。这些硫黄已经在这里积累了数百年，价值难以估量。如果西西里的硫黄矿有一天枯竭了，人们很容易在新西兰这片荒无人烟的土地上找到新的矿源。

---

① 距今约4亿年左右的地质年代。在志留纪，植物从水中向陆地发展，裸蕨植物出现并生长繁盛。

在这样的地方徒步前进肯定是相当劳累的。这里也不适合露营，猎人们什么都打不到，奥比内也难为无米之炊，所以众人的食物只有蕨类和甘薯——这种差劲的饮食根本无法让他们恢复日渐枯竭的体力。所有人都想马上离开这片贫瘠的土地。

但要离开这里，至少还要走上四天。2月23日，众人离开毛甘纳穆山已经有五十英里了，格里那凡下令停下休息，于是大家在一座山的山脚下安营扎寨。帕加内尔的地图上也标出了这座山，但是这座山还没有名字。这里有一望无际的大平原，植被茂密。在远处能看到一大片森林。

这一天，麦克·纳布斯和罗伯特打死了三只几维鸟，这些鸟成了他们的主菜。没过多久，三只鸟就被吃得一干二净，连最小的爪尖都不剩。

饭后甜点是土豆和甘薯。吃甜点的时候，帕加内尔灵感突发，提出了一项提议，并得到了所有人的支持。他提议将这座高达三千英尺、顶端隐没在云层中的无名山峰命名为格里那凡，并小心翼翼地在他的地图上标上了这位苏格兰勋爵的名字。

我们没有必要太关注这段旅程中单调乏味、重复无聊的细节。从陶波湖到太平洋的旅途之中，都没怎么发生过值得一提的事情。一行人整天穿行于森林中、漫步于平原上。约翰在路上观测着太阳和星辰。天气不算太热，也没有下雨，但旅行者们已经精疲力竭了，因此行进速度很缓慢。他们现在无比渴望着赶紧到达传教士的站点。

他们仍然一边走一边聊天，但不是所有人都聚在一起闲聊。一行人分成了几个小组，在组内热烈地讨论着。这不是在搞小团体，而是这样可以让交流更为深入、更适合每个人。

格里那凡通常独自前行，离大海越来越近，他的思绪又回到了他那些不幸的船员身上。他似乎忘记了自己正要冒着危险前往奥克兰，满脑子只想着那些可能已经惨遭杀戮的船员，那幅想象中的可怕场面一直在纠缠着他。

大家都没有提起哈利·格兰特，他们已经没有能力再去救他了。如果有人提起了他的名字，那也只会是他的女儿和约翰·孟格尔。

约翰从来没有对玛丽提起她在瓦雷阿图阿的最后一个晚上说过的话。他是一个明事理的人，不会把玛丽在绝望之时的言行作为诺言。每当约翰向玛丽提起哈利·格兰特船长，总是会开始讲新的搜寻计划。他向玛丽保证，格里那凡勋爵会重新登上一艘船，继续寻找船长。他始终认为，信的真实性是毋庸置疑的，因此哈利·格兰特肯定在地球上的某个地方。即便是找遍全世界，他们也要找到船长。玛丽很相信约翰的话，她也和约翰有着相同的想法，抱着相同的希望。海伦娜常常加入他们的谈话，但她并没有一起讨论他们幻想中的搜救计划，她一直在克制自己，没有浇灭他们的希望。

麦克·纳布斯、罗伯特、威尔逊和穆拉迪继续狩猎，但一直没有离开其他人太远。每个人都成功完成了自己的狩猎任务。

帕加内尔身披亚麻毯子，独自一人默默前行，一句话不说，总是心事重重。

在无尽的折磨、危险、疲劳和困苦中，再和蔼可亲的人也会开始烦躁起来，但必须承认，我们的旅行者一直都团结一致，忠诚无二，甚至愿意为了其他人牺牲自己的生命。

2月25日，他们的行程被一条河流挡住了。根据帕加内尔的地图，这条河就是怀卡里河，而且很容易涉水而过。接下来的两天里，众人一直在连绵不绝的平原上穿行，平原上长着低矮的灌木丛。从陶波湖到海岸的路，众人已经走完了一半，到目前为止，虽然每个人很疲惫，但没有发生过什么意外。

随后，眼前的景象变成了无边无际的森林，让他们想起了澳大利亚。但在这里没有桉树，取而代之的是新西兰贝壳杉。在四个月的旅途中，众人已经看到了许多奇妙的景观，但格里那凡和他的同伴还是因为这些巨大的杉树啧啧称奇。这些杉树足以媲美黎巴嫩的巨大雪松，或者加利福尼亚的巨杉。这些新西兰杉树的树干在伸出侧枝之前就已经高达一百英尺。这片森林并不是由许多孤立的树木组成，而是由一小片一小片的树丛组合而成。在离地面两百英尺的空中，这些树丛的绿色树冠向四面八方伸展开来。

一些杉树还很年轻，只有一百岁左右，有点像欧洲生长的红松，它们有墨绿色的树冠，树冠顶部是深色的圆锥形新枝。那些活了五六百年的老树，有着错综复杂的枝条，把树冠支撑在上面，宛若巨大的绿色凉亭。它们是新西兰森林中的老祖宗。树干的周长长达五十英尺，哪怕是所有旅行者手牵手，也没办法合抱巨大的树干。

旅行者们在这片硕大的树林中穿行了三天，地上铺满了黏土，树下还有堆积成小山一般的树胶。从这些树胶可以看出，这片土地从未有人踏足。如果把这些树胶出口到欧洲，要花上好多年的时间才能运输完毕。

猎人们在这里发现了成群的几维鸟。在毛利人时常出没的区域，几维鸟很少见，因为毛利人的狗会把几维鸟赶到森林深处。这些几维鸟为旅行者们提供了丰富的食物。

帕加内尔也很幸运，他在一片灌木丛中看到了一对相当巨大的鸟。他作为自然科学家的职业本能被唤醒了。帕加内尔叫来了同伴们，尽管所有人都已经疲惫不堪，少校、罗伯特和帕加内尔还是出发去追踪这些鸟类。

帕加内尔的好奇心相当可以理解，因为他认出——或者自以为认出——这些鸟是恐鸟。很多科学家认为这种鸟类已经灭绝了。如果帕加内尔没有认错，这将会证实以博物学家霍奇施泰特为首的一些旅行家们的观点，即新西兰目前仍然生存着一些不会飞的巨大鸟类。

帕加内尔追逐的恐鸟曾经和猛犸象、翼龙生活在同一个时代。恐鸟的身高足足有十八英尺，看上去像是相当巨大的鸵鸟。这些鸟很胆小，逃跑得很快，就连子弹都没办法阻止它们逃跑的步伐。追了几分钟之后，这些健步如飞的恐鸟消失在了高大的树林中，猎人们白白浪费了一些火药和体力。

3月1日晚上，格里那凡和他的同伴们终于走出了巨大的新西兰杉树林，在伊基兰吉山的山脚下扎营。这座山足有五千五百英尺高。现在，它们距离毛甘纳穆山已经有一百英里远，海岸还在三十英里之外的前方。约翰·孟格尔本来认为，旅程应该在十天内结束，但他没有预料到路居然这么不好走。

总的来说，由于迷路、绕过障碍和观察失误，他们的行程被足足被延长了五分之一。来到伊基兰吉山时，所有人都已经疲惫不堪。

他们还有两天的路程要走。在这段时间内，所有人都必须鼓起勇气，同时又保持高度警惕。因为这段路会穿过一个毛利人时常出没的地区。一行人克服了疲惫，第二天一早就出发了。

他们的右侧是伊基兰吉山，左侧是高达三千七百英尺的哈迪山。旅程非常艰难。有十英里的路上覆盖着一种藤蔓植物，被称为"窒息藤"，它们像柔软的绳索一样，旅行者们每迈出一步，藤蔓都会将脚紧紧缠住。在这两天，他们必须用斧头才能在"海德拉巨蛇"^①一样的藤蔓中砍出一条路来。狩猎更是不现实了，猎人们没有办法和平日一样去捕猎，食物已经几乎耗尽，而且没有补充的渠道。因为疲劳，他们越来越渴，却没有水来解渴。

格里那凡和他的同伴们遭遇了前所未有的痛苦，他们的意志力首次遭遇了严峻的考验。现在，他们的步伐已经无法称之为"前进"，每个人都拖着沉重的身体，仿佛失去了灵魂的空壳，只能凭借本能继续挪动。就这样，他们终于抵达了太平洋沿岸的站点洛廷。

在这里，他们看到了几间废弃的小屋、一座最近因为战争而变成废墟的村庄和荒芜的田地，随处可见掠夺和纵火的痕迹。

他们正沿着海岸艰难前行，忽然，约一英里外，他们看到一群土著人挥舞着武器向他们冲来。格里那凡一行人已经被大海包围，四面楚歌，无处可逃。他搜集起身上残存的最后一点力量准备迎战，就在这时，约翰·孟格尔大喊：

"船！船！"

二十步之外，一艘六桨独木舟静静停靠在海滩上。只需要一分钟，他们就能把它推入海中，跳上船，逃离这个危险的海岸。约翰·孟格尔、麦克·纳布斯、威尔逊和穆拉迪操起船桨，格里那凡掌舵，两位女士、罗伯特和奥比内靠在他身边。十分钟后，独木舟已经离开海岸四分之一英里，海面

---

① 古希腊神话中的怪物，有九个头，每次砍掉它一个头，它就会生出两个新的头。

平静，所有逃亡者都沉默无言。约翰不想离开陆地太远，他正要命令船沿着海岸线前进，但这时，他正在划桨的手突然停下了。

他看到三艘独木舟从洛廷站点后面冲出来，显然是要追他们。

"往海里划！往海里划！"他大喊，"淹死总比被他们杀了好！"

在四名划桨者的努力下，独木舟迅速前进。在半个小时之内，一直保持着和追赶者之间的距离。但疲惫不堪的逃亡者们越来越虚弱，三艘追击的小船明显离得越来越近了。现在，双方之间的距离已经不超过两海里。要避开毛利人的攻击已经是不可能的事情了，众人准备好枪支，打算迎敌。

格里那凡此时在想什么呢？他站在船尾，朝着地平线望去，仿佛在期待着某种虚无缥缈的援助。他在期盼什么？他在渴望什么？他是不是预感到了什么？

突然，他眼中闪过一丝光芒，手指指向远方。

"有一艘船！有一艘船！"他大喊道，"朋友们，划啊！使劲划啊！"

划桨的人奋力划桨，甚至没有回头，现在一刻也不能耽误。但帕加内尔站了起来，把望远镜对准了格里那凡指着的方向。

"是的，"他说，"有一艘船！一艘蒸汽船！他们正在全速前进！他们朝着我们过来了！勇敢的伙伴们，我们得救了！"

逃亡者们振奋精神，又开始奋力划桨。半小时过去了，他们拼尽全力保持着和追赶者之间的距离。蒸汽船离他们越来越近了，他们能看到船上的两根桅杆。桅杆上光秃秃的，没有挂帆，还冒着滚滚黑烟。格里那凡把船舵交给罗伯特掌控，接过帕加内尔的望远镜，观察着蒸汽船的动向。

约翰·孟格尔和他的同伴们突然惊愕不已，因为他们看到格里那凡的脸色突然变得苍白，望远镜从他的手中滑落。

一个词语就解释了这一切。

"'邓肯'号！"格里那凡大喊，"'邓肯'号！那些逃犯肯定在船上！"

"'邓肯'号？"约翰大喊，他放开了船桨，站了起来。

"是的，往哪边逃都是死！"格里那凡绝望地说。

那确实是他们的游艇，他们不可能认错——那就是"邓肯"号，那群逃犯肯定在船上！

少校忍不住诅咒了几声，痛骂命运不公。

独木舟停了下来，他们还能往哪里去？往哪里逃能有用呢？在囚犯和野蛮人之间，他们的选择还有意义吗？

离得最近的一艘土著独木船上，有人开了一枪，子弹打中了威尔逊的船桨。

众人又划了几下，他们离"邓肯"号更近了。

游艇正全速驶来，离他们只有半海里了。

约翰·孟格尔身处两敌之间，不知所措，他实在无法决定该带领大家向哪边逃。两位可怜的女士跪在船上，痛苦地祈祷着。

土著人继续开枪，子弹如雨点般落在独木舟周围。突然，传来一声巨响，游艇上的一门大炮发射了，炮弹从他们头上飞过。现在，独木舟一动不动地停在"邓肯"号和土著人的小船之间。

约翰·孟格尔绝望到要发疯了，他抓起斧头，正要凿沉小船，和他不幸的同伴们一起沉入海底，这时，罗伯特高呼一声，孟格尔顿时停下了手中的动作。

"汤姆·奥斯汀！汤姆·奥斯汀！"罗伯特喊道，"他在船上！我看到他了！他认出我们了！他正在挥帽子呢！"

约翰拿着斧头的手垂了下来。

第二颗炮弹呼啸着从他头上飞过，把最近的一艘土著小船一炮打成两半，与此同时，"邓肯"号上响起了一片欢呼声。

土著人逃跑了，他们逃回了岸上。

"快来，汤姆，快来！"约翰·孟格尔欢快地喊道。

几分钟后，十位逃亡者全都安然无恙地登上了"邓肯"号，虽然他们现在还没搞清楚到底是怎么回事。

第十六章

"邓肯"号来到新西兰

他们一踏上"邓肯"号的甲板，乐手便吹响苏格兰风笛，奏起马尔科姆城堡的民间曲调。听到古老的苏格兰歌谣时，格里那凡和伙伴们心潮澎湃，激动得难以言表。与此同时，船员们也发出了阵阵欢呼。

格里那凡和他的所有同伴，甚至包括少校在内，都流下了激动的泪水。他们欣喜若狂，彼此拥抱着。地理学家简直高兴到要发疯了，在甲板上手舞足蹈，拿着望远镜，观察正在驶向海岸的独木舟。

然而，当船员们看清格里那凡等人衣衫褴褛、面容憔悴、伤痕累累的模样，便停下了喧闹和欢呼。归来的这些人，简直就像幽灵，与三个月前满怀希望、精力充沛的探险队截然不同！只是侥幸，仅仅是侥幸，他们才能重新踏上这艘游艇的甲板，而原本，他们还以为自己再也见不到"邓肯"号了！他们现在实在是太疲惫、太虚弱了。但是格里那凡还不想休息，也无心吃东西或者喝水，他还是想先向奥斯汀询问一下，想弄清楚奥斯汀为何会出现在这里。

"邓肯"号怎么会来到新西兰东海岸？它不是已经落在了本·乔伊斯手里吗？上天究竟是如何安排的，让这艘船恰好遇到了这些逃亡者？

为什么？怎么回事？为什么会这样？汤姆被四面八方传来的问题轰炸着。这位老水手一时不知该先听谁的，最后只好决定，现在只听格里那凡说话，只回答他的问题。

"那些逃犯呢？"格里那凡问道，"你怎么处置他们的？"

"逃犯？"汤姆脸上的表情显示出茫然，他完全不明白格里那凡在说什么。

"是的，那些攻击游艇的恶棍。"

"哪个游艇，勋爵阁下的吗？"

"当然啊！汤姆，就是'邓肯'号啊，我说的是那个跑到船上的本·乔伊斯。"

"我没听说过什么本·乔伊斯，我从没见过这个人。"

"从没见过？"听到水手的回答后，格里那凡惊讶地大喊，"那么，请告诉我，汤姆，为什么'邓肯'号现在在新西兰海岸？"

如果说，起初格里那凡和他的伙伴们只是对汤姆的困惑态度感到不解，那么当他们听到奥斯汀平静的回答后，他们的心中只剩下了震惊。

"'邓肯'号之所以在这里巡航，是按照你的命令，勋爵阁下。"

"我的命令？"格里那凡惊呼。

"是的，勋爵阁下，我只是按照你在1月14日写的信来行动的。"

"我的信？我的信？"格里那凡大喊。

十位旅行者紧紧围住了汤姆·奥斯汀，所有人的目光都落在他身上。看来，那封从斯诺威河寄出的信确实已经送到了"邓肯"号。

"我们得把这件事弄清楚，我现在感觉自己好像是在做梦。汤姆，你收到了一封信，对吧？"

"是的，一封来自你的信。"

"在墨尔本收到的？"

"在墨尔本，我们的船刚修好，信就送到了。"

"信里写了什么？"

"信不是你亲笔写的，但是有你的签名，勋爵阁下。"

"没错。这封信是一个叫本·乔伊斯的逃犯送去的。"

"不是的，是一个叫艾尔顿的水手送来的，他是'不列颠尼亚'号的水手长。"

"对，对，艾尔顿，本·乔伊斯，不过是同一个人的两个名字罢了。嗯，信里说了些什么？"

"信中，你命令我们立刻离开墨尔本，前往——"

"让你们去澳大利亚的东海岸！"格里那凡大喊，他太激动了，老水手有点不知所措。

"澳大利亚？"汤姆重复了一遍，睁大了眼睛，"不是，你让我们去新西兰东海岸。"

"是澳大利亚！汤姆，是澳大利亚！"所有人都七嘴八舌地说。

奥斯汀一阵头晕目眩。格里那凡的语气如此笃定，他感觉自己肯定是读信的时候搞错了。像他这样忠诚、严谨的老水手，怎么能犯这样的错误呢！他的脸涨得通红，显得极为不安。

"没关系，汤姆。"海伦娜说，"这一定是上帝的安排。"

"但，不是的，夫人，请原谅我，"老汤姆回答，"不，这不可能，我绝对没弄错。我想起来了，艾尔顿也和我一起读了信，当时他还非要让我开到澳大利亚东海岸去。"

"艾尔顿！"格里那凡大喊。

"是的，就是艾尔顿，他坚持说信上写错了，你本来是想让我去图福尔德湾的。"

"汤姆，那封信还在吗？"少校对这件事充满好奇，很感兴趣地提问。

"还在，麦克·纳布斯先生。"奥斯汀说，"我这就去拿。"

他立刻朝船头的舱室跑去。在奥斯汀去拿信的时候，所有人都没说话，大家你看着我，我看着你。只有少校抱着胳膊说了句话：

"好吧，帕加内尔，你这次可得承认，你捅的娄子有点大了。"

"什么？"帕加内尔几乎是吼了出来，他的眼镜高高地架在额头上，后背弓了起来，看上去就像一个硕大的问号。

很快，奥斯汀拿着那封信回来了，就是帕加内尔亲笔书写、格里那凡亲手签名的信件。

"勋爵阁下，你要读一下吗？"他把信递给了格里那凡。

格里那凡接过信，读了起来：

> "兹命令大副汤姆·奥斯汀立刻出海，驾驶'邓肯'号前往新西兰东海岸和南纬 37 度的交点。"

"新西兰！"帕加内尔跳了起来。

他从格里那凡手中抢过信，揉了揉眼睛，将眼镜推到鼻梁上，仔细地读了起来。

"新西兰！"他又重复了一遍，这次的语气让人难以形容，信从他的手指间掉到了地上。

就在这时，他感到一只手搭在自己的肩上。他转过身来，发现少校正站在身后。少校用严肃的语气说：

"嗯，我亲爱的帕加内尔，至少你没有把'邓肯'号搞到越南去，这就已经很幸运了！"

这个玩笑让可怜的地理学家彻底崩溃了。船员们爆发出哄堂大笑，帕加内尔像个疯子一样，双手抱着脑袋，揪着头发，到处乱跑。他不知道自己在干什么，也不知道自己要干什么。他麻木地走下船尾的梯子，在甲板上乱转，晃着脑袋，自己也不知道要走到哪里去。最后，他来到船头，那里有一捆绳子。他被绳子绊了一跤，摔倒在地，就在他摔倒时，他的双手无意间拉住了一根绳子。

突然间，传来一声巨响。船头的炮响了，它向平静的海面发射出了一枚炮弹。可怜的帕加内尔扯到了大炮的拉绳，那门炮已经装填了炮弹，拉一下就开了火。地理学家被大炮震下船头的楼梯，消失在甲板下方。

这突如其来的爆炸声让所有人惊愕不已，随后，就有人发出了恐惧的尖叫，每个人都以为又发生了什么可怕的事情。水手们冲过来，把帕加内尔扶了起来。他弯着腰，一声不吭，似乎身体已经折断了。

他们把身材高大的帕加内尔抬到船尾，围在他身边的朋友们无不忧心忡忡。在这种紧急情况下，少校总是负责医疗，他想把这个不幸的人的衣服脱下来，以便为他处理伤口。但他刚把手放在半死不活的帕加内尔身上，帕加内尔就像是突然触电了一般，猛地跳了起来。

"不行！不要！"他一边大喊，一边把破旧的外套紧紧地裹在身上，手忙脚乱地开始扣扣子。

"但是，帕加内尔——"少校说。

"我不是说了吗，不行！"

"我必须得检查——"

"你不能检查！"

"万一摔断了——"

"是断了。"帕加内尔一边说，一边用他修长的双腿站了起来，"但我摔断的东西，让木匠修修就好了。"

"你在胡说什么啊？"

"前舱的柱子啊，我摔下来时候把它撞坏了。"

听到这句话，所有人都爆发出一阵大笑。帕加内尔的朋友们现在完全放心了，他们确信他已经从"船头大炮奇妙历险记"中脱身了，毫发无伤。

"不过，"少校心里想，"这个地理学家怎么这么害羞啊。"

不过，既然帕加内尔已经恢复得差不多了，他就不得不面对那个无法回避的问题。

"现在，帕加内尔，"格里那凡说，"你该和我们说说，到底是怎么回事。我承认，你的失误肯定是上天的安排。很明显，如果不是因为这次失误，'邓肯'号就会落在罪犯的手里，如果不是因为你，我们恐怕早就被毛利人俘虏了。但我还是想知道，你为什么会突然鬼使神差地把澳大利亚写成了新西兰？"

"好吧，我发誓，"帕加内尔说，"那是——"

但就在这时，他的目光落在了玛丽和罗伯特身上，他犹豫了一下，随即改口说道：

"亲爱的格里那凡，你还想让我说什么呢？我疯了，我是个白痴，已经无药可救了，我天生就这么糊涂，到死也这么糊涂，这辈子都改不了了。"

"把你的皮剥下来，没准就能长长记性。"

"剥皮！"地理学家气鼓鼓地大喊，"你是在暗指什么吗？"

"你在说什么暗指啊？"麦克·纳布斯平静地问。

众人没有再继续这个话题。"邓肯"号为何会突然出现在这片海域的谜团已经解开，旅行者们现在只想回到自己舒适的船舱，好好吃一顿早餐。

但格里那凡、约翰·孟格尔和汤姆·奥斯汀在其他人离开之后留了下来。他们还有些疑问要向奥斯汀确认。

"那么，奥斯汀，老伙计。"格里那凡说，"接到去新西兰的命令，你不觉得奇怪吗？"

"当然觉得奇怪了，勋爵阁下。"汤姆回答，"我非常惊讶，但我从不质疑自己收到的命令，所以我服从了命令。否则，我还能怎么做呢？如果因为没有严格执行你的指示而导致灾难性的后果，那我的责任可就大了！船长，你不也会这么做吗？"

"我当然也会，汤姆。"约翰·孟格尔回答说。

"那你有没有想过，我为什么会下达这样的命令？"格里那凡问。

"勋爵阁下，我认为，为了哈利·格兰特考虑，命令我去哪里，我就要去哪里。当时，我以为是你有什么新的安排，所以才要去新西兰，而我要在新西兰的东海岸等你们。另外，在离开墨尔本的时候，我没有说我们的目的地是哪里，直到我们远离海岸线，看不见澳大利亚大陆后，船员们才得知我们的目的地。但是有一件事情，让我百思不得其解。"

"汤姆，是什么事？"格里那凡问。

"当'不列颠尼亚'号的水手长听到我们的目的地时——"

"艾尔顿！"格里那凡大喊，"他在船上？"

"是的，勋爵阁下。"

"艾尔顿在船上？"格里那凡看着约翰·孟格尔说。

"这简直是上帝的安排！"年轻的船长说。

刹那，艾尔顿的种种行径如同闪电般浮现在二人脑海。他蓄谋已久的背叛、格里那凡的中枪、穆拉迪的遇险、探险队在斯诺威河的苦难，还有这个恶棍制造的无数罪行。而如今，命运的齿轮竟让这个罪犯再次落入他们手中。

"他在哪里？"格里那凡急切地问。

"在船头的一间舱房里，有人看守着。"

"为什么把他关起来了？"

"因为当艾尔顿听到'邓肯'号要开往新西兰的时候，他大发雷霆，试图强迫我改变航向，甚至出言威胁，最后又试图煽动船员，发起叛乱。我看得很清楚，他是个危险人物，我必须对他采取防范措施。"

"那后来呢？"

"从那以后，他就一直待在舱房里，没有再试图逃跑。"

"做得很好，汤姆。"

就在这时，有人来叫格里那凡和约翰·孟格尔去餐厅，他们确实需要好好吃一顿早餐了。二人在餐桌旁坐下，没有提起艾尔顿。

吃过早饭之后，所有人都吃饱喝足、精神焕发。他们来到甲板上，格里那凡告诉众人，水手长艾尔顿现在在船上，同时宣布他打算当面问艾尔顿的话。

"我能不能请求一下，不出席审讯？"海伦娜说，"亲爱的爱德华，我得承认，看到那个可怜的人，我会很痛苦。"

"他必须接受我们的当面对质，海伦娜，"格里那凡勋爵说，"我希望你留下来，本·乔伊斯必须面对他所有的受害者。"

海伦娜遵从了格里那凡的意愿。玛丽·格兰特坐在她旁边，距离格里那凡不远。其他人围在他们周围，每个人都曾深受艾尔顿的背叛之害。游艇上的船员们不清楚事情有多么严重，保持着沉默。

"带艾尔顿。"格里那凡说。

第十七章

固执的艾尔顿

艾尔顿被带上甲板。他从容地走过甲板，踏上通往船尾的楼梯，眼神阴郁，牙关紧咬，紧握的双拳微微颤抖。虽然他没有表现出狂妄的神态，但也并不显得胆怯。最后，他站在格里那凡勋爵面前，双臂交叉，平静地等待对方发问。

"艾尔顿，"格里那凡说，"我们又见面了。你、我，还有其他人，此刻都在'邓肯'号上，而你曾试图将这艘船交给那些追随本·乔伊斯的罪犯。"

水手长的嘴唇微微颤抖，冷漠的面容上泛起一阵红晕。可这并非因为悔恨，而是对失败的耻辱。他原以为自己会成为这艘游艇的主人，掌控这艘船，然而现在，他却成了囚犯，生死只在他人一念之间。

他沉默不语。格里那凡耐心地等待着，但艾尔顿始终保持沉默。

"说吧，艾尔顿，你有什么想说的？"格里那凡再次发问。

艾尔顿迟疑了一下，额头上的皱纹陷得更深了。最后，他平静地说：

"我没什么可说的，勋爵。我太蠢了，不然我也不会被抓住的。要杀要剐，悉听尊便吧。"

说完，他转过头，望向西方的海岸，似乎对周围的一切都漠不关心。若是不知情的人看到，甚至会觉得他和所有的事情都毫无瓜葛。但格里那凡决定保持耐心，他想借此机会了解艾尔顿那段神秘的过往，尤其是那些与哈利·格兰特和"不列颠尼亚"号有关的事情。因此，他继续提问，语气仍然温和，极力克制着自己对艾尔顿的强烈怒火。

"我想，艾尔顿，"他继续说，"你应该不会拒绝回答几个问题吧。首先，我是应该叫你艾尔顿，还是应该叫你本·乔伊斯？你到底是不是'不列颠尼亚'号的水手长？"

艾尔顿依然面无表情地凝望着海岸，对所有的问题都充耳不闻。

格里那凡的眼中闪烁着愤怒，他继续问：

"你能不能告诉我，你是怎么离开'不列颠尼亚'号的？你为什么会出现在澳大利亚？"

艾尔顿依然沉默不语，表情冷淡。

"听我说，艾尔顿。"格里那凡继续说，"回答问题对你有好处。你现在只有一个选择，那就是坦白，这对你来说才是最明智的决定。我再问你最后一次，你能回答我的问题吗？"

艾尔顿转过头，直视格里那凡的眼睛。

"勋爵，"他说，"我没什么好说的。从正义的角度来看，或许我是错的，但我不会说出对自己不利的供词。"

"证明你有罪很容易。"格里那凡说。

"勋爵，你倒是说得轻巧。"艾尔顿用嘲讽的语气说，"你做了一个相当武断的判断，而在我看来，我敢说，即便是法院中最好的法官，也会对如何审判我感到困惑。如果不是格兰特船长本人出现的话，谁又能说清楚我为什么会来到澳大利亚？警察从来没有逮捕过我，我的同伴们也都是自由之身，谁又能证明我就是警方通缉的那个本·乔伊斯？除了你的一面之词，还有什么能给我定罪？甚至没有证据表明我做过什么错事。谁又能证明我打算抢走这艘船，把这艘船交给逃犯呢？我和你说吧，没人能证明，一个都没有。你可以随便怀疑，但如果要给一个人定罪，就必须有确凿的证据。但是很明显，你没有。如果没有证据，那么我就是艾尔顿，我就是'不列颠尼亚'号的水手长。"

说到这里，艾尔顿变得激动起来，但很快他又回到了之前的冷漠态度。

无疑，他显然认为这番话足以结束审讯。但格里那凡并不打算放弃，他说：

"艾尔顿，我不是负责审讯你的皇家检察官，你犯没犯罪和我没有关系。我们必须弄清楚各自的立场，我问你的任何问题，都不会给你带来麻烦，那是法律要做的事情。但你知道我在找什么，而你只需要说几个词，就能让我找到线索。你愿意开口吗？"

艾尔顿摇了摇头，他决定保持沉默。

"你能不能告诉我格兰特船长在哪里？"格里那凡说。

"勋爵，我不会说的。"艾尔顿说。

"那能不能说说'不列颠尼亚'号是在哪里遭遇海难的？"

"不能，我什么都不会说。"

"艾尔顿，"格里那凡几乎是在用恳求的语气说，"如果你知道哈利·格兰特在哪里，至少告诉他可怜的孩子们，他们正等着你开口呢。"

艾尔顿迟疑了一会儿，他的五官扭在一起，低声嘟囔道："我不能说，勋爵。"

随后，他愤怒地补充了一句，仿佛在责备自己方才的一丝动摇："不，我绝对不会说的。如果你们想的话，就把我绞死吧。"

"绞死！"格里那凡怒火中烧，忍不住大喊道。

但他很快克制住自己，又用严肃的声音说："艾尔顿，这里没有法官，也没有刽子手。等我们到了下一个港口，我们就会把你交给英国当局。"

"这正合我意。"水手长回答。

随后，他转过身去，静静地走回了自己的舱室，那里也是他的牢房。两名水手守在门口，奉命监视他的一举一动。这场审讯的见证者也带着愤怒和绝望离开了。

格里那凡无法打破艾尔顿的固执，那该怎么办呢？很显然，除了执行在伊登制订的计划——回到欧洲，放弃这次不成功的探险，他们没有其他可行方案，因为寻找"不列颠尼亚"号的所有线索看起来都彻底断了，那封信也解读不出来什么新的东西，在 37 度纬线上，甚至已经没有其他地区可以搜索了，"邓肯"号只能掉头返航。

格里那凡和船员们讨论了返航事宜，与船长约翰商讨了具体细节。约翰检查了煤仓，发现船上的煤炭最多还能用十五天，因此，需要在最近的港口停靠，补充燃料。

约翰提议驶向塔尔卡瓦诺湾，"邓肯"号之前就是在那里进行补给后才开始环球航行的。这条航线不需要绕路，正好沿着 37 度纬线。游艇补给完后，便可从塔尔卡瓦诺湾出发，向南绕过合恩角，经过大西洋航线返回苏格兰。

勋爵采纳了这个计划，并且命令船上的工程师点起锅炉，启动蒸汽机。半小时后，游艇的船头转向了塔尔卡瓦诺湾方向。海面风平浪静，很符合"太平洋"这个名字。下午六点，新西兰的最后几座山峰已经消失在地平线附近温暖的迷雾之中。

归程正式开始了，这是一次令人悲伤的航行，因为勇敢的搜救队没能带着哈利·格兰特回到英国！出发时，船员们都兴高采烈、满怀希望，但回到欧洲时却带着满心的挫败和沮丧！勇敢的船员们都很想再次看到自己的祖国，但如果他们能找到格兰特船长的话，也都很乐意继续在海上冒险，哪怕需要很长时间。

因此，迎接格里那凡勋爵回到游艇时的欢快气氛很快就被沮丧的情绪取代了。乘客们曾经亲密无间地聚会、振奋人心地交谈，但这些也都消失了。每个人都待在自己的船舱里面，很少有人在"邓肯"号的甲板上露面。

帕加内尔总是会很夸张地和周围的人分享自己的感受，无论是痛苦还是快乐。他是一个在必要时能创造希望的人，但就算是他，也变得沉默寡言。他很少露面，天生的健谈性格和法国人特有的活泼好动已经被沉默和沮丧取代，他甚至比同伴们还要悲观。如果格里那凡提及重启搜索计划，他就会开始摇头，仿佛所有希望都已破灭，在他心中，那些遇难者的命运似乎已经注定，很明显，他认为人们已经无可挽回地失去了格兰特船长。

其实，船上有一个人掌握着一些决定性的证据，但他却拒绝开口。他就是艾尔顿。毫无疑问，即使他不知道船长的下落，他也应该知道沉船的位置。然而，很明显，一旦格兰特船长获救，便能亲口指证他的罪行。因此，艾尔顿一直保持沉默，这引起了船上的人们，尤其是船员们的极大愤慨。

格里那凡再三质问艾尔顿，但无论是承诺还是威胁都不起作用。艾尔顿如此固执，实在是令人费解，以至于少校认为他根本没有什么有价值的信息可以提供。地理学家的看法也是如此，因为这就证明了他对于哈利·格兰特命运的猜测是正确的。

但如果艾尔顿真的一无所知，他为什么不直说呢？这对他并无害处。他的沉默增加了制订新计划的难度。艾尔顿出现在澳大利亚大陆上，这是否意味着哈利·格兰特也在那里？大家一致认为，必须从艾尔顿口中得到这些信息。

见丈夫无功而返，海伦娜主动请缨，希望能用自己的方式软化艾尔顿的态度。当一个男人失败了，一个女人也许能够以柔克刚，取得成功。人们不是一直在讲这样的寓言故事吗？无论风暴如何肆虐，旅行者都不会从肩上脱下他的斗篷，但第一缕温暖的阳光却让他立刻把斗篷脱了下来。

格里那凡了解自己的妻子，知道她聪敏明智，于是允许她按照自己的意愿行事。

就在当天（即3月5日），艾尔顿被带到了海伦娜的客厅。玛丽·格兰特也要出席，因为这位年轻姑娘可能成为决定性的关键因素，海伦娜不愿错过任何一丝机会。

两位女士与水手长相处了整整一个小时。但对于他们会面的详细信息，外界却一无所知。两位女士说了什么，用了什么论据想要让罪犯把秘密说出口，问了什么问题，这些都无人知晓。但是当她们离开艾尔顿时，从脸上的神情便能看出，谈话似乎没有成功。

因此，当水手长被押回舱室时，"邓肯"号的船员们对他恶语相向，但他只是耸了耸肩，没有理会，这更是激怒了船员们。约翰·孟格尔和格里那凡不得不出面干预，这才勉强平息了众人的怒火。

但海伦娜不愿接受失败，她决心与这个冷酷无情的人抗争到底。第二天，海伦娜亲自去了他的船舱，以防他再次遭到船员的报复。

这位温柔善良的苏格兰女士与这名逃犯头目独处了两个小时。格里那凡在船舱外焦急等待，有时候，他觉得自己应该耐心等待，利用这最后的机会，有时候又觉得自己应该下决心冲进船舱，以免自己的妻子忍受这种无端的痛苦。

但这一次，当海伦娜重新出现在众人面前时，她的脸上充满了希望。她是不是已经成功地套出了秘密，在水手长的铁石心肠中唤起了最后一丝怜悯？

最先看到她的人是麦克·纳布斯少校，他忍不住露出了怀疑的表情。

很快，这个消息便在船员之间传开了，船员们纷纷传说，艾尔顿被海伦娜的劝说打动了，流言的效果很明显，全体船员都聚在了甲板上，比汤姆·奥斯汀吹哨召集的时候还要快。

格里那凡立刻跑到妻子身边，迫不及待地问道："他说了吗？"

"没有，"海伦娜回答，"但他接受了我的请求，他想见你。"

"啊，亲爱的海伦娜，你成功了！"

"希望如此，爱德华。"

"你是否答应了他什么条件，并保证我一定会同意？"

"只有一个：你会尽自己所能减轻对他的惩罚。"

"亲爱的海伦娜，你做得很好。让艾尔顿立刻过来。"

海伦娜和玛丽·格兰特回到了自己的船舱，而水手长则被带往客厅，格里那凡勋爵正在那里等着他。

第十八章

令人沮丧的供述

水手长被带到格里那凡面前，看守他的人随即退了出去。

"艾尔顿，你有话想和我说吗？"格里那凡问。

"是的，勋爵。"水手长说。

"你是想私下谈谈吗？"

"是的，但我认为，如果麦克·纳布斯少校和帕加内尔先生也在场，会更好。"

"对谁更好？"

"对我。"

艾尔顿的语气冷静而坚定。格里那凡看了他一眼，然后派人去请麦克·纳布斯和帕加内尔。不久，他们便赶到了。

"我们都准备好听你讲话了。"两位朋友在客厅的沙发上坐好后，格里那凡说。

艾尔顿略微整理思绪，说道：

"勋爵阁下，在两方签订契约或者进行交易时，通常要有见证人在场。这正是我希望帕加内尔先生和麦克·纳布斯少校到场的原因，因为严格来说，我要提出一项交易。"

格里那凡早已习惯艾尔顿的行事风格，并未露出惊讶之色。尽管用"交易"来形容他们之间的谈话实在是有些奇怪。

"什么交易？"他问。

"很简单，"艾尔顿说，"你希望从我这里得到一些对你有价值的信息，而我也希望从你那里换取一些对我有利的条件。这是一场公平的交换，勋爵阁下，你同意吗？"

"你知道什么消息？"帕加内尔急切地问。

"等一下，"格里那凡勋爵说，"你想要的条件是什么？"

艾尔顿鞠了一躬，表示他理解了格里那凡的用意。

"如果说我的要求，"他说，"我猜，你还是想把我交给英国当局吧？"

"是的，艾尔顿，这是基于正义的考虑。"

"我不否认这一点，"水手长平静地回答，"那么你无论如何都不会放我自由吧？"

这个问题直截了当，但格里那凡却犹豫了。他的回答也许会影响到哈利·格兰特的命运！

然而，对正义的责任感驱使他说出："不，艾尔顿，我不能放你走。"

"我也没要求你放我走。"艾尔顿狂妄地说。

"那么，你想要什么呢？"

"一个折中方案，勋爵。我可以逃脱绞刑架，你也不用放我自由。"

"你是说——"

"让我留在太平洋上的某座无人岛上，给我一些必需品，我会在那里努力生活下去，如果有时间，我会忏悔罪行的。"

格里那凡从没料到过他会提出这样的要求，他默默看了看两位朋友，但仅仅考虑了一小会儿，他就说："艾尔顿，如果我答应你的条件，你必须告诉我所有我想知道的事。"

"当然，勋爵阁下，我会告诉你所有关于格兰特船长和'不列颠尼亚'号的事情。"

"全部真相？"

"全部。"

"但我怎么保证这一点呢？"

"噢，我理解你的顾虑。你需要保证我说的是真话，保证一个囚犯说的是真话。有这种顾虑很正常，但在目前的情况下，你有什么其他选择？我没什么办法能证明我说的是真的，你要么接受我的建议，要么拒绝。"

"艾尔顿，我会相信你。"格里那凡果断地说。

"你做出了正确的决定，勋爵大人。另外，如果我骗了你，报复的权力仍然掌握在你手中。"

"怎么报复？"

"你可以来找我，从你把我放下船的地方再把我带走，因为我没办法离开那个岛。"

艾尔顿的回答滴水不漏。他预料到了勋爵提出的所有问题，并给出了无懈可击的回应。显然，他希望表现出自己的绝对诚意。他已经展现了最大的坦率，但他打算更进一步，证明自己并没有藏私。

"勋爵阁下，先生们，"他补充道，"我想让你们相信，我是真心合作的。我不打算欺骗你们，我愿意先透露一些新的信息，来证明我在这件事上很真诚。我之所以和你们坦率地讲出这些，是因为我相信你们的人品。"

"说吧，艾尔顿。"格里那凡说。

"勋爵大人，你还没有答应我的请求，但我还是不妨告诉你，我其实对哈利·格兰特了解甚少。"

"甚少？"格里那凡大声说。

"是的，勋爵大人。我能给你的所有信息都和我有关系，它们都是我的个人经历，但是你们想要去找格兰特船长，我知道的信息派不上什么用场。"

格里那凡和少校的脸上露出了失望的神色，他们原以为艾尔顿掌握着至关重要的秘密，但他却声称，自己能提供的信息几乎没什么用。帕加内尔的表情却毫无变化。

不知为何，艾尔顿的这番话深深打动了三位听众，他几乎是无条件地暴露了自己的底牌，尤其是他又补充了一句：

"所以我提前告诉你们，这笔交易对我来说更有利。"

"这不重要。"格里那凡说，"艾尔顿，我接受你的提议，我答应，我会将你送往太平洋的一座无人岛。"

"好的，勋爵阁下。"水手长说。

这个奇怪的人在为这个决定而高兴吗？这也不好说，因为他那张毫无表情的脸上看不出任何情绪。现在的一切对于他来说，似乎都是别人的事情一般。

"我已经准备好回答问题了。"他说。

"我没什么问题要问你。"格里那凡说，"艾尔顿，把你知道的一切都告诉我，从你到底是谁开始。"

"先生们，"艾尔顿说，"我确实是汤姆·艾尔顿，'不列颠尼亚'号的水手长。1861年3月12日，我随哈利·格兰特的船从格拉斯哥出发。在接下来的十四个月里，我们在太平洋上航行，寻找适合建立苏格兰殖民地的地点。哈利·格兰特是个有伟大抱负的人，但是我们之间常常发生争执，我们的脾气也合不来。我不愿意妥协，而哈利·格兰特一旦决定做什么事情，也从不容许任何人反对。勋爵大人，他有着钢铁一般的意志，对自己和对别人都是这样。

"尽管如此，我还是想要反抗，我试图让船员们站在我这一边，一起夺取船只。我不想评论自己是不是做错了什么，但哈利·格兰特是一个毫不留情的人。1862年4月8日，他把我扔在了澳大利亚的西海岸。

"澳大利亚！"少校打断了艾尔顿的话，"也就是说，你是在'不列颠尼亚'号停靠在卡亚俄之前就离开了船？就是在那艘船最后一次停靠在岸边之前，是吗？"

"是的。"水手长说，"因为我还在船上时，'不列颠尼亚'号没有在卡亚俄停靠过。至于我为什么会在帕迪·奥穆尔的农场里提起卡亚俄，那是因为我从你们的谈话中得知了这个消息。"

"继续说吧，艾尔顿。"格里那凡说。

"我发现自己被遗弃在一片几乎荒无人烟的海岸上，距离西澳大利亚的珀斯流放地有二十英里。我沿着海岸前行，遇到了一群刚刚逃脱的逃犯，便加入了他们。勋爵阁下，你无须追问我过去两年半的生活细节，但我可以告诉你，我化名为本·乔伊斯，成了他们的头目。1864 年 9 月，我去了爱尔兰人的农场，用自己的真名应聘成为雇工。我在那里等待机会，希望劫持一艘船，这是我唯一的念头。两个月后，'邓肯'号来了。你来农场的时候，讲了格兰特船长的故事，那时我才得知了一些我之前并不知道的事情。'不列颠尼亚'号曾经在卡亚俄停靠，最后发出消息的日期是 1862 年 6 月，也就是我被赶下船之后的两个月。我还听说了那封信的事，知道了船在南纬 37 度附近失踪。最后，你还说了，你为什么认为哈利·格兰特就在澳大利亚大陆。我没有犹豫，立刻就决定要抢走'邓肯'号，这艘船太棒了，比英国海军最快的船只还要快。但船严重受损，首先要进行修理。因此，我先让船开往墨尔本，然后用水手长的真实身份加入你们的队伍，带你们前往澳大利亚东海岸的所谓'海难现场'，当然了，海难的事情是我编造的。从那以后，我时而在逃犯团伙的后面，时而在他们前面，一路将你们引向维多利亚省。我的同伙在卡姆登桥犯了一起罪行，这给我添了不少麻烦。如果'邓肯'号开到海岸边，那就肯定没办法逃脱我的手掌心，拿下游艇之后，大海就是我的地盘了。就这样，在你们没有察觉的情况下，我把你们带到了斯诺威河。我用胃豆草把马和公牛挨个毒死，把牛车拖进沼泽，让它陷进泥里。在我的请求下——不过阁下，你知道接下来的事，你肯定清楚，要不是帕加内尔搞错了地点，我现在应该已经在指挥'邓肯'号了。这就是我的全部经历，先生们。不幸的是，我所知道的信息对你们寻找哈利·格兰特毫无帮助，正如你们所见，我能告诉你们的只有这些，这笔交易对你们而言并不划算。"

水手长没有再说话，只是像往常一样，抱着双臂静静等待。格里那凡和他的朋友们也保持着沉默，他们相信，这个狡猾的罪犯说的是真话，只是因为他无法掌控的天意，他才和梦寐以求的"邓肯"号失之交臂。他的同伙已经去过了图福尔德湾，格里那凡曾经在那里找到囚犯的衣服，足以证明这一点。他们忠实地执行着首领的命令，等待游艇的到来，直到最终等不下去，于是就回到了新南威尔士的乡村地区，那里是强盗和纵火犯的藏身之处。

少校首先提出了问题，他想要核实一下'不列颠尼亚'号航行的几个时间点。

"那么，你确定，"他说，"你是在4月8日被留在澳大利亚西海岸的吗？"

"就是在那天。"艾尔顿说。

"你知道哈利·格兰特当时有什么航行计划吗？"

"我不太确定。"

"把你知道的信息都说出来，艾尔顿。"格里那凡说，"哪怕是最微小的线索，也可能指引我们找到正确的方向。"

"我只知道这么多，勋爵阁下。"水手长回答说，"格兰特船长打算访问新西兰。我还在船上的时候，这个计划还没有实现，所以在离开卡亚俄之后，'不列颠尼亚'号可能会去新西兰看看。这个和信中提到的沉船日期，也就是1862年6月27日，是对得上的。"

"确实如此。"帕加内尔说。

"但是，"格里那凡表示反对，"信中没有一个词提到过新西兰。"

"这个我就不知道了。"水手长说。

"好吧，艾尔顿，"格里那凡说，"你信守了承诺，我也会履行诺言。我们现在要决定，把你留在太平洋的哪一座岛上。"

"哪一个都可以，勋爵大人。"艾尔顿说。

"回你的船舱去吧。"格里那凡说，"在那里等待我们的决定。"

在两名船员的押送下，水手长离开了。

"那家伙本来可以成为一个好人的。"少校说。

"是的，"格里那凡说，"他身体强壮、头脑灵活。为什么他非要把自己的才能用在作恶上？"

"但哈利·格兰特怎么办？"

"我必须说，我想我们已经找不到他了。可怜的孩子！谁能告诉他们，他们的父亲到底在哪里？"

"我能！"帕加内尔突然喊道，"是的，我能！"在审问艾尔顿的过程中，平时性格开朗、脾气急躁的地理学家几乎一言不发，人们很难忽视这一点。他一直在默默听着，但现在，他这句话抵得上千言万语。

听到帕加内尔的话，格里那凡一跃而起，大喊道："你？帕加内尔！你知道格兰特船长在哪里？"

"是的，一切都很清楚了。"

"你怎么知道的？"

"从那封该死的信里。"

"啊？"少校带着一种相当怀疑的语气说。

"先听我讲完，然后你再耸肩也不迟。"帕加内尔说，"我之前没说，因为我觉得你们不会相信我的推测。另外，说了也没什么用。我现在之所以会讲，是因为艾尔顿的话刚好印证了我的推理。"

"所以你认为格兰特在新西兰？"格里那凡说。

"先听我说完，"帕加内尔说，"我的判断并非凭空想象。或者更确切地说，我之所以犯了那个错误，误打误撞救了大家，是有原因的。当时，我在书写格里那凡口述的信件时，脑子里面一直盘旋着'西兰'（Zealand）这个词。原因是这样的，你们还记不记得，那时我们正坐在马车里，麦克·纳布斯刚刚向海伦娜讲了逃犯的事。他还给了海伦娜一份《澳大利亚与新西兰公报》，上面报道了卡姆登桥的灾难。就在我准备动笔时，报纸掉到了地上，叠在一起，只露出了标题上的两个音节，就是'aland'。我的脑海里灵光一闪，'aland'正好是英文版本的信件中的一个词，我们之前一直把它理解成'一块陆地'（a land），但是，它应该是一个专有名词的结尾，就是'西兰'（Zealand）！"

"确实啊！"格里那凡说。

"是的，"帕加内尔继续说道，语气中透着坚定，"我之前没有意识到这一点，你们知道为什么吗？因为我的注意力全放在法语版本的信件上，因为它最完整，而法语版本的信正好缺少了这个最重要的词。"

"噢！噢！"少校说，"帕加内尔，你的想象力太丰富了。但别忘了你之前的推理。"

"你尽管问，少校，我已经准备好回答了。"

"那么，你对'austra'这个词是怎么理解的？"

"还是一开始的看法，这个词是'南半球'（austral）"

"那么，'indi'呢？你一开始觉得是'印第安人'（Indiens），后来又觉得是'本地人'（indigènes）。"

"我的第三次解读，也是最后一次，"帕加内尔说，"'indi'是'匮乏'（indigence）这个词的第一个音节。"

"那么'contin'呢？"麦克·纳布斯说，"还是'大陆'（continent）的意思吗？"

"不是，因为新西兰只是个岛。"

"那是什么？"格里那凡问。

"亲爱的勋爵。"帕加内尔说，"我将根据我的第三次解释，来重新解读这封信。你们来判断它是否合理。但在此之前，我要做两点说明。首先，尽可能忘记之前的解释，摒弃所有先入为主的观念。其次，某些部分看起来可能有点牵强，或许我解读得不太好，但是它们并不重要，特别是'agonie'这个词，让我很头疼，但我实在想不到更合适的解释。另外，我的解释是基于法语信件的，别忘了这封信是一个英国人写的，他可能不太熟悉法语的一些习惯用法。说了这么多了，我开始吧。"

他缓缓地读着每一个音节，说出了下面的话：

"1862 年 6 月（德语：Juni）27 日，格拉斯哥（英语/德语：Glasgow）的三桅船（法语：trois-mâts）'不列颠尼亚'（英语/法语：Britannia）号，在南半球（英语/法语：austral）的海域经过了漫长的挣扎（法语：agonie）

之后，在新西兰（英语：New Zealand）沿岸沉没（英语：sink）。两名水手（德语：zwei Matrosen）和格兰特船长（英语：skipper Grant）成功上岸（法语：aborder）。他们是长期（英语：long，法语：continuellement）残酷的（德语：grausam，法语：cruel）物资匮乏（法语：indigènes）的牺牲品（法语：proie），将这封信扔进了（法语：jeté）某个经度（法语：longitude）和南纬（法语：latitude）37度11分的地方。快来（德语：bringt ihnen）救援（英语：assistance），否则他们就完了（英语：lost）！"

帕加内尔停下了。他的解释很合理，但正因为这个解释和之前的解释同样合理，所以这个新的解释也同样可能是错误的。格里那凡和少校并没有展开讨论，但既然在巴塔哥尼亚和澳大利亚的海岸上，37度纬线穿过的地方没有发现"不列颠尼亚"号的踪迹，那么这艘船在新西兰的可能性确实很大。

"现在，帕加内尔。"格里那凡说，"你能不能告诉我，为什么过去两个月你一直隐瞒这个新解释？"

"因为我不想用空洞的希望再鼓舞你们了。另外，我们本来就要去奥克兰，它就在信中的纬度上。"

"但我们早已偏离这条路线，为什么你还是不说呢？"

"因为，不管这个解释多么正确，我们也无力拯救船长。"

"为什么？"

"因为，如果船长是在新西兰海岸遇到船难，而且已经过去两年了，还没有他的消息，那么他肯定是死在海难之中，或者死在新西兰人手里了。"

"那么，你认为——"格里那凡说。

"我认为我们或许能找到船只的残骸，但是'不列颠尼亚'号的幸存者，恐怕早已不在人世了。"

"朋友们，不要把这个消息透露出去。"格里那凡说，"我来找一个合适的机会，把这个不幸的消息告诉格兰特船长的孩子们吧。"

第十九章

黑夜中的喊声

船员们很快得知，艾尔顿的供述并没有为寻找格兰特船长提供任何有价值的线索，这让大家颇感失望。他们原本以为，他们一定能从这位水手长那里获得一些有用的信息，然而艾尔顿什么也不知道，无法帮助大家决定"邓肯"号的航向。

于是，游艇只能沿着原定路线继续航行，他们还得选择一个岛屿，作为艾尔顿的流放地。

帕加内尔和约翰·孟格尔查看了船上的地图，在南纬37度线上找到了一个名为玛丽亚·特蕾莎岛的小岛。这座小岛位于太平洋中部，距南美洲海岸约三千五百海里，距离新西兰一千五百海里，是一座孤立的礁石岛。最近的陆地在其北面，是法国保护下的波莫图群岛，南面是常年封冻的极地冰带。没有任何一艘船会来到这座孤岛，外界的声音也无法传入，只有风暴中的海鸟，可能会在长途飞行中在这里稍作停留。甚至连很多地图上都没有标注出这块礁石。

若世上真有一处彻底与世隔绝的地方，那便是这座偏远的小岛。艾尔顿得知这个地点后，表示愿意独自生活在那里。于是，游艇立即转向，驶向玛丽亚·特蕾莎岛。

两天后的下午两点，值班人员在船上发出信号，说他在地平线附近看到了陆地。那正是玛丽亚·特蕾莎岛，一个低矮狭长的岛屿，仅高出海面一小截，形状像一条巨大的鲸鱼。它距离"邓肯"号还有三十海里，游艇以每小时十六海里的速度迅速朝着那座岛驶去。

岛屿的外貌渐渐变得清晰。落日的余晖照射在西方，勾勒出岛屿奇特的轮廓。岛上耸立着几座不太高的山峰，峰顶沐浴在夕阳的光辉中。五点钟时，约翰·孟格尔看到，岛上升起了一缕青烟。

"是火山吗？"他问帕加内尔，地理学家正在用望远镜仔细观察这个小岛。

"难说，"地理学家回答，"人们对玛丽亚·特蕾莎岛所知甚少，不过，如果它是由海底隆起形成的，那么它很可能是座火山岛，这样的推测合情合理。"

"但如果真的是火山岛，"格里那凡说，"既然火山喷发可以形成一座岛屿，那我们是否也该担心它会再次喷发，将整座岛吞噬？"

"那不太可能发生。"帕加内尔说，"我们知道，这座岛已经存在了数个世纪，这便是最好的保障。尤利亚岛也是从地中海上冒出来的，但没有在海面上停留多久，诞生几个月之后就消失不见了。"

"很好，"格里那凡说，"约翰，你觉得今晚我们能抵达吗？"

"到不了，勋爵阁下。我不能冒险让'邓肯'号在黑暗中靠近海岸，因为我们对这片海岸不熟悉。我会放慢航速，明天天一亮，我们就可以派一艘小船过去。"

晚上八点钟，玛丽亚·特蕾莎岛距离游艇只有五海里了，它在游艇的下风方向。现在看起来，岛屿就像一个模糊的长条形阴影，"邓肯"号朝着它慢慢靠近。

九点钟，人们能看到一道明亮的光芒，还能看到火焰在黑夜中熊熊燃烧。那片火光一直稳定地亮着。

"看来我们的推测是对的，这座岛的确是火山岛。"仔细观察后，帕加内尔说。

"但是，"约翰·孟格尔反驳道，"在这个距离上，我们应该能听到火山喷发的声音，但东风没有刮过来任何声音。"

"你说得对，"帕加内尔说，"这座火山既然在喷发，为什么毫无声息？而且，火光也断断续续的，就像是灯塔一样。"

"是啊，"约翰·孟格尔说，"但这里又不是有人居住的海岸。"

随后，他惊叫道："啊！怎么又有一团火？这次是在海岸上！看！它在移动！它的位置变了！"

约翰没有看错，岛上又出现了一处火光，有时候这团火似乎会熄灭，然后又突然重新燃起。

"这座岛上有人居住？"格里那凡问。

"显然是些野蛮人。"帕加内尔说。

"但如果是这样的话，我们就不能把水手长留在这里。"

"是不行。"少校说，"即便对于野蛮人来说，这礼物也太糟糕了。"

"我们得另找一个无人岛。"格里那凡说，他因为麦克·纳布斯的讽刺忍俊不禁，"我答应过，要饶了艾尔顿一命，我得信守诺言。"

"无论如何，我们不能相信岛上的人。"帕加内尔说，"新西兰人有使用移动的灯光来欺骗船只的习俗，就像以前在科尼什的海岸上引诱船只的人一样。玛丽亚·特蕾莎岛的土著可能也学会了。"

"让船偏一点。"约翰对掌舵的水手说，"明天日出的时候，我们就知道该怎么办了。"

十一点钟时，乘客们和约翰·孟格尔都回船舱休息了。在游艇的前部，值班人员正在甲板上巡逻，而在后部，只有一名掌舵的水手。

这时，玛丽·格兰特和罗伯特来到了船尾。

格兰特船长的两个孩子倚在栏杆上，悲伤地凝望着泛着粼光的海浪，看着"邓肯"号微微闪光的航迹。玛丽心中惦念弟弟的未来，罗伯特则牵挂着姐姐的前途。他们心里最挂念的人都是父亲，这位孩子们爱戴的父亲还活着吗？他们是不是该放弃寻找了？不行，如果没有父亲的话，生活还有什么意义？没有父亲，他们以后会面对什么？如果没有遇到格里那凡勋爵和夫人，他们的生活又会变成什么样子？

这个历经磨难、比同龄人成熟许多的男孩猜出了姐姐的心思。他握住姐姐的手说："玛丽，我们不能绝望，我们要记住父亲给我们的教导。鼓起勇气，不管遇到什么困难，我们都要展现出不屈不挠的勇气。它能让我们克服一切难题。姐姐，一直以来，你都在为我付出，现在该轮到我来回报了，我会为了你努力的。"

"亲爱的罗伯特！"年轻的女孩说。

"我必须和你说件事。"罗伯特继续说，"但你别生气。"

"罗伯特，我为什么要生气？"

"你会同意吗？"

"你要说的是什么事？"玛丽不安地问道。

"姐姐，我要去当水手！"

"你要离开我？！"年轻的女孩惊呼，紧紧握住弟弟的手。

"是的，姐姐，我想成为一名水手，像父亲那样，像约翰船长那样。玛丽，亲爱的玛丽，约翰船长说他还没有完全放弃希望。你相信他的忠诚，我也相信。他答应过我，总有一天要把我培养成出色的水手，然后我们一起去寻找父亲。告诉我，我的好姐姐，你愿意吗？父亲会为了我们做的事情，我也有责任为了他去做。我的人生有了一个目标，我应该全身心投入到这个目标之中——那就是寻找父亲，永不放弃，正如父亲也绝对不会放弃我们一样。啊，玛丽，我们的父亲多么善良啊！"

"他如此高贵，如此慷慨！"玛丽补充道，"你知道吗，罗伯特，他已经是我们国家的骄傲了。如果命运没有阻断他的道路，他本来可以成为我们国家的伟人！"

"是的，我知道。"罗伯特说。

玛丽搂住男孩，深情地拥抱着他，泪水落在他的额头上。

"玛丽，玛丽！"他喊道，"不管别人怎么说，我始终怀抱希望，并且一直会抱着希望！像父亲这样的人，在完成他的使命之前，是不会离开这个世界的！"

玛丽·格兰特说不出话来，泪水让她哽咽了。弟弟决定要一直寻找父亲，约翰也如此忠心耿耿，万千滋味涌上玛丽心头，她百感交集。

"约翰先生真的还抱有希望吗？"她说。

"是的。"罗伯特说，"他像兄长一样照顾我们，永远不会抛弃我们！我要当水手，姐姐，你会同意的，是吧？我会和他一起去寻找父亲，我相信你一定会支持我的。"

"是的，我愿意。"玛丽说，"但我要和你分开了！"她喃喃自语。

"你不会孤单的，玛丽，我知道，我的朋友约翰告诉我，勋爵夫人不想让你离开，你是一位女士，你可以接受她的好意，也应该接受，拒绝就太不知好歹了。但父亲说过一百次，男人必须自己闯出一条路来。"

"那我们在邓迪的老家怎么办？那里有我们那么多的回忆！"

"我们会留着那里的，亲爱的姐姐！我们的朋友约翰和格里那凡勋爵已经安排好了一切。勋爵希望你住在马尔科姆城堡，就像他的女儿一样。格里那凡勋爵亲口对约翰说的，而约翰又告诉我。你就把那里当作自己的家，你可以在那里和别人谈谈我们的父亲，直到有一天约翰和我把他带回我们身边！啊！那一天将会多么美好啊！"罗伯特大喊着，脸上洋溢着热情。

"罗伯特！我的弟弟！"玛丽说，"如果父亲能听到你的话，他该多高兴啊。亲爱的罗伯特，你太像他了，太像我们亲爱的父亲了。等你长大了，一定会和他一模一样的。"

"我希望我能做到。"罗伯特说着，脸上洋溢着一种充满孝心和圣洁的骄傲。

"我们该如何报答格里那凡勋爵和夫人呢？"玛丽·格兰特说。

"噢，这很简单。"罗伯特带着一种孩子气的自信说，"我们会爱他们，尊重他们，我们会让他们知道我们的感激。我们会亲吻他们，如果有一天有机会，我们会为了他们而死。"

"正相反，我们要为了他们而活。"年轻的女孩回应道。她吻了吻弟弟的额头说:"这才是他们真正希望的,我也是。"

随后,两个孩子没有继续说话,只是凝视着漆黑的夜色,陷入了漫长的遐思。偶尔,他们低声交谈几句,打断这片宁静。平静的海面上泛起长长的浪花,螺旋桨在黑暗中搅出一道道发亮的沟壑。

但就在此时,发生了一件怪事,一件超自然的事情!这对兄妹似乎通过某种神秘的灵魂感知,在同样的时刻、同样的瞬间,产生了完全相同的幻觉。

波涛间,光影交错。一个深沉而哀伤的声音随着波涛传来,它的音调似乎穿透了他们身体中的每一个细胞。

"来吧!来吧!"他们听到了这样的话。

两个人都站了起来,靠在栏杆上,用疑惑的目光朝着黑暗凝望。

"玛丽,你听到了吗?你听到了吗?"罗伯特大叫起来。

但除了面前岛屿显露出的长长阴影之外,他们什么都没有看到。

"罗伯特,"玛丽激动地脸色苍白,"我想——我想是的,我的想法和你一样——我们一定发烧了,我们烧糊涂了,罗伯特。"

但那个声音再次传来,这次的幻觉如此强烈,两个人同时喊了起来:"爸爸!爸爸!"

玛丽再也受不了了,激动彻底击垮了她,她昏倒在罗伯特怀里。

"救命!"罗伯特喊道,"我的姐姐!我的爸爸!救命!救命!"

掌舵的水手冲上前去,扶起了晕倒的玛丽。值班的水手也跑过来帮忙。约翰·孟格尔、海伦娜和格里那凡被人叫醒。

"我姐姐要不行了!我爸爸在那里!"罗伯特指着波涛喊道。

他们完全听不懂罗伯特在说什么。

"是的!"他重复道,"我的爸爸在那里!我听到了爸爸的声音!玛丽也听到了!"

就在这时,玛丽·格兰特恢复了意识,但她神情恍惚、情绪激动,喊道:"爸爸!爸爸在那里!"

这个可怜的女孩突然站起来，倚在游艇的一侧，想要跳进海里。

"勋爵大人！夫人！"她大喊着，双手紧握，"我告诉你们，我爸爸在那里！我可以发誓，我听到了他的声音，就从波浪中传来，就像一声哀叹，好像是在和我们告别。"

年轻的女孩浑身颤抖起来，她抖得太厉害了，大家只好把她抬进船舱里，海伦娜竭尽全力照料着她。罗伯特不停地重复着："爸爸！爸爸在那里！勋爵大人，我很确定！"

目睹这一场面的人心中都很痛苦。他们看出，船长的孩子们出现了幻觉，但如何才能让他们清醒过来呢？

格里那凡还是试了一下。他握住罗伯特的手说："亲爱的孩子，你是说，你听到了你爸爸的声音，是吗？"

"是的，勋爵大人，他的声音是从海上传来的，他喊着：'来吧！来吧！'"

"你认出他的声音了？"

"是的，我立刻就认出来了。对，对！我敢发誓！我姐姐也听到了，也认出来了。我们怎么可能同时听错呢？勋爵大人，让我们去救爸爸！给我一艘小船！我要一艘小船！"

格里那凡看出，想让这个可怜的孩子清醒过来是不太现实的，但他还是对掌舵的人说：

"霍金斯，玛丽小姐发病的时候，是你在掌舵，是吧？"

"是的，勋爵阁下。"霍金斯说。

"你什么都没听到，什么都没看到？"

"什么都没有。"

"罗伯特，你看。"

"如果那声音来自霍金斯的父亲，"罗伯特带着不屈不挠的劲头说，"他就不会说什么都没听到了。那是我的父亲，大人，我的父亲！"

他抽泣着，说不出话来，脸色苍白，沉默不语，随后，他就像姐姐一样晕了过去。

格里那凡让人把他抬到床上，罗伯特躺在床上，陷入了昏迷。

"可怜的孤儿啊。"约翰·孟格尔说，"他们要承受多大的痛苦！"

"是啊，"格里那凡说，"他们过度悲伤，两个人产生了同样的幻觉。"

"两个人？"帕加内尔喃喃自语，"这太奇怪了，纯粹从科学上来说，我不认为两个人能产生同样的幻觉。"

他来到船舷边，俯下身子，聚精会神地聆听，并示意其他人保持安静。

但周围一片寂静。帕加内尔大声呼喊，却无人回应。

"真奇怪。"地理学家一边念叨着，一边回到了船舱，"但仅仅是想法和悲伤的高度共鸣，肯定不足以解释这种现象。"

第二天，也就是 3 月 8 日，凌晨五点钟。包括玛丽和罗伯特在内的所有乘客都聚集在船尾。每个人都迫不及待地想看看那片陆地，昨天晚上他们只是匆匆瞥了一眼。

游艇沿着海岸航行，距离岛屿不过一海里，岛上的细节清晰可见。

突然，罗伯特惊叫起来，说自己看到两个人在岛上奔跑，他们手舞足蹈。他还看到了第三个人在挥舞着一面旗帜。

"英国国旗。"约翰·孟格尔用望远镜观察后说道。

"确实。"帕加内尔说，随即猛地转向罗伯特。

"勋爵大人，"罗伯特说，他情绪激动，浑身颤抖，"如果你不想看到我直接跳进海里游过去，就放下一只小艇吧。噢，勋爵大人，求求你了，我要第一个上岸！"

没人敢说什么。在这个被 37 度纬线穿过的小岛上，竟然有三个遭遇海难的英国人！所有人都立刻想到了昨天晚上罗伯特和玛丽听到的那个声音。或许，孩子们的感觉没有错，他们确实听到了某个人的呼喊，但这个声音——是他们父亲吗？不，唉，肯定不是。众人想到，可怕的失望又在等待着孩子们，不禁揪紧了心，他们担心这次新的打击会彻底击垮他们。但谁又能阻止他们上岸呢？格里那凡勋爵实在是不忍心这么做。

"放下小艇。"他喊道。

不一会儿，小艇就准备好了。格兰特船长的两个孩子、格里那凡、约翰·孟格尔、帕加内尔还有六名水手冲进了小艇。水手们用力划桨，很快就靠近了岸边。

离岸边还有十英寻时，玛丽突然发出一声尖叫。

"我的爸爸！"她大喊道。

沙滩上站着一个男人，他身后还有两个人。那个男人身材高大、孔武有力，面容刚毅却透着温和，他长得确实很像玛丽和罗伯特。这正是孩子们经常谈起的那个人，他们的心灵并没有欺骗他们，这就是他们的父亲，格兰特船长！

格兰特船长听到了玛丽的喊声，他伸出双臂，仿佛被雷击中一般，直挺挺地倒在了沙滩上。

第二十章

格兰特船长的故事

没有人会因幸福而死。当所有人都登上游艇之时，格兰特船长和两个孩子都已经恢复了神智。接下来的场景，谁能描述得出来呢？语言显得如此苍白无力。大家看着这三个人紧紧拥抱在一起，默默无言，全体船员都流下了感动的泪水。

哈利·格兰特一踏上甲板，便恭敬地跪了下来。在这位虔诚的苏格兰人看来，这艘船也象征着他家乡的土地，他要做的第一件事，就是向拯救他的上帝表达自己的感激。然后，他转向海伦娜、格里那凡勋爵和各位同伴，向他们致以谢意。他的话断断续续，因为他实在不知道该如何才能表达内心的感激之情。从岛屿驶向游艇的路上，孩子们已经向他讲述了"邓肯"号的经历。

他多么感谢这位尊贵的夫人和她的朋友们啊！从格里那凡勋爵到最普通的水手，他们每个人都为了自己付出了多少努力，承受了多少苦难！哈利·格兰特以朴实而真挚的方式表达了感激之情，他那坚毅的面庞上洋溢着纯粹而甜美的喜悦。全体船员都觉得，自己所经历的一切苦难，终于得到了最圆满的回报。就连一向情绪冷静的少校，也未能抑制住自己的情绪，脸颊上滑下泪水。善良、单纯的帕加内尔则哭得像一个小孩子一般，毫不在意别人是不是看到了他大哭的样子。

哈利·格兰特的目光无法从女儿身上移开。她出落得如此美丽动人！他没有把想法藏在心里，而是大声说了出来，还特意向海伦娜求证，生怕自己是因父爱而蒙蔽了双眼。他的儿子也同样令他骄傲。"他长这么大了！他已经是个男子汉了！"格兰特船长惊喜地喊道。他亲吻着两个心爱的孩子，两年没有见到他们，他把这两年亏欠的吻一股脑儿地补给了他们。

罗伯特一一介绍了他的朋友们。他努力用不同的词汇形容每一个人，但实际上，他对每个人的赞誉都近乎相同。毕竟，在孩子眼中，每个人都是同样完美的。

介绍到约翰·孟格尔的时候，年轻的船长害羞得像个孩子，面对玛丽的父亲，他的声音竟微微颤抖。

海伦娜向格兰特船长讲述了这次航行的经历，并告诉他，他有充分的理由为自己的孩子感到骄傲。夫人讲述了小罗伯特的英勇事迹，称他已代替父亲偿还了格里那凡的救命之恩。约翰·孟格尔对玛丽大加赞赏。在海伦娜的暗示下，哈利·格兰特把女儿的手交到了这位勇敢的年轻船长手中，然后他又转向格里那凡勋爵和夫人说："勋爵阁下，夫人，请你们也为我们的孩子祝福吧！"

该说的话，众人已经说了一遍又一遍。格里那凡勋爵向哈利·格兰特讲述了艾尔顿的情况，格兰特证实了那位水手长的供词——艾尔顿确实是在澳大利亚海岸被赶下船的。

"他是个聪明勇敢的人。"他补充道，"可惜心术不正，因此误入歧途。希望他能反省悔悟，最后能改过自新！"

但在艾尔顿被流放到这座岛屿之前，哈利·格兰特希望自己能带着朋友们在他的小岛上逛一圈，他邀请大家参观自己居住的木屋，并热情地提议大家共享一顿简朴的"鲁滨孙式"餐点。

格里那凡勋爵和他的朋友们欣然接受了邀请。罗伯特和玛丽迫不及待地想要去看看父亲那座孤独的小屋。因为思念孩子们，父亲在这座小屋里流了多少泪啊！一艘小艇准备好了，格兰特船长和他的两个孩子、格里那凡勋爵和夫人、少校、约翰·孟格尔和帕加内尔一同登上了岛屿的海岸。

仅需数小时，就足以探索完哈利·格兰特的领地。这片土地，实则是一座海底山脉的顶峰，一个由雪花岩和火山石碎屑组成的平台。在地质运动的年代，地底热量推动这座山脉逐渐从太平洋深处涌现出来。但经历了几个世纪，这座火山早已沉寂，填满了的火山口则成了一座从海面升起的岛屿。土壤在上面累积，植物又占领了这片新出现的土地。途经此地时，一些捕鲸船留下了家畜。山羊和猪在岛上繁殖，逐渐变得野性十足。现在，大自然的三个宝藏——动物、植物和矿物，都出现在了这座位于大洋正中的岛屿上。

当"不列颠尼亚"号的幸存者逃到岛上时，他们不得不依靠自然的馈赠生存。在两年半的时间里，哈利·格兰特和他的两名水手改造了这座岛屿。现在岛上有好几英亩肥沃的田地，上面种着优质的蔬菜。

茂密的桉树遮蔽着木屋，壮丽的海洋在窗外闪烁着波光。哈利·格兰特把桌子放在大树下，所有客人都坐了下来。山羊的后腿肉、"那杜"做成的面包、几碗奶、两三根野生菊苣根和纯净的淡水，构成了这顿简单却美味的晚餐，简直就像是阿卡迪亚的牧人①享用的美食一样。

帕加内尔沉醉在这片世外桃源的氛围中，又开始了对鲁滨孙式生活的浮想联翩。"那个浑蛋艾尔顿，真是便宜他了！"他兴致勃勃地大声说道，"这座小岛简直就是天堂！"

"是的，"哈利·格兰特说，"对于我们这些历经海难的可怜人而言，这里确实是天堂。感谢上帝的仁慈。然而，令人遗憾的是，玛丽亚·特蕾莎岛实在太小，土地也不肥沃，没有河流，只有小溪，没有港口，只有一个光秃秃的小海湾。"

"船长，这有什么好遗憾的？"格里那凡说。

"因为我本来想以这座岛为基础，建立一个殖民地，作为我献给苏格兰的礼物。"

"啊，格兰特船长，你还没有放弃你的计划？因为这个计划，你在家乡可是享誉盛名呢。"

"我从来没有放弃，勋爵阁下。上帝之所以通过你们的努力拯救了我，就是让我继续完成这个任务。我们那些来自古老的苏格兰的可怜同胞，那里所有贫苦的人们，都应该在异国他乡有一个摆脱苦难生活的庇护所。我亲爱的家乡苏格兰，她也必须有一个属于自己、而且只属于她自己的殖民地，就在这片茫茫大海的某个地方。在那里，苏格兰人能够找到欧洲无法给予的独立与慰藉。"

"啊，格兰特船长，你说得很对，"海伦娜说，"这是一项伟大的计划，来自一个高贵的心灵。但这个小岛——"

"不，夫人，这里充其量只能算是一块岩礁，顶多能容纳几个人定居。而我们需要的是一片广阔的土地，蕴藏着丰富的资源，还没有被人类踏

---

①阿卡迪亚是古希腊的地名。阿卡迪亚物产丰富、风景优美，当地人与世无争，在西方文化中，"阿卡迪亚的牧人"是田园牧歌式生活的代表。

足。"船长说。

"好吧，船长，"格里那凡说，"未来在我们手中，我们会一起寻找那片土地的。"

于是，这两位勇敢的苏格兰人紧紧握住对方的手，达成了协议。

在岛上做客期间，大家都很想听一听"不列颠尼亚"号遭遇海难的经历，还想知道幸存者是如何在岛上度过两年时光的。哈利·格兰特很高兴自己能满足大家的好奇心，于是立刻开始讲述起来。

"我的故事，"他说，"和所有流落荒岛的鲁滨孙一样。我们只能依靠上帝和自己，与恶劣的环境抗争，谋求生存，那就是我们的职责。

"1862年6月26日，或者27日，'不列颠尼亚'在与风暴搏斗了六天之后失去了动力，撞上了玛丽亚·特蕾莎岛的礁石。狂暴的海浪如同高耸的山峰，救生艇根本派不上用场。除了鲍勃·里尔斯和乔·贝尔还在身边，其他的船员都不幸丢了性命。我们三人尝试了不下二十次，才终于成功登上陆地。

"然而，这块陆地不过是一座人迹罕至的小岛，宽两英里，长五英里，岛上长着大约三十棵树，有几片草地，还有一条小溪。很幸运，溪水从来不会断流。在这个地球的角落，我和我的两位水手并没有绝望。我把信任寄托在上帝身上，渐渐习惯了了为了生存而顽强斗争。鲍勃和乔是和我患难与共的勇敢伙伴，是我的朋友，他们也一直在积极支持我。

"我们开始模仿笛福笔下的鲁滨孙，收集船上的木板、工具、少量火药和火枪，还有一袋珍贵的种子。最初的日子无比艰难，但很快，我们学会了狩猎、捕鱼，有了稳定的食物来源。岛上生活着很多山羊，海边的海洋生物也很丰富。渐渐地，我们的生活规律起来，也开始习惯了这里的生活节奏。

"我从沉船中抢救出了我的航海仪器，因此能够精准测定小岛的经纬度。我发现，这里距离所有航线都很远，除非发生奇迹，否则我们不可能获救。我平静地接受了这艰难的命运，但我却始终思念着我的亲人，每天都在祈祷中怀念他们。尽管我已经不再奢求自己能与他们重逢。

"我们还是艰难地劳作着。不久之后，'不列颠尼亚'号的种子就在几英亩的田地上生根发芽。土豆、菊苣还有其他蔬菜都长了出来，给我们的日常饮食增添了许多花式。我们还捉到了一些小羊羔，很快就把它们驯养得很温顺。我们收集羊奶，做了奶油，在干涸的小溪上，生长着许多'那杜'，可以为我们提供相当充足的主食，我们不用担心物质上的生活了。

"我们用'不列颠尼亚'号的残骸建起了一座木屋，用帆布蘸上柏油，涂在屋子上。在这个安全的庇护所里面，我们可以相当舒适地度过雨季。我们曾畅谈无数计划，有过许多梦想，如今，最为灿烂的梦想实现了。

"起初，我也想试着用船上的桅杆做成独木舟，勇敢面对危险的海洋。但距离我们最近的海岸波莫图群岛仍有一千五百海里远。独木舟绝无可能承受如此长途航行，因此，我放弃了这个计划，除了祈求上帝的拯救，我不再指望任何救援。

"啊，我可怜的孩子们！多少次，我们站在岩石上，眺望着远处的海面，盼望能有一艘船只驶过。我们在岛上的这段时间内，仅有两三艘船短暂地出现在地平线上，但也很快消失了。两年半的时光很快就过去了，我们不再抱有希望，但我们也没有绝望。昨天一大早，我站在岛的最高峰上，忽然注意到西方升起了一缕青烟。烟雾越来越浓，很快，一艘船浮现于视野之中。它正朝着我们驶来，这艘船会不会避开这个没有港口的荒岛呢？

"啊，那是多么煎熬的一天！我的心几乎要爆炸了。我的同伴们在一座山上生了一堆火。夜幕降临，但游艇没有任何回应。救赎就在眼前，难道我们要眼睁睁看着它消失吗？

"我不再犹豫，夜色越来越浓，船可能会在夜里绕过岛屿。我跳进海里，试着朝它游去。希望让我爆发出超乎常人的力量，我奋力劈波斩浪，离游艇已经很近了，只有不到三十英寻的距离，这时，它却掉转了方向。

"看到此景，我绝望地大喊起来，只有我的两个孩子听到了。这不是幻觉。

"我精疲力竭地回到岸上，兴奋和失望的情绪交织着涌上心头。我的两个水手把我救上岸，当时我都快死了。在岛上度过的最后一个夜晚太可怕了，我以为自己将被彻底遗弃。黎明到来，我们看到游艇在海面缓缓航行，几乎就在我们身边！你们放下了小船，我们得救了。噢，这真的是慈悲的上帝创造的奇迹！我的孩子们，我亲爱的孩子们，他们就在那里，向着我张开双臂！"

父亲讲完后，罗伯特和玛丽冲上去亲吻他们的父亲，几乎让格兰特船长喘不过气来。

这时，格兰特船长才首次知道，他的获救还要归功于他装进瓶子、任由海浪摆布的那封信件。

在格兰特船长讲述自己的经历时，雅克·帕加内尔心中在想些什么呢？这位可敬的地理学家第一千次在脑海中回味着信中的内容，回想着他之前提出的三种解释。现在事实证明，这三种解释都是错误的。那么，原来的信到底是怎么指明他们在玛丽亚·特蕾莎岛的呢？

终于，帕加内尔再也忍不住了，他抓住哈利·格兰特的手喊道：

"船长！能不能告诉我，你那封难以解读的信中，到底写了什么？"

地理学家的问题激起了在场所有人的好奇心，这个谜团困扰了他们九个月，而现在谜底即将揭晓。

"嗯，船长，"帕加内尔再次询问，"你还记得信的准确内容吗？"

"当然了。"哈利·格兰特回答，"我每天都在回忆那些词句，它们寄托着我们最后的希望。"

"船长，到底是什么？"格里那凡问，"快说吧，我们的自信心快被那封信打击没了！"

"我很乐意告诉你们。"哈利·格兰特说，"不过你们也知道，为了增加获救的机会，我在瓶子里放了三封信，分别用三种不同的语言写成，你们想听哪一封？"

"内容不一样吗？"帕加内尔喊道。

"一样，只有一个名词不同。"

"那么，我们来听法语的吧。"格里那凡说，"那封信没有被海浪腐蚀得太严重，我们也一直是基于那封信来猜测的。”

“勋爵阁下，我来一字不差地背给你听。”哈利·格兰特说。

“1862 年 6 月 27 日，格拉斯哥的三桅船‘不列颠尼亚’号在南半球，距巴塔哥尼亚一千五百海里的地方沉没。两名水手和格兰特船长弃船登岸，来到了达抱岛（Tabor）——”

“啊！”帕加内尔大喊道。

哈利·格兰特继续说：“他们的物资极其匮乏，于是在南纬 37 度 11 分、东经 153 度的地方扔下了这封信，快来救助他们，否则他们就完了！”

听到了“达抱岛”这个名字，帕加内尔猛地站了起来。他无法克制自己的感情，大声喊道：

“怎么是达抱岛？啊呀，这里不是玛丽亚·特蕾莎岛吗？”

“没错，帕加内尔先生，”哈利·格兰特答道，“在英国和德国的地图上，它是玛丽亚·特蕾莎岛，但是在法国的地图上，它的名字是达抱岛呀！”

就在这时，帕加内尔的肩膀挨了重重一击，差点让他弯下了腰。原来是麦克·纳布斯少校，虽然他平时总是彬彬有礼，但他此刻显得异常激动。

“你可真是个好地理学家啊！”麦克·纳布斯用嘲讽的语气说道。

但帕加内尔甚至都没有意识到少校打了他一下，和刚刚这个让他震惊不已的事情相比，这一下又算得了什么呢？

其实，随着对格兰特船长的信件的逐步解读，他已经越来越接近真相了。他几乎已经完全解读出了这份难以辨认的信。巴塔哥尼亚、澳大利亚、新西兰，他一一想到了这些地点，越来越确定。起初，他把“contin”解读为“大陆”（continent），但渐渐地，他明白了这个词的真正含义是“长期”（continuellement），而“indi”先后被他理解成了“印第安人”和“本地人”，最后终于找到了正确的词：“匮乏”（indigènes）。但还有一个残缺不全的词“abor”难住了这位地理学家。帕加内尔一直固执地认为这个词是动词“上岸”（aborder）的意思，结果它其实是一个专有名词，是法国地图上达抱岛（Tabor）的名字，也是“不列颠尼亚”号的水手们的避难所。不过，犯这样的错误也是在情理之中的，因为在"邓肯"号上只有英文的地图，这个小岛的名字就是玛丽亚·特蕾莎岛。

"这都不重要了！"帕加内尔大喊。他气得撕扯着自己的头发，"我实在是不应该忘了这个岛有两个名字，这个错误实在不可原谅，我还是地理学会的秘书呢，我还有什么脸面啊！"

"好啦，好啦，帕加内尔先生，"海伦娜说，"别太难过了。"

"不，夫人，不！我就是个笨蛋！"

"而且还是个啥也不懂的笨蛋。"少校加了一句，大概算是某种安慰吧。

吃完饭后，哈利·格兰特整理好了岛上的一切，没有带走任何东西，他希望那位有罪的人能继承无辜者的财富。然后，他们回到了船上。格里那凡决定当天就启程，于是立刻下令，把水手长带上来。艾尔顿被带到后甲板上，他看见自己正面对着哈利·格兰特。

"艾尔顿，是我。"格兰特说。

"你好，船长。"艾尔顿回答，再次见到格兰特船长，艾尔顿没有表现出丝毫惊讶，"很高兴看到你毫发无伤。"

"看来，艾尔顿，我把你送到一个有人居住的海岸是个错误。"

"似乎是这样的，船长。"

"你将会代替我，留在这个荒岛上。希望上帝能让你悔过自新！"

"阿门。"艾尔顿平静地说。

格里那凡对水手长说："那么，艾尔顿，你还愿意留在这里吗？"

"是的，勋爵大人！"

"达抱岛还合你的意吗？"

"这里很好。"

"那么，请听好，艾尔顿，这是我送给你的最后几句话。你将与世隔绝，无法与任何人交流。不可能发生奇迹，你永远无法离开这个岛屿。你将独自生活，除了上帝，没有人会看着你，上帝则会洞察你心底最深处的秘密。但你不会像格兰特船长那样，会有人知道你在哪里的。虽然你不值得被任何人怀念，但你也不会被人遗忘。我知道你在哪里，艾尔顿，我知道去哪里找你——我永远都不会忘记。"

"愿上帝保佑你，勋爵大人。"艾尔顿答道。

格里那凡与水手长之间的对话就此结束。小船已准备就绪，艾尔顿登上了船。

约翰·孟格尔此前已经将几箱罐头、衣物、工具、枪支、火药和子弹运送上岛。水手长可以开始一种新的生活，用双手辛勤劳作。那里什么都不缺，甚至还有书籍。那里有一本英国人心中最为珍爱的《圣经》。

离开的时候到了。船员和所有乘客都聚在甲板上，所有人的心都因为感动而跳得厉害。玛丽·格兰特和海伦娜更是没办法控制住自己的情绪。

"一定要这么做吗？"年轻的妻子问丈夫，"非得把这个可怜的人留在这里吗？"

"必须这么做，海伦娜。"格里那凡回答，"这是对他所犯罪行的惩罚。"

约翰·孟格尔操纵着小船，这时，他突然掉转船头，艾尔顿依然站在原地，面无表情。他摘下帽子，郑重地鞠了一躬。

格里那凡也摘下帽子，所有船员都跟着效仿，仿佛他们在面对一个即将死去的人。在众人的沉默中，小船缓缓远去。

上岸后，艾尔顿跳上了沙滩，小船则返回游艇。此时，已经是下午四点。从后甲板上，乘客们可以看到水手长正站在一块岩石上，抱着双臂，目不转睛地望着游艇，一动不动，宛若一尊雕像。

"勋爵阁下，我们起航吗？"约翰·孟格尔问。

"起航吧，约翰。"格里那凡匆匆回答。虽然他看上去很镇静，但内心却充满激动。

"出发！"约翰向船工说。

"嘶嘶"作响的蒸汽喷了出来，螺旋桨开始转动，搅动波浪。八点钟时，达抱岛的最后一座山峰也消失在了夜色之中。

第二十一章

帕加内尔的最后一个笑话

3月18日，即离开达抱岛的十一天后，"邓肯"号抵达美洲海岸。次日，他们在塔尔卡瓦诺湾抛锚停泊。沿着37度纬线航行了五个月后，他们又回到了这里。在这五个月内，他们完成了一次环球航行。这场非凡的探险为旅行者俱乐部开创了先例，旅行者们游历了智利、潘帕斯草原、阿根廷共和国、大西洋、特里斯坦-达库尼亚岛、印度洋、阿姆斯特丹群岛、澳大利亚、新西兰、达抱岛和太平洋。他们的搜寻任务大获成功，成功救回了失事船只"不列颠尼亚"号的幸存者。

那些响应船长召集、勇敢出航的苏格兰人，无一缺席，即将满员归乡，回到他们魂牵梦绕的故土。

"邓肯"号补给完毕后，沿着巴塔哥尼亚海岸航行，绕过合恩角，迅速驶入大西洋。这次航行没有什么值得一提的事件。游艇满载喜悦返航，如今船上已没有任何秘密，就连约翰·孟格尔对玛丽·格兰特的爱慕之情也已不再是秘密。

然而，还有一个谜团始终困扰着麦克·纳布斯。帕加内尔为何总是把自己裹得严严实实，脖子上还围着一条大围巾，一直遮到耳朵？麦克·纳布斯对这位地理学家的奇怪装扮充满好奇。但无论他如何旁敲侧击、试探盘问，帕加内尔始终不肯松开衣扣。

甚至当"邓肯"号穿越赤道，天气热得连甲板接缝都开始融化时，帕

470

加内尔依旧裹着大衣，仿佛现在的温度低得能冻住温度计里面的水银。麦克·纳布斯说："他真是古怪，是不是以为自己在圣彼得堡？"

终于，在5月9日，离开塔尔卡瓦诺湾五十三天后，约翰·孟格尔望见了克利尔角的灯光。"邓肯"号驶入了圣乔治海峡，穿越爱尔兰海。5月10日，游艇抵达克莱德湾。十一点，游艇在邓巴顿附近下锚，下午2点，乘客们顺利抵达马尔科姆城堡，受到了苏格兰高地人的热烈欢迎。

在天意的眷顾下，哈利·格兰特和他的两位同伴终于获救。约翰·孟格尔与玛丽·格兰特在古老的圣蒙戈大教堂完婚，而莫顿先生——这位曾为格兰特船长祈祷的牧师——如今亲自主持了他女儿与救命恩人的婚礼。罗伯特决定像哈利·格兰特和约翰·孟格尔一样，成为一名水手，并在格里那凡勋爵的支持下，与他们一同投身格兰特船长的宏伟计划。

至于帕加内尔，似乎命运也不愿让他孑然一身。

实际上，在完成了这次英勇的壮举之后，这位学识渊博的地理学家注定难逃声名鹊起的命运。他的趣事在苏格兰上流社会流传开来，人们纷纷想要邀请他来做客。

就在这时，一位年约三十的女士阿拉贝拉小姐爱上了这位古怪的地理学家，并主动向他表达好感。这位女士的性格同样有些古怪，但她心地善良，魅力十足。另外，她还有一百万法郎的嫁妆，但是她还没有提起这一点。

帕加内尔对阿拉贝拉的感情并非无动于衷，但他却始终不敢明说。少校成了两人沟通的桥梁，很明显，他们就是天造地设的一对。麦克·纳布斯甚至和帕加内尔说，这次结婚是他最后一次闹笑话的机会了。帕加内尔听得哭笑不得，但奇怪的是，他始终无法下定决心求婚。

"阿拉贝拉小姐不合你的心意吗？"麦克·纳布斯问。

"噢，少校，她太迷人了！"帕加内尔大声喊道，"太迷人了！如果必须坦白说，我甚至希望她别这么完美，稍微有一点点缺陷！"

"这个你尽管放心。"少校说，"她当然有，而且不止一个。世界上最完美的女人也有缺点。所以，帕加内尔，这件事就这么定了吧？"

"我不敢。"

"得了吧，我博学的朋友啊，你到底在犹豫什么呢？"

"我配不上阿拉贝拉小姐。"帕加内尔每次都这样回答，一遍又一遍地强调自己配不上。

有一天，固执的麦克·纳布斯步步紧逼，帕加内尔在少校答应保密的前提下，终于向他透露，说自己有一个特点，如果警察想要追捕他，这个特点会让他很容易被追踪。

"你胡说些什么呢！"麦克·纳布斯说。

"我真没瞎说。"帕加内尔回复。

"这又有什么关系，我亲爱的朋友？"

"少校，你真的这么认为吗？"

"这只会让你更加独特。这个特点赋予了你与众不同的魅力，而这正是阿拉贝拉梦寐以求的，你是她独一无二的丈夫。"

麦克·纳布斯说得一本正经，但帕加内尔的内心却越发忐忑。

不久后，麦克·纳布斯少校和阿拉贝拉小姐简短地谈了一下。两周后，马尔科姆城堡的小教堂里便举行了一场盛大的婚礼。帕加内尔容光焕发，然而他依旧裹得严严实实，阿拉贝拉小姐也打扮得光彩照人。

地理学家的秘密本该被永远掩埋，直到慢慢被人遗忘。但麦克·纳布斯透露给了格里那凡，而格里那凡对海伦娜向来毫无保留，海伦娜又给孟格尔夫人透露了一点风声，总之，这个秘密兜兜转转，最后甚至传到了奥比内夫人的耳朵里，很快，所有人就都知道了。

原来，雅克·帕加内尔在被毛利人囚禁的三天里，从脚到肩都被刺满了文身，他的胸口上甚至文着一只展开翅膀的几维鸟，正咬着他的心。

这成为他在这次伟大航行中唯一无法释怀的阴影，也是因为这一点，他对新西兰始终耿耿于怀。同样也是因为这个原因，尽管不断有人邀请他回国，他却迟迟不愿踏上法国的土地，他对此非常遗憾。但他担心，自己作为地理学会的秘书，却带着一身文身回来，这会让整个学会成为漫画家和小报的笑柄。

　　格兰特船长回到了苏格兰，这成了一件令人瞩目的大事。哈利·格兰特迅速成了苏格兰最受欢迎的人。他的儿子罗伯特也像他自己和孟格尔船长一样，成了一名水手。在格里那凡勋爵的赞助下，他们继续推进在南半球建立苏格兰殖民地的宏伟计划。

（第三卷　完）

译后序

　　《格兰特船长的儿女》法文原著由法国作家儒勒·凡尔纳（Jules Verne）于 1868 年创作。译文根据美国作家查尔斯·霍恩（Charles Horne）1911 年编辑出版的版本，并对照 1868 年法文原著进行翻译。书中所有插图均取自《格兰特船长的儿女》1868 年法文版插图，由法国艺术家爱德华·里乌（Édouard Riou）绘制。本书中涉及科学事实的部分，如生物的分类、习性、地理位置的经纬度等信息，均根据原文翻译，如有和目前的科学事实矛盾之处，为科学进展所致。

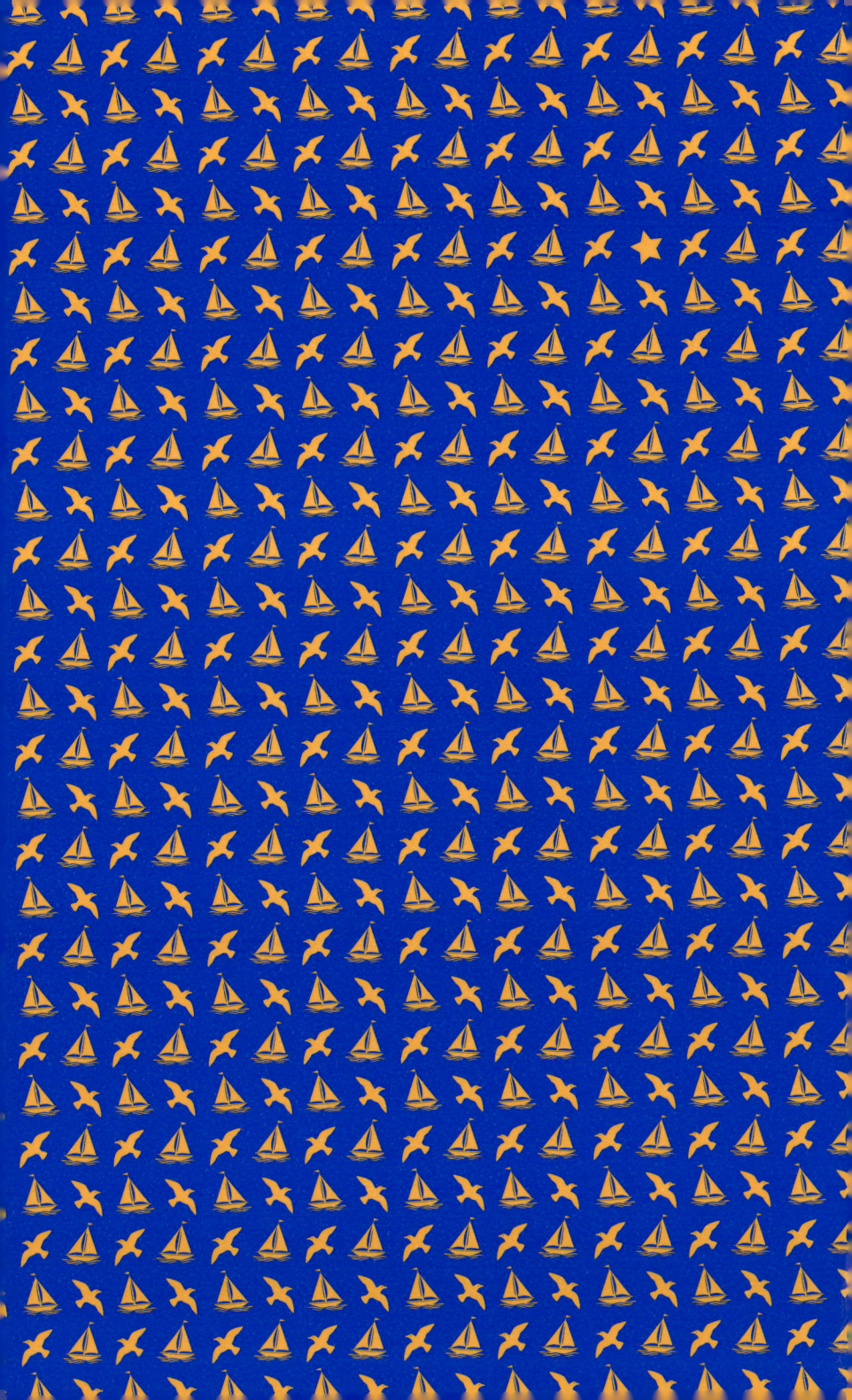

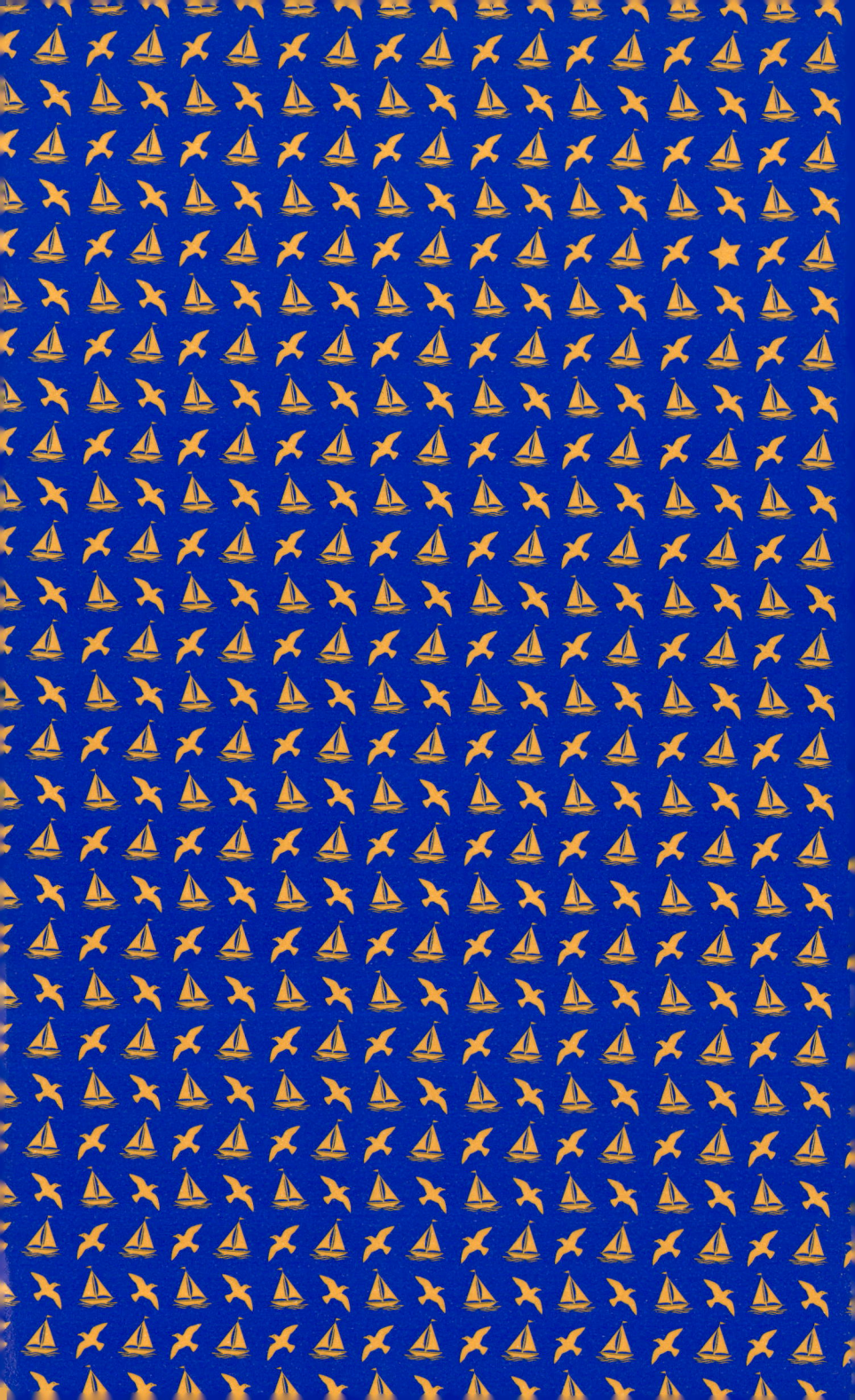